浪潮王子

[美] 帕特·康罗伊 著　　刘洋 译

THE PRINCE
OF TIDES

文匯出版社

图书在版编目（CIP）数据

浪潮王子 /（美）帕特·康罗伊著；刘洋译. -- 上海：文汇出版社，2024.6
ISBN 978-7-5496-4239-7

Ⅰ. ①浪… Ⅱ. ①帕… ②刘… Ⅲ. ①长篇小说—美国—现代 Ⅳ. ①I712.45

中国国家版本馆CIP数据核字(2024)第080400号

THE PRINCE OF TIDES
Copyright ©1986 by Pat Conroy
Published by arrangement with Marly Rusoff & Associates, Inc., through The Grayhawk Agency Ltd.
Simplified Chinese edition copyright ©2024 by Dook Media Group Limited.
All rights reserved.

中文版权 © 2024 读客文化股份有限公司
经授权，读客文化股份有限公司拥有本书的中文（简体）版权
著作权合同登记号：09-2024-0167

浪潮王子

作　　者	/	［美］帕特·康罗伊
译　　者	/	刘　洋
责任编辑	/	张　溟
执行编辑	/	唐　铭
特约编辑	/	张靖雯　　刘敏茜
封面设计	/	梁剑清
出版发行	/	文匯出版社
		上海市威海路755号
		（邮政编码200041）
经　　销	/	全国新华书店
印刷装订	/	三河市龙大印装有限公司
版　　次	/	2024年6月第1版
印　　次	/	2024年6月第1次印刷
开　　本	/	880mm×1230mm　1/32
字　　数	/	539千字
印　　张	/	19.5

ISBN 978-7-5496-4239-7
定　　价 / 89.90元

侵权必究
装订质量问题，请致电010-87681002（免费更换，邮寄到付）

献给丽诺尔·格莱维茨·康罗伊，
一生至爱，刻骨铭心；

献给杰西卡、梅丽莎、梅根及苏珊娜，
我的小康罗伊们；

献给格雷高里、艾米莉·弗莱舍夫妇；

献给卡罗尔、麦克尔、凯瑟琳、詹姆斯、蒂莫西及汤玛斯，
我的兄弟姐妹；

献给我的父亲，海军陆战队老兵唐纳德·康罗伊上校，
骁勇不减，英武犹存；

谨以此书纪念我非凡的母亲佩格，
全家的基石与动力。

《浪潮王子》的成书离不开众多亲友的慷慨支持。感谢我的继父，美国海军上校约翰·伊根，在我的母亲罹患白血病弥留之际，为全家、为我个人带来莫大关怀。感谢特纳、玛丽·鲍尔夫妇将海兰兹的山中小屋慷慨出借，允许我于著书期间长久居住。同样向我敞开北卡高地爱舍的还有詹姆斯·兰登与阿尔·坎贝尔。很庆幸能与亚历克斯·桑德斯法官于塔特山中促膝畅谈，在乔、艾米莉·卡明斯夫妇家里，这位南卡罗来纳的骄子为我讲述了诸多精彩故事，数篇即收录在本书当中。感谢茱莉亚·布里奇斯为键入书稿贡献的热忱。感谢南·泰勒斯，杰出的编辑，魅力超凡的女性。沙拉·弗林亦是卓越不凡。所有相识之中，文学经纪人朱利安·巴赫堪称人中翘楚。霍顿·米弗林出版社与我亲如一家。芭芭拉·康罗伊是优秀的律师，对我们的孩子而言，更是母亲中的典范。感谢"纽约老书店"的克里夫·格洛贝特长久以来的贴心支持。德利尔·兰德尔一路展现出非凡的勇气，始终如一。借此机会亦向丹特·阿克里、佩吉·霍顿以及威廉·谢瑞尔法官表达我诚挚的谢意。此生得幸收获众多好友——无论你们来自亚特兰大，还是意大利罗马，抑或是世界的其他角落，感谢各位知音。今日姑且送上拥抱，未来必提名致谢。

序　幕

我的创伤根植于故土，它亦是我的依附、我的港湾。

在科勒顿的惊涛与泥沼的陪伴下，我不紧不慢地长大。由于终日在南卡罗来纳酷暑下的捕虾船上劳作，我强壮的手臂早已晒得褐黄。成长在温戈家，我一学会走路就要开始干活儿。五岁时，我就能将青蟹肉剔得一干二净；七岁时第一次杀鹿；九岁已能时常为家中的餐桌添几样荤菜。我在南卡罗来纳的一个海岛上出生，长大，我的后背、肩头汲取了低地的阳光，浸染出黑金的色泽。孩童时的我于航道中雀跃而行，驾着小船穿梭于沙洲之间。潮退之时，数不尽的牡蛎暴露在棕色的浅滩之上，犹如一片片寂静的疆土。我能叫出每一艘捕虾船的名字，而它们也认得我。每每在河中捕鱼，有船从我身边经过，它们也会鸣响船笛，以示致意。

十岁时，我杀死了一只秃鹰，只为图好玩、图稀奇，全然不顾它划过学校上空时那令人窒息的美丽身姿。那是我唯一一次夺取从未见识过的生灵的性命。事后，父亲把我痛打一顿，因为我触犯了法律，杀死了科勒顿县仅存的一只鹰。他命我生起一团火，把肉抹上料，流着泪一口一口地把鹰吃下去。而后，他把我交给县里的治安官班森，丢进号子里关了一个多小时。父亲用鹰的羽毛做了一顶难看的印第安头饰，逼我戴着上学。他相信赎罪。我一连戴了数周，直到羽毛开始散落才摘掉。一根根羽毛落在走廊的地上，落在我身后，仿佛我是被贬谪的天使，羽衣渐蜕。

"别杀稀罕的活物。"父亲如是说。

"幸好我杀的不是大象。"

"那得撑死你小子。"

父亲容不得他人于故土作恶。日后我依旧狩猎,只是离老鹰远远的。

我对南方精神实质的感悟则得益于母亲的悉心传授。她笃信花鸟之梦。小时候,每晚临睡之前,她都用说故事的口吻讲述鲑鱼如何梦到山口,梦到湍急的清流之上一张张熊瞎子的棕脸。按照她的说法,铜斑蛇在梦里把毒牙插进猎人的小腿骨头;而梦境中的鱼鹰羽翼丰满,长啸着俯身冲向幽潭的鲱鱼;银貂的噩梦里,猫头鹰凶残地展开双翅;驼鹿的夜寐中,灰狼闻风蠢蠢欲动。

对于母亲的梦境,我们却不得而知。那是一片未对我们敞开的内心世界。蜜蜂梦朵朵蔷薇,蔷薇梦花匠玉手,蜘蛛则梦见粘在银网上的天蚕蛾……这些我们都如数家珍。母亲将她夜晚天马行空的祷愿托付给我们——她的子女,但却闭口不提她自己的梦。

白天,她带我们去森林或花园,但凡遇见花草鸟兽,总要为其编个名字出来。于是,帝王蝶成了我们口中的"采花大盗";四月遍地的水仙成了"奶黄姑娘的兜帽舞"。细致如母亲,每回岛上漫步都成了一次极致纯粹的探索之旅。她的双眼便是我们打开荒野迷宫之门的钥匙。

我们一家人住在梅尔罗斯岛一间白色的小屋里,远离尘嚣。房子当年还是祖父帮忙建的。它面朝内陆水道,沿河向下便可以望见科勒顿,一座座白色的大楼如棋子般林立于泥沼构成的地平线之上。梅尔罗斯是座菱形岛屿,方圆一千二百英亩,四面咸水环绕。我自幼生活的小村地处亚热带多岛海域,土地肥沃,过了这水陆参半之地,前方即柳暗花明,豁然一片陆野。整个科勒顿县大小海岛不下六十座,梅尔罗斯仅是其中之一。六座堰洲岛位列东侧郡县边境,大西洋的日夜激荡雕琢出它们的轮廓。包括梅尔罗斯在内的其余海岛则沼泽环布,每到产卵时节,此处便成为褐虾和白虾繁育后代的绿色港湾。一到虾子繁茂的季节,父亲便与一众弟兄驾船在此守候。

我八岁那年,父亲在家门口搭建起一座木桥,我打下手。小桥一路通向湿地窄堤,再往前就是圣安妮岛,从岛上穿过钢铁吊桥过河,便可以到达科勒顿的镇子。从家到桥头,父亲开皮卡只要五分钟,再开十分钟就可以进镇。

木桥于1953年完工。此前,母亲都是用船送我们去科勒顿上学。每天清早,她驾船送我们渡河,下午在公共码头等我们放学,风雨无阻。开"波士顿威拿"[1]去科勒顿比开皮卡快得多。多年水上接送,母亲已操得一手好舵,开小艇比她厉害的我也没见过几个。有了木桥之后,她却再没怎么上过船。对于我们,木桥连接的不过是家与小镇;而对于母亲,它通向的是梅尔罗斯以外那个蕴藏着无限可能的广阔世界。

梅尔罗斯岛是父亲家族唯一数得上的产业。祖祖辈辈都是性情中人,可惜时运不济。南北战争过后,家族事业一落千丈,颓势难转。我的高祖父温斯顿·沙得拉·温戈曾经指挥博雷加德[2]麾下一个炮兵连炮轰萨姆特堡[3]。他死在查尔斯顿的"联邦军人之家",晚年靠救济度日,就是不肯和北方佬说一句话——无论是男是女——直到咽气。暮年一场投掷马蹄铁的赌局为他赢得了梅尔罗斯岛。就这样,一个无人整治、疟虫遍地的荒岛在衰落的温戈家族连传三代,落到了我父亲手中。祖父早已嫌它负累,家中唯有父亲愿意出钱交州税和联邦税,以免让梅尔罗斯落入政府名下。不过,那场赌局仍载入家族史册:温斯顿·沙得拉·温戈作为家族第一代赌王,流芳千古。

至于父亲与母亲之间旷日持久、令人绝望的战争究竟何时打响,我不得而知。多数小打小闹就像"鬼抓人"的游戏,彼此损耗殆尽,戳痛儿

---

[1] 美国造船品牌,1958年创建,后被宾士域集团收购。
[2] 皮埃尔·古·图·博雷加德(1818—1893),南北战争期间南方军队将军。
[3] 位于美国南卡罗来纳州查尔斯顿港。1861年4月21日,该处防御工事遭受南方军队的炮火袭击,由此揭开南北战争序幕。

女的心，以此拔旗称胜。我们脆弱而稚嫩的童年成了争执的焦点，谁也没想过这么做究竟潜藏着怎样的伤害。我依然相信，父母深爱着我们几个。然而就像许多父母一样，最深的爱也最为致命。无论如何，父母总有千般好，他们珍贵的馈赠几乎抵偿了无心的毁坏。

母亲的美丽动人心魄。尽管在她眼中，我早已过了被她揽怀的年纪，但我依旧渴望着她的爱抚。不过话说回来，我此生都要感谢母亲。是她教会我发现万千形态的自然之美，让我爱上星夜里渔船提灯的微光，爱上黎明时掠水惊波的褐色鹈鹕。是她让我留意海胆完美的钱币身形，观察比目鱼如何像浮雕上的贵妇一样嵌入沙中，还有科勒顿大桥附近有水獭蹿来跳去的破船残骸。纯真的想象如同五光十色的棱镜，母亲透过它观察整个世界。莱拉·温戈将璞玉一般的女儿造就成了诗人和疯子；对儿子们，她略加温存，见效也更慢。童年的千百种姿态，时光之窗展露的光影、静态，统统由母亲为我留存。在儿子崇拜的眼中，母亲就是主宰这玲珑画境的女王。令我无法释怀的是，她始终不曾透露我幼年时一路支撑着她的梦——那个为全家带来灾祸和死亡的梦。

母亲是美人，而父亲以捕虾为业，身为儿子的我对船只的轮廓尤为钟爱。我在河滩上从小玩到大，连梦中都呼吸着盐沼的味道。夏天，哥哥、妹妹和我会在父亲的捕虾船上当学徒。清早，太阳还没出来，捕虾船队便会在约定好的浅滩上集结，水下是密密麻麻的虾群，迎着第一道晨光，在月光酿造的浪涛中游动。再没有任何一种景象比这更令我欣喜。父亲立于船舵后，一边喝黑咖啡，一边听邻近船主们用抑扬顿挫的声音聊天解闷儿。他的衣服充斥着海虾的味道，水洗不掉，皂去不净，连母亲的一双巧手也无能为力。有时卖力干上一整天，他身上的气味也会变得不同。鱼腥味里浸入汗味，十分好闻。儿时的我站在父亲身边，鼻子埋进他衬衣里，那味道就像富饶而温暖的土地。要不是爱动拳头，亨利·温戈会是个好父亲。

晴夏之夜，空气潮闷，如同低地上空结了苔藓。哥哥、妹妹和我三个小不点儿睡不着,萨凡娜和我着了夏凉,卢克起了痱子,母亲带我们来到河边码头。

"我给我的宝贝们准备了惊喜。"母亲说,只见一只鼠海豚在平静的银波中朝大西洋游去。我们坐在木板边,双腿荡在岸沿外,想用赤脚触碰水面。

"给你们看样东西,回去就能睡着了。孩子们,看那儿。"说着,她指向东方的地平线。

在南方漫长的夜晚,天色渐暗。突然,就在她的指尖处,在银边镶嵌、饱浸光华的云朵守候的天边,月亮挑起了金色的眉头。月升日落,身后的河面亦悄然燃起粼粼金焰。初升的金月清丽夺目,落日的余晖扬长西去,直至完全消失,只留最后一缕光带勾勒出黑栎林的顶端。在孩子的眼中,这便是卡罗来纳湿地的日暮之舞,摄人心魄的昼之殒殁。月亮越攀越快,如同腾起的飞鸟,掠过水面,掠过树林,掠过岛屿,直直向上。先是披金,继而转黄,然后变浅,变银,发亮。它变得不可思议,纯洁无瑕。似银而胜于银,那是南境之夜独有的色彩。

我们三个直勾勾地望着妈妈从水中召唤的月亮。它全然被银色浸透时,三岁的萨凡娜先冲着妈妈、卢克和我,又冲着河面与月亮叫喊着:"妈妈,妈妈,再来一次!"这便是我最早的记忆。

在我们成长的岁月里,我们常为母亲的魔法着迷。她能将白鹭与苍鹰的梦境娓娓道来,能召唤月亮,也能把太阳赶到西边,次日清晨再将一轮新日从大西洋的浪端唤醒。莱拉·温戈对科学毫无兴致,对自然却充满激情。

若要细说南卡低地的成长岁月,我应当在某个春日领你去湿地,惊起静隐的青鹭,驱散秧鸡,两腿扎进齐膝深的泥巴,用折刀撬开一只牡蛎捧到你嘴边,说:"来,尝尝,这是我童年的味道。"我还会说:"深呼吸。"你这辈子都忘不了那个味道——潮沼的香气张扬而丰厚,细腻而感性。那是南方的炽热之味,像鲜乳,像精液,又如溢出的葡萄酒,充溢着海水的香气。我的灵魂如羔羊一般,陶醉在浪潮之中。

在这个世界上,我只忠于一片疆土。我总是用神圣的口吻谈起我的故土,它的一草一木都是我的骄傲。穿行于城市的车流间,我总是小心翼翼,时刻不敢掉以轻心,因为我心属湿地。我内心的那个稚气少年依然惦记着黎明前拎蟹篓下科勒顿河的日子。水上的岁月塑造了那时的我——一个守潮儿。

有一回在科勒顿附近的荒滩晒太阳,萨凡娜大叫着要我和卢克朝海里看。她一边尖叫,一边指向一大群跃出海面的乌泱泱的巨头鲸。它们蜂拥而来,与我们擦肩而过,黑黑亮亮的,好像裹了马臀皮,四十多条浩浩荡荡地搁浅在岸边。

三个孩子穿梭于这些垂死的生灵之间,哭喊着央求它们再使一把劲儿,好回归大海。几个钟头就这样过去。我们如此渺小,它们那么美丽,远远望去,就像一只只巨人的大黑鞋。我们趴在鲸鱼耳边说悄悄话,挖走堵在喷水孔的泥沙,把海水洒在它们身上,执着地要它们活下去。它们乘海而来,神秘而耀眼。三个小家伙在同它们讲话。同样身为哺乳动物,我们的声音却如泣如诉,不知欣然赴死是何滋味。我们守了一整天,拽着鱼鳍,拼命想把它们拉回水中,直到筋疲力尽。夜色渐至,四周一片寂静。鲸鱼一头接一头地死去,我们抚摸着鲸鱼的大脑袋,祈祷它的灵魂离开它那庞大的黑色躯体,如战舰般划破黑夜,融入大海,游向光明。

日后说起来,感觉童年既似悲歌,又似梦魇。妹妹写了书,出了名。有记者问起她的童年,萨凡娜身子后倚,撩了撩眼前的头发,正色道:"小时候,我和哥哥们踩着海豚和鲸鱼的脊背走路。"海豚自然是没有的事,但妹妹却深信不疑。她选择了这样的记忆,选择这样赞美、这样铭记。

然而噩梦却非魔法生成。我总是难以面对童年的真相。毕竟,勾勒梳理一段自己宁愿忘却的过去,需要毅力和决心。儿时的鬼怪已远离我多年。我索性一避了之,在遗忘的脉络中寻找慰藉,在阴冷、蛮横的无意识中谋求庇护。然而，短短一个电话，家族的过往、成年后的失意又再次回到了眼前。

我宁愿没有过往，不做交代。我一直假装自己没有童年，把它紧紧攥在胸口，不露一星半点。谁让我有母亲那么厉害的先例。记忆的留存与否全由意志决定，我选择不要。人非圣贤，纵有天大的过错，父母不能不爱，我无法逼他们直面全家的苦难。那样的罪恶远非他们所能掌控，受清算、被控诉的也不该是他们。他们也有过往。在我的记忆中，它甘苦参半。因为这段过往，我原谅了他们对亲骨肉所犯的罪。家人之间，没有什么罪孽是不能宽恕的。

萨凡娜第二次自杀未果后，我到纽约某精神病院看望她。我俯下身，按照欧洲人的方式亲吻她的两颊。望着她疲惫的双眼，我依旧照搬每次久别重聚后的那串问题。

"萨凡娜，家庭生活怎么样？"我假装做访谈。

"跟广岛差不多。"她低语道。

"离开家人铸就的安乐窝后，日子过得如何？"

"跟长崎一个样。"萨凡娜一脸苦笑。

"萨凡娜，你好歹会写诗，"我望着妹妹，"应该把家人比作一艘船。"

"'泰坦尼克'。"

"给诗取个名字吧，献给你的家人。"

"'昔日奥斯维辛'。"我俩都笑了。

"关键问题来了。"说着，我俯身在她耳边低语道，"这世上你最爱哪一个？"

萨凡娜从枕头上支棱起脑袋，碧蓝的眼睛闪着坚毅，苍白的干唇轻轻开启："最爱我的双胞胎哥哥，汤姆·温戈。那哥哥呢？他最爱谁？"

我握住萨凡娜的手："我也最爱汤姆。"

"别瞎说，讨厌鬼。"她有气无力道。

我望着她，双手捧着她的脸，眼泪骤然滑落，哽咽得几乎说不出话：
"我最爱我的妹妹，南卡罗来纳州科勒顿了不起的萨凡娜·温戈。"

"抱紧我，汤姆，别松手。"

这便是我们之间的暗语。

我生逢乱世，正赶上一场世界大战打得火热，原子能时代阴云来袭。在南卡罗来纳州长大的我，一个南方白人男子，耳濡目染中早已习惯了仇视黑人。民权运动将我打了个措手不及，我不再是"自己人"，成了邪恶的坏蛋。好在我爱动脑筋，富有感性，疾恶如仇，又十分努力地改变自我，在运动中扮演微不足道的角色，很快便觉得扬眉吐气。上了大学，行进在预备役军官训练团清一色的白人男性队伍里，等待我的却是和平示威者的口水——他们显然看不惯那身军装。终于，我也加入了和平示威的队伍之中，但从不朝任何与我意见相左的人吐口水。原以为能平安无事地跨入而立之年，成为熟思济世的稳重男子，谁想又被妇女解放运动一板砖拍翻在街头。我再一次被丢到阵营之外，就好像我是二十世纪所有糟粕的集合体一样。

因为萨凡娜，我不得不审视自己的时代；也是因为她，我摆脱了束缚，直面河畔的旧日真相。我在浅水中自在了太久。如今，妹妹牵着我一步步迈入更为幽深的海域。所有的枯骨、残骸和废船都在那里，等待跨蹴的我一探究竟。

事实是：这个家经受了许多——每一段故事都非比寻常。许多家庭世世代代波澜不惊，令我十分羡慕。而温戈家则受尽命运的千重考验，早已支离破碎，不堪一击。然而，某种力量始终支撑着这个磨难中的家庭，让我们近乎齐整地熬过了复仇女神的降祸。除非你相信萨凡娜所说：温戈全家无一幸免。

且听我娓娓道来。

不会有任何遗漏。

我保证。

第一章

南卡罗来纳州,沙利文斯岛。

东部时间下午五点,家中电话铃响起。我和我的妻子萨利刚刚在门廊坐下,想着一边远眺查尔斯顿港和大西洋,顺便喝上一杯。萨利起身进屋接电话,我在身后嚷嚷:"不管是谁,就说我不在。"

"是你妈妈。"萨利撂下电话回来说道。

"就说我死了。告诉她,人上个礼拜刚没的,你忙得没顾上打电话。"

"你还是接吧,她说有急事。"

"她老这么说。所谓急事,没一件是着急的。"

"我听她带着哭腔,可能真有急事。"

"母亲大人掉泪是家常便饭。没有哪天她是不哭的。"

"汤姆,人家还等着呢。"

我起身去接,妻子嘱咐道:"有话好好说,别一跟你妈妈通话就急眼。"

"老婆,我厌母,"我解释道,"人生在世,这点乐趣还不能有啊?"

"听我一句劝,有话好好说。"

"如果她今晚要过来,我就跟你离婚。对事不对人,谁让你非叫我接电话。"

"别来无恙啊，母亲。"我拿着听筒故作欢快，明知根本糊弄不了她。

"汤姆，我有个坏消息。"

"妈，咱家什么时候有过好消息？"

"这次是坏到不行，简直就是噩耗。"

"我洗耳恭听。"

"电话上没法说。要不我过去吧？"

"想来就来吧。"

"你想让我过去我才去。"

"是您自己说想来的，我可没说。"

"都这种时候了，你还要伤我的心？"

"妈，我还不知道是什么'时候'呢。您又没告诉我是怎么回事。我不想伤您的心。您来吧，咱俩也好拉开架势对龇个来回。"

放下电话，我扯着嗓子大吼："离婚！"

三个女儿正在门前的沙滩上拾贝壳。我望着她们，等待母亲到来。大女儿今年十岁，老二九岁，老三七岁。大女儿和小女儿都是棕色头发，中间隔着个金发的老二。那岁数，那个头，那容貌，怎么看我都觉得不可思议。她们茁壮成长，而我也随之渐渐老去。海风中，她们的发丝飘逸，晒得棕黑的小手拨开眼前的浮发，笑声随着拍岸的浪花飞溅开来。望着她们，你会相信真有神女降临人间。阳光下，詹妮弗举起一只海螺，大声招呼两个妹妹过去看。我起身来到围栏前，刚好有位邻居停步跟孩子们搭话。

"布莱顿先生，"我大声道，"这回能不能别让我家姑娘在海边抽烟？"

几个孩子抬起头，朝布莱顿先生挥手告别，然后穿过沙丘和海燕麦丛来到房前，将拾来的贝壳倒在我放酒的桌上。

老大詹妮弗道："老爸！你总在别人面前让我们难堪。"

"爸爸，我们捡到海螺啦，"小女儿钱德勒尖声说，"这家伙还活着呢。"

"这东西还活着呢，"说着我把海螺掉了个个儿，"今儿就拿它当晚餐。"

"哎呀！恶心死啦！"露西叫道，"吃得下才有鬼。"

"不行！"小女儿说，"我要把它放回海里。海螺要是听见你要吃它，得多害怕呀！"

"哎呀，钱德勒，"詹妮弗道，"你净瞎说。海螺又不懂英文。"

"你怎么知道？"露西不服气，"你又不是世界女王，怎么会什么都知道？"

"就是，"我赞成道，"你又不是世界女王。"

"我要是有两个弟弟就好了。"詹妮弗道。

"我们还想要个哥哥呢。"露西顶着一头毛乎乎的金发道。

詹妮弗问："爸，你真要杀死那个丑八怪？"

"钱德勒肯定很生气。"

"不了，放回海边。我可不想被钱德勒当成刽子手。来，都坐爸爸腿上！"

三姐妹不情不愿地把小圆屁股放在我的大腿和膝盖上。我亲了亲每个人的前颈和后脖子。

"过了今年，可就再也没的坐了。你们已经长得老大啦。"

"老大？我才没长得老大呢，老爸！"詹妮弗纠正道。

"叫爹地嘛。"

"小鬼才那么叫。"

"那我也不叫你爹地。"钱德勒说。

"可我爱听，这样才显得有人疼爱。孩子们，我问个问题，你们要诚实回答。别哄爹地，有什么说什么。"

詹妮弗白眼一翻："哎呀，老爸，你又来了。"

我问:"所有认识的人当中,你们觉得谁最伟大?"

"妈妈。"快嘴的露西冲我一乐。

"就差一点,"我说,"咱们再试一次:想想你认识的所有人当中,最高大、最厉害的是哪个?答案就在嘴边。"

"是你!"钱德勒喊道。

"真是个小天使!聪明又纯粹的洁白小天使。说吧,想要什么?钱?珠宝?皮草?股票债券?宝贝儿你尽管开口,爹地要啥给啥。"

"我要你别杀海螺。"

"杀它?!我要送那海螺上大学,让它做生意。"

"老爸,"詹妮弗道,"我们都这么大了,你还逗个没完。在朋友面前我们都不好意思了。"

"哪个朋友?"

"约翰尼呀。"

"就是那个老嚼口香糖、顶着一脸痘子、下巴还耷拉着的白痴?"

"那是我男朋友。"詹妮弗一脸骄傲。

"詹妮弗,他是个怪咖。"露西插嘴道。

"比你那个矬子男友强多了。"

"姑娘们,我可提醒过你们,提防那些臭小子。这帮无赖都猥琐得很,满脑子净是下流勾当,往草丛里尿尿,还抠鼻屎。"

"你自己以前还不是个臭小子?"露西反问。

"哈!就咱爸?"詹妮弗道,"笑死人了。"

"我跟他们可不一样。我可是清澈如月光的尊贵王子。话说回来,詹妮弗,我不会干涉你的感情生活。你也知道,我可不是那种讨人厌的老爸,闺女领回来的任何家伙都看不上眼。你的人生,你做主,我不插手。孩子们,你们想嫁给谁我都不拦着——只要先把医科读完。"

"我可不想读什么医科。"露西说,"爸,你知道吗,妈妈得把手指伸进别人屁屁里?我要像萨凡娜姑姑一样,当个诗人。"

"行啊,第一本诗集出版就让你结婚。你爸我不是铁石心肠,通融得很。"

"我想什么时候结婚,就什么时候结婚。"露西执拗道,"到时候我就是大人了,才不要你同意呢。"

"这就对了,露西!"我拍手叫好,"父母怎么说别管。我只要你记牢并做到这一点。"

"你才不是动真格呢,爹地,光耍嘴皮子。"钱德勒的头倚在我下颌上,"我是说,爸爸。"

"记住我的话。小时候可没人教我这些。"我一脸正经,"世上之所以有父母,就是为了磨炼子女,这是上帝创世最重要的铁律之一。听好了,只要让我跟你妈以为你们的所作所思都是按照我们的意愿,任务就完成了。背地里可别听爹妈的。要有自己的想法,再偷偷地执行。因为你妈妈跟我是在害你们。"

"怎么害我们了?"詹妮弗问。

"在朋友面前让咱们难堪呗。"露西道。

"没有的事。但我可以肯定地说,我俩每天都在祸害你们。如果知道是怎么祸害的,我们会停手,下不为例,因为爸妈爱你们。然而没办法,我们是做父母的,拦不住。祸害子女是父母的天职,懂了没?"

"没。"三个人异口同声。

"很好,"说着,我嘬了一口酒,"懂了才邪门儿呢。父母跟你们势不两立。你们得打游击反抗才行。"

"可我们不会打游击,"露西愣愣道,"我们是小女孩。"

萨利回到门廊,换上了一件米黄色的太阳裙,跟凉鞋的颜色相配。裙子下两条古铜色的大长腿十分养眼。

"我是不是打扰斯波克医生[1]上课了?"说着,她冲孩子们一乐。

---

[1] 此处指美国儿科医生本杰明·斯波克(1903—1998),他最先通过对精神分析的研究理解孩子的需要以及家庭活力。

"爸爸说我们是游击队的。"钱德勒溜下我的膝头,爬上妈妈的大腿。

"你妈妈要来,我略微打扫了一下。"说着,萨利点了支烟。

"妈妈,你再抽就会得癌症死掉啦,"詹妮弗说,"我们在学校学过,你会被自己的血呛死。"

"这学咱不上了。"萨利吐了口烟。

我问:"干吗要打扫?"

"因为你妈一来看哪儿都不顺眼,我嫌烦。每次一见厨房乱糟糟的,她恨不得赶紧给孩子们打疫苗,就跟会得斑疹伤寒似的。"

"她那是眼红。你是医生,而她最厉害的不过是三年级赢过拼字比赛。所以说,犯不着每次她来散播瘟疫就收拾。她一走,把家具点了,屋里屋外喷一圈消毒剂就行。"

"汤姆,你对她太过苛刻了。她只想重新当个好母亲而已——只不过是以她自己的方式。"萨利一边说,一边端详钱德勒的头发。

詹妮弗问:"爸爸,为什么你不喜欢奶奶?"

"谁说我不喜欢奶奶?"

露西也跟着掺和:"就是啊,爸爸。为什么每次她一来电话,你就大吼'就说我不在'?"

"宝贝儿,这叫防御机制。要知道,河豚一遇到危险,就鼓成个圆球。同样的道理,你奶奶一来电话,我就鼓成个球,大吼'就说我不在'。本来挺管用的,都怪你妈妈出卖我。"

"为什么不告诉她你在家啊?"钱德勒问。

"告诉了我就得接电话啊。一跟她说话,我总觉得自己是个小孩,可我讨厌小时候。我宁愿当河豚。"

露西问:"等我们长大了,你来电话,我们是不是也喊'就说我不在'?"

"那当然啦,"我咋呼得有点过头,"这样我才能问'亲爱的,怎么总也见不着你啊'，或者'亲爱的，是不是爸爸做错什么了'，或者'上礼拜四才是我生日'，或者'我下周二要做心脏移植手术，不过反正你也不关心'，或者'你好歹来帮我掸掸呼吸机上的尘土好吗'，这样才好让你们觉得愧疚。孩子们，等你们长大离开家，我只剩一件事要做——让你们内疚，搅得你们没好日子过。"

"爸爸以为自己什么都知道。"露西对萨利说，其他两个小家伙也点点头。

"怎么？数落起你爸来了？我的亲生骨肉居然挑我的不是？！露西，老爸我什么都能忍，唯独忍不了别人挑我的刺儿。"

"妈妈，朋友们都说爸爸是个疯子。"詹妮弗火上浇油，"妈妈还有个妈妈样儿，爸爸却一点也不像别人的爸爸。"

"这倒好，我自己的女儿跟我作对，往我心口扎刀子。这要是在俄国，这几个丫头肯定把我扔到西伯利亚的盐矿，冻得我烂屁股，肏。"

"妈妈，他说脏话。"露西告状。

"我听见了，宝贝儿。"

"草，"我赶紧纠正，"我是说草坪该修剪了。"

詹妮弗还在一旁解释："每次他一说脏话就拿草坪说事儿。"

"此时此刻，我妈正经过谢姆河桥往这儿来。有她在，再欢实的鸟儿也吱吱不起来。"

"你就对她好点儿吧，汤姆，"萨利端起医生架子，"不要她一点火你就着。"

我嘟囔着猛灌一大口："老天爷……也不知道她要干吗。每次她来，一准儿给我添堵。要说谁是生活的刽子手，我妈绝对是大师级，都能开讲座了。她说有坏消息。我家一有坏消息，肯定是要死要活的，简直是《约伯记》的翻版。"

"至少你得承认，她想跟你重修旧好。"

"我承认，她想，"我有气无力道，"可她还是不'想'的时候更招人待见。要当坏人就当到底。"

"我说汤姆，今晚咱们吃什么？"萨利突然岔开话题，"闻着好香啊！"

"刚烤的面包。今早在礁石附近逮到了比目鱼，我填了蟹肉和虾仁。有新鲜的菠菜沙拉，外加葱爆西葫芦。"

"太好了！"萨利说，"我还是别喝了，今晚值班。"

"可我想吃炸鸡，"露西说，"咱们去吃肯德基吧。"

"再说，老爸，为什么是你做饭？"詹妮弗冷不丁地问，"一说起你给妈妈做饭，布莱顿先生就笑个不停。"

"就是，"露西也掺和，"他说因为妈妈赚钱比你多一倍。"

"那个浑蛋！"萨利咬牙切齿地嘀咕道。

"不对，"我说，"是因为妈妈赚钱比我多四五倍。"

"孩子们，记住，是你们老爸供我读完医学院的。露西，以后不准这样伤爸爸的心，"萨利告诫道，"不要布莱顿先生说什么，你就学什么。爸爸和我一直都尽量平摊家务。"

"别人家都是妈妈做饭，就你不一样。"萨利的灰眼睛里已经露出几分不快，詹妮弗却依旧口无遮拦。

"萨利，我说什么来着，"我打量着詹妮弗的头发，"在南方只会养出南方佬。南方佬天生缺根筋。"

"咱们也是南方人，也没缺根筋。"萨利道。

"这叫变异，亲爱的。隔一两代就冒出几个。"

"孩子们，快上楼洗洗。莱拉快到了。"

露西问："为什么她不爱听我们叫她'奶奶'？"

"因为听着显老。行了，快去吧。"萨利说着把孩子们赶进屋。

再度回到门廊，萨利俯身在我前额轻轻一吻："露西的话你别往心里去。这孩子古板得要命！"

"我没往心里去，萨利，真的。你也知道，我最喜欢扮悲情——越是顾影自怜,越是如鱼得水。没出息的汤姆·温戈,老婆攻破疑难杂症,他在家刷盘洗碗;可怜虫汤姆·温戈,老婆每年赚十大几万,他在家烙饼做饭。咱们以前就说好了,这也是预料之中的。"

"可我还是别扭。我就不信你没有大男人的自尊。这肯定不好受,我知道。我内疚得要死,因为孩子们不明白,为什么我不蹲在家里,倒好牛奶、烤好饼干等她们放学。"

"可妈妈是个医生,她们多骄傲啊!"

"爸爸是老师,还当教练,却没见她们骄傲到哪里去。"

"以前是,老婆,你得用过去时。我被炒了,记得吗?我自己都觉得没面子,所以咱不能怪孩子。老天,那动静……该不是我妈的车到门口了吧?大夫,赶紧给我来三粒安定!"

"我自己还靠药撑着呢。难道你忘了?对付你之前,她得先查我的房。"

"喝酒也不管用!"我发着牢骚,"越是想麻醉神经的时候,怎么酒反而不管用了?要留我妈吃晚饭吗?"

"当然了,不过也留不住。"

"好得很!那我留她。"

"汤姆,对她客气点,"萨利嘱咐,"你看她想尽办法跟你做朋友,怪可怜的。"

"要当妈就当不了朋友。"

"你觉得咱们的孩子也这么想?"

"不,咱家孩子只会恨爸爸。难道你没发现,她们已经开始烦我开玩笑了?老大可还不到十岁呢。我得想点新段子才行。"

"我喜欢你那些段子,挺有意思的。之所以嫁给你,也是因为我知道,以后家里会笑声不断。"

"大夫,您真是太好了!得,我妈到了。快!大蒜缠脖子,再来个十字架!"

"嘘！小心让她听见。"

母亲出现在门口，衣着打扮无可挑剔。人还没到，香水味老早就飘到了门前，总是一副进宫觐见女王的架势。我妈讲究得就像游艇——养眼，干练，显贵，好看得简直不像当妈的。以前我还被当成过她的丈夫，她别提多得意了。

"可算见到了！亲爱的孩子们，都还好吗？"

她高兴地亲吻我们，却藏不住眼里的沉重。

"萨利越来越漂亮了。你说是不是，汤姆？"

"那必须的。您老也是。"我强忍着不发牢骚，在母亲面前总要炮制一堆没有营养的废话。

"哎呀，谢谢啦，汤姆。还知道夸奖你年迈的母亲，真贴心！"

"我年迈的母亲身材称霸南卡罗来纳。"第二轮废话炮弹速射。

"为了保养，我可花了不少心思呢。男人哪里知道咱们女人吃了多少苦，才换来这婀娜身形？萨利，你说是不是？"

"就是。"

"汤姆，你可是又胖了。"我妈乐滋滋道。

"你们女人哪里知道男人要受什么罪才能熬成死胖子？"

"我可没有责怪你的意思，"她委屈兮兮地装起了无辜，"要是你这么在意，我不说就是了。发点福挺好的，你还是脸上有点肉好看。我今天来可不是跟你吵架的，出事了。我可以坐下吗？"

萨利道："当然了，莱拉。我给你弄点喝的。"

"亲爱的，我要金汤力，可以的话再挤点青柠。汤姆，孩子们在哪儿？我不想让她们听见。"

"在楼上。"我望向落日，等着她开口。

"萨凡娜又试图自杀。"

"老天爷，"萨利突然停在门口，"什么时候？"

"显然是上周。现在还不好说，他们发现的时候，萨凡娜已经昏迷了。现在虽然醒了过来，可是……"

"可是怎么了？"我低语道。

"醒了又开始耍性子缠人。"

"妈，那叫精神病发作。"

"她说她自己精神失常，"我妈并不示弱，"可我告诉你，她那不算。"

没等我开口，萨利先问了："现在她人在哪儿？"

"在纽约一家精神病医院——叫'贝尔维尤'还是什么的。我在家抄了下来。来电话的是个医生——还是个女医生，萨利，跟你一样，只不过她看的是精神病。依我看，她肯定是入不了正经科班才干这个，不过人各有志嘛。"

"我也差点选了精神科。"萨利道。

"年轻姑娘在事业上崭露头角自然可喜可贺，我年轻时却没这种好命。反正，就是有个女医生打电话，把这个令人难过的消息告诉了我。"

"这次她用的什么方式？"我本想克制住自己，然而却越来越忍不住。

"还是割脉。"说着，她哭了起来，"为什么她总这样伤害我？难道我受的罪还不够多吗？"

"妈，她伤害的是自己。"

"我去帮你弄喝的，莱拉。"萨利说着进了厨房。

我妈从手包里掏出手绢擦了擦眼泪："那个医生应该是犹太人，名字拗口得没法念。也许亚伦认识她。"

"妈，亚伦家在南卡罗来纳。他是犹太人，但并不代表全美国的犹太人他都认识。"

"但至少会知道如何打听这个医生的底细，看她是不是个正派人。亚伦家的家风就特别严。"

"好吧，大夫是犹太人，亚伦家肯定有一沓儿她的资料。"

"你用不着总是对我冷嘲热讽,汤姆。你有没有顾及我的感受?自己的亲骨肉这么作践自己,我会好受吗?我觉得自己好差劲。你根本想象不到,要是被正经圈子的人知道身世,他们会怎么看我。"

"您要去纽约?"

"我可没法去,汤姆。我最近也有难处。周六晚上我们要举办一场晚宴,已经筹划好几个月了,花了不少钱。她肯定有专业人士照顾着,我们也帮不上什么忙。"

"妈,陪伴就是帮忙。您一直都不明白这点。"

"我告诉医生你可能会过去。"我妈一脸试探。

"我当然要去。"

"反正你现在没工作,时间好安排。"

"找工作也是工作。"

"我真心觉得你应该接下那份卖保险的工作,可你也不会听我的。"

"您怎么知道?"

"萨利告诉我的。"

"是吗?"

"她很担心你——我们都很担心你,汤姆。总不能一辈子让她养你吧?"

"这话也是她说的?"

"不是,我只是把自己的想法告诉你。你要面对现实:只要你还待在南卡罗来纳,再想教书、做教练都是不可能的。你得重新开始,从底层奋斗,向愿意给你机会的老板证明你的实力。"

"您这话说的,就好像我这辈子没工作过似的。"我有些心虚,不敢直视她的眼睛。真希望太阳快点下山,黑夜速速降临。

"你都被辞退好长时间了。"我妈依旧不依不饶,"我可以肯定地告诉你:男人不帮忙贴补家用,就得不到妻子的尊重。萨利心地善良,但也不能只靠她一个人赚钱,而你坐在门廊上发痴。"

"我都投了不下七十份简历了。"

"我丈夫就能帮你谋个差事。之前他还想支持你做生意的。"

"我不会接受您丈夫的帮助,您知道的。这点您总理解吧?"

"我当然不理解。"我妈提高了嗓门儿,"我为什么要理解?他见你全家受苦,就因为你不争气、没工作。他是想帮萨利和孩子们,又不是为了你。你们本来就不怎么宽裕,他是不想让你的老婆孩子受更多苦。明明知道你恨他,他还是愿意帮你。"

"很好,他知道我恨他。"

萨利端着母亲的饮料回到门廊,给我也做了一杯。我恨不得把酒泼了直接嚼玻璃。

"汤姆正给我讲他如何恨我,恨我所代表的一切。"

"胡说。我只是被人逼急了,只说我恨你丈夫。再说,是你先挑的头。"

"我说起你没工作。汤姆,这都一年多了。以你的能力,有这么多时间早就成事了,无论做什么。一个大男人,四肢俱全,靠老婆养着,你让萨利的脸往哪里放?"

"够了,莱拉。"萨利愤愤道,"你无权拿我说事儿。"

"难道你看不出来吗,萨利?我是想帮汤姆。"

"不,这不叫帮,绝对不叫。莱拉,不能用这种法子。"

"萨利,明天我得去趟纽约。"

"当然。"

"你会代我问好,对吧?"

"当然了,妈妈。"

"我知道她跟你一样喜欢跟我作对。"

"我们没有跟您作对,妈。"

"才怪。你以为我看不出,你根本不把我放在眼里?你以为我不知道,你见不得我过几天舒服日子?你就盼着我守着你父亲,每天泡在苦水里。"

"妈,不是您想的那样。我们的童年太惨,长大了也没有好到哪里去。"

"都别说了,"萨利劝道,"不要这样伤害彼此。"

"我知道嫁给温戈家的男人有怎样的下场。萨利,我清楚你过的是什么日子。"

"妈,您真应该常来。我刚刚才高兴了那么一两分钟,紧接着您就出现了。"

萨利命令道:"你们两个马上打住。现在咱们应该想想如何帮萨凡娜。"

"我已经尽力而为了,"母亲道,"她无论做什么都怪罪到我头上。"

"萨凡娜生病了,"萨利和声劝道,"莱拉,这你清楚。"

听到这话,母亲眼睛一亮。她把饮料换到左手,身子凑上前去跟萨利说话。

"萨利,你是专业人士。知道吗?我最近读了不少关于精神病的东西。业界权威都说,病因其实是内分泌失调,与遗传和环境根本没有任何关系。"

"那咱家内分泌失调得可有点厉害。"我气不打一处来。

"有的医生怀疑是体内缺少盐分。"

"我也听过这种说法。"萨利好心接话。

"盐分?!那我给萨凡娜带一罐'莫顿'盐去,让她一勺一勺舀着吃。要真只是缺盐,我就让她顿顿吃,把她变成罗得的老婆[1]!"

"我只是引述权威观点。汤姆,你要想嘲笑你的母亲,随你便。反正就是我好欺负。现在年纪大了,最好的青春早就给了孩子。"

"我说妈,您干吗不把内疚装瓶卖,让美国所有还没有掌握绝技、不懂如何让自家儿女憋屈一辈子的爹妈都来买?专利绝对妥妥拿到手。"

---

[1] 典出《圣经·创世记》,罗得的妻子不听上帝的警告,在逃离毁灭中的罪恶之城索多玛时回头张望,因而变成了盐柱。

"儿子,那样你好歹还能落下份工作。"母亲冷冷道。她站起身:"见过萨凡娜以后,拜托给我打个电话,话费我来出。"

萨利挽留道:"莱拉,留下吃晚饭吧,孩子们都还没见呢。"

"等汤姆去了纽约,我再过来。如果你不介意,我想带孩子们去帕利斯岛住两个星期。"

"那太好了。"

"再见,儿子。照顾好你妹妹。"

"再见,妈妈。"我起身亲吻她的脸颊,"我向来如此。"

晚饭过后,萨利跟我把孩子们打发上床,随后到海边散步。两个人朝灯塔方向走去,赤着脚,踏着浪花经过莫尔特里堡[1]。萨利牵着我的手。心不在焉的我这才意识到,原来已经很久没和萨利有过亲密接触了——无论是作为爱人、朋友还是另一半。身体给不了爱与激情,走不出死气沉沉的凛冬。二十出头的雄心与幻想早已破灭殆尽。心无余力,梦想无以繁衍。旧梦破碎,伤口尚未愈合,也不知要怎么往前看。替代的法子总还是有,只是不知道还能否光彩夺目、刻骨铭心。一连数月,我对妻子的欲求视而不见,没有爱抚,没有触碰,没有兴奋时的晕红之喜与妩媚灵动。不眠之夜,两个孤零零的人并排躺着,嫩腿摩挲,玉手下滑,我却无动于衷。脑子里躁动煎熬,身体也藏掩不住。萨利一点点靠近。我们依偎在夏日的风中,任浪花在脚边散碎。猎户座就在头顶,仿佛细带拦腰,扬手擎棒,驰骋在星辉熠熠、月影遁形的穹宇。

萨利捏了捏我的手:"汤姆,跟我说说,把你的想法都告诉我。又这么闷不作声,我简直参不透你。"

"我想弄清楚,我究竟是怎么毁在自己手里的。"我仰头冲猎户

---

[1] 位于南卡罗来纳州沙利文斯岛的一系列防御工事。

座道,"究竟是哪一分哪一秒,注定了我要凄惨一世,还要连累所爱的人?"

"明明手握珍宝,值得你为之争取,你却是一副要放弃的架势。汤姆,你的过去正在吞噬我们这个家。"

"在那儿,北斗星。"说着,我糊弄地指了指。

"管他什么北斗星!"萨利道,"我没跟你聊星星,你别岔开话题,你也不怎么会打岔。"

"为什么只要我妈一开口——甭管哪个音节,甭管哪个假惺惺的元音、辅音——我听了就来气?萨利,我干吗非要搭理她?每次她一来我就装死多好!我不接话,她就拿我没辙。她是真心疼我,我知道。可我俩一凑到一块儿,句句都是皮开肉绽、扎心戳肺,弄个两败俱伤。她哭天抹泪,我借酒浇愁——没几天她也跟着灌。你要是敢拦,我俩就合起伙儿来不搭理你,还记仇。就跟离谱的耶稣受难剧似的,妈跟儿子轮流把对方抬上十字架。这不怪她,也不怪我。"

"她只是希望你能找份工作,过得好点。"萨利道。

"我也想啊,想得挠墙。可问题是现在没几个人想雇我。有好几十封信,我都没跟你说。全都是客客气气,千篇一律,让人直想钻地缝。"

"可以先卖保险啊。"

"没错,是可以。可那根本不是卖保险的活儿!我就是个上门收钱的,在埃迪斯托岛[1]上一户户敲佃农的门,收些钢镚儿、毛票儿。可怜那些穷苦的黑人,买份保险,就为能有个体面的葬礼。"

萨利握紧我的手:"汤姆,这好歹也能开个头,总好过你每天窝在家里从报纸上剪食谱。这至少也算有事可做,也是自救啊。"

一句话戳了心,我反击道:"我没有荒废时日,脑子可一直没闲着。"

"我没有指责你的意思,汤姆。真的。可是……"

---

[1] 南卡罗来纳州海岛之一。

我立即打断:"萨利,每次你说这话时,一准儿是钻心刺骨的责备。指责就指责吧。挨过了我妈,什么洪水猛兽我都扛得住。"

"不,这次不是。我是想关心你。卢克出事以后,你一直自哀自怜,说话带刺,还总是较真儿。但你不能总是执着于过去,从现在开始,得向前看。汤姆,你的生活还在继续,结束的只是它的一个阶段,现在必须思考接下来要何去何从。"

我们俩都闷不作声,一走就是几分钟。不睦之时的孤寂感让人心慌。这种感觉对我来说并不陌生。本人天赋异禀,再贴心、再爱我的人也能与我形同陌路。

我挣扎着再次向萨利靠近,想重新赢得她的心:"有些事我还没想透。为什么我总对自己恨得咬牙切齿?没道理啊。爸妈再坏,我总算挺过来了。别的没有,总该有点自尊自爱,至少该做个坦诚的过来人。而我却比任何人都虚伪。从来都厘不清自己的感受,总觉得一眼望不到底。"

"你不需要掌握绝对真理。没人需要。能把日子过明白就够了。"

"不,萨利。"我突然停步,扳转她的肩膀面对我,"以前我试过,守着自己的'真理'埋头度日,但这么做并没能摆脱噩梦。咱们走吧,离开这里。留在南卡罗来纳,我不可能再谋到什么差事。认识温戈的人太多,都对这家人没什么好感。"

萨利目光低垂,拢住我的双手。再度开口,她直视着我:"汤姆,我不想离开查尔斯顿。我有份好工作、一个温馨的家,还有一众朋友。为什么连这些美好的东西你也想要丢弃?"

"因为对我来说,这些已经不再美好。因为我对这里的生活已经失去了信念。"

"但我不一样。"

"而且钱也是你赚的。"那尖酸劲儿我自己听了都觉得尴尬,够潇洒,够爷们儿。

"这可是你自己说的。"

"对不起，真的。我不想去纽约，连萨凡娜也不想见。她又做出这种傻事，我气得要死要活。她疯疯癫癫却随心所欲，没人拦着。我气她，也嫉妒她。打从她在自己身上拉口子开始，她就指望着我出现。这已经是老套路了，每一步我都轻车熟路。"

"那就别去。"萨利又一次疏离开来。

"你知道，不去不行。我也就这一样还做得好。危难之际挺身而出的无业骑士。温戈家的人都有这么一根致命软肋，除了我妈——她为了筹备派对忙活了几个月，顾不上寻死觅活的子女。"

"汤姆，很多事情你都怨你父母。什么时候你才能负起责任，主导自己的人生，为自己的行为承担功过？"

"我不知道，萨利。想不出来。不明就里。没头绪。"

她背过身，先我几步回到沙滩上。

"汤姆，受伤的是我们。"

"我知道。"说着，我追赶上去。我捉住她的手，握紧，却感受不到力的回应：“想不到我甚至不是个好丈夫。以前还以为自己能成为理想的伴侣，迷人，感性，对妻子无微不至。萨利，很抱歉，我长久以来对你不够体贴。我也痛苦不已，也想做得更好。现在的我冷若冰霜，遮遮掩掩。我发誓，只要离开这里，我一定做个更好的丈夫。"

"我不会离开这里，"萨利斩钉截铁，"在这里我过得很好。我的家在这儿，我属于这儿。"

"你这话什么意思？"

"意思是你的幸福不一定就是我的幸福。意思是我也一直左思右想，也想厘清头绪。我想厘清你跟我的关系。咱们已经不像从前那么恩爱了。"

"萨利，现在可不是说这话的时候。"

"自从卢克出了事，你我的感情就变了。"

"一切都变了。"

"关于卢克,汤姆,有件事你忘了。"

"忘了什么?"

"你忘了哭。"

我抬头望着灯塔的方向,视线回扫港湾,停留在詹姆斯岛的光亮之上。

萨利继续道:"你的悲伤有始无终,刀枪不入。我全然被你隔绝在外。"

"咱能不能换个话题?"我话中带着尖锐。

"现在的话题是我们,是你还爱不爱我。"

"我刚知道自己的亲妹妹差点要了自己的命!"我大喊道。

萨利并不退缩:"不,你刚知道自己的妻子以为你不再爱她了。"

"那你想听什么?!"我能感觉到她的迫切。那块我内心不可触及的领域,却是萨利的需求所在。

萨利带着哭腔道:"就几句简单的。试试看:萨利,我爱你,没有你我一天都活不下去。"

然而就在她的眼中,在字里行间,还有一个更灰暗的消息呼之欲出。我说:"还有别的事……"

萨利潸然泪下,语气里充满着绝望与背弃:"不是别的事,汤姆。是别的人。"

"乖乖……"我冲着棕榈岛咆哮,"先是萨凡娜,现在又说这个!"

萨利在我身后道:"都几个月了,这还是你第一次正眼瞧我。非得我嚷嚷我有外遇,我那天杀的丈夫才发现我还喘着气!"

"拜托,萨利,你可别……"我低语着,深一脚浅一脚地退步,远离她。

"本来想找个合适的时机告诉你。我是真不愿意现在说,可你明天就要走了。"

"我不走。这算怎么回事……"

"汤姆,我倒情愿你去。我也好弄弄清楚自己到底认不认真,动没动情。也许折腾半天就为让你难受呢?我现在也说不好。"

"能不能问问到底是谁?"

"不行。还不到时候。"

"我保证不找碴儿,也不动粗——怎么着也得等从纽约回来。我就想知道是谁。"

"是克利夫兰医生。"

"不是吧!"我大叫一声,"就那个浮夸又招人烦的浑蛋?!看在上帝的分儿上,萨利,这货又骑摩托,又抽海泡石烟斗——他还抽烟斗!"

"那也比你睡那个不入流的啦啦队小丫头强!"萨利火了。

"我就知道你会提这茬儿,就知道你提她会恶心我一辈子。萨利,我对不起你。是我一时糊涂,鬼迷心窍。"

"你根本不知道伤我有多深。"

"原谅我,萨利,求你了!走错这步路,我肠子都悔青了。我跪地起誓,绝不会有下次。"

"汤姆,你不用再起什么誓了。克利夫兰医生也爱我。"

"哟,那敢情好。他那可怜兮兮的傻老婆呢,所谓社区的中流砥柱,她知道吗?"

"还不知道。他在等待合适的时机。我们俩都不想草率行事,谁都不想给他人带来无谓的伤害。"

"真是好心肠。那我问你,半夜呼机响,叫你去医院处理各种急诊,你是不是也偶尔绕到这位大夫家,帮他解决一下生理需求?"

"汤姆,你明明知道,这话恶心得要死!"

"我就想知道你们有没有为一己私欲滥用魔法小呼机——那可是至尊圣器,美利坚白衣天使浑球儿面目的极致化身。"

"对!"萨利大吼道,"我是这样干过,因为别无他法。如果之后无路可走,我也只能如此。"

我真恨不得动手揍她。暴戾老爸的劣质在血液中翻涌，裹蚀心脏。我紧攥着拳头，用尽全身气力抗拒着与生俱来的本性。我紧咬着牙关，驱逐恶魔。拳头松开，我哭丧道："萨利，是因为我胖了吗？没错吧？还是因为我脱发？要知道，全美国可没几个男人敢自我揭短。我跟你说这些只是不想让你老为自己胸平难过。"

"我的胸可没那么平。"

萨利笑了，我却蒙了。她的幽默中透着纯粹，再要紧的关头也绷不住。萨利为人豁达，因而笑得自在。

"你看，还有希望。在你眼里，我还算风趣。况且我知道，克利夫兰上一次咧嘴笑还是伍德罗·威尔逊[1]当上总统那会儿。"

"他也就大你我十一岁。"

"是吧！都不是一代人。我最看不惯骑摩托的老男人——小年轻也不行。"

萨利抽抽鼻子，辩驳道："他是发烧友，而且只收集英产摩托。"

"饶了我吧，细节免提。别告诉我你为了个收集烟斗跟英产摩托的家伙要把我甩了。换作马戏团的文身男、大头宝宝，哪怕是踩独轮车的侏儒，我都认了。"

"汤姆，我可没说要离开你。我只是说我正在考虑，因为我找到了一个懂得欣赏我的人。"

"我也懂啊。"

"今晚还是别聊这个了。本来就难以张口，我更不想给你添乱。"

"哼！"我苦笑一声，一脚踹碎了浪花，"小意思，宝贝儿。"

良久，我们谁也不开口。萨利继而道："我要回去了，跟孩子们道晚安。你来吗？"

"我晚点再去。先在这儿多待会儿，好好想想。"

---

[1] 伍德罗·威尔逊（1856—1924），1913年当选美国第28任总统。

萨利柔声道:"到底怎么了……真不明白,我以身相许的那个斗士怎么成了这样。"

"你清楚得很,"我说,"因为卢克。"

她突然用力抱住我,亲吻我的喉咙。气头之上的我享受着男人的自负,却也被其牵着鼻子走。趾高气扬、理直气壮的男子汉,无法回应那样的亲吻,无法寻回那片刻的珍贵。萨利悻悻转过身,沿着海边朝家里走去。

我沿着沙滩一路奔跑。先是有条不紊,继而加速、释放,直到全速狂奔,浑身冒汗,气喘吁吁。如果可以伤害肉体,就不会在意破碎的心灵。

一路奔跑着,我不觉想到肉体的衰退。我挣扎着加快速度。曾经,我也是南卡罗来纳州速度一等一的四分卫。那时的我一头金发,身手敏捷。从守卫区冲出来,迎面几个前锋山呼海啸,一脸狂喜而来。而我却撇下慢吞吞的队友,一拐弯走向欢呼的人群,头一低,陶醉在本能的舞动之中。一举手、一投足,皆源自内心某个机敏而美好的地带。高中时参加比赛,我从未掉过泪。现在的我跑得疲惫吃力,一心只想逃离。逃离妻子,一个被我辜负、只能另觅所爱的爱人;逃离妹妹,她的刀锋总令人猝不及防;逃离母亲,母子之间历来的恩怨情仇,对她却是耳旁风。大概,我是想逃离那段过往,那个心酸、残忍的美利坚史章;抑或是逃向一个新的阶段。我放慢步子,大汗淋漓,筋疲力尽,一步步向家的方向走去。

第二章

　　正儿八经地憎恨纽约，不可谓不是一门艺术。揭纽约的老底，我只能算是个轻量级选手。这座城市让人撮火的地方数也数不清，认真计较实在费心费力。真若一一清算，一整本《曼哈顿黄页》的篇幅才刚够序言。每一次在这个趾高气扬的城市遭遇冷眼、轻蔑，被这帮"了不起"的人物挤对，一种格格不入的感觉便直钻心底，令人倍感无力，好不容易才树立的独特人设被击得片甲不留。纽约在我的灵魂上胡写乱画，尽是些无法抹去的污言，句句不堪入耳。在纽约，一切都过了火。每次造访，站在码头边，望着哈德逊河奔涌流淌，听着身后的都市喧嚣，我便知道：曾经，这座岛屿被幽沼环绕，河口密布，石路之下埋藏着咸腥错综的湿地文明。所有的纽约人对此却浑然不知。不拿自家湿地当回事的地方，我最是看不顺眼。

　　当然，妹妹的英勇之中也包含着类似的轻蔑。但萨凡娜却对纽约不舍不弃。就连那些带着肉体的伤痛、残缺的灵魂跛行于芸芸众生之中的强盗、瘾君子、酒鬼、女乞丐，对她来说，都是这座城市无以言喻的魅力所在。正是那些疲惫不堪、负伤潜行于凶街险巷的天国之鸟，才是这座城市的极限注解。萨凡娜在极端之中寻找美。对于这些在纽约幸存、无法无天又毫无指望的边缘人，萨凡娜的赤诚无以动摇。这些人历经创伤，个个精通魔法。在她眼中，这些人便是这座城市的悲喜剧。她用诗歌书写这些人，亲得暗黑之真传，对其法力了如指掌。

萨凡娜很早就知道，她想做个纽约人。至于写诗的热忱，则是许久之后的事。小小年纪她便明白：南方只是一帮亲戚打造的甜蜜牢笼，这些人看似爱意满满，实则阴险狡诈。在南方人之中，这种觉悟实属罕见。

十五岁时，萨凡娜就开始订阅《纽约客》，这是祖母送她的礼物。每个星期，她盼星星盼月亮，到手后一看就是几个钟头，动不动就对着上面的漫画咯咯直乐。我们的大哥卢克和我也尝试过，两个人纳闷儿地盯着同样的画面，徒劳地寻觅笑点。那些让纽约人前仰后合、拊掌大笑的东西，我这个南卡罗来纳科勒顿的乡巴佬儿完全不得要领。它们就像某种楔形文字写就的秘籍，无法破解。我问萨凡娜究竟有什么好笑的，她长叹一声，随便拿什么前期漫画抄来的"金句"打发我。她总当自己是遭遇放逐的纽约人，是南卡的不堪出身让她与故乡分离。有这样一个妹妹，我对纽约的仇恨早在渡河入城的多年前就已经种下。

从科勒顿高中一毕业，萨凡娜便离开南卡罗来纳州，奔赴心仪之地。父母对此十分反对，但她既没有征求他们的意见，也不指望什么认同。她憧憬着未来，打算大展身手，才不要找捕虾的渔家讨教。这些渔夫，还有他们的老婆，只知道守着南卡罗来纳的内陆水域过日子。萨凡娜打从骨子里知道，自己是大城市的姑娘。穷乡僻壤里想学的、该学的都已经学会，她选择了纽约，一个需要终身学习、永不松懈的城市，一方配得上她才华的天地。

从到达纽约的第一天起，她便全身心地爱上了这座城市：它的律动，它的挣扎，迥异的思想与人性，化城市魅力为张扬个性的狂喜与伟大。萨凡娜对纽约的爱顺其自然，她收集、珍藏着一个个实实在在的纽约体验——只要源自纽约，只要那曼哈顿的印记如假包换，萨凡娜便带着传道士的热情照单全收。打从一开始，萨凡娜对纽约只有溢美之词。在她看来，这座城市的伟大无可否认，不容商榷。而我却执着于否认与质疑。

"你没在这儿生活过，根本无权发表意见。"萨凡娜得意道。那是我和卢克第一次去纽约探访她。

"萨凡娜,你肯定是坐车坐多了,"卢克瞅了瞅高峰时段朝桥上涌去的车流,"车坐多了坏脑子。脑细胞死了,才会稀罕这种鬼地方。"

"笨蛋,你们好歹也试试看。一旦为纽约而狂热,其他地方都是将就。感受一下这个城市的能量。闭上眼睛,让它引领你。"

卢克和我闭上眼睛。

"什么能量啊,"卢克道,"那是噪声。"

"对你来说是噪声,"萨凡娜笑着说,"对我来说,是能量。"

早先,她在西村一家纯素食餐馆打工,当侍应养活自己;还在新学院大学报了名,专拣感兴趣的科目上。她在谢里登广场附近的格罗夫街找到一处租金管制[1]的便宜公寓,把小窝装点得十分惬意。在这里,萨凡娜独自在语言的微妙与神秘中探寻、挣扎,提笔创作诗歌,二十五岁便在圈中颇有名气。当初,父母不情不愿地把她送上北去的列车,扬言她肯定要自食恶果。私下里还对两个儿子放话:那么大个城市,萨凡娜撑不过一个月。而她却适应了纽约的节奏。"人在纽约,就像活在《纽约客》的漫画之中。"她的第一封来信如是说。全家人找出她所钟爱的那些往期旧杂志,再次打开,将八百万纽约人的"圈内玩笑"转化成彼此听得懂的语言,想从中寻找出她当前生活的点滴线索。从漫画中我们得出结论:纽约人喜欢在晚餐聚会上说些晦涩难懂的俏皮话。父亲看的则是广告。一通研究过后,他大声问我们:"这都是些什么人?"

1972年,萨凡娜的首部诗集由企鹅兰登书屋出版发行。我和卢克驱车前往纽约,参加相关的庆祝派对和朗读会。卢克苦苦搜寻着安全的位置,好停车过夜。我紧挨萨凡娜坐着,头顶是垂吊的盆栽,身前是她漂亮的桌

---

[1] 租金受政府计划限制的出租寓所。

台。她拿起一本《捕虾人的女儿》,为我签名。妹妹打开献词页,望着逐字诵读的我:"献给我的哥哥,汤姆·温戈。此行不虚,皆因你的爱与忠诚。赞美你,我挚爱的胞兄。"我的眼中泛起泪光。那样的童年,怎会流淌出半句诗歌?

"四分卫可不能哭鼻子。"萨凡娜抱着我。

"我偏要。"

她拿出新一期的《纽约客》,1972年3月7日的,第37页刊登着这本处女集的标题作。就在我俩大呼小叫之时,卢克回到了公寓,连他也开始尖叫。他打开窗子,利落地爬上防火梯,冲着格罗夫街上的人大吼:"你们这帮北方畜生,我妹妹上《纽约客》啦!"

那天晚上,我们参加了萨凡娜的首场大型朗读会,地点在西村一座已改为俗用的圣公会教堂。活动的赞助方是一群疯女人,"灭绝老二妇女联盟"还是什么的。萨凡娜与她们过从甚密。她在西村最早结识的密友便是某女性主义学习小组的成员。这些人对弗吉尼亚·伍尔夫倒背如流,腰缠黑带,要举要扛不在话下,把节假日酒吧里那些码头的大老粗清得干干净净。前面就是灯光昏暗的教堂,只见一群阴着脸的女人在后门厅四散开来,收取门票。卢克冲我咬耳朵:"活脱的大前锋、防守截锋!"看架势,都是些翻译萨福[1]、喝苍蝇血的主儿。而在那个光怪陆离的性别时代,我跟卢克早已被萨凡娜操练出了觉悟。身边尽是妇女解放运动的疯狂拥趸,抬腿落脚都必须谨慎收敛。萨凡娜自己也处于政治激进的人生阶段,两个五大三粗的南方哥哥偶尔也让她觉得脸上无光。她手把手地教我们如何表现得刚柔并济、人畜无害。遇上她那些火药味十足的朋友,卢克和我的急转逢迎之功也打磨得不着痕迹。在这些凶神恶煞跟前,我们假装

---

[1] 萨福(约前630—约前570),古希腊女诗人。

没种，希望这样可以减轻萨凡娜的忧虑。每次我俩被扔进她的朋友堆里，她就担惊受怕。"她们都受过男性的伤害，"萨凡娜解释道，"尤其是父亲和兄弟。你们根本不知道，身为美国女性到底有多苦。"

瞅瞅眼前这些收票员的样子，这话的确不假。但这都是些瞬间遐思，我们早已懂得不再向萨凡娜吐露。大伙儿都知道，谁若敢对她的新思潮无动于衷，或是执着于宣扬男子气概，肯定会招来她的一阵咆哮。"男"性在无意识中扩张，穿透萨凡娜的世界，令我们坐立难安。彼时的我们太愚钝、太无知，站在男人的世界，根本无法理解妹妹的症结所在。

步入教堂之时，卢克的无心之举却铸成了错误：他为我们身后一位文质彬彬的漂亮女人开了门。对我们南方小伙儿来说，礼貌如同一剂油腻腻、稠糊糊的疫苗，早已化为身体本能。彼时彼地，无论对于卢克还是我自己，眼见女士上前却不伸手帮忙，那才是岂有此理。而这位女士对我们的疫苗并不感冒。她出其不意，一手掐住卢克的脖子，两片尖利的指甲抵在他的眼球下方。

"浑蛋，再敢这么干，我他妈把你眼珠子抠出来。"

面对那两根凶巴巴的指头，卢克毕恭毕敬、心平气和道："女士，你放心，以后只要是纽约的小姐走门，我绝不多管闲事。"

"是女性，浑蛋，"对方恶狠狠道，"女性，不是小姐。"

"女性。"卢克乖乖照做。这位女性松开手，趾高气扬地进了门。

卢克揉揉喉咙。眼瞅着女人消失在人群里，他低声道："只要在纽约地界，哪怕碰上熊瞎子，我也不管了。她肯定不知道，我可是越战老兵。"

"老兄，估计她也不吃这一套。"

"汤姆，咱倒也长了见识。门开了就当仁不让往里冲，这是纽约规矩。"

萨凡娜入场之时，教堂已几乎满座。引介她的是个大胡子，斗篷、贝雷帽、皮带夹脚凉鞋，一副不可一世的模样。按照节目单上的介绍，此人是"纽约派"的先锋代表,在亨特学院教"诗歌、革命与性高潮"。起初我对他很是反感,但他对萨凡娜慷慨真诚的介绍却打动了我。他提到萨凡娜的出身:童年在岛上度过,父亲驾船捕虾,母亲是山中佳丽、家里的主心骨;祖父替人理发,偶尔卖卖《圣经》;祖母不时出入科勒顿公墓,在故去亲人的墓前自言自语。介绍者还赞美了萨凡娜的作品:对自然的赞美极富诗情,笔法精湛,热忱歌颂女性精神……最后,他总结道,一位从小生活在美国南方海岛的女性,居然能拥有如此特质,实在难能可贵。言毕,他将舞台交给了萨凡娜。

观众的掌声礼貌克制,不温不火,唯一例外的是卢克那声跳脚的叛逆嘶吼,听得人脊背发凉。眼看着自己的妹妹像火焰一样在教堂里升腾,腼腆脱俗,向后归拢的金色发浪在肩畔起伏,他自然按捺不住。

妹妹的声音我一直都很喜欢,透亮,轻盈,不分晴雨冬夏,如绿城上空的铃响,抑或是兰花根脉上的落雪。那声音有种特质,能化狂风暴雨、暗夜凛冬为苍翠。每一个词说得是那样小心翼翼,就像品尝果子。诗文的字词编织出最为私密而芬芳的果园。

起初声音很含糊。面对听众,萨凡娜显然有些怯场。语言的力量让她渐入佳境——那是她的语言、她的诗歌。声音变得洪亮、平稳,信心倍增。在场的听众——那些讲究、挑剔、硬心肠的纽约人无不为此时的萨凡娜·温戈所折服。所有的诗文我早已熟记于心。伴随着萨凡娜的诵读,我的口唇也一齐轻动,共同讲述我们的人生故事。诗歌的魔力俘获了所有人的心,萨凡娜的声音飘上唱诗台,飘上帝国大厦璀璨的围台,飘向哈德逊河上空的群星,将我们带回南卡罗来纳的低地——美丽的妹妹成长于斯,一降生便要承受忧伤与苦痛。那里是她一切诗歌的源头,那些悉心收集的残片与画面在黑暗中生长,如同尖利的珊瑚,静待这场念诵,这个夜晚,这些听众的呼吸,静待萨凡娜表达心声,泣血咏唱。

诵读过半,萨凡娜抬起头,注视听众。她的目光锁定在第十五排。我和卢克正装领带,在人群中十分显眼。妹妹笑着挥挥手,卢克高声道:

"萨凡娜,亲爱的,干得不错!"人群中响起一阵笑声。

"我哥哥卢克和汤姆专程从南卡罗来纳驱车赶来,参加今天的活动。我要把接下来的这首诗献给他们。"

方才在门口威胁要抠卢克眼珠的女人就坐在我们左前方,不显山不露水。萨凡娜邀我俩起身,好让大家认识。一起身,刚好瞅见她。克制而持久的掌声中,卢克高举双臂朝着人群挥手。接着,他欠身向前:"蠢货,你以为我是无名鼠辈,是不是?"

我赶紧拉他坐下,提醒道:"骂她你可护着点眼睛,不然以后就得靠导盲犬了。"

我们的注意力很快回到萨凡娜身上。一个多小时的诗文朗读,每首诗的背后都有故事。出身贫寒的南卡罗来纳少女,在科勒顿的湿地边长大,从小打着赤脚,皮肤晒得棕黄,看虾群来往、野禽迁徙、番茄丰收便知季节更替;紧抓住那不可名状的古怪灵光,百般呵护滋养,誓要与众不同;听着仓檐枭鸣,望着航道上浮标起落,感知着内心言语的悸动。世界还手反击,一如既往;女孩却毫无防备,一蹶不振。她开始与一切狂野和残酷对抗。最后的几首诗中,萨凡娜书写了她的崩溃、她的心魔、她的疯狂。字里行间透着惊恐、敬畏与痛彻心扉的哀伤。然而,即便是心魔,也因她的关注而变得美丽绝伦。她的笔下没有怪兽,只有渴望重归家园的渎神天使。对纽约而言,她的一切是如此生鲜扑面,而卢克和我却早已习以为常。就在河畔的小屋里,我们见证了一个诗人的诞生。

听着最后一首诗,我想起以前做过的一个梦。母亲子宫的深海里,萨凡娜和我并排浮游。心脏一起成形,指头一起抽动。黑暗之中,四只迷茫的眼睛一点点染成湛蓝,金色的发丝如水草般摆动,尚未成形的大脑感知着彼此的存在,在降生之前便已存在的无名羁绊中寻求慰藉。在生前之世,在没有呼吸的母胎中,在无声血流的庇护下,我梦见那神奇的时刻——那是只有双胞胎才能体会的神圣一瞥:游转数周,我们终于得以面面相对。萨凡娜轻唤:"你好,汤姆。"作为魔法的准信徒,我即将见证奇迹的发生，因此在那个时刻大声回应道："你好，萨凡娜！"就这样，我们超越经验，满怀欣喜地等待着出世，开启此生的对话。黑暗中，我第一次看到妹妹的光亮。那时的我并不知道，她这一路要负载多少幽暗。我一直坚信，双子星相依相连，双胞胎之间一定有着超乎寻常的完美共鸣。

诵读结束，台下响起雷鸣般的掌声。全场起立，欢呼声数分钟仍未减退。我赶紧把卢克拉住，免得他冲到前面，沿中间过道直接把萨凡娜扛走。好在他只是鬼叫了几声助助威便歇了心。我俯身绑鞋带，顺手用领带拭去泪水——谁让我是家里泪窝最浅的一个。

三月的那个夜晚，萨凡娜在纽约诗界荣耀登场，正式踏入一个"狗咬狗"的亚文化世界。想到当时我们也在场，总觉得很庆幸。纽约的美好几乎全部凝聚在那一晚。在"马车房"餐厅吃过晚饭，没人惦记着早睡。趁着庆功的兴致，卢克和我跟着萨凡娜的一众好友谈天说地，开怀畅饮。大家都在感叹，萨凡娜的成功是如何信手拈来，同时又命中注定。一个南卡罗来纳女孩，居然能打动这些铁石心肠的人，实在令人惊奇。

如果次日就动身离开，或许我还能对这座城市有所依恋。卢克和我没有急于动身，萨凡娜想带我们看看她所热爱的纽约，让我们明白为什么她不想和我们一起回家。我们到梅西百货购物，看"洋基队"比赛，坐"环线"邮轮观光，还在帝国大厦顶层吃了便当。跟着萨凡娜，我们体验了纽约生活的美好与惬意，但这并非这座城市的全部。生拉硬拽着哥哥们逛曼哈顿的萨凡娜，并未考虑纽约黑暗而令人无法揣测的另一面。

在西村的西十二大街，我们还领略了别样的景观。虽说奸邪黑暗，但纽约味十足。隔着老远，我们眼看着一位老妇颤颤巍巍地走下褐石楼的台阶。她走一步，停一停，等着身后的贵宾犬迎头赶上。那条狗年纪很大，几乎挪不动步子。一人一狗慢慢悠悠，泰然中显出高贵。二者色调大体一致。看步态就知道，这对伙伴衰老得十分默契，瘸起腿来都是一个模样。刚上人行道，一个男人突然从她身后窜出。老妇始料未及，连我们也赶不及叫喊提醒。此人动作麻利，瞅准了目标才下手。他一把拽住她两个金耳环，疼得老妇跪在地上，耳垂被用力撕扯着，脖子上的金项链也被他生生揪断。老妇尖声叫喊着，两耳淌血。男人当面一拳，止住了老妇的尖叫声。他不慌不忙地迈步离开，一脸若无其事。只可惜他错走了一步，逃跑的途中刚好被南卡罗来纳的温戈兄妹逮个正着。

长在南方纵有千般不好，但遇上这种欺负牵狗老太太的小混混儿，反应只有一种。眼见我们迎头堵上来，萨凡娜玩儿了命地吹哨。这小子穿过马路拔腿就跑。卢克左右拦截，动作低调迅速，我负责截断后路。身后响起瓶子碎裂的声音。凶徒抽出一支匕首，我逼步上前。"咔吧——"，只见一道寒光。

"王八蛋，我要捅死你！"匪徒吼叫着转过身，擎着匕首直直向我冲来。我稳稳站在道路中间，一把抽出腰带缠在手腕上，留出最末端的一尺荡荡悠悠。匕首直奔我喉咙而来，我向后撤步，将皮带一甩。皮带扣抽在他颧骨上，在眼睛下方拉开道口子。匪徒嗷嗷大叫，刀子也脱了手。他刚瞅了我一眼，却出其不意被压成了面片儿——毕竟高中时我是公认的全美级优秀中后卫。这家伙的脊梁骨被重拳猛砸，脸被压在一辆"雷鸟"的前盖上。卢克一手揪着他的头发，另一只手猛揍他的后脑勺。车盖凹凸不平，那家伙的鼻子被砸了个稀巴烂。人们从四周拥上来。邻居们大呼小叫，头发灰白的"义士"抄着家伙乱捅乱刺，非要在警察赶到之前把恶人大卸八块。萨凡娜用一个碎口可乐瓶抵住他的喉咙动脉，不远处传来警笛声。老太太有邻居们照看着，弓着腰哭哭啼啼。一旁的小狗舔着她流血的耳朵。

"萨凡娜，你可来了个好地方！"卢克说着，又将匪徒狠狠一甩，"真他妈不赖！"

"哪儿都有这种事，"萨凡娜反驳道，"这里依然是全世界最棒的城市。"

"这话你去跟那老太太说！"

然而纽约不断考验着它的拥趸和居民。大街小巷里各色脸孔层出不穷，演绎着这座城市的丑恶与极致。这里有着太多的故事、太多的陌生人。漫长而难忘的一周里，尽管萨凡娜和我百般劝阻，每每碰见酒鬼，卢克总忍不住想要帮上一把。那些醉倒门前、一身酒气与呕吐酸腥的可怜人，他无论如何都看不下去，非得把他们搀扶起来，擦抹干净，苦口婆心好言相劝，临走再往他们的口袋里塞一块钱。萨凡娜说，这种人大白天一觉醒来，见兜里居然生出了钱，也只会拿去买酒。

"人家过得好着呢，"萨凡娜劝道，"我刚来的时候也想帮忙，但被一个警察劝住了。"

但卢克不为所动，仍旧是见一个帮一个。直到有一天，在第七大道附近一处小公园，他遇上个十七八岁的小伙子。年轻人仰靠在长凳上，卢克伸手帮忙，他却毫无反应。搬动身体时才发现，原来已僵硬多时。外衣口袋里装着皮下注射的针管，还有一张驾照，地址写着：南卡罗来纳州，罗利市。

目送着救护队把尸体抬走，卢克道："是啊，萨凡娜，他过得好着呢。"

那个人从南方来……卢克对此总是念念不忘。在南方温存而宽厚的怀抱中长大成人，却跑到哈德逊、东河地界出人头地，怎么想都觉得不靠谱。卢克认为，南方人想当"纽约客"，非得扒层皮不可。某日清早用餐时，就着羊角面包和法式咖啡，卢克把这套新近成形的理论告诉了萨凡娜和我。

"就像鳟鱼想当电车，"卢克用羊角包指着萨凡娜，"没那个命。总有一天你会发现，虽然披着纽约的皮，可你骨子里还是个南方佬，永远洗不脱。"

"我哥哥原来是个哲人乡巴佬儿。"说着，萨凡娜加了点咖啡。

"乡巴佬儿怎么了？"卢克道，"憎恨黑人，啥也看不上，这些是说不过去。但我谁都不恨——除了纽约人！八百万人，眼看着老人孩子风餐露宿，居然袖手旁观。这种浑蛋我理解不了。"

"那我的朋友呢，卢克？你不喜欢他们吗？"

"那帮人还凑合。没好到哪里去，凑合。不瞒你说，我明白他们看汤姆和我的那种眼神。这俩南方佬居然会说话。就说那个在台上给你做介绍的家伙，每次我一张口，他就乐个没完。"

"那是喜欢你的南方口音。后来他跟我说了，就跟电影演的一样。"

"什么电影？他可是在跟卢克·温兰说话。一看就知道，这小子一条鱼都没抓过，只会从连锁店商店捡速冻的。"

萨凡娜越听越火："人家是诗人，是知识分子，又不靠打鱼谋生。"

"那也轮不到他笑话靠打鱼吃饭的人！对了，他到底什么毛病？两只手怪里怪气的。"

"卢克，他是同性恋。很多朋友都是。"

"不是吧……"卢克愣了好一阵，"就是跟男人那个的那种？"

"没错。"

"萨凡娜，你怎么不早说呢？"卢克来了兴致，"那这人就有意思了。听说纽约这种人很多，没想到真能碰上。我有问题问他——科学问题。有些事儿我一直没整明白，找他正合适！"

"谢天谢地，"我抱怨道，"幸亏你没早告诉他。"

"卢克，这是人家的隐私。"萨凡娜道。

"隐私？他才不在乎什么隐私。"

"你怎么知道？"

"瞅瞅他待的地方，该死的纽约！想要隐私谁来这儿啊？！"

"卢克，这你就不懂了。越是追求隐私的人，越会选择纽约的生活。在这儿就是睡猩猩、睡鹦鹉，也没人管你。"

"好吧，哪天我要是跟什么乱七八糟的搞上了，亲爱的妹妹，我希望你能在纽约给我找处房子。你说得没错，咱科勒顿可容不下这种事。我只希望你别忘了自己从哪来，不要跟这帮人似的。"

"可我讨厌我来的地方。我之所以来纽约，就是为了逃离过去。童年的一切都不堪回首。我爱纽约,因为这里跟科勒顿毫无瓜葛,绝对不会有任何东西让我想起小时候。"

我突然有些受伤:"那卢克和我呢?"

"你们让我回想起童年的美好。"萨凡娜深情答道。

"那咱们就喝个痛快,吃个膀大腰圆。"

"那也改变不了过去。你俩是怎么活过来的?怎么就我伤得这么深?"

"我不去想过去,"我说,"假装一切没发生过。"

卢克道:"亲爱的,都过去了。咱们挺过来了。不管怎么说,现在我们都是大人了,得向前看。"

"不把过去厘清,我没法向前看。我被害得够呛。卢克,汤姆,我总是幻视、幻听。不光写在诗里。打从来了纽约,我就在看精神科医生。"

我问:"你都看到、听到了些什么?"

"离开之前一定告诉你们,我保证,只是现在不想说。"

"都是吃这些破东西吃的,"卢克说着,把气撒在了软塌塌的羊角面包上,"你的体质哪吃得惯这些!在越南的时候,我一吃他们的东西就拉稀。"

"少说几句吧,卢克,"我道,"她说的是精神疾病,不是腹泻。"

"我说大牛人,你怎么知道精神疾病不是脑子拉稀?身体乱了套,表现可能有百种千种。五脏六腑有自己的章法,不依可不行。"

离开纽约的前夜,我从睡梦中惊醒。萨凡娜的房间里有声音。卢克跟我在客厅打地铺,一盏路灯穿透雾气,把房间映得微亮。我竖起耳朵,妹妹的声音恐惧而缥缈,她又在与潜藏的暗影对话。我起身到她房间,轻轻叩门。没人应答。我推门进屋。

萨凡娜在床上坐着,对着墙上看不见的东西嘀嘀咕咕。即便闯入她视线之内,萨凡娜似乎也看不到我。她双唇颤抖,口水滴落,只听她道:

"不……我不听你的——连你也不行,就是你才不行。现在不了。求求你,走吧,别回来了,再也别回来了。离我家远远的。我再也不让你进来了。我还有事要做,你在这儿说话,我没法工作。"

我凑上近前,轻轻搭住她的肩膀:"萨凡娜,怎么了?"

"它们又来了,汤姆。它们老来。"

"谁又来了?"我上床坐在她身边,用床单给她擦擦嘴。

"那些伤害我的东西。汤姆,我看见它们了。你看见了吗?"

"亲爱的,在哪儿?"

"就在墙边,这儿,窗户跟前。我看得真真切切。汤姆,你看起来不像真的,可它却实实在在。听到了吗?它们冲我大吼大叫。这下又惨了,好惨好惨。我必须反抗。有它们在我没法写作。而它们总赖着不走。它们伤害我,既不走,也不听我的。"

"萨凡娜,它们是谁?告诉我,它们是谁。"

"在那儿,"她指了指墙面,"就吊在墙上。你看不见,对吧?"

"一面墙而已。亲爱的,上面什么都没有。一定又是你的幻觉。我保证,它不是真的。"

"是真的,真真切切,比你我还真。它们跟我说话,冲我大喊大叫。尽是些可怕的话,吓人的话。"

"它们长什么样?告诉我,我来帮你。"

"那儿。"萨凡娜用手指了指,倚靠着我的身体抖作一团,"天使,吊着脖子挂在墙上,半死不活。叽里哇啦的,有十几个。下体滴着血,冲着我叫啊,叫啊。汤姆,跟我说话,求求你,快跟我说说话,让它们闭嘴!"

"我在说,萨凡娜。听我的。它们只在你脑子里,不在这儿,不在你房里,不在这世上,只在你身体里。你得不断这样告诉自己,也必须得相信,这样才能跟它们对抗。我确定。记住,我以前也见过。你可以赶走它们。别太心急,这需要时间。"

"汤姆，那天家里发生了什么？"

"别去想那些，萨凡娜。什么都没发生，都是你的想象罢了。"

"汤姆，它们就在这儿，在门口。一个个解开皮带，大呼小叫。脸都是骷髅的样子，怪叫的骷髅。还有老虎，老虎也在叫。我受不了这声音。汤姆，告诉我，这都是幻觉。我需要听见你的声音。它们在那儿拉屎，在呻吟，在尖叫。"

"声音什么时候出现的？"我开始担心，"以前只是幻觉。你确定听见了？"

"那边有狗，黑狗，又黑又瘦，好几只。它们说人话。黑狗一来，其他的都不出声。天使也不说话了，老虎也老实了。杜宾犬统治着黑暗世界。它们一来，就大事不妙了。汤姆，它们会伤害我的！"

"萨凡娜，有我在，谁也别想伤害你。我不答应！哪个敢靠近你，肯定死在我手里。我力气大，不会对它们手软。我保证。你听到了吗？亲爱的，很抱歉让这种事发生在你身上。对不起。真希望受罪的是我。换作是我，就把这房里的老虎、黑狗、天使都消灭得一干二净，谁也不能伤害我们。"

"汤姆，你不了解这种滋味。它们在我眼前，怎么赶也赶不走。我反抗得好辛苦。它们总是伤害我。"

"跟我说说。告诉我都是些什么东西，从哪里来。萨凡娜，我不明白，就没法帮你。我没经历过幻觉，像做梦吗？做噩梦？"

"比那可怕——哦，可怕得多，但也有些相似之处。区别在于，你是醒着的，也知道自己醒着，知道它们之所以来，是因为你病了，你无助，你无力赶走它们。一旦察觉到你软弱，它们就会出现。一旦知道你想死，你必须挣扎却没有力气的时候，它们就会出现。我寡不敌众，它们成千上万，数不胜数。我一直掩饰着，除了对你，对卢克。我极力假装它们不在，可它们今晚又来了。我们穿过浓雾时，每个灯柱上都吊着天使。起初还静悄悄的，可咱们一往前走，它们就开始呻吟，开始增多，直到每一扇窗子都鲜血淋漓。它们总来伤害我。几个星期前我就有预感，它们要来了。我不该办那场读诗会。它消耗太大。我筋疲力尽，打不赢它们了。"

"我有力气，我可以打——只要你告诉我怎么做。告诉我，怎样才能帮你。这些东西我看不见，听不着。对我来说，它们虚无缥缈。为什么你却看得这么真切？"

"汤姆，它们嘲笑我，因为我在跟你说话。一个个都哈哈大笑。黑狗说：'他帮不了你，谁也帮不了你。到了我们手上，谁也救不了你。天上地下，谁也奈何不了我们。没人相信我们存在，因为我们只属于你。我们又来找你了，还有下一次，下下次，直到把你带走——你得跟我们在一块儿。'"

"别听它们的，萨凡娜。你生病了，才会听见那声音。它不是真的。是伤痛在发作，才会浮现出那些可怕的画面。我就在这儿，你听得见，摸得着。感受这触碰，它是真的。是我，萨凡娜，是那个爱着你的声音。"

她转过头来，脸上汗珠直淌，眼神忧郁而痛苦："不，汤姆，我无法相信你的声音。"

"为什么？"

"因为任何声音都可能被它们利用。记得我第一次自杀吗？"

"当然记得。"

"它们就是利用了声音。黑狗来了，满屋子都是，在黑暗中虎视眈眈，冲着我龇牙。只有一条例外——一只和善的狗，长着和善的脸孔。它跟我说话，声音却不是它的。我如今喜欢它的声音，可当时却不然。"

"谁的声音？我不明白。"

"那只和善的狗说：'自杀吧，萨凡娜。为了家人，为了你深爱的我们。'起初，它用的是妈妈的声音。"

"可它不是妈妈。"

"我知道这是圈套，大吼着'不要'。接着，我听到爸爸要我自杀，声音甜美又动听。但这还不算最糟糕的。那只狗凑到我耳边，凑到我喉咙跟前，用最温存的声音说：'把自己了结了吧。拜托了，免得让全家继续受罪。萨凡娜，如果你爱我们，就拿起刀片。我会帮你的，我来帮你。'就是在那个时候，我第一次割腕。当时没有人知道那些声音的存在。又是幻视，又是幻听，那时在科勒顿，我真不知该怎么跟人说。"

"这次你不会伤害自己，不会再听命于那些声音，对不对？"

"对。但我必须独自战斗。它们一时半会儿是不会走的，但我已经知道了更好的方法，真的。去睡吧，抱歉吵醒你了。"

"不行，等它们走了我再走。"

"我必须独自面对，汤姆。现在我明白了，没有其他办法。去睡一会儿吧，跟你说过之后，我觉得好多了。谢谢你来陪我——我也盼着你来。"

"真希望我能做些什么。可看不见、摸不着的敌人，我不知该怎么打。"

"我知道。必须我来。晚安，汤姆。我爱你。"

我吻她，把她搂在胸口，用手拭去她脸上的汗水，然后再次亲吻她。

临出门前，我转过身。只见萨凡娜靠着枕头，独自面对着满屋的凶神恶煞。

"萨凡娜，那个声音——最后一个劝你自杀的声音，你还没告诉我到底是谁。"

萨凡娜望着我，她的哥哥，她的双胞胎哥哥。

"这世上最温柔也最可怕的声音。汤姆，是你——我最钟爱的声音。"

回到客厅，卢克也醒着，也在倾听。他靠墙坐着，一边抽烟，一边望着萨凡娜的房门口。卢克冲我歪歪脑袋。我走过去，坐在他身边。

"我都听见了，汤姆，"他一边嘀咕，一边冲对面的蕨类植物吐着烟圈，"她这是失心疯了。"

"这并非偶然。"卢克的用词让人火大。

"她怎么就不能听你的话,权当什么事儿都没有?"

"因为她有事,卢克。这才是问题所在。"

"根本什么都没有。又是心理学那些有的没的。依我看,她很吃这一套。"

"你这又是从妈那儿听来的。"

"每次她这副德行,我就害怕,想逃,躲得远远的。每次萨凡娜对着墙胡言乱语,就完全判若两人,变得我都不认识了。过后就怨全家,怨父母。要是爸妈真那么坏,你跟我怎么没见黑狗上墙?咱俩怎么不像萨凡娜那么惨?"

"卢克,你怎么知道不像?"

"汤姆,咱俩又没发疯。你跟我都很正常——尤其是我。有时候你也伤春悲秋的,依我看那是书看多了。爱读书的人多少都有点神经。明天咱索性直接把她带回科勒顿,扔到捕虾船上干几天活儿,闻几天海腥味儿,脑子就清醒了。干活儿也能治病,虾子乱窜抓不迭的时候,人就顾不上发疯了。读书写诗只会让人精神失常,萨凡娜就是证据。"

"捕虾也能让人精神失常,你就是证据。"我恶狠狠地嘀咕,"咱妹妹生病了,卢克。这就像脑子得了癌症那么可怕,这么说你明白了吗?就这么要命。"

"你别跟我发火啊,汤姆,千万别。我也在依着自己的路子努力理解。我知道,咱俩方法不一样。可留她在身边,我心里踏实些。萨凡娜可以跟我过,我能帮她,我真心这么觉得。"

"她说起那天岛上的事。"

"我听见了。你应该告诉她没发生过。"

"但它发生了。"

"妈说没有。"

"妈还说爸没揍过咱们,说咱是南方贵族后代。卢克,妈妈的很多话都不能信。"

"那天的事我没记住多少。"

我抓住哥哥的肩头,把他拽到近前,在他耳边狠狠道:"我可是记得清清楚楚。那天的所有细节,童年的点点滴滴,一件不落。要说我不记得这些,那是睁着眼睛说瞎话。"

"你可是发过誓,以后再也不提——咱们都发过誓。有些事还是忘了的好,忘了清净。那件事我不想回忆,不想谈,也不想你跟萨凡娜说起。说这个又不能帮她,况且她也什么都不记得。"

"好吧,"我说,"可你别假装那天什么都没发生。那样发疯的会是我。我们家的人就是太能假装,太能藏着掖着。不面对真相,总有一天所有人都要付出代价。"

卢克指指萨凡娜的房门:"跟天使、黑狗念念叨叨,哈喇子往鞋里淌,进疯人院,你觉得这叫面对真相?"

"不。我只是觉得真相把她折磨得体无完肤。面对现实,她并不比你我更勇敢,但恐怕也没有你我这么压抑。"

"她发疯是因为写东西。"

"她发疯是因为写的那些东西——在南卡罗来纳长大的女孩所了解的世界。不然你让她写什么?祖鲁族少年?因纽特人中的瘾君子?"

"写些不会伤害她的、不会让她两眼冒黑狗的东西。"

"她必须写,卢克。那才是诗歌的源泉。没有它,就没有诗歌。"

"可我瞅着害怕。哪天她非把自己弄死不可。"

"她比你我想象的坚强。而且,她还有很多东西要写,这是她活下去的动力。脑子里的黑狗再多,也阻止不了她写下去。睡会儿吧,明天还要开长途呢。"

"不能就这么把她扔在这儿。"

"现在也只能这样。卢克,这就是她的日常。"

"汤姆,有句话我得说明白。你竖起耳朵听好了:我弄不清萨凡娜究竟是哪儿出了问题——没办法，天生脑子里没那根弦。但我心疼妹妹，一点也不比你少。"

"我知道，卢克。萨凡娜也一样。"

然而，就在这难忘的纽约之行结束前夕，我却再也无法入眠。所有人是如何抵达这个节点的？从海岛走出的我们背负着怎样的福祉与伤痛？在那场怪诞的家庭闹剧中，我们又扮演着怎样无法辩驳的固化角色？打从孩童时起，萨凡娜便被不幸选中，背负起全家失常的能量。过人的敏锐招致家人的暴虐与背叛。我们在她身上积蓄对过往的憎恶。现在我明白了：经过一次人为的致命筛选，便有了家中的狂人。所有的恐惧、癫狂以及无处安放的痛苦如尘埃一般，落在这最是温柔脆弱的心灵边缘。疯狂来袭，攻击眼球，直刺侧腹，只因其柔软。萨凡娜究竟是何时被选中，成了家里的疯子？这一决定何时成形？所有人都赞成吗？我这个双胞胎哥哥也答应了？妹妹房中的血色天使是否也是因我而串联，我又能否出力将其剪断？

我试着为每个人的角色定位。卢克负责力量与单纯，不幸摊上了头脑最不灵光的子女角色，一根筋地执着于正义与坚持。他课业欠佳，又是家中长子，于是成了父亲的出气筒。他是遍体鳞伤的牧羊人，把羊群赶到安全之所，转身独自直面父亲的狂怒。他承受的伤害无法厘清，他在家中的凄楚亦无法计数。因为气力惊人，卢克的存在显得不容侵犯。他的灵魂形同堡垒，已经躲在城垛后面观察了太久。他只会用身体表达自己的信条与理念，所有的伤痛全在内里。也不知有朝一日他是否须弄弄清楚，自己究竟伤得多重多深。我知道，卢克永远理解不了妹妹与过去的鏖战，还有她那些如影随形的私密心魔。萨凡娜亦无法体谅卢克的困境：那不善言辞的力量，那不断动摇的责任感。只要是心之所向，卢克便会付诸行动，内心的诗歌无声无言。他既无诗情，也不疯癫。他付诸行动——因为是家中长子，便要承担起这份重担。

而我呢？恐怖天使徘徊在妹妹床前，辗转反侧、心神不宁的我又成了什么？我有着怎样的角色？它是否高贵，是否颓丧？在这个家里，我负责正常。我就是那个沉稳成熟的孩子，统领大局，临危不乱。"坚如磐石"，这是母亲在朋友面前对我的形容。这个词用在我身上恰到好处。我彬彬有礼，受人喜爱，聪颖过人，内心虔诚。我就是瑞士，家中的中立国，正义的象征。我虔诚地扮演父母期待的完美无缺的好孩子。就这样，我规规矩矩地长大成人，热衷于取悦他人，不敢越雷池一步。妹妹声嘶力竭地反抗地狱黑狗，哥哥睡得香甜，而我则彻夜不眠，暗暗回想这终生难忘的七天。我结婚将近六年，当教师，当教练，过着普通人的日子。

第三章

第一次来纽约,是为到格林威治村[1]一睹萨凡娜精彩绝伦的诵读,一晃已过去九年。我们这对双胞胎曾经形影不离,整整三年来却没说过一句话。一提起她的名字,我心中便隐隐作痛;一想起过去这五年,就觉得自己快要分崩离析。回忆已成为噩梦的主宰与遗痕。我乘出租车再次穿过五十九号街桥,来到曼哈顿,就像国王的骑士,理应为妹妹收拾残局。

萨凡娜的精神科医生姓罗温斯坦,诊所设在东七十街一栋体面的褐石楼里。候诊室里全是绒布与皮革装饰,随便拎起个烟灰缸都能砸断脚背。两幅现代画作分别挂在相对的墙上,乱糟糟的,看得人快要精神分裂,怎么看怎么像罗夏克的墨点子[2]溅在百合花田里。我盯着前台墙上那张看了看,这才开口。

"真有人舍得花钱买那种玩意儿?"我问前台职员——一位得体、利落的黑人女性。

"三千美元。中间商跟罗温斯坦医生说是'拱手相送'。"她冷冰冰

---

[1] 位于纽约曼哈顿的艺术家、作家的聚集地。
[2] 指的是瑞士精神医生赫尔曼·罗夏克开创的墨迹测验,通过受测验者对墨水点组成的图形的解读来判断其性格。

道,没抬头。

"你觉得这画家是用颜料,还是用手指抠嗓子眼儿,然后在画布上呕了一通?"

"您有预约吗?"女职员问。

"有,女士。我约了医生三点见面。"

"温戈先生,"说着,她对了对日程表,又看看我,"您是打算过夜?这里可不是酒店。"

"我还没来得及去妹妹家放行李。一会儿见医生,东西先放这儿,您不介意吧?"

"您是哪里人?"

我差点说家在加州索萨利托。一说来自加利福尼亚,人人待见;一说打南方来,别人不是郁闷就是嫌弃。以前见过一些黑人,一听我说"南卡罗来纳,科勒顿"那腔调,一个个恨不得冲上来把我杀了。那眼神再明显不过:除掉这个窝囊杂碎,就是为几百年前从非洲被绑走的先人报了仇,他们可是被铁链拴着,一路淌着血来到南方港口的。每一个当代黑人的眼中都铭刻着奈特·杜纳[1]的深仇大恨。

"南卡罗来纳。"我答道。

"很抱歉。"女职员微笑着说,依然没抬头。

巴赫的音乐在室内飘荡,沁浸双耳。候诊室尽头的矮柜上,新鲜的紫色鸢尾花如鸟儿的小脑瓜儿一样朝我微微弯斜,显然是精心摆放。我闭上眼睛,试图在旋律的诱惑中放松身心,随波逐流。乐声中,我的心跳减慢,仿佛眼底盛开着朵朵蔷薇。略微有些头痛,我睁开眼睛,也不知箱子里装没装阿司匹林。柜子上摆着书籍,我起身上前鉴赏一番。巴赫的协奏曲已经播完,维瓦尔第又紧随其后。都是经过悉心挑选、用心打理的好书,有些还有作者的签名。题词满怀交情,我这才意识到,原来这些作者

---

[1] 生于1800年,美国黑人奴隶领袖,曾在弗吉尼亚州南安普顿领导黑人起义。

中的许多人也曾坐在这个房间里,在这位不知名画家描绘的战栗世界前瑟瑟发抖。我在最上层看到了萨凡娜的第二本诗集《浪潮王子》。翻到献词页,读着那些字句,眼泪差点夺眶而出。不过呼之欲出而未出的感觉也不错,至少证明我还不是行尸走肉。内心深处,伤口不断腐坏,压抑在男子气概那低劣尖刻的外壳之下——好个"男子气概"!身为男人,我极为羞赧。我憎恨大义凛然,憎恨无休无止的力量标榜,憎恨爱逞能,更憎恨瞎逞能。我讨厌力量,讨厌责任,讨厌刚强。想到心爱的妹妹那残损的手腕,想到她鼻孔里通出的胶管,想到高吊在她床头那玻璃胚胎一样的葡萄糖液瓶,我就头皮发麻。如今,我已清楚地知道自己的角色,看清了男人的专横与狡黠。我要到妹妹身边去,成为她的力量支柱;做百草之王,大摇大摆地行走于我们所共生的旷野之上,双手间发散出牧野的力量,对世间轮回流转成竹在胸,歌唱她的新生,用教练的话语和四季之神的佳音抚慰她。力量是我的天赋,我的角色,以后也必将成为我毁灭的根源。

　　我翻到诗文首页,在提琴声、鸢尾花与维瓦尔第的陪衬下大声朗读,试图捕捉萨凡娜抑扬顿挫中的基调与情感,以及她在台上展现出的铮铮傲骨。

　　　　我闪耀魔法之光,深沉阴郁,
　　　　如欲火中的苍鹭,气味浓烈;
　　　　我用言语筑起座座城堡,
　　　　再以风之军队将其毁灭。

　　　　我所寻觅,求问无门。
　　　　我的军队千锤百炼。
　　　　诗人将字句托付士卒,
　　　　打磨出一把把利剑。

黎明时收缴瑰丽,
佐证习练的充足。
黄昏时祈求原谅,
当作夺命的救赎。

我的舰队乘风破浪,
在言语之海一往无前。
我锉平海岸的棱角,
用字句登陆,将黑暗之军集结。
我手握诗句,与世界作战。

南境魔力深寓我心,
光亮如正午脱手的榴弹。
广厦中哀号阵阵,
月亮是苍鹭的燃影。

再次翻回到献词页:

凡夫难料,劫数天定,
且看浪潮王子何时殒命。

一抬头,罗温斯坦医生正在办公室门口打量我。她身形瘦削,衣着讲究,两眼深邃质朴。身后的阴影中回荡着维瓦尔第的甜美旋律。她美得令人窒息。又一个该死的纽约婆娘,驾着母狮战车,天不怕地不怕。她高挑的身材,乌黑的头发,看起来是个出身良好、品位不凡的女人。

"这位浪潮王子是谁?"她单刀直入,也不先自报家门。

"你干吗不去问萨凡娜?"

"那得等她能开口,一时半会儿怕是不行。"说着,医生展了展外衣,"失礼了,我是罗温斯坦医生。你就是汤姆,对吧?"

"没错,女士。"我起身随她进了办公室。

"喝杯咖啡怎么样?"

"好的,女士,来一杯。"我有些拘束。

"你我应该是同龄,怎么这么称呼?"

"家教严,加上紧张。"

"有什么好紧张的?你喝咖啡加什么?"

"奶油,还有糖。妹妹一割腕,我就紧张。就这怪毛病。"

罗温斯坦从桌旁的橱柜端来两杯咖啡,举手投足优雅沉稳:"你以前跟精神科医生接触吗?"

"接触过。萨凡娜的医生前前后后基本见了个遍。"

"她试图自杀过?"

"对。乐乐呵呵地玩过两回。"

"怎么是'乐乐呵呵'?"

"我那是刺儿话。抱歉,祖传的毛病。"

"萨凡娜也是刺儿头?"

"不。这点家族病她没摊上。"

"怎么听着有点不甘心?"

"因为她不刺别人,她只想刺死自己。我倒巴不得她愤世嫉俗!话说萨凡娜怎么样了?我什么时候能见她?你连她的情况都没告诉我,问这么多问题干什么?"

"汤姆,咖啡可口吗?"罗温斯坦不慌不忙地问。

"好,好得很。来,说说萨凡娜。"

"汤姆,你别急。萨凡娜的事我们一会儿就谈。"那居高临下的口气,一听就是学位拿多了,"要帮助萨凡娜,有些背景问题我必须问。你我都是真心想帮她,对吧?"

"大夫，你要还是这副高高在上的口气，那可就不一定了。我不是什么会耍花活儿的大猩猩，你也甭教我敲字。要套近乎，先说说我妹妹人到底在哪儿。"我把两手坐在身下，以免被人发现抖得厉害。咖啡与头痛交互作用，还有遥远的乐声像钉子一样刮擦耳膜。

见惯了各种雷烟火炮的罗温斯坦医生冷冷地望着我："好吧，汤姆。我把知道的都告诉你，你会帮我吗？"

"我又不知道你想怎样。"

"我想了解她的经历——你所知道的一切：她的童年往事，症状在哪儿出现，征兆何时开始。她患有精神疾病，当时你不知道吧？"

"当然知道，"我答道，"她写的诗，一半都在写自己的癫狂。就像海明威描写杀死雄狮。这就是她艺术的痴狂之处。她疯疯癫癫，我实在看不下去了。西尔维亚·普拉斯[1]那类破事儿，我见得够够的。上次萨凡娜割腕子，我叫她下次要死就死利索，把枪管塞进嘴里，崩个后脑开花。可她偏偏爱使刀片。大夫，我见不得她那些伤口，更看不了她插着鼻管躺在病床上。我疼妹妹，可她像剔鹿一样在自己身上拉口子，我实在不知要怎么开口，这不是我的长项。至于那帮心理医生，那几十号郎中，谁也镇不住折磨萨凡娜的心魔。你呢，大夫，你能行？"

罗温斯坦抿了一口咖啡。那副不慌不忙的样子我看了就火大，就像两道粗黑的括号，把暴躁的我钳在中间。她把杯子放回托碟。"咔嗒——"杯底与圆槽严丝合缝。"再来杯咖啡？"

"不了。"

"能不能帮上你妹妹，我说不准。"罗温斯坦医生说着，再次用审视的目光凝视我，"大约一周前她自杀未遂，如今已经没有生命危险。在'贝尔维尤'的头一晚她险些丧命，得亏急诊室的接诊医生处理得当。头一次见她，萨凡娜处于昏迷状态，谁也不知道她能否挺过来。一醒来她又

---

[1] 西尔维亚·普拉斯（1932—1963），美国著名诗人、小说家，多年受忧郁症困扰，1963年自杀身亡。

叫又闹。虽说是胡言乱语，却仍是高度诗化的语言，且表达清晰。我录了下来，兴许对找出她近期的发作规律有所帮助。昨天出现了变化，她开始一言不发。我给一位诗人朋友打电话，她从萨凡娜邻居那里问到你母亲的电话。我给你父亲拍了电报，没有回应。依你看，这是为什么？"

"因为你住在纽约。因为你是女人。因为你是犹太人。因为你是看精神病的。这还不算，每次萨凡娜要死要活，我爸就吓得要死。"

"所以才见死不救？"

"呼救的要是萨凡娜，能来他早来了。在老爸看来，世上只有三种人：温戈家的、混账、温戈家的混账。萨凡娜属于第一种。"

"那我就是混账了。"罗温斯坦不冷不热道。

我笑了："你坏了规矩。况且，我父亲也收不到你的信。"

"你家痛恨犹太人？"

"我家痛恨所有人，不用往心里去。"

"从小到大常听家里人说'黑鬼'？"

"当然了，"我说，纳闷儿这与萨凡娜有何相干，"我在南卡罗来纳长大。"

"有修养、有见识的人肯定不都随这种大溜。"

"他们又不姓温戈——除了我母亲。她说那个词只有白人穷鬼才说。她自己说'黑奴'，把'呜'拉得长长的，以为这样就高人一等。"

"汤姆，你现在还说'黑鬼'吗？"

我端详着那张漂亮的脸蛋，看她是否在开玩笑。可现在还是看诊时间，这位大夫一脸正经，没工夫聊闲说笑。

"遇上居高临下的北方佬我才说。没办法，大夫，我忍不住。黑鬼。黑鬼。黑鬼。黑鬼。黑鬼。黑鬼。"

"说完了？"她问。挫伤了她的感性神经，我十分得意。

"完了。"

"在我的办公室里，不可以使用这个词。"

"黑鬼。黑鬼。黑鬼。黑鬼。黑鬼。黑鬼。"

她努力把持着,用郑重而愠怒的口吻道:"汤姆,我无意对你居高临下。若是令你误会,那么请接受我的道歉。我只是没想到,诗人萨凡娜·温戈的家人会说出那个字眼。很难想象她来自一个歧视黑人的家庭。"

"正因为来自这样的家庭,萨凡娜才会有今天。她对抗自己的出身,开始把写作当作愤怒的宣泄。"

"生在这样的家庭,你不愤怒?"

"不管生在什么家庭我都愤怒。不过,如果有的选,我宁可生在洛克菲勒或者卡耐基家。生在温戈家只会越发堵心。"

"说来听听。"

"我觉得人生就是苦海,谁也逃不了。如果你姓温戈,那就更惨。当然,除了温戈,别的我也没当过,只是纸上谈兵。"

"你家信什么宗教?"医生问。

"看在上帝的分儿上……天主教,罗马天主教。"

"为什么说'看在上帝的分儿上'?信天主教又不伤天害理。"

"你可不知道,一个天主教徒,在南方腹地长大,到底有多别扭。"

"我多少可以想象。你可不知道,一个犹太人,无论在哪儿长大都别扭。"

"我看过菲利普·罗斯[1]的书。"

"那又怎样?"罗温斯坦火药味十足。

"没什么。想跟你套套近乎,结果弄巧成拙。"

"菲利普·罗斯既反犹又厌女,世人都看得出。"她撂话如结案,就此打住的架势。

"萨凡娜也这么说。"想起她那义正词严的样子,我不禁笑了。

---

[1] 菲利普·罗斯(1933—2018),美国作家,代表作包括《美国牧歌》《再见,哥伦布》等。

"汤姆,你觉得呢?"

"你真想知道?"

"非常想。"

"恕我直言,在这个问题上,您也好,萨凡娜也好,都是鬼扯。"

"恕我直言,一个南方白种男人的话,我们凭什么要当回事?"

我凑上前去小声道:"因为除了啃萝卜、嚼莓子、踩桩肏骡子、后院宰猪,我脑瓜还特好使。"

医生瞅着自己的指甲盖儿,笑了。沉默中,乐声飘然而入,每一个音符清明透亮,犹如湖上的华尔兹翩然而至。

罗温斯坦整装再发:"在你妹妹的诗里,你是哪位哥哥,捕虾人还是教练?"我就知道,这女人不好对付。

"教练。"

"为什么要压低声音?当教练很丢脸吗?"

"那些戴有色眼镜看待教练的人才丢脸——尤其在纽约,尤其是心理医生,尤其是女心理医生!"

"你觉得我怎么看?"主导权再次回到她手里。

"你认识几个当教练的?"

"一个也不认识,"罗温斯坦笑道,"我的圈子里也没什么机会认识。"

"就算认识,也进不了你的圈子。"

"这话不假。在南卡罗来纳,你的社交圈里都是些怎样的人?"

"就是些同行,"我就像受了困,怎么也摆脱不了那个芬芳的房间,她身上有股熟悉的香水味,可我怎么也想不起名字,"坐一处看看体育版新闻,相互掰掰腕子、嘬嘬血疱啥的。"

"汤姆,你可真令人费解。如果我一提问你就逗乐绕弯子,我就没办法帮你妹妹。你得信任我,明白吗?"

"女士,我跟你素不相识。对亲近的人我都不轻易推心置腹,更别说是刚认识半个钟头的你。"

"你好像过于介意我们之间的文化差异。"

"你分明看不起我。"我闭上眼睛,疼痛的经络蔓延至眼周。

"看不起?"罗温斯坦一翻白眼,仿佛难以置信,"就算对你的身世背景再有微词,我也不会看不起你。要帮萨凡娜,我需要你的协助——如果你愿意。我对她的作品足够了解,可还需要知道些她经历的细节。下次她清醒了,我才能尝试打破长久以来的恶性循环。如果能从她的身世中找到些线索,兴许能帮助她想些自救的方法,让她不至于为了追求艺术而遍体鳞伤。"

"啊!这回我懂了,"我站起身,在房间里走来走去,此时只觉得两眼昏花,脑子迷迷糊糊,越来越不听使唤,"你才是这场二十世纪末闹剧的女英雄。仁心医术拯救一代女权诗人,纤纤妙手抚愈艺术家绽裂的创口,以弗洛伊德的神圣之言将她从深渊的边上拉回。白衣天使化身低调而崇高的注脚,永垂文学史册。"我两手挤住脑袋,用指头按摩太阳穴。

"你头疼吗,汤姆?"她问。

"疼得要命,医生。能给我来点吗啡吗?"

"不行,阿司匹林倒是有。你怎么不早说?"

"妹妹割了腕子,没人好意思为头疼叽歪。"

说话间,罗温斯坦已经走到桌边,倒了三粒阿司匹林在手上。她又倒了杯咖啡,我就着服了药。

"要不要在沙发上躺会儿?"

"还是算了。下午进门之前,我就怕你让我躺沙发,跟电影里似的。"

"我尽量不跟电影学……汤姆,我不想吓你,可第一次见到萨凡娜,她浑身都糊着粪便。"

"我没吓着。"

"为什么？"

"那阵势我以前也见过。第一次、第二次也许吓得不轻，慢慢就习以为常、见怪不怪了。"

"第一次是在哪儿？"

"在旧金山。当时正值她巡演，进了座实实在在的疯人院。我就没见过那么丧气的地方。真不知道她往身上糊屎是自我仇恨还是室内装潢。"

"居然拿妹妹精神错乱打趣，你可真是个怪人！"

"南方性格，就这样。"

"南方性格？"

"我母亲的不朽金句。痛入骨髓、凄惨……难过、无可奈何的时候，我们反而咧嘴大笑。"

"那依着南方性格，什么时候流泪呢？"

"等笑完了，大夫。一定，一定是笑过之后。"

"七点钟，我们医院见，好吗？"

"行。抱歉，医生，我今天说了些不该说的。多谢你没把我轰走。"

"晚上见，多谢你跑一趟。"说完她又打趣道，"教练。"

再人性、再开明的精神病院里，钥匙才是彰显权力的证明，才是自由与奔放的坚固象征。钥匙串拍打着大腿，如自由之途的注解一般，与护工、护士的脚步声遥相呼应。听它们哗啦啦响得热闹，却没有一把属于你，你这才明白被放逐世外的白色恐惧。我从妹妹的一篇诗作中了解到钥匙的秘密，那是她第一次入院后一气呵成的作品。她将钥匙视作护身符，她困境的谜团，她与自己不宣而战的阵地。每到发作之时，她总被隐约的钥匙声惊醒。

那晚，罗温斯坦医生带我过去时，萨凡娜蜷缩在角落里，双臂抱膝，头靠着墙，脸背着门。房间里弥漫着粪便和氨水的气味，熟悉而浓烈的腐朽味儿充斥着无尽癫狂的每分每秒,这是美利坚精神病院特有的风味。我们进门,她不动弹,也不抬头。一看就知道她发作得厉害。

罗温斯坦医生走上前,轻轻扶住萨凡娜的肩膀:"萨凡娜,我有份惊喜带给你。你哥哥汤姆来看你了。"

妹妹没动。灵气已从身体抽离,她如矿藏般静止不动,紧张症的阴郁透出一种纯粹的神性。所有精神疾病之中,就属这紧张性精神症最让我感到神圣。它在缄默里坚守,于静止中崇高,演绎残魂最为温婉的人间悲喜,是死亡最为隆重的盛装彩排。我以前也见过萨凡娜这样一动不动。而这一次,我成了"过来人",直面这无药可医的沉寂。初次目睹,我双手掩面,分崩离析。此时,我却想起妹妹的话:在孤寂深处,在不可触及的地方,她的灵魂正在自我愈合,在难以涉足的精神之路下开采深埋的宝矿。她还说,不动,就不能伤害自己,只会自我净化,为再次迎来光明做准备。她向光明伸出手的那一天,我想守在她身旁。

我扶住她的肩膀,亲吻她的脖子,在她身边坐下。我把她紧紧搂住,脸埋在她头发里,躲避着她手腕上的绷带。"嗨,萨凡娜!还好吗,亲爱的?"我柔声道,"没事了,哥哥来了。抱歉让你受了苦,我会在这儿陪你,直到你好起来。那天见到爸爸,他让我给你带好。别担心,他还那样,浑球儿一个。妈妈这回来不了,忙着洗她的连裤袜。萨利和孩子们都挺好,詹妮弗开始发育了。那天晚上洗完澡,她跑来我跟前,说:'爸爸,快看,小包包。'说完就咯咯咯地笑着跑上走廊,我张牙舞爪,追得她哇哇大叫。南卡罗来纳一点儿都没变,还他妈是世界文化中心。连沙利文斯岛都变得有文化了。那天公路边的新烧烤屋开张,还剪了彩。我的工作还没着落,但我在努力找。我知道你一直为这个操心。有天我去查尔斯顿的疗养院看温戈奶奶,那晚是她生日。她把我当成了1920年查尔斯顿的主教,以为我要跟她睡觉呢。我还见到……"

我说了足足半个钟头,直到罗温斯坦医生拍拍我肩头,示意该走了。我起身把萨凡娜抱上床。她瘦多了,两腮深深凹陷着,目中无神,徒留两粒蓝绿色的宝石痴痴躺在灰白色的旷野上。一放上床,她就像胎儿一样蜷起身子。我从兜里掏出发刷,帮她梳理潮湿凌乱的头发。我用力地一来一回,直到看出些许金亮,直到点滴光泽又一次在她背上闪耀。我唱起小时候的歌谣:

> 带我回去,邂逅那最初的亮光,
> 明媚南境,我温馨的归宿。
> 野雀轻吟,夜夜伴我进入梦乡,
> 哦,为何我却无心留驻?

挨过一阵寂静,我又道:"我明天再来看你。萨凡娜,我知道你能听见。你只要记住:这种事儿咱们早经过了,这次你也一定挺得过去。等熬过这段时日,咱们又可以说说笑笑。我说纽约的坏话,你用拳头打我胳膊,说我是乡巴佬儿。我在这儿,亲爱的。只要你需要我,我一直都在。"

我吻了吻妹妹的双唇,为她盖上被单。

门外晚春的气息中,罗温斯坦医生问我有没有吃东西,我这才想起腹中空空。她提议去一间法国小餐馆,Petite Marmite,"小锅菜"。这家她熟,也很喜欢。我立马担心起花销。南卡罗来纳的教书匠,收入微薄,囊中羞涩,实在大方不来。倒不是惦记着自己还失业。美国的教师都被练出了穷人思维,最爱学会、书展的免费茶歇,伙食全包。顿顿饭鸡肉嚼不动,调味酱甜腻腻,连豆子也一言难尽。

"很贵吗,大夫?之前在纽约吃过几顿,感觉我掏的饭钱都够主厨家孩子念私校了。"

"按照纽约的标准,这家价钱还算公道。"

"稍等,我打给银行,看能不能借笔钱。"

"教练,我请客。"

"那我就放心了,医生。男子汉恭敬不如从命。"

领班与罗温斯坦医生打过招呼,态度低调而不失亲切,一看她就是常客。他领我们来到一张角落的台位。隔壁桌的情侣正柔情蜜意,四手紧握,四目燃情,在烛火的映衬下如饥似渴,恨不得横在白花花的台布上,蹭着蛋黄酱就地交合。医生点了一瓶马贡白葡萄酒,扫了眼皮面装订的菜单。

"可以点个开胃菜吗?"我问。

"当然,随你喜欢。"

"那把开胃菜点个遍呢?"

"不行,我想让你吃营养均衡的一餐。"

"真不愧是犹太人。"

"你说对了!"罗温斯坦笑道。紧接着她话锋一转:"你觉得萨凡娜状态如何?"

"比我想象的糟糕。不过,我也好受多了。"

"我不明白。"

"她大呼小叫、神志恍惚、失去控制的时候我才犯难。这样安安静静的,就像在养精蓄锐,准备重新踏入世界。我保证,大夫,再过一两个月,她就能缓过来。"

"这种事你也料得准?"

"那倒不是,不过据我所知是这个路数。"

"你怎么失的业?"

"被开了。"

"能问问缘由吗?"

"说来话长……暂时别问。"

侍者端上葡萄酒,在罗温斯坦医生的杯中倒了些许。她闻了闻,点点头。我享受着餐桌上的插曲,仪式中彰显优雅。我愉快地品着葡萄酒,感受它进入身体,在长夜中围守城池,与头痛抗衡。明知不该,可我还是想喝一杯。把自己的过去告诉这个女人,本应是为了帮妹妹。然而,我却选了另一条路:告诉她我的过去,是为了从我自己手中拯救自己。

"我得了偏头疼,大夫。没有工作,求职前景一片渺茫。我妻子是内科医生,现在正跟一个心脏病专家打得火热。她正考虑离开我。我恨我父母。不过五分钟之后我肯定会改口,说自己言不由衷,爱爸妈爱得不得了。卢克的事让全家蒙受不幸。您肯定听过卢克的事,但没发现他与萨凡娜之间的关联。我说过吗,我爸正在蹲监狱?他没回你电报也是因为这个。温戈家的故事就是笑话、怪谈与悲剧的集合体——悲剧占主导。以后你就会明白,萨凡娜生在这种人家,不疯才怪。"

"那你自己作何反应?"

"我假装一切都没发生过。我从母亲那里继承了否认的天赋,发挥得淋漓尽致。我妹妹管我叫'遗忘教练',我的记性可比她强多了。"

"那现在呢?"

"现在的我正分崩离析,这与我的角色全然不符。全家人都指望着我这根主心骨,脖子上挂只哨子,一个称职的教练。一直以来,我都是温戈家闹剧最直接的参与者和见证人。"

"汤姆,你是不是太夸张了?"

"是。我马上切换到风度翩翩。"

罗温斯坦一边点菜,一边说起自己。摇曳的烛火边,她的轮廓渐显柔和。她吃着杏仁软壳蟹,我说起在科勒顿河捞螃蟹。我用鲑鱼配丝滑的莳萝酱,她则说起看苏格兰的渔民捕捞鲑鱼。第二瓶葡萄酒上桌,还配了蘑菇沙拉。食材清新爽口,仿佛咀嚼着森林深处。油醋汁里加了罗勒叶碎。头已经不碍事了,而疼痛却重整旗鼓,顺着脊柱徐徐上攀,俨如山中穿行的列车。我点了奶油覆盆子当甜品。果汁冰糕上桌,罗温斯坦又问起萨凡娜的事。

"汤姆,你听没听过'卡兰沃德'?"

"当然听过,怎么了?"

"萨凡娜每每发完病，醒来总叨念这个词。叫喊时也常说。"说着，她递过一张纸，"我说过，萨凡娜刚入院那几天所说的话我一字一句全记了下来，想着等她好转了来做治疗时兴许用得上。十几个钟头的胡言乱语，这是其中一段。"

我拿过酒杯，读起纸上的文字。

"拍拍浪潮王子。狗群来闹生日会。住进白房子，湿地向来不太平。黑狗老虎不沾亲。爸爸快拿相机来，爸爸快拿相机来。黑狗成群四处游荡。路上来了三个男人。卡兰沃德。卡兰沃德。出了卡兰沃德的林子，进了蔷薇谷路的房子。拍拍浪潮王子。哥哥嘴巴不严实。湿地向来不太平。虾子满地跑。虾子满地跑。狗子四处窜。凯撒。红发夹和栀子花。现在。现在。巨人和可乐。让老虎去后门。给海豹放《迪克西》[1]。乌鸦害死人，留块薯子祭鬼魂。妈妈，你听见没？坟墓又说话了。妈妈，外面有人？大美人？雪是河里偷的，比我还美的人，妈妈。从子宫坠落的天使，有多少在春天绽放丑陋？果子在哪里？祖父发脾气。停船，快停船！一时半会儿我可不走。伤害你，我一定会伤害你。快打老虎人！快打老虎人！弄死老虎人！快停船。阿格妮丝·戴去哪儿了？"

读完，我不禁感叹："老天爷……"

罗温斯坦把纸收回折好："有没有发现什么重要信息？"

"多了去了。个个都重要。"

"什么意思？"

"这根本就是她的自传，吼给有心人听……吼给她自己。"

"自传？你可否留在纽约，把你知道的都告诉我？"

"我一定知无不言，大夫。让我待多久都成。"

"明天五点开始可以吗？"

"可以。好些糟心事儿呢。"

---

[1] 全名"我希望身在迪克西"（*I Wish I Was in Dixie*）。美国民谣，南北战争时期亦是南方联邦非正式国歌。

"汤姆，谢谢你尽心帮助萨凡娜。"

"不，"我几乎哽咽道，"是帮我。帮帮我。"

到达格罗夫街妹妹的公寓时已是半夜。没有月亮的夜晚，谢里登广场显得萎靡而奇幻。午夜的纽约，无名之辈从广场飘过。每夜在此不期而遇，彼此却毫无察觉。他们总是游弋在戚戚然的灯下，竟带着几分怀旧的仪式感。一张张面孔映衬出内心某种陌生人难以理解的平衡，始终如一。我观察着这些擦肩而过的夜行者，他们无畏无惧，全然无视我的存在。我试着模仿那些神情，它们优雅、独特而新颖。无奈我这张脸演技太差。他人深谙大都会的行世之道，而我却毫无头绪。身为异乡访客的我，在萨凡娜公寓门厅闻到的是大海，大街小巷蒸腾的依然是东部海滨的熟悉味道。

棺材盒大小的老旧电梯吱吱嗡嗡地奔六楼去。我把行李丢在大理石地砖上，试遍十二把钥匙，才把四个孔插对。四个硕大的门闩，保护妹妹免受外界侵害。

来到萨凡娜的卧室，我把箱子往床上一丢，大门也没关。我想开床头灯，但灯泡烧了；摸黑找墙上的开关，却把雕花玻璃花瓶打翻在地。走廊上随即传来一阵尖叫："别动，浑蛋！老子指哪儿打哪儿，手枪里满膛子弹，巴不得除暴安良！"

"是我，艾迪！"我在卧室里大吼，"看在上帝的分儿上，是我，汤姆。"

"汤姆?！"艾迪·戴特雷维尔大感不解，紧接着开始发牢骚，"纽约的公寓可不能随便闯。你也不吱一声……"

"艾迪，我没闯，手里有钥匙。"

"亲爱的，有钥匙你也不是独行侠。萨凡娜动不动就把钥匙给人，跟发糖似的。"

我这才想起问："艾迪，萨凡娜出事，你怎么也不给我打电话？"

"我说汤姆,这你可别怨我。萨凡娜的指示很明确:除非她死了,否则绝不许联络她家人,无论什么事。你以为我愿意?最先发现的可是我——是我听见她倒在浴室里。之前好几个月没见她。好几个月!我都不知道她回来了,还以为她被哪个杀人犯给弄死了。我哆哆嗦嗦举着枪跑来她家,只见她倒在浴室地上。你能想象那场面有多吓人,我差点背过气去。想想都崩溃。"

"是你最先发现的?我才知道。"

"屋里的血呼啦流,跟屠宰场似的,好几天我才擦洗干净。"

"你救了她的命。"我告诉艾迪。他站在走廊上,与昏暗的灯光反差鲜明。

"是啊,我也觉得自己够英勇。"

"我说艾迪,你还是先把枪放下。"

"哦,对。不好意思,汤姆。"说着,他的枪口耷拉下来,"今年我都挨抢两回了。"

"干吗不锁门?"

"伙计,我门上的锁比秀兰·邓波儿的卷毛还多。这帮家伙都会飞檐走壁。从隔壁大楼逃生梯一蹦,就上了我家空调箱。我在窗沿上抹了油,可这帮小贼也不是吃素的,能耐得很!更别提保险费了,简直是天文数字。你怎么样,汤姆?我都还没和你正经打声招呼。"

我走到门前,拥抱艾迪·戴特雷维尔。彼此吻过脸颊,两人一起进了客厅。艾迪开灯,我一屁股倒在软乎乎的单人沙发里。灯光刺眼,扎得脑子也一阵阵生疼。

"安德鲁呢?"我闭着眼问。

"为了个鲜肉把我甩了。汤姆,他说我是老娘炮、黄花菜。真不厚道。不过,他隔三岔五还会来个电话,以后没准儿还能做回朋友。萨凡娜是我的救星。分手那阵子,我基本上就住在她这儿。"

"真可惜,"我睁开眼,视网膜感觉像被泼了酸,"我本来还挺喜欢安德鲁的，你俩挺般配。有没有其他合适的？"

"喊，一个也没有！除非这回把你掰弯了。还是说你要坚持当你的直男？"

"我现在跟阉了没两样，"我说，"'性'致全无，只知道顾影自怜。"

"我来给你弄杯喝的，然后再慢慢勾引。"

"悠着点儿，艾迪。我正闹偏头疼。"

"见萨凡娜了吗？"

"见了。跟对牛弹琴差不多。"

"有一阵她闹得厉害。你是不知道……也该关起来治一治了。"

"你有止疼药吗？我落在家没带。"

"药？"艾迪问，"我那儿什么药都有，从头顶治到脚后跟。只要你说得出，艾迪医生就找得到。我的药柜跟正经药房差不了多少。不过，吃药就酒对身体可不大好。"

"我啥时候对身体好过？"

"汤姆，你脸色可够难看的。从没见过你憔悴成这样。帅气劲儿都没了。"

"你就是这么慢慢勾引的？"我笑问，"难怪你找不到主儿。"

"我又不是埋汰你。"艾迪在桌边的吧台倒了杯酒，"哎哟，你还真是说不得。对了，你还没说我怎么样呢。"

艾迪递给我一杯白兰地，我看着他穿过房间。艾迪·戴特雷维尔优雅，精致，人近中年。鬓角银白，纹丝不乱的棕发间零星泛灰。他有着一张疲惫的君王面孔。皮肤柔嫩，眼角唇边略微松弛。眼白上血丝密布，稍稍有点发炎，就好像隔着褪色的麻布盯着你。

"都跟你说了，艾迪，你是个旷世美男。"

"是我死皮赖脸地钓好话，你才这么说。哼，反正我就这样。"

"绝对秀色可餐。"

"哎哟,那倒好办。"

"艾迪,我不是那个意思。"

"耍嘴皮子,净耍嘴皮子。你真觉得我好看?也没老到哪里去,是不是?"

"每次我来,你都这么问。"

"因为每次见你,这都是要紧事。咱们难得碰面,所以由你来评判我的凋零程度最合适。那天偶然翻出几张老照片,人家眼泪都下来了。美丽只是当年。青春年少时俊朗无瑕,如今在浴室剃毛都不敢开灯。现在我连镜子都不敢照。太凄凉了。汤姆,我又开始串酒吧猎艳了。那天晚上碰上个小伙儿,嫩娃儿一个。本想请他喝一杯,他却来了一句:'逗我呢吧,老爹?'我都蒙了。"

"他不识货。"

"我怕变老,比怕死厉害多了。还是说说你吧,汤姆。这回打算在纽约待多久?"

"我也不知道。萨凡娜的精神病医生要听我家那些破事儿,想把来龙去脉搞搞清楚。我真想直接告诉她:我妈是疯子,我爸是疯子,我们全家都是疯子,所以萨凡娜也是疯子。"

"汤姆,你上次跟她说话是什么时候?几时断了音信?"

"三年多以前,"说着我自己都觉得害臊,"她说一见我就想起卢克。"

"汤姆,有句话我必须跟你说:依我看,萨凡娜这回八成挺不过去了。她受得够够的,人都被榨干了。"

"别,艾迪。你说什么都行,唯独这话我不想听。"

"对不起,汤姆。可这种感觉已经不是一两天了。"

"你感觉你的,拜托别说出口。"

"算我乱说,你当没听到。明晚我请你吃晚餐。"

"我求之不得,不过先看明早再说。"

艾迪一走，我环视屋内，等待头痛像月食的阴影一样蚕食大脑。明明还有两个小时，高压却已开始在颅底积聚。待它蹿上左侧太阳穴，我已经疼得膝盖发软。我就着最后一口白兰地吞下第一粒止疼片，目光停留在萨凡娜桌前墙上的照片。那还是父亲在捕虾船的甲板上拍的，当时我们刚上高三。卢克跟我对着镜头傻笑，两人的胳膊都搭在萨凡娜的肩头。萨凡娜笑着仰望卢克，满眼纯粹的喜爱。那时的我们都晒了一身黑，大好的青春——没错，容貌姣好。在我们身后，隔着码头和湿地，隐约可以看到母亲正站在白色的小屋前，朝着父亲挥手。但凡家中谁能预知当年的遭遇，相信我们也笑不出来。照片让时间停驻。三个笑容洋溢的小温戈就这样相互依傍，带着脆弱却不灭的亲情，永远立在那艘船上。

我从背包里掏出钱夹，拿出那封皱巴巴的信展开。那还是我第一次执教橄榄球赛后萨凡娜写给我的。望着照片中姑娘的笑颜，我努力回想着：究竟是何日何时我失去了她，背弃了她，任她飘零于世……照片像刀一样割在心上，我一字一句读着。

亲爱的教练：

之前我试想过，你能教孩子们些什么？在你亲自打理的绿茵赛场上奔跑的小伙子们能受到你怎样的鼓舞？看到你和你的队伍初次征战，运动的魅力就像清脆的哨音般将我击中。任何言语都无法形容你的英姿：提点四分卫，举手叫暂停，在明晃晃的边线来回踱步……妹妹爱你对运动无以复加的激情，爱你对孩子们、对比赛的绵绵深情。

然而，还有些东西，教练只能依靠妹妹的言传身教。汤姆，一定要教会他们，让他们懂得踏实行善、超越自我。激励他们追求卓越，引导他们温善为人。把他们挂在心上，督促他们向上为人——却是润物无声，如天使拨撩云朵。一点点将你的心性注入他们的灵魂，就像你对我一样。

昨晚，隔着观众席听到你的声音，我落泪了。遇到蹩脚的擒抱、迟缓的后卫，你欢呼鼓励，助威之词犹如甜美的音乐。然而汤姆，我亲爱的哥哥，璀璨而悲壮的雄狮，请将自己的切身心得慷慨相授。任何诗歌、言辞都比不上你的美妙馈赠。希望他们也能从你身上学会如何做一个温柔的好哥哥。

萨凡娜

读完，我又望了望照片，用心地把信折好，放回钱夹。

我换了卧室床头灯的灯泡，将花瓶的碎片清理干净，三五下脱了衣服，扔在床边的椅子上，然后掀被单上了床。眼睛闭上，又睁开。

疼痛来袭。眼球后像是燃着两团火焰。瞄得准，打得狠。

我一动不动地闭上双眼，平躺在黑暗之中。我发誓，我要改变自己的人生。

第四章

童年没有定论,只有后果和满满的记忆。我要说说那些风和日丽的安逸岁月。说是忆旧,倒不如说是讲寓言。话虽如此,我会尽量如实重现那些童年阴霾,绝不稀释隐瞒。家族的过往在我手中摇身变成浪漫故事,连悲情之处也不放过,这不失为一种背叛。接下来的故事中没有浪漫,只有故事。

就从一个简单的事实说起:此起彼伏的狗叫声正响彻岛屿。

夜晚。狗叫声听得祖父心里发毛。起起伏伏的呜咽中饱藏着我们那片世界的苍凉。狗也在害怕。1944年10月4日夜晚,浪峰渐高,凌晨一点四十九分才见落势。

妹妹就在河畔的白色小屋出生。原本预产期还有一个月,可现在看来已经无关紧要。八十五岁的萨拉·詹金斯正猫腰在母亲身下,迎接萨凡娜的到来。这个黑人已经当了六十年的接生婆。而科勒顿唯一的医生班尼斯特此时则身在查尔斯顿,奄奄一息。

萨凡娜这边还没忙活完,一回头又冒出个我。事后想想,我来得还真是意外。

一场飓风正逼近梅尔罗斯岛。祖父用胶带给门窗加固。他走到摇篮跟前,低头看看熟睡的卢克。狗叫声再度传来,不过风声太大,已经听得不甚分明。已经断了一个多小时的电,我就着烛光来到了这个世界。

萨拉·詹金斯把我俩擦洗得干干净净,还主动留下来照顾母亲。这胎生得艰难,她担心产妇会有并发症。萨拉生在巴恩韦尔种植园后的一个小木屋,整个科勒顿县,她是唯一一位还在世的奴隶。萨拉的皮肤皱巴巴、亮闪闪的,跟牛奶咖啡一个颜色。

"哦,萨拉,"祖父把萨凡娜抱到灯下,"这是温戈家近三代得的第一个闺女,是个好兆头。"

"可苦了当妈的。"

"你能救她吗?"

"你也知道,我的能耐都使尽了。她得瞧医生。"

"风越来越大了,萨拉。"

"跟九三年那场风一样。当时可真邪乎。死了好多可怜人。"

"你不怕?"

"反正迟早都是个死。"

"萨拉,多谢你帮忙跑一趟。"

"自家闺女到日子了,我都乐意守着她们——管她是黑是白。这些孩子都是我的闺女。这岛上我有上千儿女。"

"你还记得给我接生的事吗?"祖父问。

"你可是个大嗓门儿。"

"双胞胎……"祖父道,"这怎么讲?"

"这是好福气。"说着,萨拉回到母亲跟前,"艰难世道,老天可是格外开恩哪。"

屋外的林子里,树木被狂风越打越弯。大雨初降,一滴滴凿击大地。巨浪冲击着码头。觉察到洪水来袭,蛇钻出洞穴,往高树上窜。一小株蒲葵被连根拔起,在通往小屋的路上跌滚。鸟儿不再歌唱,连虫子都严阵以待。

祖父进了卧室,只见筋疲力尽的母亲昏昏沉沉。萨拉·詹金斯正用布巾帮她擦脸。

"好样的,莱拉宝贝儿。一宿的罪没白受。"

"谢谢,爸爸。风暴过了?"

"瞅着不太大了。"他谎称,"好好睡一觉,风暴的事情有我操心。"回到客厅,他从后裤兜抽出一张陆军部的电报,是母亲两天前收到的。父亲在一次针对德国的空袭中被击落,下落不明,估计已经阵亡。失去儿子的祖父大哭一场,转念一想:他肩上还有责任,况且双胞胎也能带来好运。

他到厨房,给自己和萨拉准备咖啡。咖啡泡好了,祖父给萨拉拿了个杯子。狂风顶着房子,窗子嗡嗡地响——命悬一线的玻璃奏起的哀歌。水位几乎升上码头,风仍旧推着浪,来势汹汹地往岸上扑。枯树顶上的鱼鹰巢也被刮了下来,像妇人的礼帽一样从院前飞过,沿河水轻飘飘地往上游去。

他拿起那本白皮《圣经》,翻到《旧约》与《新约》之间那光滑的一页。那还是他给我父母的结婚礼物。母亲已经选好了名字,一男一女。祖父拿来钢笔,在卢克的名字底下写道:萨凡娜·康斯坦丝·温戈。再下一行则是我的名字:托马斯·卡特利特·温戈。

低地的黑人给这场风暴取名"拔示巴[1]"。南卡沿岸地区两百一十七人因其丧命。祖父看了看手表:快十一点了。他翻到《圣经·约伯记》,读了一个钟头。他想到自己的儿子、妻子。祖母在大萧条时期离他而去,他心里多少对上帝有些怨恨。约伯的故事带给他安慰。一想到儿子,眼泪又流了下来。

他站起身,望向窗外的河流。天外之光中的狂风暴雨凄厉无比,如今连河也看不清了。祖父套上靴子,穿戴好雨衣、帽子,从厨房提了盏灯,又看了眼我母亲、萨拉和几个孩子,转身走入风雨。

---

[1] 《圣经》中的人物,以色列国王大卫麾下战士乌利亚的妻子。大卫对其心生爱慕,与之通奸,致使拔示巴怀孕,因而招致上帝愤怒,致其长子重病夭折,其后大卫的家族亦纷争不断。

门一开，门板差点被刮跑。祖父费了九牛二虎之力才重新关上。他迎风倾斜着身子，栽栽晃晃地穿过院子朝河边走去。一根树枝打在前额上，像刀割一样。他用手护住眼睛，听着河边树木断折的声音。离河边还有二十来米，水已经没过膝盖。慌乱中他屈膝跪倒，雨打得睁不开眼，嘴里也进了水。咸的。

他向亚伯拉罕的神祈祷，祈求分开红海、大水淹世的神赐予他力量。

祖父任风推着回到家，到了跟前却开不了门，被风抵得死死的。朝后门去，却被我父母卧室窗边的橡树残枝撂倒在地。后脑勺鲜血直流，他迷迷糊糊地撑起身子，手脚并用，一步步爬到后门。风暴像大山一样顶着身子。后门打开，水哗地一下灌进厨房。他在地板上瘫了好一阵，水越积越深。他在水槽把血洗净。幽魅的灯火向卧室靠近，不祥的黑影尾随而至。

萨拉·詹金斯还在母亲床边的椅子里熟睡。祖父轻轻把她摇醒。

"萨拉……"他轻声道，"河里涨水了。"

此时，在德国迪桑附近，我父亲正隐蔽在一座教堂的唱诗楼厢上，看一位天主教神父做弥撒。父亲左半边脸没法动弹，左胳膊发麻，还伴着刺痛，两眼血糊一片。神父正用拉丁语念诵常用经文。疼痛难忍的父亲还以为是德语。父亲观察着神父的一举一动，看他跪在耶稣受难像前，看他转过身，为三个弓腰驼背的丑老太太赐福——战火连天的岁月，她们清早还来参加弥撒——看他高举圣餐杯，以此判断这个人是好是坏。他会帮我吗，父亲想。我们的炸弹要了他同胞的命，而这位上帝的使者又如何看待希特勒呢？如果我向他求助，他会作何反应？我爸一辈子没进过天主教堂，半个天主教徒都不认识，一个神父也没见过。

"Agnus Dei qui tollis peccata mundi。[1]"尽管一个字也听不懂，一个个

---

[1] 意为"上帝的羔羊，除去世人罪孽的主"。

美丽的音节却令父亲动容。

"Agnus Dei。"神父再次念诵。

父亲放低枪口,不再对准神父的法衣。眼看着三位老妇走到栏杆前领受圣餐,他似乎看到神父脸上的一丝笑意,却也说不准。头从来没这么疼过。现在才知道,原来头疼起来也这么要命。弥撒还没结束,父亲就昏死过去。他头抵着石栏,身子夹在管风琴和墙壁间。

神父名叫君特·克劳斯,六十岁,慕尼黑人。白头发,尖鼻子,紧绷着脸,乍看像个怪面判官。正所谓面恶心善。选择当神父,一部分也是因为自己的面相。他在慕尼黑规模第三大的教区做过牧师,却跟与希特勒沆瀣一气的主教起了争执。主教把克劳斯神父发配到巴伐利亚州的穷乡僻壤,这倒也是为他好。好几位神父比他还勇敢,最后都因为庇护犹太人死在了达豪。克劳斯神父曾拒绝一个犹太家庭来教堂避难的请求,他认为再仁慈的神明也不会原谅这种罪过。我父亲遇见的神父虽非勇士,却也是实在的善人。

弥撒过后,克劳斯神父将三位老妇送到前门,又在台阶上聊了十分钟。侍者将蜡烛熄灭,把弥撒酒的瓶子洗干净,然后将法衣和白袍挂回神父衣柜的小隔间。就是这位祭坛侍者发现了盥洗室打碎的窗户,但他没看到水槽边地上的血迹。临走前,侍者将此事告诉了门前的神父。

远远眺望,巴伐利亚阿尔卑斯山脉的雪顶在阳光下熠熠生辉。昨晚,盟军对四个德国城市实施了轰炸。

神父锁了门,检查过圣水余量,走到侧边祭台,在大理石布拉格圣婴像前燃起一根蜡烛,做和平祷告。第一滴血落在法衣上,洇开一片深红。第二滴落在合十的双手上。神父抬起头,第三滴刚好落在他脸上。

再次恢复意识,父亲看到神父正低头看着他,脑子里做着权衡。

"Buenos días, señor。"他冲德国神父来了句西班牙语。

神父没搭话。父亲望着他微微颤抖的双手。

"Bonjour, monsieur。"他又试了试法语。

"英国人?"神父问。

"美国。"

"你不能待在这儿。"

"事到如今,你我都没辙。咱俩算是绑一块儿了。"

"慢点说。瓦的英语不是很好。"

"你得帮帮我。一旦发现我的飞机,这一片的德国鬼子肯定会四处抓我。"

"我帮不了你。"

"为什么?"

"我害怕。"

"害怕……"父亲道,"我都怕了一宿了。你是纳粹?"

"不,我是个神父。我必须举报你。虽然我也不愿意,可这样对我、对你、对所有人都好。他们可以帮你止血。"

父亲冲神父举起了手枪。

"刮得可真邪乎,"萨拉·詹金斯站起身,"跟九三年一个样儿。"

祖父道:"咱得奔谷仓,往高处去。"

"他们几个可受不了。"

"萨拉,没办法。我先把你送过去。"

"啥意思?阿莫斯,萨拉我虽年纪一大把,可还没咽气呢。我留下照看孩子。"只要是萨拉接生的孩子,她都敢直呼其名,白人、男人也不例外。

祖父抱起婴儿床里熟睡的我,放入萨拉怀中。她围上披肩,把我紧紧贴在胸口。祖父又把萨凡娜和卢克放上一床棉毯盖好,再裹上自己的黄雨衣。

后门打开,两个人顶着狂风暴雨朝谷仓奔去。时速达三百二十公里的劲风在四周呼啸，刮得昏天黑地。要么是没站稳，要么是风太强劲，萨拉直接被刮到了院子另一头。披肩展得像船帆一样。眼看要撞上外屋侧墙，她死死把我护住。

祖父挣扎着过去，一手抱住她的腰扶她起来，不免又弄疼了伤处。祖父抱着萨拉，二人就这样泥糊糊、湿漉漉地喘息了片刻，然后抱着三个哇哇大哭的婴儿，继续奔谷仓而去。又是大风顶门，又是一通挣扎，破门时弄得碎屑飞溅。

他顺着梯子往上爬，上层黑漆漆一片。卢克和妹妹并排躺在干草堆上，那味道十分好闻。祖父察觉到牲口的不安，赶紧离开干草棚来接我和萨拉。

"萨拉伤得不轻，爬不动。"

祖父一把将萨拉抱起往梯子上爬。她像个孩子一样弱不禁风，不断呻吟着。我被留在底层地上。风还在敞开的门口撕扯。他把萨拉抱到一捆干草边坐下。萨拉想给卢克和萨凡娜擦擦干，无奈毯子和衣服已经湿透，动弹不得。她解开衬衣，用裸露的胸口为他们焐热。

祖父抱着我出现在黑暗中，萨拉把我放在卢克与萨凡娜之间。祖父匆忙下了梯子，再度钻进风雨，也不知该如何把我母亲搬上干草堆。

进家才发现，前门已经进了水。窗外不见天日，那景象他这辈子也忘不了。河流湍急汹涌，正朝着我家奔袭而来。一条小船在风中飘摇，缆绳已然挣断。祖父像做梦一样眼睁睁地看着它冲出黑暗，暴露在飓风怪异的光亮之下。他下意识地举起手，仿佛想要阻止。他闭上双眼，小船撞破了房间对面的窗户，餐厅的桌子被撞了个稀巴烂。一块碎玻璃刺进他的手臂。祖父奔向母亲的房间，一边跑，一边祷告。

一见手枪，神父立马哆嗦起来。他紧闭双眼，双手在胸前合十，用拉丁语为父亲祈福。父亲枪口下垂。神父睁开眼睛。

"你穿着这一身,我下不了手。"父亲气力全无。

"伤得很重吗?"

父亲笑道:"很重。"

"跟我来。晚点我再去举报。"

克劳斯神父扶父亲起身,撑着他穿过靠近前厅的那扇门。那里通向钟楼,可以俯瞰整个村庄。二人挣扎着攀上狭窄的阶梯,每一级都留下了父亲的血印。神父把父亲安顿在钟楼顶的小房间,脱下血迹斑斑的法衣,给父亲当枕头,还把十字褡扯成长条,紧紧绑在父亲头上。

"你失血过多。必须打水清理伤口。"

父亲抬头望着神父:"Gesundheit。[1]"父亲就会这一句德文,说完便昏了过去。

当晚父亲一睁眼,只见神父正俯着身子,为他施临终的涂油礼。体温蹿升,伤势太重。父亲左眼不好使,但感觉得到神父正轻柔地为他涂抹油脂。

"这是干吗?"父亲问。

"你可能快不行了。我愿意听你告解。你信天主教?"

"浸信会。"

"那你已经受过洗礼了。我刚才拿不准,还给你施了洗。"

"谢了。我早在科勒顿河受洗过了。"

"哎呀,一整条河……"

"没有,一段而已。"

"我又给你洗礼了一回。"

"不碍事。"

"我拿了点吃的。你吃得下吗?"

若干年后说起那黑面包的滋味,那片压箱底的宝贝黄油,还有那杯圣

---

[1] 意为"祝你健康"。在德国,人们常会在他人身体抱恙或打喷嚏后说这句话。

餐酒，父亲的陶醉依旧不减当年。听他描述入口的面包、黄油、葡萄酒，我们几个也仿佛一起重温了那滋味：琼浆如丝绒在口中舒展，面包散发着大地的芳香，在舌面软软化开，黄油粘在上颚……神父握着我们的手，圣膏油的味道扑鼻而来，青筋暴起的柔软的双手因恐惧而微微颤抖。外面漆黑一片，巡逻队找到一架坠毁的战机。附近的村子都收到警报：有个美国的飞行员正混迹于此，抓住有赏，窝藏者就地正法。

父亲填饱了肚子，神父道："他们正在抓你，今天刚进过村。"

"来教堂了？"

"来了。我说要是见到了，一定亲手杀了你。听神父说出这种话，他们还觉得挺新鲜。我敢肯定，他们还会回来找你。"

"能动了我马上走。"

"要是你没来就好了。"

"我也不想，无奈在这儿被击落了。"

"啊！那就是上帝的旨意了。"

"不，先生。这是纳粹的主意。"

"我今天为你祈祷来着。"

"多谢。"

"我向上帝祷告，让你死个痛快。过后，我无地自容，又祈祷你能活过来。身为神父，只应为生命祈福。是我罪孽深重，请你宽恕我。"

"Gesundheit。"父亲真希望神父当时能打个喷嚏，这样就名正言顺了。接着，他问神父："你在哪儿学的英语？"

"柏林的神学院。我爱看美国电影。牛仔片，啊！"

"我就是个牛仔。"

"爸，你为什么要对人家撒谎？"同样的故事，小时候我们听了一遍又一遍，卢克总是对此介怀，"大圣人一个，心肠还这么好，你却假扮牛仔。"

"卢克啊，"父亲回想自己的过去，"我是这么想的：我瞎了一只眼，只剩下半条命，全村的德国佬都想要我的小命儿。眼前这个担惊受怕的神父正好喜欢牛仔，我当机立断：那就让他见识一回美国牛仔。想看汤姆·米克斯[1]，我就扮回汤姆·米克斯。"

神父问："你不是来自加利福尼亚吗？"

"南卡罗来纳。"

"是西部，对吧？"

"没错。"

神父起身打算离开："我叫君特·克劳斯。你睡会儿吧。"

"君特。我叫亨利·温戈。"

神父用拉丁文为父亲祝福，父亲却听成了德文。

德国兵在黑暗中四处搜寻，父亲则进入了梦乡。

十月的晨光中圣钟敲响，父亲睁开眼睛。他聆听着君特·克劳斯唱诵古老而美丽的祷文。早餐盘就在身边，上面还有张字条："多保重。把早餐吃完，这样才有力气。昨晚他们在史塔森附近捉了个美国飞行员。你应该安全了。上帝保佑，但愿你平安无事。你的朋友，君特·克劳斯神父上。"

祖父轻轻把母亲摇醒："莱拉，亲爱的，抱歉惊你觉了。"

母亲迷迷糊糊地问："孩子……孩子们没事吧？"

"没事，亲爱的。都是大嗓门儿，可欢实了。"

"风暴呢？"

"河里涨水了，咱得挪地方。"

"孩子……"

"别担心。萨拉和我已经把他们安置在谷仓了。"

---

[1] 汤姆·米克斯（1880—1940），美国著名西部片演员。

"爸，您冒雨抱孩子出去的？"

"不去不行，莱拉。"

"我没力气了，爸。让我睡会儿吧。"

"我扶你，亲爱的。我知道你浑身疼，我也不忍心。今晚你立了大功，给温戈家添了两个漂亮娃娃。"

"亨利死了，再也见不着了。"说着母亲哭了起来。

"莱拉，帮帮我，再加把劲儿。"

"亨利死了，爸。孩子们没有爸爸了。"

"你要再不下床，他们连妈也没了，"祖父道，"亨利阵亡只是推测。推测又不是事实。亨利是河里扑腾大的，没那么容易死。"

他伸手钩住母亲的后背，将她从床上抱起。离开房间的每一步，母亲都忍受着痛苦。出了后门，涌动的水流已经没过膝盖，再加上风势强劲，祖父差一点跌倒在地。他徐徐前行，小心谨慎，一只脚踩实了才敢迈另一只。雨滴刺生生地打在脸上。他想到约瑟。遭受希律王迫害之时，约瑟带着玛丽和襁褓中的耶稣逃往埃及。水位不断上涨，祖父在其中艰难前行。他想，约瑟身强体壮，约瑟笃信上帝。但约瑟再壮实，也比不过阿莫斯·温戈；无论世上哪个善男信女，都不如阿莫斯·温戈对天主一片赤诚。母亲像孩子一样，一只手紧抓着祖父。祖父一路攀梯，她一路呻吟。母亲越来越痛苦，等到与萨拉和孩子们会合时，她身上裹的毯子已浸满鲜血。

忙活了一个多钟头，母亲的大出血才算止住。祖父一辈子也没弄清，出血究竟是怎么回事，他又是怎么帮着止住的——是不是他帮的忙。他把衬衣从背后撕开，紧紧堵在母亲两腿间。母亲的心每跳一次，祖父指间都汩汩冒血。在他身后，萨拉咬着牙照看三个哭闹的婴儿，每动一下身子，都疼得一阵呻吟。

眼看着母亲越来越虚弱，估计命不久矣。祖父甚至还来不及思量，只见越发汹涌的河水肆无忌惮地向谷仓奔涌。脚下是牲畜惊恐的哀鸣，还有恶风穿门而过的呼啸。每一粒钉子都承受着重压,仿佛因流水冲刷老朽的根脉,连木头也生生肿胀起来。他能感受到每一粒谷子都在震颤。大水袭来,骡子也踹起畜栏的门板。阿莫斯用白衬衣使劲堵塞这致命的血流,此外想不出别的法子。他看到之前从河里拉回的那艘小船如今越浮越高,正朝谷仓后门漂过来。

凌晨两点。祖父想,本该是退潮的时辰。可也不知怎么了,这水丝毫没有退却的架势。住在水边,潮涨潮落,日复一日。怎么偏偏在这种时候离经叛道,跟他全家作对?仓外,时速两百公里的强风摧毁着岛上的树木。橡树如同生日蛋糕上的蜡烛被连根拔起。小树苗像一片片孤叶在风中飘零。祖父听着门缝间火车钻隧道一般的响声,心想:啊,原来是风挡住了潮水。风暴凶猛,连月球引力也束手无策。在如此汹涌之势面前,一切日常法则都失去了效用。

洪水不会倒流,连不涨都难。

血居然止住了,祖父差点掉泪,抓着衬衫的手稍微松了劲。休克的母亲躺在自己的血泊中。萨拉和三个婴儿不声不响地躺着,已然筋疲力尽。祖父在阁楼搜寻,在油乎乎的干草下找到块帆布。他把帆布盖在母亲身上,又多铺了许多干草。

下了梯子,他又一头扎进水里,游到畜栏把牲口放出来。祖父把船绑在梯子上。牛羊乱哄哄地四散奔逃,一头奶牛在头顶又刨又蹬,差点踢着他。

回到阁楼,三个孩子被黑皮肤的胳膊拢着,像白花花的柴火棍堆在萨拉胸口。祖父弯下身,看母亲是否还活着。气息还有,但脉搏微弱。

他瘫倒在地,身心俱疲,只有风暴在耳边呼啸,如泣如诉。他想到亨利,想到他扭曲焦黑的躯体被压在坠毁飞机的金属残骸之下,想象着儿子的灵魂脱离血肉之躯,却依旧矫健热情。亨利就像个小牛犊,被上帝的气息护送上天堂,到达光明的休憩之地。

祖父迎风道:"主啊,我已经付出太多,再也给不起了。"

他使劲驱赶睡意，无奈体力透支，还是昏睡了过去。

一睁眼，四周已是阳光与鸟鸣。往下一看，小船陷在谷仓的泥地里。我一醒就哇哇大哭，吵醒了母亲。她一心疼，奶水也来了。

萨拉·詹金斯已经咽气。祖父费了好大力气，才抱出她死死护住的婴孩。这就是我降临世上的第一晚。

父亲在钟楼一待就是三天，每日听着村里的德国人喧嚣奔忙。每到夜晚，神父都会上来看他，为他换绷带，教他说德语，告诉他战事进展。他拿来香肠、面包和味道刺鼻的德国酸菜，还有葡萄酒和啤酒——父亲从没喝过这么好喝的啤酒。由于伤口疼痛，最初的几日很难熬。尤其是某天夜里，父亲还以为自己撑不过去了，好在有笨手笨脚的神父整夜悉心照料，随后才日渐好转。

起初，因为害怕，神父只敢在夜晚上钟楼，脑子里总是萦绕着纳粹破门而入的情景。再加上父亲那张直率的雀斑脸，画面变得越发鲜活。父亲的出现将神父逼入了道德的困境，这也是对他秉性的极大考验。在这个需要虎狼之勇的年代，他却比兔子还胆小。君特告诉父亲，他已经在教堂躲了一个星期。身为神父，在来人面前总要有点威严。

父亲伤势好转，神父来访的时间也越来越久。纵然使命在身，无奈长夜漫漫，有时还真是孤寂难熬。神父也渴望能像村里某些人一样，拥有单纯朴实的友谊。

他往往在日落后上钟楼，过了午夜才离开。对君特·克劳斯来说，父亲就是理想的友人——无处可去，遍体鳞伤，朝夕共处。

一天夜里，父亲问君特："你为什么要当神父？"

"第一次世界大战时，我蹲在法国的战壕里向上帝发誓：'如果能活下去，我愿用余生侍奉天主。'就这样。"

"不想结婚生子？"

"我长得不好看，"神父答道，"年轻的时候，都不敢跟女孩子搭话。"

"我有个儿子，叫卢克。"

"好，真好……我经常想：自己要有个儿子会是什么样。有时还会梦见那些此生无缘的儿女。"

"有没有爱过哪个姑娘？"

"在慕尼黑有过一个。很漂亮，丈夫是银行家。她人很好，似乎也很喜欢我——对朋友那种喜欢。虽说是个好姑娘，可总是惹上麻烦。她来找我出主意，我就给她出主意，日久生情。我知道我爱她，而她也爱我——但只是友爱。我告诉她不要离开丈夫，这是上帝的旨意。可丈夫对她拳脚相加，她回了汉堡娘家。临别时，她亲吻我的脸颊。好几次我差点跑去汉堡，以为对她的爱超越了对上帝的忠心。而最终，我什么都没做。"

"为什么不上门找她？"

"因为我惧怕上帝。"

"上帝会理解的，君特。造物主不会无缘无故让你遇上她。如此尤物，他肯定花了不少心思。她身段怎么样？"

"拜托，我是个神父。哪会留心这种东西？"

"才怪。"

"她心地良善。但愿来生再相遇吧。"

"幸亏你没追到汉堡去。"

"你也觉得是罪过，对吧？"

"不是。你不在这儿，我就没法找你帮忙了。"

"唉！你干吗偏偏要来我这儿？净给我添乱。"

"我可是靠你捡回一条命，"父亲说着从枕头上掉过头，直勾勾盯着神父，"等打完仗，你就来找我。"

"哪会有打完的一天……希特勒丧心病狂，每天我都向上帝祷告：让希特勒弃恶从善。上帝只当耳旁风。"

"鸡屎可下不了荤菜。"

"什么意思?"

"就是句俗话。"

"无论我怎么祷告,希特勒还是死性不改。"

离开钟楼那天正赶上月圆之夜。父亲的左臂渐渐有了知觉,半边脸还是没法动弹。神父备了些赶路的衣裳。最后一次一起用餐,父亲很想说些感激的话,却怎么也张不开口,一顿饭吃下来,两个人几乎一声不吭。

饭后,父亲仔细研究神父设计的逃跑路线,在哪儿容易遇上德国兵、从哪儿过境进入瑞士都一一记下。

"亨利,我找了把锄头,你带上。"

"带它做什么?"

"路上被撞见,别人会把你当成农夫。累了可以睡谷仓,但你要把自己藏好了。这包里我装了些吃的,不过也撑不了几天。亨利,你得赶紧走。"

"你这么照顾我……"父亲对神父感恩戴德。

"亨利,你需要帮助。"

"你本可以袖手旁观,可你没。真不知道该怎么谢你。"

"幸好你来了,我也能尽一尽神父的义务。上帝考验过我一回,我却没尽本分。"

"哪回?"

"很久之前,来过一家犹太人。父亲在隔壁镇上经商,是个好人,跟我也很熟。他有三个女儿,还有个胖媳妇。一天晚上,他来找我:'神父,纳粹在抓人,拜托让我们避一避。'我没答应。非但如此,我还贪生怕死,把费舍一家交给了纳粹。他们都死在了达豪集中营。我试过苦修赎罪,希望上帝能去除我手上的鲜血。然而,连上帝也没这个能耐。这是连上帝都无法宽恕的罪恶。他们的目光一直紧追着我,看着我做弥撒,嘲笑我的使命。他们看清了君特·克劳斯的真面目。要是当初没举报费舍一家，这次我也不会收留你。我再也受不了那种眼神的拷问。我害怕的东西太多，太多……"

"费舍家的事我很遗憾。这么一说，我的命也是他们救的。打完仗，我就来看你。咱俩一起上慕尼黑，喝啤酒，追女人。"

"啊呀，我是神父，神父可不会追女人。愿上帝保佑，让你平安回到亲人身边。我每天都为你祈祷，我的心将与你同行。亨利·温戈，我会想念你的。时间不早了，你得赶紧上路。"

"神父，临走前，我想做件事。"

"什么？"

"做弥撒时唱完'上帝的羔羊'……你知道吧？就你每天早上都跟那三个女人说的那段。刚来那天，钟一打完，我见你给她们喂了什么东西。"

"那是圣餐，基督的血肉。"

"临走前，我也想领一次圣餐。"

"那可不行，亨利，"神父道，"只有天主教徒才能领受圣餐。"

"那我就入天主教，"父亲并不退缩，"现在就入。没准儿还能带来好运。"

"亨利，没那么简单。成为教徒之前，有很多东西要学习。"

"我以后再学，说话算话。君特，我没时间了。现在可是战争年月。你看，你为我施了洗，还涂了油，多喂个圣餐，天也塌不下来。"

"这不合规矩，"神父若有所思地摸着下巴，"可现在也讲不了什么规矩了。你必须先向我告解。"

"可以。啥叫告解？"

"坦白你所有的罪孽。从小到大犯过哪些过错。"

"这有点难，多了去了。"

"告诉我你诚心悔过就可以了。"

克劳斯神父用洪亮的声音做起祷告，赦免父亲的所有罪恶。月光皎洁如受洗的魂灵，萦绕着迪桑那恢宏钟楼下的两人。

他们步下堂前的台阶。神父用小钥匙打开祭坛的神龛，取出金色的圣杯，跪倒在十字架前。在苦难深重的基督俯视下，父亲跪在阴暗清冷的教堂里，为自己的救赎祷告。神父朝他转过身。

"亨利，你已经是个天主教徒了。"

"我会努力当个虔诚的信徒。"

"你的子女也要笃信天主才行。"

"没问题，"父亲道，"那个，莫非就是耶稣的血肉？"

"得先赐福才行。"

"唱'上帝的羔羊'？"

神父用拉丁语为圣餐饼赐福，面对这位教会新近吸收的信徒，就此改变了我们全家的命运。

君特在父亲身旁跪下，和他一同祈祷。神父与士兵，在月光、战事、命运的作用下，受到迫切、神秘而微妙的感召，承载着灵魂的隐衷，改头换面，脱胎换骨。

父亲起立转身，双手紧紧拥抱君特·克劳斯。

"谢谢，君特。多亏了你。"

"费舍一家若也能这样就好了。亨利，我觉得自己又像个神父了。"

"战后我一定来找你。"

"那敢情好。我求之不得。"

父亲愣了一下，拎起锄头和背包，后又突然站定，再次拥抱神父。

君特凝视着父亲的眼睛："上帝把他的孩子送来此处，在这屋檐下度过了三个星期。我会记挂着你，亨利·温戈，非常挂念。"

就这样，亨利·温戈溜出前厅侧门，消失在德国月夜的乡间。他回头朝教堂门前为他祈福的神父挥挥手，然后扭过头。洗净一身罪孽，又得圣灵加持，父亲朝瑞士的方向迈出了第一步。

两周间,他穿行于巴伐利亚的群山之中,循着莱希河的清流,参照星宿的位置,尽可能准确地在克劳斯神父的地图上标出进程。德国的星空居然与科勒顿老家的一样闪耀。在夜晚,只要一仰脸便如同回到了故乡,他不由得对头顶的璀璨星空多了几分亲近。

那些日子,他爬谷仓,睡林子。夜晚钻农舍时,最倒霉的就是遇上狗。一夜,他操起锄头连宰两只,用山泉水把血洗净。地势越走越高,一日白天醒来,阿尔卑斯山脉就在眼前。他人生地不熟,也不知该走哪个山谷,找到无人巡守的边界安全过境。作为地道的南方人,不习惯下雪天气;住惯了沿海低地,进了山便两眼抓瞎。父亲只能一路走,一路适应。每走一步都考虑再三,不敢轻举妄动。

一日,父亲在某处谷仓休息时被一位农妇发现。她大着肚子,黑头发,俏丽的脸庞让他想到母亲。农妇叫喊着去找丈夫。父亲穿过麦田,钻出玉米地,躲进山泉边上的洞穴等天黑。那日之后,他不敢轻易进农户,但凡见着两腿走道的都小心提防。除非为找吃的,不然见了农舍就绕道走。父亲摸黑挤奶,热乎乎地就着桶喝;在园子里揪果拔菜,偷到蛋就生吃。他日落而动,日出而息,全然变成了夜行动物。但山地地形错综复杂,夜里赶路实在不安全。

锄头倒成了他意外的护身符,成为有力的伪装。山地牧场耕地的农民,见父亲大清早走在乡间小道上,居然离得老远向他挥手。父亲友善地招手回应,胆子也越来越大,大白天也敢走僻静小路了。一大列车队从身边疾驰而过,卡车上拉着数百个德国兵,父亲还热情地朝他们挥手。兴许是出于嫉妒,有几个士兵还挥手回应。有了锄头,父亲就有了生存的资格。他靠着辛苦劳动种出食粮,供养这些德意志战争机器。想着想着差点连自己也信以为真。绕过上阿默高[1],他神不知鬼不觉地穿过重兵把守的边界,进入奥地利。

---

[1] 德国巴伐利亚州市镇名。

进了山地国，他这才犯了难。一连七八天，地势越走越高。周围看不见农场。风景如画，却处处凶险，不是幽谷就是断崖。脚下已林木不生，前路无处可寻。地图派不上用场，星星也指不了路。原来群山诡计多端，到处都是伪途死路。这边好不容易登顶，背面却无路下山，只能原路退回，另觅通途。一山一风景，各有各的崎岖埋伏。父亲生平第一次看到雪，还尝了滋味，连虫蚁也拿来充饥。夜晚，他盖着杉树枝保暖活命。这个地道的南卡罗来纳人不禁自问：十月的天气，难道还至于冻死？他在瑞士走了整整两天山路。下到克洛斯特斯村时，已经累得半死不活。从山上下来，他高举双手。一脸茫然的村民叽里呱啦地说着德语，他还以为自己向奥地利人投了降。当晚，他在镇长家里吃了顿饱饭。

三天后，母亲收到父亲的电报：他还活着，一切安好，还皈依了天主教。

归队后，父亲数次驾机出战，直到战争结束。炸弹一丢，脚下漆黑的市镇炸开了花。一听到爆炸声，父亲便会小声叨念："费舍，费舍，费舍，费舍……"俯冲之时，父亲喊着这个名字助威，化身蓝天的异能奇兵，身后留下一片死伤火海。

战后，父亲参加了占领军。他重返迪桑，打算去感谢君特·克劳斯神父，并且向他坦白：南卡罗来纳没有牛仔。然而，迪桑来了位新神父，一张马脸，乳臭未干。他引父亲到教堂后院，来到克劳斯神父坟前。父亲坠机后两个月，两个英国伞兵在迪桑附近着陆。德国人在搜捕时从神父那里搜出了父亲染血的军装，他一直珍藏着，当作与父亲相识的纪念。酷刑折磨之下，他承认曾经窝藏过美国飞行员，并协助其逃往瑞士。他们把神父吊死在钟楼，尸体挂了整整一周，以警示村民。按照他的遗愿，他微薄的财产全数赠予汉堡的一位女子。用青年牧师的话说，这一切让人纳闷儿又惹人怜惜。况且，村里人都知道，君特·克劳斯也不是什么称职的神父。

父亲在布拉格圣婴像前点燃一支蜡烛。就在同一处地方，他的血曾经落在救命恩人的身上。他为君特·克劳斯，也为费舍一家祈祷，祈祷他们的灵魂得以安宁。然后,他含泪起身,狠狠给了马脸神父一巴掌,警告他以后提起君特·克劳斯时最好放尊重点。马脸仓皇而逃。父亲夹着圣婴像出了教堂。他也是个基督徒,必须守护圣贤的遗物。

对父亲而言,战争已经结束。

每年我生日一到,母亲就带着萨凡娜、卢克和我奔赴乡间,到简陋狭小的黑人公墓看望萨拉·詹金斯。她的故事我听了一遍又一遍,早已烂熟于心。同一天,君特·克劳斯的墓前也会有父亲献上的一朵玫瑰。他们是温戈家的英雄,传奇历久不输古今帝王。然而,后来我开始怀疑:真是他们英勇牺牲、无私奉献,才使得温戈一家得以保全,还是说,整件事只是个没品的笑话,几十年才抖出个包袱?

等长大了,温戈家三兄妹给萨拉·詹金斯买了块墓碑。与萨利结婚前一年,我去了趟欧洲,来到君特·克劳斯的坟前。卢浮宫的油画,古罗马恢宏的广场,都不及灰色石碑上镂刻的那个名字带给我的震撼。我去了父亲躲藏的钟楼,还去了他下山投奔的克洛斯特斯村。我在镇长家吃了晚饭,试图重现过去——至少我以为我做到了。父亲的故事并未讲全,他仍然有所保留。

再次约见罗温斯坦,我讲述了这段家事。她静静地从头听到尾。

"他哪段没讲?"

"一处无关紧要的小细节,"我答道,"还记得那个大肚子农妇吗?"

"就是长得好看、让他想起你母亲的那个?"

"她尖叫着去喊丈夫,这点不假。只不过我父亲并非立马钻进了山洞。他捉住那个女人,活活把她掐死在谷仓。他当惯了飞行员,杀人从来不用看脸。她喉骨碎裂、在痛苦中死去时,两张脸只隔着十来厘米。"

"汤姆,你是什么时候知道的?"

"母亲离家当晚,他自己告诉我的。大概是想解释自己何以成了严父,既是说给我,也是说给他自己听。死去的德国女人是他的秘密,也是他的耻辱。温戈家的人严严实实地藏着许多秘密,最后差点要了我们的命。"

"故事很精彩,可似乎跟萨凡娜关系不大。"

"那些录音、那些内容,"我说,"她在里面提过。"

"怎么说的?"罗温斯坦问,"她既没提德国、风暴,也没说起什么神父、接生婆。"

"说过——至少我觉得说过。她提过一个名字:阿格妮丝·戴。我已经把这名字的由来告诉了你。"

罗温斯坦疑惑地皱起眉头:"抱歉,汤姆,你没说。"

"这个故事小时候我们听了很多遍,跟睡前故事一样百听不厌。克劳斯神父长什么样?留没留胡子?萨拉·詹金斯住在哪儿?费舍家有几口人?那感觉就像亲眼看克劳斯神父做弥撒一样——至少我们自己这么觉得。可小时候总会把情节记混。在钟楼喂饭的换成了萨拉·詹金斯,背母亲蹚水的变成了克劳斯神父。你也知道,小孩听故事都这样:东记成西,混得面目全非。"

"那阿格妮丝·戴究竟是谁?"

"是萨凡娜记差了。她一错,我跟卢克就跟着错。她在录音里大叫阿格妮丝·戴,那是我父亲听神父说的第一句话。"

"我怎么不记得?"

"Agnus Dei,上帝的羔羊。父亲在唱诗楼厢上听到的。萨凡娜以为阿格妮丝·戴就是神父喜欢的汉堡女人,因为爱得深切,连做弥撒都喊着她的姓名。"

"好,"罗温斯坦道,"简直太好了。"

第五章

进入第二周,这段纽约夏日的轮廓与基调渐趋分明。我扪心自省,将这个家的伤心往事娓娓道来,好让这位可爱的精神科医生修补它留给萨凡娜的伤口。

故事日渐丰满,我的内心也燃起了点点力量。我先听了几天录音带,回顾了妹妹令人揪心的崩溃时日。煎熬中的她总是言不成句。我将她的呐喊写在纸上,仔细揣摩,那些被压抑、被遗忘的记忆日渐清晰,令我错愕。她的用词再荒唐、再怪异,也绝不是空穴来风。记忆环环相扣,在我脑中连出错综复杂的光亮图形。有时等不到五点钟约见,我便迫不及待地想去找罗温斯坦。

然而我在潜意识中邂逅的,有时是井井有条的葡萄园,有时则是胡乱滋生的野果。虽然尽量剔除烦冗无奇之处,可我也明白:关键的真相往往隐藏在荒芜之中。我循着妹妹纠结的过往点滴收集,不想错过任何细枝末节,却也希望能找到那朵盛开在花篱的蔷薇以及嗅香猛虎的身影。

坐在妹妹家的客厅,周围是花草与书海,我犹疑不定。我的任务原本很简单:开启一段自我旅程,审视造就我戒心与平庸的桩桩件件。我漫步游经过往。曼哈顿日升日落,时光悠然从身边流走。我想站到过往的交汇处,冷静审视心宇,就像天文学家,如实记录围绕木星珠云的十二颗卫星。

我喜欢上清晨的宁静，开始在此时记日记。我用公立学校教出的手写体在纸上郑重地刷刷点点，字迹随着年龄的增长越变越小，俨然是我人生的写照。起初，我只专注于萨凡娜，中间却不断折返到自身。唯有透过自己的视角，才能把故事讲下去。我无权用她的眼光解读世界，这么做也不可信。能为她做的，就是如实讲述自己的过往。我从来没放开胆子生活过，总是游移在恐惧边缘，逆来顺受，眼睛倒是擦得雪亮。正因为见证了萨凡娜生命中几乎所有重要的时刻，我才出得上力，将一尘不染的见证之声引吭为涤净之曲。

我担着一份使命、一个任务。我要弄明白我的孪生妹妹为什么割脉，为什么总看到妖魔鬼怪，为什么总摆脱不了错乱不堪的童年梦魇，总也不得半点安生。我要炸开记忆的堤坝，看洪流席卷唯一珍爱的小镇，记录潮水浸没想象中的清爽街道。我要向罗温斯坦讲述科勒顿的没落，说说衰亡城镇留给记忆的那些苍白遗迹和卵壳色的印痕。若真能鼓足勇气和盘托出，不粉饰，不预判，娓娓唱出促使我们义无反顾步向残酷宿命的幽暗颂歌，我也就能理解妹妹与世人的心碎鏖战了。

然而在此之前，先要花点时间重整旗鼓，洁身自省。我被自己的人设耗了三十七年，可丁可卯地顺了父母的意愿，活生生摆了自己一道儿。他们老早就给我铸了形，像十字一样打在某个秘符上。为了这个看似光鲜的名头，我逆来顺受了大半辈子。他们成功了，我变成了自己眼中的陌路人，成了父母应时应需的完美儿子。加上我天生自带几分温顺正统，于是便任由他们揉捏凿磨，成了这副乖顺小孩的模样。他们想要的，我步步依从。爸妈口哨一吹，我便在院子里摇尾撒欢儿。爸妈想儿子彬彬有礼，我便情不自禁地在举手投足间展露一副老套的南方礼节。造下萨凡娜这份孽，有了这份洗不掉、说不出的家丑，他们就盼着有个安安分分的儿子，明理懂事，稳得住这个家。他们成功了，我被塑造得平淡无奇，沉闷乏味。最不厚道的馈赠，却是他们无心而为。我渴望肯定，渴望赞赏，渴望单纯的父母之爱，而寻觅多年才发现，这些他们根本给不了。爱子女即是爱自己。生逢此境,我的父母压根儿没这份闲情。要把过去丢失的找回来。不知不觉中,我早就没了顶天立地的心气,而是和那个从未立世的人握手言和,哄着让他慢慢懂事。

我时常想到萨利和孩子们。妻子是我的初恋。原以为跟她结婚是因为她清秀可人,会过日子,也够泼辣,与我母亲毫无相似之处。娇妻娶进门,我却以无视、冷漠与背叛将她扭曲成母亲的模样,所有的灵气、巧心还有自我保护的本能皆被消磨殆尽。由于自身阳刚气质的某种固有缺陷,我无法满足于拥有妻子或情人。我要的是绵里藏针的敌手,在方寸嬉戏之地,将血流成河的屠戮娓娓道来,伴我入梦;我要的是一袭碎花裙的狙击手,在钟楼向我瞄准。谁对我千依百顺,我就对谁不放心。那些遥不可及的标尺,我无论如何热心努力,却总是触碰不到,于是也习惯了认命认栽。我憎恨母亲,于是便让妻子取代她的角色,以示报复。我在萨利身上打造出自己母亲的翻版,更圆滑,更狡诈。和母亲一样,妻子也渐渐开始以我为耻,对我失望。懦弱的形态与程度勾勒出耻辱与失望的潮势。我的失败滋养着它们的壮大、兴盛、释放。

我恨父亲,却通过活成他的样子,痛痛快快地恨。我一天比一天不中用,践行着母亲对父亲和我所做出的丧气的预言。我只盼自己不堕落成暴力莽夫,结果连这点希望也破灭了:我的暴力不显山不露水,伤人于无形。我将沉默与封闭变成了危险的武器。碧眼的凛冬中饱存着恶意,委屈的凝视足能将最灿烂、最芬芳的午后拖回冰河世纪。即将跨入三十七岁的我,已经有能力、有天资,知道怎样可以活得没有半点意思,还能在神不知鬼不觉中毁掉周围人的生活。

于是,这个意料之外的自由之夏成了我采取行动的最后机会,也是迈入中年陷阱前不安的间歇期。我下定决心,想利用这段时间厘清过往。如果够走运,还能趁此时机让腐蚀殆尽的灵魂得到治愈与平复。

我用回忆的过程给自己疗伤。一路为罗温斯坦医生重现坎坷的过去,我也在积蓄所需的力量。

我总在天刚亮时睁眼，草草记下夜里的梦境，然后起身、淋浴、穿衣，喝一杯鲜榨的橙汁。橘露初入口，舌面一阵清洌激爽。走后楼梯下去，上格罗夫街，在谢里登广场小贩手里买份《纽约时报》。这个无名小卒便是纽约亚种人群的写照：辅币一般的平凡面孔，做着必不可少却无人感激的工作。原路返回布利克街，从法国面包店买两个羊角包。来自里昂的老板娘一脸无忧无虑。走回公寓的路上，一个羊角包已经下肚。松软热乎的面包像鸟儿一样温驯，掰开来松脆淋漓，还带着烤箱的暖意，实在让人赞不绝口。在客厅坐下，两只手还留着面包的余香。我翻到体育版。每天看晨报的体育专栏，熟记一列列比赛数据，雷打不动。棒球拿数据说话，所以也是我最中意的赛事。技术统计清清楚楚地定格、铭刻每一天。

读完，纸页散了一地，我抬头面对晨夏的震慑。挫败是我的主题。

罗温斯坦医生办公室的空调温度总是开得太低。才走完热嗡嗡、潮乎乎的街道，一身的臭汗浮土，走进设施完备的办公套间，不应时的假气候让人不由得一阵哆嗦。接待员巴伯尔女士所在的外间通常比冷飕飕的冰窖等候室要暖和一两度。每次我来找罗温斯坦，一进门总能看见五点的阳光在她脸上切出对称的条块。

我一进门，巴伯尔女士便抬起头。"是温戈先生啊，"说着，她查了查预约簿，"今天安排有变。罗温斯坦医生希望你别介意。"

"什么事儿啊？"

"急事。她有个朋友来电话，情绪很沮丧。罗温斯坦医生希望你稍等一阵，然后找个地方一起喝一杯。"

"行啊，"我说，"没问题。我在等候室等行吗，顺便翻翻陈年的花哨杂志？"

"我跟她说一声。"说完，巴伯尔女士慈眉善目地望着我，又问，"卡罗来纳，你还好吧？"

"不怎么样,巴伯尔女士。"一句大实话说得颤颤巍巍。

"不怎么样还有说有笑的……"

"骗到你了,对吧?"

"没有,"她望着我,"倒霉人我见多了,心事都在眼里。但凡我能帮上忙的,你尽管吱声。"

"巴伯尔女士,您站一会儿行吗?"我突然对这个陌生人爱得不行。

"做什么,亲爱的?"

"我要双膝跪地,亲你屁屁。这年月但凡有人给我个笑脸,我就这反应。"

"你只是担心你妹妹。"

"才不是呢,"我说,"我那是拿她当幌子。每次我一崩溃,就拿我妹妹说事儿,什么不顺心的都赖在她头上,要多龌龊有多龌龊。"

"来,"她打开手袋,神秘兮兮地朝罗温斯坦办公室门口瞄了一眼,"每次跟我丈夫闹不对劲,或是为孩子们操心,我就找'杰克医生'解解乏。"

巴伯尔掏出半瓶杰克·丹尼威士忌,从饮水机取出小纸杯给我倒了一口。

"杰克大夫随时上门,包治百病。"

我一饮而尽,棕色的液体在胃里灼烧。

"谢了,巴伯尔女士。"

"你可别告诉罗温斯坦医生。"

"我嘴可严了。对了,那些企鹅怎样了?"

"什么企鹅?"她一脸狐疑。

"这地方冰天雪地的,我还以为大夫肯定在养企鹅,要么多数病人都是得了躁郁症的因纽特人。"

"一边儿去,"说着,她朝我甩甩手,"罗温斯坦医生喜欢冬热夏凉。我一整个夏天都穿着毛衣。二月外头那么厚的雪,我恨不得穿着比基尼在办公室溜达。"

"是不是很多人在她这儿医好了心病,然后得肺炎死了?"

"边儿去。"巴伯尔命令道,说着又开始低头打字。

我又打了个哆嗦,再次回到病人等待召唤的冰窖。

我从茶几上拿了一摞《建筑文摘》[1],百无聊赖地翻弄起来。想到居然有人会在这种张扬浮夸的房子里起居、受罪、游戏人生,我就觉得好笑。所见的每一套房屋设计无不用力过猛。转眼再看意大利建筑师的图书馆,华彩洋溢,修饰精致。墙边一把把皮椅油光锃亮,间隔适中,匠心四溢,一看就知道谁也没坐那儿读过半本书。就连书本也变成了家具。室内装潢师偷来废弃房屋的窗子,撬来破败古堡厅堂的镶板,谈不上半点原创。一切都是视觉的产物,从拍卖行得来后胡乱堆砌的成果——个人品位让位于对过度装饰的集体崇尚。

"猫砂盒摆哪儿?婴儿护栏放哪儿?废纸篓、烟灰缸又在哪儿?"我翻着纸页自言自语,眼睛正盯着卢瓦尔河[2]谷一座修缮后的城堡的照片,"面纸、卫生纸、'通乐'通渠剂、水槽边的牙刷都放哪儿了?"

我特别喜欢对着报纸杂志絮叨,权当是精神保健。投入之余,我完全没注意到有个女人进了等候室,就坐在门边。

这女人直挺挺坐着,假人一般几乎动也不动,看上去十分颓丧。她身上有种古典美,让我无形之中心生敬畏。女人的美也会过剩。过剩之美往往是一种负担,与其貌不扬一样有折损力,甚至更加危险。要有天大的造化与傲骨才担当得起这无瑕之美,而其狡黠之处正在于诡谲多变。

她啜泣着,听着就像被人勒了脖子。她面容扭曲,极力抑制着悲伤,就像欧洲随处可见的圣母怜子雕像——精疲力竭的圣母徘徊在爱子的残体边。

虽然我也在屋里,对着杂志照片嘀嘀咕咕,她却连眼也没抬,根本没

---

1 世界著名建筑设计杂志,1920年于美国创刊。
2 法国第一大河流,全长1020公里,发源于法国西部塞文山脉,向西注入大西洋。

拿我当回事。

哈！来了个纽约人，我暗想。这种偶遇是没法靠闲聊客套来圆场了。

我接着看我的《建筑文摘》，略有微词却不形于色，就这么一声不吭地读了几分钟。再次听到她的哭声，我看到了眼泪。

我仔细考虑着该怎么做。管好自己，当没看见？但这不符我爱管闲事的仗义个性，要不得。过去嘘寒问暖，还是直接问前因后果，看看哪里帮得上忙？

她长得漂亮，不管我说什么、做什么，对方肯定以为我是有意搭讪。遇上伤心美女，这既是真理，也是危险，我可不想再吓着她。于是我又想，干脆打直球，一开口就说我性无能，在土耳其少年唱诗班当阉伶；说我是同性恋，跟码头装卸工订了婚；说我想帮她，实在见不得她哭天抹泪。

可我什么都没说。在纽约，我不懂该怎么开口关心他人。在这里，我是个异乡人，摸不清这流光溢彩的玻璃谷中的人情世故。我打算对她实话实说。不然，她会以为我和其他的冷面人一样，看她就像看地铁站狂吐的醉鬼，无动于衷。我敢肯定，如果她其貌不扬，普普通通，哪怕只是略显可爱，我肯定立马过去搭话，递块手绢，叫块比萨，请她喝杯鸡尾酒，给她送花，给她写卡片，或者把欺负她的丈夫胖揍一顿。然而我醉心于眼前这无与伦比的美人，怎么也开不了口。我在世间邂逅过的所有身段姣好的女子，想必也要承受难耐的寂寞。这便是美的另一面，无法避免的代价。

我放下杂志，并没有看她："不好意思，女士。我叫汤姆·温戈，家住南卡罗来纳。您是不是需要帮忙？您这么伤心，我实在过意不去。"

她没搭腔，气呼呼地摇了摇头，哭得越发厉害了，貌似是被我惹的。

"真对不起！要不我给您倒杯水？"

"我来，"她抽抽搭搭道，"是看他妈的心理医生，用不着她的狗屁病人帮忙。"

"啊！您误会了，女士。我不是罗温斯坦医生的病人。"

"那干吗在她办公室门口转悠？这儿又不是公交站。"她打开手包翻找着，钥匙哗啦作响，"给我拿块纸巾好吗？我忘带了。"

我冲出房门，总算有忙可帮，也省得解释自己为何孤零零地待在这儿。巴伯尔女士给了我一张面巾纸，小声道："她现在可是一团糟，南卡罗来纳。"

回到等候室，我把纸巾递给她。她谢过我，擤了擤鼻涕。我总觉得擤鼻涕跟美女不搭调，简直不堪入目。美女居然也受身体粗俗机能的拖累……她擦干眼泪，睫毛膏在脸上晕出了两个大小不一的紫三角。她从古驰手袋里取出彩妆盒，熟练地补了妆。

"谢谢。"她镇静道，"抱歉我刚才恶语相向，最近我日子不好过。"

"因为男人？"我问。

"不为男人还能为什么？"她哭丧着抱怨道。

"要不我把他揍一顿？"说着，我拿起新一期的《纽约客》。

"那可不行，"女人急了，"我那么爱他。"

"就那么一说，"我说，"我哥以前就老这样。要是我或者妹妹在学校受了欺负，卢克就问：'要不我把他们揍一顿？'人倒从来没打过，但他这么一说，我俩心里好受多了。"

她冲我笑了笑，笑容又化为动人的苦相。虽是苦相，却突显了她的高颧骨，平添了几分美丽。

"我已经看了四年多的心理医生了，"说着，她的眼睛又噙满了泪水，"我甚至都不确定自己喜欢那个浑蛋。"

"您的医保肯定不赖，"我说，"我的就不包精神疾病，连身体疾病都不管。"

"我没得精神病，"她坚持道，一时间坐立不安，"就是神经过敏，还总是爱上浑球儿。"

"这世上浑球儿可不少。我试着算过,差不多百分之七十三往上吧。"

"那你算哪种?"她问。

"我?我也是浑球儿,持卡终身会员。好处就俩:不用交费,而且属于大多数。"

她的笑尖厉而刻意:"你是做什么的?"

"高中橄榄球教练,以前是。"我有点难为情,明明知道她没当真。

"不,我说真的。"

"我当律师。"我说,一心只想终结这令人难堪的审问。每次跟陌生人说我为一家如狼似虎的跨国公司效力,对方肃然起敬的模样总让我十分受用。

"你不像当律师的,"说着,她怀疑地看看我的卡其裤和褪了色的"鳄鱼"牌T恤,鳄鱼徽章还脱了一半的线,"打扮也不像。在哪儿念的法学院?"

"哈佛。"我谦虚地答道,"法学院的事我可以一件件说给你听,但你只会觉得没意思,给《哈佛法律评论》当编辑有多烧脑,毕业全班排第二有多失望什么的。"

"很抱歉,我进门时哭哭啼啼的。"她把话题扯回自己身上。

"小事一桩。"幸好她买了账。

"我还以为你是冲我献殷勤,所以才那么生硬。"

"我不懂给别人献殷勤。"

"可你结了婚,"她瞅了瞅我的婚戒,"跟你妻子总献过殷勤吧?"

"不,女士。是她把我搞定的,在商场用牙咬开我的裤子拉链。我这才知道她想跟我约会。年轻时我一见女孩就害羞。"

"我只是罗温斯坦医生的朋友,"她用手不经意地拨开眼前的浓密金发,"不是病人。我那该死的心理医生出城了,真是天杀的。罗温斯坦医生允许我找她应急。"

"她真好。"

"她是个大好人。虽说人无完人,但你找她就算找对人了。该死,这一天可真要命。"

"怎么了?"

她诡异地望着我,然后冷冰冰地开了口,兴许没有恶意:"听着,先生,我要是哪天想立遗嘱,没准儿会给你打电话。至于私人问题,我还是想找专业人士聊。"

"抱歉。您放心,我无意打探。"

她双手捂脸,又开始掉眼泪。

罗温斯坦医生从办公室出来道:"莫妮克,请进。"

莫妮克在她身后进了屋,罗温斯坦医生匆匆道:"汤姆,希望你别介意。我这位朋友心情不大好。一会儿我请你喝酒。"

"荣幸之至,医生。"

之前说到妹妹和我在科勒顿降生,两个暴风之子,拔示巴的双胞胎。出生后的六年我们一直待在科勒顿县。我难以追忆那段岁月,只有无数卡罗来纳岛影在记忆中交叠卷曲。母亲这样回忆早年的岁月:孩子们认认真真地长大,她不离左右,看他们蹒跚学步,咿呀学语,为河流歌唱,在夏日芳草中相互喷水嬉戏。

幼年的尘封之域时光流转,我在母亲蓝色的凝视中,在那双眸涣散的华彩之下玩耍长大。每次遭遇她的视线,那感觉仿佛被花朵洞察。对于我们几个,她似乎总也看不够,我们的所思所言总能为她带来欢乐。母亲的笑声陪伴着我们在草地上赤脚嬉闹,她声称自己最是喜爱幼童。流光溢彩的六年中,她的全部身心专注于母亲的责任,脱胎换骨的转变无人能比。那几年她过得不容易,于是,在孩子们长大后,她日日不忘提及当年的艰辛,从不间断。而当年的我们乳臭未干,单纯快活,只想着玩耍,只顾着探究森林的秘密和母亲那摄人心魄的私密穹宇。我们不知道彼时的她郁郁寡欢，更不知道她从未原谅我们长大成人。而比成长更不可饶恕的，是我们的出生。母亲没那么好的悟性。我们生在一个纷乱复杂的家庭，纷争、痛苦不断。我们都是典型的南方人。陈腐之下的陈腐已渗入骨髓，无一例外。而一旦牵扯到孩子，就连陈腐也会变得沉重。

父亲几乎都是天黑了才到家。我总在床上听到门廊上传来他的脚步声。我开始把他和黑暗联系在一起。父亲一回来，母亲的声音也随之改变，失去了往常的悠扬。父亲开门的一瞬间，母亲则变成了另一个人，家中的气氛也随之改变。我听到他们晚餐时喃喃细语，聊着日间琐事，留心不把我们吵醒。

有一回，我听见母亲的哭声和父亲的打骂声。然而，次日黎明之前，她依然亲吻父亲的嘴唇，送他出门。

有时母亲整日不跟我们说话，只是坐在门廊望着河流，望着科勒顿的镇子，双眼笼罩着无奈与麻木，连我们兄妹的哭闹声也无法将之驱散。那一动不动的样子让我们害怕。她茫然地用修长的手指抚摸我们的头发。眼泪夺眶而出，她的神情却没有丝毫变化。我们学会了在母亲"发作"之时默默难过，在她身边围出一个金发的保护圈。我们走不进她的内心，她也不愿分享痛楚。母亲呈现给世人与家人的是某种坚不可摧的纯白精华，一个精雕细琢的门面，展现出自我的部分则少之又少。母亲本身又远不止那些"部分"的总和，因为她总是对精髓有所保留。我用了一辈子时间去了解母亲，如今仍旧不得要领。从某些方面来看，我这位母亲无懈可击；而在其他方面，她却是制造灾难的模范。

我试着了解女人，而这种执念却让我变得愤怒而荒唐。这样的海渊太广阔，太深邃，太险恶。两性之间横亘着一列山脉，却没有夏尔巴人[1]来

---

1 散居在喜马拉雅山脉两侧的民族，主要集中在尼泊尔、中国、印度、不丹等国边境地区。

破解那些奇峰怪岭的秘密。我连自己的母亲也看不透，上天也没再给我了解其他女人的天分。

母亲伤心难过的时候，我总归咎于自己，觉得自己做了不可原谅的事。部分愧疚源于"标准配置"，南方小伙儿个个如此——我们一辈子兜兜转转、胡乱折腾都是在给母亲们赔不是，因为父亲们身为丈夫实在太差劲。母亲一旦移情，那种力量与势头，天长日久，没有哪个儿子能吃得消。几乎没有男孩能够抵御母亲孤独时"单纯"的诱惑。为父亲的女人秘守纯情，让人饱尝禁忌的甘甜。在父亲的屋檐下收获脆弱之心的蚀骨柔情，与魔鬼一争高下，又是多么得意。情色的极致，莫过于少年对母亲身形与碰触的迷恋。这种渴望最为微妙，也最属禁忌；最顺理成章，也最具破坏力。

母亲来自佐治亚州北部山区。山民往往与世隔绝，岛民则是世俗之人。岛民见了生人会挥手；山民则纳闷儿对方来这儿干吗。母亲的面孔优雅清秀，总是挂着笑容，俨然是世上的一扇窗，却只是表面如此。她善于套出别人那点伤心过往，却对自己的任何底细都缄口不言。她与父亲居然很合拍。他们的夫妻生活就是一场持续三十年的鏖战，能俘获的只有孩子，但中间也有不少条约、和会、间歇、休战，也好清点战中死伤。这就是我们的生活，我们的命，我们的童年。我们只能苦中作乐，幸好还有惬意良善的岛屿做伴。

突然之间，我们又要被迫离开，之后的那段岁月我记得几乎一清二楚。

1950年8月，父亲做梦也没想到，他居然再次被征召归队，还接到了去朝鲜报到的命令。母亲觉得一个女人带着三个孩子住在梅尔罗斯岛上实在不安全，于是接受了祖母的邀请，在那一年搬去亚特兰大，住进蔷薇谷路的一处房子。我是那时才知道还有位祖母。爸妈从没提过她的名字。她出现在我们的生活中，既是谜团，也是礼物。

我们和温戈爷爷道了别，锁上白房子，驱车前往亚特兰大，开始儿时仅有的一年城市生活。来到蔷薇谷路，我第一次亲吻父亲的母亲，跟随她沿着狭窄的车道来到家门前。她跟一个姓斯坦诺波鲁斯的约翰老爹同住。大萧条的谷底期，她抛下丈夫和儿子，来到亚特兰大找工作。一整年的时间，她在列治百货公司内衣部上班，每月将一半薪水寄回科勒顿家中。离婚办妥，她又遇上了在内衣部迷路的约翰老爹。两人刚认识一个礼拜便结了婚。祖母跟约翰老爹说自己没成过家。我饶有兴致地听父亲给我们介绍，说约翰老爹是祖母的"表哥"。多年来说法虽有变化，但也是老驴拉磨。爸妈不想跟我们说太多，只交代了我们"应该"知道的。到达蔷薇谷路之时，我们已经有了觉悟：管好嘴巴，别乱说话。父亲把我介绍给祖母托莉莎·斯坦诺波鲁斯，让我称呼她托莉莎表姐。我乖乖照做。当晚我找母亲问究竟，她说少操闲心，等长大再告诉我。

刚搬来时，正赶上约翰老爹大病初愈。那是他第一次心脏病发作。之后病又复发了几次，最终要了他的命。他长着一张干瘦的长脸，鼻子大得出奇，安在脸上俨然就是个防空洞。一颗光溜溜的脑袋看着威武却很温和。他无儿无女，打从一进门，便对我们疼爱有加，直到在这间屋子去世。他喜欢孩子的气味和声音，见我们总是亲个没完。他管父亲叫亨利表弟。

房子建在山上，周围还有许多类似的房舍，大方却不张扬。亚特兰大的这片区域名为"弗吉尼亚高地"，祖母却非说住在"德鲁伊山"——向东若干条街外的富人区。房子由阴郁的红砖砌成，颜色像风干的血迹，整个东北城区也随之染上了某种生了锈的罪恶色调。祖母的房子除了尖顶就是陡檐。从街上看过去，整幢房子安逸中带着几分邪气。房子惬意宽大，每一间却小得憋屈。房间很多，奇奇怪怪的形状，瘆人的边边角角，俨然就是孩子噩梦中的怪林。

房子下方还有个阴森的地下室。那里尚未完工，而吓人的样子已经让人浮想联翩，连我母亲也不敢摸黑进去。两面混凝土墙渗着水，挂着雨，与之抗衡的是两面佐治亚红土墙，就地取材，直白扎眼。

四棵高大橡树的枝叶罩在屋前，从街上几乎看不到房子。橡树枝繁叶茂，遇上雷暴天气，房子甚至不怎么受潮。整座城市及周边地带都被绿荫环绕着。在亚特兰大，纵然有城市崛起，绿林亦毫发未伤。偶有负鼠、浣熊趁夜溜到我家后门，母亲用棉花糖招待它们。春日的空气弥漫着新修绿坪的草香，乘着山茱萸的绿荫，走上斯蒂尔伍德大道，头顶的天空洁白如婚礼的华盖。

那时的我只知道自己是个孩子。而一年的时间不算短，够长见识。在亚特兰大这一年，我开始认识这个世界。搬来的头一个星期，我们三个拎着水桶，带着鱼线，还有几块鸡脖子，溜出后门去捉螃蟹，却被祖母抓个正着。我们想在亚特兰大找片海，或者奔涌的大河。谁也没想到应有尽有的亚特兰大居然捉不了螃蟹。幼年的我们无法想象一个没有岛屿的世界，无法想象路的尽头没有海。然而，通向佐治亚石山[1]脚下的那条路，我们却永远忘不了——纵然我们想用捉螃蟹的快乐将其抹去，在这座无海之城，一切只是徒劳。

去朝鲜前的那个星期六，父亲开着车，天不亮就带我们出了城。摸黑停了车，他领我们走小路上了石山顶，在那里观赏了日出东方的景象。那是我们见过的第一座山，我们此前从未爬过山。站在岩顶看晨光沐浴佐治亚，似乎整个世界都在我们脚下延展。朝阳下，远方亚特兰大柔和的轮廓清晰可见。山的一面，罗伯特·E. 李、杰斐逊·戴维斯和"石墙"杰克逊的浮雕已初见规模，尚需雕琢的骑士在岩中永恒奔走。

母亲准备了野餐，在世间数一数二的裸岩之上铺开雪白的台布。那天晴朗无风，台布像邮票一样服服帖帖。父亲和孩子们开心地打闹，整座山只属于我们。就在佐治亚石山上，我第一次领教父亲的本性，第一次知道我的童年将因此改变。就在那天，我豁然感触到这个家的阴暗。

"爸爸，你怎么又要去打仗了？"萨凡娜问。父亲仰面朝天地躺在石

---

[1] 美国佐治亚州山名。佐治亚石山是世界上最大的整石山之一，亦以其南方同盟纪念浮雕而闻名。

头上,望着蔚蓝的天空。额头的血管粗大鲜明,就像甲板上的缆绳。

"宝贝儿,我哪知道?"说着,他把萨凡娜高高举起。

卢克望望山外:"我要回科勒顿,这儿根本没虾。"

"我就去一年。回来咱们就回科勒顿。"

母亲拿出各色美味,有火腿三明治、魔鬼蛋[1],还有土豆沙拉,她惊奇地发现有一群蚂蚁正行列齐整地向食物挺进。

"我会想念我的宝贝儿们,"父亲望着她道,"我每周都会给你们写信,用一百万个吻封好。小伙子就不用了。你们可不用亲来亲去的,是不是?"

"是,爸爸。"卢克和我异口同声。

"你们长大了都要当斗士。没错!我养的儿子可不会当什么小情人。"说着,他拍拍我俩的脑袋,"可别趁我不在让你妈把你们带坏了。她就是惯着你们。不要每天听了她的,套上裙子,去参加什么茶会。你们两个小子答应我:每天挑个亚特兰大小子,揍他一顿。别让我回来发现你俩一副城里人德行,还瞎嘚瑟。听懂没?记住了,你们是乡下小伙儿,乡下小伙儿都是硬汉。"

"不对,"母亲声音虽小,但很坚决,"我的儿子会懂得爱别人,没人比他们更贴心。那倒是个好斗的。"母亲一指萨凡娜。

"就是,爸爸,"萨凡娜也吆喝,"我是斗士!汤姆总被我打趴下。要是卢克只用一只手,我也敢打他。"

"那不行,你是小姑娘。姑娘家都谈情说爱。别打架,乖乖地当爸的贴心宝贝儿。"

萨凡娜说:"我不想乖乖的!"

"你?"我说,"你才不乖呢。"

萨凡娜冷不丁在我肚子上擂了一拳。她比我劲儿大,比我快。我哭着

---

[1] 小吃名。将煮熟的鸡蛋一切两半,取出蛋黄,捣碎,加入蛋黄酱及香料,而后将混合的蛋黄泥重新装回。

跑到母亲跟前，她把我揽在怀里。

"萨凡娜，不许欺负汤姆。你老跟他过不去。"

"看吧？"说着，萨凡娜冲父亲扭过脸，"我是斗士！"

"你可真给我丢人，汤姆，"父亲没理萨凡娜，而是跳过她看着我，"一个丫头片子就把你揍哭了。真晦气。男子汉绝不会哭天抢地——绝对！不管什么事！"

"亨利，他只是太敏感，"母亲摸摸我的头发，"你快别说了。"

"哦，敏感啊……那我可得留心，别伤了人家。你可从没见卢克这么娇气过！我拿鞭子抽，都没见他掉过半滴泪。这孩子生下来就是个汉子。过来，汤姆，跟你妹妹打一架，给她点教训。"

"他敢！要不我还揍他。"萨凡娜道，但我也听得出她有些心虚。

"亨利，不可以，"母亲道，"没这么教孩子的。"

"莱拉，你教你的闺女，"父亲阴沉沉道，"我教我的儿子。汤姆，给我过来。"

我离开母亲的臂弯。四五米的距离，走起来却那么漫长。我站到父亲面前。

"别哭了，小哭包。"父亲喝道。我哭得更厉害了。

"亨利，别。"母亲道。

"你再哭，我让你好看。"

"我停不下来。"我哽咽道。

"爸爸，是我不好。"萨凡娜大叫。

父亲一巴掌把我打翻在地。

"我说了，不许哭，胆小鬼！"父亲威逼过来。

我脸上发麻，被打的一侧火烧火燎。我把脸埋在石头上，放声大哭。

只听母亲道："亨利，不许你再动他！"

"还轮不到你来使唤我，"他转向母亲，"你一个娘儿们家，我管教儿子的时候，你最好把嘴闭上！你怎么教萨凡娜我不管——老子不在乎；

儿子我可得养明白了,教不好,以后就是祸害。"

我抬起头,只见父亲抓住母亲使劲摇晃。母亲眼里噙满了泪水,无比委屈。那一刻,我对她的爱无以复加,胜过对任何人。我望着父亲,父亲看着我。仇恨在内心的阴暗角落萌发,在黑色的压抑中哭喊着、狂喜着破壳而出。

"放开妈妈。"卢克道。

不只父亲,所有人都转过身,只见卢克抄起野餐篮里的小刀。

"别,卢克。没事了,亲爱的。"母亲劝道。

"明明有事,"卢克瞪大了眼睛,"放开我妈,不许你再打我弟!"

父亲望着大儿子,突然哈哈大笑。我起身钻进母亲怀里,父亲的笑声在身后挥之不去。整个余生,我一心想逃离他刻薄的嘲笑声,奔向温柔、包容之地,离他远远的。

"小子,你拿着它想干吗?"说着,父亲向卢克逼近。

"卢克,求求你住手吧,"萨凡娜喊道,"他会伤害你的。"

"卢克,"母亲恳求着,"他没把我怎么样,就是闹着玩。"

"是啊,卢克,我就是闹着玩。"

"你才不是闹着玩,"卢克道,"你就是坏。"

"把刀给我,"父亲喝道,"不然老子抽得你屁股开花。"

"不给。你怎么这么坏?凭什么打我妈?汤姆好好的,你凭什么打他?"

"卢克,把刀放下。"母亲放开我,挡在父亲与卢克之间。

父亲一把将她推开:"一个七八岁的小屁孩,用不着你个娘儿们护着我。"

"我是要护着他!"母亲大吼。喊声飘向大山,消失在脚下的林中。

父亲放低身子,开始朝儿子逼近:"你那刀,我一夺就能到手。"

"我知道,"刀子在卢克手中闪着寒光,"那是因为我个儿小。"

父亲抢步上前,抓住卢克的腕子一拧,刀子掉地了这才松手。他不紧不慢地解下皮带，抡圆满是红毛的大粗胳膊，照着卢克的屁股和两腿一通猛抽。母亲、萨凡娜和我哭着抱作一团，三个人既害怕又难过。卢克望向远方的亚特兰大，忍受着野蛮、残暴与屈辱，始终没流一滴眼泪。因为羞耻，因为力气耗尽，父亲才停了手。他重新把皮带串在腰上，瞅了瞅吃不成的野餐。明天，他就要离开美国。

卢克回过头，眉宇间依旧毫不屈服——这也是他一生的写照。他怯生生道："但愿你死在朝鲜。我会祈求上帝，别让你活着回来。"

父亲又伸手摸皮带，拽出一半又停了手。他看看卢克，望望我们。

"你们也真是，哭哭啼啼的干吗？难不成家里人还不能开个玩笑？"

卢克背过身去，露出裤子上的血印。

第二天，父亲去了朝鲜打仗，消失了整整一年。他大清早叫醒我们，大咧咧地亲吻我们的脸蛋。那是父亲最后一次亲吻我。卢克整整一周都下不了地，而摆脱了父亲的我走在亚特兰大的街道上，快乐得像只小狗。

夜晚无人之时，我会偷偷祈祷，祈祷父亲的飞机中弹坠落。我的愿望就像防空的炮火，深埋在孩子的睡梦中。梦里，我看到他烧成火球从天空坠下，无能为力，奄奄一息。这不是噩梦。对于一个知道自己生在仇敌家的六岁孩子而言，这样的梦无比香甜。

那日过后，我经常去爬佐治亚石山。总有个害怕父亲靠近的六岁孩子守候在山顶。而那个男孩，那个残缺的灵魂，则永远活在大山的记忆中。我一路上行，寻找着岩间无形的缝隙。就在这里，我成了父亲口中的"胆小鬼"。我永远忘不了父亲那天说的话，忘不了挨耳光的滋味，忘不了哥哥裤子上的血印。虽然似懂非懂，但我打定主意，要以妈妈为榜样。从那天起，我不再是我父亲的儿子。身为男儿，我对此深恶痛绝。

九月开学，萨凡娜和我上了一年级。母亲和祖母把我们送到布瑞尔克利夫路的车站。卢克上二年级，由他确保我们平安到校，准时上学。兄妹三个的棉布白衬衫上都缝着字条。我的写着:"你好,我叫汤姆·温戈,念一年级。如果你遇上迷路的我,请给我妈妈莱拉打电话:BR3-7929。她非常担心。谢谢好心的邻居!"

我们带着崭新的饭盒,穿着崭新的马鞍鞋[1]。一年级老师是个腼腆的小个子修女,看样子自己还稚气未脱。她带领我们进入令人生畏的知识王国,让求知变得和所有善行一样愉快而充实。第一天上学,母亲陪我们坐公车,说学校会教我们读书、写字,我们的大脑即将踏上第一趟冒险旅程。

我一直忍着没哭,直到她神不知鬼不觉地溜走,把我们留在操场上。一抬头,只见她站在科特兰大街的人行道上,看修女给一年级的学生排队。我东张西望地寻找卢克,可他已经跟其他的二年级学生一起消失在侧门。

我一哭,萨凡娜也跟着哭。两个人脱离一群突然间没妈的孩子,朝母亲奔过去,小饭盒在大腿上、膝盖上磕磕碰碰。母亲迎上来,蹲下来把我们揽在怀里,三个都哭成了泪人。我痛恨被她遗弃,恨得咬牙切齿,从此再也不愿离开她的怀抱。

伊曼卡拉塔修女走过来,冲母亲眨眨眼睛,把我们三个领进了教室。一半学生都在哭哭啼啼地找妈妈。游移在小书桌间的妈妈们仿佛巨人,她们撬开孩子们抱着丝袜大腿的小胳膊,好言相慰。教室里弥散着离别的哀痛。那些温柔女性眼中浮现出沧桑与惆怅,在修女的引送下陆续离开。

修女给我们看了本学年的读本,给我们介绍"迪克和简",就好像他俩要跟我们坐邻桌。她还把我们安排在一个特殊的角落,点数全班午餐要吃的苹果和橘子。妈妈在门口回头看了一眼,接着便消失不见了。伊曼卡拉塔修女温柔净白的双手抚过我们的头发与脸庞,在教室里为离家的孩子组建新家。一天下来,萨凡娜已经记全了所有字母,我只记到D。萨凡娜

---

[1] 便鞋的一种,因其马鞍形色块配搭而得名。20世纪40年代开始更成为典型的学生装束。

给全班唱了字母歌，而深谙育人之道、从不急于夸赞的伊曼卡拉塔修女则赋予这位未来诗人开启英语之门的钥匙。萨凡娜的首部作品中，那首题为"伊曼卡拉塔"的诗就是献给那位弱不禁风、战战兢兢的修女的。束缚在教会黑袍中的她却将课堂变成了天堂一隅。多年后，当伊曼卡拉塔修女在亚特兰大的济慈医院奄奄一息之时，萨凡娜专程从纽约飞到她的病床前，握着她的手，在修女生命的最后一天为她念诵这首诗歌。

我在饭盒里发现一张妈妈留的字条，原本止住的眼泪又流了下来。伊曼卡拉塔修女把它读给我听："我真为你骄傲，汤姆。妈妈爱你，挂念你。妈妈留。"就这样，短短几句，我却在修女的臂弯里泪流满面。真希望朝鲜战争永远不要结束。

就在蔷薇谷路的家中，约翰老爹躺在后屋卧室，不紧不慢地等待死神的降临。母亲要求我们在家时必须保持安静，我们学会了轻声说话，学会了笑不出声，学会了经过他卧室附近的房间时像虫子一样窸窣地玩耍。

每天放学回家，我们都在厨房里吃饼干，喝牛奶，说说当天学到的东西。萨凡娜似乎总能比我和卢克多学一倍。卢克经常细数可怕的艾琳修女又以天主授业之名做了什么恶事，而母亲总会皱起眉头，那些故事总让她忧虑不安。随后，她会轻手轻脚地带我们来到后屋卧室，陪老爹半个小时。

约翰老爹倚着三个柔软的枕头。他的房间里总是昏暗一片。他的脸孔时常借着晨昏的暗淡光线显现，而半开的百叶窗会在房间里切分出对称的"V"形光条。他的卧室里总是有药味和雪茄味。

他的皮肤苍白中显出病态，胸口无毛，白得就像猪屁股。床头柜上散落着书籍和杂志。我们一进屋，他就欠身开灯。三个孩子吭哧吭哧地爬上床，在他脸上、脖子上乱亲一气。母亲和祖母则会在一旁提醒，要我们小心。两个女人总是不声不响地等在一旁，心明眼亮的约翰老爹却总是挥挥手，让她们先走。我们在他身上爬上爬下，逗得他哈哈大笑。他还总用那个威风的天蓬鼻子挠我们的胳肢窝。

"孩子们，轻着点儿，"母亲总在门口叫，"老爹刚犯过心脏病。"

老爹总是爱抚着说："莱拉，随他们去吧。"

萨凡娜总会吵吵："约翰老爹，给我们看看你鼻孔里的钢镚儿。"

老爹手一比画，叨念几句希腊咒语，便从鼻子里摸出个五分钱，递给了萨凡娜。

"老爹，鼻子里还有吗？"卢克一边嚷嚷，一边往老爹黑乎乎的大鼻孔里瞅。

"我也说不好，"老爹一脸悲伤，"今儿个擤鼻涕的时候，钢镚儿喷得满屋都是。咦？我这耳朵怎么不得劲儿……"

三个人凑到他毛绒绒的大耳朵跟前找了又找，却一无所获。老爹再念一遍咒语，双手一扬，说一声"来啦"，接着又从肉乎乎的耳垂后摸出两个硬币，放进我们急不可耐的小手。

晚上睡觉前，妈妈准许我们跟老爹再待会儿。我们洗得白白净净，围靠在老爹的枕头边上，活像三颗亮闪闪的小卫星。三个人每晚轮流把雪茄点着——医生可不让他抽。老爹身子一倚，任浓香的烟圈锁住他脸庞的轮廓，给我们讲起睡前故事。

"托莉莎，我被两百个土耳其人抓走那段能讲吗？"老爹问站在门口的祖母。

"不行，快睡觉了，别吓着他们。"

卢克央求道："讲嘛，讲嘛，给我们讲火鸡人嘛。"

"是土耳其人，卢克，"约翰老爹纠正道，"不是火鸡人。"

"要是讲了，他们肯定一宿睡不着。"母亲道。

"求你了，妈妈，"萨凡娜说，"不听土耳其人的故事，我们就一宿不睡觉。"

每天夜晚，这个风烛残年的瘦削老人都把我们带到不可思议的奇幻异国。在那里，他遇上了背信弃义的土耳其人，遭受排山倒海的轮番攻击。每天晚上，他都能想出绝妙的方法击退敌人，平平安安地睡进自己的被窝。在那里，他在痛苦中徐徐迈向死亡，没有阿伽门农的士兵伴其左右陪他说话，也没有荣誉。围在身边的不是土耳其劲敌，而是三个孩子。他日渐虚弱，直到那些故事对他来说变得像对孩子们一样不可或缺。他的遐思在房间里燃起星星火焰，最后一次亮起点点微光。约翰老爹无儿无女，一段段故事犹如耀眼的激流，奔涌而出。

而母亲和祖母就在身后，照看着，聆听着。我不知道约翰老爹是什么人，从哪儿来，是我什么人，也没人会把这种事情告诉我们几个孩子。离开科勒顿，我们与祖父洒泪分别。父母小心关照我们，对祖母不提姓，只叫名，任何情况下绝不能说我父亲是她儿子。约翰老爹说故事兴许是把好手，但对于我祖母，他却知之甚少。

临睡前，还能听个故事。听完故事，母亲带我们离开老爹的房间，穿过昏暗的走廊，经过瘆人的地下室入口，爬上蜿蜒的楼梯，来到二楼的大卧室。那里便是我们几个孩子的小窝。一起风，窗外的橡树枝就会把玻璃刮得嚓嚓作响。屋里并排摆着三张床。萨凡娜睡中间，两个哥哥镇守左右。整个房间只有一盏床头小灯，在夹角不一的围墙上投射出兄妹三人超凡的巨影。

父亲每周来一封信，母亲在睡前念给我们听。他的信总是断断续续的生硬白描，读起来就像议事日程。说起执行任务就像记流水账，跟买面包、加油没什么分别。"我跟比尔·伦丁一起驾机侦察，正盯着一小队咱们的步兵在山上走，我突然瞅见山顶上不太对劲儿。我呼叫比尔，问：'嘿，比尔，你是不是也瞅见了？'再一看，比尔的眼睛瞪得溜圆。不用说，这家伙也看见了。半山腰上，有三百上下朝鲜正规军，正准备伏击那些步兵。我打开无线电，赶紧跟步兵联络，我说：'伙计们，赶紧别往前走了。'对方问：'为什么？'我说：'半个朝鲜的军队就埋伏在前面。'他懂了我的意思。比尔和我打定主意，把这些家伙的下午搅和了。我先上,丢了几个凝固汽油弹。他们当然坐不住了。我见有三十来个人想把身上的火弄灭,跟掸大衣上的线头似的。这招儿可不灵。比尔又扔了几颗,接着就炸开花儿了。我接通队里,整个中队都飞过来帮忙。为了追这帮人,我们忙活了整整三天。加油,追,再加油,再追。最后,我们抓到了正在渡洛东江的残余部队,打得江水都红了。虽说打得痛快,可是没什么功劳。这些人跟兔子一样生生生,一拨儿死了,后面还多得很。跟孩子们说,我非常爱他们。让他们为老爸祈祷,也照顾好妈妈。"

一晚,萨凡娜问母亲:"妈妈,约翰老爹究竟是谁呀?"

"他是托莉莎的丈夫,你知道的呀。"母亲答道。

"那他是我们什么人?是爷爷吗?"

"不对。阿莫斯才是你爷爷,他住在科勒顿,你知道的。"

"可托莉莎不是祖母吗?"

"住在这儿,你要当她是表姐。托莉莎不想让约翰老爹知道你们是她的孙子孙女。"

"可爸爸不是她的儿子吗?"

"只要咱们住在这房子里,托莉莎就是你爸爸的表姐。别问为什么,原因很复杂。连我自己都搞不清。"

"为什么她不当温戈爷爷的妻子了?"

"他们离婚多年。以后你就明白了。别问这问那的,这不是你该操心的事。再说了,约翰老爹拿你们当亲孙子孙女,不是吗?"

"就是,妈妈,"卢克道,"那他是你爸爸吗?你的爸爸妈妈在哪儿啊?"

"你们出生的多年之前他们就去世了。"

我问:"他们叫什么名字?"

"汤玛斯和海伦·特伦特。"

"长什么样?"萨凡娜问。

"好看极了,人们都说就像王子和公主。"

"他们很有钱？"

"曾经很有钱，但大萧条令他们一无所有。"

"有他们的照片吗？"

"没有。一场大火毁了他们的房子，照片都烧没了。"

"他们是被火烧死的？"

"对，很厉害的大火。"她的话语里没有感情，脸色苍白而忧郁。我的母亲，美丽非凡。我的母亲，谎话连篇。

我们三个的任务只有一样。约翰老爹在地下室一排落灰的玻璃罐子里养了许多黑寡妇。他好养蜘蛛，卖给全国各地的生物老师、昆虫学家、动物园和私人藏家。我们则负责照看罐子里这些像浮雕一样的黑乎乎的小坏蛋。一周两次，卢克、萨凡娜和我来到阴冷潮湿的地下室，打开裸露的灯泡，给那些蜘蛛喂食。这些不声不响的小东西，任何一只"都能让我们死翘翘"——约翰老爹总这么絮叨。以前倒是帮忙喂过鸡鸭，那会儿我们还不大点儿。要照顾眼前这帮家伙可得壮壮胆子，有点责任心，和喂鸡全然不同。快到了喂食的点儿，我们就在约翰老爹的卧室集合，听他的细心指示，然后踩着木头阶梯下去面对这些小邪魔。它们总是一动不动地盯着我们，仿佛在静待飞蝇靠近。

每到星期六，我们就把罐子拿上来让老爹检查。他用麻布擦去浮尘，观察蜘蛛的细微变化，还会问起它们进食习惯的细节。约翰老爹会清点那些梨形的卵囊，每每添了丁，他便在小本上记一笔。他会小心翼翼地放出一只，让它在盘子上来回爬，一近边缘就用镊子往回扒拉，还会指着雌性蜘蛛肚皮上红色的沙漏形状道："喏，找的就是它。小沙漏就是她的'撒手锏'。"

一日，萨凡娜问："约翰老爹，你为什么收集黑寡妇？为什么不养金鱼，或者收集邮票之类的好看的东西？"

"宝贝儿，那是因为我以前是销售员，"他答道，"我卖皮鞋，卖得相当不赖。可卖鞋子并不是什么稀罕营生，我想做点别人没做过的特殊行当。于是，就成了在自家地下室养蜘蛛的鞋子推销员。这活儿可就稀罕了。"

卢克问："黑寡妇真的会吃自己的丈夫？"

"这些雌蛛都是硬心肠，"老爹答道，"交配一结束，就把雄蛛当大餐吃了。"

"它们真的能要人命？"我问。

"咬小孩子应该轻而易举。大人嘛，我说不准。介绍我入行的那个人被咬过一两回，他说难受得以为自己活不成了，可后来还好好的。"

"他是怎么被咬的？"我问。

"黑寡妇很少主动攻击，守卵时却格外凶狠。那个人喜欢让蜘蛛在他胳膊上爬。"老爹笑道。

萨凡娜说："光想想就觉得恶心。"

"他养的蜘蛛倒是不错。"说着，他又开始观瞧自己的宠物。

照顾蜘蛛让我们这些孩子培养出难得的耐心与专注。我们认真尽着自己的职责，一丝不苟地观察蜘蛛的生命周期，满腔热忱地照顾着这些随时可能要我们命的小东西。自从我把鼻子贴在玻璃罐上观察这些单调又吓人的黑寡妇开始，蜘蛛、昆虫便成了我一生的喜好。它们吊在罐子里，动也不动，黑黢黢地在丝网上守着瓶中的生活。一旦迅速出手，必取性命。数月间，我们眼看着雄蛛被雌蛛取命、吞食，亦逐渐开始把握蜘蛛的习性。时间从红色沙漏里溢流而出，结出闪耀的畸网。卵囊爆开，新生的幼蛛如棕黄色的种子散布瓶中。对于蜘蛛，我们从害怕变成痴迷与保护。蜘蛛的身体结构精巧绝伦。在佐治亚这方寸天地中，这些空中杂技高手腹揣钩边织网的绝技，傲行于蛛网之上。天赋异禀，信手拈来。

房子后是一大片落叶林，外围是低矮的石墙，一路延伸到布瑞尔克利夫路。石墙每隔三十米就能见到"闲人莫入"的警告牌。祖母煞有介事地告诉我们，那里面住的人"特别、特别富有"，绝对不可以闯进林子里玩。这就是坎德勒家，可口可乐的继承人。每次提起他们，祖母都好像在说大学里某个低调的贵族旧交。祖母说坎德勒基本上就是亚特兰大的皇室家族，她不允许我们侵扰贵族禁地。

然而，每天一放学，我们都会来到围墙跟前，站在幽绿馥郁的禁地外，嗅着林间飘逸而出的金钱味道，渴望能瞥见这名门望族的某张面孔。我们毕竟是孩子，规矩了没几天，便上了围墙。头回，往林子里走了几步，便一溜烟儿逃回墙边；下回，壮着胆子走十步，然后腿软跑回自家小院。我们一点点拨开禁林神秘的外衣。没用多久，兄妹三人已经对这片林子了如指掌，连坎德勒一家都望尘莫及。我们掌握了树中的秘密，摸清了林子的边界。幼嫩的心灵涌荡着叛逆的刺激，勇于无视大人制定的古怪规矩。在绿树的怀抱中，我们用弹弓打松鼠，站在高枝上远远望着坎德勒家那些幸运儿，看他们一脸严肃，百无聊赖，骑着纯种骏马，沿着林中小路漫游，看园丁给杜鹃花施肥。

十一月某个温暖的夜晚，我们爬出卧室窗户，扒着那棵橡树下到门前——树枝依傍的一隅正是我们的房间所在。三个人穿过禁林，一路来到坎德勒宅邸附近。我们匍匐着穿过密草丛，朝这栋富丽的都铎式建筑靠近，透过对开玻璃门的银光看这个大家族共进晚餐。侍者用台架车推来菜品。他们一个个坐得笔直，面无生气，那吃饭的样子就像是做礼拜，所有人都是一副郑重其事的神圣脸孔。

我们满怀敬畏地看着他们享用餐食：烛台火焰欢跳，像起火的鹿角；吊灯光线柔和，财富彰显着素净的高贵，死气沉沉。躺在新近修剪的草地上，三个孩子回味着这顿冗长便饭的每一处细节。皇室家族的人既不笑，也不聊天。于是我们以为，有钱人和鱼一样不会说话。仆人像企鹅一样直挺挺地在屋里穿梭。他们品度着晚餐的节奏，把酒杯斟到半满，像一群殡葬师一样从一扇窗飘到另一扇窗，全然没意识到我们的存在。就在彼时，我们化身夜之生灵，吮吸着佳肴的香气，看神秘的坎德勒家族展现非凡仪礼，看可口可乐家的公子少爷有何规矩习惯。他们并不知道，自家的森林已成了我们的领地。

这所宅子人称"卡兰沃德"。

因朝鲜战争而离开岛上家园的我们，在"卡兰沃德"的林中找到了安逸的寄托。我们在一棵高大敦实的老橡树上搭起树屋，在南方最大的城市里做回了乡村孩子。黄昏不时有鹌鹑鸣叫，一棵被连根拔起的杨树下住着一窝灰狐。我们在林中追忆过去，寻找原来的自己，寻找本应变回的样子。一跃墙篱，入主禁域，亚特兰大便是完美之城。

后来才发现，我们之所以热爱亚特兰大，是因为只有在这儿才过得上远离父亲的日子。而发现之时，幻想中的亚特兰大已渐趋阴暗；发现之时，"卡兰沃德"的森林已成了险恶之地；发现之时，巨人已经闯入我们的生活，无惧蜘蛛的孩子已经领教：大人的世界有着太多的未知与恐怖。

早春三月，山茱萸刚刚开始绽放，大地在和暖晴日的初绿中悸动。我们在林间寻找着箱龟。萨凡娜最先看见他。她僵在原地，手指着前方。

那个人就站在毒漆树丛中的一棵大树旁撒尿。从小到大，我在科勒顿的捕虾船上见识过不少力大无穷的渔夫，可从来没见过这么厉害的彪形大汉，活像地里冒出的参天怪树。他膀大腰圆，身强体硕，一脸红胡子，两只蓝眼睛空洞洞的，怎么看都有点不对劲。正是他异于常人的目光引起了我们的警觉。三个孩子分明都感觉到那散漫凝视中的威胁。那双眼睛里，全然找不到半点人性。那人拉上拉链，朝我们转过身。那身高足有两米多，我们撒腿就跑。

逃到石墙边，我们爬出林外，一路尖叫着跑回自家后院。等上了后门廊，只见那男人站在林子边上，正盯着我们。我们手脚并用才爬上的围墙才刚刚齐他腰身。听到尖叫声，母亲从后门出来。我们指着林子里的男人。

母亲上前几步，冲男人喊道："那位先生，你想要什么？"

她也看到了男人脸色的变化，她也察觉到他眼中那非人的凶恶。

"你。"五大三粗的男人，声音却尖得刺耳。在他身上甚至看不出残酷与失衡，他根本不像个人。

"你说什么？"他的冰冷让母亲害怕。

"我要你。"大个子说着，朝母亲迈出了第一步。

我们赶紧钻进屋子里。母亲锁上后门，我看到那男人透过厨房的窗子，正盯着她。我从未见过哪个男人带着如此原始的淫欲注视女人，也从未如此真切地见识那种对于异性天生的仇视。

母亲见状，赶紧上前拉下帘子。

"你等着。"男人一阵大笑，母亲拨通报警电话。

警察赶到时，男人已经没了踪影。他们搜了林子，却只找到了树屋和一只19号的鞋印。因为擅闯"卡兰沃德"，我们被母亲打了屁股。

那时的我们真心以为是自己引来了巨人，以为这就是我们任性与叛逆的恶果。我们擅闯"卡兰沃德"的禁界，因而招致这来自地狱的惩罚，万劫不复。我们亵渎了这富饶之地，上帝便派巨人前来惩罚。

我们再没踏入过"卡兰沃德"的地界。然而巨人已经揭露了我们的罪行，势必要来讨债。他会把"卡兰沃德"拉到我家门前，趾高气扬，费尽心机，让温戈家的孩子尝尽恶果。巨人深谙对幼童的惩罚之道，明白怎样下手最钻心。他的目标不会是我们，而是母亲。

原本充满秘密的房子又多了一样私藏。林子里来了入侵者，我们却不能告诉约翰老爹。"那是因为他心脏不好，亲爱的。"祖母这样解释。我倒觉得老爹应该立马知道这件事。巨人来了，得有个能灭二百土耳其士兵的人跟我们一伙才行。然而祖母却说，有她跟母亲就足以应付。

接下来的一周，我们一直小心谨慎。然而，日复一日，相安无事，只有山茱萸在亚特兰大的街边绽放白色的花焰，蜜蜂沉醉于三叶草与杜鹃的甜美之中。那个星期，母亲给温戈爷爷去信，告诉他父亲归国后我们返

121

回岛上的准确日期，嘱咐他请个女佣，提前把房子打扫干净。她小心送上来自祖母的问候，末尾让孩子们写下"祖父，我爱您"。母亲知道祖父看我家信箱比看自家的勤快得多，于是写了梅尔罗斯岛我家的地址。周五清早，我们离家上学，母亲把信放入蔷薇谷路的信箱，立起了提示邮差的红色小铁旗。当年夏天返回岛上，我们才知道原来祖父根本没收到这封信。过了十几年，这封信才算送达。

一个周日的夜晚，大家围坐在客厅看电视。母亲和祖母窝在软乎厚实的棕色沙发里，看《艾德·沙利文秀》。我在母亲腿间席地而坐；卢克趴着做数学作业，不时抬头望望荧幕；萨凡娜则坐在祖母的腿上。母亲递给我一盆热乎乎的爆米花，我抓了一大把，还掉了一两颗在地毯上，我拾起来放进嘴里。紧接着，屋里一阵骇人的死寂，萨凡娜说出了那令人战栗的四个字："卡兰沃德。"

那人站在门廊下的黑暗中，透过门上的玻璃直勾勾盯着我们。我不知道他看了多久，他如草木般一动不动。一家人围坐之时，这根离经叛道的鬼藤已爬到了门前。他死死盯住母亲，这一次直奔她而来。那皮肤没有半点血色，和石膏一般无二。整个人犹如撑在废墟下的石柱，把门堵得严严实实。

他的一只大手使劲拧门锁，金属吱吱嘎嘎。母亲起身对祖母说："托莉莎，你悄悄挪去门厅报警。"

她自己走向门口，面对陌生人。

"你想要什么？"

"莱拉。"他回复道。听到他道出自己的名字，母亲在震惊之余后退了一步。依然是那个刺耳的尖声，跟身形大相径庭。他淫笑着再次拧动把手。

那人朝母亲露出阴茎。一条猪肉颜色的东西大咧咧、直挺挺地荡在身下。萨凡娜大叫一声，卢克径直冲门口而去。

"警察马上就到。"母亲道。

那人突然举砖敲碎了一扇玻璃，长长的胳膊从破口直插进来，想够门锁。他的手腕划上碎玻璃，开始淌血。母亲伸手去抓那条胳膊，想阻止他开门。刚刚抓住，却被对方一反手打在胸口，摔倒在地。我听见萨凡娜和卢克的叫喊。那声音飘忽不定，遥不可及，就像来自水下。我整个身体像打了麻药一样失去了知觉。男人开了一道锁，挣扎着拧动将我们与之隔绝开来的最后一道门闩，一边拧，一边发出野兽般的低吼。这时候，卢克抢着拨火棍冲过去，一棍砸在他的腕子上。男人惨叫一声缩回手。他还想再试，卢克却早有预料。七岁的孩子使出吃奶的力气挥棍猛砸。

一个声音从身后传来。祖母的拖鞋溜擦着门厅光滑的地板，渐渐靠近。我转过身，只见她举着一只左轮手枪站在墙角。

"卢克，躲开。"祖母道，卢克赶紧倒地。

托莉莎冲着玻璃门开了火。

第一发子弹穿过玻璃，贴着头皮飞过。大个子掉头就跑，命根子在腿间来回乱撞。他冲下门廊，一头钻进"卡兰沃德"的幽林躲避。远处的庞塞·德·莱昂大街传来警笛声。

祖母在门廊下冲着黑暗大吼："看你胆敢再惹乡下姑娘！"

"托莉莎，别说脏话，"母亲惊魂未定，"有孩子在呢。"

"孩子们眼睁睁见个抓着老二的畜生要害他们亲妈。听两句脏话没害处。"

一切恢复平静，母亲却见我坐在电视跟前，嚼着爆米花，像没事儿人一样继续看《艾德·沙利文秀》。连续两天，我一句话也说不出。约翰老爹睡得踏踏实实，祖母开枪，警察上门，他愣是没受半点惊动。他纳闷儿我为何不出声，母亲以"喉炎"搪塞，祖母也点头说是。两个南方女人，自觉理应保护自家男人，让他免受危险与坏消息的伤害。我的沉默——那可悲的失语加固了她们的信念：男人生性脆弱。

整个星期，警车一直守在蔷薇谷路，夜晚还有便衣警探在我家周围来回巡逻。母亲睡不着，半夜总到我们跟前看看，一遍又一遍地查看我们卧室的窗户是否锁好。一次我半夜醒来，站在月光下的她正望着"卡兰沃德"的树林。那是我第一次留意母亲的身形。惊惶与愧疚之中，我观察着那柔和的起伏，欣赏着她丰满的前胸和腰部的曲线，看她扫视月光下的院中有无敌人的踪迹。

后来，"卡兰沃德"的意义发生了变化。受萨凡娜的影响，我们开始把那个男人称作"卡兰沃德"。早饭时，我们会问："卡兰沃德昨晚来了吗？"夜晚讲起睡前故事，我们问母亲："妈妈，警察抓住卡兰沃德没？""卡兰沃德"成了世上一切邪恶与不公的代名词。伊曼卡拉塔修女曾用甜美的声音描述地狱的恐怖。对我和萨凡娜而言，那里便是"卡兰沃德"围墙内的世界。父亲来信说，驾驶的飞机被机关枪打中，他咬着牙一路飞回基地。油压表、高度表失灵，机尾黑烟滚滚，就怕半空中突然爆炸。我们把这种恐怖飞行也叫作"卡兰沃德"。它是人，是地点，是世界凶恶的骤变，亦是无法掌控的命运。

两周严密的巡查过后，警方向母亲保证：那个人不会再来了。

当晚，他便再次出现。

电话铃响起。依然是看电视，依然是吃爆米花。母亲在门厅接电话，可以听到她跟家住隔壁的福特汉姆夫人打招呼。她突然脸色惨白，将听筒放在桌边，用虚弱而平直的声音道："他在屋顶。"

我们徐徐抬眼望向天花板。只听一阵隐约的脚步声踩踏着倾斜的瓦片。

"别上楼，"母亲道，"他肯定进来了。"

她打电话报了警。

足有十分钟，我们听着他不慌不忙地在屋顶来回转悠。他并不破窗进屋。此次造访没别的意思，就是在我们的生活中建立起存在感，刷新我们心中的恐惧。远处城中警笛鸣响，如赎罪天使的哭声萦绕在亚特兰大上空。只听那脚步声穿过屋顶，那身影仿佛消失在道旁橡树粗大的枝杈间。母亲走到音乐室窗边，正看到那个人跳下地面。他停下脚步，转身看到窗内的母亲。男人朝她挥挥手，笑了，然后连蹦带跳地奔向林中的幽暗。

次日，警察带着警犬在"卡兰沃德"森林内搜寻，却在布瑞尔克利夫路丢了线索。

之后的两个月，他没再出现。

然而即使不出现，他也无处不在。他栖息在房子的每一处凹陷、每一个角落。每每开门，总觉得他就守在门后。我们开始害怕夜晚到来。没有他出现的夜晚和他来过的日子一样，让人身心俱疲。在我们眼中，屋外的树木失去了往日富有生机的繁茂之美，变得阴森可怕。"卡兰沃德"的树林成了他的领地、他的藏身秘所，也成为我们想象中充斥着无尽恐惧的地方。每一扇窗子总有他的脸孔出现。闭上眼睛，那张面孔总印刻在意识之中，就像面纱下的轮廓。凶残的目光在梦境中横切竖割。恐惧在母亲的脸孔上打下烙印。她白天睡觉，夜间在房中四处查看门闩窗锁。

在征得母亲的同意后，我们小心翼翼地将四十个盛放黑寡妇的罐子从地下室搬到了楼上自己的卧室。"卡兰沃德"阴魂不散，三个孩子谁也不敢再去阴森的地下室。那里有道门，直通屋外。警察告诉祖母，这道门是进入室内最便捷的入口。蜘蛛罐子搬上楼，一长排码在卧室对面没人用的书架上，祖母和我们都松了口气。"圣心学校"的"宠物日"，我们每人带了一只黑寡妇去学校，还一起获得了"特别宠物奖"。

灯火闪耀的夜晚，屋里就像个水族馆，我们从一间屋漂到另一间屋，只觉得"卡兰沃德"的目光在橡树的幽影下注视着我们。我们权当自己时时被他关注着、揣度着，当他无处不在，当他在暗中等待，伺机下手。浮游在四面受敌的灯火之中，我们在自己的执念里窒息、等待。警察每晚上门查看两次。他们举着手电，在草丛和树间查看。他们进入林中。当他们离开,夜晚又再次归属于他。

那年卢克留了级。他自己害臊,我和萨凡娜却乐开了花。这样一来,等回了科勒顿,三个人就高高兴兴地成了同班。那年我换了第一颗牙,我和萨凡娜都得了麻疹。也是那一年,一场龙卷风毁了德鲁伊山的三栋房子。而在我们的记忆中,在我们潜意识里毫无轨迹的阴影之中,那一年完全被"卡兰沃德"占据。

离父亲从朝鲜归来还有一星期,我们一起到约翰老爹的房间跟他道晚安。他形容憔悴,医生不允许他再给我们讲故事,我们便跟他说起了悄悄话。看着他的肉体日渐衰退,他的精力一点点流失,他的生命日渐远离,每一日都能获得关于死亡的点滴心得。他的目光已然失去了神采。祖母也开始在夜晚借酒浇愁。

父亲归来的日期临近,母亲也渐渐安了心。我们都把父亲当作拯救世界的大英雄,当作周游世界、除暴安良的骑士。我不再祈祷他葬身战场,而是盼着他早日回到我身边,盼望他拯救母亲。

那天晚上,她正为我们朗读《鹿苑长春》[1]的篇章。劲风来袭,树枝拍打着门窗。做完祷告,母亲亲吻我们并道了晚安,然后熄灭灯光。脚步声下楼远去,但她的香水味仍在黑暗中流连。我在林间的风声里入睡。

两个钟头过去,我从梦中醒来,巨人的脸孔就在窗外。他一根手指竖在唇边,让我保持安静。刀子割在纱窗上,仿佛撕扯着廉价的丝绸。我既不动弹,也不出声。难以言喻的恐惧渗透全身每一个细胞,叫人动弹不得。他死死盯着我,而我就像僵直的小鸟,等待铜头蛇的宰割。

萨凡娜也醒了。她大叫一声。

男人用脚踢破窗子,碎玻璃四处飞溅。

---

[1] 美国作家马乔里·金南·罗林斯于1938年发表的儿童文学小说。

卢克翻身下床，大吼着呼唤母亲。

我一动不动。

萨凡娜抓过床头柜上的剪刀。大长胳膊伸进窗户，摸着要开锁，萨凡娜一剪子扎在他的前臂上。男人惨叫一声缩回胳膊，用脚猛踹窗框。木碎屑、玻璃碴子在屋里迸溅。

那颗恶狮般的脑袋往屋里瞧了瞧。看到走廊上的母亲正看着自己，他笑了。

母亲哆嗦着恳求道："求你了，离我们远点！离我们远点！"

萨凡娜朝他脸上扔梳子，男人乐了。看到母亲极力抑制颤抖的模样，他笑得更欢了。

第一只玻璃罐在他头顶的墙上碎裂。

第二只罐子直奔"卡兰沃德"的面门。但卢克扔偏了，罐子在窗台上撞个稀碎。

那颗脑袋突然消失，只见一条长腿甩进窗子。他慢慢把自己缩成一团，想从破口挤入。卢克打开四只罐子，把蜘蛛全倒在男人裤腿上。萨凡娜冲到书架边，也抱回个罐子，冲着那条腿猛砸，罐子碎在地上。母亲哭喊着呼叫祖母。男人的另一条腿已经伸进窗子，猫腰正想往屋里钻，却被黑寡妇扎进一剂毒液。那乖戾的惨叫声我们始终记忆犹新。走廊的亮光里，只见那两条腿正被一小撮蜘蛛步步逼出窗外——刚从罐子里放出来，这会儿它们正在裤子的褶皱间忙慌乱窜。男人只觉得有东西在身上爬上爬下，疼痛加上手忙脚乱，一慌神从屋檐滚了下去。只听他重重摔在窗外地上。他大叫着在地上来回翻滚，两只大手胡乱拍打着两腿和腹股沟。起身时，他瞧了眼破窗内的母亲，火烧屁股一样哭号着冲进"卡兰沃德"的树林。

谁也不知道他挨了多少叮咬。次日，警犬一路追到斯蒂尔伍德大道的加油站，又断了线索。警察向所有医院发出警报，然而哪家也没见过两米多高、被蜘蛛咬伤的红胡子巨人就医。平白无故地突然出现，又没来由地不见了踪影。

父亲周末回到家中，一家人当天就起身回岛。关于那个害我们不得安宁的男人，母亲不许我们对父亲吐露半个字。问她为什么，母亲说父亲刚从战场回来，理应与家人开心团聚，甚至怕父亲怀疑是她引来了"卡兰沃德"的注意。她淡淡地告诉我们，父亲总说女人遭强奸都是自找的。她还说，很多事情，男人根本不懂。

那晚过后，卢克、萨凡娜和我花了三天时间寻找跑掉的蜘蛛。卧室里找到六七只，阁楼上找到两只，我的旧网球鞋里发现一只。三个人再也没睡过那间卧室。我们走后，祖母仍时不时在家中发现黑寡妇。约翰老爹去世后，她把所有的蜘蛛全部放进"卡兰沃德"森林深处。不光是祖母，我们几个也再没伤害过任何蜘蛛。它变成了温戈家族史中的第一种圣物。

多年后，我在亚特兰大公共图书馆翻剪报时看到一张照片和这段文字："欧缇斯·米勒（三十一岁）昨夜于佐治亚州奥斯德尔市被捕，警方怀疑其强奸并杀害与其丈夫分居的当地女教师贝茜·福尔曼。"

我复印了那份剪报，在上面大大写下四个字："卡兰沃德"。

第六章

广场酒店大堂里棕榈茂盛,侍者趾高气扬。我们俩穿行其间,到"橡树屋"挑了个不起眼的角落位置坐下。过了五分钟,侍者才来到桌前,沉稳里带着傲慢与刻意的漠然。此人写单也写得霸道,一副发股票期权的架势。我本想点个牛肉干或者腌猪唇,但他都没看上。我点了杯加冰马丁尼配柠檬皮,深知端上来的酒里肯定沉着个绿不拉几的橄榄。高档酒店的酒吧里,总有人拿橄榄当柠檬使。罗温斯坦点了一杯普依富塞白葡萄酒。

酒端上来,我捞出酒里的橄榄,扔进烟灰缸。

"你说的加橄榄。"侍者走开时道。

"我老是弄混。"我说。

"纽约的侍者,是不是人见人爱?"罗温斯坦医生道。

"依我看纳粹战犯更顺眼。但也难说,毕竟没见过。"说着,我举起酒杯,"这杯敬你,灵魂的治愈者。老天爷,大夫,你每天围着一群遍体鳞伤的人打转,怎么受得了?"

她抿了口酒,杯边挂着口红印:"我一直以为,自己能帮助他们。"

"你自己就不难受?日子长了不觉得崩溃?"

"病人的问题归病人。我自己操心的事情也不少。"

"哎!"我乐了,"我倒乐得操你那种心。"

"你看看,解决我的问题你信心满满,轮到自己时却犯难。做我这行就是这种感觉。六点钟下班走人，所有问题留在办公室，完全不去想白天看的病人。我已经学会让生活工作互不侵扰。"

"听着冷冰冰的，没什么人情味儿，"我说，"我可当不了精神病医生。白天听一堆破事儿，整晚都得闹心。"

"那就帮不了病人了。汤姆，你得保持点距离。以前你当老师的时候，想必碰上过有情绪问题的学生吧？"

"是啊，"我抿了口马丁尼，那颗破橄榄咸舳舳阴魂不散，涩得我直龇牙，"我根本受不了。大人还好，我最忍不了孩子受罪。我二年级英语班上有个女生，长得一般，但性格活泼。平时插科打诨挺拿手，成绩却不怎么样。顶着一脸痘儿，却挺受男孩子欢迎。她身上有种魅力，一种非同一般的阳光。一天，她鼻青脸肿地来学校，左眼肿得睁不开，嘴唇也鼓得老高。她一句话也没说，被其他的孩子取笑，也只是逗着乐还嘴。课后我留下她问怎么回事。其他同学一离开教室，这个叫苏·艾伦的孩子就哭起来。前一晚，她父亲打了她们母女。他往常都是找不显眼的地方下手；那天晚上却揍到了脸上。身为她的老师，听着这么好个孩子说被亲爸往脸上揍，我可保持不了什么职业距离。"

"你是怎么做的？"

"虽不知这么做对她、对她的家庭是不是最有利，但我还是出手了。"

"但愿你没有意气用事。"

"也许你觉得是这样。整整一天，我都忘不了苏·艾伦那张脸。训练过后，我开车去了棕榈岛她家那所小房子。开门的是她爸。我说得找他聊聊苏·艾伦的事，他让我滚远点儿。我听到屋里传出苏·艾伦的哭声，于是强推着她爸进了屋。苏·艾伦躺在沙发上，头一抬，鼻子里直淌血。她觉得难为情：'温戈教练，你怎么来了？'"

罗温斯坦突然打断道："你应该通过正当渠道解决，联系相关机构。"

"当然了，医生。这就是为什么你收入不菲、受人尊敬，而我还疲于奔命。"

"后来呢？"

"我打得他满屋窜，把他往墙上扔，摁地上揍。然后我听到一个声音——就像做梦一样。我听到苏·艾伦扯着嗓子为我呐喊助威，又听到她母亲声嘶力竭地让我住手。等他缓过来，我说要是他再敢动苏·艾伦一根手指头，我就回来要他的命。"

罗温斯坦目瞪口呆："我还从没听过这么残暴的事情。"

我垂眼瞅瞅那杯马丁尼："甭管上班还是回家，我放不下。"

"然而，应该还有更有效的应对方法。你一直都这么情绪化？"

我望着那对深棕色的眼睛："罗温斯坦医生，苏·艾伦死了。"

"怎么死的？"

"和很多年轻女孩一样，她嫁的男人跟她亲爹一个德行。我想我能理解。这样的孩子觉得打是亲骂是爱，净找些伤害自己的人，以为那就是爱情。苏·艾伦就找了个浑蛋。两口子吵架，却一枪要了她的命。"

"真可怕……"罗温斯坦惊呼，"可你看，你的行为没带来任何积极后果。不能拿他人的暴力当作施暴的借口。这样的生活多悲惨……没有任何希望。"

"我原想把苏·艾伦的事告诉你朋友。我这辈子还真没见过像莫妮克那么漂亮的女人，所以很好奇。我以前一直以为，苏·艾伦之所以那么倒霉，是因为长得不好看。"

"汤姆，你明明知道，不是那么回事。"

"也难说，大夫。我一直想搞搞清楚，为什么有些人偏偏被选中，长得难看，还倒霉？摊上一样就够难的了。我想知道莫妮克的遭遇，拿她跟苏·艾伦对比，看她是不是当真那么痛苦。"

"和苏·艾伦一样，对莫妮克自己而言，那就是切身之痛。这点我敢肯定。痛苦并不是归谁独有。人们遭受痛苦，但方式、原因不尽相同。"

"我要是个心理医生,肯定很差劲。"

"我看也是。"她顿了顿,又说,"汤姆,苏·艾伦的遭遇给了你怎样的启示?对你而言有何意义?"

我想了好一阵,试图拼凑起过往的那张面孔。最后,我说:"没什么。"

罗温斯坦一脸惊讶:"什么也没有?"

"听着,大夫。那件事我也想了很多年。我的脾气,我的善恶观……"

"冲到她家,把她父亲揍一顿,你觉得理所应当?"

"没有。但也不全怪我。"

"说来听听。"

"也许你理解不了。小时候,我爸要么打孩子,要么打我妈。我暗暗发誓,但凡自己有能力阻止,绝不允许任何人欺负老婆孩子。因为这样,我才搅进许多不愉快,甚至是丑恶不堪的场面:在机场阻止打孩子的父亲,给不认识的夫妻拉架,还揍了苏·艾伦她爸。我身上正起着某种变化,可我又说不清。"

"兴许是你成长了。"

"不。兴许是我不在乎了。"

"有没有对你妻子或孩子动过手?"她突然心血来潮地问。

"大夫,干吗这么问?"

"施暴者往往在家最肆无忌惮,而且几乎总是针对毫无招架之力的人。"

"所以你觉得我有暴力倾向?"

"你刚刚才讲过自己施过暴,更何况你执教的也是激烈的运动。"

"不,"我晃了晃杯中半融的冰块,"我不会对老婆孩子动手。我对自己发过誓,绝不像我父亲那样。"

"有用吗?"

我笑道:"没有。举手投足都有我父亲的影子——除了那一样。染色体遗传,没辙。"

"在我身上似乎没那么厉害,"罗温斯坦喝完杯中酒,举手招呼侍者,"再来一杯?"

"行。"

侍者来到桌前,居高临下。他一撇嘴,意思是放马过来。

"我要马丁尼加冰,加橄榄。"

"我还要白葡萄酒。"

不一会儿,侍者从吧台返回。我得意地瞧着冰块间那绺黄澄澄的柠檬皮。

罗温斯坦的眉眼略显温和,酒杯举到唇边时,深邃的眼中还闪着淡紫色的微亮:"汤姆,今天我跟你母亲通话了。"

我一手挡在脸前,一副抵挡冲击的架势:"求你了,罗温斯坦,算你行行好,别再提我还有个妈。要刨翻我家那点破事儿,她可是主角。以后你就知道,她只干过一件事:散播疯狂。我妈前脚在杂货店农产品区溜达一圈,后脚连小椰菜都会得精神分裂症。"

"听你之前的描述,她人还挺不错。"

"小时候,我觉得她是世上最好的女人。不过,我也不是第一个错看了亲妈的儿子。"

"听声音,感觉人很和善,也很忧心。"

"那是装门面。她以前读过课本:自家闺女割了腕,做母亲的往往要表现出担心。我妈来电话不是本能驱使,而是经过了算计策划。"

罗温斯坦审视着我,静如止水的目光让人捉摸不透:"她说你恨她。"

"不,"我说,"我只是不信她的话而已。我察言观色这么多年,我妈说瞎话的本事实在令人叹为观止。我老想着,撒谎终有露馅儿的时候,总该有句真话吧。无奈母上是说谎的业界翘楚,战绩显赫。从无伤大雅的小谎到倾世灭国的大谎,她老都可以信手拈来。"

罗温斯坦笑道:"有意思。她说你会讲很多关于她的假话。"

"大夫,她知道我会向你和盘托出。她也清楚,有些事情不光萨凡娜不愿回首,连她这个做母亲的也不愿承认。"

"说到你和萨凡娜对她的看法,你母亲哭了。汤姆,不得不说,她的话让我很感动。"

我提醒道:"我妈一掉泪,下了尼罗河就能当鳄鱼,把河边石头上洗衣的胖老乡吃个一干二净。打仗清点装备,我妈的眼泪铁定算武器。"

"她很为子女自豪。萨凡娜成了诗人,你母亲非常骄傲。"

"那我妈提没提,三年来她没有萨凡娜半点音信?"

"那倒没有。她说你当高中英文老师出类拔萃,还说你带的橄榄球队拿过州冠军。"

"听到你妈夸赞,你猛一转身,想抓住她在你背后捅刀的瞬间。"幸好世上还有杜松子酒[1]这种东西,幸好这会儿我有的喝,"先跟你说我一堆好话,然后话锋一转,跟你抖搂我一度精神崩溃。"

"没错,"罗温斯坦的眼神里带着谨慎的亲切,"她就是这么说的。"

"精神崩溃。我喜欢这种说法,听着既合理又安全。"

"卢克的事她只字未提。"

"当然了。那个名字是忌讳。我妈闭口不提卢克的事,我之后会告诉你。讲到卢克的时候,大夫,你可要多留心。从小到大我们谁也没料到,只有卢克活得最率真,卢克才是关键。"说母亲说得我筋疲力尽。

"汤姆,不管发生过什么,"罗温斯坦道,轻柔的声音里带着些许温存,"你走出来了。"

"长久以来,我在南卡罗来纳的家人眼中一直是个可怜人。我本不想让你看到我支离破碎的一面,本想守住这个秘密。我想改头换面,变得风

---

[1] 杜松子酒是调制马丁尼主要使用的一种酒类。

趣、迷人，心里甚至希望你能被我吸引。"

她的声音略显冷淡："汤姆，你为什么想吸引我？这对你们兄妹好像没什么帮助。"

"医生，您别误会。是我表述不当。实在对不住！看来您中枢神经系统的女权雷坑被我踩了个遍。我就是想让您喜欢我。您既聪明，又漂亮。我已经很久没觉得自己有魅力了。"

气氛再显和缓，只见她的嘴角渐渐放松："我也是，汤姆。"

望着她，我猛然体会到这实话背后的悲伤。吧台后是宽大的镜面，晶莹闪亮的鸡尾酒杯下是两个疲倦的身影。

"医生，您看到镜中的自己了吗？"

她把头扭向吧台："看到了。"

"那张脸不叫魅力，"我站起身，"不管用哪套标准，它都叫美丽。过去这两周得以与之相对，是我的荣幸。"

"我丈夫却不感冒，"她说，"真谢谢你。"

"真若如此，那他不是同性恋就是笨蛋。罗温斯坦医生，您简直光彩照人。依我看，您应该好生享受一番。明早我能不能见萨凡娜？"

"你在转变话题。"

"怕你误会我调情。"

"汤姆，你那是在调情？"

"不。我只是稍微有点想法，可我每次一调情，对方总觉得可笑。"

"有的看护觉得你一去，萨凡娜就不好受。"

"这倒不假。我这张脸——但凡是温戈家的人——总是勾起她的痛苦回忆。"

"她的用药近来有所调整。幻觉应该是控制住了，但焦虑却加重了。汤姆，你要不先等等？我会跟她的治疗团队商量。"

"让她难过的事一件都没提。我保证，只拣让她高兴的说。我还给她读诗。"

"她跟你说话了吗？"

"没有。跟您说得多吗？"

"起色不大。她说不想见你。"

"她这么说的？"

"一字不差，"罗温斯坦道，"汤姆，我很遗憾。"

祖母托莉莎·温戈如今已住进查尔斯顿的养老院，去日无多。她的脑子诚然如人们所说已糊涂了不少，但也有万分清醒的难得瞬间，让人得以瞥见衰老裹缠之下那颗光彩照人的丰满灵魂。大脑的毛细血管日渐萎颓，如同濒临枯竭的江河支系。对她而言，时间已经改换了意义，不再以时日度量。时间是一条河，她从源头一路行至入海三角洲。有时，她是向妈妈索要新布偶的小姑娘，一眨眼又成了心疼自家大丽花的园丁，抑或是抱怨孙子孙女鲜来探望的祖母。好几次，我要么被她当成丈夫，要么就是好友、我父亲，要么是什么罗德西亚农夫菲利普——显然还是她的旧情人。每次走向她的轮椅，我都不知道会踏入河流的哪一段。上次来探望，她冲我伸起胳膊，颤颤巍巍地说："爸爸，爸爸，你来抱我了。"我小心地把她放在我的大腿上，那骨头仿佛一碰即碎。她的头枕在我的胸口，被故去了四十年的父亲抚慰着，哭得像个八岁的孩子。现在的她只剩不到八十斤，终将和美国其他临终的老人一样，可怜兮兮，自理无能，百无聊赖，无人问津。

她也有认出我的时候，这时她便重拾犀利与俏皮，跟我说笑叙旧一整天。一旦我起身要走，她的眼神就会变得恐惧而凄凉，青筋凸起的老手用力抓着我，央求着："汤姆，带我走吧。我不想死在陌生人堆里。求你了，汤姆。至少你能明白。"我每次离去，都是将她进一步推向死亡。我为她难过。我爱她，一如我爱世间任何人。可她不能与我一同生活。我没有为她日日喂饭、擦屎端尿的勇气，无法为她缓解痛苦，也抚慰不了那深渊般的孤独与迷茫。因为生长在美国,所以我眼看着她日渐憔悴,被家人遗弃,孤立无援。她总说让我杀了她,权当积德行善。可我充其量也就够胆子来看看她。在养老院的前台,我跟医生、护士吵了好一阵,冲着人家大吼大叫,高谈此处住着一位女中豪杰,说他们应多加关心照料。我怨他们铁石心肠、缺乏职业道德,拿老人家当吊在冰库里的冻肉。五十多岁的护士威廉敏娜·琼斯也领教过我的大呼小叫,还告诉过我:"温戈先生,要是她真那么了不起,家人干吗把她扔在这个鬼地方等死?托莉莎是大活人,我们也没拿她当死猪肉。她就是岁数大了,来得又不情不愿。是你们硬生生把她拖到这儿的。"

威廉敏娜·琼斯有我的电话。祖母在世间的最后时日由我负责照管。因为我没胆量,没担当,末路上的她才落得狼狈不堪,毫无指望。我的亲吻更像是叛徒的伪装诡计。送她进疗养院时,我说要跟她一起出远门。这话其实不假,旅程还没结束。

约翰·斯坦诺波鲁斯老爹于1951年下半年离世。托莉莎在亚特兰大的"橡木坪墓园"把老爹好生安葬,卖掉蔷薇谷路的房子,踏上了奢华而漫长的旅程。三年的时间,她绕世界转了三圈。亚特兰大积聚了她太多的痛苦,老爹故去后她再也没回来过。一个直觉敏锐的女子,知道极致的快乐无法复制,也知道如何把过去清理利索。

托莉莎乘船旅行,去哪儿都坐一等舱。云游几年,居然跑了四十七个国家。她沿途寄回数百张明信片。上面潦草的文字就是我们的第一套游记。明信片的右上角总是贴着五彩斑斓的邮票,有袖珍水彩,陌生的异域风光,还有欧陆的顶级艺术品。灿烂的阳光洒在非洲的广袤草原和片片雨林上。瓜果色彩鲜艳,鹦鹉在芒果树上扬扬得意,山魈[1]绷着一张五花脸

---

[1] 猕猴的一种,常见于西非。

怒目而视，象群涉水渡河，羚羊的队伍奔驰在乞力马扎罗山下的平原。我们绞尽脑汁，辨析祖母在回归线无风带风暴中的匆忙笔触，那些无心插柳的航程却燃起了我们集邮的热情。每次写信，她都会装进几枚途经国家的硬币。坚硬的异国钢镚儿让我们领略了钱币的乐趣。我们把硬币收在果酱瓶里，不时拿出来倒在桌上，展开父亲为掌握祖母动向而买来的世界地图，把硬币摆在对应国家的位置。托莉莎每到一个国家，我们就用浅黄色的蜡笔给它涂色。那些神秘的异域名称，我们已经能脱口而出：桑给巴尔、比属刚果[1]、莫桑比克、新加坡、果阿、柬埔寨……在口中咀嚼这些名字，似有股烟味，飘荡着远古时未知的回响。那时，我们眼中的托莉莎勇敢又潇洒，还很走运。一天，卢克、萨凡娜和我从查尔斯顿主教那儿得来消息，一头白犀牛在肯尼亚平原撞了祖母乘坐的吉普车。升三年级的那个星期，托莉莎来信讲述沙特阿拉伯一名通奸妇女如何被乱石打死。祖母冒了很大的危险，将这些见闻逐一详细记录。亚马逊雨林深处，她眼见水虎鱼群几分钟内将一只犀貘啃得干干净净。犀貘的哀鸣回荡在层叠的密林中，直到舌头被吞噬。"那根舌头就像甜点。"托莉莎顽皮地写道。周游世界的她目光日渐犀利，那些令人胆寒的精巧细节也令她的文字越发生动。她在信中说，在巴黎的女神游乐厅[2]见到的奶子比农场上还多。从罗马寄回的明信片上，僧侣的骷髅像军械武器一样堆砌在圣方济各教会地下墓穴的侧方祭坛，令人毛骨悚然。她从东非寄回一盒盒海边收来的贝壳，在巴西一个金盆洗手的烂牙猎头人手里买了个干朽的人头，说是"就为一首歌"。一年圣诞，托莉莎给父亲买了条盐渍水牛舌。耍蛇人用过的笛子，从独眼阿拉伯人手里买的真十字架、骆驼牙齿、巨蝮的毒牙，从野蛮人裆上扯下的缠腰布（一寄到家就被母亲扔进火里，她说南卡罗来纳的细

---

[1] 今刚果民主共和国的旧称，比利时对刚果的殖民统治从19世纪末持续到1960年刚果独立。
[2] 一间有歌舞表演的著名餐馆，位于巴黎第九区，以其演出的华丽场景及异域风情著称。

菌已经够多了，用不着非洲细菌添乱）……什么都往回寄。托莉莎像个孩子一样，执迷于古怪、离奇、独一无二的宝贝。

她夸耀自己在二十一个国家染上痢疾。对托莉莎来说，拉肚子是旅人的勋章，体现出割舍繁华、追求粗犷的毅力。在叙利亚，她吞下过一大碗羊眼珠子，说跟想象的一个味儿。虽说更像个探险家，她的记录饮食却如鉴赏人士一般缜密。托莉莎遍走各地，吃过鳄鱼尾、河豚肉（直吃得指头发麻）、鲨鱼肉、鸵鸟蛋、蝗虫朱古力、卤幼鳗（我一直误以为是像小黄瓜一样的精灵[1]）、羚羊肝，还吃过山羊的生殖器和煮蟒蛇。吃这么一圈，也难怪她一次次地得痢疾。有时你也纳闷儿：看着每餐吃的那些东西，她就不想吐？

步履不停的三年间，无尽的旅途就是她全部的生活——到非凡之地探寻稀有事物，透过陌生之地的纹路与注脚了解自我。后来她坦言，自知暮年已近，所以才寻思着多为日后留点念想。旅行让她大开眼界、脱胎换骨。家中第一位旅行哲人就这样意外地诞生。一路东走西逛，托莉莎学会从背离与绝境中寻找启发。她崇尚边缘，狂野不羁才是正道。1954年夏至，祖母由一队友善的夏尔巴人领路，跋涉两周穿越喜马拉雅山脉。一日黎明，她在天寒地冻的世界屋脊，遥看曙光点亮珠穆朗玛峰雪坡。过了一个月，她在南中国海目睹海蛇迁徙，之后便踏上了归途。

回到科勒顿的祖母精疲力竭，衣衫破旧。要命的是，此时的她已经身无分文。母亲一遍又一遍地大声清算着流失的财产，抱怨十几万美元就这么被托莉莎挥霍一空。如果说旅行追梦让家人乡亲出乎意料，此度重返旧巢更让所有人目瞪口呆。祖母恢复了与祖父的联系，重新点燃在大萧条时浇灭的旧情，周游路上给他写过不少亲切动情的书信，而我们所有人都毫不知情。内向也好，心机也罢，祖父没对任何人提起过那些信。消失二十多年的祖母再度出现在科勒顿，只有祖父没有大惊小怪。回到镇上的

---

[1] 英文中"幼鳗"（elver）与"精灵"（elve）仅相差一个字母。

托莉莎直奔巴恩维尔街祖父家，打开箱子，将衣服放回许久以前自己清空的衣柜。"海鸟也有想歇脚的时候。"对谁她都只有这一句解释。十只满满登登的旅行箱尾随而至，里面尽是些毫无用处的稀奇玩意儿。房子里到处都是她看上的古怪纪念品。原本地道的南方人家客厅，如今却摆满了非洲的面具、艺术品、泰国瓷象，还有她从亚洲各处集市淘来的小玩意儿。每件背后都有一段故事、一个国家、一段独特的冒险经历。环视屋内，便能重温步步旅程。后来，我们才发现她的秘密：旅程一旦开始，就永远不会结束；它在内心宁静的角落一次次延展，成为割舍不下的牵挂。

　　父亲三十五岁那年，这个家又恢复了完整。

　　母亲没事最爱贬低祖母，动不动就拿托莉莎的过往说事儿。但凡是女人，无一不被母亲当成假想敌。四海云游的祖母浪子回头，母亲越发理直气壮，没完没了，私下里常常不齿："我真不明白，一个母亲，怎么忍心在不景气的年月抛下自己的骨肉。男人会抛妻弃子，但女人——真正的母亲绝对不会。伤天害理造了孽，她居然一句也不提，更别说跪在你父亲面前恳求原谅。你别以为他不难受，以为他啥事没有。错了，他所有的毛病归根结底都是因为多年前，大清早起床一睁眼，就失去了养他疼他的妈妈，所以心理上才出了问题，动不动就凶神恶煞。托莉莎倒好，有钱不好好存起来，有今天没明天一样地任性挥霍，最后身无分文地跑回来。我要是阿莫斯，就拎着耳朵把她赶出镇子。没办法，男人比女人更念旧情——这话你们记住。"

　　母亲这些话也就对我们说说。当着祖母的面，母亲则夸她如何独立有胆识，如何对镇上人的眼光不理不睬。托莉莎才不在乎科勒顿的人怎么看她。除了她，长这么大我还没见过第二个离婚的女人。从许多方面来看，祖母算得上科勒顿第一位现代女性。对于自己的行为，她既不解释，也不愧疚。她回来后，有传言说她在途中碰上些寂寞男人，真情假意中结下露水情缘，还结了几次婚。托莉莎什么也没说，就这样回到祖父家，重新做回他的妻子。阿莫斯张口闭口依旧沉迷信仰。两人之间却有种不可言喻的和谐——一种舒适，一种默契。他乐意让祖母回家，也没对第二个女人动过心。不同于绝大多数男人，他这一辈子全心全意，只爱一个人。祖母爱过的男人可能有上百个。年龄越大，对她的了解越多，我越是肯定。男人抵挡不住她的诱惑，女人个个当她是劲敌。那是一种不同寻常的魅力，难以名状，别具风情。

依我看，她之所以回家，是因为所有的愿望已经达成，更是为了把孙子孙女们从儿子的盛怒与儿媳的冷漠中拯救出来。总之，有她在，危险逼近时，就有人为我们说话，主持公道，我们就有了诉苦之处。她早已看清罪恶的本质——它最是反复无常，厉害起来连自己都辨认不出。和许多人一样，祖母也在子女身上铸成过大错，覆水难收，便化身慈祥祖母以获得救赎。托莉莎从不训斥我们，没有管教约束，我们即便不乖巧，也能获得她的爱。对我们三个，她只有百般宠爱，暖心之至又令人苦恼。她从过往的教训中提取出最纯粹的心得：爱不是绝望的陪衬，爱不一定要伤害。怀揣着如此深刻的领悟，她就这样悄无声息地回归业已抛弃的生活。每次父亲对我们动手，母亲总说："他这么做都是因为爱你们。"每次母亲抄起梳子、扫帚，或是抡巴掌，都是以爱的名义。就是这份爱，让我们在战神星座的笼罩下徘徊，沦落为残破星宫的流亡者，遍体鳞伤。祖母却在旅途中总结出截然不同的信条：爱不是武器，也没有拳头，不会导致瘀青流血。起初她想拥抱、亲近时，我们都怯生生地往后退。托莉莎抚摸我们的头发和脸颊，亲得我们咯咯直乐。她唱着自编的歌谣夸奖我们，说我们美丽活泼、聪明非凡，日后一定能成大事。

祖母的回归巩固了家中已然强势的母权。温戈家的男人不含糊，但跟家里的女人却没法比。她们眼中闪烁着王者的犀利、暴君的冷峻。托莉莎归来，一场权力的角逐随之上演。直到二十五年后，母亲和我开车把祖母送入查尔斯顿的养老院，这场争斗才画上了句号。

至于她的回头草阿莫斯·温戈，则是我所知的另类中的另类，数一数二的大好人。了解祖父更像是领悟圣贤之道。他的人生就是一首对主的赞美诗，冗长而乏味。祈祷是他唯一的爱好，对象无非是伟大的天主与三位一体。细品祖母那凡夫俗子的不羁过往，再想想她要跟个一心向主的男人过日子，你对她多少会有几分同情。圣人一样的祖父没什么不好，当丈夫却差点劲。多年后听祖母说，阿莫斯做爱时常常一边折腾一边呻吟"感谢耶稣，感谢耶稣"。行房还要耶稣一起钻被窝，搞得她动不动就溜号。

祖父曾经带年幼的我们去梅尔罗斯岛的码头，讲述自己的信仰历程。他把修长纤瘦的双脚浸在科勒顿河里，向我们吐露了那个秘密：上帝曾在年轻的阿莫斯·温戈面前现身，让他此生遵照主的意志生活。祖父活了一辈子，上帝动不动就冷不丁露个脸，聊几句，以示奖励。《科勒顿报》编辑时不时地收到阿莫斯的长篇大论，事无巨细地交代上帝的每一次现身，造物主的所思所想也记得一字不差。这些信都被萨凡娜细心保存了下来。读了你就会发现：上帝说话不怎么讲究拼写语法，还一口南方腔。读过祖父某封使徒书信后，卢克得出结论："上帝说话像个南方乡巴佬儿。"一个口吻像极了祖父的上帝，一沓写给父老乡亲的涣散之言，毒害童年之余，也令我暗自得意。但阿莫斯自己也承认，上帝时不时荣耀现身，苦口婆心交代老半天，想过安稳日子也难。

最先质疑的是萨凡娜："爷爷，上帝长什么样？"

"这个嘛，"祖父答道，"挺好看一人。周身总是光亮得很，我也就没咋看清。不过也就是寻常长相，头发比你想的黑，还有点长。依我看倒该剪剪——我也不收他钱，就是贴边修个型。"

第一个直言温戈爷爷是疯子的也是萨凡娜。

说疯，也不过是率真单纯的失心疯罢了。大萧条的谷底时期，上帝三天两头现身找祖父。一家人全靠着下河捕鱼为生。阿莫斯坚信大萧条是基督复临的天兆，于是辞了理发师的工作，《圣经》也不卖了。他在街头布道，见人就嚷嚷奇怪的赞美圣诗、末世篇章，有时还大惊小怪地叨念起没听过的晦涩古话，活像灵魂的癫痫发作。

温戈爷爷也有几分浪迹天涯的气质。用祖母的话说，有吉卜赛人的种儿。不过她说这话带着揶揄,因为总觉得阿莫斯的远行都没什么想象力。他就是喜欢在路上跑,去哪儿无所谓。感召总是突如其来,而他会立马动身离开科勒顿,徒步周游南方各地,卖《圣经》,剪头发,一走就是几个月。就连睡个觉他也不曾消停。他的右腿哆哆嗦嗦,就像膝盖下顶着个发动机。看着那条腿,总觉得他第二天就要南赴佛罗里达,或者西去密西西比,向那里播撒福音,顺便往修剪干净的脖颈上拍点痱子粉。有心无意中,他于所到之处广传天主之言,一如花粉般点触人类灵魂的花蕊。

南方乡间小路上,只见祖父双手各拎一只手提箱,一只装着衣物和剪发工具,另一只大点的则装满了大大小小的《圣经》。最便宜的是黑色的小开本,只有童鞋大小,十分实用。然而字印得太小,若是光线不好,看多了容易近视。祖父以主推明晰印文为己任。那种奶白滑皮面、以金色流苏夹页的版本才是《圣经》中的凯迪拉克,里面还有"大师"绘制的华美插图。而最大的亮点在于:拿撒勒城[1]的耶稣所说的一字一句,皆用鲜明的红色印在纸上。这个版本价格最为高昂,却最受穷苦人的青睐,钱也可以分期付清。拜祖父所赐,这些并不宽裕的天主信徒每月都在生存与信仰之间挣扎:为光鲜的白皮《圣经》供月钱,还是买食果腹。一想到阿莫斯那一心侍主的虔诚模样,穷人们怕是会越发纠结。不花钱买《圣经》,就是罪孽深重;可一旦捧着白拿回家的《圣经》,读过来龙去脉,谁又想继续掏钱?祖父坚信,除非家中拥有一本印着耶稣红色箴言的体面《圣经》,否则难获安宁,甚至算不得美利坚人家。尽管这样做不时让他与《圣经》供应公司关系紧张,阿莫斯仍然坚持以贫民作为销售对象。公司逼不得已,只能派人取代祖父,要么退还《圣经》,要么追讨余款。即便如此,温戈爷爷卖出的白皮《圣经》量依然超过所有推销员,而这些才是利润所在。

因为卖《圣经》,祖父成了这个南方小镇的传奇人物。每到一处村

---

[1] 位于巴勒斯坦北部,相传为耶稣的故乡。

镇，他便挨家挨户敲门。遇上不缺《圣经》的人家，十有八九也愿意剪个头发。他按团体价给全家剪个遍。阿莫斯喜欢发丝划过指尖的触感，对光头尤其有好感。电动剃刀嗡嗡作响，爽身粉白雾升腾，碎发从不安分的小童后颈扫落。祖父常常一边干活儿，一边说起耶稣的生平。退休时，公司奖给他一套镀金推子，外加一张感谢状，从而证实了所有人的猜测：阿莫斯·温戈逐户销售的业绩超越了所有人。诗近终篇，公司给阿莫斯冠上了"红字《圣经》之王"的头衔，作为最后的褒奖。

　　身为推销员，祖父的足迹遍布南方五州，父亲往往交由那些不怎么上心又时常更换的用人照看，要么就是表亲或者尚未成婚的姑妈，找来一个算一个。祖父祖母出于迥然不同的原因，都没顾上抚养独生子这件正事。父亲与世界的对峙总是那么孤独而绝对。他的童年毁于无人问津。父亲对自己的骨肉拳脚相向，祖父祖母才是无法追究的罪魁祸首。

　　阿莫斯与托莉莎就像两个不登对的孩子。他们的家于我既像庇护所，又像幼儿园。两人彼此间总是客客气气、相敬如宾，却缺乏沟通。没有轻松的玩笑，没有半分挑逗，也没有八卦闲聊。即便在祖母回来后，两个人也不像过到了一起。他们对彼此的温存未经推敲，亦无世俗介入。我几乎带着敬畏之心一路观察，因为完全弄不清他们何以默契共处。明明对彼此有爱，却爱得全无热火激情。同样缺席的还有怨恨与狂暴、情绪的涨落。一段婚姻，仅此而已。没有晴雨，只有沉寂与随波逐流，悄无声息地在岁月湾流中消磨无尽晴日。两个人单纯享受着彼此的陪伴，相形之下，我们父母的婚姻却惨不忍睹。分离了大半辈子，才变得彼此契合。

　　我想在祖父母的身上寻找关于父亲的解答，然而却一无所获。他们的眼里没有父亲的存在，彼此的结合无形中增添出全新的存在。托莉莎、阿莫斯向来不吵不嚷，对我们也从不打骂，偶尔管教也是一脸的不忍心。他们生养的儿子——我的父亲对我，对我母亲，对我的哥哥、妹妹拳打脚踢，我却无法在祖父母的房子里找到半点由头。那副波澜不惊的正派模样看得人发毛。我自己身上也看不到他们的任何影子。缺失、破坏与心结怕是难逃干系。两个善良人造就了我那施暴的父亲，而他又造就了我。在我家，人人对捕虾的父亲心怀畏惧。没人说得出口。母亲不让我们把挨打的事告诉外人。对她来说，忠于家庭最要紧，决不允许任何人背叛违逆。不许说父亲的不是，挨了打也不准抱怨。没到十岁，卢克已被父亲打昏过三回。他总是先拿哥哥开刀，躲也躲不掉；母亲若护着卢克，往往免不了挨打；想救妈妈的萨凡娜和我自然也会吃拳头。一个致命的循环就此闭合。

小时候我一直以为，总有一天我会死在父亲手里。

然而那时的世界，孩子只知道忠诚至高无上，没人解释个中道理。

从母亲那里学到的忠诚，意味着即便生活构筑在一派谎言之上，也要笑脸迎人。

我们用挨打的次数划分时间。比起皮肉之苦，父亲那无来由的疯狂更加可怕。谁也弄不清究竟他哪根弦不能碰，谁也预测不了他几时翻脸成恶兽。没有套路可以遵循，没有策略可以发挥，只能指望从不偏不倚的祖母那里寻求宽赦。三个人的童年就这样在挨打和等待挨打中度过。

1955年，他三次把我打倒在地。1956年，我被撂倒五次。1957年，他对我越发"宠爱"有加。1958年，他变本加厉。每长一岁，父亲就多"疼"我一分。

打从去了亚特兰大，我就盼着上帝能把他消灭，常常双膝跪地小声叨念："祈求主，杀了他，杀了他。"我祈祷沼泥埋到他脖子，祈祷月亮引来海潮，冲得他满头螃蟹乱爬，把他两眼戳个稀巴烂。本应用来赞美天主的祈祷，被我用来杀戮、憎恨。我无法掌控自己的祷告。思绪每每转向上帝，毒液亦上涌全身。每次双手合十，唱诵的都是掠夺与屠戮。《玫瑰经》变成了绞刑架。那个年岁的我内向而阴暗。每次宰杀野鹿，角叉下看到的是父亲的脸，高举树梢的是父亲的心脏，吊起掏空的是父亲的躯体。我把自己变成一个怪物，一桩泯灭人性的罪行。

祖母到家后我渐渐发现，父亲竟对她敬畏三分。于是，这个在大萧条时期抛家弃子却从无悔意的女人就成了我的依靠。良善的祖父母生下父亲，而他却成了自己骨肉的威胁。母亲教导我们：藏起伤口，笑对镜中的鲜血，这才是无上的忠诚。她让我恨透了"忠于家庭"这四个字。

如果父母费尽心机，就是不愿意肯定你，你就永远没有肯定自我的一天。童年一旦破碎便无法修复。不溺水，便是万幸。

第七章

来纽约的第二个星期,"纽约焦虑"的症状才开始在我身上显现。但凡悠闲片刻,罪恶感便尾随而至——那么多美术馆、图书馆、话剧、音乐会……数不尽的文化活动等着我去充实自己。我开始睡不着,总觉得该把普鲁斯特的作品读个遍,或者学门外语,搓个意大利面,在新学院大学读门电影史什么的。每逢过河,我那休眠已久的上进心便开始躁动。我永远不会觉得自己配得上纽约,但当我努力去够这座城市的标准,便会对自己更满意一些。

睡不着的时候,后半夜车声太吵闹的时候,或者往事如遭劫的城池在梦境中匆匆浮现时,我便从妹妹的床上坐起,摸黑穿上衣服。来到纽约的第一天清早,我本想跑步去布鲁克林,结果只跑到了鲍厄里区,跨过一个个东倒西歪、浑身臭烘烘的流浪汉。这帮家伙就睡在灯具店的门口。放眼一望,整条街的店面尽是烛台、吊灯,足有几十家。第二天我改换方向,瞎摸乱撞居然进了花市。一辆辆卡车上卸下芬芳的兰花、百合和玫瑰。沿路向前,就像沿着美丽女子的手腕奔跑,血管里弥散出古龙水的香气。纽约的气味我也闻过不少,没有一处像这里一样,被万园芬芳占据。繁华之时的纽约总是冷不丁地让人醍醐灌顶。而我也打定主意,趁着那个夏天徜徉纽约之时,敞开心胸,尽情拥抱这些顿悟时刻。

回南卡罗来纳前,我列了张清单:五十分钟内跑完十公里;在妹妹的藏书中挑十本没读过的经典著作读完；扩充词汇量；学做白黄油酱汁，以后随做随吃；吃一次卢特斯的法餐，还有四季酒店、法国青蛙餐厅、巴斯克海岸餐厅和郁金香饭店；看"大都会棒球队"对阵"亚特兰大勇士"，还要看"洋基队"打"波士顿红袜"；观三场话剧，看五部外国电影；每天记日记，每周给家里写三封信；早晨起床做五十个俯卧撑和五十个仰卧起坐；对罗温斯坦医生知无不言，只为能救萨凡娜。

　　清单的项目时不时有所增添。我的任务很简单：让那些辛酸晦暗的过往见见光，重新认识那个充满活力、雷厉风行、胸怀壮志的海岛后生。想当年在父亲的捕虾船上松网，但凡是船上蹦跶的活物，每一样我都叫得出名字。走运的话，我还想带回一副好身板。如今的体形瞅着实在寒碜。好在我是专业的运动教练，知道如何逆转，如何让懈怠多年的皮囊还账。

　　距离上次看望萨凡娜已过去一个星期，我再次找到罗温斯坦医生，争取探视。她把我排在周二下午后半晌，约见时也显得心烦意乱。离结束明明还有十分钟，她却急不可耐地看了三次表。我强压着心头火。

　　时近七点，她从椅子上站起身，当日约见结束。罗温斯坦示意我等候片刻，自己到桌边拿起电话。

　　"喂，亲爱的，"她轻松道，"抱歉这么晚才打给你，刚才一直在忙。你今晚有空做饭吗？"

　　那张乏累的脸孔显得柔和而脆弱。岁月的沉积在她身上几乎不着痕迹，只有眼周和嘴角略现纹路。与其说与时间抗衡，那些笑纹更似与时间达成了默契。乍一看，你还以为她是个小姑娘。她把黑发甩在一边，说话时不时抹开眼前的发丝，局促又不失可爱。

　　"你排练不顺利，我很难过。嗯，当然能理解。伯纳德明晚回家吃饭，见不到你就可惜了。好，那我一会儿再打给你。再见。"

　　罗温斯坦转过身，表情略显受伤失落，很快又重新振作。她冲我笑笑，查看起预约簿的记录，看下一次约在何时。

"什么时候让我见妹妹？"我问，"我是为她而来，让她知道有家人陪着，想给她点安慰。做哥哥的看看她总天经地义吧？"

罗温斯坦并不抬头："有人取消了明天的预约。汤姆，你明天有空吗？"

"你这是岔开话题。我在，对她有好处。萨凡娜需要知道，我就在跟前，在尽力帮她。"

"抱歉，汤姆。我已经说过，萨凡娜的治疗团队认为你去探访会严重影响她的情绪。况且你也知道，她自己一时半会儿也不会见你。"

"她说没说为什么？"

罗温斯坦看着我："说了。"

"罗温斯坦，介不介意跟我说说？"

"汤姆，萨凡娜是我的病人。作为我的病人，她对我说的话属于保密信息。请你相信我，也相信她的治疗团队。"

"我说罗温斯坦，能不能别管那帮浑蛋叫'治疗团队'？又不是让她参加纽约巨人队选拔。"

"那依着你应该怎么叫？我听你的。"

"就叫'贝尔维尤的浑球儿'。团队个屁！精神病医生一礼拜瞧她一回，开下那么些药，蓝鲸吃了都得翻肚皮。那个红头发住院医生，啥用也不顶；前线那些五大三粗的护士连张笑脸都没有；更别提那个嬉皮笑脸的活动治疗师，撺掇萨凡娜做什么隔热垫。团队！一水儿美国人的操蛋团队！还有谁没点到？啊，对！护工。就那帮混混儿，所有人的智商都一个水平，换成温度水都得结冰。刚从号子里放出来，跑到贝尔维尤打疯子换花生！罗温斯坦，你干吗不把她弄到什么豪华乡村俱乐部，让她跟一帮中产怪胎打乒乓球？"

罗温斯坦重新在椅子上坐下："因为她依然可能对自己和他人构成威胁。等她的病情足够稳定，不会再伤害自己，再考虑离开贝尔维尤。"

"你就是想让她多吃点药,"我不自觉提高了嗓门儿,"氯丙嗪、三氟拉嗪、正安坦、奋乃静……混账药片一把一把往下灌,哪个时髦吃哪个。稳定个鬼!我妹妹又不是陀螺。她是个诗人,血里的药物比白细胞还多,你让她怎么写诗?"

罗温斯坦怒了:"如果她当真把自己了断了,又能写几首诗?"

我一低头:"你这么问不公平。"

"不,汤姆,要我说这问题很公平,而且非常关键。萨凡娜割腕后我第一次见到她时,真的非常感激这些'贝尔维尤的浑球儿',因为我使用的治疗方法没有一样奏效。萨凡娜和你有同样的恐惧,不相信药物,明明有药能抑制自杀倾向,可她就是不让我开。幸而她如今留在贝尔维尤,不想吃药也得吃,有人管着。汤姆,我想让萨凡娜撑过这一遭。管它吃药、作法、行圣礼还是算塔罗牌,我想让她活下去。"

"你无权阻止我们兄妹见面。"

"那你就错了。"

"那我还来干吗?有什么用?既然萨凡娜已经成了六亲不认的疯人院大元帅,那我还听什么磁带,找什么线索?我都说不准她那些胡言乱语是什么意思。虽说我猜得到部分所指,可她跟我想的也不一定就是一回事。现在接受治疗的更像是我。可我那糟心的童年又怎么帮得了萨凡娜?在我们那种家庭,当儿子已经够惨了,当姑娘就更是难以想象。你让她说她自己的故事,我回老家炸我的鲇鱼。"

"汤姆,你不是我的病人。"罗温斯坦道,"我想要穷尽所能地帮助萨凡娜,找你只因为能通过你了解她的过去。她的病情依然很严重。我从未见过任何一位病人陷入这样的绝望。我依然需要你的帮助。你我不需要彼此欣赏,这不重要。但我们都希望你妹妹能过得好。"

我问:"医生,他们给你多少酬劳?"

"钱对我不重要,我接手是为了艺术。"

"哈!"我乐了,"精神病医生不图钱,这就像相扑选手不在乎体脂。"

"随你怎么笑话，汤姆，我不在乎。说不定你还怀疑我动机不纯，自命不凡地希望修补诗人的灵魂。真若能做到，我倒是求之不得。"

"萨凡娜被你的妙手治愈，然后用无尽的篇章称颂你这位心理医生的回春之力，因为正是你驱逐了附着在她脆弱灵魂上的恶魔。"

"汤姆，你说得没错，"她说，"真若能救她，让她有足够的力量继续写作，对我来说的确是不小的成就。但有一点你不明白：在她成为我的病人之前，我老早就喜欢上了她的诗作。以前喜欢，现在依然喜欢。读读她的诗吧……"

"哈?！"我大叫着从椅子上蹿起，愤怒地朝罗温斯坦逼近，"读读我妹妹的诗?！我说过，大夫，我是个教练，不是猩猩。你也许不记得我那寒碜简历的细枝末节。我可是教英文的，而且天赋异禀，能让呆头呆脑的南方蠢蛋爱上这门语言——虽然它注定要毁在这帮家伙嘴里。我读萨凡娜的诗，比你跟一帮没救的神经病对话要早多了。"

"原谅我，汤姆。抱歉，我没想到你会读这种题材。她的诗都是女人写给女人的切身之谈。"

"不……"我轻叹一声，"见鬼。不是那回事。纽约人怎么都他妈不开窍？一提萨凡娜的诗，怎么所有人都一个腔调？这样只会贬损她的作品——贬损任何作家的努力。"

"你认为她的诗不是为女人而作的？"

"她的诗是为人而作——富有情感的男人、女人。她的诗给人启发，甚至是惊喜，不需要带着倾向也能理解、享受。萨凡娜的可贵之处不在于她的政治倾向，这种东西稀松平常，不过是她的边角料。政治会削弱她诗歌的力量，让它们变得平淡无奇。纽约并不缺少愤愤不平的女人，大伙儿都一个主意。唯独萨凡娜能让语言插上翅膀，化身鸟儿，化身受伤的天使，直蹿云霄。"

"谁也没指望你理解女权视角。"

我蓦地抬起头。罗温斯坦的脸上露出几分盛气凌人的神态，仿佛在端详一个错处。

"你不妨问问，我是不是女权主义者。"

罗温斯坦嘲问道："汤姆，你也是女权主义者？"

"没错。"

"没错？！"她哈哈大笑。这还是我头回听这位一本正经的医生开怀大笑。

"你笑什么？"

"万万没想到你会这么回答。"

"因为我是白人南方佬？"

"嗯，"她郑重答道，"白人南方佬。"

"我才不屑呢！"

"我就知道你大男子主义。"

"这还是你那女权主义患者萨凡娜教我的。她说别管是女权主义、种族主义、第三世界主义、蒙昧主义，还是什么驯兽的、独臂耍把戏的，千万别被他们忽悠了。但凡觉出不对劲，一定要相信自己的直觉，想怎么骂就怎么骂。"

"行啊，汤姆，"罗温斯坦道，"你这个当教练的很前卫呢。"

"大夫，您叫什么？"我打量着问道，"来了近三个礼拜，我还不知道您的名字。"

"我叫什么不重要。患者也只称呼我的姓而已。"

"我又不是什么该死的患者。找你看病的是我妹妹，我是她的土老帽儿哥哥，喜欢以名字相称。我在纽约无亲无故，只认识几个萨凡娜的朋友。这当子突然觉着孤零零的。萨凡娜正需要我陪着，你们又不让我见她。你管我叫汤姆，我也想叫你的名儿。"

"依我看咱们还是正式一点的好。"一句话把我堵在这无菌的真空室，在溢漫的淡彩与含蓄的高雅中透不过气，"你就算不是我的病人，来这儿也是为了帮我的病人。还是叫'医生'吧，职场氛围里听着舒服些。况且，我也不敢让你这样的人靠得太近。一切照规矩来。"

"好吧，医生，"我气呼呼道，实在没劲儿跟她较真儿，"我听你的，但你也别叫我汤姆。叫我的职衔。"

"你的职衔是？"

"教练。"

"女权教练。"

"没错，女权教练。"

她凑近我问："你是不是也有厌女的一面——恨到骨子里的那种？"

"有。"她目光犀锐，我不躲不闪。

"知道个中原因吗？"依然是一副处变不惊、无所畏惧的医生架势。

"清楚得很。我是女人养大的。继续，顺着往下问。"

"我不懂你的意思。"

"问我恨不恨男人，纽约的女权医生，问我恨不恨他妈的臭男人。"

"你恨男人？"

"对！我也是被一个男人养大的。"

一时间，我们就这么僵持着，两个人都急了眼。我浑身发抖，心里重新翻涌起一阵巨大的凄凉，无力与失去的绝望灼烧全身。方寸空间里，自我正一点点化成灰烬，而我却无能为力。

"我叫苏珊。"罗温斯坦轻声道。

"谢谢，大夫，"我差点带出哭腔，"我不会叫出来，只是想知道。"

双方都主动撤离战场，她的目光也渐趋柔和。罗温斯坦的脾气来得急促，消得也痛快，不算后账。她总能在我们之间险象环生的意志较量中提炼关键，而且信手拈来，严谨细致。她放手让我小胜一局，虽是微不足道，这种主动的顺应却对我意义非凡。

"多谢，罗温斯坦。招儿接得漂亮。我这人好意思当混账，但讨厌当混账爷们儿。"

一会儿她又问："为什么留在南方？"

"早该离开了，可我没胆量。小时候没活明白，我以为待在南方，长大成人把日子过好，就能修复过去。别的地方我也去过，可在哪儿都不得劲儿，在哪儿也安不下心，于是就像个浑球儿一样留在南卡罗来纳。与其说没胆，不如说没想象力。"

"结果呢？"

"结果年复一年，年轻时身上的棱角逐渐磨平。我不怎么思考，也懒得质疑，什么也不敢做，什么险也不冒，就连热情也消磨殆尽，少得可怜。我也梦想过出人头地，现在也就指望着挨过这一遭，平庸度日了。"

"听着挺绝望。"

"不，要我看稀松平常。你看，把你耽误到这么晚，能不能赏脸让我请你吃晚餐，为刚才的失态赔罪？"

"本来我约了丈夫，可他彩排不顺利。"

"萨凡娜出版第一本书那会儿，我带她和卢克去过一家餐厅。"

"哪里？"

"马车房。"

罗温斯坦笑道："马车房[1]？难不成你是故意的？"

"没有，"我坦言，"萨凡娜觉着好玩。这么明显的双关，还得她解释了我才反应过来。我读过篇文章，说那是家典型的纽约餐厅。"

"我得回家了，儿子明天从学校回来。"

"永远不要拒绝白吃白喝的机会，罗温斯坦。晦气不说，还显小气。"

"好吧，管他呢。这两个星期，我丈夫都放我四回鸽子了。汤姆，有件事你得答应我。"

---

[1] 此处英文名称为"The Coach House"，"coach"既有"马车"的意思，又有"教练"的意思。

"尽管说。"

"晚饭时再称赞我一次。上次在广场酒店你说我长得美,你不知道我回想了多少次。"

我弓起一只手臂:"美丽的苏珊·罗温斯坦是否愿意赏光,与温戈教练一同品尝纽约滋味?"

"是,乐意之至。"

1953年之前,全科勒顿信天主教的只有我家。战时改教也算是父亲灵魂的激进,毕生只此一回。因为这次改变,他驶入了海草丛生的教义汪洋,踏上了充满危险与刺激的旅程。母亲也跟着改了教,没有半句怨言。和父亲一样,她也把丈夫从德国生还看作上帝在世的力证——人间之事都是上天冥冥中的安排。这就是母亲的天真之处,她满心以为皈依了天主,就摇身一变成了上等人。后来她才慢慢领教,在美国的南方,罗马天主教徒是另类中的另类。

我父母就这样稀里糊涂地改了教。他们对罗马教廷复杂而庞大的构架一无所知,学了点神学教义,但也只是一知半解。二人跟大多半路皈依的人一样,铆足劲儿想当自家这片大西洋海岸的第一拨儿天主教徒。他俩尽管对那些教条甘之如饴,对天主教教义熟烂于心,在这层伪装下,骨子里却仍是铁杆儿的浸信会基督徒。他们的灵魂就像夏季的农田,种惯了本地作物,突然改种了什么异域珍奇。不过,对于教会的规矩和那些似是而非的补充,他们也就是似懂非懂。

每晚餐后,母亲就拿出《圣经》给我们朗读,读了许多年。她清丽的嗓音随着钦定版《圣经》[1]的顿挫起伏。我十岁的时候,母亲得知新教会不好这口,不读后伊丽莎白时代的悠扬经文,而是要求研习平庸的杜埃-

---

[1] 出版于1611年,由英王詹姆斯一世下令翻译出版而得名。

海姆斯版本[1]。她对准印状[2]一无所知，可倒也换得干脆。冗长、乏味的天主教经文贯穿我们童年的尾声。母亲的声音纵然清脆如流水，也无法从杜埃的字词中提取半点像样的节奏，就像走调的吉他，总听着别扭。牺牲了诗韵，就用知识弥补——我们对神学的认知是修正了。母亲甚至声称杜埃-海姆斯这个版本更合她心意。一看就知道，这才是真正的《圣经》。偶然翻到《申命记》，一读就停不下来。

父母对天主一心一意。全美国估计只有他俩拿教皇的节育论当回事。尽管夫妻感情日益疏远，性生活应该还算旺盛充实。后来我还发现，他们严格遵照安全期避孕法，每晚查看日历，商量要不要"行房"（一说起性事，他俩总是用词隐晦）。二十世纪五十年代，避孕安全期生出的孩子怕是比随便折腾出来的还要多。对这种冷门历史，萨凡娜知道的比我们哥儿俩多得多，后来还给母亲起了个"月事女神"的绰号。虽说母亲听了不高兴，至少名儿起得恰如其分。

从1952年到1956年，母亲每年都大肚子。每次都怀胎足月，每次孩子都不幸夭折。母亲在床上流泪，我们把这些看不见光、出不了声的死婴埋在家门口的橡树林，用糙木打了十字架，刻上名字。父亲从不参与悼念，只字不提对这些孩子的感情。他在厨房水槽就着水龙头随便给他们洗个礼，然后裹上塑料袋冻上，等母亲好转出院。

"这是露丝·埃斯特，"1956年夏天，父亲对静悄悄围坐在餐桌前的我们说道，"反正以后上了船也不顶什么用。"

萨凡娜戚戚然望着死婴："爸爸，我能顶用。"

"顶个屁，你也就会去去虾头。"父亲以圣父、圣子、圣灵之名为露丝·埃斯特施洗，那具躯体看起来弱不禁风。他的声音单调、扁平，没有任何悲伤、怜悯，就好像饭前祈祷。随后，他走上屋后门廊，把女婴放入

---

1 出版于1582—1610年。英国主教威廉·艾伦（William Allen，1532—1594）因不满伊丽莎白女王统治、坚持罗马天主教而发起翻译的第一本英文天主教《圣经》。
2 罗马天主教为刊印宗教书籍颁发的官方许可。

透明塑料袋，摆在冰柜里的一盒盒冻虾、冻鱼上面。

萨凡娜跟在父亲身后："爸爸，我还没跟妹妹打招呼呢。"

父亲掀起冰柜盖："那就趁现在。爱说啥说啥。丫头，露丝·埃斯特只是一摊死肉，啥都没有，听懂没？跟五斤死虾没区别，没啥招呼好打。等你妈回家，埋地里就完事了。"

次日清早，父亲离家上船，我睁眼躺在床上，只听黑暗中一阵动物的呜咽声，也说不清是野猫钻到房子底下生崽儿还是别的什么。我悄悄下床穿衣，尽量不吵醒卢克。进客厅一听，声音是从萨凡娜的房间传出来的。还没敲门，我已听到妹妹极度压抑之下的哭泣声，那种撕心裂肺也成为她后来疯狂的注解与咏叹。我提心吊胆、蹑手蹑脚地进了屋，见萨凡娜将什么东西紧紧捂在胸口。她哭得肝肠寸断，我进屋她几乎没察觉。那是一种皮开肉绽的悲痛，让我不忍离开。我将她扭过身，带着兄长的怜惜让她松手，放开露丝·埃斯特冰冷的躯体。

"汤姆，让我抱抱她，"萨凡娜央求着，"她差点就成了咱们的妹妹，可谁也没疼爱过她。我只想跟她说说话。得让她知道，不是所有人都那样。"

"这可不行，萨凡娜，"我悄声道，"你对她也没什么可说的。要是让爸妈知道你把她从冰柜偷拿出来，你肯定又得挨打。而且，说不定没等入土，你就把她揉坏了。"

"有，我有话对她说，"说着，她一把夺过露丝搂在胸前，"我有好多话对她说。说我们本可以好好照顾她，让她不受伤害，让她不被他们欺负。汤姆，快告诉她。她必须知道。"

"不行，萨凡娜。上帝听着呢。说爸妈的坏话是罪过。"

"都死了四个了，汤姆。你说，难道这不是天意？依我看，这些小可怜根本不想活。听了咱们家的事儿，心想'不行，我可不来这儿'。他们又不知道，你、我还有卢克都是好人。"

"可妈妈说咱们是坏孩子，"我说，"她老说咱们越变越坏。爸说这么多宝宝都没活成,就是因为咱们三个太坏,让她不得安宁。"

"她什么事儿都怨咱们。要我说,露丝·埃斯特他们可比咱们走运,比咱们聪明。他们知道,咱爸妈都是坏心肠。没准儿估摸着快轮到自己倒霉,索性在妈妈肚子里自杀了。你跟我要那么机灵就好了。"

"还是让我把她放回去吧。从冰柜里偷孩子说不定也罪孽深重。"

"我只想安慰安慰她。这么美丽的世界,她都没能看上一眼。"

"她已经上天堂了。爸爸给她施了洗礼。"

"另外几个叫什么名字?我老忘。"

"大卫·塔克,罗伯特·米德尔顿,鲁斯·弗朗西斯,再加上露丝·埃斯特。"

"要是都活下来,我们就变成大家庭了。"

"萨凡娜,他们死了。妈妈说他们在天堂保佑我们。"

萨凡娜居然火冒三丈:"他们胡说八道!"

"太阳快出来了,再不放回去,满屋都是露丝的味儿,那咱们就倒大霉了。"

"我整晚抱着她,她的手脚可好看了,指头就一点点。我老想:真要有个妹妹该多好,爸妈要敢伤害她,我就跟他们拼命。"

"爸妈一定会疼她的,"我越听越心惊,"就像疼咱们一样。"

萨凡娜笑出了声:"汤姆,到现在你还不明白?!爸妈才不疼咱们呢!"

"这么说太没良心了。你可不能这么想。咱们是爸妈生的,他们当然心疼。"

"汤姆,爸妈恨死咱们了,"微光中,萨凡娜的眼神落寞而犀利,"这都明摆着。"

她抱起露丝,轻吻那颗光溜溜的小脑瓜。

"所以说嘛,露丝·埃斯特比咱走运。我哭是因为嫉妒她。真希望我能跟他们一起。"

我从妹妹手中接过青灰的死婴，小心翼翼地抱回后门廊。天光渐亮，我用塑料袋再次把小妹装好，放回鱼虾堆里。

回到家里，我听到萨凡娜自言自语，那口气却十分陌生。我没打扰她，而是点了炉灶，往煎锅里放了六块腌肉。今天轮到我做早餐，下午妈妈也要出院回家。

当日，我们赶在父亲到家前葬了露丝·埃斯特，也没找什么圣地。祖父母开车把母亲从医院接回来。我们放学到家时，母亲已经躺在床上。她不让祖父母留下陪她，说想自己静静。

卢克跟我挖好墓穴，萨凡娜用母亲从医院带回的干净白毯把冻了又冻的尸体裹好。母亲待在房里，被卢克搀扶着才下了楼。她倚着儿子来到后院，每一步都走得艰难而痛苦。萨凡娜从厨房为她搬来椅子。痛失爱女的她看起来毫无血色，苦难深重如拜占庭的圣母像，在十字架下悲痛欲绝，等待着儿子的死去。悲痛将她的双唇凿成了一道单薄、尖刻的平线。打从进家，她一句话也没对我们说，也不让我们诉说难过。母亲在椅子上坐下，点头示意我和卢克动手掩埋。

萨凡娜将露丝·埃斯特放入我们准备的小木盒。它比略微出号的鸟舍长不了许多，而躺在里面的婴孩就像个没进化的无毛雀崽。钉了盖，我将这只小棺盒放在母亲的腿上。她看着盒子，潸然泪下，略微捧起不住地亲吻。突然，她眼望天空，带着绝望怒吼道："不，上帝，我绝不原谅你。不可以这样，不能这样。我在这树下已经葬了四个孩子，再也不会有下一回了。听见了吗，上帝？我对你的'圣意'没兴趣。你敢再夺走我的孩子试试，你敢！"

接着，她目光下垂："儿子，把妹妹抱过来。你们三个跟我一起祈祷。我们又送了一个天使上天堂。去吧，露丝·埃斯特，投入上帝的怀抱。保佑这个本能够爱你、保护你、让你免受伤害的家。你现在是上帝的天使了，和你的哥哥姐姐一起守护这个家。四个温戈家的天使，无论是怎样的家都守护得了。如若不然,也只能听天由命。但这是上帝的意志,我无法左右。他为世间绘制的蓝图远非世俗的崇拜者能够理解。上帝啊,上帝啊,上帝啊,你真该死!"

我们都会用拉丁文诵《悔罪经》,也相信面包能变圣体,美酒能化基督之血,灵魂能够流转。然而身体里似乎藏着什么古怪的另类机关,让我们对痴迷与疯狂更有共鸣,远远超越单纯的信仰之心。忠于天主的灵魂属于地中海,属于巴洛克,在美国南方的穷山恶水难以生根发芽。

"至少为你们的妹妹祷告祷告吧。跪下来,晚饭好了我叫你们。"

只听卢克道:"可是妈妈,暴风雨就要来了。"

"为妹妹的灵魂祈祷,这你都不乐意……"母亲哭丧着道。

我们双膝跪地,低垂着头,闭上了眼睛,母亲则栽晃着进了屋。大风刮起了林间的杂草。一瞬间,乌云从北方疾卷而来。我用心尽力地祈祷着。我将灵魂看作饼干,轻盈,美味。露丝的灵魂脱离坟墓,融入岛外的雷雨。凄厉的闪电将她牵上高空,雷鸣歌颂着这个绝望之家最为幼嫩的残迹。大雨倾盆,我们望着家门,等待着母亲召唤。

只听萨凡娜又道:"露丝·埃斯特,你才是走运的那个,不用跟他们一起生活。"

卢克说:"要是这棵树遭了雷劈,就轮到咱仨入土了。"

"还是祈祷吧。"我说。

卢克道:"上帝要真个让咱在雨里祈祷,那就不用盖教堂了。"

"爸妈都疯了,"萨凡娜的两手依然合在胸口,"他俩都疯了。上帝啊,求你帮我们摆脱这个家。"

我说:"闭嘴,萨凡娜。上帝才不想听这种废话。"

"他想不想我不管,但我非说不可。是上帝给了咱这种爸妈,必须让他知道,他俩都是疯子。"

"萨凡娜,他俩不是疯子,是咱爸妈。我们都爱他们。"

"汤姆,我也见过别人怎么当爸妈,看得仔仔细细。没有谁家像他们这样。他们太离谱了。"

"就是……谁会冒着狂风暴雨给死婴祈祷？"卢克道。

"那是为了让露丝·埃斯特上天堂。"我争辩道。

"嘁！"萨凡娜道，"你说说，露丝·埃斯特怎么可能上不了天堂？哪门子的上帝会把她扔进地狱？"

"这不关咱的事。"我一脸虔诚。

"才怪！既然不关咱的事，干吗要咱在这儿当落汤鸡？可怜那宝宝生下来就没了命，在水槽洗礼，又跟一堆鱼虾一起冻成了冰棍儿。汤姆·温戈，你来告诉我，她究竟造了什么孽，非下地狱不可？"

"那是上帝的安排，咱们管不了。"

"我妹妹的事，我就要管！更何况我还得顶着暴风雨为她祈祷。"她的头发被雨水打得纷乱，发色也愈显深暗。

暴风雨来得越发猛烈，我开始打哆嗦。我一边擦抹眼睛上的雨水，一边回过头，心想是不是母亲不知道在下雨。暴雨中，房子的轮廓几乎难以分辨。我掉转回身，再次面对那孤寂的小坟墓。

"妈妈为什么老是大肚子？"我无端问道，并不指望什么答案。

萨凡娜双手合十做祈祷状，语气夸张地叹道："因为老跟爸爸性交。"

"别瞎说。"卢克一边祈祷一边警告。也就只有他一心一意地记挂着小妹的灵魂。

"真的？"这还是我第一回听这么高深的怪词。

"嗯，真的，"萨凡娜一脸肯定，"想想都觉得反胃。卢克全都知道，他就是不好意思说。"

"我没的不好意思。我只是听妈的话，好好祈祷，不像你俩不听话。"

"我说卢克，你跟汤姆能不能别说'没的'？听着就像个乡巴佬儿。"

卢克道："我们就是乡巴佬儿，你也一样。"

"少捎带我。妈妈悄悄告诉过我,说咱家以前是南方贵族。"

"瞧把你美的!"

"我肯定不是乡巴佬儿,"萨凡娜挪了挪土里硌得慌的膝盖,"妈说我有几分贵气。"

"是啊,"我咯咯笑道,"昨晚你抱着露丝·埃斯特睡觉,贵气得很呢。"

"啥?!"卢克问。

萨凡娜一脸迷惑地望着雨里的我,就好像听笑话错过了抖包袱:"汤姆,你说什么呢?"

"我说你昨晚偷偷开冰柜,抱出个死孩子一起钻被窝。"

"我哪有啊,汤姆?"她一脸正经,朝目瞪口呆的卢克耸耸肩,"哪有人会做这么奇怪的事?死孩子什么的最瘆人了。"

"萨凡娜,我可是亲眼所见,还是我把她放回冰柜的呢。"

卢克问:"小子,你是做梦了吧?"

"这种事儿哪梦得着啊?萨凡娜,快告诉他,我没做梦。"

"听着确实像噩梦,汤姆,"萨凡娜道,"我听不懂你的胡话。"

我正想还嘴,门前的土路上响起父亲卡车的动静。我们三个慌忙低下头,一脸虔诚地为温戈家新近诞生的天使潜心祈祷。他在我们身后停下车,雨刷左一下右一下,吱吱呀呀地扫着车窗。他愣了一两分钟,一脸莫名其妙,紧接着问:"笨蛋,你们这是抽哪门子疯?"

"妈妈让我们为露丝·埃斯特祈祷,"卢克解释道,"我们就乖乖祈祷。今天我们把她埋了。"

"再这么淋下去,过两天连你们仨也得埋那树底下。死了几胎还不够,连活着的她也想弄死。赶紧给我滚回家。"

"回去太早她会生气的。"我说。

"你们在雨里跪多久了?"

卢克说:"约莫一个钟头吧。"

"我的个老天。以后信教的事儿,别听你妈的。这女人小时候动不动就抓条响尾蛇跟上帝表忠心。我已经给露丝·埃斯特洗过礼了,她现在比咱们好过得多。赶紧麻溜儿滚回家,你妈那边有我应付。他们说你妈害了产后忧郁。女人没了孩子就这样。这段时间你们对她好点,给她摘点花儿,好好哄哄。"

"爸爸,你给她采花了没?"萨凡娜问。

"差点就采了,想是想来着。"说着,他把卡车开进谷仓。

三个孩子从泥地起身,浑身湿透,瑟瑟发抖。萨凡娜道:"这人多贴心。自己的孩子夭折了,对妻子连朵花也没有。"

"至少有份心思。"卢克说。

"就是,"我附和道,"差点就采了。"

我们忍着偷乐的冲动进了屋。这便是孩童的恶趣味,在不幸里学会俏皮,在压抑下苦中作乐。偷乐中,一个小时的雨中祈祷宣告结束。也是那阵笑声支撑着我们走向家中,走向父母,远离温戈家孩子沉睡的小花园。母亲在每座坟墓上都栽了玫瑰。它们鲜艳绽放,华彩夺目,从婴孩的丰饶之心汲取色彩与美丽。她管他们叫"花园天使",每年春天以花朵娓娓诉说动人的故事。

当晚,母亲没离开卧房。我们几个做了花生酱和果酱三明治当晚饭,用炸虾配玉米棒端到母亲床头,再摆上一束野花,这便是孩子眼中的丰盛大餐。然而,她只是不停地落泪,虾吃了一只,玉米碰也没碰。父亲坐在前屋,捧着过期的《南方渔人》,气呼呼地翻着页,不时回头瞧瞧后屋里哭泣的妻子。电灯照耀下,他两眼泛光,就好像擦了凡士林,柔和了不少。和许多人一样,再简单的示好他也做不出。他的情感就像云后的险峰,让人捉摸不定。每次想到父亲的灵魂,每次想辨清他的真实与本质,眼前只有无尽冰雪。

"汤姆，"偷看父亲的我被逮个正着，"去告诉你妈，别老哭天抹泪的，天又没塌。"

"她正为宝宝的事难过呢。"我说。

"我知道她为啥难过。可现在哭也没用。小孩子就该多给当妈的宽心。"

我蹑手蹑脚地进了母亲的卧房。她仰面躺着，眼泪顺着脸颊淌落。她哭得梨花带雨，润物无声。我不敢靠近，怯生生地戳在门口，不知如何是好。她望着我，一脸无以复加的丧亲之痛，我从没见过这么悲痛欲绝的表情，那双眼充满着无助与绝望。

我小声道："妈妈，爸爸让我问问你有啥需要。"

"我听见了，"母亲啜泣道，"来，汤姆，跟我躺一块儿。"

我爬上床，躺在她旁边。母亲把头倚在我的肩膀上，指甲掐进我的胳膊，哭得更厉害了。她的泪打湿了我的脸。突如其来的亲近让我动弹不得。她的身体用力抵着我的身体，那对乳房依旧奶水充盈，却无以哺育。她亲吻我的脖子、嘴巴，拉开衬衫亲吻我的前胸。我一动不动，同时又警惕着前屋的动静。

"我只剩你了，汤姆，"她悲切地耳语道，"我无依无靠，能指望的只有你了。"

我轻声说："妈妈，我们都是你的依靠。"

"不，你不明白。我什么也没有。嫁给穷光蛋，只能喝西北风。你知道镇子上的人都怎么看咱们吗？"

"他们对咱不错，妈妈。大家都喜欢你。爸爸捕虾也是把好手。"

"人家觉得咱是狗屁人家！这话你听得懂吧？你爸成天挂在嘴边。这些人当咱是江油子、下等人。汤姆，必须让他们看看——只能靠你了。卢克是个笨蛋，指望不上；萨凡娜又是个丫头。"

"妈，卢克不是笨蛋。"

"念书快赶上弱智了。医生说可能是因为接生的时候挤了脑袋。得让这镇上的人看看咱们的本事。"

"啥本事?"

"咱们比他们都强。"

"就是,比他们强。"

"可也得让人看得见。我想生满满一屋孩子。来他八九个,好生调教,总有一天能在这镇上出人头地。我要让萨凡娜嫁给这里最有钱的小伙儿。至于卢克,我还没想好,可能当个副警长什么的。汤姆,关键是你,你才是我未来的希望。"

"妈妈,我答应你,一定好好干。"

"答应我,千万别学你爸。"

"我答应你。"

"说出来,让我听听。"

"我答应你,绝对不学爸爸。"

"答应我,万事走在人前。"

"我会万事走在人前。"

"做最厉害的。"

"做最厉害的。"

"汤姆,我向你保证,绝不死在这种家里。我可不是寻常女子,可谁也不知道——我只告诉了你。你相信吗?"

"嗯,相信。"

"我要让所有人看看,包括你爸。"

"嗯。"

"你不会让任何人伤害我,对吧,汤姆?无论我做什么,你都是我的依靠,对吗?"

"对。"她的双眼将我死死锁住,凄凉中燃烧着炽热。

她小声道:"只有你我才信得过。我无依无靠地待在这岛上,孤零零一个人。你爸又有毛病,总有一天要害了咱们。"

"为什么？"

"他是个病人，病得厉害。"

"那咱得跟人说啊！"

"不行，不能胳膊肘往外拐。没什么比忠于家庭更重要。咱们得等待时机，得为他祈祷，祈祷他内心的善良能战胜邪恶。"

"我答应你，一定好好祈祷。我现在可以出去了吗？"

"嗯。谢谢你来看我，汤姆。还有一件事，非常非常重要的事，我一定得告诉你。我爱你，超过其他人——他们所有人加在一起也比不上。我知道，你爱我也是一样。"

"可卢克和萨凡娜也一样……"

"不！"母亲厉声将我拉到近前，"萨凡娜打生下来就可恨，不听话，坏得很。卢克就是个棒槌。我在乎的只有你。汤姆，这是咱们娘儿俩的秘密。你跟妈妈总能有点私房话，对吧？"

"嗯，"说到这儿，我往门口蹭，"妈妈，你需要什么就告诉我，我给你拿。"

"我知道，亲爱的。打从你出生，我就知道你靠得住。"

我载负着一份难以承受的重量，跟跟跄跄地出了母亲的房间，父亲和妹妹迷惑的眼神让我浑身刺痛。母亲的告白暴烈凶猛，毫不掩饰，让人不寒而栗。我不明白，这一切与失去的孩子有什么关系？她用痛苦与坦诚把我囚禁，对我推心置腹，也无形中把我变成了她的共谋，让我卷入了一场她于无声中挑起的战争，成了萨凡娜和卢克的敌人。我被她束缚，进退两难：成为她的亲信，就背叛了最珍爱的哥哥和妹妹。在我的伦常认知中，她那生硬而迫切的亲密、印在我喉咙和胸前的唇印原本都是禁忌。然而，在母亲痛失骨肉而伤心欲绝的日子里，能够被她选中，却也叫人欲罢不能。我将此当作荣誉的象征，当作自己非同寻常的证据。她以这样见不得人的方式向我坦言，便能确保秘密无以外泄。就算我把她的话一字不漏地告诉父亲，他也一句不会相信；我也不忍心揭发母亲对亲骨肉如此强烈的排斥，让哥哥和妹妹因此受伤。母亲想要的是左膀右臂，不是亲人的关爱。虽然还没看清她的手段，但我知道，我眼中一向单纯的母亲内心正酝酿着一场精深莫测的明日之战。以前，我以为母亲只是美丽，只是难以接近。现在我发现，那拥有绝世之美的蔚蓝眼睛后，还潜藏着失望和狡猾。离开那房间的同时，我也失去了一份童真。我承载着成人世界的恐惧走向家人。母亲厌倦了在这个河畔之家形单影只、自我牺牲的生活。那晚，我开始重新审视这位令我刮目相看的至亲。每日反思考量，我开始对她那些言外之意心生畏惧。那天晚上，她开始在我的意识里扎根。年幼的我第一次领教何为活着，何为全然感知。

多年后，我把那晚母亲的话告诉了卢克和萨凡娜。我原以为，得知我被母亲私下拉拢，加入她那尚未成形的计划，帮她对抗家人，对抗科勒顿，他们两个一定会怒不可遏。然而没有。面对母亲的背弃，卢克和萨凡娜没有丝毫愤怒，反而听得饶有兴致。这个秘密让我无地自容，哥哥和妹妹听了却哈哈大笑。说到阴谋，那时的母亲兴许刚刚上手，可耍起手段来却悟性了得。就在露丝·埃斯特下葬的那个礼拜，母亲把萨凡娜和卢克分别叫到一边，就像对我那样，背着所有人，分别拉拢。他们俩听到的跟我如出一辙：她只信得过他们，其他两个都靠不住，无论大风小浪，千千万万要站在母亲的一边。我们三个比对过，在卢克和萨凡娜面前，母亲说我胆小怕事，没主见，遇事靠不住。她拉拢萨凡娜，因为她懂得身为女人的不易与委屈。卢克身强力壮，意志坚决，母亲正需要这样的强者冲锋陷阵挡子弹。她说需要我们，我们便上了当。没有拒绝的空间，没有揭露的可能。赢得了她的信任，我们心怀畏惧。离间了我们，她便将一切掌控在手，变成兄妹三人身上一处谜一样的软肋，刀枪不入。

可就算我们三个知道了彼此的隐情，此时的母亲早已证明了自我，成了科勒顿的人上人。

当夜上床睡觉时,雨声依旧。父亲灭了灯,在装了纱窗的门廊上抽了斗烟,然后回屋睡觉。没有母亲里外操持,父亲在我们跟前似乎不太得劲儿。那晚,他好几次因为鸡毛蒜皮的小事火得大吼大叫。父亲的心思都写在脸上。危险降临的时候,你会本能地想要躲开他。他天性霸道,但缺乏手段;生性暴力,却只能在家里当个陌路人。他把子女当作外来的工人,只是恰巧经过。从来没见谁像我父亲一样,把童年当作一份可耻的差事,只求早点办完。如果不是天生残暴、阴晴不定,他的无能与怪癖兴许还有可爱之处。他也许真的爱我们,但谁也不像他爱得这样笨拙、扭曲。他眼中的示爱就是一记耳光。童年的他无人照管,无依无靠,父母没动过他一根手指头。除非斥责,父亲根本不会看我们一眼;除非生气,否则他绝不动我们一下。夜晚,父亲在家人的围拢下,感觉像一只困兽。是他让我领教了人类"自制孤独"的本事。人生伊始,我是父亲家中的囚徒;即将迈入成年,我要踏过他,走出这个家。

当晚,萨凡娜找我到她房里说话。雨水在屋顶的铜盖击出脆响。我靠床坐在地上,跟她一起看片状的闪电划破岛屿北方的夜空。

萨凡娜小声问:"汤姆,要是问你件正经事,你会回答我吗?"

"当然咯。"

"你不准笑话我。我问的是要紧事。"

"好。"

"今天早上,你果真见我抱着露丝·埃斯特睡觉?"

"当然了,"我愤愤道,"你居然在卢克面前撒谎。"

"汤姆,我没撒谎,"黑暗中,萨凡娜现出忧虑,"我根本不记得。"

"我来了,见你正抱着她。要是爸看见,非打死你不可。"

"我还以为你是发疯了,才在院子里说那种话。"

"喊！也不知是谁发疯……"

"直到晚上钻了被窝，我才信了你。"

"为什么又变了？"

"床上湿了一块。"

"原本放在冰柜里，我看见的时候已经有点化了。"

"汤姆，我什么也不记得。我好害怕啊……"

"无所谓。反正我不会说的。"

"汤姆，还有很多事，明明发生了，可我不记得，还得装作记得。我脑子里越来越乱了。"

"还有什么事？"

"还记得在亚特兰大的石山上，我打了你那次吗？"

"当然记得。那天你可真浑。"

"可我什么都不记得。一整天全是空白，就像没发生过一样。还有，那次巨人进家，卢克跟我朝他丢蜘蛛罐子……"

"记得，我只是躺在床上，什么都没做。"

"那晚我也什么都不记得，还是听别人说才知道的。"

"真的假的？"

"汤姆，你得帮我记着点。有时我真的记不住。许多记忆从我脑子里消失了，我怕得要命。我想跟妈妈说，可她总是笑我，说我脑子溜号儿。"

"行啊，我可以告诉你，但你不准叫我大话精，拿我寻开心。之前说了你跟露丝·埃斯特的事儿，卢克瞧我那样子，分明是拿我当蠢蛋。"

"汤姆，我也是看见床上的印子，才信了你。而且我的睡衣也潮乎乎的。我干吗做这种事？"

"宝宝死了，你伤心，怕她孤单。你没有恶意，只是关心她。妈妈说你是女孩，所以才神经过敏，还说这样下去，以后要伤心的地方可多了去了。"

"汤姆，我肯定有什么毛病，"萨凡娜握着我的手，望着河面的风雨，"而且是大毛病。"

"没有的事，"我说，"你是个好姑娘，是我的双胞胎妹妹。咱们两个一模一样。"

"不，不！汤姆。你得替咱们记着点。其他的我来做，我保证。但你得把发生的事告诉我。我开始记日记，把你讲的统统记下来。"

就这样，萨凡娜动了笔，在学校的小本子上记下日日琐碎。这些早期的记录并没有秘密与惊悚之处，不过是些孩子气的天真之言。跟喜欢的娃娃、想象中的玩伴说话，她也会记录下来。即便在当时，比起外面的世界，萨凡娜也更关注自己的内心。

那一年，母亲要我们学着向守护天使祈祷。信了这个教，所有的东西都靠死记硬背，祈祷也不例外。这一年，我们背完了《痛悔经》和《望德经》。至于这些守护天使究竟是谁，母亲从未解释明白。他们就这么没名没分地站上我们右肩，一见我们有冒犯上帝的苗头，就在耳边嘀咕。人一出生，上天就派来守护天使，一辈子在你肩头不离不弃，直到你咽气。他们像会计一样，一丝不苟地监察我们的罪孽。而左边肩头还站着个撒旦的使者，专门跟守护天使作对。这恶魔是个巧舌如簧的堕落天使，总是处心积虑把我们引向毁灭的深潭。

这样的正邪较量总让信神的人不知所措。萨凡娜倒是乐得有两个无形的伙伴，还给他们取了名字：好的叫艾瑞莎，坏的叫诺顿。

萨凡娜想把艾瑞莎和诺顿的对话记下来，却听差了妈妈的发音，"守护天使"成了她口中的"花园天使"[1]。我家周围就有许多，这些"花园天使"像杜鹃的魂灵般在我们头顶徘徊。温戈家夭折的骨肉在蔷薇的荆棘之下安息着。这些天使肩负着神圣的使命，关爱、保卫着我们这个家。他们在枝头唱诵晚祷，悉心守护，不是因为上帝的旨意，而是情不自禁、心

---

[1] "守护"一词（guardian）与"花园"（garden）发音十分相近，小说人物此处将二者混淆。

生怜爱。她甚至还让诺顿去当大头兵,加入河风中巡逻的静默占领军。连黑暗天使也会被萨凡娜的热情所感染。萨凡娜从不相信诺顿是撒旦的使者,说他只是长老会[1]的人罢了。

然而,因为萨凡娜记录了父母间的一场争执,本子被母亲扔进柴炉,"花园天使"却袖手旁观。母亲一气之下将女儿一年的辛苦记录一张一张烧成了灰,萨凡娜流着泪百般苦求,却无济于事。孩童的文字化成黑烟,在岛屿上空飘袅。一行行字句展开翅膀,化作黑色的碎片散落河面。母亲厉声呵斥着,不准女儿再写半句家事。

一周过后,我见萨凡娜跪在河边沙洲。潮水已落,她用食指在沙中奋力书写。我在岸边看了半个钟头。写完了,潮水回涌,淹没了文字。

她起身回望,也看见了我。

萨凡娜高兴地大喊:"我的日记!"

"马车房"的风格利落而不失讲究,有点牧场的意思。一进这种地方,总觉得以前有人在里头给筋疲力尽的种马喂过粮。餐品的分量刚刚好,毫不铺张。这种小屋但凡是做餐饮住宿的,还真没见哪家失过手。位于韦弗利广场街110号的"马车房"在同类中可谓翘楚,光是外观就深得我意,一看就是用心做美食的地方。侍者精明强干。若是一出厨房,发现自己回到格林威治村满街跑马车的时代,相信他们个个都能挥鞭驭马。靠着萨凡娜的指点,我们吃过众多纽约餐厅,这里是我唯一的独立发现。《捕虾人的女儿》出版当天,卢克和我带她到"马车房"吃晚餐庆祝。丰盛的美味间,我俩一次又一次为妹妹举杯,还让她把签了名的新书送给我们这桌的侍者,还有餐厅老板莱昂·利亚尼迪斯。离开前,利亚尼迪斯老板为我们每人送上一杯白兰地。记忆中,那个轻盈的夜晚承载着欢庆的隆

---

[1] 基督教新教流派之一,教义与天主教有一定分歧。

重，承载着层出不穷的丰盛餐食，还有三兄妹紧紧挽着胳膊时自然流露的浓浓亲情。那份完美与欣喜一直陪伴着我。在悲伤与痛苦中蹉跎的年月里，我时常追忆，在黑暗中回味舌尖香槟的甘醇与彼时的笑眼。哥哥从河上消失、妹妹动刀自残、我的人生土崩瓦解之时，我便想起那时。那个夜晚也是我们三兄妹最后的欢乐结局。

九点半到"马车房"赴约时，正赶上下雨。领班把我带到楼上一张舒适的桌位，不远处的红砖墙上挂着风情画，沧桑中不失韵味。我点了一杯"曼哈顿"，敬自己所置身的孤岛。喝了一口，难喝得要命，这才想起为何总是对这款鸡尾酒全无好感。侍者会意，端上一杯干马丁尼给我清口。

我独自坐着，看着其他食客在神秘而暗淡的烛光里点餐、交谈，观察他们的举手投足。纽约撩人的珍奇隐隅已经开始向我敞开。身为异乡人，怀着这种微妙的肯定对酒独酌，也让我愈觉与自己亲近。惬意的餐厅能让我摆脱狭隘与青涩——乡下人总是以之为傲，也让外人一看一个准儿。对着折叠精巧的餐布，今晚我得以用金钱在纽约换取一方自我天地，将一餐美食化为余生无限美好的回忆。我喝着酒，想象着此时曼哈顿一道道烹饪中的美味佳肴。来到"马车房"，我便踏入了这座城市丰富精致的美食之域。虽然我总是提高嗓门儿吐槽纽约，偶尔来一道美食、一杯好酒，这座城市也能让我变成世上最快乐的人。开胃菜单打造得无可挑剔，我正仔细研读，苏珊·罗温斯坦悄然出现在桌前。提鼻一闻，她的香水味与桌上的鲜花默契融合，毫不张扬。接着，我抬起了头。

每次看到那张脸，印象都有所不同。虽说怎么看都清秀可人，但那种美好像并非出自同一个人，而是出自一整个美人的国度。发式一换，世人的印象也随之改变。她的美丽朦胧虚幻，难以捕捉。我敢说她一定不怎么上相。罗温斯坦身着白色的低胸裙，我这才发现，原来妹妹的精神科医生有一副好身材。她乌发高盘，长长的黄金耳饰在颊边轻荡，脖子上还配着粗金项链。

"罗温斯坦，今晚你可是个危险人物。"

她欣喜地笑道:"几年前给自己买了这条裙子,可一直没胆量穿。我先生说我穿白色太显嫩。"

我满目欣赏地上下打量:"太显嫩?!没有的事。"

罗温斯坦被我夸得笑靥如花:"汤姆,这里有什么美味?我已经饿得前胸贴后背了。"

"什么都好吃。"我说。侍者拿来一瓶冰镇夏布利酒——我事先点好,吩咐等客人来了才上。"这里的黑豆汤很出名,但我更喜欢龙虾汤。水煮海峡鲈鱼堪称极品,随便哪道红肉卖相、味道也都无可挑剔。开胃菜好吃得没的说,尤其是辣根酱烟熏鳟鱼。至于甜品,那就是人间美味。"

"你怎么对吃这么在行?"

"原因有二,"说着,我举起杯,"第一,我妈厨艺了得,她以为学会做法国菜就能高人一等。高人一等没实现,她做的酱汁却好吃得要命。第二,萨利要上医学院,我只能学做饭,没承想还喜欢上了下厨。"

"要是请不起厨师,我们全家都得营养不良。进厨房对我来说就像干苦役。这酒很好喝。"

"好喝是因为好价钱。这顿饭用我的美国运通卡结账,账单寄回南卡罗来纳家里,我老婆付钱。"

"来纽约之后,你跟妻子联系过吗?"罗温斯坦问。

"没有。跟孩子们通过几次电话,她都不在家。"

"你想她吗?"罗温斯坦的项链在我的酒杯上反射着金光。

"不想。这么多年,我一直是个差劲的丈夫。现在离她和孩子远远的,能把自己收拾回个男人样儿就已经不错了。"

"每次一说到自己,你就开始后撤。有时你似乎很坦诚,但只是假装而已。"

我笑了:"罗温斯坦,我是美国男人,坦诚不来。"

"那美国男人来得了什么?"

"惹人生气,让人捉摸不透,专制霸道,冥顽不化,冷漠迟钝。"

"我的病人有男有女，对这个问题的看法也千奇百怪，你听了准吓一跳。就好像他们说的都是八竿子打不着的国家一样。"

"女人只有一样不可饶恕，"我说，"对做丈夫的而言，女人嫁过来就是罪过。美国男人都是患得患失的窝囊废。哪个女人错爱上了，就要为看走眼而吃苦受罪。依我看，男人最受不了女人不爱别人爱自己。"

"你不是说萨利有外遇吗？"

"是啊，"我说，"有意思的是，都一年多了，这还是我第一次对她上心。她不爱我了，我才意识到自己有多爱她。"

她一边喝酒一边问："有没有告诉她你爱她？"

"罗温斯坦，我是做丈夫的，当然不会说这种话。"

"汤姆，怎么我一正经问你，你就开玩笑？你总是用幽默搪塞严肃的问题。"

"一想到萨利，我心里就难受。说起她我连气也上不来。日子过得分崩离析，我也就开开玩笑才好受点。"

"哭出来总比说笑好受些吧？"

"让我掉泪的，都是些通俗小场面。看个奥运会，听个国歌，参加个婚礼、毕业礼啥的。"

"你说的那是矫情。我说的是悲伤、哀痛。"

"南方人可不拿矫情当缺点。什么离谱的事儿都有可能让南方佬掉眼泪。东北部出生的人瞧着离谱，我们南方人却以此抱团儿。与其说是脾性，依我看和气候更相关。在南方，悲伤的语言已消失殆尽。我们只欣赏沉默中的哀痛。"

罗温斯坦凑到桌前："但对萨凡娜而言，悲伤的语言并没有消失。她的诗文如泣如诉，字字悲切。她也是南方人，却没有一丝矫情。"

"大夫，萨凡娜进了疯人院，而我跟她的医生在'马车房'喝夏布利。她就是缺乏矫情才吃了大亏。"

幸好侍者此时来帮忙点单。妹妹进了精神病院，我的风凉话显然惹怒了苏珊·罗温斯坦。怪只怪这位医生对南方太过好奇，让人发毛。这片土地孕育了天赋异禀却自我毁灭的诗人，也造就了她的孪生哥哥——走下坡路的橄榄球教练。有时，罗温斯坦的目光太过炽烈，宛如循着片麻岩的光泽寻找金子的地质学家。不仅如此，关于萨凡娜的病情，我总觉得罗温斯坦对我有所隐瞒。不许探病实在太过蹊跷，也太过理所当然，就好像萨凡娜在入院之前就早早打定主意不见我一样。每次给罗温斯坦医生讲家事，我总觉得她会说"萨凡娜也是这么说的"，要么就是"听你这么一说，萨凡娜的话就好理解了"。这就像对着洞穴大吼，却没有回音，也不能进去。我只能任人询问摆布，循声解读妹妹的凄厉惨叫。坦诚得不到回馈与称赞，撒谎也不受斥责。任由苏珊·罗温斯坦往下问就对了。我变成了温戈家的记忆库。要命的是，这些记忆与痛苦交合一处。毁灭之途早已铺就，无人幸免，疯狂只是妹妹最自然不过的应激反应。而能够解释这一切的见证人，如今只剩我一个。

我将注意力拉回眼前的菜单，先点了两只软壳蟹，黄油加柠檬汁嫩煎，配酸豆白黄油酱汁。罗温斯坦点了烟熏鳟鱼做开胃菜，主菜则选了水煮鲈鱼。餐牌上的主菜道道都可心，但我最终选了小牛胸腺配红酒羊肚菌汁。

罗温斯坦单眉一挑："小牛胸腺？"

"这与我家的过去有关，录音里也隐约提过。有一天，母亲把这道菜端上家中餐桌，还为此跟父亲起了争执。"

"一说起你母亲，你的口气总是敬畏与鄙夷参半。我真搞不懂。"

"因为这样描述才最恰当，"我答道，"她是个非同寻常的美丽女子，一辈子都在寻找自我。以她的狠劲儿，给铡刀磨刃正合适，否则实在屈才了。"

"萨凡娜也像你一样，把母亲视作妖魔鬼怪？"罗温斯坦每一次发问都是在破冰拓界，我又开始不自在。

侍者端着开胃菜向我们走来。"这个你应该比我更清楚。萨凡娜是你的病人，她对此肯定有的说。"

"汤姆,我是在萨凡娜自杀未遂两个月前才开始给她看病的。这两个月发生了一些事,现在没法说,以后我会告诉你。我需要征得萨凡娜的许可,而她现在的身体状况又不允许。"

"这么说你对萨凡娜一无所知咯?"

"对,我对她没什么了解。但近来我的认识丰富了许多。而且我相信直觉:把你留在纽约绝对是正确的决定。"

"让萨凡娜自己给你讲岂不更好……"

"可她能给我推荐好吃的餐厅吗?"说着,罗温斯坦咬了一口挂着辣根酱汁的熏鱼肉。

"不可能。她跟许多纽约女人一样,吃鸟食儿,每天靠着沙拉、豆腐和低糖饮料过活。但凡带点热量、沾点荤腥的,她碰也不碰。跟萨凡娜一起吃饭就是修苦行,一点乐趣也没有。"

"我们还交流过食谱呢,"罗温斯坦道,"两顿不吃,她也能撑一整天。我把美国近十年出版的节食书籍买了个遍,可还是……"

"买它干吗?"我嚼着油滋滋的软壳蟹钳问。

"我先生嫌我太胖。"那口气分明很受伤。

我笑了笑,接着吃我的螃蟹。服务生再次来到台边斟酒。

"你笑什么?"

我望着对面的她:"你先生又错了。你既不过分显嫩,也不显胖。明明没毛病,你们两口子还瞎惆怅,真让人看不惯。"

罗温斯坦调转话题,聊起自己的童年。赞美倒是听进去了,还美滋滋的。她的母亲生性冷漠,心迹永远深藏不露。在苏珊·罗温斯坦的记忆里,从来没有得到过母亲全心全意的认可。于是,父亲的赞赏变成了她的动力,但那难能可贵的赞赏也是不可多得的。对她的父亲而言,生为女儿本身就是过错。儿时的她还是父亲的掌上明珠,进入青春期,父亲却把她撂在一边,把所有的疼爱都给了弟弟。罗温斯坦考入医学院,父母很是自豪,可对她选择的心理学却不怎么待见。依着她的想法,自己经历过寂寞而凄凉的童年，便更能理解那些因痛苦的童年经历而上门求助的病人。她相信，自己的同情心可以为那些不曾得到养育之人半分关爱的疲惫灵魂带去安慰。假若同情加治疗不管用，再让病人吃药也不迟。身为精神科医生，她觉得自己更像一位无所不能的父亲——包括原谅女儿成为女人。精神治疗的力量让她畏惧，也令她着迷。她无法抗拒与患者真心共鸣，每一段关系都极其脆弱微妙，必须以谦逊与良善之心对待。

我们一边吃，一边聊，罗温斯坦的神情再次放松，逐渐摆脱了办公室里的一本正经。一说起病人，她的口吻总是细腻温存。想想看：置身纽约、被生活压垮的你，如能被如此包容的眼神温情守护，也不失为一件幸事。至于那副医生做派不过是个门面，提防我和她父亲这样的人跑来指手画脚。听她讲起那位把她宠上天然后扔一边的父亲，仿佛独她一人有此经历。可字里行间也听得出，苦难中得来的教训其实都大同小异，而她与父亲的故事不过是世间最老套、最糟心的路数罢了。由此，我想到自己生命中的女人——母亲、妹妹、妻子、女儿，想到自己如何背叛家人，在她们最需要关爱的时候抽袖离去。听着苏珊父亲的故事，我忍不住为自己给家人造成的伤害而悔恨。幸福的日子，我的爱意如窃取来的蜂巢鲜蜜，溢满而出；痛苦的岁月，我蜷缩身子，独自躲进自造的堡垒，将一切阻隔在外，无论谁碰我，都会惊慌失措，一而再、再而三地受到伤害。她们爱我，然而只有我知道，自己的爱已全然腐坏。爱上我这样的男人，女人被消磨着一点点死去。我的爱犹如一块坏疽，一点点腐蚀灵魂的嫩肉。轻生的妹妹将我挡在门外，妻子另寻所爱，女儿们对我一无所知，而母亲知道的又太多。"改了吧。"我一边听罗温斯坦说话，一边告诉自己，"改头换面，半点不留。"酒精的作用，加上"马车房"的惬意氛围，罗温斯坦显得很放松。

主菜上桌，美味得无可挑剔。胸腺肉嫩软多汁，羊肚菌的味道犹如松露土化成的黑熏肉。白花花的嫩滑鲈鱼肉一块一块脱骨而落，只听苏珊一边品尝，一边发出满足的声响。此时我口中已是一片极乐世界，看着苏珊享用美食，想到她唇边诞生于法兰西古老沃土、为且只为我们守候的那瓶陈年佳酿，我由衷地感谢上帝，感谢其创造出这些技艺精湛的厨师和女人不可方物的美貌。我又点了一瓶酒，向法国的荣耀土地致敬。

苏珊说前天晚上她做了个梦，梦见我们在暴风雪中偶遇。二人跑到洛克菲勒中心躲雪，乘电梯上了顶层，在"彩虹厅"喝酒，跳慢舞，眺望白茫茫的城市。突然间风急雪猛，城市的轮廓消失在苍茫之中。

"真是个好梦，"我说，"我做的梦一个都记不清。被梦惊醒，只觉得害怕，却连一幅画面也想不起来。"

"那你可错失了人生大把的精彩。我一直觉得，梦既是潜意识的情书，也是它的恐吓信。对梦的记忆不过是种锻炼。"

"恐吓信这种东西，没有就没有吧，"我说，"我已经给自己写了厚厚一沓了。"

"你居然会出现在我的梦里，是不是很不可思议？咱们明明认识没多久。"

"你不把它当噩梦，我已经知足了。"

她笑道："我向你保证，绝对不是噩梦。对了，汤姆，你喜欢听音乐会吗？"

"喜欢，但现代音乐除外。那玩意儿听着像鳟鱼在咸水里放屁。当然，萨凡娜喜欢得不得了。"

"为什么她对现代艺术如此开放，而你却难以接受？老实说，汤姆，每次你假装进城傻眼的土老帽儿，我就来气。你太聪明，扮也扮不像。"

"抱歉，罗温斯坦，"我说，"没人比我更厌烦当土包子，就知道跟纽约过不去。我也不求别的，只希望汤姆·温戈对纽约的仇视独树一帜，不落俗套。"

"每次听你们说讨厌纽约，我总听着像反犹。"

"麻烦您解释一下，反犹太主义跟不喜欢纽约有什么关系？我长在南卡罗来纳的科勒顿，有时搞不清啥是啥。"

"纽约的犹太人比以色列还多。"

"罗温斯坦,纽约的阿尔巴尼亚人、海地人、爱尔兰人估计也比阿尔巴尼亚、海地、爱尔兰多。这儿的南方人兴许比佐治亚州还多,谁知道呢!我不喜欢纽约,因为它太大,没人情味儿。你一直都这么多疑吗?"

"是啊。要我说,多疑是最好的防御。"

"现在你明白了,南方人刚到纽约就这感受。认识我跟萨凡娜以前,你对南方有什么印象?"

"跟现在没差别。那里是这个国家最落后、最保守也最危险的地方。"

"那你喜不喜欢?"

罗温斯坦爽朗一笑。我继续道:"历史上,人们仇视过犹太人、美国人、黑人、吉卜赛人,仇视得理直气壮,为什么?每一个时代,总有一群人遭受鄙夷。你要是不随大溜儿,人家就怀疑你。小时候,我还仇视过黑人,因为周围的人都说他们比白人低贱。有意思的是,来了纽约,我这个南方老白倒变得人人喊打。我是既开眼,又别扭。你那套多疑论我现在算是理解了。"

"之所以问你是否爱听音乐会,是因为下个月有我丈夫的演出。我给你留了张票,希望你来当嘉宾。"

"我很乐意——只要你保证不是现代曲子。"

"应该是以巴洛克音乐为主。"

"你丈夫大名是?"我问。

"赫伯特·伍德拉夫。"

我惊呼:"就是那个大名鼎鼎的赫伯特·伍德拉夫?!"

"只此一家。"

"你嫁给了赫伯特·伍德拉夫!妈呀,罗温斯坦,你每晚都抱着巨星睡觉!"

"可惜并不是每晚。赫伯特环球巡演大半年了,邀约不断,在欧洲尤其抢手。"

"我家有他的专辑,好几张呢。萨利跟我经常边听边喝酒。太好了,我要给萨利打电话,好好炫耀炫耀。大夫,他也是犹太人?"

"不是。干吗这么问?"

"我还以为犹太人跟天主教徒一样,不跟外人通婚,"我说,"我娶的媳妇不信天主教,气得我爸火冒三丈,就跟我往圣坛的酒水瓶里撒了尿似的。"

"我所知道的犹太人当中,我父亲已经算讲究最少的了。"罗温斯坦一脸正经,"我家从来不进圣殿,不过逾越节,每年十二月还摆圣诞树。嫁了个基督徒,我才发现父亲对信仰有多虔诚。婚礼那天,我还以为他要给我坐沙瓦呢。"

"坐什么沙瓦?"

"就是为死者祈祷。"

"可女婿是蜚声世界的音乐家,他肯定也脸上有光。"

"不好说,父亲一直没原谅我,连外孙也没见过。"

"难怪,我还以为你是长老会改信了犹太教。为什么你婚后没冠夫姓?"

"因为不想。"一句话终止了话题。

"你儿子多大了?"

"我正想找你聊聊呢,刚好今天约了一起吃晚餐。"

我一头雾水:"聊你儿子?"

"我儿子对运动感兴趣。"

"不是吧……"

"你怎么这么说?"罗温斯坦问,语气里显出不悦。

"就是没想到。估计家里人不怎么支持吧?"

"他父亲也完全没想到。伯纳德在菲利普斯·艾克斯特学院[1]就读,

---

[1] 位于美国新罕布什尔州的著名私立高中。

念一年级。最近我们收到了学校年鉴,赫伯特在新生橄榄球队照片中看到了伯纳德。我们从不让他参加有身体接触的运动,怕伤了手。之所以这么在意,是希望他能专注练习小提琴。"

"嚆!"我忍不住起哄,"家里蹦出个运动健将。"

她笑道:"这可不是说笑。最让人担心的是,伯纳德居然没跟我们说实话——连提也没提。不仅如此,他还进了篮球第二梯队,还打得挺不错。"

"干吗不让他边打球边学音乐?"

"我丈夫希望伯纳德能专攻音乐。"

"他资质好?"

"嗯,学得不错,只是没多少天分。你可以想象,追随赫伯特·伍德拉夫的脚步有多难。我总觉得应该让伯纳德选择其他乐器,没有比较就没有自卑。赫伯特可是十九岁就拿了国际大奖。"

"做教练的人这种事见多了。多少孩子入队,就因为父亲希望他们替自己圆梦。做不到就太可怜了。"

"父亲可怜还是儿子可怜?"她愤愤问道,似乎是真不明白。

"儿子。去他妈当爹的,早干吗去了?!"

"赫伯特并不这么想,他脑子里根本没有别的乐器。他爱小提琴,别人就没有不爱的道理,更别提是自己的亲人,更别提是他的独子。"

我问:"父子俩合得来吗?"罗温斯坦突然脸色阴沉,目光也莫名暗淡。她字字斟酌,听着都觉得沉重。

"伯纳德很敬重自己的父亲,为他,也为他的成就自豪。"

"一起玩吗?现场看球赛,公园里玩接球,客厅里打闹什么的。"

罗温斯坦不自在地苦笑一声。谈到子女,我才触及了她的本真。

"赫伯特在客厅地板打滚儿……我实在想象不出。这个人一本正经,而且十分挑剔。况且,打闹有可能伤了手,那可是他的命。"

"大夫,我是想问这人有趣没趣。"

她想了良久，道："他这人谈不上有趣——至少十几岁的孩子不觉得。也许伯纳德长大了，会更懂得欣赏父亲。"

"那伯纳德呢？"

那眼周的轮廓再次锁紧，谈及家事，内舱立马闭合。看来这位医生乐于听他人诉苦，自己的忧虑却不愿提。罗温斯坦头靠在背后的砖墙上，脸色发白，好像黑玛瑙浮雕坠上颈部修长的贵妇剪影。

"三言两语还真不好说，"她长长叹了口气，"明明挺英俊的孩子，却总觉得自己难看。大个子，比他父亲高得多。大脚板，黑卷发。话不多，在大人面前越发如此。他成绩一般，我们费了九牛二虎之力把他弄进艾克斯特学院。给他做测试，成绩也很优秀。可他就是懒，可能是故意考低分气父母。我还能说什么？遇上青春期，谁都头疼。"

"那他废了？"

"不，"罗温斯坦厉声道，"他没废。跟很多孩子一样，双亲忙于事业。在他的成长阶段，赫伯特跟我很少陪在他身边。必须承认，是我们疏忽了。"

"干吗跟我说这些？"

罗温斯坦探身至桌前："我想着，你时间充裕，兴许可以每周抽时间指导伯纳德训练。"

"我倒是好几个月没工作了。"

"你愿意吗？"

"你跟伯纳德商量过吗？"

"为什么要跟他商量？"

"也许他不想找教练呢。再说了，总要尊重本人的意见。何不让赫伯特带他去中央公园，陪他练习击球？要能组场球赛更好。"

"赫伯特讨厌运动，"罗温斯坦咯咯直乐，"要是知道我替儿子找教练，他一准儿生气。伯纳德告诉过我，不管我们说什么，他明年都要打球。汤姆，跟着你对伯纳德有好处。他渴望有你这样的父亲——擅长运动，风趣幽默，不拘小节，而且我打赌你不会拉小提琴。我觉得他会喜欢你。"

"你又没听过我的专辑。温戈玩转大师之作。大夫，你又拿套路套我。"

"彼此彼此。"罗温斯坦针锋相对。

"我哪有？"

"你就认了吧，汤姆。这会儿你肯定在想：好一个罗温斯坦，堂堂精神病医生，给别人医心病，自己的儿子倒郁闷了。"

"好吧，我是这么想的。看精神病的不会养孩子，看来有一定道理。俗套归俗套，但也是个问题，对吧？"

"伯纳德则另当别论，"她坚决道，"他只是害羞，长大了就能克服。并非所有的精神科医生都有教育子女的问题，这点我可以肯定。真若追究问题根源，想必是对'问题子女'的危害认识得太过透彻。知道得太多，就容易瞻前顾后、裹足不前。一开始谨小慎微，到后来却疏于管教。那报酬怎么算呢？"

"钱？钱就算了。"

"不行，必须按规矩来。你的费用怎么算？"

"我的费用……你别逗了。"

"我请你，就必须公事公办。你一个小时收多少？"

罗温斯坦从包里掏出笔记本，拿杜邦细钢笔做记录。

我问："那你一个小时收多少？"

她抬起头："这与你无关吧？"

"有关，大夫。你要按规矩来，我依你。可我不知道纽约人的收入水平，我得参考参考。"

"我每小时收取七十五美元。"

"行，"我一乐，"就这么定了。"

"我可不会给你那么多。"

"大夫，你是我亲人的朋友，我给你便宜点。一个钟头六十块，不用谢。"

"同是一个钟头,操练运动跟精神治疗可没法比。"话说得心平气和,"操练"的贬低劲儿却让人听着不爽。

"是吗?怎么没法比?区别在哪儿?"

"念医科的费用,你根本无法想象。"

"那你就错了。我老婆读医学院就是我供的。"

"你当教练最高拿过多少?"

"税前一年一万七。"

"算下来每小时呢?"

"那就是三百六十五天。我执教九个月。夏季教棒球,一天四十六美元,就按十小时除吧。"

罗温斯坦记了数,抬头道:"平均每小时四块六,我按五块给你。"

"您真大方。"

"这是你最高的收入了。"

"哎呀,又埋汰人,"我嘟囔着环顾四周,"一点情面也不留。教练单挑精神科医生,加时赛被七十大洋砸趴。"

"那就这么说定了。"说着,她啪地合上本子。

"不行。过招儿被痛宰,我还说要挽回点面子。本想着免费训练伯纳德,结果错拿'操练'当赚钱的营生,又被拍灭。告诉他后天开始训练。咱们点个甜品吧。"

"我已经吃太多了。"

"不用担心发胖。一会儿出门,给你找个抢劫的单挑,让他一路追你到中央公园。在纽约饭后烧脂,这可是绝佳办法。"

"这倒提醒我了,"罗温斯坦道,"还记得你在诊所碰见的那个莫妮克吗?她告诉我你自称是企业律师,原因何在?"

"我说我当教练,她不信。美女面前,我想留个好印象。况且我当时有点闷,想跟她说说话。"

"你觉得她漂亮?"

"大概是我见过最漂亮的了。"

"真奇怪。那天是她第二次歇斯底里地跑来我办公室。莫妮克跟所罗门兄弟公司的一个投资银行家搞外遇,闹得死去活来的——至少她自己这么说。"

"她的医生不在,"我说,"难不成纽约没人不看精神科?还是说正常人都搬去新泽西了?"

"莫妮克在我丈夫的乐团演奏长笛。下个月你还会见到她。"

"见鬼!怕是又要问起我的'律师业务'。你说得对,苏珊,甜点就省了,来杯白兰地吧。"

酒端上桌,我们共同举杯。白兰地的味道把我带回从前,回到与哥哥、妹妹庆祝的夜晚。三兄妹喝着"马车房"老板赠送的白兰地,萨凡娜拿出正在构思的四首新诗,为卢克和我大声朗读。她打算写一部长诗自传,朗读的部分描绘了科勒顿的白色鼠海豚、祖父的受难节游街以及本吉·华盛顿的第一场球赛。诗文华彩洋溢。萨凡娜挑选出生命中的灿烂画面,如同从芬芳的果园中摘取蜜桃。诗句出口,果香四溢,而当晚的白兰地更增添了馥郁。

"汤姆,你在想什么?"

"想起上次跟卢克和萨凡娜一起来这儿,"我说,"那时候多高兴啊!"

"后来呢?"

"老天爷见不得空虚,更看不惯圆满。还记得我说过自己精神崩溃吗?"

"当然。"

"那不是崩溃,而是悲伤过度,整个人动不了,也说不出。当时我并不知道这是精神疾病,现在也不觉得。忧郁压在心头,我居然挨了整整两年。经历了丧亲的痛苦,我怎么也走不出来。我用工作麻醉自己,当三项运动的教练,一天上五节英文课,后来还是被压垮了。一天课上教到狄兰·托马斯[1]的《羊齿山》,我感动得痛哭流涕。这首诗很美,每次读到我都为之动容,但那次不一样。我哭得停不下来,学生们慌了,我也慌了,可就是情不自已。"

"当时不觉得这是崩溃?"

"不觉得。我以为这是悲痛的正常反应。哀伤背负太久,哭不出来,时间长了肯定要出事。一个星期后,我走在沙滩上,一个长得像我哥哥的人从我身边经过,我又不行了。一屁股坐在岩石上远眺查尔斯顿港,抽抽搭搭了一个多小时。当时总觉得有什么事要办,重要的事,可就是想不起来。当晚被萨利找到的时候,我还在海滩上哆嗦。"

"你忘了什么?"

"一场比赛。我带的球队——跟着我摸爬滚打、被我一手操练出来的球队当晚要打比赛。"

"然后你就被炒鱿鱼了?"

"对,就是那次。于是我往家里一窝,拒绝向任何人求助,任由悲伤把我整得不成人形。过了一个月,我妻子和我妈签了文件,把我送到医学院十楼,接受电击治疗。"

"汤姆,你不一定非得告诉我。"

"既然要当伯纳德的教练,总该让你知道,你找了个残次品。"

"你是个好教练?"

"非常出色,苏珊。"

"幸好在这个节骨眼儿上认识了你,谢谢你告诉我这些。我很高兴你选择在私底下,而不是在办公室向我吐露心声。相信我们会成为好朋友。"

"萨凡娜的事情,你是不是对我有所隐瞒?"

---

[1] 狄兰·托马斯(1914—1953),英国著名作家、诗人。

"很多事我都没告诉你，不光是关于萨凡娜的。刚才提到莫妮克，你说她长得美，我听着却心如刀割。"

"为什么？"

"我怀疑她跟我丈夫有染。"

"何以见得？"

"因为我太了解我丈夫。我只是不明白，为什么莫妮克总跑来找我？是出于狠毒还是好奇？她还总要我发誓，不对赫伯特吐露半句。"

"苏珊，对不住，"我说，"可能是你想多了。"

"我看未必。"

"你们两个我可都见了。莫妮克是个可人儿，但性格太乖张，不怎么厚道。今晚有这裙子衬着，你的绝妙身材尽显无余。你老是一本正经，按理说不是我的菜。可我喜欢跟你相处。亲爱的，莫妮克可没法跟你比。"

"别叫我'亲爱的'，"罗温斯坦笑道，"别忘了，我是女权主义者。"

"莫妮克可没法跟你比，女权主义者。"

"多谢，教练。"

"要不要去'彩虹厅'跳舞？"

"今晚不了。夏天再说。"

"到时还穿这条裙子好吗？"

"我得赶紧回家了。"

"不会有危险的，罗温斯坦。我可是做过电击治疗的人。"说着，我从桌边站起身，"走，我去付账，顺便给你叫辆破出租。纽约的家伙可真够呛，啥人都有。"

细雨中的韦弗利广场大街上，我拉开出租车门。"今晚我过得很愉快。"说着，罗温斯坦轻轻在我唇上吻了一下。我目送着车子消失在雨丝与夜色中。

第八章

祖母意外归来没几个星期，就找到温斯洛普·奥格特里，给自己买棺材。我们这才知道，原来祖母喜欢造访科勒顿公墓，跟死人说话。她跟多数南方人一样，用自己独特的方式崇拜祖先。祖母享受置身墓园的感觉，认为这样可以实实在在地与亡者亲近。在她眼里，死亡是难以察觉的黑暗经线，环绕着这颗高深莫测的星球。想到自己的死亡，想到那即将开始的惊喜旅程，她总是满怀憧憬。

祖母既不常去教堂，也不宣称信仰上帝，于是便理直气壮地从异域寻找精神寄托，充实对世界的认知。她笃信占星之术，按照星斗排布与星象预兆规划日常。她带着无尽的好奇，向占卜师寻求指点。不管是水晶球的耀眼魔力、茶渣图案的隐喻、塔罗牌的指令，还是其他南方人信不过的蛊惑之术，祖母都深信不疑。在法国马赛，一个吉卜赛人给托莉莎看过手相。见她生命线短，分叉又多，于是断定此人活不过六十岁。五十六岁的托莉莎就这样回到科勒顿，与世界握手言和。每天，她最多读读《易经》，而祖父将其视为恶魔之书。通灵板上的每一次游移、每一则信息，无论如何晦涩复杂，她全部信以为真。祖母的信仰宛如未经消化的真理问答。她与灵媒、巫医、预言家为伍。这些人都是她无忧灵魂的晴雨师。没人比她更像基督徒。

她异常泰然地接受了吉卜赛人的死亡预言，为自己准备起了身后事，就好像即将远赴游人禁足的极乐国度。托莉莎坚持要孙子和孙女陪她订棺材、安排下葬事宜。总能为我们带来启发的祖母想让我们学会直面死亡。她乐呵呵地讲起即将到手的棺材，就好像长路将尽，想订个酒店住住。

"这只不过是生命的最后阶段，兴许也最有乐趣。"托莉莎道。走在浪潮街上，我们经过一间间店面，与邻人、路人一一打招呼。

"可你还很硬朗啊，托莉莎，"卢克迎着阳光仰头道，"我听爸爸说，以后你要往我们所有人坟头撒尿。"

"卢克，你爸是个大老粗。别跟那个捕虾的粗人学。"祖母趾高气扬地一路往前走，"我肯定活不过六十。给我看手相的不是一般的吉卜赛人，她可是吉卜赛的女王。我这辈子没看过全科大夫，找的都是行家。"

萨凡娜拉着祖母的手说："妈妈说找吉卜赛人算命是罪过。"

"你妈妈一辈子只去过两个州，"托莉莎鼻子一哼，"没法跟我比见识。"

"吉卜赛人说没说你怎么死的？"我望着祖母，生怕她倒头死在大街上。

"心脏衰竭，"祖母答道，神气得像给最宠爱的孩子起名，"咣当一下就玩儿完。"

"你会跟信禅宗的人一样，被埋进土里吗？"萨凡娜问。

"那样不现实，"托莉莎说着，朝五金店老板杰森·福特汉姆点点头，"本想让你们祖父把我带到亚特兰大，把我的裸尸放上佐治亚石山，让秃鹫啃食，可他害怕。印度人就这么干。也不知道佐治亚有没有那么多秃鹫。"

"我还没听过这么吓人的事儿。"卢克一脸崇拜地望着祖母。

"孩子们，我讨厌随大溜儿。可又能怎么办？每个地方都有自己的习俗。"

我问："托莉莎，你不怕死吧？"

"汤姆，咱们都有翘辫子的一天。我只是走运，可以早做安排，免得到时让家人无所适从。我想早早安排妥当。"

萨凡娜问:"那你想要什么样的棺材?"

"松木的,不必太奢华,好让虫子快点蛀进去咬我。说白了,它们就这么过活。别人养家糊口,我总不能拦着。"

卢克问:"虫子又没牙,怎么咬你?"说话间,我们已经过了韦恩·芬德的理发店。

"先得让土壤把肉体软化。"托莉莎拔高了音调。说到瘆人的细节,她越讲越兴奋:"入殓师事先会抽干你身上的血液,只剩一副干棒子,然后再灌防腐剂,好让尸体没那么快腐烂。"

"血为什么不留着?"萨凡娜的眼睛瞪得老大。

"留着就烂得快。"

我说:"可把人埋在地里,就是为了腐烂啊。"

"那是不想让葬礼臭烘烘的。小家伙们,闻过腐尸的味道吗?"

卢克问:"什么味儿啊,托莉莎?"

"像堆了一百斤臭虾。"

"那么难闻啊?"

"简直要命。想想都恶心。"

说话间,我们来到贝特利路和浪潮街的交会口。全科勒顿只有两座红绿灯,这里是其中之一。港口的帆船迎风微斜,烈日下的帆面纤薄如纸。十五米长的快艇在河里转向,以四声沉闷的汽笛向桥塔示意。"水果先生"戴着棒球帽和白手套,正在路口指挥交通。我们等着他放行通过。红灯绿灯无所谓,他靠直觉,靠内心的平衡与对称感疏导这世界的一隅。

"水果先生"性情古怪,总是左右提防。他是个黑人,瘦高个儿,看不出年岁。科勒顿的事情就好像是他自己的事情。直到今天,我也不清楚"水果先生"究竟是智障还是缺心眼儿,抑或只是个人畜无害的疯子,在镇子上晃来晃去也没人管,口齿不清地向邻里传播福音书的喜乐。他姓甚名谁,家中有什么人,晚上在何处过夜,我都一无所知。可以确定的是他在这儿土生土长，没有人质疑他在浪潮街路口指挥交通的权威。

曾经有个新来的警官试图教"水果先生"分辨红绿灯，但"水果先生"并不买账。这么多年干得好好的，谁教也不改。"水果先生"不单只看人来人往。有他在，科勒顿镇隐秘角落中滋生的顽恶也变得温和许多。无论什么样的群体，若要品评其人性或堕落的程度，就看其如何包容自家门口的"水果先生"。科勒顿就这样适应了"水果先生"的步调与摆布。他觉得怎么合适，就怎么来，做得有模有样。"那才是南方范儿，"祖母道，"那才叫有品。"

一见是我们，"水果先生"吆喝道："嘿，宝贝儿！""嘿，宝贝儿！"我们报以回应。他脖子上挂了个银哨子，总是一脸憨笑。哨音声声，修长的手臂夸张而优雅地舞动。他原地四面转向，对着大老远开过来的车子手舞足蹈，瘦削的左手腕夹出尖利的直角。车子刹住，"水果先生"示意我们从路口穿过，哨声踩着祖母的脚步，分毫不差。"水果先生"似乎天生是指挥交通的料。科勒顿的大小游行也全部由他领队，无论是庄重场合还是节日庆祝，无一例外。这两样就是他在镇子上的全部使命，他做得无可挑剔。我祖父总说，就是跟他认识的其他人相比，"水果先生"也毫不逊色。

我出生时，镇上有一万人口，一水儿的乡下人。每年都有一小撮离开人世。科勒顿镇的所在之处曾经是雅玛希人[1]的领地。雅玛希人如今已从世上绝迹，并以此为人熟知。"雅玛希"这个词也总是散发着绝世的阴寒。殖民者与土著之间的最后一场较量就发生在我们居住的梅尔罗斯岛北端。科勒顿的民兵趁夜突袭雅玛希部落，许多印第安人在睡梦中死去。民兵带着恶狗，像赶鹿一样赶着活下来的印第安人穿过森林。黎明之时，他们将人赶到河边的浅滩，赶进水中，举剑拔枪将印第安人杀害，连妇女和孩童也不放过。我跟卢克、萨凡娜找慈姑时发现过一枚小小的人头骨。火

---

[1] 居住于佐治亚州和佛罗里达州的印第安人分支。

枪弹丸还在头盖骨里咯咯作响。我从灌木丛中将头骨举起，子弹从骷髅口中掉出。

沿浪潮街前行，我们经过一排十分气派的白色大楼，我们这个时代最可怕的噩梦正在这里酝酿。我们朝里斯·纽伯利挥手。他正在门廊上眺望河流。里斯·纽伯利是科勒顿最有权势的人物，一位高明的律师，还是市议会的主席。向他致意，就是认可了自己未来的希望，认可科勒顿最了不起的梦想家。我们纯真地挥手，微笑着迎接温戈府的倒塌。

一座沧桑的维多利亚式建筑坐落于浪潮街尾。做殡葬生意的温斯洛普·奥格特里正在门厅等候。这里就是他的执业之所。他一身黑衣，两手在腹部交叠，一副庄重模样。奥格特里是个瘦高个儿，脸色跟放坏了的山羊奶酪差不多。殡仪馆闻着像残花，更像无人问津的祷告。听他道一声"日安"，虚情假意的音调听着就猥琐。一看就知道，这人只有在死人面前才自在。就好像他自己已经死过两三回，因而也更理解这一行的深意。温斯洛普·奥格特里怎么看怎么像个倒霉的吸血鬼，血总不够喝。

"温斯洛普，我就直说了，"祖母端起姿态道，"过了六十岁生日，估计我也就活到头了。我不想拖累家人，从你这儿拣个最便宜的棺材就行。你也别跟我玩什么高压营销，那些百八十万的金贵匣子我可不买。"

奥格特里先生觉得既受伤又不痛快，不过还是心平气和道："哦，托莉莎，托莉莎，好托莉莎，我是一心为你着想。忽悠人的事儿我可干不出，就是答你所问，为你分忧。不过，托莉莎，我可不知道你生病了。你瞅着能长命百岁。"

"那可就受了老罪了。"祖母说着，眼睛朝右边屋里瞥去。只见一副敞口的棺木里躺着一具尸体："难不成是约翰尼·格林德雷？"

"是啊，昨天早上辞世的。"

"我说温斯洛普，你干活儿还挺麻利的。"

"尽力而为吧，"奥格特里点头谦虚道，"他这一生虔信基督，能送他最后一程是我的荣幸。"

"世间但凡系鞋带的，没谁比这狗娘养的更坏！"祖母说着走到棺材跟前，低头瞅瞅约翰尼·格林德雷那张蜡黄的死人脸。

我们三个也凑到跟前，观察死人的模样。

"他就像在打盹儿，对吧？"奥格特里骄傲地问。

祖母说："哪儿啊，死得瓷瓷实实的。"

"此言差矣，托莉莎。"奥格特里先生愤愤道，"依我看，他随时有可能坐起来，用口哨吹个苏萨[1]的进行曲。仔细看那生动的脸孔、那嘴角的笑意。你可不知道，让癌症逝者脸上挂笑有多费劲——呃，我是说，谁都能在死人脸上捏出个笑样儿，可要想笑得自然，那可是艺术。"

"等翘了辫子，我可不笑。"托莉莎命令道，"你最好记下来，我可不想人家一瞥眼，瞅见我嬉皮笑脸的。你可要用我自己的化妆品给我打扮，别拿你那些便宜破烂儿糊弄人。"

奥格特里腰板一挺："托莉莎，我用的可是市面上最好的。"

托莉莎没搭理他："我想死得漂漂亮亮的。"

"我会让你光彩照人。"说着，他谦恭地低下头。

"可怜的约翰尼·格林德雷，"托莉莎异常温存地望着那具尸体，"孩子们，我还记得约翰尼在哈格尔街他妈妈家出生的日子。那年我八岁，就像十五分钟前的事儿一样，记得清清楚楚。人生就怪在这儿。我就像个八岁的小姑娘，困在这身老皮囊里。约翰尼生下来就长得丑，跟麝鼠似的。"

"他活得很充实。"奥格特里在一边念念有词，庄重如管风琴弹出的降D大调。

---

[1] 约翰·菲利普·苏萨（1854—1932），美国作曲家、指挥家，美国国家进行曲《星条旗永不落》的作者。

"他一辈子也没干啥有意思的事儿。行了,带我瞅瞅样式。"

"有一种最适合你不过,托莉莎。"奥格特里先生说着,引路上了弯曲的楼梯。我们从右手边的无宗派礼拜堂经过,进了一间摆满了各式棺材的房间。奥格特里先生径直走到房间中央的一副红木棺材前,爱惜地拍了拍:"别的不用看。您这身段儿,就这个最合适。"

"松木的哪儿去了?"托莉莎四下扫视,"我可不想给家人增添负担。"

"没问题。我们有分期付款,划算得很。每个月交几块钱,上路之时家里人一分钱不用出。"

托莉莎细细观瞧了许久,伸手抚摩着镶在棺内的绣花丝绸。我走到另一副跟前,棺盖底面的丝绸绣着基督与信徒"最后的晚餐"。

"汤姆,你可看上了好东西,"奥格特里先生道,"看到没?里面没有犹大。能与耶稣及其最为亲近的追随者一起长眠肯定无比幸福。而厂家也有分寸,不让犹大闯入善良基督徒最后的归宿。"

"我觉着不赖。"我说。

"太俗气了。"萨凡娜小声道。

"我更喜欢'祈祷之手'那个。"卢克在房间的另一头道。

"循道宗[1]的信徒更喜欢那一款,"奥格特里得意道,"但它其实不分宗派。这手可能是佛教徒的,也可能是穆斯林的。你懂我的意思吧?我看托莉莎倒不见得喜欢有图样的。容我恭维一句,她一贯秉持着简约的优雅。"

"温斯洛普,你也用不着恭维我。你进门推荐的那个多少钱?"

"正常要一千上下,"说着,他压低声音,仿佛要做祈祷,"可您是自家朋友,我按八百二十五块一毛六给您,再加税。"

"我考虑考虑。你能不能回避一下?我和孙子孙女商量商量。这件事

---

[1] 基督教新教宗派之一,18世纪由英国国教分离而出。

非同小可,我不想当着外人的面。"

"当然了,完全理解,我自己也正想说呢。我就在楼下办公室,出来时叫我就行。如果这里没有看上的,还有邮寄的特刊目录,全美所有款式一应俱全。"

"你这儿最便宜的是哪种?"

温斯洛普·奥格特里哼了一声,就好像鼻子里进了脏东西,想擤出来。他不情不愿地走到一个昏暗的角落,带着一丝厌恶摸了摸那口不起眼的炮筒色小棺材:"这种便宜货只要二百美元,可像您这种头面人物,可不能往这种东西里摆。只有没名没姓的流浪汉和低贱的人才会躺这种棺材入土。您总不想让自己家人难堪吧?"

看他那眼神,就好像祖母吩咐他用鸡屎埋她到脖根儿一样。奥格特里深鞠一躬,留我们私下商量。

听到楼梯上响起他的脚步声,祖母道:"一想到死后这个食尸鬼要看我赤身裸体,我就想吐。"

"真恶心!"萨凡娜道,"不行,他一眼也别想看。"

"他得把你衣服脱了,才能拉开血管把血抽光。反正到时候对我来说都一样。我只希望别是温斯洛普·奥格特里。他那公鸭嗓儿,加勺醋都能拌凯撒沙拉了。你气喘匀点儿,他都得郁闷好几天。来,给我拿着点儿。"

她从包里掏出个柯达牌的布朗尼小相机,交给了卢克。"托莉莎,拿这个干吗?"卢克问。

祖母拉过一把直背椅,放在奥格特里推荐的第一副棺材前。她小心地脱了鞋,利落地爬了上去。我们三个眼睁睁看着。我一句话也没说。看祖母那架势,就好像钻进了火车头等车厢的铺位。她仰面躺下,来回扭动着调整姿势,还动动脚趾,朝两端探探。接着,她闭上眼睛,一动不动。

"这弹簧垫可真不得劲儿。"过了一会儿,她终于道,眼睛依然紧闭着。

"托莉莎，这又不是床垫，"萨凡娜道，"肯定不能跟酒店的床比。"

"你咋知道该是什么滋味？"托莉莎问，"既然我要花大钱，至少也得躺舒服点儿。再说了，躺里面也不是一天两天。"

"赶紧出来吧，托莉莎，"我边央求边跑到窗边，"被人看见，咱们就麻烦了。"

祖母并不理会，问："我看起来怎么样？"

"什么叫怎么样？"萨凡娜问，"你好看得不行。"

"我是说，躺在棺材里怎么样？"她依旧闭着眼，"裙子的颜色搭不搭？还是应该换成紫色，去年复活节在香港穿的那条？"

卢克道："去年复活节我们又没去香港！"

"对哈。要我说这条庄重得多。我最看不惯人死了没正形儿。卢克，帮我拍几张照片。"

"不行，托莉莎，不能这么做。"

"要买这玩意儿，我也得试好看了才买。买裙子总不能不试就给钱吧？"

卢克拍了几张。他一边过卷，一边朝我们耸耸肩，选取不同的角度接着拍。

"托莉莎，布兰肯希普太太往这儿来了！"我压低嗓门儿吼道，"求你了，赶紧出来吧。"

"谁管那老贱人怎么想！我跟她同校念过书。以前她一文不值，现在也一样。孩子们，听好了：到了要走的时候，我的头发千万得弄好。让奈莉·雷·巴斯金斯给我做头发，不要——千万不要——找威尔玛·霍奇基斯。这女的根本不配碰头发，只配扫扫发楂儿。记得告诉奈莉·雷，我要那种亮丽的法式造型，就是最近读到的那种。光鲜点，给那些长舌妇留点嚼头。还有……记下了没？这种事应该动动笔头。你们几个小鬼肯定记不全……我想把头发染红。"

"染红？！"萨凡娜惊呼，"那多不伦不类啊！一点都不自然。"

托莉莎依然紧闭着双眼。她舒舒服服地枕着缎面枕头，悠悠然道："我小时候就是红头发，飘飘然，可好看了，不像伯恩彻奇路上托利维家那丫头，满脑袋烂黄铜色。我留了一撮十五岁时留的头发，好让他们配色。奈莉·雷染头发手艺好，而威尔玛连个复活节彩蛋也涂不明白。再说了，萨凡娜，谁想摆一副'自然'的死人样？真是的，人家不过想让葬礼时髦点。"

"葬礼可不是时髦的地方，"萨凡娜反驳道，"求你了，赶紧出来吧，奥格特里先生快回来了。"

"那我的嘴呢？"托莉莎问，"我想这样。卢克，这样再给我拍一张。记住，我可不想让那浑蛋奥格特里给我捏个笑脸。他爱干这种营生，都出了名了。跟着耶稣上天堂啥的是挺好，不过我要体体面面的，像王太后一样。"

"啥叫王太后？"我问。

"我也说不好，汤姆，不过听着就是我的菜。回家我查查词典。萨凡娜亲爱的，把我包里的粉盒拿过来。我看看妆容。"

萨凡娜从大包里摸出个小金盒，递给睡在棺材里的祖母。托莉莎打开粉盒，端详着小圆镜中的自己。她往鼻尖、两颊拍了点粉，满意地关上粉盒递给萨凡娜，再次闭上了眼睛。

"完美，我的妆容简直完美。正是我想要的样子。卢克，再拍一张。我就想要这种口红色。奥格特里净拿喷消防车的东西往人嘴上糊……"

"有人来了！"我指着门口叫道，"拜托，托莉莎，赶紧出来吧。"

"汤姆，你歇斯底里的样子一点都不可爱。"

"来人了，托莉莎，"卢克在她耳边小声道，"赶紧出来吧。"

"嘻嘻……"祖母乐着说，"正好！试一把。"

鲁比·布兰肯希普大摇大摆地进了屋，派头十足，瞅什么都新鲜。灰色的发丝齐齐整整向后梳着，两粒葡萄干一样的眼睛嵌在褶子缝里。她人高马大,手长脚长,小孩子一见就害怕。在科勒顿,她已经成了一道"景观"。布兰肯希普站在门口,气势汹汹地打量着我们。这种不待见小孩的老太太已将咄咄逼人修炼得炉火纯青。她总爱打听别人的身体好坏,在镇上都出了名。医院里,葬礼上,总也少不了她。遇上火灾,你可得拉着她点。她家里、车上都有警察的无线电,动不动就打听哪里出事儿,多吓人的地方也拦不住她。

"你们几个温戈家的小鬼跑这儿干吗?"她质问道,说着威风凛凛地进了门,"也没见你家近年有什么风吹草动。"

没等我们答话,布兰肯希普就瞅见了棺材里的托莉莎。她安详地躺着,双手在腹部交叠着。

"看来走得挺突然,我什么消息都没听到。"

布兰肯希普并不搭理我们,而是径自走到棺材跟前,来回打量着祖母。

"你瞅瞅奥格特里给她捏的傻笑,"说着,她用干巴巴的苍白食指给卢克指了指,"这镇上所有人都得咧着嘴入土。其他地方收拾得倒还不赖。瞅着挺自然,是不是?跟活的一样。"

"是,夫人。"卢克道。

"她怎么死的?"

"我也说不好,夫人。"卢克边说边冲我们使眼色求助,听那口气,他是真招架不住了。萨凡娜和我摇了摇头,我俩可不敢掺和。妹妹走到窗前,朝河边望去。她的肩膀抖个不停,离神经质不远了。而我吓个半死,哪还顾得上乐呵?

"什么叫说不好?"布兰肯希普太太质问,"心脏病?在非洲染上癌症?肝不好?肯定是坏了肝,她可是个酒篓子。你们肯定都不知道,大萧条时期她扔下你爷爷一个人跑了。她开溜那天我记得清清楚楚,我还端了炖菜去你爷爷家。到了上帝跟前,她要交代的事儿可多了去了。什么时候办葬礼?"

卢克说："夫人，我不知道。"

"你连自家祖母哪天下葬都不知道?！"

"不知道，夫人。"

"什么时候走的？"

"拜托了，夫人，我难过得实在说不出。"卢克突然双手捂脸，憋笑憋得肩膀直哆嗦。

"别难过，小伙子，"布兰肯希普太太安慰道，"生老病死是自然规律，谁都有被死亡骑士接去接受审判的一天。咱们能做的，就是做好准备，迎接召唤。我知道，一想到祖母正在地狱里被火烤，你们都难过得不行。但那是她自己的选择。她选择了罪恶的一生，对咱们也是个借鉴，以后要活得更良善。来，每人来片'黄箭'。"说着，她从手包里取出一包开了封的口香糖，利落地倒出三片。

"嚼着嚼着就不哭了，还能让口气清新。如今的小孩嘴巴都臭得很，知道为什么吗？都是当妈的没教会刷舌头。想必你们觉得我这是抽疯。我妈妈可教过，舌头跟牙齿一样，都得勤着刷。"

布兰肯希普正要把口香糖递给卢克，却被祖母一伸手薅住了腕子。托莉莎从棺材里直直坐起，抢过口香糖剥开放进嘴里，接着重新躺好，不紧不慢地嚼起来。

一瞬间，屋里鸦雀无声。紧接着，鲁比·布兰肯希普尖叫一声，冲出房门，三步并作一步地下了楼。

托莉莎两手扶着棺材沿儿，利落地从里面出来。她蹬上鞋，坏笑着小声道："我知道后门在哪儿。"

楼下，布兰肯希普太太正歇斯底里地向温斯洛普·奥格特里告状，隔得老远都听得真真切切。只是她太过激动，说话前言不搭后语。我们跟着祖母下了窄窄的后楼梯，穿过太平间背后的砖墙花园。平安逃回街上的我们直接倒在草地上，笑得肚子都疼。托莉莎乐得两脚朝天，内裤都露了出来。萨凡娜和我滚得抱在一处，嘴巴抵着彼此的肩膀想止住笑声。只有卢克笑得不声不响，可他也抖个不停，好像落水的小狗刚刚上岸。

笑得最起劲儿的还属托莉莎，满大街都听得见。那笑声荡气回肠，就像是嗓子里的碎钟，让人闻声回头。她笑得洪亮、热烈，仿佛能量从脚趾一路传到嘴边。

终于缓过劲儿来，只听她央求着："行行好，我不行了，救救我。"

终于，我有劲儿接话："怎么了，托莉莎？"

她笑得越发厉害，止也止不住。只听她一边喘一边说："一乐成这样我就想撒尿。"

一听这话，我不笑了，可卢克跟萨凡娜却乐得越发厉害。

"拜托，托莉莎，祖母可不能尿裤子。"听着我一本正经的规劝，她却变本加厉。两条细腿在她头顶晃来晃去，活像受伤的虫子，阳光下明晃晃的白内裤十分扎眼。

"托莉莎，把腿放下，我都看见你那个了。"我央求着。

托莉莎狂笑着站起身："尿出来了，尿出来了！老天爷，我实在憋不住了！"

祖母冲到杜鹃丛里，尿声哗哗啦啦，她乐得眼泪直流。

"老天爷……"我大叫，"咱奶奶跑镇中心浇花来了。"

"嘘——别出声，小子，"祖母终于缓过气来，"悄悄地，把我底裤拿过来。"

她把底裤重新穿好，从花丛里出来，又恢复了一贯的优雅高贵。鲁比·布兰肯希普的尖叫声依然响亮，穿透维多利亚式的门厅，传出太平间。

我们重整队伍，手挽手沿浪潮街返回，听从"水果先生"的指挥再次从路口通过。

第九章

　　春季，母亲总把栀子花戴在头上。每晚她临睡前来道晚安，头上总有朵白花，耀眼如国王温室里盗来的珠宝。园中芳丛将谢，残花遍地、香气四溢之时，我们便知道，蔷薇不久就会绽放。看着母亲发间芳蕊更替，便可知春尽夏至。目睹女子玉臂轻抬，将花朵插在卷曲的发间，对我来说依然是无以言喻的曼妙景象。这一充满情欲的姿势，每每让我回想起母亲的悲苦与迷惘。正是由于母亲这天真纯洁而令人迷醉的喜好，我上了难以忘怀的第一课，领教了南方故乡残酷的阶级现实。要学的还有很多，但都远不及第一堂课那么令人痛心，那么历历在目。

　　每次到科勒顿购物，母亲总要戴上栀子花。她很少大事采买，却十分中意小镇的购物礼仪——柜台的寒暄，店员的闲聊，街边生机勃勃的商铺……每次进城，她总要精心打扮。浪潮街上的莱拉·温戈是全科勒顿最美的女人，她自己也心知肚明。看她走路，看男人们满怀敬慕的眼神随她而动，实在不失为一种享受。女人们眼里则藏着别样心事。母亲从店门口经过，停步片刻欣赏着橱窗里自己的身影，留意到那倩影引起的骚动，而女人们眼中咨嗇的欣赏亦被我看在眼里。她走得落落大方，无可挑剔，分花拂柳。1955年5月，花缀发间、粉黛精施的她走进莎拉·波斯顿的裙装店。母亲向伊莎贝尔·纽伯利和蒂娜·布兰卡德道了声"早安"。两人正为"科勒顿联盟"每年一度的春季舞会挑选裙子。纽伯利太太和布兰卡德太太礼貌地回应。母亲从架上拿起一条买不起的裙子，走进后面的试衣间。卢克和我在"福特汉姆五金店"看鱼竿。试衣间里的母亲听到伊莎贝尔·纽伯利对同伴说："莱拉就是衔朵玫瑰参加舞会，像弗拉门戈舞女一样打响指，我也不觉得奇怪。这女人真是天生没品。我真恨不得揪了她头上的花，让她见识见识什么叫美甲。"

听这话时，萨凡娜也在试衣间里。两人进去的时候，伊莎贝尔·纽伯利并没留意。母亲笑着把食指竖在唇边，然后转身看看镜中的自己，举手摘下头上的栀子花扔进废纸篓，然后低头看看自己的指甲。母女俩在试衣间里待了一个多小时，假装纠结着要不要买。那天以后，我们再也没见她用花朵点缀秀发，而她也从未收到过晚会的邀请。我想念那些栀子花，想念家中母亲经过时的余香，想念她身上带着芳香的衣裳——足以迷倒园中的蜜蜂和崇拜着她的两个儿子。直到现在，一闻到栀子花的香气，我都会像儿时那样想起母亲；一想到女人的指甲，我便忍不住怨恨伊莎贝尔·纽伯利——是她偷走了母亲发间的花朵。

温戈家的人分两种：第一种宽宏大量，以祖父为代表，邻居得寸进尺，占他便宜，他却从不计较；第二种睚眦必报，就算过个百八十年仍旧不依不饶。温戈家后者占大多数，他们不曾忘记那些伤害与不公，永远疾恶如仇。一旦被得罪了，温戈家下辈子都会找后账。他们把深仇大恨传递给子女，复仇之欲如同一件伤痕累累的传家宝，融入我们的血液。我自己就是第二类中的一员。

是执掌船舵的父亲教会了我们这一点。他常说："在学校要是揍不倒，二十年后就揍他老婆孩子。"

"总是抄近道儿，啊，爸？"萨凡娜学着母亲的口头禅。

"这些人就得尝尝苦头，"父亲答道，"他不吃，你就喂他吃。"

"妈妈不让我们打架。"我说。

"喊！"父亲咆哮，"你妈妈！那娘儿们才是杀人不眨眼。你要不留神，她把你的心挖出来，当你面儿啃个精光。"

说这番话的父亲一脸钦佩。

自那次决定命运的购物之旅已经过去一年，栀子花再次被提及。我从学校餐厅出来往储物柜走，见到托德·纽伯利和他的三个死党对着我的脚指指点点。托德是伊莎贝尔·纽伯利和丈夫里斯的独苗，跟很多独生子女一个德行，被家里宠得任性过了头。一群阴阳怪气又爱耍嘴皮子的家伙围拢在他周围。迪基·迪克森和法利·布莱索的老爸都是银行家，而且都受雇于里斯·纽伯利。马文·格兰特的老爸是律师，为银行做法律代理。我从小就认识他们。

从他们跟前经过时，托德道："鞋不赖啊，温戈。"其他人都乐了。

我一低头，还是我早上穿的那双网球鞋。不算新，也不算太旧，正常磨损而已。

"难得你看得上。"我说。其他三个家伙笑得更厉害了。

"瞅着像从死人脚上扒下来的，"托德道，"站这儿都能闻得见。你就没双乐福鞋？"

"有，在家。"

"留着春耕穿啊？老实承认吧，你这辈子根本没穿过。"

法利·布莱索说："我爸说你们家没钱，连块炖汤的骨头也买不起，哪还买得起'便仕'乐福鞋？"

"我那双在家，法利，不能在学校穿。"

"你是个谎话精，温戈，"托德说，"你们这些'河鼠子'就会扯谎。那天我妈还说呢，温戈家是这世上最低贱的白种人，我看也是。"

他从钱包里拿出一张五块钱钞票，扔到我跟前。

"拿着吧，温戈。虽然不够买双新乐福，可你家里已经有一双了，是不是,谎话精?好歹买双运动鞋,省得让我闻你那臭脚。"

我蹲下身,捡起钞票递给托德·纽伯利:"不用,谢了。我不需要你的钱,你自己收着吧。"

"我只是行行善而已,给穷人添件衣裳。"

"拜托你收起来吧,托德。别不识好歹。"

"被你这种'河渣子'碰过,我才不要呢。上面净是你的细菌。"托德咋咋呼呼,那三个小子也笑着起哄。

"托德,你要是再不放进钱包,我就让你吞下去。"看他那反应,我才发现自己还挺有气势。这可是人生头一回。

"那你也打不过我们四个。"托德得意道。

"不,打得过。"

我照着他脸上来了三下子,堵住了他那张嘴,每一击都打出了血。托德贴墙溜坐在地,哇哇大哭。他望着同伴,受伤中带着难以置信。

"抓住他!他打我。"托德喊道,可其他三个却一个劲儿地往后撤。

"把那钱吃了,要不我还打你。"我说。

"'河渣子',不吃你也不能怎样。"他叫嚣着,我再次出手。托德吞钱的时候,一位老师从后面把我抓住,送进了校长办公室。

走廊里乱哄哄的,打架的新闻在学生当中不胫而走。托德的血溅在我的白色T恤上。我面对卡尔顿·罗校长站着,胸口是明晃晃的罪证。

罗校长一头金发,身形瘦削,上大学时是个体育健将。平时脾气好,但发起火来也够吓人。难得有他这样的教育家,所有的精力都放在学校上。对于走廊斗殴,他从不迁就容忍。我还从没在校长眼皮底下惹过麻烦。

老师们前脚一走,校长道:"好了,汤姆,跟我说说怎么回事。"

"托德奚落我的鞋子。"我两眼盯着地板。

"于是你就打他。"

"不,先生。他骂我是'河渣子',还给我五块钱让我买新鞋。"

"所以你才打他？"

"嗯，所以我才打他。"

门口一阵喧哗。紧跟着，托德·纽伯利风风火火地闯进办公室，嘴上还按着块沾血的手帕。

"罗校长，您得好好修理修理他！抽他个半死不活。我给我爸打了电话，他都要报警了！"

"怎么了，托德？"罗校长问，"我可没叫你进来。"

"我就在自己储物柜跟前，干我自己的事。这小子从后面扑过来，有三个人能给我做证。"

"你对汤姆说什么了？"罗校长问，一双棕眼波澜不惊。

"我什么也没说。我跟他能有什么好说？进了少管所，有你好活的，温戈！"

办公室里电话铃声响起，罗校长拿起听筒，视线并未离开托德。来电话的是校监，只听罗校长说："是的，艾马尔先生，我了解了情况。两个学生现在就在我办公室。不必了。如果纽伯利先生想见我，就请他来我办公室。这是学校事务，没必要让我去他办公室谈。好的，先生。我会处理，多谢来电。"

"让你知道知道，纽伯利家的人可不好惹，"托德说，"我保准让你吃苦头。"

"托德，闭嘴。"罗校长道。

"罗校长，您可不能这么跟我说话，我爸听了肯定不高兴。"

"我让你闭嘴，"校长重复，"你去上下节课，我来处理温戈先生。"

"你要揍扁他？"托德拿手绢捂着嘴。

"嗯，我要揍扁他。"说着，罗校长从桌上拿起一根木板。托德冲我一笑，离开了办公室。

校长把弄着木板，走到我跟前。他命令我站好，然后俯身用手抓住脚腕。只见他抡圆了手臂，那架势好像要把我拍成两半。紧接着，他轻轻拍了拍我的屁股。那感觉就像刚刚施行坚信礼[1]的孩子被主教轻拍脸蛋儿。

"汤姆,你要是再敢在学校打架,我保证打你个皮开肉绽。而你要再招惹上托德·纽伯利,又堵不上他的嘴,我就打你个半死不活,明白吗?"

"明白,先生。"

"好了,我会把板子打在这本地理书上。每打一下,你就叫唤一声。装得像点,我得告诉里斯·纽伯利你被打得屁股开花。"

他使劲往书上拍,我使劲叫。就是那天,在罗校长的办公室里,我立志要当个教师。

回到家,母亲正等着我。以前她也发火,可这么怒气冲天的我还真没见识过。我一进后门,她劈头盖脸就是一顿巴掌。卢克和萨凡娜使劲想把我拽开。

"你个小贱种,想跟人打架是不是?"母亲嘶吼着揍个没完,我被逼进灶台与冰箱之间的角落,"那你就跟我打。你想跟他们一样,我就当你们是一路货色。给我丢人,给家抹黑,是不是?我教你走正路,你偏要当废物,是不是?!"

"我错了,妈妈。"我哭喊着,脸埋在臂弯里。

"放开他,"萨凡娜一边大喊,一边钳住母亲的手臂,"他已经挨了校长一顿板子了。"

"那也赶不上我这顿!"

"住手,妈妈,"卢克道,"马上停手!那个纽伯利家的活该!"

"我的儿子要是成了恶棍,别人会怎么想?好孩子再也不会搭理你了!"

"妈妈,姓纽伯利的骂咱们!"卢克道,"汤姆为这个才打了他。换我我也揍他。"

---

[1] 基督教仪式之一,于孩子13岁时施行。只有施过坚信礼,才能成为基督教正式的教徒。

母亲的手停在空中,问:"他骂咱们什么了?"

"骂咱低贱。"说着,我放松了提防。

她狠狠给了我一巴掌,我又打了个激灵。

"你这蠢蛋倒好,自认低贱!真是不开窍的小蛮子。对付这种人,不理他就是最好的方法。不搭理他,就是高人一等,比他厉害,比他有教养。你不理他,就还是我生养的那个翩翩绅士。"

"妈,你又来了,"萨凡娜道,"你听着就像'联盟国之女联合会[1]'的主席。"

"我辛辛苦苦、挺直腰板地在镇子上撑着。现在倒好,人家都知道了,我的儿子没长成正人君子,而是成了恶棍。"

萨凡娜问:"那就放任纽伯利家那个鼻涕虫这么欺负你家人?!"

"人家怎么想由人家,"母亲委屈地哭道,"我信奉那个第四还是第几修正案。这是每一个美国人应有的权利。他怎么想不关咱们的事。咱们应该抬头挺胸,让他们看看:我们是上等人,根本不在乎他们怎么想。"

"可我在乎。"我说。

她又给了我一巴掌,大叫:"那你最好多在乎在乎我怎么想。我要教会你怎么为人处世,就是把你折磨个半死也得给我学。我可不会让你变成你爸那样。听见没?不可以!"

"你现在就跟他一个样。"萨凡娜道。整个房间一片死寂,母亲转过脸,面对唯一的女儿。

"我没有别的办法,萨凡娜。我最清楚,汤姆再这样下去会变成什么样的人——你们会变成什么样的人。所以我才打他。如果我不好好调教你们,不把你们逼到极限,你们就得被这个恶俗的镇子——被这个恶俗的世界生吞活剥。你以为我不知道咱们几斤几两?我算什么?什么都不是。捕虾人的老婆,分文没有,在孤岛的小房子里过憋屈日子。你以为我不知道

---

[1] 1894年于美国田纳西州纳什维尔成立的南方女子联盟。

别人怎么看我?但我不会让他们得逞。"

"妈妈,你太过在意了,"萨凡娜道,"你费尽辛苦,到头来只是假装别人。"

"我不准你用拳头解决问题。别学你爸犯浑。"

"汤姆只想让大家清楚事实,"卢克道,"笑话温戈家容易,但要吃点苦头。别人可以拿温戈家当垃圾,但四处嚷嚷就是不厚道。"

"你越是动手,越是顺了他们的意。正人君子可从不动手。"

卢克说:"汤姆那是为了保护你的名誉啊,妈妈。他知道你在乎别人怎么看我们。爸爸才不在乎,我们也一样。"

"我在乎。"我说。

母亲转过脸看着我:"你如果在乎,就跟我上纽伯利家,堂堂正正地向托德道歉,还要向他妈妈道歉。她今天来电话,说了很多难听话。"

"原来你生气是为这个,"萨凡娜道,"你把汤姆打个半死,就因为伊莎贝尔·纽伯利。"

"我不道歉,"我说,"你就是说破大天,我也不跟那混账道歉。"

纽伯利家位于浪潮街一处小丘之上,周围黑栎树林立,绿荫环抱。附近十一户清丽的宅院分外显眼,纽伯利家则处于中心位置。种植园的显贵曾经居住于此。南北战争爆发,永久终结了这些贵族赖以生存的命脉。战前,分离主义者曾经在此秘密集会,商讨联盟创建大业。主持会议的罗伯特·雷特里尔是伊莎贝尔·纽伯利的曾祖父,后来在图里芬尼战役[1]中丧生。内战时期,皇家港湾[2]发生海战,科勒顿落入联邦之手,这处房子也被联邦军队征用为医院。等待截肢的伤兵把自己的名字刻在大理石壁炉架和木地板上。宅子之所以显赫,全是拜那些痛苦的伤员所赐。那些字迹依

---

[1] 美国内战期间,于1864年12月6—9日发生在南卡罗来纳州的战役。
[2] 位于南卡罗来纳州博福特县海岛区的海湾。

然清晰可见，见证着这片离奇荒凉之地的伤痛。没有麻醉药，等待他们的是医生的刀锯。纽伯利府门口的窗楣后积聚着历史与伤痛。就是那些无名伤兵在石头、地板上留下的陈词滥调，才为托德·纽伯利成长的家邸增添了崇高与不朽。

我们穿过前院来到门前。母亲最后一次小声嘱咐我们在大户人家的太太面前应如何百般恭顺。

"你就说非常抱歉，悔不当初。说昨晚你因为愧疚，连觉也睡不着。"

"我睡得可香呢，"我说，"压根儿没惦记这事。"

"住嘴。我教你怎么说，你就老老实实听仔细。要是表现好，人家兴许还能让你看看以前那些苦命的北方小子在她家壁炉上刻的名字。正经人家遭逢上北方佬就是这种下场。从小家里没教好，进了别人家就乱抠乱画。从来没见南方小伙儿干这种缺德事。"

我们上了正门台阶，母亲叩了叩橡木门上亮锃锃的黄铜门环。那声音就像铁锚在水下撞击船身。我顶着阳光站在外廊，清了清嗓子，摆弄着腰带，重心在两脚间倒换着。比这更难受的时候肯定有过，可我就是想不起来。这时候只听一阵轻盈的脚步声渐渐朝门口逼近。伊莎贝尔·纽伯利出现在我们面前。

我从没见过这么瘆人的主儿：两片薄薄的嘴唇毫无血色，嘴角纹丝不动，却写满了不屑。她的鼻子坚挺，算是脸上最讲究的地方。站在昏暗之中的伊莎贝尔·纽伯利鼻子俏丽地抽动着，就好像我的味道令她作呕。她一头金发，但并非天生。

最令我胆寒的，还是那双眼睛射出的寒光，眼眶线条利落，斜斜地逼向太阳穴，形似孩童笔下的阳光。她的前额有三道沟壑，间隔均匀，随皱起的眉头平行而动。生命中所有的伤痛与委屈都在脸上留下了印记。就像那些怕被医生摆布的北方士兵，执着地留下存在的证据。她比我母亲小一岁。我还是头一次发现，原来人们衰老的方式不尽相同。母亲美得大气，年龄越大越显典雅深刻。我一直以为所有女人皆是如此。站在门前的我一声不吭，面色羞赧，却一下子明白为何伊莎贝尔·纽伯利会如此厌恶母亲。不是因为她是温戈家的人。居心叵测的时间过早地在她身上刻下了无法磨灭的印记，不留半点情面。她身上透着病态，从内心开始腐坏，由内而外地烂至眼球。

她终于开口："什么事？"

"伊莎贝尔，我儿子有话想对你说。"母亲的语气透着懊悔与恳切，就好像是她动手打了托德·纽伯利。

"是的，纽伯利夫人，"我说，"对于昨天发生的事，我真的非常抱歉。我想向托德、向您还有纽伯利先生道歉。整件事都是我不好，我负全部责任。"

母亲说："汤姆担心得不得了，一整夜都心神不宁，这点我可以做证。还是他半夜把我叫醒，说今天要到这儿来，为他的行为道歉。"

"多感人哪！"

我说："纽伯利夫人，托德在家吗？可以的话，我想跟他说句话。"

"依我看他倒不一定想跟你说。你等等，我去问问。"

她关上门，母亲和我站在门廊上，惴惴不安地望着彼此。

"多美的景色啊，不是吗？"终于，母亲说着走到围栏边，透过蒲葵叶丛望向海湾，"我一直梦想着住进这样的房子里。你爸刚带我来科勒顿的时候答应过我，等赚了大钱，一定买一栋这样的大房子。"她顿了顿，又说，"只可惜这地方没那么多虾，再怎么捕也买不起。"

"人家倒好，连门都不让咱进。"我气呼呼道。

"这没什么。她大概没料到咱们会来，一时忘了礼节。"

"她是故意的。"

"你就不想晚上躺在这种柳条椅子上，喝着冰茶，跟镇上来往的人打招呼？"

"我只想回家。"

"那也得先跟托德道歉。你干的好事,现在想想我都觉得害臊。"

门再次打开,阴影中冷峻阴森的纽伯利夫人步入光亮中。母亲和我转过身。

"我儿子跟你小子无话可说。"她道,"你小子"听不出丝毫亲切,"他让你赶紧从我家出去。"

"伊莎贝尔,要是能让汤姆见见你儿子,哪怕就一会儿,两个孩子肯定还是好朋友。"

"好朋友?!我可不会让托德跟这种孩子交朋友。"

"伊莎贝尔,"母亲继续道,"你跟我不也是朋友吗?咱们都认识这么长时间了。我那天还跟亨利说起你在家长会上说的话,两个人笑了好半天呢。"

"莱拉,你我只是认识。这个镇子又不大,没有谁是我不认识的,但不是所有人都是我的朋友。我告诉你,如果这混账再敢动我儿子,我就让他吃官司。你知道怎么出去吧?慢走不送。"

只听母亲的声音越绷越紧:"知道。没人请我们进来,我们自然知道怎么出去。再见,伊莎贝尔,多谢费心。"

我跟着母亲步下门廊,只听她嘀嘀咕咕地赌咒发誓。人行道上,她怒气冲冲地一路疾走,两旁是修剪整齐的青草。母亲走路向来不紧不慢,一旦加了速,一准儿是因为不高兴。她向左一拐,往镇子方向走去,却差点把里斯·纽伯利撞倒在街头。

"慢点,莱拉,"他道,"怎么这么火急火燎的?"

"哦,是里斯啊,你好。"母亲局促道。

"什么风把你吹来了?"看到母亲身后赶上来的我,他脸色一沉。

"可能你也听说了,咱们两家的孩子昨天闹了点小别扭。"

"我当然听说了。"纽伯利先生冷眼打量着我。

"我带着汤姆上门道歉。他自己想来,我也觉着应该对托德说声对不起。"

"你想得真周到，莱拉。"他的目光转回母亲身上，略显柔和。但我仍能从那逼人的目光中捕捉到怒火："小孩子有时候难免磕磕绊绊，这样才出息。小孩子都这样。"

"我可不会容忍这种行为。我的儿子绝对不可以。昨晚校长来电话，我把汤姆骂了个狗血淋头。"

纽伯利先生又开始打量我，就好像这辈子头一次见，就好像我不再一文不值，突然间入得了他的法眼一样。

"小子，有勇气道歉才叫男子汉，"他说，"我自己就做不来。"

"你儿子也一样。"我说。

"什么意思？"

"他不肯下楼接受我的道歉，让我们赶紧从你家滚出去。"

"跟我来。"说着，他三步并作两步地上了楼梯。

纽伯利先生关门进了家，也没等我们。母子俩站在平台上，犹豫了片刻，然后小心翼翼地进了前厅，等待召唤。厅里铺着东方地毯，一路延展到后屋蜿蜒的红木楼梯。

母亲指着地毯道："东方地毯，打东边来的。"

她又指了指头顶的大吊灯："这是英国货，我在《春游》上见过。"

"咱家咋没上《春游》？"我小声打趣道。

"因为咱们住的只能算狗窝。"

"干吗非得小声说话？"

"在里斯·纽伯利家做客，就应该规规矩矩。"

"你说咱们？来做客？！"

"当然了，你看人家多大方。"

只听后门一关，纽伯利先生进了门厅。

"伊莎贝尔得出去买点东西，她让我转告你，千万别拘束。到酒水台给你弄点喝的吧？我带汤姆上楼见托德。"

他牵着母亲的胳膊穿过客厅，来到一间豪华的休闲室。真皮沙发油光锃亮，整间屋一股皮草味。

"怎么样，莱拉？"他笑着问母亲，"你喜欢喝什么？"

"一点红酒就行，里斯。这房间可真漂亮。"

他给母亲倒了杯红酒，引她到壁炉边的位子坐下。

"你请自便，我们去去就回。"纽伯利先生声音厚重，就像从管子里挤出来的一样，"我们几个老爷们儿到楼上书房谈点事。"

"真不知道该如何谢谢你，里斯。让你费心了。"

"我喜欢有点脾气的小家伙。大伙儿不都说我脾气大吗？"他笑道，"汤姆，跟我来。"

我跟着他上楼梯，一路望着袜管上方肉乎乎的大白腿。瞅着他挺大块头，却是一身肥肉。

书房里，排排皮面装订的书籍码出一整面书墙。纽伯利先生让我在面对书桌的椅子上坐下，自己进屋去叫托德。我读着书脊上的书名："萨克雷文集""狄更斯文集""查尔斯·兰姆文集""莎士比亚全集"。父子俩进屋时我没有抬头。纽伯利先生吩咐托德坐在我旁边，然后绕到桌子后，一屁股坐在自己的大椅子上。他从盒里取出一支雪茄，用牙咬掉一头，然后从上衣口袋掏出金色的打火机点燃。

纽伯利先生对我说："你好像有话要对我儿子说。"

我这才发现，托德的脸居然肿得老高，嘴唇肿胀，右眼下还有块难看的瘀青。难怪他不愿面对我。

"托德，我来是想跟你道歉。真对不起，下不为例。我希望能和你握手言和。"

"我才不跟你握手呢！"托德一边说，一边望着父亲。

"温戈，你为什么打我儿子？"纽伯利先生一边说，一边朝我吐青烟。

托德抢话道："爸爸，他跟他哥在操场偷袭我。我走得好好的，他哥突然从背后蹿出来，而这小子就往我脸上揍。"

"那你哥为什么不来道歉？"纽伯利先生问，"我最看不惯两个打一个。"

"我说托德，你干吗撒谎？"我简直难以置信，"你明知道卢克当时根本不在跟前。再说了，你也清楚，不用我帮忙，卢克一个人就能把你生吞活剥。"

纽伯利先生问托德："儿子，你说的是实话？"

"你要是不信你儿子，偏信个杂碎，那随你便。我才不管呢。"

我直面纽伯利："纽伯利先生，昨天他骂我家人是垃圾。"

"你骂他家人了？"

托德惊慌地四下张望，而后道："我说的是事实，开玩笑而已。"

"你说他家人是垃圾？"

"差不多吧，记不太清了。"

纽伯利先生扭过头，望着我继续问："你听着生气，于是就拽上你哥打了我儿子？"

"不关我哥的事。"

"温戈，你睁眼说瞎话！"托德站起身。

"纽伯利先生，不用我哥帮忙，我也打得过托德。他根本就是窝囊废一个。"

"为什么骂他家人垃圾？"

"他们本来就是。温戈家本来就是这镇子上的白皮黑鬼！"

"纽伯利先生，你儿子就为这挨了打，"我气呼呼道，"都怪他不懂得闭嘴。"

"汤姆，这里是他家，"纽伯利先生道，"在家他用不着闭嘴。"

"我还见不惯你熏得我家臭烘烘呢！"托德说。

"小声点，小子。温戈太太还在楼下呢。"说完，他又冲我道："汤姆，你觉得你家怎么样？真的，我挺好奇。"

"我为我家自豪。"

"为什么？"他问，"有什么好自豪的？你妈人不赖，虽说有点不修边幅，但她也算尽力了。除此之外还有什么？你爷爷没什么主见，奶奶诓过几个叫花子娶她，但也跟妓女差不了多少。你爸干啥啥不成。你太爷爷的事我也知道，那就是个没用的醉鬼，动不动就把老婆揍个半死。我就不明白了，托德只是实话实说，你有什么好生气的？你家就是一堆废物，直接承认不就行了？男子汉就应该认清现实、面对真相。"

我哑口无言地望着他叼着雪茄的笑脸。

"汤姆，即便你不承认，有些事情你还是得明白。你要再敢动我儿子——哪怕动他一个手指头，我就把你扔进河里当螃蟹。我老婆想报警，但那不是我办事的风格。我按自己的路子、自己的节奏做事。我整你，你甚至不知道是被我修理的——但你终归会知道，这点眼力见儿你还有。来了这一遭，有一点你得明白：温戈家永远别招惹纽伯利家，这是镇子上的规矩。以前你不懂，现在算知道了。明白了吗，汤姆？"

"明白了，先生。"我说。

"很好，小子。托德，过来跟汤姆握手。"

"我不想跟他握手。"

"起来，小子！我让你跟他握手，"托德的父亲命令道，"但在握手之前，先给他一巴掌，狠狠打。"

托德怔怔地盯着父亲，眼看着要哭出来。屋里又多了个眼泪汪汪的男孩。

"不行，爸，他到学校会报仇的。"

"他不会再打你了，我保证。"

"不行，爸，求你了。我不能扇别人耳光。"

"托德，扇他！你照照镜子，瞅瞅他把你打成了什么德行，把你羞辱到了什么地步！你得发火，然后扇他那张烂脸。纽伯利家可不能让这种人为所欲为。他就坐那儿，就想挨你的打。今天他跑这儿来就是为了跟你扯平。他尿了，就是因为知道纽伯利家不好得罪。"

"我不,我不干。爸,你怎么总是火上浇油?干吗总这样?"

纽伯利先生站起身,在烟灰缸捻灭了雪茄。他绕过桌子,经过托德站在我面前。我低下头,死死盯住地毯的图案。

"汤姆,抬起头。"纽伯利先生说。

我一抬头,迎接我的是狠狠一记耳光。

我哭了,听动静托德也在哭。接着,纽伯利先生低下头,在我耳边小声说:"别对任何人说我打了你。我可是为你好。你敢吐露半个字,我就把你们全家都赶出这个镇。还有,你小子今后可千万别犯傻,别再招惹纽伯利家的人。行了,你们两个握手和好。我真心希望你们能做朋友。两个人在这儿冷静冷静,汤姆洗把脸再下楼。我先跟你那漂亮的母亲聊聊。"

纽伯利先生离开书房,我和托德·纽伯利哭哭啼啼地握了手。

终归要下楼,母亲也终归会问起见面的情形。我受了奇耻大辱,但并不想让她一同承受。我以为自己粗粗领教了有权有势的大人物处事的秘诀。我出书房进了洗手间,擦干眼泪,把脸洗净。我放了好一阵子水,故意尿了一地,心想:汤姆·温戈,临了也死不悔改的下贱种。从洗手间出来,托德依旧哭个不停。他的头靠在皮椅垫上,眼泪顺着胖嘟嘟的脸往下掉。

"汤姆,千万别告诉别人。求你了,别告诉学校里的其他人。他们已经看我不顺眼了。"

"要不是你犯浑,没人会讨厌你。"我说。

"才不是呢。他们讨厌我,都是因为我爸。所有人都讨厌他。难道你没看见,我刚才根本阻止不了他?"

"我知道。这不怪你。"

"他老这样。我过的就是这种日子。"

"为什么非要扯上卢克?"

"因为我没办法。说我被两个人揍,在他那儿还说得通。要是知道只有你揍了我,他肯定会逼着我上学校再找你单挑。我爸生气的时候可吓人了。"

"我爸也是。"

"你爸又不恨你。打我一出生,我爸就看我不顺眼。"

"为什么?"

"因为我既不英俊,也不壮实,因为我一点都不像他。"

"我倒巴不得一点不像他。"

"他可是南卡罗来纳最有权势的人。"托德袒护道。

"那又怎样?你自己也说了,大家都讨厌他。"

"我爸总说,谁怕你,你就能控制谁。"

"那就只能孤零零地坐在这大宅子里,扇跟儿子打架的小孩耳光。你家有钱有权有家世是挺好,可我一点也不想活成你这样。"

"我不该那样说你的家人。"

"对,你不该。"

"你家人没那么坏,科勒顿有好多人比你们烂多了,得有好几百呢。"

"多谢你的好心,死胖子。"我的火又撞上脑门儿。

"我不是那个意思,可总是说错话。我是想说,你想什么时候来玩都行。我攒了很多邮票,还有台球桌,放了学咱们可以一起玩。"

"我再也不想上这儿来了。"

"我带你看北方佬刻的字。"

"就是谢尔曼将军[1]在这儿拉了屎又怎样?我不愿意上这儿来。"

"那我上你家去也行。"

"你都不知道我住哪儿。"

"我当然知道。你住在梅尔罗斯岛。"托德起身走到一幅巨大的科勒

---

[1] 威廉·特库姆赛·谢尔曼(1820—1891),美国南北战争期间北方著名将领。

顿航海图跟前,上面用细小的数字标出大小河流的深度。

我观察着图上梅尔罗斯岛的轮廓,一颗形状并不规则、被碧水环绕的绿色钻石。

我问:"为什么岛上插了个红钉?"类似的钉子在图上许多地方不时出现。

"那个呀……钉红钉的都是我爸打算买的地,钉绿钉的是他已经拥有的地产。"

"整个县都是他的了,干吗还要买我们的地?"

"他喜欢买地,总说地就是钱。"

"岛上那片他可买不到,这点我打包票。"

"他要真想买,谁也拦不住,"托德说,"向来如此。"

"你想来就来吧,我也拦不住。"

"但你并不想,对吧?"

"嗯,不想。我得去找我妈了。"

"汤姆,你知道吗?我怎么也弄不明白:为什么学校里大伙儿那么喜欢你,看我却不顺眼?"

"很简单,托德,这也不是什么秘密。我待人比你和善。我见人就打招呼——无论对方的老爸靠什么维生。你却不一样,见人从来不搭理。"

"跟人打招呼我浑身不自在。"

"好吧,那就别怨人家当你是浑球儿。"

"我送你下楼。"

母亲还在休闲室里坐着,纽伯利先生说什么她都咯咯直乐。她小口抿着红酒,双腿优雅地交叉着。纽伯利声情并茂地讲着故事,时不时辅以庄重而恰当的手势。等他收尾的同时,我也将那张脸记了个真切。他和妻子一样,也有一对蓝眼睛,但他的那双眼睛蓝中偏绿。后院的阳光照进屋内,那双眼睛的颜色似乎也发生了变化。他的手很小,又肥又嫩。他的每个动作都懒洋洋的,就好像中枢神经系统被一层丝绸隔断了。他的声音低沉黏腻，一开口尽是自我褒奖的溢美之词。母亲自是全然为之倾倒。

"于是，我告诉州长：'弗里茨，喝酒谈这个没用。下周来科勒顿，到我办公室说说清楚。'周一清早，他把帽子拿在手里，乖乖地来了。我对咱们这位州长毕恭毕敬——说起来，我还是他竞选委员会的成员呢。不过我的理念是：情分归情分，生意是生意。"

"里斯，我绝对赞同，"母亲热情地响应着，"友谊不该牵扯到生意当中。"

纽伯利先生一抬头，看到托德和我站在门口。他招手让我们进屋，还没开口，就听母亲一声惊呼。她这才看见托德那张脸。

"哦，托德，亲爱的，瞧你的脸弄的。"说着，她起身过去，疼惜地摸了摸他的脸，"真对不起，但愿汤姆告诉你了，昨晚我狠狠揍了他一顿。哦，小可怜。"

托德道："没事，温戈太太，是我自找的。"我长长松了口气。

"两个人谈好了？"纽伯利先生厉声问。

"是的，先生。"

纽伯利先生站起身，把我们送到门口："莱拉，以后有任何难处，尽管来找我。邻里之间就是要相互照应。"

纽伯利先生一只胳膊揽着我的肩膀，与我一同步下台阶。他使劲捏了捏我左边的肩头，以示警告。

"汤姆，懂得说对不起，才是真正的男子汉。谢谢你主动登门，消除误会。多余的话我也不说了，相信你也能守口如瓶。今天能多了解你一点，也算值了。我一直特别关心年轻人，他们就是未来。没错，年轻人才是这个镇子的未来。"

托德站在父亲身后："再见汤姆，跟你聊天很高兴。"

"再见，托德。"

母亲招呼道："回见了，里斯。再见，托德宝贝儿。"

红酒的作用，再加上纽伯利家半个钟头的愉快经历，母亲脚底有点踩棉花。沿街走了半个街区,她忽然道:"我就说嘛,最和善的就是那些成功的男人。"

"汤姆,为什么给我讲这些?"罗温斯坦问。我已经在她办公室喋喋不休了近一个小时。"这好像都和萨凡娜没什么关系,倒是有助于我理解你何以变成现在的样子。这一段如何跟萨凡娜搭上边?纽伯利先生打你的时候,她都不在场。"

"这件事我只告诉过萨凡娜一个人。对我爸、卢克我都只字未提,生怕他们半路截住纽伯利,打断他的腿。我当晚就告诉了萨凡娜,两个人促膝长谈到半夜,想弄清个所以然。"

"但这件事对她并没有直接的影响。当然,她有共鸣,对你遭受的伤害和侮辱感同身受,但对她自己的生活并没有任何正面的冲击。"

"一定程度上说,这件事对了解萨凡娜的过去至关重要。也许现在看不出,但我会慢慢给你解释。我已经有多快讲多快了。我一直尽量省略只关乎自己的情节,但现在看来,这些都与萨凡娜紧密关联。我脑子里已经开始连点成线,思路从来没像现在这么清晰过。"

"可你还是没说清楚。一旦你找到这段故事与萨凡娜的相关之处,一定要告诉我。我明白,你母亲总是偏执地认为自己的社会地位对萨凡娜影响深远。你自己也说得再清楚不过。但萨凡娜与纽伯利家又有什么交集?"

"我妈给你写过信吧?"

"写过,第一次通话后不久。"

"信你还留着?"

罗温斯坦打开桌边的文件柜,取出一封信。我一眼认出了信封上母亲的字迹。

"在这儿。写得很贴心,都是鼓励的话。"

"我母亲是写信的高手，妙笔生花。萨凡娜的天赋可不是凭空来的。看到回信地址了吗？"

"查尔斯顿。"说着，她拿起信封。

"还有呢？"

"不是吧？！"罗温斯坦目瞪口呆。

"没错。"

第十章

六月底，我在中央公园看北极熊在闷热中一声不响地坚持着。身后的公园外，高楼大厦鳞次栉比，一米多长的影子遮住大半个动物园，但也没让北极熊凉快多少。一只鸽子顺着雪莉·尼德兰酒店与动物园之间的气流往来徘徊，却没留心老鹰正张开翅膀，利爪大张，俯冲六十米向它扑来。鸽子背骨断裂，细小的羽毛落在狒狒的笼子顶上。那只鸽子大概跟我一样，以为身为纽约的一分子，至少可以免受老鹰的侵害。无奈纽约总是冷不丁让你措手不及。每次从动物园穿行而过，我总希望从晦暗的囚笼里凝视着我的是一些奇珍异兽，一些配得上这座城市的生物，比如独角兽，倚靠着年久斑驳的铁栏打磨旋角；抑或是猛龙，喷火点燃走道上飞散的《每日新闻》。然而，眼前除了懒洋洋的小鹿在炙烤的地面晃来晃去，就是在油亮的毛皮上抓虱子的豹猫。

出了动物园，我径直穿过公园去见罗温斯坦的儿子。一路上，我总盼着能再看见老鹰，然而除了公园外围的排排高楼，再无其他。

伯纳德·伍德拉夫正在一棵橡树下等我。这棵树没有多少年头，而他父母的公寓离此不远，就在中央公园西大道。快到跟前时我发现，他遗传了母亲那张生动而俏丽的脸孔，只是鼻子没那么挺拔、贵气。他比我想象的要高，两手修长秀气。往那儿一站，手指头几乎到了膝盖，一头浓密的黑发增添了脸部的曲线。然而，一瞅他那架势，我就隐隐担忧。伯纳德满脸不可一世。他撇着稚嫩的下唇，执拗着故作勇敢，蔑视一切却不堪一击，无能为力的毛头小子常常以此掩饰对暴露自我的恐惧。伯纳德以强势示人，一副久经世面的曼哈顿地头蛇架势。执教多年，对毛头小子司空见惯的我，还未搭话，便察觉到那黑眼中沉睡的光亮。与世界对抗，虽微不足道却依旧执着，远雷阵阵依稀可闻。

"嘿，伯纳德，"快到跟前，我扯着嗓子自报家门，"我是汤姆·温戈。"

他不吭声，抬起眼皮懒懒打量着我，显然带着疑心。

我来到近前，伯纳德道："我估计是你。"

"你好吗？"我说着伸出一只手。

"还行。"伯纳德望着远处的车流，把我晾在那儿。

"大好的天，正适合玩橄榄球，你说是不是？"

"就那样吧。"声音挺冲，看样子打开局面得费点劲儿。

"等的时间长了？"

"够长的。"与其说对我，更像是在对车流说话。

"我有点迷路，在中央公园老是走丢。这地方比我印象中可大多了。"

他瞄了我一眼："又没人请你来。"

"错了，小伙子，"我沉下嗓音，受够了那副不可一世的德行，"你妈妈请我来的。"

"她老逼我做我不想做的事。"

"是吗？"

"啊！没错。"

"你不想跟着我练。"

"你还挺识相的，"伯纳德说，"再说了，我在学校有教练。"

"去年比赛你上过场？"显然，他也听得出我不信。

"我才一年级。"

"去年比赛你上过场？"我又问。

"没有。你又在哪儿当的教练？"

"南卡罗来纳。"

"呵！"他笑道，"厉害呀。"

"不，伯纳德，不厉害，"我嗓子里像是结了冰，"但有一点我给你打包票：遇上我指导的球队，你们学校无论哪届都得趴下。"

"你怎么知道？"伯纳德不屑道。

"因为我不教你这种父母不待见所以被扔进寄宿学校的富家小鬼。"

"那又怎样？"

看来戳中了他的痛点。但我可不会对他手下留情："我带的球员不会拉小提琴，但能把拉琴的生吃了。"

"是啊是啊。我敢说也没人逼着他们拉琴。"

"我也不会逼着你跟我练橄榄球，也不想跟鼻涕邋遢还自作聪明的小屁孩浪费时间。爱打球的孩子我才教，被亲妈逼着来的赶紧滚蛋。"

"我妈都不知道我去年打球。"

"你去年没打橄榄球，"我说，这孩子居然打死也不看我，"你已经说了，一场比赛也没上。"

"你不明白，"他哭丧着道，"我没上过有橄榄球队的学校，所以比别人都差一截。"

"你打什么位置？"

"四分卫。"

"我就打四分卫。"

"那又怎样？"那嘴撇得右半张脸都歪了，"我来就是告诉你：我用不着你教。"

我横向传了个球，他接得不错。我又跑出十码开外，喊道："传球给我。"球飞得荡荡悠悠，不过还算准。他弧线控制得不错，但容易被放倒。我拿了球，二话不说，转身往公园外走，心里清楚：他一准儿盯着我。

"嘿，你去哪儿？"

"回家。"我头也没回。只听他小跑着撵上来。

"为什么？"

"因为你小子狗屁不是，"我故意激他，"拉你的琴，讨好你爹妈去吧。我看不惯你那张臭脸。如果我都看不惯你，你哪还进得了队伍？就你那可怜兮兮的屄样儿，哪还当得了四分卫？"

"这还是我半年来第一回传球。"

当时的我可没有闲心同情他、原谅他。我回答："瞅着像这辈子头一回。"

"那你扔回来，我再试一次。"伯纳德的语气有所变化，我停步转过身。

"先谈谈。"

"谈什么？"

"别的不管，先说你那张嘴。"

"我的嘴怎么了？"

"给我闭上！"我冷冰冰道，"听好了，我不管你待不待见我——我还拿不准教不教你呢。但是，跟你说话的时候，我要你看着我的眼睛。就这样，又不会掉块肉。下次跟你握手，你再敢假装没看见，我就把你手上所有骨头捏碎。跟我说话，你得毕恭毕敬，和颜悦色。来吧，现在说说干吗老看谁都不顺眼。我保证不告诉你妈妈。你小子实在可恶，咱得弄清问题在哪儿。"

他用力喘息着，气得浑身发抖。

"操蛋！"伯纳德带着哭腔道，眼看着要掉泪。

"遇上你，我早就操蛋了。"

伯纳德强压着怒火："我才没什么问题！"

"这就是问题所在。"我直奔要害，声音越来越冰冷，越来越刻薄，我讨厌这样，"像你这么郁闷的孩子，我还真没见过几个。见面不过五分钟，我就看清了：你小子连半个朋友也没有。大冬天孤零零地憋屈在学校，是不是，伯纳德？别人净拣你欺负，是不是？戏弄你了，是不是？他们肯定不带你玩，是不是还让你生不如死？是不是把你踢来打去？毛头小子我最清楚，知道他们怎么欺负格格不入的异类。你朋友叫什么？给我说说。"

眼泪终于决堤而出，怎么忍也忍不住。伯纳德双手捂脸，肩膀颤抖着，泣不成声。眼泪顺着指缝溢出，掉在草地上。

他抬起头，看看自己湿润的双手。"都怪你，"他惊讶道，"把我惹哭了。"

"我是故意欺负你。我倒是还希望你掉几颗眼泪，这样还算有点人味儿。"

"你就是这么当教练的？"伯纳德挖苦道。

"对你这种小子，我就这么调教。"

"我可不乐意。"

"我管你乐不乐意。"

"我妈还说你人好。净瞎说。"

"好人面前我人才好。谁对我好，我对谁好。"

伯纳德威胁道："我要把你的话都告诉她，还有你怎么对我的。"

"哎呦，好害怕呀，站不住啦。"

"我妈说，大人应该把小孩当大人对待。"

"是吗？"

"没错！我告诉你，她知道了肯定生气。"伯纳德依然喘得压不住。

"那咱去找她问问看，现在就走。"

"她上班呢，这会儿有病人。"

"那又怎样？咱可以抓她休息那十分钟。你来告状，我来说明。"

"她讨厌浪费工作时间。"

"我也一样，小子。而你已经浪费我大半晌了。"

"你管这叫工作?!"他又哼了一声。

"我管这叫卖苦力,"我又提高了嗓门儿,"变态惩罚,酷刑。我最讨厌碰上你这种家伙了。"

"喊,谁求着你了?"他倒不乐意了。

"你妈妈求着我了。走,上她办公室说明白。"

"不行,去了我就倒霉了。"

"不对,伯纳德,"我忍不住揶揄,"她只是把你当大人,平等对话而已。"

"是吗?那我就告诉我爸,你跟我一起倒霉。"

"你可拽不上我。"

"是吗?"伯纳德指着我,"你知道我爸是谁吗,啊?"

"不知道。谁啊?"

"赫伯特·伍德拉夫。"

"跟你一个姓,是吧?"我开始不耐烦。

"你知道我爸什么人吗?"伯纳德大喊,"他可是全世界最有名的小提琴家。"

"小提琴家,吓死我啦!"

"他认识很多有权有势的人,都是你惹不起的主儿。"他的声音慌乱而无助,我还以为他又要大哭一场。

"累吗,伯纳德?"我不耐烦地问,"扮浑蛋是不是很累?每次见着浑蛋我都特别想问,可总没有机会。"

他两手在空中一甩,动作既粗鲁又别扭:"你就是这么看我的,是不是?你又不了解我。刚聊十五分钟,你以为就能了解一个人?不可能。"

"你又错了,伯纳德。有时候三十秒就足以把一个人看穿。"

他转过身,像要走人;停下脚步,又开始喘粗气。接着,他小声道:"别告诉我妈。"

"好吧。"

"你不说？"伯纳德又冲我转回身。

"不说。你的请求合情合理，态度也不错。有礼貌应该得到奖励。"

"那见了她你打算怎么说？"

"说你彬彬有礼，顺理成章地选了练小提琴，而不是橄榄球。"

伯纳德的眼睛又开始往地上瞄，他用脚上的运动鞋使劲踢着土块。

"我去年没打上球。"

"听你妈妈说，你爸从校队照片里认出了你。"

"我管器材。参加队里选拔，没选上。教练第一天就让我们擒抱对手。我从来没练过，他们都笑话我。"

"记得谁笑话你吗？"

"当然记得。怎么了？"

"你要是跟着我练，那帮小子就再也笑不出来。我教你厉害的擒抱招式，到时放倒这帮孙子，他们会以为被别克车撞了。可你干吗跟你爸说你在队里？"

"这样他会以为我入队了。"

"为什么？"

"不知道。明知道他讨厌橄榄球，跟他对着干吧。我爸讨厌体育运动，一听我对运动感兴趣他就来气。"

"可你并不感兴趣。今天下午明摆着。"

"你看我不顺眼，对吧？"听着像辩解，又像抱怨。

"伯纳德，我看你一点都不顺眼。你待人接物招人烦，态度也招人烦。你既可怜又刻薄，浑蛋一个——就是练了橄榄球你也不一定能改。不过，我跟你说，橄榄球的好处——橄榄球唯一的好处就是有乐趣，除此之外又蠢又没用处。瞅你这样子，长这么大也不知道乐趣是啥滋味，关键是教你我也没好日子过。我喜欢橄榄球，对我而言它绝非儿戏。橄榄球是我的乐趣，我可不想让你把它毁了。"

"我爸逼我每天练琴两小时。"伯纳德嚷嚷道。

"要我也宁可练琴。我要是会拉小提琴,非把那玩意儿拉出个名堂,把树上的鸟儿都引出来。"

"你会乐器吗?"

"不会。可你知道我会什么吗?我会从四十码[1]外隔空传球。有这本事,参加个晚餐聚会什么的可有面子了。我真得走了,伯纳德。认识你很高兴,可惜咱俩不怎么合拍。你妈妈人不错,今天的事儿我不会告诉她的,我保证。"

我丢下一脸愤懑的伯纳德,穿过公园往第五大道走去。球握在右手,接缝的系带卡进指关节,感觉真是痛快。伯纳德一语不发,连招呼也不打。走出二十几码,只听他在身后叫我。

"温戈教练。"

很久没听人这么叫我了,感觉既意外又暖心。一回头,只见他双手半举着,一副可怜兮兮的哀求模样。伯纳德的声音颤抖着,越拔越高。他挣扎着想说出口,想沟通,却破了音。

"教教我,"他眼泪汪汪道,"请你教教我。我不想让他们笑话。"

我转身向他走去。一股全新的未知力量正注入伯纳德·伍德拉夫的生活。当我回到他身边,我成了他的导师、他的教练。

"咱一定叫他们好看。起先他们兴许还笑得出,接着保证让他们大出血。不过你得答应我件事儿。"

伯纳德猜疑道:"什么?"

"给我把嘴闭上。你一张嘴我就来气。"

"好,"伯纳德喘了口气道,"行,行。"

"从现在开始,回答我要说'遵命'。咱俩得立点规矩:以后在这儿见面,你叫我'教练'或者'老师',哪个都行。无论如何,不准迟到。让你干什么,你就给我起劲儿地干。马上开始控制体重。我会每天可劲儿

---

[1] 英制长度测量单位,1码约合0.9144米。

地操练你。你家里怎样,琴课如何,跟谁睡觉,长几颗痘,这些我都没兴趣。咱俩不是哥们儿,我也不想讨好你。我教你橄榄球,让你有个球员样儿。我会教你阻截、擒抱、弃踢[1]、跑动、传球,把你教得明明白白。你身板儿不错,是块好料。我要把你练得结结实实,你做梦也想不到自己能那么厉害。为什么?因为你先得过我这一关。"

"可你比我壮实多了。"

"闭嘴。"

"遵命。"

"还有,等我把你练趴下了,让你举重举到手断,做俯卧撑累到啃草皮,练擒抱练到胳膊抽筋,你那惨兮兮的人生会出现前所未有的变化。"

"教练,什么变化?"

"你会爱死我。"

---

[1] 橄榄球中为避免对方从有利位置进攻而踢出的高远球。

第十一章

母亲的自我塑造从未真正完结,加工一直在持续。她口中的童年往事鲜有真实,而母亲也早已学会带着谎言家的大胆与叛逆审视自己的过去。真相这种碍眼的东西吓不倒她。她的谎言也构成了子女身份的关键。

一千个童年日夜,就能看到一千种母亲的模样。儿时的我,对她总也看不真切;身为男儿,我从未得到她明确的信号。我穷尽毕生探究母亲性格的地貌,却总也化解不了两极间、热带上的异常。前一分钟还满脸笑容,就像天使动了小心思;转眼间,那熟悉的笑颜却有可能变成海鳗与歹人的藏身所。对我而言,这种女人实在让人无法招架。

那个隐藏的自我制定了一整套未经考验的操守法则,这便是她欺骗算计的纲领。放眼科勒顿,所有人都低估了莱拉·温戈的能耐,包括她自己。我花了三十年才弄明白:这个养育我的女人是个天赋异禀的斗士。说到母亲的各种天赋,我们三个拉了一张清单,列出母亲能够胜任的各种职业。在我们眼里,她能成为喜马拉雅小国伟大的王妃、暗杀内阁小官的刺客,能张嘴吞火,能做美国电话电报公司董事长的贤内助,也能跳着肚皮舞把圣贤的头颅献给国王。有一回我问卢克是否觉得母亲很漂亮,卢克反倒提醒了我:她的美足以引来亚特兰大林中嗜血的巨人,更令恶魔般的"卡兰沃德"念念不忘。

"所以说她很漂亮?"我问。

卢克答道:"反正我这么觉得。"

母亲在佐治亚州的山区度过了悲惨的童年。她脾气火暴的父亲是个酒鬼,在女儿十二岁生日当天死于肝硬化。她母亲在纺织厂当夜班女工,在莱拉十六岁那年死于褐肺病。母亲一死,她就坐上公车去了亚特兰大,住进帝国酒店,还在戴维森百货公司当上了见习工。两个月后,她遇到了我父亲。年纪轻轻的姑娘一步走错,爱上了风趣幽默、花言巧语的南卡罗来纳飞行员。父亲把自己包装成一个大地主,南卡罗来纳州低地出身的乡绅,开卡车,搞"水产"。把母亲领回梅尔罗斯岛,父亲才交了底:自己只是个捕虾人。

当时的母亲已经开始"修改"自己的人生。在科勒顿,她声称自己的父亲是佐治亚州洛尼加发达的银行家,大萧条时期家道败落。仅凭着她的意念,自己其貌不扬的母亲不再是照片中扁平、憔悴的平庸面孔,而是摇身一变,成了上流社会的典雅贵妇、人上人。多年之后,母亲依旧把"人上人"陶醉地挂在嘴边。那声音营造出某种纯粹而特有的气场,在高尔夫球场上空飘浮,在海蓝色的泳池边倚坐,如无尽暮光中绅士丝滑的低语,又如戴白手套的侍者端上的果露。尽管先辈以捕虾、纺织为生,凭借着母亲仿造的玻璃宫殿,我们依然构建出一副自我形象。然而,这形象与真实相去甚远。萨凡娜是家中诞生的第一位诗人,而第一个玩弄虚构的当数莱拉·温戈。

孩子既是她的同谋,又是她的假想敌。只有她才会将自己嫁错人的不幸归咎于子女。出生就是罪过,就是跟母亲过不去。不过,她对自己的命运却极少抱怨。她放不下身段直言不快,除非偶然爆发。母亲大人总是口吐莲花,溢美之词用之不尽。在公众面前,她表现出夸张的幸福,仿佛要与他人比高下。我们三兄妹一到上学的年纪,母亲就自告奋勇,参加了科勒顿所有的慈善组织。渐渐地,她成了镇上居民的依靠。外人眼中的她贴心、漂亮、勤劳,父亲根本配不上她。莱拉·温戈集万千优点于一身,所向披靡。

我继承了父亲幽默与吃苦耐劳的品格,他强壮的体格、火暴的脾气,还有那对海的热爱与对失败的执迷。

母亲的馈赠更有益,也更晦暗:醉心语言,面不改色说瞎话,好胜心强,热心育人,丧心病狂,狂热盲信。

这些特质都被卢克、萨凡娜和我继承下来,构成各自复杂而致命的基因。气头上的母亲曾一语中的:"愣头青卢克,窝囊废汤姆,疯子萨凡娜。"

捕虾人之妻的卑微身份让母亲简直抬不起头。不管是镇上还是家里,谁敢对她的挣扎努力有所微词,母亲绝不会轻饶。

小时候,我常常心疼母亲,对父亲满腹怨恨。其实根本犯不上。亨利·温戈和她根本不是一路人。父亲有大把力气,脾气火暴,成天痴想一夜暴富,只知道挥拳头;而母亲则早就计划周详。她向我们所有人证明:曙光遥遥的单纯梦想也可以无比强大,所向披靡。她渴望变得举足轻重,不同凡响。在科勒顿,人们早已将她划等定位,但她不甘认命。1957年,母亲居然拿到了"科勒顿联盟"的提名,一场致命的交易就此展开。

"科勒顿联盟"创立于1842年,伊莎贝尔·纽伯利的曾祖母是其创办人。联盟章程将"激发有益事业,鼓励全镇参与"定为其创办宗旨。联盟成员个个来自有头有脸的人家,都是科勒顿的显赫贵妇。因为最后这条,我母亲才满心期望着有朝一日能跻身入会。很快,期望演化为如饥似渴。母亲的入会提名被委员会全体否决。伊莎贝尔·纽伯利那要命的结语终归还是传进了母亲的耳朵:"莱拉·温戈绝对不是这块料。"

不是这块料。挨了这窝心一脚,母亲的失落可想而知。南方小镇上这种不见血的处刑毫无章法可循。母亲也泰然接受,毫无怨言,只是按规矩向联盟成员做了陈词,展现自己的价值所在。直到1959年,母亲才第一次真正有机会向"科勒顿联盟"的太太们证明自己。

当年四月，联盟通过周报的全幅广告宣布，在全镇女士中征集烹饪食谱，优秀者将被收入《低地美食烹饪大全》。尽管《烹饪大全》的编辑委员会中不乏母亲的死对头，而且个个能言善辩，她还是将这次征集视作展示自己厨艺的绝好机会。她翻箱倒柜，找出往期的《美食家》。1957年，托莉莎给母亲订阅了这本杂志，也就此为她打开了烹饪世界的大门。是《美食家》让母亲成为厨房高手。全南卡罗来纳能蒸会煮的人里，没有多少能与她媲美。

母亲看《美食家》可不是随便读读，而是透彻钻研。她本来就做得一手漂亮的南方菜。随便几块饼干、一把豆子、一口煎锅，她就能施展独特的魔法。哪怕一块荤油都能变成美味。钻研《美食家》的过程中她发现：准备食物的过程亦是身份的体现。一见还有比美国南方菜更有品格的美食，母亲又开始了一项长期计划，一门心思精进厨艺。这让她与父亲越发疏离，与我们却越发亲近。亨利·温戈只知道啃着土豆大块吃肉。母亲端上法式蛋黄酱，在他看来却是居心不良，糟蹋了好好的牛排。

一天晚上，母亲做了红酒焖鸡。父亲不乐意了："我说莱拉，这里面掺着酒哪。酒都是往嗓子里灌，没有往鸡肉里倒的。"

"亨利，这只是试验一下。我拿不定主意，是拿几样一起参选，还是只拿一个菜。味道怎样？"

"嚼着像喝醉的鸡。"

"妈妈，很好吃。"卢克说，阵势就此拉开。

一连几个星期，她埋头于《美食家》，蹭满黄油的纸页越翻越绵软。她勤于记录，字迹优雅动人。晚餐则是她试验新品和即兴发挥的舞台。她仔细钻研，并开始进行细微的调整和改良。借鉴某道菜品的原料，突出另一道菜品的材质和味道。渐渐地，她拿定了主意：要凭借想象力与精确（也许有限）的烹饪知识，设计出自己独特的食谱，呈现出新颖诱人的美味。家里的四口炉灶加班加点地燃烧，厨房里闷热难当。或棕或白的汤汁在蓝色的火焰上吱吱作响，在母亲手中变身为鲜亮柔滑的酱料，如油漆一般挂在刀面。四五月间,汤锅里总是漫溢出骨香肉味,牛羊鸡鸭配上自家院中繁茂的蔬菜与香草。众多味道聚合成一道馥郁的香气,仿佛一层丝绸笼罩舌面。每次快到家时,我的鼻子总是越发敏锐。棕色的高汤香气扑鼻,熬制出鞣革的色泽;清汤轻身爽口;煨好的鱼汤里露着鱼头,那香气仿佛一整片沼泽都化入口中。

六月天里,在船上帮工的我们筋疲力尽地回到家。经历了一整天暴晒,早已饥肠辘辘。从卡车上跳下来,母亲下厨的味道扑鼻而来,让我干涩的口舌如初生的溪流,重新焕发了生机。通往家里的小径总是汇聚着各色味道,词语根本无法穷尽。母亲在厨房里挥汗如雨,唱着山野的歌谣,沉醉在自己的艺术中。那是我此生最有口福的时光。短短一个夏天,我长高了七个半厘米,结结实实添了九斤肉,全都是拜母亲遗憾落选"科勒顿联盟"所赐。

六月下旬,母亲花了大把精力准备所谓的"夏日惊喜"。她跟"小猪扭扭"商店肉铺的老板打好招呼,请他把平时丢掉的碎肉和内脏留起来,这些东西人们一般都不吃。温戈家成了科勒顿品尝《美食家》法式胸腺肉的第一户。

我爸径自在主位坐下。卢克洗了澡,换了衣服,跟着一起坐下。萨凡娜从厨房端来胸腺肉,乐呵呵地舀进父亲的盘子里。他苦着脸拿叉子戳了戳。母亲进了屋,摆好盘后在另一端坐下。父亲的神情就像要从献祭牲口的内脏中找出占卜的奥秘。妈妈满面红光,桌子上还插着新鲜的蔷薇。

"我说莱拉,这都是些啥玩意儿?"父亲问。

"这叫白汁烧胸腺,里面加了奶油和白葡萄酒,还有人叫它'甜面包',"母亲一脸自豪,"温戈家特制法兰西美味。"

"瞅着狗都不吃。"

"孩子们还在跟前坐着呢,你怎么能说这种话?!"她的语气显然很受伤,"这是家里,不是你的破船,不许在饭桌上胡说八道。再说,你连尝都没尝，怎么知道好不好吃？"

"这算哪门子面包？！我不管你那田鸡菜谱里写了点啥，老子吃了一辈子面包，你这玩意儿可差远啦。它算个啥？玉米面包、奶蛋面包、面包条、饼干，啥都不是。"

"笨蛋，我嫁了个实心儿的笨蛋……"母亲气呼呼道，"这是牛胸腺，亲爱的。"

"宝贝儿，既然有丁字牛排，我就不想吃什么牛蛋蛋。这点要求又不过分。三个月净吃些腥味烂味的鬼东西，早就咽不下去了。"

"妈妈，这是牛蛋蛋？"卢克一边问，一边扒拉着盘里的肉。

"当然不是。卢克·温戈，不许说粗话。胸腺是其他部位。"

"哪个部位啊？"我问。

"我也说不好。但肯定离生殖器远着呢。"

"大老爷们儿累了一天回到家，想吃块肉怎么了？"父亲把叉子一摆，"我就这点指望。哪怕是炸块鱼，来点虾子或者肉汤呢？你做的这些东西连鬼也不碰，狗都不闻！乔普呢？乖，过来。上这儿来，乔普。"

乔普正窝在椅子里睡觉。一听有人召唤，便支棱起满是灰斑的乖巧脑瓜儿。去年夏天它还活泼得很，如今只能懒懒地蹦下地。它小心翼翼地凑到父亲跟前，白内障已经蒙糊了眼球。得了心丝虫病的乔普总是颤颤巍巍，以至于最后丢了性命。

"来，乔普，上这儿来！"父亲不耐烦地吼道，"该死的畜生，给我过来！"

萨凡娜说："一看就知道，乔普聪明得很，跟老爸从来都不对付。"

乔普在一两米开外的地方停下观察。它对谁都掏心掏肺，除了老爸。

"嘿，你这傻狗子，来盘胸腺肉吃吃。"

父亲把盘子摆在地上。乔普试探着蹭到跟前闻了闻，看不上，又舔了舔奶油，转身趴回椅子上。

母亲道："为这顿饭我忙活了一整天。"

"看吧！"父亲来了劲儿，"证据摆在这儿！狗都不闻的东西，你却让我往肚里咽。我起早贪黑，为逮几个虾子累死累活，跟码头的黑人一样从早累到晚，回家吃得还不如条蠢狗。"

"你就当猎奇嘛，亲爱的。我想让孩子们尝尝不同的风味，开开眼界。这可是经典的法国菜，我在《美食家》上找到的。"母亲垂头丧气地解释着。

"法国菜？！"父亲吼道，"你当我是法国佬？！我最讨厌混账法国人。听没听过他们说话那腔调？老天爷，就像屁眼儿里塞了二十斤黄奶酪。我是美国人，挣钱养家的直肠子，大老粗。我就爱吃美国东西——牛排、土豆、虾子、秋葵、玉米啥的。法国人那些破烂蜗牛、鱼子酱、青蛙、蜻蜓蛋蛋什么的我不稀罕。老婆，我不是有意伤你的感情，也不想猎奇，我就想吃顿正经饭。"

卢克倒摆开架势，故意吃得津津有味。

"妈，我觉得挺好。要说还真没吃过这么好吃的东西。"

我尝了一小口，居然挺合口味。

"妈，好吃，"我说，"好吃极了。"

"妈，这是好东西，"萨凡娜赞同道，"别急，老爸，一会儿我给你煎条刺鲅。"

一见全家人合伙对付他，父亲道："这破玩意儿连狗都不吃。"

"除非是铁罐儿里的，不然它甚也不吃。"卢克道。

"什么也不吃，"母亲笑着纠正，"用语得记准，养成好习惯。"

萨凡娜提议："要不你给老爸拿罐'爱宝'狗粮？"

我起哄："让他跟乔普抢。"

那个时候，即使母亲端来的是白酒炖马粪，我们几个也会大加夸赞。这是一种不成文的伦理，错综复杂。因为它，每次父亲无端开火伤人时，我们总是无条件地站在母亲一边。无论他多么言之凿凿，亨利·温戈永远摆脱不了恶霸的形象。为此，他总是与人疏离。纵使自己恼火不已，无奈命数已定。他眼睁睁看着自己的儿女吃得津津有味，摆明跟他这个一家之主作对。

"好啊，莱拉，你挑唆我自己的骨肉跟我作对，拿我当冤大头是吧？"

"爸，有话好好说嘛，"卢克好生劝道，"妈做一餐饭挺辛苦的。"

"多嘴！我累死累活，回到家你妈却端出堆狗屎让我吃。是我养活了你们这帮耍嘴皮子的家伙。我挣的是面包，不是什么混账甜面包。老子发牢骚，那是老子有资格！"

"好好说嘛，爸，"萨凡娜说得若无其事，却在冒险试探，"你不霸道的时候还是挺好的。"

"闭嘴！"

"我有表达意见的权利，"萨凡娜边吃边说道，"这是美国，我是美国公民。你没有权利对我大喊大叫。"

"我让你闭嘴！"

"好个男子汉，大丈夫。"母亲不识趣地揶揄道。

"莱拉，你给我弄点正经吃的去，"父亲命令道，"马上！累了一整天，吃顿好饭天经地义。"

卢克丧气地安抚道："爸，别上火。"

父亲照着他的腮帮子就是一巴掌。卢克怔怔地看着父亲，对着盘子低下了头。

"弄点肉来，"父亲道，"不管啥肉。让你们学学怎么尊敬一家之主。"

"卢克，没事吧？"母亲问。

"没事，好好的。"

"杂烩还有剩，米饭也有。亨利，我给你热热。"

"妈妈，我给你打下手。"萨凡娜道。

我把椅子往外一蹬，也下了桌："我也去。"

只有卢克和父亲还坐在桌前。

我去厨房躲清静。根据长久以来的经验,我已经学会在父亲爆发时躲避攻击。

"汤姆,你来切洋葱好吗?"母亲问。

"好。"

"萨凡娜,亲爱的,那你来热米饭?就在冰箱最里面,盖着盖子那盘。"

萨凡娜打开冰箱门:"妈妈,对不起。"

母亲在食品柜的罐头堆里找了半天,翻出一罐狗粮。她全然不理会我们诧异的眼神,打开罐头,开火用黄油煸洋葱。

厨房里弥漫着炒洋葱的味道,母亲道:"汤姆,多切个洋葱,再剥两瓣蒜。"

热油里的洋葱和蒜片现出透明,母亲把狗粮舀出来放进平底锅,狠劲儿拌炒。肉上加了盐,放了胡椒,伍斯特郡酱[1]和塔巴斯哥辣汁[2]也猛倒一气。她往锅里丢了把香葱,跟前一天的旧米饭一起炒热,然后摆盘,用韭葱碎和新鲜香菜略加装点。母亲昂首走进饭厅,堂而皇之地把盘子摆在父亲面前。

乔普又来了精神,咕咚一声下了地,往父亲跟前蹭。

"瞧瞧,连这傻畜生都知道啥好吃。"

他用面包碟装了点杂烩,给乔普摆在地上。乔普三两口吃个精光,回到小屋里心满意足地哼哼起来。

"御前试菜师。"萨凡娜道,接着吃起晚餐。

威信得以重建,父亲一边吃,一边连连叫好:"哎,莱拉,这才是人吃的饭。简单,好吃。我是个大老粗,我也不觉得丢人。可我知道啥对你好,啥是害你。这饭不赖,谢谢你费心。"

---

1 英国调味料,味道酸甜,色泽黑褐,略带辣感。
2 美国知名辣椒酱汁品牌。

"没什么,亲爱的,乐意之至。"母亲挖苦道。

"我最讨厌老在饭桌上吵架,"卢克道,"每次坐下吃饭,都跟诺曼底登陆似的。"

萨凡娜道:"卢克,这可是家里的一大乐趣。如今你也该习惯了,吃把豆子,有了力气再挨揍。"

"行了,萨凡娜。"母亲告诫道。

"卢克,我是要教你学做人,"父亲没心没肺地拿勺子舀起狗粮往嘴里塞,还不忘嘟囔,"真希望当年我犯浑的时候,我爹也能打我几下,而不是叫我读十页《圣经》。"

母亲挖苦道:"你爸就是看了《圣经》,事业才如此兴旺。"

"不好意思,我不是心脏外科医生,也不是什么白领银行家。可你能不能别老拿我捕虾说事儿?"

"我只是嫌你连捕虾也捕不出个名堂。下河谋生的人有十几号,一半连白人都不是,人家都比你捕得多。"

"但他们可没有我的生意头脑,他们可没那么多赚钱的主意。"

"你亏的钱比人家挣的还多。"

"莱拉,那是我理念太超前,这你总得承认吧?我可比那些阿猫阿狗有能耐,就是缺点本金,还得找幸运女神沾点光。"

"一身臭虾味儿,天生烂泥扶不上墙。"

"那是吃饭的营生,"父亲已经无力反驳,"干这个躲不开。"

"胸口拿蒜瓣儿抹抹,都能当蒜香虾饭了。"

"我闻着挺好。"卢克说。

"谢了,卢克。"父亲说。

"哼!"母亲道,"那你想不想跟个二百斤的大肥虾睡一张床?"

"你们看,你们看,"卢克道,"大事小事动不动就吵吵。"

萨凡娜瞅瞅垂头丧气刮狗粮的父亲:"他又不像大虾……"

卢克道:"为啥不能像电视上演的,一家人说说笑笑,聊聊白天发生的事儿？人家的爸爸吃晚饭都是西装革履。"

"西装革履的能风里雨里撒网捕虾？！再说了，那都不是正经当爹的，都是些好莱坞的摆设。"

"可人家吃饭多高兴啊！"卢克依旧坚持。

"保险柜里塞着几百万，换你你也高兴，"酒足饭饱，父亲大咧咧地打个饱嗝儿，"真舒坦！记住，莱拉，你要喂饱的是美国人，不是青蛙。"

"就是炸块石头，你也像黑屁股肥猪似的，吞得津津有味。可我还得让孩子们见世面，我自己也得有点长进。我正琢磨什么样的菜谱最合适，能让'科勒顿联盟'那些反对我加入的人开开眼。我要接着试验，直到摸索出独一无二的食谱，让她们也知道知道，我可是联盟的资本。"

父亲目不转睛地盯着母亲，终于捅破了饭桌上那层窗户纸："亲爱的，难不成你到现在还不明白？人家是不会接受你的。之所以整出个'科勒顿联盟'，就是为了把你这样的人挡在门外。法国菜也好，意大利菜也罢，你就是做出个大天来，人家照样不搭理你。我说这话也是为你好，还是面对现实吧。"

"妈，别给她们寄食谱，"我说，"求你了，爸说得对。"

萨凡娜劝道："妈，干吗费那个力气？便宜她们做什么？她们就知道欺负你。"

"你自己让人欺负，人家才能欺负得了你，"母亲毫不示弱，"比起那些女人，我一点也不差。我自己心里清楚，她们心里也明白。我不声不响地在镇上做好事，跟她们不分上下。可罗马也不是一天建起来的。人家都有厚实的家底，我却没有。不过，只要用好手头的东西，有朝一日我准能挤进去。"

"妈妈，干吗非得挤进去呀？"萨凡娜问，"那些不想要我的地方，我才不想去呢。"

"她们想要，只是还没想清楚。"

父亲起身道:"那种地方,你几辈子也进不去。这不怨你,怨我。"

"是啊,亨利,我知道。"母亲道。难得父亲示好,母亲却毫不理会:"你肯定算不上什么资本。"

剩余的夏日里,母亲一门心思钻研低地区域的食材,专心致志时的飒爽英姿令人惊叹。光是鸡肉,她就能变出十种不同的花样,每一道新花样都好像在她巧手中诞生的新物种。父亲一发牢骚,母亲便用狗粮拌饭招待,可就连这道"主菜"也日渐改善,越做越好吃。猪肉到了母亲手中就像被施了魔法,我对这种肉的看法也随之彻底改变。她的烘烤食谱如若流传开来,南方人的生活质量亦将发生质变。然而,烤肉总会牵扯到母亲的过去。于是,她以简单、平庸为理由,不再将它纳入考量。为了选食谱的事,家里还发生了争论。母亲做了道虾仁慕斯。那是我这辈子吃过最精致的美味。萨凡娜则偏爱海鲜浓汤,捕虾船一日成果的精华全被收入其中。父亲依然是炸鸡的忠实拥趸。这便是夏日里全家最幸福的时光。即便乔普死去,葬礼也安静而美好。离别中蕴藏着温暖,眼泪里透着轻松。发现的时候,它已在窝椅里死去,我们为它做了棺盒,用共度时光的照片加以装点——从嗷嗷待哺的幼犬,直到生命的最后岁月。乔普一直陪伴着我们,它也是这个家最美好的一面。它的爱无怨无悔,不图回报。我们把乔普和夭折的弟弟妹妹葬在一起,还为它埋了两罐狗粮,让它带着上路。谁要是招惹它,见到罐头,便知道主人对它疼爱有加。

第二天,卢克在码头外钓到一条十斤重的马鲛鱼,刚好赶上周日晚餐。妈妈把它用虾肉、蚌肉、扇贝填得满满登登,又加了红酒、全脂奶油和随便几味香草,上火烘烤。端上桌,白色的鱼肉脱骨滑下,葡萄园、乳品店和海洋的味道完美交融,从河鲜肉里喷爆而出。就在它上桌入口的两小时以前,这条马鲛鱼还在科勒顿河里觅食。卢克在它肚子里发现一只完整的大虾,想必是上钩前那一刻进的肚。卢克把那只虾洗净,母亲把它加入了填料，以示吉利。

"就是它了！"我说，"非它莫属。"

"难说，"父亲道，"炸的就挺好。"

"就是高档餐厅里也吃不到这种美味。"卢克夸赞道。

"卢克，你怎么知道？"萨凡娜逗趣道，"你又没进过什么高档餐厅，撑死也就是买碗粗燕麦尝尝。"

母亲道："我觉得有点过。味道太重，太腻，个别地方又太普通。我今天才读到：简约是一切优雅的关键所在。但太简单也可能变成硬伤。"

萨凡娜接话道："是啊，就像老爸。"

"好啊！"父亲欢快地叫道，"简约，是吧？意思是老爹我是低地区域一等一的体面家伙咯。"

母亲回答："不，绝对不是那个意思。"

我问："妈，今天找到什么好菜了吗？"

"有道那不勒斯的汤品，要用猪肺脏、猪心和气管。想了想还是没做。"

"那就好，"父亲嚼着鱼肉道，"听着就想吐。"

萨凡娜说道："真够反胃的！"

"要我说肯定好吃，"母亲道，"只是听着吓人。我敢说，第一个吃蜗牛的人肯定也觉得难受。"

父亲接话："铁定全吐。"

八月初，母亲得意地宣布：终于找到了参赛的最佳食谱。为了这道菜，她解冻了八只野鸭，都是去年冬天卢克打猎的存货。剩骨和碎肉熬出的高汤色深如朱古力，味道腥烈浓郁，但火候略过。母亲用少许红酒和白兰地去除腥膻之气，然后坐下来回忆对野鸭美味的所学所知，一想就是一个小时。大头菜、洋葱、酸苹果、藤架上的斯卡珀农绿葡萄和鸭肉一起用慢火炖煮。她在头脑中构思平衡与取量，一餐完美佳肴就此成形。餐桌之上，我们分明感受到母亲的惴惴不安。她担心的是葡萄。这次没参考食谱书，抛开《美食家》走了步险招儿。就地取材，好坏未知。

我总担心大头菜会毁了味道，母亲却说只有野鸭肉配大头菜能不失鲜嫩。肉嫩不嫩我不担心，我只是讨厌吃大头菜。水果的鲜甜去掉了大头菜的生涩，而大头菜又恰到好处地削减了葡萄的甜腻。面对色泽如野蔷薇的鸭肉，连父亲也收敛了平日的牢骚，埋头吃得津津有味。这是母亲的美味独创。饭后，全家起立为她鼓掌。那年夏日，这已是第七轮。

母亲屈膝致意，不断朝我们飞吻，眼中绽放出鲜有的神采。她绕到桌边，难得温情地亲吻了我们三个。连父亲也享受到如此优待，和母亲跳着华尔兹进了客厅。母亲咯咯笑着，嘴里哼起亚特兰大恋爱时光的甜美旋律。父亲臂弯里的母亲闲适而自然。我这才注意到：原来他们如此登对。对我们全家来说，那个夏天幸福得太过奢侈，近乎带着感伤。厨房里的母亲像个魔术家，奇思妙想不断；而父亲则每日把虾船装得满满登登。这个家开始有了家的感觉，有了我毕生渴望的依托。骄阳暴烤的夏日充满愉悦，家中父慈母爱。白天我跟着虾船出海，辛勤苦干，晚上回家吃得像个国王。

饭后，母亲在信封上写下编辑委员会的地址，嘴角不自觉地微微上扬。屋门敞开，河面的凉风穿透房舍。她舔湿邮票，贴在信封一角，而望着她的萨凡娜却一脸忧伤。妹妹抬头望向我，四目短暂相交，像是预见，又像双胞胎的心灵感应。明知母亲会再度受伤，我们却无能为力。

不出一周，就有了回复。当晚坐车回到家门口，厨房没有香味传来，我们就知道事情不妙。家里空空荡荡，收到回信的母亲一个人躲在葡萄架后落泪。卢克和我找到后院，萨凡娜正在安慰母亲。妹妹把信递给我俩。

亲爱的温戈太太：

  我代表委员会衷心感谢你递交"Canard Sauvage de Casa De

Wingo"的"家传食谱"参选。很遗憾，我们一致认为烹饪大全应汇集更多原创南方味道，并无太大空间留给异域之作。感谢你的体谅和参与。

伊莎贝尔·纽伯利　上

附：莱拉，你一定得告诉我，你那食谱是从哪本烹饪集抄来的。一看就是美味。

我火冒三丈："告诉她是从《全美毒菇指南》上抄的，巴不得下次喝茶时让她尝尝。"

"忍不了了，"卢克说，"我非把她儿子揍扁不可！"

"好了，好了，"母亲哭着道，"没必要动粗，她儿子跟这事一点关系也没有。没什么，真的。她们肯定早就想好了选谁不选谁。能有机会参选就好，食谱交上去就很荣幸了。我不会为这种小事烦恼。有骨气的人，不能在她们跟前哭天抹泪。看到我取的菜名了吗？之前我还担心，名字取得是不是太过了……"

"我压根儿没看懂，"卢克还是揪着信不放，"还以为会取个'啥啥鸭'呢。"

母亲抹抹眼泪："本想着用法语会更优雅。"

萨凡娜说："这名字配美味正合适。"

"但凡尝一口，她们肯定会喜欢。你说是不是，亲爱的？"

妹妹道："要让我喂，她们怕是尝不出香甜。"

卢克乐呵呵地解释："萨凡娜肯定把肉塞进她们的大屁眼儿。"

"兴许人家知道，我家的孩子没教养，"母亲说着从长凳上站起身，"连自家儿女也管不好，怕是也不配加入联盟了。"

卢克上前一把将母亲抱起，轻吻着她的两颊。她活像儿童用品店里的假人。

"妈妈，"卢克道，"她们伤你的心，我也不好受。我最怕见你掉眼泪。这些人要再敢欺负你，我就砸了她们的场子，把她们全揍趴下，使劲把鸭肉、葡萄、大头菜往她们嘴里塞，让她们吃到能呼扇翅膀上南方过冬为止！"

"卢克，那就是个俱乐部而已，"母亲展展裙子，在草地上小心坐下，"真是的，你们几个孩子比我还火大。我就是想稍微上进点，也让你们有好日子过。掉眼泪是担心名字没起好。总觉得哪里不对劲儿……伊莎贝尔·纽伯利一写出来，我才知道大事不好。她抄得一字不差，跟讲笑话似的，就好像光看名字就笑得肚子疼。法语里的'人家'是casa对吧？"

"对！"我们异口同声，可谁也不懂半点法语。

当晚，我们睁眼躺在床上，在黑暗中听北风呼啸，听河畔浪涛奔流入海。风浪呼啸中，母亲的房间传出隐隐哭声，父亲用粗嗓子咕哝了几句不痛不痒的安慰话。晚饭后，母亲查到了正确的法语词：chez。什么样的耻辱她都经受得住，但最怕暴露自己没文化。

我问："谁能告诉我，妈为什么那么想进'科勒顿联盟'？"

萨凡娜答道："她讨厌现在的自己。"

"她哪儿来的这些想法？"卢克问，"我就不明白了，都哪儿冒出来的？"

"想着想着就有了呗。"萨凡娜解释道。

"该死！"卢克道，"明年要当花园俱乐部的主席，还以为她能高兴点。"

萨凡娜道："花园俱乐部谁都能进，只要你是白人，会埋种子。只有那些想要而得不到的东西，对她来说才有意义。"

随后，恶劣的气候来临。科勒顿河背叛了我们，背叛了卡罗来纳所有靠海为生的人家。一月，严寒降临，而大家都知道，这种寒冷绝对不同以往。野鸭事件已过去六个月。清早睁眼看到白雪,这还是生平头一次。十厘米的厚雪覆盖整座岛屿,冻结了岛中心的黑水塘。湿地边缘一片雪白,很容易看到觅食的野兔、田鼠,老鹰一抓一个准儿。灰蒙蒙的天空一片凄冷。整整一周,日间气温在零下十二三摄氏度附近徘徊。水管冻爆,家中停水两个星期。通往梅尔罗斯的电线被冰冻的树枝截断,岛上一片漆黑,我们靠着煤油灯的微光度日。家里的火生得旺旺的,每次我们捡柴归来,母亲都会在柴炉边把我们鞋里的雪水烤干。家中一片欢快,仿佛某个不期而至的禁忌节日,学校也放假五天。全南卡罗来纳没有一部铲雪车,科勒顿也没有雪橇。院子里,我们第一次打雪仗,还堆了雪人。

久患关节炎的黑人老头克雷姆·罗宾森冻死在五公里外。雪还没化干净,一场冰风暴又席卷了低地区域,让我们领教了冰雪的狡诈。树枝被晶莹的怪物压着,夜晚可以听到戚戚然的断裂声。枝杈折断的声音暴虐异常,就像完好的骨骼突然折断,令人胆寒。谁也想不到,树木居然会被一挂寒冰摧毁。谁也想不到,树木会在脆烈的声响中陡然倾覆,仿佛幽灵般的炮火声回响在整个森林。冬季已然全副武装。大西洋水温已降到七摄氏度以下,父亲翘首以盼的春季虾潮开始死亡。大批的虾子命丧深海,卡罗来纳的捕虾人却一无所知,怕是三月空手而归时才会知晓。无以计数的虾群回涌河溪、挤占滩涂的景象不复存在,它们形单影只地行动,怀卵的雌虾肩负着延续物种的重任,奋力朝产卵的溪流游去,大小沼泽充斥着虾卵。就在当年,银行收回并拍卖了十七艘捕虾船。父亲的船连续两周起早贪黑,也就只有十八公斤的收获。大海已然贫瘠不堪,鱼类和海鸟的习性也越发怪异,海潮丰饶不再。有史以来,虾第一次成了科勒顿餐桌上的珍奇美味。

五月,父亲的捕虾船第一次交不起费用。逾期次日,他驾船南下前往佐治亚水域。那边的收获也是微乎其微,连油钱都不够。父亲继续往南开,跟同行打听,收集着各种能"大捞一票"的资讯:佛罗里达群岛,墨西哥湾……在佛罗里达州的圣奥古斯丁,他的船在严寒期的禁捕河道捕捞,结果被当局抓住。铤而走险,也是因为走投无路。结果捕虾船被扣,父亲还吃了五百美元的罚款。他在十七号公路边的维修厂当汽车修理工,干了六个月才把罚款交清,这才把船弄回卡罗来纳水域。他打电话,跟母亲说要靠你们缴费养船了。

卢克、萨凡娜和我从此养成了五点起床,到河边放笼捉螃蟹的习惯。我们把笼里的青蟹倒进船上的大桶,然后在笼里放上鲜鲻鱼和下脚鱼当诱饵。起初只放了二十只笼子,到了夏末,绵延三十多公里的河溪边上一共放了五十只。我们初来乍到,不能跟捕蟹的商船抢生意,只能在远离科勒顿河的偏远河道放笼。我们的蟹笼放得远,散得开,遍布县内各处。蟹笼就是我们的足印。线绳系上白色的浮子,我们的蟹笼漂动在涨退的潮水中。循着一个个浮子,便能随我们到达科勒顿最宽广、最荒凉的地方。开始还很生疏,手头慢,做了很多无用功;后来我们渐入佳境,掌握了工作的节奏,吸取早先的教训,总结出自己的方法。第一个月里,清笼上饵要花十分钟;第二个月,同样的工序每笼只用不到两分钟。说到底,这就是磨炼技艺。我们不断地改进动作,学会欣赏精准的优雅与高效,也懂得捕蟹和一切事物一样,有属于自己的内在美和韵律。第一个月不赚不赔,挣的钱全都花在购买蟹笼上。第二个月,我们为父亲的捕虾船补贴了费用。我们一次次来称重,捕蟹老手们眼看着我们日渐长进。开始,我们还是大家嘲笑打趣的对象;到了八月份,三兄妹已被他们视作同行。大家时不时聚拢一处,夸奖萨凡娜粗手上的老茧。还有人不时给些有用的建议,教我们几招窍门。等我们对基本要领得心应手后,老手们也常常报以沉默的赞赏。我们生在河边,生来就是干这个的,大家都指望你不负天赐。

然而,无论我们在河上如何拼命,都无法减轻母亲的忧虑。挣来的钱总是不够付账单。九月,岛上断了电。煤油灯微光的照射下,母亲的脸越发憔悴忧虑。接着,捕虾船的保险费又成了问题。电话又被掐。我因为裤子短得过分,在学校被人嘲笑。为了找份工作,母亲走遍了镇上的所有店铺,无奈哪里都不招工。每晚放学,我都到河边撒网,为晚餐弄点吃食。

明明时节未到，我们却开始猎鹿，连母鹿和幼崽也不放过，只为往餐桌上添块肉。我们因母亲无声却直白的恐惧而绝望。她不许我们向任何人诉说困境，甚至连祖父母都不例外。强硬的自尊不允许她向邻居求助。母亲避世避得简单粗暴：杂货店、五金店的欠账还不上，就索性不到镇上去。她开始封闭自己，沉默的时间越来越长，越来越令人担忧。她在园中劳作，宣泄无法抑制的怒火。全家都迟疑不决，等待着运气扭转。白虾潮回涌入河，多得兜也兜不住。而父亲却还在拼命赚钱，想要赎回佛罗里达那艘干巴巴的破船。

感恩节前日，梅尔罗斯岛堤道边有车声传来。十分钟后，车子停在我家院里，下来四个衣着讲究的女人。我一开门，原来是"科勒顿联盟"的贝蒂娜·波茨、玛莎·兰德尔、西尔玛·怀特和伊莎贝尔·纽伯利，说是要找母亲说句话。

来到门前，一见是她们，母亲的目光霎时暗淡下来。她在围裙上抹了抹手，请她们进屋。

"我们不能久留，莱拉。天黑前还有三只火鸡要送呢。"伊莎贝尔·纽伯利殷勤道。

四个人别别扭扭地在客厅坐下，眼睛在屋里到处瞟。母亲道："我不明白。"

贝蒂娜·波茨开口道："莱拉，你肯定知道，联盟的一大功能就是在感恩节为贫苦的家庭赠送火鸡。我们想让你和家人好好过个节。"

"你们搞错了，贝蒂娜，我们家过得挺好。"

"莱拉，能不能点盏灯啊？"纽伯利太太问，"黑漆漆的什么也看不清。"

"多谢各位女士关心，"母亲极力压抑着怒火，"还有很多家庭比我家更需要你们的救济。"

"莱拉，你可千万别把这个当救济，"西尔玛·怀特道，"就当是我们记挂友人的善意之举好了。"

只听母亲道:"求你们别这样对我。你们行行好。"

"莱拉,你得为孩子们着想,他们也要过节呀,"波茨太太道,"别光顾着自己。"

这时卢克开了口。他的声音咬牙切齿,听着像要宰人。他咆哮着冲出厨房:"都给我滚出去!"

躲进卧室的萨凡娜和我也出来了。玛莎·兰德尔道:"这年轻人够粗鲁的!"

"莱拉,请把灯打开,"伊莎贝尔·纽伯利又道,"黑灯瞎火的,我连你家孩子的脸也看不清。"

"伊莎贝尔,我儿子叫你离开。"

贝蒂娜·波茨还不死心:"放下火鸡我们就走。"

母亲强作镇定:"那就出门的时候放院里,我一会儿让儿子去取。"

"莱拉,这就让人为难了。"兰德尔太太道。

四个女人起身要走,母亲道:"你们让我更为难,玛莎。"

她们把冻火鸡搁在草坪上。从屋里可以听到车子远去的声响。

愤怒的泪水挂在母亲脸上。她径直走到客厅的枪架跟前,拿起霰弹枪。她抓了把枪弹,装了枪,多余的放进围裙口袋,然后冲进院子,瞄准那只"科勒顿联盟"赏赐的救济火鸡。

"她们都等着盼着这一天呢。"母亲说着,用肩膀抵住枪。第一枪把火鸡打到了草地边上,第二枪直接把它打了个稀巴烂。

"孩子们,你们记好了,她们就是这种人,没一个好东西。"

母亲垂下枪,转身进屋。至于那年感恩节的晚餐,我完全没印象。

十二月下旬,父亲从佛罗里达回来后,一只赤蠵龟被冲到了码头附近的湿地。我们发现时,它已经断了气。父亲让卢克和我赶紧把它弄走,省得腐烂了,熏得院子里臭烘烘的。那天吃早饭,萨凡娜给我们读社交专栏：里斯、伊莎贝尔·纽伯利夫妇将带着儿子托德赴巴巴多斯，在那里度过冬季假期。我们把死龟搬上了波士顿威拿。当晚睡觉前，卢克把他的计划告诉了我和萨凡娜。

凌晨三点，我们爬窗溜出去，蹑手蹑脚地到了码头边。离家漂出四五百米，卢克才发动了马达。他驾船拐上主水道，直奔对岸科勒顿的灯火而去。油门一踩，我们的船在满潮的海面上轻盈而过。三兄妹欢笑着从桥底穿过，快到浪潮街尽头的上岸处时，却开始不言不语。卢克熄了火，船漂了三十多米来到岸边。我跳上岸，把船拴在公共码头。我们抬着海龟下了船，一路走走歇歇，沿着静夜无人的街道朝纽伯利家进发。头顶是苍翠的橡荫，从佐治亚州的萨凡纳一路延伸至查尔斯顿，而路边都是当地最气派的房舍。小镇外隐约有犬吠声传来。我被龟背上生出的藤壶划了手。空气清冷，有些窗户里还有一闪一闪的圣诞树彩灯。

到了纽伯利家，我们把死海龟搁在后院，卢克试着撬窗。他爬上一根柱子，发现二楼卫生间的窗户没关。后门一开，卢克便招呼我俩进屋。我们搬起海龟，三步并作两步地上了后楼梯，直奔主卧室。卢克"周到"地掀开纽伯利夫妇那张四柱大床的被子。我们让乌龟脑袋枕着枕头，盖上被单，又压了几床毯子。萨凡娜把暖气拧到最大，卢克还拿了纽伯利太太的睡帽，顽皮地扣在海龟的大脑袋上。味道已然开始发散。母亲喊我们吃早饭时，三个人早已躺回自己的床上。

度假归来，纽伯利一家半年没敢在屋里住，也再没去过巴巴多斯。卧室里闷热难当，再加上海龟尸体腐烂，味道难闻至极。他们烧掉了四柱床和床垫。整整一个月，女仆一进卧室就想吐。里斯·纽伯利悬赏一千美元寻找罪魁祸首。《科勒顿报》还发表了评论，谴责这桩罪行。母亲从未像读那篇文章时那么开心。

到了她生日，萨凡娜为母亲送上一本"科勒顿联盟"的烹饪大全，作为我们三兄妹的礼物。书拿在手里，母亲的眼中透着受伤与失望。这礼物分明是给她添堵，而她显然也怀疑我们是不是在取笑她。

"妈妈,打开封底瞧瞧,"萨凡娜道,"卢克、汤姆和我也写了个食谱。"

萨凡娜在最后一页上写下了"Canard Sauvage Chez Wingo",也就是"温氏炖野鸭"的完整做法,而扉页上则是我们自己的发明。

纽氏焖海龟

原料:赤蠵龟一只(越熟越好)。

选在月黑风高之夜,趁父母熟睡时将海龟运至河对岸,注意掩人耳目。找到敞开的窗口入室,打开后门,将海龟置于四柱床上。将暖气开大,将海龟煨熟,用时约两周。享用时佐以吐司角与烈性红酒。为母亲送上生日祝福和子女的爱。永远别忘记那只火鸡。

永远爱你的
萨凡娜、卢克及汤姆

我一直相信,这道食谱是妹妹创作的第一首诗歌。母亲先是一通数落,大吼着要我们正派为人、奉公守法,而不是溜进别人家干坏事,还威胁我们要去找里斯·纽伯利告状,领赏金。她让我们向治安官自首,说我们有辱家门,让她再次沦为科勒顿的笑柄。数落完,她又看了看那道食谱,像个小女生一样咯咯乐个不停。母亲把我们三个拢在怀里,难得抱得如此用力。她兴冲冲、恶狠狠地低语着:"我的孩子们个个都有出息。莱拉·温戈也许一无是处,她的儿女却能翻天覆地。"

第十二章

伯纳德·伍德拉夫表面上是个问题青年,骨子里却是块打橄榄球的好料,让人教得起劲儿。他也是个受伤的孩子,没什么自信,但凡敞开点心扉,就能赢得伙伴的欣赏。他渴望成为运动健将,无论我怎样严苛,他已经懂得自我鞭策,总要求挑战新的极限。博得教练喜欢、以高昂斗志赢得教练尊重算是个高难科目,而这也是他训练的一部分。我告诉伯纳德,当教练的都是直肠子,希望自己的队员上场是犀利猛虎,在校是翩翩绅士。球场上,教练鼓励果敢无畏;而场下,则欣赏斯文守礼。教练说抢球不能手下留情,抬人下场却要助一臂之力,并不忘给住院的伤员写一张文通字顺的慰问卡。第一周见面,我教他如何养成运动员的习惯和思维。当时我就告诉伯纳德:身为运动员,如果你不是出类拔萃,那就假装自己是。体坛精英也许不需要演戏,但我们普通人需要。

我教他橄榄球的基本知识。从零讲起,把自己对这项运动的所知所学一点一滴地传授给他。第一天,我们从三点式站位[1]练起,花了一个小时练习从这一站位开始进攻。我为他演示如何正确地掷球,如何挥臂,几步回撤口袋区域[2],传球时如何走位,以及抛传保护崩溃时如何保住球。漫

---

[1] 橄榄球运动中前锋和跑锋队员的就位姿势。要求一手触地,另一侧手肘收至大腿或臀边,上身及触地手臂略微前倾。
[2] 进攻边锋传球时在四分卫周围形成的保护区域。

长的训练就此开始。我要他学打场上所有的位置,既要学进攻,也要学防守。萨凡娜依旧拒绝我的探视,我有大把时间。再次执教的感觉真好,而且伯纳德跑动很快,传球掷球也不错。他渴望有个好教练,而我也渴望有队可带。

我教他面对敏捷的防守后卫时如何跑动传球,面对冲上来的防守前锋又如何进行阻截。我们按部就班,一步一个脚印,每日反复练习,直到伯纳德将动作形成肌肉记忆。

两个人每早八点碰头。每次我慢跑到中央公园,伯纳德已经在那里等候。训练结束前,我们都会做一组短距离冲刺,四十码,两人赛跑。第一天,十个回合我赢了六个。到了本周五,伯纳德已能赢七个回合。练习结束,我请他喝可乐,他回家洗个澡,然后学琴。身为教练,我要求他服从严格而枯燥的训练纪律。他有心练好,自己也意外地乐在其中。第一周练下来,伯纳德开始有了橄榄球员的觉悟。因为我,他身上发生了意想不到的变化;而他也让我重新找回了当教练的感觉。他那张嘴依旧让人火大,还是不停地问这问那。他基础差,上手慢,但勇于尝试,对橄榄球也有热情。他让我斗志昂扬,也令我再次想起自己为何热心执教,带孩子们认识这项我儿时钟爱的运动。上门的学生只要真心想学,在我这里都有显著的进步,连他们自己都料想不到。我能点燃学生心中的热情,让场上其他的孩子望尘莫及。菲利普斯·艾克斯特学院里的某些人现在还有闲心在纽波特[1]、在韦斯切斯特睡大觉。到了秋季返校之时,他们一定会大跌眼镜,因为伯纳德·伍德拉夫整个夏天都在中央公园里学能耐。

我花了十天时间,铆足力气和伯纳德一起锻炼身体,然后找到他母亲,商量着给他买套球衣装备。

现如今,每次去苏珊·罗温斯坦的办公室,我都想找出伯纳德从母亲身上继承的优点。和母亲一样,伯纳德也是两腿修长,嘴唇丰满,两眼深

---

[1] 位于罗得岛的避暑胜地。

遽有神,皮肤像鲜果般水嫩。明明英俊出众,却总绷着个脸。而每早我俩的第一个项目就是让他对我微笑。看他的样子,练习微笑就像扯筋拽肉,生不如死。做了那么多训练,他唯独讨厌这一样。

我来纽约也有三个多星期了,萨利既不来信,也不打电话。我打算给萨凡娜的公寓来个彻底粉刷,而日记也已经写到了第二本。我每周给萨凡娜写一封信,跟她收到的其他信件叠放在一处。早晨我锻炼身体,带伯纳德训练;下午则走去罗温斯坦的办公室,听录音,循着录音里的尖叫,讲述妹妹的童年。她有三千本藏书,我读到不少佳作。我正在一步步整理自己破碎的人生。差不多一年了,我头一次梦见回归讲台。梦中的我置身教室,讲的是托尔斯泰,在座的都是爱戴我的学生。我告诉大家:托尔斯泰之所以伟大,是因为他的热忱。我总纳闷儿:为什么每次谈到自己喜欢的小说我就格外富有激情?在梦里,一切都显而易见:读书是我的幸事,那些书也改变了我。在梦里,伟大的作家与我促膝而处,用自己的声音为我描绘这大千世界。梦中醒来,才发现即便再有新书俘获心灵,我也没有教室可去。有了学生,我才完整。我又开始写信,在查尔斯顿的高中申请教职。从前,为人师表的我是那样快乐,如今却萎靡不振。

讲完母亲徒劳的参选经历,苏珊看了眼手表。

"汤姆,今天到点了,"说完,她顿了顿,"你知道整件事哪里最奇怪吗?你家居然订阅了《美食家》。"

"你可别忘了,我祖母花了三年时间巡游世界,新奇想法多了去了。她给萨凡娜订了《纽约客》,要我说这才叫奇怪呢。谁能想到,有朝一日萨凡娜会在纽约臭名昭著的疯人院里度过大半成年时光……"

"你一直给萨凡娜写信。"

"没错,罗温斯坦,"她那训人的口吻我听着就来气,"她是我妹妹。我家历来有这传统,彼此写信表达关怀祝愿。"

"可这些信会让她受刺激。昨天收到你母亲的来信,医生连镇静剂都用上了。"

"这也不奇怪，"我说，"谁看了我妈的信，都会羞耻得想钻地缝。我的信不一样，都是礼仪的表率。本人经验丰富，知道如何避开疯子的敏感神经——自家亲人也不例外。"

"汤姆，萨凡娜不是疯子。她只是有心理问题。"

"罗温斯坦，我那是开玩笑。"

"一点也不好笑。"

"我承认，这笑话没什么品。可在一个幽默感被切除的人面前，想逗乐她也不容易啊。"

"对我而言，好笑的东西并不多。我也没办法。"

"不，苏珊，你有。咱们每天对坐交谈，你可以利用这个机会改善一下个性。"

"而你，南卡罗来纳的汤姆·温戈，觉得你能改善我的个性？"罗温斯坦语气中带着讽刺。

"看吧，你讽刺我老家，我还跟你就事论事。罗温斯坦，我这人其实挺幽默。有时候我讲个笑话，丢个金句出来，你也笑一笑嘛，也不是非要你前仰后合。除此之外，你这人真没的说。"

"听伯纳德说你每天让他练笑。"罗温斯坦自己居然笑了。

"你现在笑什么？"

"因为他发牢骚。咧嘴二十五下才能碰球，他觉得自己像个傻子。"

"他笑起来很帅，"我说，"拉着脸子跟亡命徒似的。"

罗温斯坦戏弄道："是不是我也笑二十五下，咱们再开始？"

"你笑起来很好看。"

"那不笑的时候呢？"

"美艳动人。不过，我也希望你们母子俩能享受下生活。对了，苏珊，哪天赫伯特不在家时，能否请我去你家吃晚餐？"

"为什么？"我的唐突显然令她不安。

"因为赫伯特不知道他儿子打橄榄球，你也应该不想让他知道。"

"明晚他在波士顿有演奏会。那就明天？"

"我给你好好做一顿，咱们也饱饱口福。"

"汤姆，我能问个问题吗？"

"关于晚餐？"

"不，关于我儿子。他是打球的料吗？"

"是。我也挺意外，他打得还真不赖。"

"为什么意外？"

"他又不生在'大熊'布莱恩特[1]家。"

"那是什么人？"

"开玩笑呢吧？你又唬我。不，我道歉。'大熊'布莱恩特是个橄榄球教练。干我这行的不知道他，就好像你先生不知道耶胡迪·梅纽因[2]。"

罗温斯坦又问："什么叫争球线？"

"你问这干吗？"

"因为一聊橄榄球，伯纳德就拿我当什么都不懂的乡下人。他张口闭口都是些奇奇怪怪的术语，什么外跑接球、跑阵、防护短传、绊钩形传球，就好像一下子成了外国人。"

"大夫，你会的不少嘛。"

"非得练举重吗？"

"对，训练需要。"

"汤姆，你觉得这孩子怎么样？我想听句真话。"罗温斯坦的口气生硬而不安。

"多真？"

"能多真就多真，只要别把我惹火。"我以为她会笑一笑，但却不然。

---

1 保罗·威廉·布莱恩特（1913—1983），外号"大熊"，美国大学橄榄球著名球员、教练。
2 耶胡迪·梅纽因（1916—1999），美国著名犹太裔小提琴家。

"苏珊，伯纳德是个好孩子。"

"再真点。你知道我没那么脆弱。"

"他并不开心。"我说，罗温斯坦的脸蒙上了一层阴影，"看他总是可怜兮兮的，可又不知道为什么。我多少也有点触动，兴许是同病相怜，兴许是我能看到他的出路，而我自己却无处可逃。"

"他把第一次见面的事告诉我了，"罗温斯坦道，"可把我气坏了。伯纳德说你把他弄哭两回。"

"是他没大没小。连基本礼仪都不懂的家伙，我可教不来。放心，不会留下阴影的。"

罗温斯坦小声说："他做了三年心理治疗。"

"那又不顶用。他缺东西。这孩子一看就没人管，长这么大从来没被认可过，我看他有时连呼吸都会痛。"

"我知道。原以为送他去上学对他有好处，没准儿还有机会交些朋友。但你知道吗？他从来没在朋友家过过夜。伯纳德从小就孤僻，不像公园里的其他孩子黏人乖巧。他心里有一个孤独的角落，我始终触碰不到。"

"这种孤独源自你还是你丈夫？"

"源自我。"

"球场上没有孤独感。也许正因如此，伯纳德才喜欢上这项运动。我知道他打球你不高兴，但它能激发你儿子率真的一面。况且，这是他自己的选择，没有父母的认可。我说伯纳德不开心，这可不是骗你。可每次做练习、练长传的时候，这孩子开心得就像个泥潭里打滚儿的小猪。"

"汤姆，我这辈子一场球赛也没看过。"

"有啥大不了的……"

"将来也没打算看。"

"你敢打赌？来年你总要跟赫伯特去学校看伯纳德打球吧？"

罗温斯坦惨叫一声，道："谁知那是离婚前还是离婚后……"

我伸手从桌后书柜上拿来她的手包,把它摆在房间中央,然后让苏珊起身站到手包一侧,我站在她对面。

"好的,苏珊,"说着,我指了指手包,然后以三点式站好位,"这个包就是橄榄球。你防守,我进攻。我的目标是把球放进你身后的得分线,而你要设法阻止我。你的队伍必须始终留在球的那一边,直到我的球队发球。而在开球之前,我的队伍也必须待在这一边。"

"汤姆,这太枯燥了。"嘴上这么说,罗温斯坦却笑了。

"教练说话别打岔,不然罚你绕着中央公园的水池跑圈儿。球在场地上的位置被称作争球线。明白了吗?"

"一句也听不懂。"

"罗温斯坦,身为美国人,不知道啥叫争球线可说不过去。"

"没准儿是教练蹩脚。"

"有可能。可我也不是一无是处。等明晚惊喜揭晓,你再留意他的眼神。"

"什么惊喜?"

"那可是运动员的神圣时刻。明天晚上,我会给成功入选的队员分发队服。伯纳德加入了校队。要不要也送你本书,给你扫扫盲?"

"千万别。"罗温斯坦边说边向我走来,我直腰起身,她轻触我的手臂。

"越位。"一股欲望在我身体里悸动,仿佛一头濒临绝种的野兽,陡然从漫长而不安的冬眠中苏醒。

第十三章

因为父亲，我的童年变成了漫长而恐怖的行军。直至鼓起勇气原谅他，我的人生才真正开始。偷窃并非十恶不赦，除非被窃的是你的童年。我可以直截了当地说，他这个父亲既卑鄙又凶恶。然而，有朝一日我居然会对他心存怜悯，还有一丝战战兢兢的爱。这也是我一生难以挣脱的未解之谜。拳头承载着他的原则与权威，眼睛却还是父亲的眼睛。即便在手下无情的时候，他眼中总还藏着一分爱。父亲天生没什么悟性，不知如何对家人既爱又护。好爸爸的优点他一样没有。他唱情歌，我们却听成了战曲；他主动和解，我们只当成了消耗激战中短暂而虚伪的停火。他不讲方法，不懂温柔，内心所有的港湾、通路全部被他亲手摧毁。只有他被迫屈服时，我才得以触摸他的脸，而不必担心头破血流。十八岁的我已经对极权了如指掌。离开那个家，漫长的围城岁月才宣告终结。

我的长女詹妮弗出生后，萨凡娜从纽约坐飞机回来，给刚从医院出来的萨利帮忙。我们喝着白兰地，为詹妮弗的健康举杯，萨凡娜不无伤感地问我："汤姆，你爱爸爸吗？"

我沉默了好一会儿才开口："爱。我的确爱那浑蛋。你呢，萨凡娜？"

她也想了好一阵："爱。真奇怪，我也爱他，可我根本不知道为什么。"

"也许是脑损伤。"我说。

"也许是明白了天性不由人。爱他只是我们的天性，自己也掌控不了。"

"不对，要我说就是脑损伤。"

亨利·温戈是个红光满面的大块头，走到哪里都是意气风发、顶天立地。他自视白手起家，是南方大地的好男儿。因为不甚自省，所以也没有不可言传的幽邃，就这样不管不顾地横冲直撞、风风火火、上蹿下跳，奋勇投身于一路颠簸激起的劲风。说是父亲，他倒更像是一股自然力。每次他一进家，风机表便亮起飓风警报。

我无法拿捏内心对父亲的仇恨，因为无章可循。于是，我学会沉默，学会逃学。我从母亲的防御中吸取教训，掌握了狙击手的致命绝招儿，私下里总用受伤幼童叛逆而憎恨的目光审视父亲，将望远镜一样的目光对准他的心，透过十字准线观察他。我对人性之爱的认知全部始于父母。对于他们，爱是剥夺，是削弱。我的童年充满着混乱、危险与红旗警告。

失败似乎只会让他越发起劲儿。我妹妹管这叫"点金成石"。这话几时说的我已不记得，应该是念高中时。那时萨凡娜最爱用脏话表明立场见地，乐此不疲。每年秋天，捕捞季一过，父亲就把全部精力放在他那些赚大钱的"创意"上。他脑袋里净是些不切实际的买卖，总想着赚快钱、赚大钱，各种计划、蓝图、策划层出不穷。他跟三个儿女打包票：等他们高中毕业，他准能变成百万富翁。父亲终其一生始终相信，自己另类的聪明才智将为我们全家带来超乎想象的财富和荣耀。他也为美国的创业者贡献了一例珍奇个案：历经失败，却从未吸取任何教训。几十次失手，每一次都以为自己更近一步，以为商海逆境就快终结。父亲一次次告诉我们，他就差那么点运气。

然而，父亲却是本行的老手。他成日站在捕虾船的舵盘后方，望着黎明在河面洒下油润的波光,听着绞车吱呀承载着虾网的重量。河上的时光在他脸上留下了印迹,他总显得比自己的年纪苍老十岁。年年风吹日晒,面孔的边缘正一点点松弛,卡罗来纳正午的阳光也令眼袋下垂、脱皮。他的皮肤粗糙坚硬,两腮的胡楂儿简直能擦燃火柴。两只粗手上布满层层老茧,颜色好像牛皮纸。作为一个捕虾人,他勤勤恳恳,受人尊敬,只可惜他的能耐并非水陆通吃,下了船就玩不转。老早之前,父亲老惦记着离河上岸。对他来说,捕虾永远只是份"临时工"。父亲也好,母亲也罢,谁都不愿承认靠捕虾也能逍遥度日。夫妻俩不与捕虾的兄弟打成一片。常年与人共事,总会有些交情,他们却躲得远远的。母亲眼光高,爱挑剔,自然看不上那些捕虾的凡夫俗子。父母身边没有亲近的朋友,只能携手等待时来运转,仿佛运气是奇妙的海潮,有朝一日将席卷门前的湿地,赋予温戈一家璀璨的未来。亨利·温戈坚信自己是商业天才。从未有人的自我定位如此偏离,这也为他的家庭带来漫长而无谓的伤害。

渔闲时节,父亲怀揣着精妙的想法跃跃欲试,得到的却总是灾难性的结果。他败得几乎不费吹灰之力。有些点子的确有可能成功,这点几乎所有人都承认:他发明、制造了去虾头、洗虾、掏鱼肚的机器,多少还有点用。到头来没有彻底的失败,也没有巨大的成功,只留下一堆四不像的机器,堆在屋后简陋的工作间里。

然而,清晨行船的浅河道才是父亲奇思泉涌之地。坐在船舵边,听着柴油机的轰鸣,沿着毫无标记的航道驶向干流。湿地广袤而无形,鸟儿尚未苏醒,大西洋旭日未升。父亲在阴暗的驾驶室里自说自话,消磨漫长时日。只要能说服母亲,他便带儿女一起出海,这在捕虾人当中十分少见。在我看来,父亲之所以带上我们,是想缓解孤独。

夏日的清晨星辉闪耀,天还没亮,父亲就把我们轻轻唤醒。三兄妹悄悄穿好衣服,蹑手蹑脚地步入院内的露气中。我们坐在皮卡的后座,听着清晨的广播。父亲驾车沿土路奔驰,去往岛屿另一边的木桥。我们呼吸着湿地的空气,听电台主持人播报天气,传达从哈特拉斯角到圣奥古斯丁的船只警报。另外还有风速风向，为方圆一百英里[1]以内的捕虾船提供需要的信息。每早驱车前往码头这五英里路，我都能感受到能量一点点注入晨起的身体。父亲的卡车一到，莱斯特·怀特海德便将四百五十斤冰块装上船。他已经给父亲干了十五年。网挂在舷外支架上，好似深色的弥撒长袍。离开停车场，沿长长的舷梯走上码头，我们可以闻到柴油的气味、船上厨房里的咖啡香，还有海鲜的腥味。巨大的磅秤在廉价的灯泡下闪着银光，去虾头比眨眼还快的黑人妇女将守候在那里，等待我们满载归来。闻着新鲜鱼虾的腥味走路，感觉总像潜水，毛孔里呼吸的全是盐分。身为捕虾人的后代，我们不过是低地的海洋生物罢了。

父亲一声令下，引擎发动。我们松开船绳，跳上甲板，朝着岛屿遍布的水中王国驶去。右边是沉睡中的科勒顿，浪潮街上的楼宇、商铺依次从眼前掠过。父亲鸣响汽笛，示意管桥人为昂首出海的"莱拉小姐"开桥通路。父亲的宝贝虾船长五十八英尺[2]，如此大型的船只，吃水线却浅得惊人。他让我们从小就牢记关于这艘船的关键数字，之后才将我们任命为正式船员。捕虾总免不了仰仗各类数字。捕虾人一聊起船只，总要抛出几个神秘数字，显示自家虾船的过人之处。父亲的船装的是"布达6-DAMR-844"引擎，由艾利斯·查默斯公司生产，每分钟转速两千一百，一百八十八马力。减速齿轮用的是"议府"牌3.88:1款。黄铜轴带动着44英寸[3]×36英寸"联邦"牌四叶推进器。舱底选用"捷斯克"1.25英寸主水泵。甲板室里装着四十二英寸的"马蒂"舵盘、"里奇"操舵罗盘、"马尔迈克"油门杆和离合控制器，外加"海洋五金"自动驾驶装置。船上有"本迪克斯DR16"测深仪，"皮尔斯-辛普森大西洋70"无线电。"莱拉小姐"的甲板上装着"斯特劳兹堡515.5T"起卸机、"维克怀

---

1 英制长度单位，1英里约合1.61千米。
2 英制长度单位，1英尺约合0.305米。
3 英制长度单位，1英寸约合2.54厘米。

尔"缆绳以及"沃尔"牌棕绳。此外，还有六十五磅[1]重的"丹福斯"牌船锚和三十五伏特的"斯巴达"汽笛。在捕虾人的用语当中，还有许多信息量丰富的品牌名称："石油城五金"的滑车，"苏雷特船舶"的电池，"道奇"牌轴台，"铁姆肯"轴承，等等。捕虾人也有自己的行话，每句话各有其精确含义。它为我带来母乳般的慰藉，也是我童年海上时光的乐音。

按理说，父亲的船如果操持得当，捕到的虾该老多了。

无数个清晨的星空下，我们聚拢在父亲周围。小的时候，他会随便抱起三人中的一个放在腿上，让我们掌舵，偏移时就用手轻轻推转。

他会悄悄告诉萨凡娜："宝贝儿，咱得往右开开。"

"汤姆，最好记住，甘德角那儿有片沙洲。哎，这就对了。"

不过，多数时候他还是讲自己，讲生意，讲政治，谈梦想，谈失望。我们已经习惯了默不作声，也不相信上了岸他还会当个好爸爸。听着他在黑暗里对着河流和其他踌躇满志的船只灯火自言自语，我们对父亲倒也多了几分了解。晨雾中，虾船徐徐朝堰洲岛开进，父亲的话语不知疲倦地持续着。捕虾船上，他的生活日复一日，毫无差别。明天和今天一样劳作，昨日也是未来千日的演练。这也算是习惯致胜的有力佐证。

又是一个乏味漫长的早晨，只听父亲道："孩子们，现在是船长广播。我是船长兼大副，获南卡罗来纳州许可，驾驶五十八英尺捕虾舰'莱拉小姐'于大海滩地带与都福斯科岛之间的水域作业。今天我们向盖奇岛灯塔正东方向行驶，在'迎风玛丽'号残骸右侧半英里位置水下十五英尺处撒网。昨天，我们捕获了两百磅三十到五十度的白虾。萨凡娜，什么叫三十到五十度？"

"每磅虾里有三十只到五十只白虾。"

"好样的，闺女。北风时速八英里，小船警报已经生效，南到佐治亚

---

[1] 英美重量单位，1磅约合0.454千克。

州布伦斯维克，北至特拉华州威明顿。昨天股市交易适度，跌五点，投资者该操心还操心。里斯·纽伯利从克洛维斯·毕肖普手中以每亩五百美元价格买下两百亩农田。这么一来，按现在的利率，我估摸梅尔罗斯岛大概得值五十万美元。这狗娘养的去年想让我二十五万美元卖给他，我骂他瞧不起人。可不得骂他吗？他以为亨利·温戈不懂县里的地价高低。老子手上有全州最好的地。我知道，你妈也知道。比起纽伯利那样的浑蛋，我可看得长远得多，贱卖就是伤天害理。孩儿们，我早就打算好了，而且都是长远计划、大手笔，只要有点运营资本，就马上开始。先别跟你们的妈妈说，我正琢磨着在咱家旁边开个毛丝鼠农场。好多缺心眼儿的都靠这玩意儿赚钱了，我可不能让到手的钱溜了。到时候就让你们几个轮流喂食，我去跟纽约的一流毛皮商谈生意，然后乐滋滋地跑银行。怎么样？聪明吧？必须的！本来想养貂，但养毛丝鼠更划算。我已经打听明白了。可不是！不做点功课，你都不敢跟大家玩。你们那个当妈的老笑话我。也是，我是栽过几回，可那都是时机不好，点子都是一等一的好点子。你们几个可给我坚持住了，你爸我可不是一般人，老厉害了。老脑瓜才能攒出好点子。我脑子里的主意一个接一个，有时候半夜还会起来写这写那。我说，你们爱不爱看马戏？"

"我们没看过马戏。"卢克说。

"得嘞！计划上头一件就是它！马戏不看可不行。下回去查尔斯顿或者萨凡纳，咱坐车一起去，坐前排看。你们看的都是镇子上的小打小闹，下回带你们见见大场面。我最爱看'巴纳姆-贝利马戏团'，那才叫货真价实！这话先别跟别人说。等有点钱了，我自己也弄个马戏团。自己的好点子老被浑蛋抢去发大财，老子早就受够了。看着点，卢克，前面就是浮标。过了它，然后冲着北极星以四十五度角朝对岸开。好小子，一教就会。前面有块礁石，几年前老温的船在那儿撞破过。我在这条小河捞过两百多磅虾呢。平时这里倒打不上多少。我真不明白，这一年年的，为啥有的河虾多，有的虾少……不过也没辙。虾这东西挺有意思，跟人一样，天生也有喜好。"

他依旧沉浸在人生的独白之中。它散漫、刺耳，也没什么倾听者。这些清晨的演说流利通顺，而且头头是道，估计即便是我们不在驾驶室的时候也仍在继续。这是父亲与宇宙的私人对话，是他的内心沉思。他对身边默不作声、小心翼翼的子女不以为意，正如他不理会天上猎户座的群星。父亲在船上喋喋不休，而我们只是背景，是静物，是无动于衷的听者。下层的厨房飘来早饭的香味，一个个味团穿透了父亲的声波。莱斯特·怀特海德在厨房里忙碌着，咖啡、腌肉和饼干的浓烈香味飘然而至，弥漫了整艘船。船逐渐接近主海湾入口，河边敞开的窗子里，人们还在沉睡，就在他们的睡梦中，我们摆好了早餐的刀叉。引擎在脚下低鸣，船上的木架震颤出乐音。黎明前的河面油亮如黑豹，用柔波为小镇唱响颂歌。浪潮将我们带到世上最美的海岛之外，带向远方的风浪。父亲在船上最为自在放松。只有出海之时，我们才安心与他同处一室。他从来没在虾船上打过我们。船上的我们是工人，是一同撒网的患难兄弟，而他也像尊重其他靠海为生的船员一样尊重我们。

然而，无论父亲在船上有多大作为，对母亲而言，这些都一文不值。在母亲的眼中，他经不起风雨，成事不足，还总吆五喝六。父亲总想把自己打造成他认为母亲希望的模样。他渴望得到母亲无条件的尊重，可总是弄巧成拙，无比狼狈。但他也没办法。这段婚姻本身琴瑟难和，满是仇怨。捕虾赚了钱，又投进生意的无底洞。银行家都在背地里偷乐，父亲亦成为科勒顿的笑话。笑话传到子女的学校，妻子在镇上街头亦有耳闻。

然而一上船，亨利·温戈却是顺风顺水，虾子心甘情愿地往他的网里钻。每个季节，父亲都能捕上好几吨，而他也会仔细记下每一笔收成。打开航海日志，便能细数科勒顿水域的每笔进账：何时何地，收获几多，浪潮深浅，天气状况……用他的话来说，就是"要啥有啥"。谈笑之间，父亲已将河流的密语熟记于心。只要脚下有水，网里有虾，父亲就成了可靠的人。然而，同样是在水上，父亲也攒出一个个"计划"，在一无所有与一夜暴富之间的高索上铤而走险。

一夜晚餐时，父亲宣布："明年我打算种西瓜。"

"拜托，亨利，千万别。"母亲道，"你一种西瓜，科勒顿要么来场暴风雪，要么就发大水，闹蝗灾。什么也别种，想烧钱就想其他辙。也就是你，连葛根也种不活。"

"你说得对，莱拉。听你的就没错过。我适合搞技术，当不了农民，从商搞经济还是比务农更上手。其实我一直都知道，可看着其他人倒腾西红柿赚钱，我也想随个溜儿。"

"什么溜儿也别随了。但凡有点闲钱，还是投点蓝筹股的好，'南卡罗来纳电力燃气'什么的。"

"我今儿从查尔斯顿买了台贝尔豪摄影机。"

"老天，你买它干吗？！"

"拍电影有前途。"父亲两眼放光。

母亲开始大吼大叫，父亲却不慌不忙地拿出新买的手持摄影机，插上电，打开聚光灯，把母亲数落的过程全部拍了下来，供儿孙消遣。多年间，他见什么拍什么——婚礼、洗礼、家庭聚会，还在当地报纸上登了个不着调的商标："温戈影业"。拍片倒是比干其他的亏得少。镜头后的父亲总是兴高采烈，也总是荒唐可笑。

父亲不怕一条道跑到黑。萨凡娜说过，父亲最大的问题就是不知悬崖勒马。

就这样，他继续在水上大显身手，无奈爱创业又没本事。还有许多其他的亏本生意，都是我们老大不小的时候才知道。他当过美特尔海滩一处趣味高尔夫球场的匿名合伙人，这个球场撑了一季便关门大吉。他投资了一个墨西哥玉米饼小摊，摊主是如假包换的墨西哥人，一口夹生的英语，还不会做玉米饼。夫妻俩经常为钱的问题大吵大闹。母亲揶揄，吼叫，斥责，哄骗，苦劝，没有一招管用。她再谨小慎微、勒紧裤带，父亲也不为所动。她总是先拐弯抹角地提醒，父亲继续一意孤行，她就呼天抢地。他俩的雷烟火炮搅得家里不得安宁,司空见惯的我们甚至记不清母亲的暴怒与积愤何时变成了不共戴天的仇恨。不过,母亲的怒火白白地燃烧了多年,苦劝无果,这才转向暗中报复。亨利·温戈觉得女人家不该掺和生意。南方男人分两种:听老婆话的和不听老婆话的。拿母亲的话当耳旁风,父亲绝对是行家里手。

生在这样的家庭,父亲对你又爱又打,性格矛盾却毫不自知,那就只能努力模仿他的习惯,忍受他的脾气,这样才能保护自己。我很早就看透了父亲的主要缺点:他是一出闹剧,也是一件钝器。亨利·温戈但凡多几分慈爱,一定是个受孩子喜爱的好父亲。那将是一种无疆之爱,足以包容他所有光怪陆离的境遇起伏。然而打我小时候起,父亲一直都是个卑鄙的君王,妻子儿女但凡识点时务,只能乖乖听话。他下手从来不知轻重,养育子女、管教妻子用的都是焦土政策。

萨凡娜早年写过一首诗,把父亲比作"雷暴之君,风之领主"。来了纽约,她常笑言自己和两个哥哥是闪电战里吓大的。无论何种爱意,他总是避之不及。父亲害怕柔情,就好像它能侵蚀他所有的神圣原则。

母亲曾含着泪说,他就是不长脑子。

一年圣诞,母亲得知父亲想做寄售,结果三千箱空白圣诞贺卡砸在手里。关起房门,萨凡娜在我耳边嘀咕道:"点金成石。"他在查尔斯顿挨家挨户地推销,也就卖掉了七十五箱。

"跟点石成金相反,"萨凡娜解释道,"咱爸干啥啥倒霉。"

卢克说:"他还买了好几千箱复活节卡片呢,都没敢跟妈说。我在谷仓发现的。"

"他老是亏大钱。"萨凡娜说。

卢克躺在床上,问:"你见他卖那些圣诞卡没?"

"没。"

"耶稣，圣母，约瑟，牧羊人，智者，天使……全是黑人。"

"啊？"

"嗯。爸只上黑人家推销。听人说这玩意儿在北方跟煎饼一样好卖，所以他想在南方试一把。"

"可怜的老爸，"我说，"笨蛋一个。"

"咱身上还流着这天才的血，"萨凡娜道，"真丢人。"

"他到底干啥赚过钱？"

"捕虾，"卢克道，"他是一顶一的好手，只可惜咱爸妈都不知足。"

萨凡娜道："他要真这么厉害，就不会点金成石了。"

卢克说："随你怎么笑话他。但你记住，在河里，他可是撒网捞金的主儿。"

要不是父亲买了个加油站，要不是巡回马戏团破天荒地第一次来到科勒顿附近，要不是我们去看马戏，父母兴许还能凑合着过下去。如果父亲不是由着性子瞎折腾，他们的婚姻虽不算轰轰烈烈，但仍有挽救的余地。每次有什么宏伟大计，他说拍板就拍板，根本不跟母亲商量。父亲做生意就像秘密行动的间谍，与总部失联，一个人在龙潭虎穴里瞎扑腾。每一笔生意都是为了挽回荣誉，为了回本。他从未放弃，总觉得自己哪天能一招制胜，重圆旧梦。就父亲而言，做生意既是传染病，又是庇护所。这是一场赌博，一种自我毁灭，无药可医。即便给他一百万，他也能想出一千种方法挥霍一空。这算不上什么致命缺点——不，比这更要命的有的是呢——但已然令人心惊肉跳，害全家朝不保夕。他的自信无以撼动，病入膏肓。为了保护自己和孩子们，母亲在用钱时多留了心眼儿，在父亲面前也藏而不露。一辈子遮遮掩掩，用尽计谋，原本不堪一击的爱情也彻底崩塌。他们擅长摧毁彼此身上的美好。某种程度上，这就是美国婚姻的完美典范。开始是情人，最后变成致命死敌。情人生儿育女，死敌拿子女开刀。

和往常一样,父亲还是在晚饭时间扔炸弹。他买下了科勒顿大桥附近一家倒闭的埃索加油站,满心以为饭桌上的母亲会磨不开面子翻脸。

"我有个好消息宣布,"父亲的声音显然底气不足,很少见他如此心虚,"尤其是小伙子们听好了。"

"闺女听了好激动啊。"萨凡娜静静地喝着汤。

"爸,啥事啊,"卢克问,"你给我买棒球手套了?"

"没有。你那只旧的挺好。我打球那会儿比这苦,也没见谁每年嚷嚷着要新手套。"

"卢克的手已经戴不进去了,"我说,"我也戴不进去。那只手套还是打少年棒球联盟的时候买的。"

"我今儿给咱弄了点小买卖回来,"他的目光躲避着母亲,"我始终相信,分散投资才是成功的关键。上季捞虾捞了那么点儿,以后再遇上难关,咱手上可得有点余钱。"

"亨利,这回又要干吗?"母亲强压着火问,"又要让我们遭什么罪?你什么时候才能长点心?到底要折腾到什么时候?家里存不下一分钱,你怎么还想着买这买那?!"

"银行可以贷款,亲爱的。他们就是干这个的。"

"银行只借钱给有钱人,那才是他们干的事,"母亲抢白道,"你用什么抵押?难不成又用虾船?"

"没。上一次的贷款还没还完呢。这回得动动别的脑筋,人家管这叫创造性融资。"

"谁这么叫?"

"那些大人物!他们这么叫。"

"咱已经跟叫花子差不多了,看来这创造搞大发了。"母亲的双唇挤成一条线,好像水果上的一道刀痕,"你不是把这岛抵押了吧?这可是咱们手上唯一的财产。你总不会把咱们的指望和孩子们的将来抵押了吧?就算是你也不能蠢到这个地步!"

"又没把整个岛抵押,就是桥边那四十亩。那一片儿泥汪汪的,连个空心菜都种不了。要我说这买卖挺值,咱也该拓展点其他买卖了。现在有了自家的加油站,还能给虾船加油呢。"

"中间隔着三百码沼泽禾草,你怎么开过去?!"母亲怒道,"我真是受够了!不行,我不干,孩子们就快上大学了。"

"上大学?!我可没上什么大学。他们想上就自己出来赚钱上。"

"孩子们一定要上大学。打从生下他们就一直交着保险,至少得给他们攒下这笔钱。咱们没这个机会,孩子们可以有。不能让他们像咱俩一样没出路。结婚时明明都说好了,你也完全赞同呀。"

"保单兑现了,"父亲说,"加油站的人要现钱。以后我多多赚钱,他们要真想念书,我就买间大学让他们念。"

"亨利·温戈,你拿孩子的读书钱买加油站?!"母亲问,她是真的傻眼了,"你卖了地,卖了孩子的未来,就为了加油赚钱?!"

"儿子夏天可以在那儿上班。我跟兰尼·威廷顿说好了,他答应帮忙经营。莱拉,我们已经开始雇人手了。有朝一日咱儿子也能接手。"

"你以为我会让汤姆和卢克靠加油赚钱?"

卢克说:"妈,我倒不介意。"

"卢克,还有更好的安排,我早就给你们打算好了。"

父亲冷笑一声:"她就想让她的宝贝儿子考什么悬乎的试。反正你们叨叨也没用。温戈-埃索加油站下周二开张,场面肯定气派。气球、免费可乐、彩带、焰火……应有尽有。我还准备从马戏团弄个小丑,给小孩们逗乐儿。"

"用不着请,加油站的老板就是个小丑。"

"莱拉,你就是目光短浅,"父亲有点受伤,"你说要是我娶个对我有信心的女人,那我得有多大作为啊。"

"我知道,亨利,知道得一清二楚:你会一事无成。"说完,母亲起身快步进了卧室,啪的一声把门关上。

父亲看看我们几个:"难道就没人恭喜我?这可是温戈家的大喜事。"

萨凡娜举起牛奶杯:"老爸,恭喜你。"

"这可是大生意,我等的就是这个机会。别听你妈的。她心里美着呢。这人就是话说不明白。"

萨凡娜道:"老爸,人家刚才可说得挺溜的。她觉得你这次又要亏得净眼毛光。"

"错了。这次我已经瞄准,亨利·温戈就快翻身了。你们等着,这个加油站肯定能火,到时给你妈穿上貂皮、戴上珍珠项链——从脖子垂到脚腕那么长。她不懂,做生意就得冒点险。这个家只有我有这个胆量。我就是江船上的赌徒,一般人做梦也不敢想的事儿,我就敢做。"

父亲买下的加油站就在"佛格森湾"的街对面。"佛格森湾"是科勒顿县迄今生意最好的加油站。在我父亲之前,已经有三个人尝试在那里经营,但都以失败告终。要问人们为什么进"佛格森湾"加油而不去"埃索",没什么特别缘由,就一样:位置。在所有的蕞尔小镇,地理位置都有优劣之分,而且比起地形,恐怕像风水一样不可捉摸的考量因素更为关键。这里就是比其他地方更适合开加油站。父亲买下的地方气场不合。他以为凭借天资和揽客的本事,一定能在别人栽跟头的地方大获成功。

父亲的排场讲究得还真非同一般。"温戈-埃索"的开业场面吸引了全镇一半的人来凑热闹。他说服领队让高中乐团大中午沿着浪潮街游行。女指挥旋转着鼓棒,跟"水果先生"一起走在最前面。"水果先生"手舞足蹈,跳出各种即兴的式样,配合着嘴里的哨音。他仰身向后,脸庞沐浴阳光;俯身向前,鼻子几乎碰得着鞋带。乐队拐进加油站,父亲放出三百个氦气球。它们一路飞升,如飘零的花朵徘徊在小镇上空。他把棒棒糖和泡泡糖分发给小朋友们。屋顶上燃起焰火,火星如雨滴般洒向地面。马戏团的小丑姗姗来迟。小丑也就罢了,还是个侏儒,让父亲既意外又高兴。小丑有些醉酒,站在皮卡后头玩杂耍,打碎了一打可乐瓶。科勒顿的镇长布吉·怀尔斯参加了剪彩仪式，做了个慷慨激昂的演说，强调为科勒顿创造新产业是何等重要云云。醉醺醺的小丑大喊说那很容易，科勒顿本来就没啥产业。人们纷纷鼓掌，小丑在皮卡的车顶以一记漂亮的手倒立回馈观众。志愿消防队开来了新消防车，亨利·温戈免费给车加了满满一罐油，以此表达对消防队保护科勒顿的感激之情。《科勒顿公报》的记者采访了父亲，让小丑坐在父亲肩头，然后给两人拍了照。乐团奏了几首爱国歌曲，父亲在国歌乐声中升起美国国旗。然而一天还不到，国旗就被偏移的焰火桶点着了，志愿消防队出手才把火熄灭。

当晚我们去看了马戏表演，庆祝加油站开业。母亲既没有参加白天的庆祝，也不去看马戏，父亲却从未像现在这样兴高采烈。要是腿脚灵活，他肯定一路后空翻来到表演场地。他的步伐带着不同于以往的轻快与神气。人群中的他还高抬着腿配合狂欢的音乐节奏。马戏团的帐外，父亲用棒球打加了重的保龄球，为母亲赢了个泰迪熊。卢克和我拿便宜篮球冲着歪斜的钢圈投罚球，父亲在一旁鼓掌叫好。

我们观赏了"畸形秀"，瞪大眼睛看大胡子女人往"胡椒博士"饮料瓶里吐烟液。卢克握了百岁婴儿的手，我们还听暹罗双胞胎唱了《耶稣恩友》。镇上的恶霸阿尔特斯·罗希特被戴拳击手套的鸵鸟打得不省人事，我们都大声叫好。

马戏班班主斯米蒂·史密斯过来找父亲搭话。马戏团到达科勒顿当天清早，两个人在码头见过面。父亲当日的收获全部被斯米蒂买下，喂饱了马戏团的五只海豹——斯米蒂口中马戏团的"台柱"。斯米蒂号称他们的海豹表演"东南第一"，而老虎和大象的表演"世界垫底"。大象太老，而老虎又太小。那天下午，看着侏儒在皮卡后面昏睡过去，父亲说，单蹦儿小丑的马戏团最低级。不过，我们看到他在主场篷入口暖场。虽说摇摇晃晃，那个倒立倒也过得去。

我们拉着父亲离开人群，坐在顶层的看台上。一身亮片装束的女人骑着大象绕场一周。只见那头老象浑身褶子，屈膝鞠躬时还得女人、小丑和斯米蒂扶着才站得起来。它看起来无精打采，有气无力。小丑用两个球玩起杂耍。萨凡娜说两个球的杂耍她也会。

我听到父亲说："也不知那头象卖多少钱，把它放加油站门口就绝了。"

卢克说："是啊，它能用鼻子加油。"

聚光灯锁定在斯米蒂身上。他头戴高帽，一身亮红色的礼服，对着吱吱作响的麦克风说话。回声阵阵，彼此像海浪般交叠着，仿佛有四个人在烘托气氛。

"女士们，先生们！现在我要钻进孟加拉虎凯撒的铁笼。凯撒来自印度，因为咬死三位王公和十三位村民被迫离开家乡。这十三个村民都是因为跑得太慢而丧了命。凯撒是马戏团家族的新成员，众目睽睽之下十分紧张。接下来的表演过程中，请大家务必保持绝对安静。在南卡罗来纳艾肯市表演时，凯撒伤了驯兽员。今天只能由我替代上场。正如大家所知，表演还要继续。"

大象年迈，鸵鸟萎靡，但这只幼虎却意气风发。它眼看斯米蒂走进铁笼，还带着鞭子和座椅。这只老虎杀气腾腾，全然没有马戏团动物的乖巧——多年的束缚与聚光灯下的演练才能操练出那种随和与谄媚。凯撒的目光则带着荒野中的审视。斯米蒂在老虎耳畔一挥鞭，命令它绕场一圈。凯撒没动，目光死死锁定斯米蒂。现场的观众一阵害怕。又是一声鞭响，斯米蒂在观众的喧哗声中提高嗓门儿。凯撒从栖木上跳下，不情不愿地围着场地打圈，不时发出不满的咆哮。斯米蒂把高帽扔到凯撒跟前，大吼"捡回来"。老虎猛扑上去，用力把帽子抛在空中。没等落地，帽子已被凯撒抓了个粉碎。鞭子抽在老虎肩头，斯米蒂把它逼进角落，俯下身愤怒地望着坏掉的帽子，碎片像极了爆胎的残余。失去了帽子，斯米蒂显然不高兴。表演演变成了老虎与驯兽师间的恩怨对决。

斯米蒂点燃火圈，用鞭子驱赶着老虎从火圈里跃过。熊熊火光中，油亮的皮毛斑斓耀眼。观众席上一阵欢呼。斯米蒂满头大汗，拉着椅子朝凯撒靠近。鞭子在黄色的虎眼上方发出脆响，又是一声口令。但这一次，凯撒直奔斯米蒂而来，大张的虎爪凌空向下猛拍。斯米蒂闪身撤回，慌张中晕晕乎乎地被老虎逼退到场地的另一头。激动的观众被这记前爪猛攻吓得一阵惊呼。斯米蒂慌忙后逃，与人头落地只隔着一把椅子的距离。两个杂工手持长竿冲上来，阻止了老虎凶恶的进攻，斯米蒂得以逃脱。凯撒咬住其中一根长竿子，将它生生折成两半，然后雄赳赳回到铁笼中心，以无比威严的姿态半坐起。斯米蒂气急败坏地抽打着笼子，观众则为桀骜不驯的猛虎起立鼓掌。凯撒翻滚倒地，恣意舒展着黑黄相间的线条。听到海豹的叫声，它两眼一抬。五只海豹来到场地中央，灯光变换，老虎消失在暗夜之中。

海豹们个个机灵活泼。它们一跳一跳地来到灯光之下，亮晶晶的黑鼻子上顶着大黄球，仿佛天生就是表演家。斯米蒂恢复了镇定。在他的指挥下，表演行云流水，如同织布机上拉下的丝绸。每完成一个戏法，斯米蒂就丢一条鱼，每一次都被海豹一口吞下。一个个机灵的小脑瓜透着可爱与圆滑，还聪明地用前鳍为自己鼓掌喝彩。

"孩子们，它们吃的可是我捕的鱼——我捕的。要我说它们应该宣告一声。"

五只海豹分别叫桑伯恩、特洛伊的海伦、尼布甲尼撒、克利奥帕特拉以及娜舒雅。显然桑伯恩是它们这段柔滑小品的主角。它们活泼滑稽的动态活像与海豚交欢的水獭，笨拙中不失优雅。皮球从一只黑鼻子顶到另一只黑鼻子，在空中跳得高高的，然后精准地落在下一只海豹的鼻子上。而它也会用同样精准的动作将球顶入头顶的光亮之中。终于，克利奥帕特拉判断失误，皮球消失在黑暗中。没有鱼吃的它还耍了点脾气。接着，五只海豹比试了保龄球、棒球，桑伯恩跳上一张小台，在一排小喇叭前奏起了《迪克西》。其他四只一齐欢叫着，观众也随着旋律哼唱。刚唱到"把目光移开，把目光移开"，只听凯撒在台边黑暗的笼中一声怒吼。歌曲结束，聚光灯从海豹身上移开。凯撒的脸死死抵在笼子上，前爪猛烈地在笼外扑抓，咆哮着表达对海豹的憎恨。桑伯恩并不理会，又奏起怪腔怪调的《迪克西》。指挥海豹的斯米蒂退出中央，抽打着把凯撒赶出灯光焦点，直到凯撒退却了才作罢。

"它要么讨厌海豹，要么就是喇叭声太刺耳。"父亲分析道。

"要么就是不爱听《迪克西》。"萨凡娜道。

到了压轴表演，五只海豹围成个大圆圈，又玩起了接球。这一回，球被弹起足足六米，而且越顶越高，圈子也越扩越大。每一次，球都像是出了圈，一只海豹冲上前去救球，控球，然后瞄准圆圈的另一端重新划出一道高高的抛物线。又是克利奥帕特拉判断失误，从而结束了表演。娜舒雅一道弧线将球送出，差点打到顶上吊着的秋千。克利奥帕特拉够不着，球突然从鼻子边飞进黑暗之中。桑伯恩带着中心守备员的干劲儿奋力追赶，斯米蒂吹响哨子，海豹们聚集一处，为终场谢幕。

掌声中，我们听到了桑伯恩声嘶力竭的哀鸣。灯光转向台前场地，老虎正把海豹按在铁笼上，撕咬着它的脑袋。斯米蒂就在旁边，在幽影包围的惨白之下使劲挥着鞭子。凯撒把桑伯恩扔在地上，虎爪一挥给海豹开了膛，吓得观众席上的孩子纷纷逃离座位。白花花的肠子肚子倾泻而出，老虎的爪子一片鲜红。歇斯底里的观众再也无法忍受，母亲们捂住孩子的眼睛，人们纷纷涌向出口。三百多小学生眼睁睁看着老虎大快朵颐。

那天晚上，我父亲买下了那只老虎。

皮卡拖着老虎笼子开回了家。我以为母亲会拿出霰弹枪，把父亲和凯撒一块儿打死。母亲对着父亲咆哮，老虎还在啃咬海豹的尸体。在母亲眼里燃烧的不是怒火，而是杀气。演出过后，斯米蒂本想把凯撒就地结果，父亲出面阻止，说自己想接手。上场前有人忘了给老虎喂食，父亲说凯撒只是服从天性，应该饶它一命。他给斯米蒂写了一张二百美元的支票，鞭子、笼子、火圈相当于白送。桑伯恩一直是马戏演出的灵魂所在。斯米蒂呼天抢地地说，五只海豹当中，也就是它能用喇叭演奏《迪克西》，其他四个也就会扔扔球、吃吃鱼。侏儒小丑拿斯米蒂开涮，夸他驯兽"神勇"，结果被斯米蒂挂上了拖车的衣帽架。听着小丑的高声咒骂，领老虎回家越发像一场梦。夜色中,我们看着老虎啃着海豹的内脏。可怜的桑伯恩被凯撒硬生生地拽进笼子里咬死了。卢克说桑伯恩估计是第一头被老虎生吞的海豹。

我们站着看老虎,父亲还在和斯米蒂讨价还价。卢克说:"外面的海豹可不用怕老虎,又不是它们的天敌。"

萨凡娜若有所思:"你说是不是该给其他海豹捎个信儿:以后用喇叭吹《迪克西》的时候,当心老虎。这不就是进化吗?"

"要我说大家伙儿都得小心,"我不无敬畏地说,"咱爸弄个孟加拉虎究竟要干啥?"

"乔普一死,家里没了宠物,"萨凡娜说,"你也知道,咱爸有多重感情。"

"得,亨利,"母亲从老远打量着老虎,"拜你所赐,咱们家又成了科勒顿的笑柄。天亮之前,你赶紧把它弄走。我可不想让人知道,自己原来嫁给了南卡罗来纳的大笨蛋。"

"莱拉,我不能直接放了它,那些笑话咱的非被它咬死不可。那只海豹就是它亲手弄死的,所以才这么便宜。"

"这么好的买卖,你哪能错过,对吧?"

老爸神气道:"买它来是要给加油站打广告。一听见那海豹叫唤,我就琢磨这事儿。然后灵光一现,哇!老虎能吸引客人!"

萨凡娜说:"老爸打算教老虎吹《迪克西》。"

卢克笑得腰都弯了:"不对,不对。他要让老虎每晚跟活海豹打架,让顾客赌谁赢。"

"没准儿把我家多嘴的崽子扔进去,谁让他们不懂闭嘴,没大没小!老子现在心情好,你们可别惹我,听见没?好好听话,我这是在教你们看清如今的世道。咱买的是'埃索'加油站,对吧?"

"对。"卢克道。

"'埃索'在全世界打广告,对吧?跟上了没?他们公司砸了几百万给产品做宣传,好让那些嬉皮笑脸的家伙来'埃索'加油,而不去'壳牌''德士古'或者'海湾'。懂不?"

"懂。"

"好。那他们现在的广告讲的啥,就当前那个?"父亲越说越激动,"电视上、广播里到处都是,让大家都去'埃索',不上别处。然后所有人都被那天才广告洗了脑,开着车往店里送钱,就为加点好油。懂了没?懂了没?"

"哦!!"萨凡娜大叫一声,"我懂了,我懂了!"

"萨凡娜,怎么回事?"母亲不耐烦地问。

"妈妈,加了'埃索'的油,就像油罐里添了只老虎[1]。"

"没错!"父亲大叫,"全美国还有哪家'埃索加油站'有真老虎?温戈-埃索,没别家!大天才亨利·温戈,就是我!"

大天才亨利·温戈的加油站开了六个月,事实证明,老虎还真养对了。他把老虎笼子摆在桥边的角落,司机加油的同时,还能看老虎咆哮着走来走去。很多孩子央求着父母带他们来到店里,不为加油,只为看老虎。凯撒不待见海豹,也同样不待见小孩。一开始还有人担心老虎拿镇上的学前小朋友当午餐。不过,添了这么只庞然大物,科勒顿的母亲们倒也难得地警觉起来。多数时候,凯撒要么懒洋洋,要么凶巴巴。但每次见到小孩,它都显得格外暴躁,张开爪子朝笼外又挠又抓,吓得大人孩子尖叫着使劲往后退,他们都觉得刺激又好玩。父亲觉得凯撒就像条疯狗,可再大的疯狗跟凯撒相比,还差着三四百斤。

---

[1] 埃索加油站多次以老虎的形象作为广告代言。该公司的一则电视广告中,一只卡通老虎钻进加油机内,顺着加油泵进入客人的汽车油罐。

喂老虎是件麻烦事，父亲却乐乐呵呵地把它丢给了儿子们。我对老虎从来没有偏见，直到我意识到，在凯撒眼里，我不过是条鸡脖子，分分钟弄死没商量。到了饭点儿，靠近笼子也不是容易事。打从一开始，我跟凯撒的关系就直截了当，相互看不对眼。它慢慢喜欢上了卢克，甚至允许他把胳膊伸进笼子里挠它后背。然而友谊建立的过程相当缓慢，老虎驻店的第一个月基本没什么进展。每次喂食，卢克都让我从正面接近笼子。老虎张牙舞爪想啃我的脑袋，我却要低声下气地跟它说好话。我在前边冒着生命危险讨好老虎，卢克趁机绕到笼子背后，把满满一轮盖鸡脖子和猫干粮倒进铁栏内。听见动静，凯撒冷不丁转过身，以迅雷不及掩耳之势朝卢克猛扑，卢克吓得急忙后退，仰面倒在地上。

"汤姆，你得把它稳住了。"卢克说。

"那你要我怎么办？伸个拳头让它啃？"

"给它吹吹口哨，就吹《迪克西》，"卢克拍了拍背后的碎石，"想想办法。"

"我可不想让它拿我当海豹。"

卢克喜欢站在笼子跟前，看凯撒咬鸡脖子，就好像舌头上融化的黄油。

"它是百兽之王，"卢克说，"世界上最神气的动物。"

"卢克，'埃索'为啥不能找个其他东西做广告啊？'为你的油罐注入孔雀鱼'，或者'为你的油罐注入仓鼠'啥的。"

"那些都没啥意思，汤姆。它们都不如凯撒。老虎可不会轻易买账，这点我喜欢——真心喜欢。你得费力争取。"

"佛格森湾"加油站在科勒顿发动了史上第一场精心策划的加油价格战。他们把每加仑油价降了五美分，父亲别无选择，只能跟着降。他想尽办法维持运营，但只是徒劳。有传言说"佛格森湾"拉来了个大赞助商。

最终，银行收回了加油站，油价从每加仑三十美分跌到了十美分。老爸想把老虎算成可支配资产，被银行拒绝了。温戈家又开始大吵大闹、哭哭啼啼，争论无休无止地进行着。父亲还清了岛屿的抵押款，但失去了其余一切。我们再次变得穷困潦倒。他声称自己捕虾还正当年，想借此让我们忍气吞声。加油站关门没多久，里斯·纽伯利开着他的凯迪拉克来到岛上，想一口价五万美元买下梅尔罗斯。父亲没答应。一个星期后，父亲才知道里斯·纽伯利就是"佛格森湾"背后的匿名金主，就是他帮着打赢了那场汽油之战。

"想买我的岛，"父亲说，"毁了我的生意，搞了半天是盯上了我的岛。"

就这样，父亲重操旧业，母亲变得越发沉默，越发愁苦，而全科勒顿也只有温戈家拿跳火圈的老虎当宠物养。

从小到大，每次父母和平共处之时，我都在细心观察，暗中探索，想弄明白他们的羁绊何以维系，激战的联盟背后是怎样的爱恨情仇，怪异而炽烈的爱欲之下究竟埋藏着怎样的柔情与火药。我分明觉察到，即使是针锋相对、势不两立之时，父母之间始终燃烧着某种深层的烈焰，只可意会，难以触及。我不明白母亲究竟看中了父亲什么优点，不明白为什么她在这个家中既是统治者又是囚徒。他们之间的情感交流总是爱恨参半，让人摸不清头绪。他们的关系反复无常，让人探不明深浅。显然，父亲很爱母亲，可为何又总忍不住折磨自己的挚爱？母亲似乎总是对父亲的一切嗤之以鼻，怪就怪在有时两个人眼神交会，瞬间天雷勾地火，连意外夹在中间的我都觉得脸红。而我呢？我将如何爱上一个女人？想必在这世上的某个角落，一位天真烂漫的姑娘有朝一日会成为我的妻子。想到这里，我既激动，又害怕。闭上眼，我能想象到她轻舞嬉戏，初露风情，静待与我邂逅的惊喜之日，在狂喜中立下永远在一起的誓言。她的生活将被我父亲蒙上几多阴影？那母亲呢？而风暴之子汤姆·温戈何时会将那欢声笑语彻底扼杀？那欢笑的女孩对于我背负的疑虑与缺失一无所知，而重负之下爱着她的我何时会终结她轻快的舞蹈？早在邂逅之前，我便爱上了她的存在，想要提醒她：有朝一日，我闯入她的生活，她一定要多加小心。在这个国度的某个地方，她正含苞待放，对自己的命运一无所知。她不知道，即将邂逅的男孩有多受伤、多迷茫，穷尽一生都在追问爱是什么滋味，如何彼此表达，如何抛开怒火、伤痛与鲜血将爱践行。十三岁时我便得出结论：这样的好姑娘不该如此委屈，在我惊扰她的爱之旅程、打断她的梦幻之舞前，必须早早提醒她。

对爱情真谛的沉思之中，我总忘不了父母的那段故事。船只在夜色中奔向大西洋的浪潮，父亲不厌其烦地讲述着与母亲的初遇。第一次见面是在亚特兰大。父亲还是个年轻的中尉，休假进城，初来乍到。而母亲就在"桃树街"的戴维森百货卖童装。每次讲到那次偶遇，父亲总是一脸欣喜，语调轻快。他人生地不熟，想认识认识城里的姑娘，一个理发师告诉他：全南方最漂亮的姑娘都会从"桃树街"经过。父亲一身军装，也就只有即将走上战场的小伙子才会如此神气。看到下班走出戴维森百货的母亲，父亲说他从未见过如此美丽的姑娘。她拿着购物袋，拎着红色的提包，正横穿马路去坐公交车。父亲尾随其后，想着该如何上前搭话，如何问她姓名。异性面前的他总是十分腼腆，可又怕公车来得快，来不及夸赞她的美丽、听她说出芳名就与她失之交臂。父亲壮着胆子上前自我介绍，他是陆军航空队的飞行员，来亚特兰大休假，如果姑娘能带他在城里四处逛逛，他将感激不尽。姑娘并不搭理，自顾自地望着公车驶来的方向。父亲急中生智，说母亲没有爱国之心，自己一两年内就要奔赴战场，很可能有去无回，但如果姑娘能赏脸共进晚餐，他也就死而无憾了。他讲笑话逗母亲开心，说自己是电影明星埃罗尔·弗林的弟弟，说戴维森百货是他老爸开的，还说真希望下起大雨，这样就能脱下外套铺在泥潭上，好让她安心走过。公车从南边驶来，父亲却依旧不停地跟她说话。和南方所有正经人家的姑娘一样，母亲依旧对他不理不睬。但父亲看得出，她觉得这小伙儿挺有意思。父亲从后兜掏出一封他母亲的来信，假装是罗斯福总统的推荐信，证明亨利·温戈中尉性格正直刚毅，值得美国姑娘信赖——尤其是"桃树街"上那位亚特兰大的绝世佳丽。母亲红着脸步上公车，头也不回地付了车费，然后沿着过道往车里走，在一扇打开的车窗边坐下。父亲呆呆地站在车窗下，恳求她留下自己的电话号码。母亲笑着想了想。公车从路边起步，父亲也跟着跑。公车加速，父亲撒开脚丫子一路狂奔，可还是力不从心，车窗里母亲的脸孔也随之消失。眼看着车子要把他彻底甩掉，父亲依旧没有停步。这时，母亲的头伸出了窗外，这还是她第一次跟他说话："梅肯37-2-8-4。"

每次父亲讲到这里，萨凡娜总是小声嘀咕："妈妈，别告诉他真号码。求你了，给他个假号。"要么就是："忘了吧，爸爸，忘了吧。"

但他并没有忘记。当亨利·温戈在浪潮之中驾船行驶时，他依然记得一字不差。

后院的老虎成了母亲眼中的家丑，却给卢克带来了无限乐趣。一看见凯撒，母亲就想到父亲那愚蠢至极的荒唐事。碎骨满地，老虎正懒洋洋地打着盹儿，一枚活生生的失败徽章。卢克却天生喜欢和老虎亲近，还通过一点一滴的训练获取凯撒的信任，与它培养感情。卢克说斯米蒂肯定虐待过凯撒，还说老虎和其他动物一样，也喜欢爱抚，如果加以善待，日久天长也会有感情。现在喂食工作由卢克全权负责。磨合了两个多月，凯撒才安然让他靠近。一天，我见卢克用钉耙给老虎搔后背。凯撒十分受用，不时发出咕噜噜的声响。卢克更把胳膊伸进了笼子，用手挠了挠老虎的黄毛脑袋，看得我目瞪口呆。

老虎进家已有三个多月。一个暴雨之夜，萨凡娜突然把我叫醒，小声道："你肯定不相信。"

我不耐烦道："萨凡娜，现在是半夜两点。就是有人把亲妹妹杀了，陪审团也不会半夜揪人起来宣判。"

"卢克跟凯撒在一块儿呢！"

"他就是跟东方三博士[1]在一块儿，我也要睡觉。"

"他把老虎放出来了，现在在谷仓。"

我们爬出窗子，蹑手蹑脚地奔去谷仓。两个人悄悄扒着谷仓门上的缝隙往里观瞧。借着提灯的微光，只见卢克手握铁链和鞭子，正带着凯撒在谷仓里兜圈儿。他点燃浸了煤油的碎布，让凯撒往火圈里钻。"来，凯撒！"老虎从火圈一跃而过，如同射入窗内的阳光，然后又绕了个圈，咆哮着回到起点，以同样流畅的动作彰显自己的力量与速度。卢克连挥三下鞭子，老虎走到笼门口，一跃而入。他用几块鹿肉作为奖励。老虎吃了肉，卢克居然还跟它头顶头地摩挲亲近。

"他疯了……"我说。

"不对，"萨凡娜说，"他是你哥哥。真威风！"

---

[1] 《圣经》人物。根据《圣经·马太福音》记载，耶稣诞生之时，三位博士在东方目睹伯利恒上空有明星出现，便循着方向来到耶稣的出生之地。

第十四章

从小我就讨厌耶稣受难日[1]。这种周期性的厌恶与宗教没多大关系，我看不惯的是那些崇拜习俗，还有祖父狂热而古怪的纪念仪式。

每年的这一天，阿莫斯·温戈都会来到自家后面的棚屋，为陈放在那里的木头十字架掸灰。祖父十四岁那年，一日突然圣心大发，做了这个四十公斤的大家伙。受难日当天，阿莫斯扛起十字架，沿着浪潮大街从头到尾来回走。他正午出发，下午三点才停步，以此提醒故乡那些堕落的罪民，当年在耶路撒冷的悲戚之丘，耶稣基督经受了怎样难以想象的苦痛。这个举动可以说是祖父每年礼拜的高潮和惊悚剧，圣心与疯癫合而为一。祖父的走姿中总有种痴狂的美感。

纪念归纪念，我只是希望他能低调点，多些冥思，少些阵仗。瘦骨嶙峋的祖父驮着块大木头，佝偻着身子在车水马龙中艰难跋涉，不顾同乡敬恶参半的眼神，在路口走走停停，汗水淋漓。精心装扮的衣料掉了颜色，而他嘴里还念念有词，小声重复着对造物主的赞美，实在是让人无比尴尬。有人视之为伟大的圣徒，有的则当他是作怪的笨蛋。每一年，治安官都因妨碍交通给祖父开罚单。每一年，浸信会的教区居民都会专门筹钱替他交罚金。久而久之，他这种标新立异的纪念方式变成了一道风景，备

---

[1] 复活节前的星期五，是基督教纪念耶稣受难的重要日期。

受推崇，还吸引了众多朝圣者和游客。他们聚集在浪潮街两侧做祷告，读《圣经》，看温戈老爹气喘吁吁地重现那场改变了西方精神历史的游街。《科勒顿公报》还会在复活节刊登祖父本年游街的照片。

小时候，我和萨凡娜时常央求祖父移师别处——查尔斯顿或者哥伦比亚，它们才是浮夸的天谴之城，远胜过小小的科勒顿。祖母则抱着一整瓶"必富达"杜松子酒和从"芬德尔理发店"搜刮来的一摞往期《警务报》躲进卧室，以此表达对祖父行为的羞愧。下午三点游街结束，酒瓶倒空，祖母一觉睡到次日上午。伴着受难日的头痛醒来，祖母这才看到，祖父正双膝跪地，为妻子醉醺醺的良善灵魂祈祷。

复活节守夜礼上，阿莫斯自始至终照看着一动不动、不省人事的妻子。祖母也变本加厉，用这种自我防卫抗议祖父对习俗的执着。两个人的灵魂正负相抵，居然成就了一种怪异的和谐。周日早上，祖母虽已喝得头晕目眩，但立场依旧鲜明。用她的话说就是"从死人堆里爬出来"，正好陪祖父去参加复活节礼拜。一年当中，她只去一次教堂。从某种意义上而言，它也和祖父的游街一样，成了镇上的信仰传统。

高中时，每到复活节前的星期三，萨凡娜和我放了学就来到祖父家。路上经过"朗氏药房"，我俩还会买罐樱桃可乐，然后坐到海堤上，一边喝，一边看招潮蟹在脚下淤泥里挥舞着钳子。

"又快到耶稣受难日了，"我说，"我最烦这一天。"

萨凡娜咧着嘴给了我的胳膊一拳："也挺好，全家人每年一起丢回人。全镇的人先笑话你祖父，再笑话你，磨炼意志。"

"要是不用去就好了，"我盯着螃蟹催眠般的动作，它们就像一枚枚两毛五分的硬币散落在泥里，"今年老爸让你站摊儿卖柠檬汁。他又要去拍游街高潮。"

"真离谱。都拍了五年了，随便哪份上了法庭，都能证明爷爷是疯子。"

"他说是给家里留纪念，也是段童年记录，说咱以后会感谢他。"

"是啊,没错。一堆集中营的照片,我就这点念想。你肯定觉得咱家挺正常。"

"正不正常不知道,别人家我也没待过。"

"记住我一句话,咱家就是个疯子制造厂。"

祖父的家就在科勒顿河边,半亩地上简简单单立起一座白底红边的单层木屋。萨凡娜和我进了屋,看到祖母正在厨房里,看着后院里的祖父修理他的十字架。

一见我们,祖母叹息着朝后院点点头:"在那儿呢。你们爷爷,我的丈夫,村里的傻子。那玩意儿都鼓捣一天了。"

我问:"他在做啥啊,托莉莎?"她希望我们直呼其名。

"做轱辘!"萨凡娜笑着跑到窗户跟前。

"他说自己六十来岁了,十字架上安个轱辘人家也不会说啥。还说耶稣上山那年才三十三岁,没人指望六十岁的老头能比他厉害。他那脑子一年比一年糊涂,过几天铁定得送养老院了。这礼拜他又被公路巡警盯上了,人家想让他交驾照,说他每次开福特出来兜风都是危害公路安全。"

"托莉莎,你为什么要嫁给他?"萨凡娜问,"你俩毫无共同之处,凑在一块儿怎么看怎么别扭。"

祖母朝院子外望去,窗子在她的眼镜上反射出梯形的光芒,在镜片上重现出窗外的情形。这个问题有些出其不意。我意识到萨凡娜犯了忌讳。这个问题伤筋动骨,况且还是我们出生以前的秘密。

托莉莎终于开口:"我去弄点冰茶。你们爷爷还要磨蹭一阵,你们现在也大了,也要谈情说爱什么的,总也没什么机会见。"

她倒了三大杯茶,在浮冰上加了薄荷叶。祖母在板凳上坐下,调了调鼻子上的镜片。

"刚认识的时候,我就知道他是个基督徒。当时镇子上所有人都信,我也不例外。结婚那会儿我才十四岁,太小,辨不出好坏。后来我才发现,这家伙信上帝信魔怔了。开始他一门心思想把我弄到手,所以没显露出来。"

"托莉莎!"我羞得大叫。

"汤姆,有时你可真是孩子气,"萨凡娜说,"一说起男男女女的事,你就跟被蛇咬了似的。"

祖母笑着继续道:"当时我还是个小姑娘,被他迷得五迷三道。头些年蒙着被子折腾的时候也没听他耶稣长耶稣短的。"

"求你了,托莉莎,行行好,"我央求道,"我们不想听这些。"

"想,想,"萨凡娜说,"特有意思!"

"只有你这种怪胎才想听爷爷奶奶怎么亲热!"

"日久天长,他对我也厌倦了。男人都一样。从那之后,他一天到晚对着上帝祈祷个没完,变得神神道道的。一辈子也没干过啥正经营生,就是剪剪头发,卖卖《圣经》,开口闭口天堂地狱这呀那呀的。"

"多好一个人啊!"我插嘴道。

祖母扭头注视着窗外的祖父,眼中没有热情,但有些许温存与包容。祖父依然猫腰摆弄着十字架,固定底部新装的胶胎三轮车:"总有人问我嫁给圣人是什么滋味。就俩字:无聊!还不如嫁给恶魔。天堂地狱的滋味我都尝过,要我一准儿选地狱。不过,汤姆,你说得对,他是个好人。"

"大萧条的时候,你为什么离开他?"祖母对往事直言不讳,萨凡娜越问越起劲儿,"老爸从来不提。"

"你们长大了,也该知道了,"祖母转回身,语气也骤然阴沉,几乎若即若离,"大萧条的时候,他辞了工作,跑到'贝特利药房'门口传道,赚来的钱比剪头发还少。你爷爷把大萧条视作世界末日的征兆。这也不奇怪,那时候很多年轻人都这么想。我们食不果腹,离挨饿不远了。我不乐意挨饿,告诉阿莫斯我要离开他。他当然不信,那会儿根本没有离婚一说。我嘱咐他:照顾好你们的爸爸,不然我回来弄死他。然后,我就搭车去了亚特兰大。不出一个礼拜,我在列治百货找了份工作。后来遇到了约翰老爹,认识两三天就结了婚。"

"真过分……"我说,"从没听过这么吓人的事儿。"

"汤姆,后院那个是圣人,"镜片后的眼睛一眯,上下睫毛相遇,像两只不甚登对的毛毛虫,"厨房里这个是女人。我的所作所为并不值得炫耀,但我也不会瞒着你。"

我吹了声口哨:"难怪老爸那副德行。"

"闭嘴,汤姆,你真老套,"萨凡娜顽皮地说,"你不懂什么叫生存。"

"我也算尽力了。那个时候,整个世界都好像疯疯癫癫,我也没能幸免。"

"然后呢?"我说,"爷爷就快进来了。"

"不用管他。他那东西得鼓捣到吃晚饭。那时候最苦的就是你爸,这点我得承认。才十一二岁,他就跟我去了亚特兰大,之前还五年没见。他对我这个妈都没什么印象,不明白我为什么离家,为什么不叫妈而得叫'托莉莎'。有时睡梦里都在喊'妈妈,妈妈'。约翰老爹听见过,难过得心都碎了,还进卧房唱希腊的歌谣哄他睡觉。你爸爸不认识什么托莉莎,也不想认识她。想想当初,我真不该那么做,这是实话。无奈时过境迁,也回不了头。"

"还真看不出老爸那么悲情,"萨凡娜说,"尤其是他小时候,我根本想象不出他以前什么样。"

"那你有别的丈夫吗,托莉莎?"我问。

"哈哈!"托莉莎笑道,"你妈肯定又议论我了。"

"没有,"我慌忙掩饰,"镇上的人传的。"

"约翰老爹一走,我难过得死去活来,简直丢了魂儿。他给我留了点钱。跟你说,还真不少。我拿了钱,去了好多以前只听说过的地方,香港、非洲、印度……坐着船周游世界,去哪儿都坐头等舱。但我有个麻烦——太招人喜欢，尤其是招男人。没办法，我就是这种人，男人们都喜欢在我身边晃来晃去，就跟我身上有香味似的。随便往哪儿一坐，就有一堆男人排着队逗我开心，请我喝酒。我还嫁过那么几个，最久的一次撑了大概六个月，刚好从马达加斯加到开普敦。他老让我干些说不出口的下流事儿。"

"什么说不出口的下流事儿啊？"萨凡娜兴冲冲地凑上前问。

"不，不，别问！"我恳求道，"千万别问！"

"为什么？"萨凡娜问。

"因为她当真敢说出来，萨凡娜！肯定又是让人羞臊的坏事。"

"他让我嘬他两腿分叉的地方。"必须承认，祖母已经算隐晦了。答了话还不算，她总要多抖点料。

"真恶心！"萨凡娜道。

"兽性太大。简直就是噩梦。"

"那你为什么回来找爷爷？"我想把话题从兽性上引开。

祖母扭过头望着我，茶杯摆到唇边。本以为她不想回答或不忍回答。

"因为我累，汤姆，太累，而且也开始上岁数了，开始显老，心态也老了。我知道，阿莫斯一直在河边等我，我回来他也不会说半句不是，而且还会感恩戴德。你爸对莱拉也一样，一辈子就惦记这么一个女人，跟他老爸一样。你们看，疯劲儿容易遗传，我那招人的魅力却没人继承。"

"可大家都喜欢爷爷。"我突然对这个背景人物充满同情。

"那是因为他狂热，每年扛着个十字架来回溜达。要我说谁稀罕什么圣人？我宁可来口酒，图个乐呵。"

"但你爱他，对吧，托莉莎？"我追问。

"爱……"她反复咀嚼着这个字，如同含着一颗没有味道的喉糖，"大概吧，我想我确实是爱他。你应当爱那个你永远可以投奔的人，那个永远等着你的归宿。那天我在思考时间——不是爱，是时间，我知道爱关乎时间，但又弄不清是怎么个道理。跟你们祖父做夫妻，跟约翰老爹做夫妻，时间都差不多。可回头想想，和老爹在一块儿的时间仿佛只有几天，感觉就那么幸福。而和你爷爷，却像熬过了上千年。"

"这才是大人的对话，"萨凡娜骄傲地宣布，"我等了好久，就想正儿八经地来一次成人对话。"

"萨凡娜，爸妈只是想保护你们，免得学些乱七八糟的东西。他们俩不认同我的生活方式。既然这是成人对话，要我说他们也不必知道。"

"我绝对不说，"萨凡娜道，"就是汤姆有时太幼稚。"

我没搭理她，径直问托莉莎："他小时候被人抛下，你说他会记一辈子吗？"

"你是不是想问，他有没有原谅我？应该是吧。长大了你就会明白，家人之间没什么过不去的。你们还有好多要学呢，可比这糟心多了。同样的事情，父母做可以原谅，朋友却要恩断义绝。但朋友毕竟是另一码事，交朋友不用听天由命。"

"我去帮爷爷修十字架。"我说。

"是啊，我得去买点酒。"托莉莎道。

"又要在受难日喝？"

萨凡娜说："汤姆，你可真没礼貌！"

托莉莎笑道："你爷爷要游街，喝酒已经是我最客气的抗议了。这样也好给他提个醒儿：我可不是他的人，永远都不是。我是在告诉他，这么做根本就是瞎胡闹。当然咯，人家几天前就跟上帝商量好了，他老人家也同意，所以你就是说破大天也不顶用。"

"他告诉过我，自己只是虔诚侍主罢了，"我说，"还说要是在理想世道，全科勒顿的人都会背着十字架跟他一起上街。"

"那全镇人都得关起来！汤姆，虔诚侍主没什么不好，我不拦着，只是别这么一本正经。"

"那你呢，托莉莎？你虔诚侍主吗？"萨凡娜问，"你觉得你会上天堂吗？"

"我这辈子没干过啥要下地狱的亏心事儿。真要把我扔下去,那就不配当上帝。我就想过得有滋有味,这又不伤天害理。"

"那你说爷爷过得有滋味吗?"我问。

萨凡娜埋怨道:"汤姆,你又冒傻气。"

"汤姆,要问日子过得有没有滋味,你就记住一件事:你爷爷替人剪头发,你爸妈忙着捉螃蟹去虾头的时候,我正穿过开伯尔山口,伪装成当地武装人员进入阿富汗。你认识的人当中,有这能耐的也就是我了。"

我说:"可你还是回来了呀。既然终究还是要回到科勒顿,回归起点,折腾一圈又有啥意思?"

"意思是钱花光了,"托莉莎说,"意思是愿望没能达成。"

萨凡娜说:"要我说咱们家只有你成功了,真的!因为你,我才觉得有希望逃离这里的一切。"

"萨凡娜,你跟我简直是一个脾气,从小就像我!可你得更机灵。我够野,但不够聪明。那时候女人闯世界是难上加难。但有一线希望,一定要试着走出去。科勒顿是一剂毒药,甜美,但要命。一旦刻在骨子里就再也洗刷不掉。也真有意思。我在欧洲、非洲、亚洲见识了那么多地方,有些美得让人落泪,可就是比不上科勒顿——这是真心话。无论身在何处,我都忘不了这里的河流、湿地。我走到哪里,科勒顿的气味就跟到哪里。也不知道这是好是坏。"

托莉莎起身把炉子点着。午后一片宁静,后响的空气清爽柔和。一艘满载木料的驳船逆流而上,祖父还朝它挥了挥手。低沉的汽笛声传来,算是对祖父的回应。与此同时,横跨河面的大桥由中间徐徐分开。

"孩子们,到外面跟你们祖父说说话,"托莉莎道,"我来做晚餐。你俩何不从河边弄几打牡蛎回来?等我收拾完,鸡肉也就烤得差不多了。"

祖父所在的后院里则是另一番天地。这会儿,他正扛着十字架在草地上试验。新装的轮子发出吱吱呀呀的响声。

一见是我们，祖父笑道："你们好啊，孩子们！这玩意儿老是有动静，怎么也弄不好。"

"爷爷好！"我们两个跑过去亲吻他，十字架就在头顶。

"你们觉得怎么样？"他不无担心地问，"实话实说，别怕爷爷不高兴。装上轮子还行吗？"

"挺好的，爷爷，"萨凡娜道，"可还真没见过带轮子的十字架。"

"上回游完街，我一个礼拜起不了床。本想着装上轮子能轻省点，可又怕别人误会。"

"他们会理解的，爷爷。"我说。

"冬天十字架淋了雨，梁芯儿的木头都糟了。明年可能得打个新的。如果找到合适的木料，就打个轻点儿的。"

萨凡娜问："爷爷，干吗不退休，让教会的年轻人接手？"

"孩子，我也考虑了很久，总想着以后我不在了，让卢克或者汤姆接班。我还跟上帝祷告来着，一脉相承该有多好，是吧？"

"汤姆肯定乐意，"萨凡娜大方道，"我也跟上帝祈祷来着。"

我拧了拧萨凡娜的胳膊："托莉莎让我俩去河对岸捡牡蛎。爷爷跟我们一起去吗？"

"那敢情好啊！汤姆，你能不能先把十字架背到车库？我得弄清声音是从哪儿发出来的。"

"能，他绝对能！"萨凡娜道，"还能为以后练练手。"

我接过祖父的十字架，扛上右边肩头，快步穿过院子。只听祖母正在厨房的窗子前起哄。

祖父道："慢着，我知道问题出在哪儿了。"

他俯下身，拎着个生锈的罐子往轮子上抹油。

"这回差不多了，再试试。"

我气哼哼地又走了几步，不理会嬉皮笑脸的萨凡娜，也不愿想象窗边祖母的表情。祖父更是如此，任何讥笑嘲讽他都不以为意。

祖父问萨凡娜:"我看他背着挺合适,孩儿啊,你说是不是?"

"太合适了,爷爷!"萨凡娜赞同道,"这小子天生就是干这个的料!"

我可怜兮兮道:"太重了!"

"要是你背,都不该加轮子。这是男子汉的责任。想想上帝的苦痛,想想他为我们所经受的一切……"

萨凡娜跟着起哄:"就是,汤姆,别叽叽歪歪的。想想上帝为你所经受的一切。"

"再走回来,孩子,"祖父道,"我看看它还响不响。"

十字架放回车库,三人一起上了祖父的绿色小船。他摇动马达,我收起绳索,小船跨过科勒顿河朝圣史蒂文斯岛"哈德威尔"号残骸附近的牡蛎滩驶去。"哈德威尔"是一艘明轮渡船,就在我和萨凡娜出生时的那场风暴中沉没。巨大的桨轮陷在泥里,远看就像未完工的钟表。船基周围的牡蛎数以千计。满潮之时,这里也是科勒顿渔产丰富的宝地。这棕色的船体里还住着一窝水獭,打从我记事起它们就在了。按照习俗,这些小家伙神圣不可侵犯,也没人给它们下过套。两只小水獭正在船肋间追逐嬉戏。船熄了火,我们的船滑上退潮后的浅滩。

祖父对萨凡娜说:"你看耶稣多好心,知道我喜欢牡蛎,直接把它们送到家门口。"我靠在船边伸手开捞。我们找到一打巴掌大的单个牡蛎,还有一簇小的,也有十多个,我们用锤子在船头把它们敲散。

我跳进泥里,蹲下身仔细在滩上搜寻,专挑大的、单个的牡蛎往船里扔。

"那些牡蛎看着就像在祷告,"祖父说,"双手合十,感谢上帝。"

牡蛎壳还特别尖利,特别危险,我走得栽栽晃晃,小心翼翼,仿佛在满滩的刀锋上跳舞。硬壳割着我球鞋的胶底,我用铁钳把牡蛎钳到空中。

捡了四十多个,我扒住船侧,将船推回河里。马达一时没有反应,不时有水獭在船边闪现,兜圈,我们的船像一片橡叶,被柔软的珠链环绕。祖父一次次拉动引擎的线绳，珠链的微波也增添了起伏。他的额前已经见了汗水。船骸里一只银面的大水獭攀上船肋，嘴里还叼着一条活蹦乱跳的鳟鱼。只见它直着腰板，看了看爪子里的鱼，像啃玉米一样大口吃起来。

最先发现"小雪"的是萨凡娜。

她猛然起身大喊："小雪！"船差点被弄翻了。我两手护住船边，重心来回变换，直到船体稳住。祖父也停了手，顺着萨凡娜手指的方向往水里看。就在两百码以外，一只白色的鼠海豚正乘风破浪向我们游过来。

当地人将这只鼠海豚称作"卡罗来纳小雪"。第一次见到它还是在我十岁那年，一日，捕虾船从斯波尔丁角返回，小雪一路在船尾跟随。印象中，大西洋沿岸的捕虾人只见过这一只，有人甚至说全世界也就这么一只。科勒顿海河绵延，溪湾无数，小雪的出现永远是一道奇观。谁也没见它与谁结伴。一些捕虾人——包括父亲在内——猜测着鼠海豚可能跟人一样排斥异类，小雪因为生得白皙，被放逐到碧波浩荡的科勒顿。第一次见到它时，那只鼠海豚跟着船，到了桥边才扭头游向大海。它对科勒顿的人而言有特殊的意味，一睹尊容的人都终生难忘。邂逅它的一瞬间有如神启：原来大海蕴藏着无限的活力，总是不断创造新奇。

多年来，小雪已经成为科勒顿的好运象征。只要它不时造访，这个地方就会继续繁荣兴旺。有时它一消失就是好多年，然后冷不丁地出现在卡罗来纳的海岛水域。连当地报纸都在关注它的往来行踪。一旦出现在主河道，悠然的身影必定会吸引全镇的人沿河观瞧。人们停下手头的生意和活计，一起到河边欢迎它的回归。小雪很少游到科勒顿的干流。因为机会难得，它的每次出现都是万人空巷。它的出现一直是一种象征、一种恩赐，犹如王者亲临。它总是独往独来，漂泊无依。岸上的人们唤着它的名字，欢呼着庆祝它经过。因为这些人，它才有了一个家。

祖父重新发动马达，驾着小船驶向水道。小雪在前方水面露了头，柔光下的后背纯净无瑕。

"它跟了我们一路，"祖父说着驾船紧跟，"这就是上帝存世的绝佳证明！你以为他随手造个鼠海豚，与世间万物争奇斗艳？不不不，他老人家日思夜想的，是把更多美丽带到人间。"

"从来没离得这么近，"萨凡娜道，"它白得像张台布，一尘不染。"

然而，从二十码以外现身时，小雪并不是一尘不染。露出水面，它的背上隐约现出一块块色斑，两鳍银边一闪，转瞬即逝。它的颜色总是在不断变化。

它围着小船，在我们脚底的水中打着转，如注入水中的牛奶，嫩滑流畅。偶然一抬头，支棱起身子，色泽如嫩桃，又如高空的明月，随后又化回水中的白乳。

这些童年瞬间回忆起来总是不甚清晰。它们是我童年的象征，总令我心驰神往，但每次回忆都只有零星的碎片，总令人心有余悸。记忆里有河流，有镇子，有河中驾船的祖父，有妹妹的欣喜若狂和日后写就的不朽诗句，有牡蛎的金属腥味，还有岸边孩子的欢呼声。白豚现身，一切记忆纷涌而来，甚至还变换着容貌。梦中，小雪依然潜游在记忆的汪洋，如一道神圣的白光维系着记忆深潭内的炽热与严寒。我的童年是一场悲剧，河边的岁月却是例外。那是一段弥足珍贵的时光，千金难换。

小船从桥下经过。我回过头去，看热闹的人影在桥上集结。水泥栏杆的上方人头攒动，这儿一撮，那儿一撮，仿佛一串打了结的念珠。一个女孩大声呼唤，请求小雪掉头回来。男女老少汇聚到漂浮的船坞上，随着浪潮一起一伏。大家都指着小雪刚刚出现的地方。

目睹白豚浮出水面，祖父仿佛看到了上帝纯洁的微笑。

"感谢上帝！"祖父在我们身后脱口而出。又是一番不经演练的祷告。每次因世间神迹动容之时，他总会有这样的真情流露："感谢您的恩赐！"

我回过头，妹妹转过身，老人正一脸微笑地望着我们。

祖父离世多年后，我也曾经后悔，自己没能成为像他一样的人。虽然儿时与他亲密无间，也享受他的慈爱与包容，我却从来没能真正地理解他，欣赏他。那时的我不懂珍视神圣，也没有虔敬之心，不懂得赞美这种纯真的本性与慷慨的质朴。现在我知道，自己也想像他一样行遍各处，内心燃烧着信仰的火焰，心甘情愿地当个小丑、傻子，做一个沐浴着上帝之爱的森林王子。我想看看他所走过的南方世界，感谢上帝赐予牡蛎、白豚，深情歌颂我主创造的鸟鸣与闪电，在溪水和野猫的眼中寻找着上帝的脸庞。我也想跟小狗搭话，跟鸟儿谈心，把它们当作我的朋友、我的旅伴，与我一同走在骄阳炙烤的公路上，一同在上帝的爱中迷醉。悲悯如彩虹般喷薄绽放，任恣情融汇的色彩在点与点之间撑起光耀的弧线。面对世界，我也想和他一样，眼中只有惊奇，口中只存赞美。

小雪带着放逐者的决绝，开始逆流而上。我能体会它的孤独。至于祖父——啊！每次看着小雪挺进上游，我总能猜透他的心境。小雪在他的目送下渐渐远去，循着河道急弯的深水，露个头，接着便消失在苍翠的地峡后，向右而去。

卢克正站在岸边等我们。西边阳光照射，我们辨认不出他的五官，老远只看到亮暗鲜明的色块，一根光影之柱。祖父熄了火，卢克引着方向，一抬脚就钩住了我抛出的船绳。

"看到小雪没？"他问。

祖父答道："跟小狗一样欢实。"

"托莉莎请咱全家来吃晚饭。"

"牡蛎管够。"我说。

"爸拿来五磅虾，托莉莎说要煎了吃。"

"卢克，站在船上看，你就像个巨人。不知道的以为你还吃长饭呢。"

"妹子，我还在长着呢。可豆茎再高，我也不想让侏儒爬上爬下。"

我把牡蛎归拢了扔到岸上，卢克把它们放进洗衣盆。我们把船绑好，穿过草地回到祖父家。

萨凡娜、卢克和我在后门廊撬牡蛎，把肉放进祖母从厨房递出的碗里。我撬开一只大个儿的，把肉吸进口中含着，品尝着汁液，吮吸着香气，然后才让它顺着喉咙一点点滑下。对我来说，任何美味都比不上新鲜的牡蛎，一捧将将凝聚成形的海洋之味。厨房里传出母亲和祖母的说话声，为家人准备美味的女人永远那么一本正经。金星在东方泛着微弱的银光。树上蝉鸣四起。有人打开了房间里的电视。

"今天见着萨姆斯教练了，"卢克腕子轻轻一拧，撬开一只牡蛎，"他说黑人果真要来咱学校了。"

萨凡娜问："谁啊？"

"本吉·华盛顿，殡仪师家的孩子。"

萨凡娜说："我见过他。"

"那是个黑鬼。"我说。

"汤姆，别这么叫，"萨凡娜瞪着我，"我讨厌那个词，讨厌死了。"

"我想怎么叫就怎么叫，"我不服气，"用不着你批准。他来了肯定惹麻烦，最后一年咱也别想安生。"

"那是句难听的脏话，谁说谁讨厌。"

"萨凡娜，他没什么恶意，"卢克在阴凉地里悠悠然道，"汤姆老爱充能耐梗。"

"他就是个黑鬼！我叫他黑鬼怎么了？！"我越说越横。

"善良的人不会说这种话，狗崽子！"萨凡娜道。

"哎哟，哎哟，"我来气了，"看来善良人都叫着'狗崽子'跟人亲近咯！"

"快吃饭了，"卢克蔫了吧唧地央求道，"另一拨儿估计也要干架。你俩就消停点吧。都赖我，不该提这茬儿。"

"汤姆，我警告你，不许说那个词。"萨凡娜又说。

"你啥时候变成全国有色人种协进会[1]的美女皇后了,我咋不知道?"

"咱还是撬撬牡蛎、听听青蛙叫吧,"卢克劝道,"我最见不得你俩吵架。"

"在我跟前,别说这个词。我告诉你,我讨厌那个词,更讨厌说它的人。"

"老爸就老说。"我说。

"老爸是个笨蛋,笨蛋说很正常。你又不是笨蛋。"

"我不觉得当南方佬丢人。不像某些人,每礼拜都抱着《纽约客》。"

"如果是那种卑鄙的浑蛋南方佬,就真该觉得丢人。"

"不好意思,殿下。"

"你俩赶紧住嘴,"卢克说着望了望厨房窗户,祖母的饼干在夜色中散发着香气,"汤姆,你明知道咱妈不让说那个词。"

"你不能跟最龌龊的南方人学,绝对不可以!我不允许你变得那么不堪,就算扇你巴掌我也得拦着。"

"萨凡娜,当心我揍扁你,"我抬起头,轻蔑地望着她,"你知道我可以。"

"是啊,你厉害,你能耐,"萨凡娜冷笑道,"你要敢动我一指头,卢克就会把你撕成两半。跟卢克相比,你也就那点汤水。"

只见卢克笑眯眯地看着我们俩,还点了点头。

"没错,汤姆。我不会眼看着你欺负我们的小糖豆儿。"

"卢克,你可要说句公道话。是她先挑事儿,不是吗?我就是说了句'黑鬼'而已。"

"没错,老弟,"他承认,"她挑了事儿,还占了上风。"说到这儿,卢克又笑了。

"你偏心眼儿!"我说。

---

[1] 创立于1909年,旨在促进黑人民权、消除种族歧视的全国性组织。该组织的总部设在纽约。

"我是大人。"

"你是王子!"萨凡娜抱着卢克往嘴上亲,"我的后盾土老帽儿王子!"

"萨凡娜,别搂搂抱抱的,"卢克脸一红,"过了,过了。"

"假设我打了萨凡娜,"我说,"假设啊!好比说,我出于自卫在她脸上拍了一下。卢克,你不会对我怎么样吧?你跟我和跟萨凡娜一样要好,不是吗?"

"咱俩是好得不行,"卢克说着撬开一只牡蛎,"你也知道。可是汤姆,你要敢碰萨凡娜,我就揍死你。虽然打你我会比你还难受,但你一根好骨头也剩不下。"

"我才不怕你呢。"我说。

"才怪,"卢克轻蔑道,"这也没啥丢人的。我比你结实多了。"

萨凡娜问:"以前妈妈给咱们读《安妮日记》,你还记得吗?"

"当然了。"

"读完你都哭了。"

"这两件事没关系!我敢肯定,阿姆斯特丹一个黑鬼也没有。"

"但是有纳粹。纳粹口中的'犹太人'就像你口中的'黑鬼',没什么差别。"

"你快得了吧,萨凡娜!"

"明年本吉·华盛顿进了学校,你就想想安妮·弗兰克。"

"天哪,你俩就不能让我安安生生把这牡蛎撬了?小子,她算彻底把你给治住了!我最爱看你俩打架。你这个不服,那个不满,到头来半句嘴也还不上。"

"那是我懒得跟她吵,"我说,"这就是我跟萨凡娜的差别。"

"那还不是最主要的差别,汤姆。"萨凡娜起身往后门走去。

我转身问:"那什么才主要?"

"你真想知道?不怕戳心?"

"你才戳不了呢。再说了,你想什么我一清二楚。咱们是双胞胎,不是吗?"

"这个你可不知道。"

"那就说说看。"

"汤姆·温戈,我可比你聪明多了。"

萨凡娜进了厨房,留我和卢克在阴凉地撬剩下的牡蛎。哥哥的笑声在门廊回荡。

"小子,你被治住了!治得服服帖帖!"

"我也还了几句嘴呢。"

"没有,一句也没有!"

"安妮·弗兰克根本扯不上关系。"

"听她那意思扯得上。"

受难日当天中午,祖父把十字架扛上右边肩头。他一身白袍,还从查尔斯顿的"凯马特"折扣店买了双凉鞋。游街开始之前,卢克还用钳子把轮子拧了拧紧。

"水果先生"指挥交通,就等祖父发出游街开始的信号。因为要负责交通秩序,还要为游街领队,每到耶稣受难日"水果先生"都忙得不可开交。他总是把祖父游街看作游行——规模小,还没什么意思,但游行就是游行。个中原因只有他自己知道。

"水果先生"把口哨含在唇间,祖父点了点头。哨声一响,"水果先生"便沿着浪潮街大步开进,他像乐队指挥一样高抬着腿,膝盖几乎顶到了下巴颏儿。祖父就跟在他身后,两人相隔不到十米。看到十字架上的轮子,有人窃笑。而父亲就在"贝特利药房"旁拍摄游街的开端。

行程近半,祖父第一次摔跤。这一跤摔得别开生面,也摔得够结实,十字架也砸在身上。游街全程三个小时,祖父最享受的就是摔跟头,每次都让大伙儿吓一跳。话说回来，祖父自己也是越摔越拿手。祖父一摔倒，父亲就把镜头拉近。显然两个人已经达成了某种默契。信号释出，必有高潮。阿莫斯一路蹒跚而行，走得有模有样。每次想直起身，膝盖就往里扣。祖父对荒诞戏剧一无所知。然而，经过年复一年的演练，他早已自成一派。

一个钟头过去，轮子失灵，只能卸掉。卢卡斯警长出现在桥边的红绿灯口，照例为祖父阻塞交通开了罚单。有人对治安官报以嘘声，车流受阻，"水果先生"连忙停步疏导。祖父的教友卡普辛内特执事大声朗读《圣经》中关于耶稣受难的描述：在耶路撒冷游街，和两个强盗一起被钉上十字架，黑暗压城，那振聋发聩的呐喊"Eli, Eli lama sabachthani?"（"我的神，我的神，你为什么离弃我？"），还有百夫长那句重复了几个世纪的名句："这人真是神的儿子。"

就这样，祖父在鞋店、房产中介、内衣用品店前来来回回。尽管满头大汗，眼中却波澜不惊。他知道，为了侍奉上帝，自己已竭尽全力。萨凡娜和我在莎拉·波斯顿的服装店门口摆摊卖柠檬汁，卢克负责半路截住温戈老爹，给他灌几口酸水。接着，由卢克扮演古利奈人西门[1]，替祖父背一个来回。游街游到第三个钟头，祖父累得迈不动步子，还得卢克冲上来卸下他背上的十字架，这才得以动弹。白袍的肩头处印出一条细长的血印。祖父站起身，笑着谢过卢克，许诺当日晚些时候帮他剪头发。说完，他东倒西歪着继续向前。

祖父对上帝之言如此执着，我一直不知该如何理解——以前不知道，现在依旧没弄清。少年时的我因为祖父的行为而抬不起头，萨凡娜却用诗歌将之描绘得异常华美。她赞美"腼腆的上阿玛高[2]人，巡游的理发师"。

---

1 耶稣受难途中，罗马人强迫古利奈人西门替耶稣背起了十字架。
2 德国巴伐利亚州小镇。当地每隔10年都会上演大型耶稣受难剧，这一传统由1634年延续至今，小镇也因此闻名。

当日游街结束，我们把晕倒的阿莫斯扶到果汁摊前，喂杯柠檬水，用冰块给他搓脸。当时我就有种感觉：神圣是这世上最可怕的疾病，无药可医。

我们扶祖父在街边坐下。他浑身颤抖，已经神志不清。人们围拢上来，想让老爹为自己的《圣经》签名。父亲拍下了他倒地的情形。

卢克和我搀扶祖父站起身，他的胳膊搭在我们的肩头。两个人分担着重量，把祖父扶回家中。一路上，卢克不停地说："爷爷，您真伟大，太伟大了。"

第十五章

罗温斯坦医生住处的大楼门卫见我走过来,脸上写满了怀疑。他步步打量,仿佛已经认定我居心叵测,或许这是他的职业习惯。他身形健硕,穿着俗气的旧式制服,客客气气地让我登记姓名,然后拨通了楼上的电话。大堂里尽是裂了口的皮料家具,沉闷中透着优雅,有点绅士俱乐部的意思。再多几张投票,这绅士俱乐部就能接纳女性会员。

门卫朝电梯的方向扭扭头,回去接着看他的《纽约邮报》。我抱着两大包东西,居然还按对了电梯钮。缆绳一抻,电梯一抖,接着缓缓上行,感觉像是从海底上浮。

伯纳德正在家门口等候。

"晚上好,伯纳德。"

"教练好,"伯纳德道,"袋子里是什么呀?"

"晚餐,还有点其他东西。"说着,我进了门厅。

环顾左右,我吹了声口哨:"好家伙,这房子可真气派。都赶上大都会博物馆的侧厅了。"

大厅里摆放着天鹅绒面的座椅、景泰蓝花瓶、墙边桌、爱尔兰名牌"沃特福德"水晶小吊灯,还有两幅冷冰冰的十八世纪人物肖像画。客厅里摆着一架三角钢琴,还有赫伯特·伍德拉夫演奏小提琴的肖像。

"我讨厌这房子。"伯纳德说。

"难怪你妈妈不让你在家举重。"

"昨晚规矩改了。只要我爸不在家,就可以练,但必须在我的房间。我把器械藏在床底下,免得被他发现。"

望着壁炉上方悬挂的肖像,我说:"要是他愿意,我可以制订个训练计划,你们爷儿俩可以一块儿练。"

赫伯特相貌英俊,小骨架,薄嘴唇。这种人要么很文雅,要么很冷酷。

"我爸?!"

"好了,伯纳德,赶紧的。我把吃的放进厨房,然后咱们去你房间。你妈妈回来前,我得把你装扮好。"

伯纳德的房间在公寓另一头,和其他房间一样装饰得奢华讲究,不像其他男孩子房里那么花里胡哨。没有运动明星、摇滚歌星的海报,整整齐齐,恰如其分。我扯开袋子:"行了,小老虎,咱来全套的。把衣服脱了。"

"教练,脱衣服干吗?"

"我爱看男人光屁股。"

"那可不行。"伯纳德一脸尴尬。

"我说伯纳德,难不成还要我教你脱衣服?合同上可没这条。"

"教练,你是同性恋?"伯纳德略显不安,"是也没关系,反正我不介意。谁都有权选择自己想要的生活。"

我没接话,而是打开包装,拿出一副帅气的"威尔胜"垫肩。

"给我的?"

"不是。你先试试看,我再交给你妈妈。"

"我妈要它做什么?"伯纳德问。我把护具给他套上,动手系带子。

"伯纳德,咱也甭练传球了,先练练你的幽默感。这样,每天两小时,我来教教你啥叫开玩笑。"

"抱歉,教练,我不该问的。可你知道,屋里就咱俩人,我有点蒙。"

"好了，伯纳德，把衣服脱了。我先教教你球员怎么换行头。赶紧的，一会儿我还得做饭呢。"

苏珊·罗温斯坦回来晚了。我坐在客厅的高背椅上眺望中央公园。就在我身后，哈德逊河上夕阳渐退。炉子里烤着羊腿，浓香四溢。落地窗上映出我苍白的面影，巴洛克吊灯的迷离灯光点亮我身后的房间。天色渐暗，窗子既是镜面，也是画布，描绘出渐暗的都市。西沉的落日将下城区的高楼渲染成宝蓝色与玫红色，楼内灯光亮起，呼应着窗外的余晖。面前的城市广厦万千，灯火绚烂，直指天宇。疲惫的夕阳最后望一眼整栋高楼，一扇扇窗子欣然染上了珊瑚礁的色调。余晖从楼宇上一层层滑落，最后消失在半空中。整座城市犹如一只羽色艳丽的黄莺，融入夜之旋律。它抖掉最后一丝余晖，敞开怀抱，狂喜着化身参差的烛台。从我所在的位置向外看，整座城市全然被夜色笼罩，仿佛由玻璃蜡烛、闪电与点点星火堆砌而成。那上升的图形与变幻的轮廓似乎衬托了日落，令其愈显瑰丽。

"抱歉，我回来迟了，"罗温斯坦进门道，"一位病人在医院出了点状况。你找到酒柜了吗？"

"等你呢。"

"羊肉好香。"说着，罗温斯坦望向窗外，"说说看，这是不是你见过最美的风景？纽约把最好的一面展现在你面前，我倒想听听你还有什么怨言。"

"确实惊艳，"我承认，"只是我没什么机会看。"

"我每晚都看，但还是心动不已。"

"这里可是换个角度看日落的好地方，"我羡慕道，"你们夫妻俩可真有品位，也有钱。"

"妈妈。"声音从我们背后传来。

两人一回头，只见伯纳德全副武装，蹭着袜子啪嗒啪嗒进了客厅。两只新鞋拎在手里，底面的防滑钉闪闪发亮。五大三粗、虎背熊腰的劲儿简直像投错了胎。

"温戈教练给我买的,全套。"

"老天爷……"罗温斯坦惊讶得说不出其他话来。

"喜欢吗?妈妈,快说啊。威风吧?除了头盔,其他东西都挺合身。教练说他能调好。"

"罗温斯坦医生,来认识一下,这位是你儿子,'夺命手伯纳德'。人们都叫他'密西西比赌棍',因为他总爱在四分卫那一亩三分地上玩长传,那可是他的地盘。"

"你爸要是看见,非跟我离婚不可,"罗温斯坦道,"伯纳德,你得向我保证,千万别让他见你这副打扮。"

"那你觉得怎么样?我帅不帅?"

"看着像个残废。"罗温斯坦笑道。

"好了伯纳德,"我说,"换衣服吃晚餐了。再过四十五分钟,咱就能大饱口福。今天练举重了吗?"

"还没,教练。"伯纳德呼呼带喘,显然对母亲还一肚子气。

"试试加到七十五磅,你应该差不多了。"

"遵命,教练。"

"一会儿上了桌叫汤姆。吃饭的时候别教练长教练短的。"

"伯纳德,你今天与平时大不相同。"罗温斯坦解释道,"我并不想讽刺你。头回见你这种气势,我需要时间适应。"

"就是说我有气势咯?"伯纳德转怒为喜。

"儿子,简直是凶神恶煞。"

"谢了,老妈!"说完,伯纳德跃过东方地毯,一溜烟儿跑回了房间。

"真新鲜,这种话也能夸人。我来弄点喝的吧。"

餐桌上的气氛很沉闷。开始还风平浪静。伯纳德张口闭口都是橄榄球,喜欢的球队、欣赏的球员……他母亲不住地望着他,仿佛家里来了个新儿子。罗温斯坦问了几个问题,她对橄榄球的无知时常令我无言以对。

母子面对面，两个人显然都不自在，幸亏还有个人从中调和。这倒激起了我的玩性。我当起狂欢的司仪，变身晚会的小丑，衣袖里藏着各式戏法，一旦冷场，总能以玩笑轻松应对。我讨厌这种角色，却无法抗拒表演。明明彼此深爱，却无话可说，我最受不了这样的冷漠对抗。于是，当晚我不停地插科打诨，施展出我外科医生般精湛的刀法，羊肉切得纹丝不乱，沙拉拌得上下翻飞。我红酒也倒得有板有眼，活像滑稽戏团里练出来的酒侍。待焦糖布丁和特浓咖啡上桌时，我已经把自己折腾得筋疲力尽。甜品入口，母子间的沉默再次笼罩餐桌，耳边只听到银勺磕碰碗边的乏味声响。

伯纳德开口问："教练，你为什么要学做菜？"

"我妻子在医学院念书，做饭只能交给我。于是，我买了本烹饪指南，照着折腾了三个多月，糟蹋了不少好肉。那时候做出来的面包连鸟都不吃。但我相信，只要我能识字，做饭就一定学得会。学着学着，居然还有了乐趣。"

"你妻子从来不做饭吗？"伯纳德问。

"她做得一手好菜，只是念书忙，没时间——连结婚过日子都顾不上。后来她当上医生，我们有了孩子，情况也没好到哪里去。"

"也就是说，你的孩子小时候也见不着亲妈？"伯纳德一边说，一边看着母亲。

"有一阵子，萨利确实不怎么回来。如果让她整天围着锅台转，她肯定不甘心。我妻子有头脑，有抱负，喜欢治病救人，母亲也越当越出色。"

"那你现在一天做几顿饭？"

"一日三餐我全包。我失业一年多了。"

"你这个教练是假的？"伯纳德仿佛受到了欺骗，"我妈请了个冒牌货回来？！"

罗温斯坦使劲克制自己："好了，别往下说了。"

"为什么不当教练了？"伯纳德问。

我抿了一口咖啡："我被炒鱿鱼了。"

"为什么？"

"说来话长。给小孩讲怕也不合适。"

"这是欺诈，"伯纳德对罗温斯坦道，"他假装教练玩欺诈！"

罗温斯坦命令道："伯纳德，马上给汤姆道歉。"

"我凭什么道歉？冒充教练的人是他，现在被我发现了。该道歉的人是他。"

"好，伯纳德，我道歉，"我用勺子戳了戳甜点，"我还真没想到，教你还得有正职才行。"

"真受不了你们这些大人，太卑鄙了。我可不想当什么大人。"

"你怕是也当不上，"我说，"撑死就是个小玩闹。"

"至少我不会说假话装能人。"

"伯纳德，别忘了，你在父母面前号称自己进了校队，但其实不然。一点点假话无伤大雅，但咱得把话说清楚。"

"伯纳德，你干吗非得这样？"罗温斯坦眼泪汪汪地质问道，"人家明明想帮你，想和你亲近，你为什么总是恶语相向？"

"妈，我是你儿子，不是你的病人。少拿医生那套来唬我。为什么你就不能好好跟我说话？"

"我不知道该如何跟你沟通。"

"我知道，伯纳德。"一听这话，伯纳德气呼呼地朝我转过身，嘴唇上方已经见了汗。

"你知道什么？"他问。

"我知道怎么跟你沟通，"我说，"你妈妈不知道，但我清楚。因为我了解你。你恨自己毁了今晚的气氛，可你就是忍不住，因为只有这样才能给你妈妈添堵，机不可失。无所谓，这是你们母子之间的事。但我依然是你的教练。明天早晨，你照样得跟我见面，同一时间，同一地点，而且要全副武装。"

"你？凭什么？明明承认自己是冒牌货。"

"是不是冒牌货，明天你就知道了，"我望着这个乳臭未干的可怜家伙，"我也能了解你到底几斤几两。"

"什么意思？"

"明天可是真格的考验，你敢不敢撞击，一试就知道。能不能撞，禁不禁撞，到时自然见分晓。这也是你生平第一次尝试身体接触的体育项目。"

"是吗？让我跟谁撞？难不成去撞树、撞草、撞公园里的醉鬼？"

"撞我。你跟我对阵，比擒抱。"

"可你比我个儿大。"

"这你不用担心，"我冷冷道，"反正我是个冒牌货。"

"真公平。"

"我说跟你比擒抱，你怕了？"

"喊，我才不怕呢。"

"知道自己为什么不怕吗？"

"不知道。"

"我来告诉你：因为你没打过橄榄球。你如果上过场，就会懂得害怕。不过我也知道，你是铁了心想打球，无论是出于什么糟心原因。我说得对吧？"

"也许吧。"

"你要是过得了我这关，又招架得了我，那我保管你明年能入队。"

"汤姆，你们俩身形差得也太多了。"

"得了吧，妈！你对橄榄球一窍不通。"

我站起身，把甜品碟子摞成一摞："你帮我收拾收拾桌子，然后上床睡觉，为明天养精蓄锐。"

"这活儿不用我干。我家有用人。"

"小子，别还嘴，以后也少跟今晚似的在我、在你妈跟前嘚瑟。快，把盘子端上，麻溜儿放厨房去。"

"汤姆，这里确实是他家。明天真有用人来打扫。"

"把嘴闭上吧，罗温斯坦，算我求你。"我怒冲冲地往厨房里去。

跟伯纳德道过晚安，我回到客厅。如此和谐讲究、整洁得甚至过了头的房间，却让人倍感孤独。每一个物件都价值不菲，却毫无人情味。连赫伯特的肖像描绘的也是某种理想化身，而不是他这个人。肖像中的他正在拉小提琴。虽然无法判断本人的性情，但至少能感受艺术的激情。通往露台的滑门开着，罗温斯坦就在外面。她倒了两杯白兰地。我坐下来，呼吸着"轩尼诗"的香气，如一朵玫瑰在脑中绽开。我抿了一小口，白兰地顺着喉咙缓缓下行，丝滑中透着火辣。

"怎么样？"罗温斯坦问，"'伯纳德-苏珊双人秀'精不精彩？"

"你俩经常演这出？"

"没有。大多数时候，我不理他，他也不理我，但积怨一直都在。两个人连客套都绵里藏针。每次一跟他单独吃饭，我胃里就打结。我唯一的孩子，却对我恨之入骨。汤姆，这滋味可不好受。"

"赫伯特在家的时候什么样？"我问。

"伯纳德怕他爸，在他面前也不像这样大吵大闹，"罗温斯坦想了想，"当然了，赫伯特也不允许在饭桌上聊天。"

"你说什么？"我望着她。

罗温斯坦笑了，她细细抿了口酒："这是个秘密，也是我家的惯例。赫伯特想在餐桌上彻底放松。他在晚餐时放古典音乐，以此疏解白天工作的压力。为此我也跟他争论过，后来慢慢也习惯了。最近伯纳德火药味渐浓，听音乐我还能轻松点。"

"刚才当着你儿子的面让你闭嘴，但愿你别往心里去。"黑暗中我对着她的轮廓道，"刚才在厨房，我一直在想，等洗好盘子、擦干银器，你会立马让我滚出你家，再也别来。"

"为什么要让我闭嘴？"

"我好不容易又让伯纳德听点话，不想让你搅和了。无论谁让你儿子受伤，你都不会坐视不理。"

"伯纳德很脆弱。你刚才对他那么不留情面，我已经留意到他的表情。这孩子很容易受伤。"

"大夫，大家都一样。有那么十分钟，我也好，他也好，嘴巴都没把住门。我一点也不喜欢这样。"

"伯纳德跟他爸一样，都被宠坏了。依我看，他一眼就看出你跟我投缘，所以才那么不高兴。赫伯特恐怕也一样。只要是我私下里新交的朋友，他一律看不上眼。在我的朋友面前，他傲慢无礼，我便索性不再邀约，甚至放弃与他们来往。他的身边自然聚集了一众光鲜好友，我也与他们很要好。但规矩很简单：交什么朋友，带谁进我们的圈子，都由赫伯特决定。听着是不是很奇怪？"

"不，"我说，"两口子都这样。"

"你对萨利也这样？"

我两手交叉兜着后脑勺，仰头望着曼哈顿的星空，点点微光之下是满城灯火辉煌。

"大概吧，"我说，"结婚这些年，她也请过几个医生朋友带着老婆来家做客吃饭。有几个我是真看不惯。哪个大夫再敢跟我提所得税、英国公费医疗，我就当面自残给他看。话说回来，有时候我也带着当教练的兄弟回家，整晚在餐巾纸上描画战术布局，聊起谁又在高中赢了个'大的'，萨利无聊得眼都直了。所以，我们两边一起筛，最后攒了几个共同的好友：一个在高中当教练，萨利很喜欢他；还有两个当医生的，我觉得人很不错。当然，其中一个现在成了萨利的情人。等我回了家，得尝试改换择友标准。赫伯特那一套就不赖。"

"萨利的情人是你朋友？"

"以前是。我老嫌萨利看走眼，居然跟这种浑蛋搞婚外情，其实我还挺欣赏那狗娘养的。他俩在一块儿,我完全能够理解。人家一表人才,事业有成,性格开朗,风趣幽默。没事就爱收集英国摩托车,还爱抽海泡石烟斗——萨利一提这茬儿,我就死抓着这两个缺点,火力全开。可我不能对她手软。"

"为什么?"

"因为我知道萨利为什么选他不选我。当初如果一路走下去,我也能成为杰克·克利夫兰那样的人。我有那种潜力。"

"什么时候放弃的?"

"先是选错了父母,之后便一错再错。依照你的观点,子女无法选择父母。我倒觉得未必。天生的直觉告诉我,生在这个家是我自己的选择。一步选错,余生就只剩错误的假设与选择,只能坐等大难临头。吃的苦,受的罪,都是因为自己的选择。这还不算。你发现,命运也上赶着跟你对着干,把你诓到无人涉足的绝境。把这些想明白了,你已经三十五岁,罪也遭得差不多了。不,不对。等你体会到过去有多可怕,糟心的还在后面。现在你明白,往后余生都要活在命运与过往的记忆之中。这就是切肤之伤,而你也知道,这就是自己的命运。"

"萨凡娜也有?"

"她拿了一手同花顺。瞧瞧她待的地方,疯人院。满身刀口子,冲着别人看不见的疯狗叫唤。我这个不中用的哥哥只能给你讲讲她的过去,让你把死马医活。想到过去,脑子里总是一片片的空白,就像记忆的黑洞,不知如何才进得去。你录下的那些只言片语,背后的故事我大都讲得出,缘由也能找个八九不离十。可如果她忘记了呢?那些空白记忆该怎么办?我总觉得她还有很多话没说出来。"

"汤姆,你能把这些事告诉我吗?"她的脸模糊不清,只有身后都市的光柱林立鲜明。

"医生,对你我知无不言。问题是,我讲的能不能救她。"

"汤姆,你已经帮了很大的忙。关于萨凡娜,我一直都存有疑惑,而你让我明白了许多。"

我凑上前去:"萨凡娜到底怎么了?"

"过去这三年里,你们俩经常见面?"

"很少,"接着我又承认道,"没见过。"

"为什么?"

"萨凡娜说跟家人在一起太难过,连我也不想见。"

"你能来纽约真是太好了。"

绚丽的灯火中,罗温斯坦起身来到我近前,一手接过我的酒杯。

"我去添点酒。"

我看着她闪身进屋。瞥见丈夫的肖像,她急忙扭转视线。在这个忧郁的夏天,罗温斯坦在我生命中扮演着不可或缺的重要角色。此时我第一次察觉到,这个克制、谨慎的女人原来如此悲伤。她悉心倾听,据理力争,抚愈心灵。清晨醒来,她梳洗更衣。走出门去,迎接她的是病人的苦痛与折磨。有些人是偶然上门,有些则是他人转介。然而,那些从病人身上获得的启示能否为她的个人生活带来曙光?弗洛伊德的教义有没有带给她幸福?我知道,答案是否定的。我时常在她不注意时观察,那张喜怒不形于色的矜持脸孔又为何令我如此动容?形如满月、清秀迷人的面庞似乎能折射出病患人生的坎坷与荒诞。回到家中,她越发孤独。办公室则是她的堡垒,她的领地,她在那里要轻松得多。面对素昧平生的病人,她无须背负将他们逼向理智边缘的噩梦。然而在这栋房子里,自我的失败与哀伤却如影随形。儿子与她如两国仇敌,丈夫声名在外,在家也处处强势。单凭妻子和儿子的描述,我对赫伯特·伍德拉夫的印象依旧不甚鲜明。母子俩都说他天赋异禀,都对他敬畏三分,但又不知他会如何翻脸。吃饭时他宁愿听古典音乐也不与家人谈心。儿子对母亲喊杀阵阵,赫伯特这样做倒也情有可原。罗温斯坦怀疑丈夫与我在诊所碰到的那位伤心美女有染,可她为什么要告诉我?

性可以制衡,也可以毁灭。即便是名门贵族,也逃脱不了它邪恶的魔种。谁也不知道,这寂静厅堂之内将结出何种恶果,开出哪样毒花。而我自家院里无非是南方烨苗,没新意,见不得人。原本以为结了婚,男男女女的事也就不想了——要想也是跟老婆想。然而婚姻只是个开始,恐怖的幻想世界就此打开。说它恐怖,皆因那炽热的欲火、隐秘的背叛,以及对世间美丽女子难以抑制的渴望。游走于幻境之中,心里总抑制不住对陌生女子的渴望。想象中,我与成百上千个女子同床。躺在妻子怀中,脑子里却与别人痴缠,对方永远是一副姣好的身形,却不曾呼唤我的名字。我在这虚界中生活,渴望,受苦。它看不见,摸不着,却真实存在于眼前的狂野国度。山羊、半羊人、野兽的嚎叫在耳边回响。我讨厌这样的自己。听到别的男人恬不知耻地炫耀这种欲望,我恶心得直哆嗦。在我眼中,交媾等于力量。我讨厌面对内心被懦弱与危险占据的角落。我渴望忠贞,渴望纯洁,渴望宽恕。我把性变成了伤人的凶器。那些爱过我的女人曾将我搂在胸前,感受我的入侵、律动,听我轻唤姓名,听我在暗夜中呻吟。而我却背叛了她们,将情爱一步步疏远为友爱。起初是情人,到头来却成了一个个妹妹,都有着萨凡娜的眼睛。每次进入女人的身体,我最怕听到母亲的声音。情人"嗯嗯啊啊"的呻吟远不及母亲冷冰冰的一个"不"字要命。每晚上床,母亲总是如影随形,而我无能为力。

思绪就这样悄然上涌,不请自来。苏珊·罗温斯坦端着两杯白兰地走上露台。我这一生困惑失意,原来核心问题在于性。

她把杯子递给我,脱了鞋坐在藤椅上。

沉默了好一阵,罗温斯坦开口道:"汤姆,记不记得咱们聊过,你总是封闭内心?"

我在椅子上挪了挪,再看看表:"拜托,罗温斯坦!你可别忘了,我对精神治疗成见已深。再说,你已经下班了。"

"抱歉。倒酒的时候我就在想:听你讲了这么多家事,萨凡娜的形象逐渐明朗,卢克和你父亲也是一样。可我还是不怎么了解你母亲。再就是你,汤姆,你最让人捉摸不透。这些故事里几乎看不到你的影子。"

"因为我也说不清自己什么样、我不是哪一种人。我总想改变，过别样的生活。转换角色对我来说易如反掌。我知道伯纳德怎么想。看着他挣扎，我心里也不是滋味。萨凡娜更容易。每次有黑狗冲她狂叫，我也感同身受。我恨不得替她生病，替她受罪。但汤姆·温戈的角色却不好演，我对这位古怪老兄一无所知。得，听了这么肉麻的自白，再较真儿的治疗师也该满意了。"

　　"你能扮演我吗？"罗温斯坦问，"知不知道当我是什么滋味？"

　　"不行，"我喝了一小口酒，略显局促，"那我可不知道。"

　　"撒谎，"罗温斯坦断定，"你把我观察得很透彻。"

　　"我去你办公室，每回嘚嘚一个钟头。咱俩喝过酒，一起吃了三顿饭。可那点时间也不够了解你啊。要我说你已经功成名就了。人美，又是个医生，丈夫是有名的音乐家，锦衣玉食，腰缠万贯。伯纳德是有点添乱，那你也算全世界百里挑一的人上人了。"

　　"你还是不说实话。"黑暗中罗温斯坦道。

　　"你很忧郁。我不理解，但也为你难过。如果能帮上你，那我在所不辞。可我是个教练，既不是牧师，也不是医生。"

　　"这是实话。多谢你的坦诚。我已经很长时间没交过朋友了，你是第一个。"

　　"我很感激你为萨凡娜做的一切，真的。"我越说越觉得不自在。

　　"你一直很寂寞？"

　　"拜托，站在你面前的可是'寂寞王子'——这是萨凡娜在诗里给我起的名儿。越是待在纽约，我就越寂寞，就像消食片进了水，一个劲儿冒泡儿。"

　　"最近我也是寂寞难熬。"罗温斯坦的目光一定在我身上，我觉察得到。

　　"我不知说什么好……"

　　"我喜欢你，汤姆。你先别走，请听我说完。"

"别，大夫，"说着，我起身要走，"这种事我现在想都不敢想。我一直当自己恋爱无能，光想想都觉着胆怯。咱还是做朋友吧——好朋友。我就是行走的兴登堡，彻头彻尾的灾难，跟我恋爱只会给你添堵。现在我的婚姻岌岌可危，我想要挽救，但希望渺茫。你那么漂亮，跟我又是天差地别，我根本不敢想，太危险了。

"我得走了。不过，谢谢你告诉我。自从来了纽约，我一直渴望听到这样的话。知道自己还能被人喜欢，被人需要，感觉真好。"

罗温斯坦笑道："我不太在行，对吧？"

"不。你做得无可挑剔，一直如此。"

罗温斯坦独自留在露台，再次望向都市的灯火。

第十六章

夏日将至，一群陌生人驾船造访科勒顿，在此踏上了漫长而执着的追逐之旅。母亲在烘烤面包。浓郁的香气混着玫瑰的芬芳，家中流溢着惬意的时令之味。新鲜出炉的面包涂了厚厚的黄油和蜂蜜，还热气腾腾的，我们拿在手里，坐在码头边享用，油滑的蜜汁裹缠着指尖流淌。院子里的大黄蜂纷纷按捺不住地飞来。我们也壮着胆子让它们飞到手上，尽情享用点滴欢愉。双手变成了花园、果林与蜂巢。母亲拿来蛋黄酱的瓶盖，用浓稠的蜂蜜水吸引蜜蜂，也让我们能安心享用。

"琥珀鱼"出现的时候，我们已经吃得七七八八。佛罗里达的船只行驶在科勒顿的河道，也没有海鸥跟随，可以断定不是渔船。它没有游艇简约奢华的线条。六个船员皮肤黝黑，一看就是海上老手。当日我们听说，这还是南卡罗来纳水域第一条保护活鱼的船只。

"琥珀鱼"的船员并不隐瞒自己的来意。当天下午，全科勒顿的人都知道了。船长奥托·布莱尔告诉《科勒顿公报》的记者，迈阿密海洋馆收到科勒顿居民的匿名来信，一条白色鼠海豚时常在科勒顿水域出现。布莱尔船长打算带着船员将其捉回迈阿密，这样既能吸引游客，又能供科学研究。"琥珀鱼"是出于科学目的，为探究海洋生物而来。有报道说低地区域的居民时常在附近水域见到七大洋的稀有生物，"琥珀鱼"显然也是受此启发。

这些人也许对鼠海豚了如指掌，却误判了低地人的脾气。科勒顿的居民打算给这些人上上课，不要钱。无形的怒潮在小镇上汹涌，所有人都瞪大眼睛，竖起耳朵。对我们而言，要偷"卡罗来纳小雪"简直天理难容。因为"琥珀鱼"，沿岸居民居然难得地团结一致，打算让这些人知道我们的厉害。

对他们而言，白豚只是个稀奇的研究对象；对我们来说，它是绝世之美，是上帝的恩惠，也是奇迹的证明与艺术的狂喜。

为了它，一切努力都是值得的。

"琥珀鱼"仿照捕虾船的习惯，大清早起就出发。第一天一无所获，网也没撒。船员们垂头丧气地回到码头，迫不及待地搜集关于小雪出现的各种传闻。没人开口。

过了三天，卢克和我刚巧遇上他们，听船员们讲述几日来在河上做的无用功。他们已经察觉到镇上居民虚与委蛇，迫切地想要从我们兄弟身上套点线索。

布莱尔船长带我们上了"琥珀鱼"，向我们展示主甲板上的储存水箱。捕获的样品就养在水箱里，一路运到迈阿密的海洋馆。他还展示出围捞猎物的大网，撑开足有半英里，大人的手能轻易从网眼穿过。船长人近中年，待人热情。久经日晒的脸上留下车辙般的沟壑。他用细弱的声音讲述捉捕成功后如何训练鼠海豚吃死鱼：想让它吃平时不碰的东西，先得饿上两三个星期。捕捉鼠海豚，最怕的就是猎物被网缠住，继而溺死。船员必须眼疾手快，技巧娴熟，这样才能避免猎物溺水。我们还看了盛放白豚的泡沫橡胶垫。

我问："船长，为什么不放池子里？"

"平时我们这么做，可有时候池子里放了鲨鱼，有时候池子太小，鼠海豚扑腾不开，容易伤了自己。最好的方法是放在这种垫子上，不断往身上泼洒海水，保持皮肤湿润。还要时不时两边翻身，确保血液正常流通。差不多就是这些。"

卢克问："那捞出来能活多久？"

"我也说不好。据我所知，最长的五天没下水，到了迈阿密还是好好的。它们禁折腾。上次你们见莫比是什么时候？"

"莫比？！"卢克道，"它叫小雪。'卡罗来纳小雪'。"

"在迈阿密，人们叫它'莫比豚'。广告部的人起了这个名儿。"

"难听死了。"卢克道。

"看热闹的游客可多了。"

卢克接话道："说起游客，昨天早上有一船奔萨姆特堡的观光客在查尔斯顿港见过小雪。"

船长忙问："孩子，你确定？"一个船员立马蹦到地上听下文。

"我又没看见，听无线电里说的。"

次日，"琥珀鱼"直奔查尔斯顿港，在科佩尔河、阿什莱河搜寻白豚的踪迹。在瓦珀湾和艾略特河道找了三天，他们这才发现上了我哥哥的当。拜他们所赐，卢克学会了如何帮鼠海豚续命，以备不时之需。

六月的某天傍晚，双方的势头真正剑拔弩张起来。"琥珀鱼"当着全镇人的面，欲将小雪收入囊中。船在科勒顿海湾发现了白豚的踪迹，但那里的水太深，撒了网也捞不着。他们不慌不忙地跟了一整天，始终小心保持着距离，直到小雪游入浅河。

就在船员们追踪白豚的途中，科勒顿的捕虾船不断用无线电播报"琥珀鱼"的位置。每次它改变航向，总有人注意到并记下变向的方位。船上、镇上的无线电收音机不时传出新的消息。捕虾人的妻子关注着广播，然后通过电话散播消息。"琥珀鱼"在水上的一举一动都逃不过镇上秘密听众的耳朵。

洗碗槽上的收音机沙沙作响："'琥珀鱼'拐入雅玛希河，看样子他们今天是没指望了。"

"'迈阿密海滩'刚刚离开雅玛西河，似乎要往山羊岛附近的哈珀急水湾驶去。"

镇上的居民仔细听着来自捕虾船的速报。小雪已经消失了一个星期。当它再次现身，捕虾人赶紧通知全镇。

"我是威拉德·普伦基特船长。'迈阿密海滩'已发现小雪，现在正沿科勒顿河上行追赶。船员正在甲板准备渔网。看来小雪是奔镇上去了。"

消息如流言般迅速传开。不出所料，全镇的人都循着流言来到河边。窃窃私语声中，一双双眼睛紧盯着河面。治安官的车驶入岸边的停车场，同时不忘收听捕虾人发来的动向。大家的目光都聚焦在科勒顿河的拐弯处。"琥珀鱼"不久将在那里出现。而就在一英里以外，科勒顿河将与它的三位姐妹汇聚，一同向海峡奔涌。

二十分钟后，"琥珀鱼"终于出现，人群中响起一阵低沉的哀怨。船乘着高涨的浪潮顺势而来。一位船员站在前甲板，用望远镜在前方水中搜寻。他纹丝不动，如雕像一般心无旁骛。看那全神贯注的样子，便知他对此番使命有多么执着。

卢克、萨凡娜和我站在桥上，和七百多号乡亲一起，等待见证科勒顿的幸运之星被掳获的瞬间。刚开始，大家只是好奇。突然，"卡罗来纳小雪"闪亮登场。只见它绕过最后一道急弯，以轻柔绰约的姿态跃过小镇。白鳍拍打着碎浪的尖峰，在阳光下镀上了一层银边。跃过小镇时，它在高处停留了短暂的瞬间，对自己的险境却一无所知。恰到好处的光线映衬下，它再次用轻逸的绝然之美把我们彻底征服。白色的"V"字形背鳍再度划破水面，距离大桥又近了一百码。周围的人竟自发地欢呼起来，也将白豚彻底拥上了神坛。科勒顿愤怒的战旗在风中暗暗摇曳，我们不知不觉地转变了默不作声的旁观心态，口中的怒吼呼之欲出。那些作战的口号和宣言纷纷涌上心头，宛如在自己的意念中举起涂满了热血纹饰的家族盾牌。小雪突然消失，又再度出现，以轻盈的弧线跃向鼓掌的人群。它神秘莫测，皎洁如月，肤色像是由百合与珠母调和而成。一道银光划过流光的水面。再抬头，只见"琥珀鱼"已经撑上小雪，船员们也将大网搬上小艇，打算放入水中。

科勒顿需要一名勇士，而这个人居然就站在我旁边。

整座桥被堵得水泄不通。司机把车随手一停，便跑到栏边看热闹。满载里斯·纽伯利农庄番茄的卡车在桥上动弹不得，司机徒劳地按着喇叭，想提醒其他司机挪车，可惜无人理睬。

卢克自言自语道："这么着可不行。"接着便离开人群爬上卡车，把一箱箱番茄扔向人群。我还以为他发疯了，但马上又明白了他的用意。萨凡娜和我砸开一根板条，取出番茄递给栏边的人们。卡车司机下了车，大喊着让卢克停手。卢克并不理会。邻居和好友纷纷伸出双臂，接过他递来的木箱。很多人甚至从自家车上拿来工具，把板条撬开，急得卡车司机越发歇斯底里。治安官离开停车场，开车直奔镇子另一头的查尔斯顿公路。

"琥珀鱼"逼近桥下，两百多个西红柿枪林弹雨般砸向甲板，拿望远镜的船员被打得跪趴在地。番茄又生又硬，另一个撑网的船员在船尾捂着鼻子，指缝间也淌了血。第二轮发射紧随其后。船员们乱作一团，晕晕乎乎往船舱里躲。不知谁的轮胎砸在救生艇上，人群一阵欢呼。板条箱沿桥边传递。司机依旧大喊大叫，依旧无人理睬。

船在桥底消失，两百多人一股脑儿奔到对面。船一露头，等待它的又是一通猛砸，如同高地的箭雨射向倒霉的步兵——只怪他们被派到不该去的地方。萨凡娜扔得又狠又准，还扔出了自己的节奏与风格，不时兴奋得大呼小叫。卢克把一整只板条箱扔下桥，刚好砸在后甲板上。爆裂的番茄像弹珠一样跳向封挡的舱门。

"琥珀鱼"摆脱了多数人的追击，可还是被几个手劲儿大的打中。为求保命，小雪想也没想就掉转回头，从船的右舷侧一闪即过，回头游向镇子。小雪再次被掌声与欢呼声簇拥。就在桥下,一线灰白划过亮闪的波纹,宛如象牙色的幻梦,稍纵即逝。"琥珀鱼"费了好大功夫,才犹豫着转了向。人们越发起劲儿地传递着一箱箱番茄。面对狂热的人群,连卡车司机也放弃了挣扎,手握番茄和众人一起严阵以待。船先是冲着桥来,开着开着却突然转向北边。原来,小雪——我们这方世界里唯一的白豚——又朝着大西洋去了。

次日,镇议会通过了一项决议,授予"卡罗来纳小雪"科勒顿县公民资格。本县水域之内,任何危害它的行为都将构成重罪。与此同时,南卡罗来纳州也通过了一项类似法令,禁止科勒顿水域内一切危害鼠海豚及宽吻海豚的行为。不到二十四个小时,科勒顿成了全世界唯一一处将捕猎鼠海豚列为罪行的地方。

当晚船一靠岸,布莱尔船长直奔治安官办公室。他要求卢卡斯警长逮捕所有朝"琥珀鱼"扔西红柿的家伙,可又提供不出半个凶徒的名字。治安官打了几通电话,找到四个目击者。他们每个人都愿意出庭,证明"琥珀鱼"从桥下驶过时桥上根本没人。

布莱尔船长质问:"那我船上那百十来斤西红柿是哪儿来的?!"

治安官于是搬出了当地人最津津乐道的由头:"船长,不是到季节了吗?这破玩意儿掉得到处都是。"

然而,没过多久,迈阿密的船员又恢复了士气,也制订出了新的捕捉计划。他们离镇子远远的,不敢再入主水道,转而开始在本县外围晃悠,等待着小雪离开科勒顿水域,待新法令鞭长莫及时趁机下手。然而,无论"琥珀鱼"走到哪儿,都有"南卡罗来纳州渔猎委员会"的船跟着,镇上的妇女孩童也会驾着小船或游艇尾随。一发现白豚的踪迹,便有小船慢吞吞地横在小雪与捕猎的船只之间。"琥珀鱼"想借缝迂回而过,无奈科勒顿的妇孺都是操船老手,把他们逼得无处突围,只能眼睁睁看着白豚消失在科勒顿海湾的浪涛中。

每天，卢克、萨凡娜和我都把船开进内陆水道，和其他船只共同作战。卢克驾船顶住"琥珀鱼"的船头，也不理会汽笛警告，不紧不慢地挡住敌手的去路。老到的布莱尔无论怎样操船躲闪，就是过不了卢克这一关。萨凡娜和我则备好了渔具，趁卢克挡路之际钓起了马鲛鱼。总会有几个船员冲上船头威逼嘲弄：

"嘿，小鬼，赶紧滚一边儿去，别把老子惹毛了！"

卢克回敬道："先生，我们就是钓点鱼嘛。"

喊话的男人回道："钓哪门子鱼？"

"听说附近有白色的鼠海豚。"说着，卢克手腕轻轻一动，马达减速。

"是吗？那你们几个滑头也没钓着啊。"

卢克语气轻快地说道："大家彼此彼此！"

"这要是在佛罗里达，我们二话不说撞死你。"

"可惜这儿不是你们佛罗里达。您没发现还是怎的？"

"臭乡巴佬儿！"男人吼道。

卢克一拉油门杆，船慢得几乎停住。"琥珀鱼"的引擎在身后轰鸣，巨大的船头气势汹汹地对着我们。

"骂咱臭乡巴佬儿呢。"卢克说。

"我？乡巴佬儿？"萨凡娜道。

"扎心了！"我说。

小雪已经拐入朗福德湾，光洁的鳍尖消失在湿地幽绿色的边缘。前方还有三只船守在河口，要是卢克堵截不成，还有他们。

经历了三十天的围追堵截，"琥珀鱼"终于离开了科勒顿水域，空手返回迈阿密基地。临走前，布莱尔船长不忘向《科勒顿公报》控诉科勒顿居民如何百般阻挠,扬言如此行径绝不会动摇科学探究的决心。就在逗留此地的最后一日,船长和船员们受到了来自弗里曼岛的狙击威胁。于是船长做出决定:终止捕猎行动。"琥珀鱼"在捕虾船队的监督之下驶经最远的一片堰洲岛,在浪花中向南驶入大海。

"琥珀鱼"没有返回迈阿密,而是向南开了四十英里,扭头拐进萨凡纳河,停在桑德伯特镇的虾船码头。船在桑德伯特逗留了一个星期,一来补充供给,二来等着科勒顿的人消火降温。船员们依然通过无线电关注着白豚的动向。每次一有动静,科勒顿的捕虾船都会报告确切的位置。一周后,"琥珀鱼"趁夜驶出萨凡纳河,北上到达科勒顿三英里界外。它大摇大摆地行驶在远离岸边渔船监视的水域,等待着无线讯号传来。

他们在离岸水域守了三天,终于等来了期盼已久的消息。

"伙计们,我刚在萨加克河捞起根沉木,往那边走的小心点儿,完毕。"

有船长回应道:"反正那附近也没啥虾。亨利船长,你跑得挺远啊?完毕。"

"老兄,哪儿有虾我去哪儿。"回话之时,父亲正眼看着"卡罗来纳小雪"追着鱼群往沙洲方向游去。

萨加克河不在科勒顿县范围内。"琥珀鱼"掉头向西,全速朝萨加克方向驶去。南卡罗来纳的海岸线最后一次出现在布莱尔船长的视线内,而船员们已经张开大网。一位查尔斯顿的捕虾人目睹了白豚被抓的情景:当日早上十一点三十分,面对围拢的巨网,惊慌失措的小雪拼命抵抗、挣扎。眼看着小雪受困,连捕虾人也不由得佩服起船员们迅捷的动作和娴熟的技巧。他们用绳索将小雪套住,头托在水面之上,防止它溺水,然后将白豚拖上汽船。

消息传到科勒顿时,"琥珀鱼"早已跑出三英里界外。它一路向南,五十八个小时后进入迈阿密水域。教堂的钟声宣泄着不满,表达我们的无奈与愤怒。河流仿佛受到了玷污,失去了它神圣的魔力。

"沉木"是父亲与布莱尔船长及其手下商定的暗号。父亲答应到县边境的水域打探,发现白豚游进了北边吉布斯县领海。正是父亲匿名给迈阿密海洋馆写信,告诉他们有白色鼠海豚现身科勒顿。被掳一周后,小雪出现在《科勒顿公报》上。照片中的它被放入了迈阿密新家的水族箱。又过了一星期,父亲收到布莱尔船长寄来的感谢信和一张一千美元的支票。

父亲得意地冲我们挥动着支票。母亲怒不可遏:"亨利,我真替你害臊!"

"莱拉,一千块钱哪!这可是我这辈子来得最容易的一笔。海豚要个个都是白色就好了,我这辈子就只剩吃香的喝辣的。"

"要真是个有种的,就该去迈阿密把它放了。最好别让镇上的人知道是你使的坏。大伙儿正为这事来气呢。"

萨凡娜质问:"爸爸,你怎么能出卖小雪呢?!"

"宝贝儿,那白豚去了大城市,每天跳圈儿哄小孩,顿顿有鱼吃。你得往好处想:小雪算是在迈阿密退了休,再也不用怕鲨鱼了。"

卢克愤恨道:"要我说,这种罪过连上帝都不会原谅。"

"是吗?!"父亲冷笑道,"它后脊背上可没写着'科勒顿财产'。我只是给海洋馆写了封信,告诉他们科勒顿有个稀奇活物,肯定能吸引眼球。人家只是感谢热心人而已。"

"要不是你每次通风报信,他们根本找不到小雪。"我说。

"我是他们这一片的联络官。你们看,现在也不是什么捕虾的旺季。这一千块钱能让你们有饭吃,有衣服穿,都够一年的大学学费了。"

"昧心钱买来的东西,我一口也不吃,一件也不穿,就是条裤头我也不稀罕!"卢克道。

母亲道:"我看了它五年多。以前汤姆杀死只秃鹰你都不依不饶。亨利,这世上的秃鹰可比白豚多多了。"

"莱拉,我又没把它弄死,只是把它送去安全的地方,让它再也不用担惊受怕。要我说这可是见义勇为。"

"为了钱,你把它送进牢笼。"

"这些人要逼着它演马戏。"萨凡娜道。

"你这是昧良心,是忘本,"卢克说,"要是个油头粉面的奸商,我也认了。爸,你一个捕虾人,怎么能卖了小雪换钱呢?"

父亲大喊:"我捕虾也是为了挣钱!"

"那不一样!"卢克道,"不可替代的东西就不能卖!"

"我今天在河里看见二十多条!"

"我敢说没有一条是白色的,看不出半点特别。"

"害小雪被抓走的居然是咱们家,"萨凡娜道,"我成了叛徒犹大的女儿。犹大都比你强得多!"

"亨利,你这么做是造孽,会遭报应的。"

"我已经倒霉到家了,"父亲说,"反正已经这样,也没什么办法了。"

卢克说:"我有办法。"

三周后一个沉闷的星夜,温戈夫妇已然熟睡,父亲甚至已经鼾声阵阵。卢克把他的计划告诉了我和萨凡娜。虽说是预料之中,可即便是多年后,萨凡娜和我依旧惊叹不已:就是从那一刻起,我们的哥哥从充满理想的热血少年变成了行动派。他的大胆提议让我们既兴奋又害怕,谁都不想参与。卢克压低嗓门儿一个劲儿地撺掇,还真把我俩唬得一愣一愣的。他去意已定,如今又为自己的荒野初战募到两名战友。那晚看卢克在谷仓驯虎,我们见识了卢克的勇气;而如今要面对的,兴许是他鲁莽的一面。

三日后的清早，卢克将一切打点妥当。我们开上17号公路，一路向南。卢克猛踩油门，收音机也开到最大声。三人随雷·查尔斯一起唱《上路吧，杰克》。车子从萨凡纳的尤金·塔尔梅奇纪念大桥上疾驰而过，我们喝着冰镇的啤酒，将电台调到杰克森威尔的"大猩猩电台"。快到收费站，我们放慢车速。值班的是个老头。卢克递过一美元，买了张往返票。

"孩子们，来萨凡纳买东西？"老头问。

"不，先生，"卢克答道，"我们要去佛罗里达偷海豚。"

此番佛罗里达之旅荒谬而草率。我的脑袋里五焰蒸腾，仿佛用手一指，便能让棕榈树燃起熊熊大火。那时的我就像带了电，能量爆棚，欣喜若狂，又担惊受怕。电台播放的每一首歌曲似乎都在表现我的兴奋。尽管五音不全，我依旧唱得如痴如醉。车子沿着滨海公路和佐治亚的橡荫道行驶，偶尔路过市镇才会换挡减速。卢克开得热血沸腾。从梅尔罗斯岛出来，我们一路狂飙，两个小时便进入佛罗里达州界，甚至没顾上在迎宾站下车喝杯免费橙汁。

我们在杰克森威尔放慢了脚步。圣约翰河大气磅礴，我们还是头一次见到北去的河流。一上A1A公路，车轮下的沥青又开始发烫，轮胎摩擦着碎石，左侧时不时闪过片片海景。暖风灌入驾驶室，海浪与我们一路比肩南去。大海深知我们的使命——是的，它知晓，并且赞成、拥护。

我们就像一群不法之徒，怀着不轨之心驱车南下，靠着莫名的动力彼此支撑。一回头，只见卢克被萨凡娜的话逗得哈哈大笑。妹妹的长发吹拂在我的脸上，芳香扑鼻。一种难以言喻的美好亲情顿时充满我的内心。那种爱鲜活，猛烈，舌尖品尝得出，胸中感受得到。我凑上去亲吻萨凡娜的脖子，伸出左手捏捏卢克的肩膀。卢克抓住我的手用力握了握，居然还放到了唇边。难得的温情实在出乎意料。我倚着靠背，沐浴着周日湿润的阳光，任由佛罗里达的味道充斥感官。

驱车十小时，两次停站加油。驶过海厄利亚赛马场的招牌，迈阿密的轮廓终于出现在海面上方。椰树在暖风中发出清脆的声响，园中三角梅的香气溢满条条大道。我们从未来过佛罗里达，却突然在迈阿密街边的椴树与鳄梨树下找寻起扎营之处。

"卢克，现在怎么办？"我问，"总不能过去就说'你好，我们大老远跑这儿偷白豚来了，麻烦帮它收拾行李'吧？"

"咱先四处看看，"卢克回答，"理理头绪。我已经有了初步的计划，但咱们必须做好准备。先踩点。那种地方肯定有守夜人，提防小鬼半夜溜进去放竿钓鱼。"

萨凡娜问："那咱拿他怎么办？"

"但愿别逼我把他弄死，"卢克面不改色，"你们觉得呢？"

"你疯啦？！"我说，"脑子进水还是怎的？"

"以防万一嘛。"

"不行，绝对不行，"萨凡娜说，"如果这叫以防万一，那我俩不干了。"

"我开玩笑呢。他们弄了头虎鲸，咱明天可以瞧瞧去。"

"卢克，咱不是来救虎鲸的，"萨凡娜说，"你那口气我最清楚，别打虎鲸的主意。"

"没准儿咱能把那鬼地方所有的鱼都放了，来个集体大逃亡。"

我问："为啥叫虎鲸？"

"因为厉害吧……"卢克解释道。

车子驶上通往比斯坎湾的堤道，右手边就是海洋馆。卢克放慢车速，我们穿过停车场，观察着保安办公室那缕灯光。他走到窗边，向外张望。

灯光为脸孔增出一道光晕，模糊而滑稽。两米多高的护栏上还罩着带刺的铁丝网，防止外人入侵。卢克一踩油门，我们就拐进停车场，身后尘沙四起。途经某处时，一股浓烈的腥臊气味直钻鼻孔，比凯撒笼子里的重一百倍，一闻就知道是动物园。黑暗中传来大象的叫声，卢克也按响喇叭回应。

"大象可不是这种动静。"萨凡娜道。

"我觉得挺像，"卢克说，"那你说像啥？"

"像牡蛎在菜油罐子里放屁。"

卢克大笑着把萨凡娜搂在胸前。当晚，我们睡在比斯坎湾的长椅上，起身时已是日头高照。三个人规整好随身物品，直奔海洋馆。

三人付过门票钱，绕过旋转门，沿着丑陋无比的带刺铁丝网在园中转悠了半个小时。到了毗邻停车场的一簇棕榈跟前，卢克停下脚步："我把车倒到树跟前，然后在这儿开个洞。"

我问："咱要是被抓住怎么办？"

"咱也就是三个科勒顿高中生，就说跟同学赌大冒险来救小雪。到时候就可劲儿扮乡巴佬儿，假装最大的本事是往老妈晾在后院的床单上吐西瓜籽儿。"

萨凡娜说："卢克，门卫带着枪呢。"

"我知道，但没人会冲咱开枪。"

"你怎么知道？"

"托莉莎给了我一整瓶安眠药，她管那玩意儿叫'小红魔'。"

"难不成让人家张大嘴巴，自己把药吞下去？"要我说，卢克的计划真若执行起来怕是漏洞百出。

"老弟，这个我还没想好，刚刚才找好了打洞的地方。"

我又问："那你打算怎么把小雪弄出来？"

"还是那个法子，安眠药。"

"那容易，"我说，"就往水里一蹦。人家装备齐全的内行追了一个月，咱就使出吃奶的劲儿使劲游，然后喂几粒儿安眠药完事。卢克，好主意。"

"汤姆，不光喂药。咱得把小雪给迷昏，让它服服帖帖的。"

萨凡娜说："小雪恐怕要成为头一只服药致死的鼠海豚了。"

"不会。我估摸着小雪差不多四百磅。托莉莎一百磅，每晚吃一粒。咱就喂个四五粒。"

"卢克，汤姆说得没错。哪有给鼠海豚喂安眠药的？！"

"我也没听说过，"卢克承认，"但它们吃鱼。把鱼换成安眠药，小雪差不多也能听话睡觉吧……"

我问："卢克，它们睡觉吗？"

"不知道。咱这一遭怕是要学不少东西呢。"

"要是失败了呢？"萨凡娜问。

卢克耸耸肩："那也没啥坏处。至少咱努力过了。再说了，咱已经得了不少乐子了不是？科勒顿那些人就知道哭丧着脸，抱怨小雪没了什么的，而你、我和汤姆已经来迈阿密准备劫狱了！以后还能把故事讲给咱的孩子。真要把小雪救出来，大伙儿肯定游行庆祝。到时候彩纸满天飞，还能坐上敞篷车呢。这可是能炫耀一辈子的大事。但首先咱得想明白了。你们俩现在都迷迷糊糊。这可是关键。来，我帮你们。把眼闭上……"

萨凡娜和我闭上眼睛，听着哥哥的声音："好。汤姆和我把小雪制服，萨凡娜守着担架等待接应。咱用绳子把小雪绑住，把它从水里滚上岸，绑在担架上。门卫喝了可乐睡得正香，因为饮料在一两个钟头前被咱下了药。明白没？想象出来没？然后咱把小雪弄上皮卡，开车走人。接着到了关键，听好了：咱带着小雪上科勒顿的船，把绳子松开，把它放回生它养它的河里，那才是它的归宿。你俩看到没？清楚了吧？"

卢克的声音带着狂喜，令人着迷。萨凡娜和我同时睁开眼，朝彼此点点头：我们都看到了。

我们继续在公园周边转悠。"琥珀鱼"就停靠在海洋馆南边。虽然看不到船员的踪影，我们还是尽量绕着走。三人经过高吊的木桥，前往海豚馆。桥下是一道深池，几只大鲨鱼懒洋洋地兜着圈，周而复始。鲨鱼与鲨鱼之间隔着二十码的距离，相互间没有赶超的空间，也没有赶超的架势。一头双髻鲨和一头灰鲭的幼鲨慢吞吞地从我们脚下游过，观看的人群一阵惊呼。大尾巴重复着枯燥的摆动，没有任何随性而动的自由，杀气似乎已被全然抹杀。在游人的注视之下，这些鲨鱼更像是温驯的黑玛丽鱼，毫无威胁。

四周已经聚集起一大帮人，大伙儿都很和善。我们跟着一队穿五分裤、塑料人字拖的人往露天剧场走。虎鲸"无畏舰"中午会在那儿表演。我们来佛罗里达时间不长，印象中，这里有着良善友好的人群，放眼望去尽是难看的大白胳膊，还有白花花、光溜溜的腿。烈日的炙烤之下，青草只剩一层浅浅的翠色。自动洒水器喷洒着砾石小径两边的园区，红喉蜂鸟在百合丛中飞舞。快到剧场，我们路过一张告示牌："欢迎各位于喂食时间观赏白豚。"

"我们一定去。"卢克说。

容量两百万加仑的水族池边围绕着一圈圈座位。游客纷纷涌入，我们听着身边的游客谈论着白豚。待所有人落座后，一个满头金发、古铜色肩膀的漂亮小伙儿来到池边的木板平台，向人群挥了挥手。女讲解员介绍了"无畏舰"的来历：这头虎鲸是在温哥华岛附近的夏洛特女王海峡捕获的，当时一共捕获了十二只鲸鱼，用专机运到了迈阿密。海洋馆花了六万美元把"无畏舰"买下，并花了一年时间加以训练。然而，它无法与白豚一起表演，因为鼠海豚是虎鲸最喜欢的食物。

伴随着讲解员的声音，一道隐形的大门在水中开启，一个身影惊扰了水下的深幽。

古铜色皮肤的男孩看了看水中，只见有什么东西朝着他的方向蹿上来。他所在的平台距离水面有六米高。男孩躬着身子，手里拎着一条马鲛鱼。数着他前额的纹路，就知道他有多专注。他的一只手打了个圈，中心的水流乖乖地朝外打起了旋儿。接着，鲸鱼潜入池底，如平地蹿天的高楼跃出水面，速度与冲劲儿丝毫不减，然后像吃糖豆的小姑娘一样叼走了男孩手中的鱼。一道长长的弧线重新落入水中，身影一时间遮住了阳光。虎鲸入水的一刻，就好像一棵大树从高山上倾颓入海。

一股巨浪迸出围栏涌向观众席，从第一排到第二十三排都湿透了。观看"无畏舰"表演的同时，大家也冲了个澡。海水顺着头发滴滴答答往下淌。提鼻一闻，都是鲸鱼的味道。

"无畏舰"又开始在池中周旋。黑白色的流彩在佛州的阳光下激扬，一次次跃入橙花与三角梅的芬芳。一瞬间，我们在水中瞥见它白色的肚皮，还有黑背上绚丽的虹彩。那颜色就像一对漂亮的马鞍鞋。它的背鳍如黑色的金字塔般划过水面，好像利刃剪尼龙。它的线条明快柔和，满口巨齿，每一颗都有台灯那么大。我从未见识过如此含蓄的威慑之力。"无畏舰"再度跃起，敲响了悬于水面上方的铃铛。它张开大嘴，任由金发男孩用地刷刮擦它的牙齿。尾声来临，虎鲸豁然迸出水面，巨大的尾叶闪闪发光，淌下一地的水。它一口咬住线绳，将星条旗挂上了高悬于水族箱上方的杆顶。每一次跃至顶点，人群便是一阵欢呼，准备迎接它优雅入水带来的巨浪洗礼。

"这才叫好样儿的！"卢克道。

"被虎鲸追杀，那得多吓人啊……"萨凡娜说。

"要是被那玩意儿盯上了，你就别无选择，只能投降，听天由命。"

我笑了："要是科勒顿也有鲸鱼就好了。"

"罪犯处死就该这么着，"卢克冷不丁道，"给他们穿上泳衣，裤裆里塞几条马鲛鱼，丢到这池子里游到对岸。成功游过去的就放了，半路被吃了，还能给海洋馆省点伙食费。"

"你可真人道。"萨凡娜道。

"我是指那些罪大恶极的罪犯，杀人狂、希特勒、杀婴犯……该死的是那些大变态，乱穿马路什么的又不至于。"

我说："这死法可够惨的。""无畏舰"刚刚跃过火圈，入水的尾波一把将火浇灭。

"没事！拿来表演也成啊。就让老爸来搞：虎鲸跳起来敲铃铛，成功一次就奖一个罪犯。"

目睹了最后一次落水，经历了最后一次洗刷，我们和几百个湿漉漉的游客一道前往海豚馆。

前有虎鲸压阵，鼠海豚就显得格外不起眼。尽管它们的表演更精彩，也更有灵气，然而见识过"无畏舰"的本事，这点戏法显得实在不值一提。虽说引人入胜，跟鲸鱼可没法比。这些鼠海豚倒是挺活泼。光滑的皮肤，翠玉的颜色，像炮弹似的一跳就是六米多高。它们的脸上总是展露出讨喜的笑容，也为欢快的表演增添了几分诚意。海豚们耍了棒球，溜了保龄球，立起身子舞蹈着横跨水族箱，隔着圆环抛球，抢过训练师嘴里点燃的雪茄，让他戒烟——然而只是徒劳。

"卡罗来纳小雪"困在另一个小池里，与其他同类分离开来。一大群好奇的观众聚拢在小池周围，看着它从一头游到另一头，神情恍惚，百无聊赖。小雪什么戏法都还没学会，但馆中珍奇的身份已经是它的本钱。讲解员介绍了白豚的捕获经过，仿佛描述的是西北航道[1]开辟后最为惊心动魄的冒险征程。三点钟，饲养员拎着一大桶鱼来喂食。他抓起一条青鲹，远远地扔到池子的尽头。池子另一边的小雪掉转身子，猛地冲去对岸把鱼衔住。周围的游客七嘴八舌地议论着小雪的颜色。听着陌生人感叹它的白皙晶莹，我们这几个小雪的解放者心中充满了自豪。

看着看着，我们发现：饲养员投喂的位置远近交替，原来这也是训练的一部分。小雪一旦习惯了来来回回的节奏，饲养员便改变操作，引着小雪越游越近，直到它跃出水面，叼走他手里最后一条鱼。这位饲养员调教有方，也富有耐心。小雪一出水，便博得阵阵掌声。看青鲹喂进小雪嘴

---

[1] 由格陵兰岛经过加拿大北极群岛，是大西洋与太平洋之间距离最短的航道。

里,感觉就像观摩神父为戴面纱的少女主持圣餐礼。

"汤姆,咱得跑趟鱼市,"卢克悄声道,"萨凡娜,闭馆之前,你去跟守夜人套套近乎。这地方晚上八点才关门。"

"我做梦都想当诱饵。"

"没让你诱惑,就是跟小雪交交朋友,然后把它药晕。"

我们到"椰树林"买了六条牙鳕鱼,在肯德基买了一桶炸鸡。回到海洋馆时,距离闭馆只剩下半个钟头。萨凡娜与刚刚接班上岗的守夜人相聊正欢。

"哥哥!"萨凡娜叫道,"我碰到个大好人。"

"先生,她是不是打扰您了?"卢克问,"这丫头住在疯人院,今天好不容易出来放风。"

"打扰?!难得有这么漂亮的姑娘找我搭话。平时大伙儿都回家了,就我一个人守在这儿。"

"比弗斯先生是纽约人。"

"来点炸鸡怎么样?"卢克问。

"那敢情好。"比弗斯先生说着拎起一根鸡腿。

"可乐要不要?"

"我只喝咖啡。唉,快闭馆了,你们几个小家伙赶紧走。这工作没啥不好,就是寂寞。"

雾号声响起,接着是访客离场及次日开馆时间的录音广播。比弗斯先生出了办公室,在虎鲸表演场和海豚馆之间巡查,不时吹响哨子。萨凡娜又添了一壶咖啡,掰开两粒安眠药洒进去搅拌,直到粉末完全溶解。

卢克和我跟着比弗斯先生在园中四处转悠,他和颜悦色地提醒游客尽快离场,明日再来。来到白豚所在的水族箱前,他停下了脚步。小雪显得十分焦躁,不停地游来游去。

"它是自然界的异类,"比弗斯先生说,"美丽的异类。"

比弗斯先生一回头,有个小孩把冰棒的包装纸扔在了地上。"小伙子,乱扔垃圾可是对自然犯罪呢。"

说着,他朝男孩走过去。卢克趁机把下了药的鳕鱼扔进小雪的池子。小雪在鱼周围打了个来回,这才吞入口中。

"你下了多少药?"我悄声问。

"够要你我的命了。"

挥手告别时,比弗斯先生已经喝上了咖啡。上车的路上,我冲萨凡娜嘀咕:"干得漂亮,玛塔·哈丽[1]。"

卢克从身后赶上来:"热死我了。咱们去比斯坎湾游会儿泳怎么样?"

"那几点回来接小雪?"我问。

"午夜前后吧。"

月亮升起,东边的天空盖上一记苍白的水印。我们一直游到日落。这里的大西洋与家乡那片东海岸简直有天壤之别,二者间似乎不可能有任何关联。佛罗里达的海水清澈碧绿。水没过胸膛,居然看得清两脚,这还是第一回。

"这儿的水有点不对劲儿。"卢克与我不谋而合。

对我而言,大海总是阴柔的。而佛罗里达磨圆了它的棱角,用清澈驯服了蓝色的幽深。在海边,我们第一次尝到了芒果的滋味,佛罗里达也变得越发神秘深邃。那果子既有异国的风情,又不乏本土的味道,如同被大树点滴吸收的阳光。这里的大海忠实可靠,这里的浪潮轻柔绵软、难以察觉。棕榈树下,古龙水色的海透明而平静。面对它,我们是陌生人。月光在水面铺展百里银丝,最后在萨凡娜的辫子里安了家。卢克站起身,从牛仔裤口袋里掏出手表。

"汤姆,萨凡娜,今晚要是被逮住,让我来出面。是我把你们卷进来

---

[1] 玛塔·哈丽(1876—1917),生于荷兰,历史上著名的双重间谍,第一次世界大战期间于法德两国间周旋,与欧洲多国军政要人和社会名流都有关联。

的，惹了麻烦也应该由我来承担。现在只求比弗斯先生乖乖睡觉。"

透过办公室的小窗可以看到：比弗斯先生头枕着桌子，睡得正香。卢克把车子倒进栏边的树丛，麻利地用钢丝钳在围栏上剪开个大洞。三个人钻进园内，在黑暗中前行。路过鲨鱼所在的深沟，脚下传来一阵阵涌动的水声。它们还在周而复始地绕圈——受着这样的活罪，只因自己是鲨鱼。我们从露天剧场边奔过，虎鲸的喷水声依旧清晰可闻。

"等等。"卢克从兜里掏出条鱼。这原本是给小雪买的，回去的路上给它当零嘴。

"不行，卢克！"我叫道，"没时间胡闹啦！"

卢克自顾自上了剧场台阶，萨凡娜和我只能跟着。月光下，他爬上平台，虎鲸巨大的背鳍切割着他脚下的水面。卢克来到台边，学着白天训练员的动作用胳膊画着圈。"无畏舰"潜入水下，在黑暗中蓄力加速，一股股水流猛烈击打着池壁。卢克把鱼放在右手，大半截身子探至水上。

就在他脚下，虎鲸一跃而起，瞬间把鱼叼走，连卢克的手指也没碰。落水的磅礴之势令虎鲸的身体微微侧翻，露出了雪白的肚皮，溅起的巨浪也洗刷了二十三排看台。

"笨蛋，笨蛋，笨蛋！"我嘟囔道。卢克已经从台子上下来。

"精彩，精彩，精彩！"萨凡娜倒是兴高采烈。

三个人上了"琥珀鱼"，在甲板的储存箱里寻找需要的工具。卢克拿了绳子和担架，把泡沫胶垫扔给萨凡娜。萨凡娜把垫子抱回皮卡，铺在后斗的平台上。兄弟俩则赶到海豚馆，卢克再次抄起钢丝钳开路。

赶到的时间刚刚好。小雪漂在浅水中，几乎一动不动。要是再晚来一个钟头，恐怕就淹死了。它被药得迷迷糊糊，我们下水靠近，它都毫无反应。卢克和我托着小雪的头和肚子往池子边去，担架就摆在岸边。跟它雪白的皮肤比起来，我的手显得黄黄的。一路往岸边去，小雪还轻轻叫唤了一声。萨凡娜已经赶回，三个人把担架兜在小雪身下，用绳索分三处绑好。

就这样，卢克和我抬着担架，像战场上的医护员一样，压低身子，加快脚步，从棕榈和橘树边经过。从网洞里钻出来，我们轻轻解开小雪身上的绳子，把它滚上胶垫。我们用水桶和冰镇箱从比斯坎湾打来了海水，萨凡娜和我把水泼洒到它的身上。卢克锁好后挡板，冲上驾驶室发动引擎。车子倒出停车场，沿堤道驶入迈阿密的灯火中。起先的几分钟，我还以为要被抓住，因为空旷无人的公路上，南卡罗来纳州的温戈三兄妹不停地尖叫，尖叫，尖叫。

我们头也不回地离开了迈阿密。卢克不断地踩油门，暖风梳理着我们的发丝。每跑一里，都离州界更近一步。一开始，小雪的呼吸还不甚均匀，像被撕下的纸页边缘一样深浅不一。有那么一两回，它像是没了呼吸，我连忙往喷水孔里吹气，小雪的气息稍稍恢复。一直到戴通纳海滩停车加油，安眠药的效力才有所减退。其后的旅程中，小雪都是活蹦乱跳的。

加完了油，卢克把皮卡开上海滩，萨凡娜和我下车打了海水。车子穿过沙滩，再度上路。

"我们成功啦，我们成功啦！"卢克冲着后窗欢呼着，"再过五个小时，咱就到家啦！"

我们用海水给白豚润湿，从头到尾按摩全身，保持血液循环通畅，用孩子哄小狗的话语亲昵地安慰它。小雪十分顺从，皮肤摸起来滑滑的。我俩给它唱摇篮曲，背童诗，唱儿歌，轻声告诉它家就在前方，以后再也不用靠死鱼充饥了。过了佐治亚的边界，萨凡娜和我围着垫子手舞足蹈。卢克也放慢了车速，怕我们太起劲儿，从车上摔下去。

就在佐治亚州的米德韦城外，车被巡警拦下。我们超速了四十英里。卢克隔着后窗嘱咐："找块垫子把小雪的头遮住，我来应付。"

太阳已经升起。眼前的巡警年纪不大，体形瘦长如刀叶，举手投足带着新手的傲慢。卢克跳下车，一副兴高采烈的架势。

我和萨凡娜掩护好小雪。只听卢克道："实在对不起，警官！真是的!我逮着条鲨鱼,实在太兴奋了,一心想着赶紧回家,趁它还没死让我老爸瞧瞧。"

巡警来到车边往里瞅,还吹了声口哨。

"好家伙,还挺大,"巡警道,"可即便如此,你也不应该超速。"

"警官,您不知道,"卢克说,"它可能破世界纪录。我用鱼竿加线轴就把它逮着了,就在圣西门岛边的码头附近。这可是条白鲨,吃人的主儿。"

"怎么逮着的?"

"用活虾,您可能都不相信!去年,有人在佛罗里达逮着一条白鲨,还在它胃里找到一只靴子和一条胫骨呢。"

"我得给你开罚单。"

"您应该的,警官。我超了速,可实在是太高兴了。您钓鱼钓过这么大的吗?"

"我家住玛丽埃塔[1],在拉尼尔湖钓到过十一斤的鲈鱼。"

"那您一定明白我的心情。来,给您看看它的牙,跟刀片儿似的。为了让它老实点儿,我那可怜的弟弟妹妹累了个半死。汤姆,让警官看一眼。"

"小子,我可不想看什么鲨鱼。走吧,悠着点儿开车。你这么兴奋也情有可原。就我钓到的那条鲈鱼,那天也是无人能敌,只可惜我爸还没看着,就被猫啃了。"

"谢谢警官!您真不想看一眼?它那口牙可厉害了!"

巡警一边往回走,一边冲着我和萨凡娜道:"我宁愿开车,也不想守着那玩意儿。"

---

[1] 美国俄亥俄州东南部城市。

车子归来之时，母亲正在晾晒衣物。卢克在草坪上打了几个转，然后把车停下。母亲奔到车前，举起双手嗒嗒地跳起了舞。卢克把车子倒上海堤，大家合力把小雪弄上担架。妈妈蹬掉鞋子，和我们一起下水。我们托着小雪往深处走，让它重新适应河流。刚放手时，小雪还摇摇晃晃的，十分惊慌。卢克把它的头托出水面，等我觉察到尾巴用上了力，这才放心让它一点点往远处游。刚入水的十五分钟，小雪垂死挣扎的样子实在让人于心不忍。码头上，母亲带着我们为小雪祈祷，未戴串珠诵念了《玫瑰经》。小雪扑腾了几下，似乎喘不上气，平衡感和节奏感还没有恢复。然而，很快便有了转机。本能苏醒的它一头扎入水中。伴随那流畅的动作，小雪也找回了昔日的节奏与优雅。足足一分钟后，我们才又听到了动静，而它已经游出两百码远了。

　　"它做到了！"卢克欢呼着，四个人抱作一团。浑身臭汗、饥肠辘辘的我已经筋疲力尽，心里却从未如此痛快过。

　　再次浮出水面，小雪掉头从我们身边游过。

　　四个人欢呼着，喜极而泣。大家在浮坞上跳起了自编的舞蹈。这里是世上最美的岛屿，那天也是汤姆·温戈一生中最快乐、最幸福的日子。

第十七章

本吉·华盛顿来到科勒顿高中当日，查尔斯顿和哥伦比亚的摄制组记录下了他入校的一刻：他下了那辆柠檬绿的雪佛兰，离开父母，郑重地朝大门走去，迎接他的是五百个静静观瞧的白人学生。当日校内的气氛很生疏，既危险又紧张。走廊里的空气十分凝重，如同暴风来临前的海面。仇恨潜行于每一间教室、每一个角落。只要是这个黑人男孩到过的课室，都被愤怒的学生涂上"黑鬼"的字眼，直到老师战战兢兢地赶来，像鸟儿一样用黑板擦飞快地擦掉。每堂课上，他都拣最后一排靠窗的位置就座。第一天上学，多数时间他只是呆望着窗外的河流。他周围的位子全都空着，形成一道禁区。没人想坐，也没人敢坐。流言在男生洗手间越传越开，议论的大都是课间躲在里面抽烟的恶霸。我听到其中一个说，他在餐厅把黑鬼赶出了队伍；另一个声称用叉子捅了他。对于这些挑衅，本吉没有还手，就好像他毫无感情，仿佛从小便学会了麻木。过道里盛传要把他堵在体育馆后头。铁链、棍棒出现在大厅的储物柜里。据说有人还带了枪。橄榄球队的左内边锋奥斯卡·伍德海德口口声声说，不出本学年，一定亲手把那黑鬼弄死。梳着大背头的男生招摇过市，屁兜里的弹簧刀依稀可见。那时的我简直怕得要死。

同往常一样，我的计划很简单：本吉·华盛顿过他的桥，我走我的路，巧妙周旋于高中乱世之中。我可以跟着他们一起骂，黑鬼的笑话也是张口就来。如果有人怀疑我的立场，我也可以轻松应付。然而，我的歧视并非源自某种信仰教条，而是为了合群。我可以对谁恨得牙痒痒，前提是要随大溜儿。我不讲什么道义勇气，反正也没什么所谓。只可惜我的双胞胎妹妹并不甘于肤浅。

第六节英语课，我不知道与本吉·华盛顿同班。有一帮凶巴巴的家伙整日跟在他身后。看到他们黑压压地堵在门口，我这才反应过来。看看四周，没有老师的踪影。我从人群中挤进了教室，活像西部电影里驱散暴民的蹩脚警长。

那个黑人男孩孤零零地坐在最后一排，两眼望着窗外。奥斯卡·伍德海德坐在窗沿上，对着他小声嘀咕。我找了个前排的位置坐下，假装在本子上写东西。奥斯卡道："你个难看的黑鬼。小子，你听见没？你他妈简直丑到家了。不过这也不奇怪。黑鬼就没有好看的，是不是，小子？"

不知是什么时候，萨凡娜也进了教室。未见其人，先闻其声。"你好，本吉！"萨凡娜道，活脱脱一副啦啦队队员的口气，"我叫萨凡娜·温戈。欢迎来到科勒顿高中。"

说着，萨凡娜伸出手。

整间教室里，最目瞪口呆的无疑是本吉·华盛顿。他不甚情愿地与萨凡娜握了手。

"碰着了！"莉兹·汤普森在门口尖叫。

"要是遇上麻烦，尽管告诉我，"萨凡娜道，"需要帮忙就说话。这儿的人其实没那么坏。过两天他们就习惯了。这儿有人坐吗？"

我把头埋在桌上，暗自叫苦。

本吉再次望向窗外的河流："我周围一直都没人坐。"

"现在有了。"萨凡娜说着，把课本放在本吉的邻桌上。

奥斯卡大叫："真不敢相信，她挨着黑鬼坐啦！"

只听萨凡娜在身后喊："嘿，汤姆！拿上书来后面坐。哎！汤姆！我看见你了，是我，你的宝贝妹妹。赶紧过来。"

当着全班人的面跟萨凡娜吵架绝对是白费功夫。我气呼呼地抱着书本,在众目睽睽之下来到后排。

"喊!"奥斯卡不屑道,"我可不会让个女生这么跟我说话。"

萨凡娜回骂道:"也没哪个女生愿意搭理你,因为你是个蠢货,脸上的疙瘩比河里的虾还多。"

"你倒是乐得跟个黑鬼套近乎,哈?"

萨凡娜站起身:"讨人嫌的家伙,赶紧上辅导室测智商去吧,得分能上两位数就不错了!"

"没关系,萨凡娜,"本吉道,"我就知道会这样。"

"得了吧,黑鬼,这还没见分晓呢。"奥斯卡道。

萨凡娜握紧拳头迎上前去:"我说奥斯卡,你干脆去卖粉刺得了,看看有没有小鬼愿意上当。"

"溜舔黑鬼的贱人。"

到了我插手的时候。我战战兢兢地上了场,只盼着索普老师赶紧来——此君出了名地爱迟到。

"奥斯卡,别这么跟我妹说话。"我底气不足,像个刚刚挨过刀的阉人。

"你又能把我怎样?"奥斯卡嘀咕道,巴不得来个男对手。

"告诉我哥呗。"我说。

"怎么,惹了架自己不敢打啊?"

"我没你块头大,要打架我肯定被你揍。我挨了揍,卢克就得找你报仇,把你揍得五官错位。反正你要挨他揍,我只是省略中间步骤而已。"

"告诉你那多嘴的妹妹把嘴闭上!"

"萨凡娜,把嘴闭上。"我说。

"滚一边儿去。"萨凡娜娇滴滴道。

"我可是说过了啊。"

奥斯卡说:"我们可看不惯咱白人姑娘跟黑鬼搭话。"

"亲爱的奥斯卡，我想跟谁搭话，就跟谁搭话。"

我说："萨凡娜可不会听你的，这你知道。"

萨凡娜道："汤姆，过来。"

"我正跟好兄弟奥斯卡说话呢。"我冲奥斯卡一乐。

"赶紧给我过来！"萨凡娜重复道。

我一脸无动于衷，走上前跟本吉·华盛顿握了手。

"他碰着黑鬼的手啦！"莉兹·汤普森又在门口咋呼，"我宁愿死，也不想碰黑鬼。"

"莉兹，你是宁愿死也不想长脑子。"萨凡娜又把脸扭向我："汤姆，拉把椅子来，你就坐本吉旁边。"

"我在前头坐着呢，用不着你给我选位子。你不就是小时候看了本《安妮日记》吗？学校里乡巴佬儿多了去了，我犯不上个个都招惹。"

"赶紧拉把椅子过来，"萨凡娜来了劲儿，"我可没跟你闹着玩。"

"萨凡娜，我不想跟他挨着坐。随你怎么埋汰我。"

萨凡娜转身问本吉："你要加入橄榄球队？"

"嗯。"

"小子，上了场我们弄死你。"

我朝门口张望："该死的老师上哪儿去了？！"

"你想得美，奥斯卡，"萨凡娜冷笑一声，"你也许有把子力气，可汤姆都告诉我了，上了场，你就是个胆小鬼。"

"温戈，这话是你说的？！"

"当然不是啦。"我扯谎道。像奥斯卡这种身形出号儿的小流氓，平时气势汹汹，这个不服，那个不满，上了运动场却不怎么中用。南方的学校里，尽是这种不中用的街头混混儿，阻截不行，擒抱不会。

"练习的时候，汤姆会关照你的。"萨凡娜说，"对吧，汤姆？"

"我已经自身难保了。"

萨凡娜抓住我的腕子，指甲死命往肉里掐，一下掐出四道血印子：

"是啊，老哥，没错。"

这时，奥斯卡终于叫板："臭娘儿们！你妹就是个下贱的臭娘儿们！"

"伍德海德，收回你说的话。"

"就不！不服？放了学排练室后头见！"

"你等着！"萨凡娜道，"汤姆非揍得你屁滚尿流不可！"

"行了，萨凡娜！"

"揍你剩下的渣渣连喂螃蟹都不够！"萨凡娜依旧不依不饶，"我说，莉兹，赶紧给医院打电话，跟他们说奥斯卡今天下午要做紧急整容手术。"

"他才没那本事呢，一看就知道吓得要死。"奥斯卡的话并不假。

"他和卢克夏天学了空手道，两个人都是黑带大师。汤姆徒手能击碎木板。奥斯卡，你可看好了，他这双手是官方注册过的，所以他才不愿意跟你打。伤了你他可是要进监狱的。"

我若有所思地端详着自己这双致命之手，仿佛在掂量用来决斗的手枪。

"你是说柔道吗？"奥斯卡疑惑地问道。

萨凡娜继续道："柔道只是伤人，空手道可是能杀人的。今年夏天，汤姆跟高手学过——对方可是东方的空手道大师。"

"那就带上你厉害的手，咱们一会儿见！"

下午到场之时，排练室后面已经聚集了一大帮看热闹的。而我只顾着呼呼喘气。有气喘真幸福，要是被奥斯卡打死，就再也无福享受了。当我畏畏缩缩地出现时，人群中迅速爆发出一阵欢呼。萨凡娜带着九个啦啦队队员冲上来把我围住。我走向奥斯卡，脑袋被十个抖动的毛毛球包裹着。啦啦队唱起了科勒顿高中的胜利之歌：

> 冲啊，冲啊，为科勒顿而战，
> 为了胜利，愿勇气与你相伴。
> 我们日夜兼程，全力以赴，
> 为绿野与荣耀，义无反顾。

奥斯卡的眼里燃烧着无情的怒火，冷酷至极。看看他周围那些哥们儿弟兄，大多是捕虾人家的子弟。我们从小一起长大，现如今，他们却撸胳膊挽袖子，一个个与我势不两立。卢克就站在奥斯卡前面。我走上前去，毛球如影随形，宛如一片躁动的菊海。如果只是当着几个干瘦的渔家小子被弄死也就算了，萨凡娜非要搞出这么大阵仗。

只听卢克道："伍德海德，听说你骂我妹是臭娘儿们？"

"卢克，是她自己要跟黑鬼搭话。"奥斯卡答着话，眼神却锁定了卢克身后的我。

"她想跟谁说话，又用不着你批准。别的不说，赶紧给我妹赔礼道歉。"

"卢克，我知道你想干吗，"奥斯卡对卢克显然毕恭毕敬，说起话来都小心翼翼，"你故意跟我找碴儿，好替你那窝囊弟弟出头。"

"那不至于，汤姆自己能把你摆平。你要是伤了我弟，就得跟我过过招儿，那今儿下午你就倒了霉了。你骂我妹是臭娘儿们，现在我要你给她道歉。"

奥斯卡大声道："对不起，萨凡娜，我不该骂你是下贱的臭娘儿们。"毛球不抖了，他那些哥们儿也笑得不甚自在。

"伍德海德，道歉可不能应付，你得走点儿心。要是敢敷衍，小心我把你的脑袋拧下来！"

奥斯卡乖乖照办："真对不起，萨凡娜，骂人是我不对。"

"卢克，我可没听出什么诚意。"我的声音可怜兮兮。

"你就是不敢打。"奥斯卡说。

卢克死死盯着奥斯卡:"汤姆,你想让我跟他打?"

"反正我不着急。"

"温戈,这可是你自己的事儿!"说话的是阿蒂·佛罗伦斯,他家也是捕虾的。

"让我跟汤姆说句话,"卢克道,"一会儿他就揍扁你。"

萨凡娜带着啦啦队接着暖场,卢克勾着我的右肩膀来到一边。

"汤姆,你知道自己够快,对吧?"

"你想让我逃跑?"我难以置信。

"我是说你那双手。你知道自己动作快吧?"

"啥意思?"

"你不失误,他就打不着你。奥斯卡很壮,但动作慢。你躲得远远的,跟他周旋。别靠近,痛快打。发现要害马上出手,打完就跑。能打胳膊就使劲打。"

"胳膊?"

"对!他的胳膊一酸就耷拉,抬不动。一旦发现要害,你马上出手。"

"卢克,我害怕……"

"打架谁都害怕。他也一样。"

"他跟我比可差远了。该死的沃伦法官[1]在哪儿?这会儿正用得着他呢!"

"你动作那么快,没那么容易输。别让他把你放倒了,不然让人家摁着胳膊往你脸上揍。"

"真要命!开打之前我能不能先捶萨凡娜一拳?都是她害的!科勒顿那么大,偏偏咱家出了个待见黑鬼的……"

"你先把伍德海德揍了再说。记住,躲着点儿,他挥拳头可厉害了。"

---

[1] 此处指美国第14任首席大法官厄尔·沃伦(1891—1974)。在担任首席大法官期间,沃伦为禁止种族隔离、废除种族隔离法起到了重要作用。

人群后撤，腾出了场地。我走上草坪，直面奥斯卡·伍德海德。今天挨这顿打，都是因为最高法院1954年的裁决，因为种族融合，因为本吉·华盛顿，因为我妹嘴上缺个门的。奥斯卡举着拳头朝我逼近。他先是一记右拳，大臂一抡，猝不及防，我差点被打中下巴，一时重心不稳。奥斯卡穷追不舍，一拳紧似一拳，像野兽一样嚎叫着步步紧逼。

卢克大吼："动起来！"

我闪到对方左侧，避开他凶狠的右手。一拳擦过我的头皮，另一拳被我的胳膊挡住。我一面周旋，一面与他拉开距离。两三分钟的工夫，我闪转腾挪，显然令奥斯卡越发烦躁。我下意识地注意起他的一举一动，观察他的眼神，也能准确判断他何时出拳。因为我一直没发动什么正儿八经的攻击，他无法判断我何时出手。

奥斯卡吁吁带喘："胆小鬼，有本事站稳了好好打！"

我站稳脚跟，等着他冲过来。眼看到了身前，奥斯卡突然变了招儿，玩这个我可比他厉害得多。三年来，我面对的都是对手前锋的严密攻击，这回他可撞枪口上了。我闪到一边，一拳头实实在在地揍在他的耳朵上，把我自己也吓了一跳。由于冲劲儿太大，奥斯卡一下子被打倒在地。人群中爆发出欢呼，萨凡娜手舞足蹈，啦啦队又唱起了科勒顿战歌。

奥斯卡麻利地站起身，气呼呼地再次攻上来。他喘着粗气，一心只想速战速决。我躲开了五六拳——确切地说是腾地方、兜圈子、打倒车。接着，我朝他的双臂发起猛攻，他的手腕、二头肌吃了我不少重拳。我出其不意地迎上前去，吓得他往后一退，冲着我的面门徒劳地一阵乱打。我一个劲儿猛揍他的双臂，耳边是人群的欢呼。

奥斯卡定了定神，想把我逼到墙边。他改变策略，想好了才出手。他往我眼睛上方来了一拳，我右半边脸顿时麻了。

"动起来！"卢克大喊。我向左边虚晃一枪，实则攻右，右手刚好对准他半张脸。只见奥斯卡向后一个趔趄，护面的双手也松懈下来。

卢克喊道："就现在！"

我迎上前去，左拳连发。奥斯卡又想以手护面，胳膊却不听使唤，只能架在胸口。他的口鼻鲜血直淌。打他的人是我，可又感觉不像是我。明明感知到左手的动作、坚实与破坏力，可又无法与自己相关联。卢克出现在眼前，打斗结束。

我膝盖一软跪倒在地。总算松了一口气，我眼泪都下来了，因为害怕，也因为左眼的痛楚。

"干得漂亮，老弟。"卢克在我耳边道。

"这种事儿我可再也不干了，"泪水哗哗地往下掉，"我讨厌打架，讨厌得要死。你转告奥斯卡，我很抱歉。"

"完了你自己去说。咱还得去练球呢。我就说你够快嘛！"

萨凡娜拿着个秃了毛的绒球在我脸前晃："究竟怎么了，汤姆？赢的人可是你啊！"

"我跟奥斯卡从小一起长大。"

"以前这家伙就是个怪胎。"萨凡娜说。

"打架一点也不好玩。"说完我才意识到，原来六十几号人正看着我哭天抹泪，脸上不觉一阵发烫。

"四分卫可不能哭鼻子，"卢克说，"走吧，还得练球呢。"

当日第一组训练以四十码冲刺练习收尾，照例由萨姆斯教练带队。护锋和中锋先上，一个个步态笨拙地冲过球门区跑向教练。萨姆斯在前场吹哨。紧接着，阻截队员排成一排。卢克轻松超越了那群不中用的大家伙。

我和其他守卫队员站成一排，本吉·华盛顿就站我旁边。

"听说你跑得挺快，"我说，"去年，我可是队里最快的。"

本吉道："那是去年。"

哨声一响，我抬脚飞奔。起步还不错，冲劲儿也可以，脚底的鞋钉撬起身后的泥土。我使出吃奶的力气，拿出全部的信心——打从第一天上学开始，我就是班上跑得最快的男生。就在此时，本吉·华盛顿从我的左侧超越，赢了我将近五码。

下一轮短跑训练时，我的心气也降了：我只是全班第二快。萨姆斯教练又看了看秒表。去年学校推行种族融合，没有一个老师比萨姆斯反对得更激烈、更坚决。手上的秒表倒是让他开了眼。本吉冲四十码只用了四点六秒。我的最好成绩是四点九秒，那还是身后有暴风助阵时。哨声再度响起，我们再度起跑。本吉再一次不费吹灰之力将我超越，掠过一条条码标线朝着教练飞奔。

身边有队友议论："这黑鬼会飞啊！"听着更像是钦佩，而不是攻击。

我们一共冲了十组，每次都是本吉第一，我第二。待教练吹哨解散，队员们奔回更衣室时，队上的气氛已经发生了变化。去年的一些老队员已经归队，原本这一赛季阵容就不错。现在，后场又多了个南方飞人，我甚至开始觊觎本州冠军。

第十八章

1961年9月，我们在梅尔罗斯岛度过了人生最刻骨铭心的时光。鱼虾肥美，每天傍晚，父亲的船都是满载而归。打从1956年后，父亲还没遇到过如此丰饶的捕虾季。他每日都兴高采烈、干劲儿十足，默默将敬意献给慷慨的大海。虾子卖到了每磅一块钱，每次在码头上过秤，他总是一副有钱人的架势。夜晚，他总是夸夸其谈，扬言要买个虾船队，还跟母亲说白天在银行碰上了里斯·纽伯利。纽伯利告诉身边那群人，亨利·温戈娶到了全科勒顿最漂亮的姑娘。母亲脸一红，心中一阵暗喜，嘴上却说自己只是个普通女子，人到中年，只是尽人事听天命罢了。

萨凡娜穿着啦啦队的队服从卧室里出来。这是她首次场边助阵，满脸的喜悦藏也藏不住。她身上有种苍白的美感，能在周围营造一片活力之域、纷乱之野。当我们转身看着她步入视野时，不由为这不同寻常的俏丽打动。我们克制着溢美之词，喝彩声潜伏在沉默的边缘，呼之欲出。她就像一个成熟的秘密，在我们眼前全然绽放，等待着我们的赞赏。萨凡娜徐徐转了个圈，尽显女子的动人之处。她的皮肤如初结的果实般细嫩无瑕，头发像马鬃一样柔顺闪亮。卢克从椅子上起身鼓掌，我随后加入，兄弟俩一起欢呼。她一抬手，直奔向我俩，以为我们在戏弄她。当她发现这不是戏弄，而是赞美，这才罢了休。萨凡娜眼里含着泪。她是个喜欢做梦的姑娘，却从不敢奢望有朝一日自己也能变得娇美动人。我全然体会那种兄妹之间的心有灵犀。我深爱着哥哥和妹妹,也深深被他们的爱所包围。灶台前的母亲抬起了头。她知道,这是只属于我们的时刻。父亲则更加不明就里,也无心插足。对于温戈家而言,一个漫长而离奇的季节拉开了序幕,其中有荣耀、尊严,也有人性的考验与缺失;其中有噩梦般的一小时,彻底颠覆我们的人生;其中有杀戮,有死亡,还有毁灭。当一切归于沉寂,我们都以为自己熬过了此生最黑暗的时光,经受了命运最深重的苦难,以后一定能重新振作。一切都始于妹妹旋转的倩影,始于那纯真唯美的时刻。梅尔罗斯岛又迎来了九月。三个小时后,我们将参加首场橄榄球赛。

最先搭上边的人是我父亲。科勒顿高中有"勇虎队",而他家有只孟加拉虎,每晚在门外咆哮。他把凯撒租给了学校的后援俱乐部,每场比赛十美元,也就够一个星期的鸡脖子钱。但这桩买卖给了父亲信心:凯撒也许能变成他的摇钱树。

"怎么样,孩子们?"临走时父亲问,"日后办个生日会、万圣节狂欢什么的,都可以把凯撒租出去。让老虎吃个蛋糕,再给它照张相。要不咱做套鞍子,让小孩过生日骑老虎拍照。"

卢克说:"凯撒不吃蛋糕。"

"但它稀罕小孩啊。咱可以拍凯撒吃小孩的照片,还有那些当妈的,疯疯癫癫打老虎救小孩,然后凯撒把当妈的也吃了。"我说。

母亲这时开口:"让它乖乖闭眼就算大发慈悲了。"一提凯撒,母亲就气不打一处来,"咱连金鱼都快养不起了,更别说老虎……"

"嗐!把凯撒租给后援俱乐部不是挣了十美元吗?六场主场赛乘以十,净赚六十美元。再加上我给比赛拍片挣的二十五美元,这可不少呢!"

"爸,你怎么不骑上去试试?"我撺掇道。

父亲不忿:"我可是军师。再说了,我又不是练骑马的,真要坐上去,非把它后背压折了不可。这么一说,咱家最轻的要数萨凡娜了。"

"老爸,我可不干,"萨凡娜道,"我要骑大象,让汤姆骑老虎吧。"

母亲问:"什么大象?"

"我估摸着老爸过两天一准儿买头大象回来,给共和党筹集资金什么的。'象党'嘛。"

"我还是觉得应该把它放了,"妈妈说道,"这才是对它仁慈。"

卢克说:"不能杀凯撒。"

"我会想其他办法,"父亲许诺,"生日会看老虎算不上个好主意。你们也该出发去比赛了。我去把老虎笼子挂上车。"

"我跟孩子们一起走。"母亲道。

"为什么?"

"因为我还有皮有脸。我可不想每次都拖个老虎去看比赛。咱家已经是镇上的笑柄了。"

"莱拉,这就是给学校助助威嘛!没准儿能打败北查尔斯顿呢。"

卢克问:"汤姆,记得一年级跟他们打比赛那次吗?"

"哪能忘啊?!人家72:0剃了咱光头。"

"比赛一结束,他们的乐队还奏了《田纳西华尔兹》。咱们苦作一团,他们的队员却抱着跳舞。"

我问:"队长,准备好了?"

"准备好了!"卢克答道,"这回我也想当跳舞的那个。"

萨凡娜一拳捣在卢克的肩头:"而小妹我就卑微地站在一旁,扭着屁股给你俩加油。"

全队四十名队员全副武装,走出更衣室穿过长廊前往会议厅。钉子鞋刮擦着水泥地,动静很像野牛过岩地。头顶的灯泡照着白花花的运动服。诡谲的灯光下,巨型的阴影在墙面跃动。我们武装成非凡的巨人,投身于一场暴烈的比赛。

进了会议厅，队员们放下折椅，从容就座。黄昏流连，外面隐约传来人群的喧闹声。乐团奏响一系列战曲。凯撒咆哮一声，卢克带着我们呐喊鼓劲，以示回应。接着，教练开了口。

"今天晚上，全镇的男女老少会跟我一起看看你们的本事。上场都能穿会戴，下了场都会跳舞约会，可是不动真格下场比试比试，就不知道哪个是强手。那什么是强手？真正的强手面对对手会迎头死顶，不在乎对方下了场还有没有气儿。真正的强手不知恐惧为何物，恐惧只存在于对面持球队员的眼里，因为他马上就要被大卸两半。真正的强手以痛为乐，爱呐喊，爱流汗，享受战壕里的嬉笑怒骂。真正的强手无惧鲜血横流，不怕牙脱骨裂。小子们，这才是运动的真谛。运动场就是十足的战场。今晚你们上场去，把他们打得屁滚尿流。看见长腿的，上！见到会喘气的，上！撞见有奶头的，就去他娘的！"

零星的笑声响起。四年来，萨姆斯教练都是同一套词儿，连段子都没换过。每次他一提橄榄球，就像是狂犬病到了末期，就知道咬。

"你们是不是强手？"萨姆斯大吼道，太阳穴青筋暴起。

"是，教练！"

"是不是？"

"是，教练！"

"够不够狠？"

"够！"

"要不要给他们放血？"

"要！"

"要不要让他们脑袋开花？"

"要！"

"要不要让他们满地找骨头？"

"要！"大家满怀斗志。

"来，大家祈祷！"

队员们跟着教练念诵起主祷文。

教练把剩余的时间交给卢克，自己到门外等。

卢克站起身。他全副武装，环顾屋内。二百四十磅绝对是科勒顿数一数二的大块头，他的力量更是无人能及。有卢克在，大家就能安下心。他稳得住，我们就稳得住。

卢克开了口："小鬼们都听着，萨姆斯教练那些话你们不用太在意。根本没那么夸张，他就喜欢咋呼。可有的话他忘了给你们——给咱们大家说：咱来比赛是图个尽兴，归根结底就这么回事。好好打场球，该阻截就阻截，该擒抱就擒抱，使劲儿冲，大家一条心。具体说到咱们队，有些话赛季开始的时候就该说——关于本吉。"

他的话引起一阵不满的骚动。队员们左顾右盼，寻找黑人男孩的踪影。本吉孤零零地坐在后头的椅子上，一言不发、不卑不亢地直面队友的目光，和在学校走廊里没有分别。他冷冷地望着卢克。

"没人希望本吉进咱们学校，可他还是来了。没人想让他入队，可他还是入了。训练的时候大伙儿想方设法针对他，围他，揍他，打他，虐他，就为把他赶出去。我自己也不例外。可他全都忍了。我要告诉本吉：你是咱们队的一员，我为你骄傲。因为你，咱们的队伍比之前要强得多。今晚谁要敢在这儿唱反调，先得挨我一顿胖揍。本吉，坐到前排来。"

本吉犹豫了片刻，屋里又是一阵骚动。他站起身，顺着中间过道来到前排。一双双眼睛死死盯着他，他的视线却始终锁定卢克。

"今晚这场比赛，北查尔斯顿那帮人绝对不会放过本吉。他们会骂你'黑鬼'，骂你这，骂你那，我们也无能为力。但咱们队上的人必须清楚：一会儿上了场，本吉不是黑鬼，而是队友。对我来说，没有哪个词比'队友'听着更舒坦。现在的本吉不是黑鬼——这一年都不是。他和我们一样，是科勒顿高中的'勇虎'。谁敢动他，咱就敢动谁。我就是这么想的。有些话不吐不快，但愿没让你难为情。你们哪个有意见？"

奏乐声、喧哗声、防滑钉刮擦地板的声音不时传来，没有人出声反对。

"汤姆，你有话要交代吗？"

我起身面对大家，声音急促而兴奋："好好赢一场！"

我一直珍藏着那段运动时光的记忆。一个个兴奋的夜晚，我踏上界线分明的赛场，在与对手的较量中检验自己的力量、速度与品性，我的人生也随之改变。观众呐喊助威，乐队战曲激昂，啦啦队伴着鼓点踢腿，用千篇一律的口号鼓舞士气，表情坚定而不失娇媚。这些都是我的精神食粮。头戴黑盔、目露凶光的对手一出现，我便犹如激流穿脊，浑身振奋。我像趴在窗子上听鸟的盲人，捕捉着他们热身的劲头与韵律。我叨念着"比赛！比赛！比赛"，和卢克一起带领队员做操。科勒顿的绿茵场上，我将第一次，也是最后一次品尝不朽的滋味。这里闻得到河水的咸味，还有那绵延的海潮熟悉的腥烈，混杂着岛滩上芳醇的草香。我的感官越发通透、灵敏，我的身体已全然觉醒，犹如置身诞生初日的伊甸园，用似人非人的目光凝视上帝。上帝的气息如亮光在血液里奔流。我呐喊着为队友鼓劲儿。裁判的哨响划破了空气，我抖擞精神，带着少年的意气，志在自己所选择的赛场上一显身手。卢克和我来到场地中央投掷硬币。银色的一元硬币被高高抛起，卢克要了"人头"，要着了。我们选择了接球。

我和本吉·华盛顿两个纵深后锋一齐举拳就位，等着北查尔斯顿高中"蓝魔队"开球。只见起脚队员步步逼近橄榄球，球队立即散开阵形。球在高空旋转，我大喊一声："本吉，上！"

本吉在底线区把球接住。刚冲到三十五码线，就被查尔斯顿两个队员狠狠撞倒。一票蓝衫军将他死死压在身下。这帮丧心病狂的家伙站起身，冲着本吉大喊大叫。北查尔斯顿的五百个球迷专程南下前来助威，"黑鬼，黑鬼"的喊声在客队的看台上回荡。

对方二十八号安全卫不紧不慢地站起身，大吼："黑鬼，你死定了！"

一群人气势汹汹地朝着本吉猛扑上去，逼得他几乎缩成一团。

他们冲着本吉大喊："黑鬼，黑鬼，黑鬼！"

嚷嚷声中，我指挥实施了本赛季的第一套战术。队员们手抖脚颤，本吉也惊魂未定。

我方列了队，北查尔斯顿的阵线也陆续就位，他们叫嚣着"干掉黑鬼"。我刚在中场俯下身，就听对方安全卫吼道："把黑鬼叫出来！"

我直起身子，手指着对方安全卫爽快给了一句："去你妈的浑蛋！"

哨声响起，主线裁判示意判罚我方后退十五码，理由是言行违反体育精神。"违反体育精神"几个字的鼻音拉得老长，听着像不当班的3K党。南卡罗来纳乡下地界的裁判可不会有最高法院大法官的觉悟。

"我说，裁判，"我道，"他们老冲着四十四号吼叫，你怎么不管？"

"我没听见。"裁判道。

"那我骂那痘子脸'去你妈的浑蛋'你也没听见咯！"

又是一声哨子，裁判画出与得分线距离的中间位置。到目前为止，凭借本四分卫的卓越领导，我们被罚了二十五码，而我连个中间发球都没接着。

"闭上嘴，打你的球！"裁判喝道。

"你来抢啊，黑鬼！"那个安全卫隔着场子大吼，"看老子踢爆你的蛋蛋。今晚非弄死你，整点儿黑鬼肉吃吃！"

北查尔斯顿一侧看台的喊声越来越大，而科勒顿这边却安安静静，小心翼翼。本吉的父母孤零零坐在看台的顶层。他母亲的脸扭向一边，而父亲神情隐忍。难怪本吉总是一副宠辱不惊的气派。

我叫了暂停。

队员们聚拢一处，一个个愁眉苦脸，活像填埋场那些靠吃垃圾过活的野狗。身为四分卫，我一早就看出，我们的队伍还是一盘散沙。一个个无精打采的，我越看越火大。不把他们的脸揍塌，我都能把球门柱给哨了。

顺着前场的横道望去，可以看到笼子里的凯撒睡得正香，完全不受周围污言秽语的影响。

我单膝跪地，对队员道："好了，伙计们。还认得我吧，金童四分卫汤姆·温戈。我来给大伙儿打打气。"

"黑鬼，黑鬼，黑鬼。"叫喊声在校舍的墙壁间回荡。科勒顿的男女老少只是傻愣愣地望着。

"本吉，你得放松点。我知道这滋味不好受。这么吓人的阵势，大家都害怕。咱要让他们见识见识，你是全世界跑得最快的黑人。不过在此之前，有件小事咱得先搞定。你们这帮家伙满场挺死尸，都给我机灵着点，弄点动静出来。"

队伍里有人叫唤了一声，蔫不拉唧的，没什么气势。

"卢克，卢克，"我抓住老哥的肩垫，张开大手拍拍他头盔一侧，"让凯撒吼一声。"

"啊？"

"让凯撒吼一嗓子。"我命令道。

卢克离开队伍，朝着北查尔斯顿那边走过去。他瞅了瞅黑暗中的笼子。眼看着到了争球线跟前，卢克望着远处的场边，顶着喧闹扯开嗓门儿，对着温戈家的老虎大吼一声。灯光太远，球赛又没什么意思，凯撒百无聊赖，一直躺在鱼骨头和吃剩的鸡脖子中间睡大觉。就在这时候，只听场上一声高呼，那是他最喜爱的人类发出的动静："嗷！凯撒！嗷！"

凯撒来到笼子边。此时的它不是宠物，不是笑柄，也不是什么吉祥物，而是孟加拉猛虎。它大吼一声，果断回应着全州最强悍的右截锋。

卢克自己也高兴得大吼一声。

凯撒又是一声怒吼。那动静犹如一架飞机，横扫球场。它力压人群，吞没了台上的起哄声，越过五十码分码线传入我们的耳朵；它穿过停车场，撞在体育馆的砖墙上，回声铿锵，犹如猛虎再生。凯撒应着自己的回声，我扭头冲队员们喊道："哎！你们这帮孬种也应一声，让凯撒听个动静。"

全队的"勇虎"一齐咆哮。听着一阵又一阵的吼声，灯光下的凯撒毫不怯场。它是天生的表演者，依然保有成为场上焦点的本能，用印度湿热森林的狂野怒吼做出了回应。某夜，凯撒的父母惊醒了印度教族人的村庄，令象群闻风丧胆。如今，它自己也唤醒了我们这支队伍的灵魂。吼声也点燃了科勒顿一侧的观众席。人们终于想起了比赛的精神。虎啸之声划过一排排坐席，整个绿茵场都随之颤抖。

我跑到边线上，告诉乐团指挥查普尔先生奏响《迪克西》。旋律响起，凯撒像是发了疯。只见北查尔斯顿的队员瞪大了眼珠，看着活生生的孟加拉大老虎张牙舞爪。它上蹿下跳地抓打着笼子，前腿不时伸出空隙，爪子大张着乱舞一气。所有人都见识了狂野的极限。卢克气呼呼地冲我奔过来。

"汤姆，到底怎么回事儿？！你明知道凯撒讨厌那曲子！"

"它这会儿正寻摸那些该死的海豹呢，"我得意扬扬道，"好好享受吧，这可是橄榄球历史上最伟大的暂停。"

我朝对手走去。看台上偃旗息鼓，"蓝魔"们也傻了眼。

"嘿，小子们！"我顶着喧哗声大吼，"再敢挑事儿，我就把老虎放下场！"

哨音一响，我们因为拖延时间而遭到了处罚。

大家再度抱团儿，士气奇迹般地扭转了。我从队友的眼中看到了凝聚力，看到了团结与默契。这才是体育王国无上的光荣。它燃烧在心里，却也流于眼中。我见证了共同体的诞生。

四周的叫喊声把我们包围："黑鬼！黑鬼！嗷！嗷！"

我说："现在说说咱们科勒顿'勇虎队'本赛季的首个进攻战术：四分卫袭进。别帮我阻截。趁着那帮浑蛋跟我这儿费劲的工夫，所有人都给我咬死那个可恶的安全卫——除了本吉。到时我在后场兜点儿路，好帮你们争取时间。"

人群依然在呐喊："黑鬼！黑鬼！嗷！嗷！"

拿到发球,我七扭八拐地奔着左哨锋身旁一个细小的缺口而去,四百多斤的愣头小子转瞬间把我压倒在地。我的脸压在草坪上,磨蹭着我方五码线的石灰。哨声一响,我站起身。对方的安全卫仰面倒地,两手捂着脸和膝盖。我们队又吃了十五码判罚,恶意冲撞。裁判走到与得分线距离的中间的位置。我们与原本的争球线拉开了三十二码的距离,而这都是我的精心设计。我美滋滋地瞅着安全卫被抬下场。用卢克的话说,"浑身的窟窿都在冒血"。

只听"蓝魔"队一名线卫嚷嚷:"那黑鬼死定了!"

队员们再次围拢一处,我单膝跪地:"好小子,好小子,真够听话的!好了,下一步咱们争取触地得分。"

"该让本吉出手了。"卢克得意道。

"还不到时候,"我说,"以现在的战术,本吉还不能出头。但他是咱的诱饵。本吉,你上中场。我就说要让你拿球,故意告诉他们你要往哪儿钻。"

"老天爷……"本吉惊呼。

卢克说:"汤姆,这不是犯傻吗?"

"又不会当真让他拿。我把球偷偷带到左边线附近,再来几个阻截的。一,二,上!"

来到码线跟前,在米列齐·莫里斯的大臭屁股后面就位前,我先奔着没完没了嚷嚷"黑鬼"的对手而去。我提高嗓门儿,冲着"蓝魔"队喊道:"想要黑鬼?我就让他从这儿冲过去!"说着,我指了指中锋和护锋之间的空隙:"你们才没种拦他呢。"

听着我大呼小叫,对方的线卫挪了挪,防守后卫也朝着空隙靠近了几步。

"准备!14-35-2。"

我低低地拿着球,身后是线锋头盔和护具碰撞的声音。本吉从身边一闪而过,我蹲下身,照着他的肚子把球一塞。他直奔缝隙而去,娴熟地把球一甩，继而被一哄而上的大白胳膊包围。

我把球抵在髋部，向身后望去。蓝衫军已经把本吉死死压在身下。我假装减速，一到拐角即沿着边线猛冲。看着我从眼前飞过，北查尔斯顿的球迷这才想起：科勒顿队上也有白人队员。二十码线处，卢克和我一路飞奔，同时不忘注意防守后卫的动向。这家伙可不好糊弄。防守后卫在边线处把我截住，我虚晃向右，假装往回跑。对方减速挺身，卢克飞身拦腰阻截，差点要了他的命。我飞身从两人身上一跃而过，一溜烟儿跑回我方二十五码线内的空地。

父亲拍摄的比赛录影我一直留着。边线上那段九十七码冲刺我已经看了不下一百遍，余生肯定也会时常拿来重温。看着那有颗粒感的影片画面，总觉得不甚真实。我伸手捋了捋日渐稀疏的头发。昔日的我青春年少，健步如飞。我试图再度捕捉冲向端区的一刻：当我回到自己的地盘，身后是一群追赶不迭的蓝衫小子。五十码线处，我全然被人群的呼声所驱使。迷梦一般的人声刺激着双腿一路向前，直至达到那奔驰岁月的巅峰。我是科勒顿的儿子，全镇老少为我而起立欢呼。也只有奔跑的男孩才能体会那种极致的快乐与纯真。天赋异禀的跑者沿着边线全速冲刺，他青春年少，无人能及，裁判只能灰头土脸地跟在身后。我在流光中耀眼疾驰，从家人身边一闪而过。父亲一边欢呼，一边透过镜头追踪我的动向。双胞胎妹妹就在边线外跳跃舞动。因为我，此刻对她而言才弥足珍贵。母亲的美丽掩饰不住对出身和自我的羞愧，然而就在这关键而伤感的时刻，她就是汤姆·温戈的母亲。因为她，世上才有了这样的双腿与速度。四十码，三十码，少年时代就这样一掠而过，而前方就是端区。看片时，我常常在想：画面中的男孩并不知晓自己要奔向何处，等待他的也绝对不是端区。短短十秒之间，冲刺的男孩变成了一个隐喻。大人一目了然，而少年却毫无察觉。他善于奔跑，一向如此，永远逃避着伤害他、爱护他的人与事，逃避着有力量拯救他的朋友。可如果没有观众，没有灯光，没有端区，你又能跑去哪里？看着年少时的自己，教练不禁自问：究竟要跑到何处？失去了参赛的理由,他还能奔向哪里?看看身后,穷追不舍的只有自己。他又能逃到哪里,躲到哪里?

我穿过端区,把球扔了十几米高,自己趴在地上亲吻着草坪。来到凯撒的笼前,我使劲晃动着铁栏:"谢啦,你这黄毛畜生。"威风凛凛的凯撒根本不搭理我。

卢克一把将我锁住,我双脚离地,在空中转着圈儿。我们两兄弟也算跳了支华尔兹。

轮到我方起脚开球。看着大伙儿冲着持球队员群起而上的势头,就知道今晚一定是属于我们的。对方第一轮进攻,卢克在争球线遭遇对方全卫,迎面就把对方逼退至五码外啃草。"蓝魔"想在端区附近来个清道强冲,结果右边全员抢断。第三次进攻时,卢克手疾眼快,直接把对方四分卫抱倒,"蓝魔"丢了七码。全队上下斗志满满,大家相互敲打彼此的肩膀和头盔,每次进攻后彼此拥抱,大声给率先出击的线锋鼓劲儿。熊熊烈火在赛场上燃烧,势不可当。这是属于我们的荣誉与报偿,也是我们的命运。

弃踢手一脚开出个五十码的远球,直接出了界外。

到了本吉一显身手的时候了。刚刚我触地得分时,本吉被一帮人压了肉饼。他们戳他的眼睛,咬他的腿,连头发都揪秃了。

"本吉,咱也教育教育这帮老白,让他们尝尝'布朗诉托皮卡教育局'[1]的教训。四发,拦截撕缝,上!"

但凡跟卢克对阵的,都是我眼里的倒霉蛋。开场的时候活蹦乱跳,比赛结束怎么着也得瘫个一两天。卢克那块头、那气势,也难怪他喜欢跟老虎亲近。

---

[1] 发生在1952—1954年间美国历史上重要的种族隔离诉讼案。本案的最终判决结束了美国社会黑人与白人学童必须分校就读的种族隔离现象。

待我站近线边时,"黑鬼"居然从北查尔斯顿"蓝魔"的话语中消失了。

我把球递传给本吉。在我所生活的世界,白人给黑人传球,这还是头一回。本吉摆脱拦截(挡道的小子差点被卢克活吞),甩掉半路杀出的线卫,扔下试图出手擒抱的边锋,继而以一系列敏捷的假动作轻松杀入对方后场。他一路摇摆扭晃,冲劲十足,无人能够近身。突然,他逆流纵切,掉转方向,闪过右边防守后卫回到边线,单枪匹马与"蓝魔"全队赛跑着冲向得分区。三名对手试图阻截,但都低估了本吉的速度。我们这些慢吞吞的家伙跟他到了得分线跟前,不到两分钟便再次触地得分。我可以感受到科勒顿看台上的矛盾情绪。一时间,大家只是怔怔地鼓掌。这就是地地道道的南方白人观众,他们深陷守旧的泥潭,暗地里甚至盼着本吉失手,就是牺牲全队也在所不惜。兴许更有甚者,希望本吉连命也搭上。而就在这冲刺的七秒钟里,科勒顿对种族融合的抗拒却略微有所松动。每当本吉拿球,这个南方飞人加入我们球队时曾引发的种种冲突便会瓦解,让位于南方人对于运动的热爱。

所有的队员一拥而上,高兴得又捶又打,差点把本吉整残了。他对卢克说:"这帮白小子可真够慢的。"

"不是,"卢克答道,"你就是怕被逮着。"

那天晚上我明白了一个道理:有本吉·华盛顿在后场压阵,身为四分卫的我也能有意外的突破。三十次越线传球、端区远射,本吉全部接住。中路突破五码,底线跑球二十五码,斜向突进十一码。进入第三节,我冲右路,转打选项进攻。我假装朝本吉横传,令防守边锋措手不及,紧接着又从左内边锋身边穿隙而过拐向边线,结果被对方外线卫放倒。着地之前,我把球抛给本吉。本吉拿球在手,撒开脚丫子沿着边线全速冲了八十码,其他人只能望洋兴叹。

第四节,北查尔斯顿重整旗鼓,两次触地得分。这两分拿得也够费劲,都是前场持续进攻,战线拉得死长。全卫两度遭遇阻截,可还是一个劲儿往一码线里闯。时间所剩无几，我们42∶14领先。北查尔斯顿围拢聚商，而科勒顿的乐队已经奏响《田纳西华尔兹》，我们已经在争球线上手舞足蹈。大家头盔碰头盔，看台上的观众也跟着唱起来。

终场哨声响起，镇上的男女老少冲下看台，到场上把我们团团围住。回更衣室的路上，我们不断被学生和球迷簇拥着、拍打着。萨凡娜抓着我往嘴上亲。我满脸通红，她咯咯直乐。卢克从身后把我蓐住，按在草坪上打闹了一气。北查尔斯顿的三名线锋挤过人群跟本吉握手，中线卫还给他赔礼道歉。凯撒一阵咆哮，人群也跟着附和。父亲用摄影机录下了一切。母亲冲进卢克的怀里，像新娘一样被儿子一路抱进更衣室。她环着卢克的脖子，夸赞他的勇敢，诉说自己的骄傲。

更衣室里，队员们把萨姆斯教练连人带衣裳扔进了淋浴间。奥斯卡·伍德海德和查克·理查兹把本吉放进淋浴室，让他接受胜利的洗礼，两个人几乎是毕恭毕敬。卢克和我也被高高举起。站在瓷砖地上，全队得意扬扬。摄影师也拍下了大家湿淋淋的欢呼场面。父亲们则聚在门外，抽着烟谈论着今晚的比赛。

冲完澡，我挨着卢克往长凳上一坐，不紧不慢地穿衣服。赛后的疼痛开始侵袭，如同缓慢发作的药物。我穿上衬衣，想系最上面的纽扣，却抬不动左手。队友们都换上了西装。水蒸气混着汗味和须后水的味道，弥漫整间更衣室。梳着大背头的左边锋杰夫·加洛韦冲我走来。

"汤姆，舞会你去吗？"

"估计去待会儿吧。"

"就穿这身儿？"杰夫瞅了瞅我的衬衫。

"难不成我的正经衣服在凯撒的笼子外面挂着呢？"我说，"可不就穿这身！"

"你们哥儿俩这也太不讲究了，就不能买两件'甘特'衬衫打扮打扮？全校也就你俩，连双乐福鞋也没有，队上其他人都穿。"

卢克说："我不爱穿。"

"是啊,穿破烂网球鞋多舒服啊!"杰夫笑道。我在一旁系鞋带,杰夫问:"我说汤姆,你那算哪门子衬衫?"

他揪着我的后领子翻看标签。

"贝尔克POLO衫,"他嘴一撇,"老天爷,真够丢人的。到时候'高年级最佳着装'就提名你俩。汤姆,你那条卡其裤都穿俩礼拜了。"

"瞎说,"我反驳道,"我有两条一样的,换着穿。"

"寒碜,真寒碜。一点型都没有,太掉价了。"

卢克问:"杰夫,你看我俩的衣服不顺眼?"

"有啥好顺眼的?你们哥儿俩根本不修边幅。大伙儿赛后都精心穿戴,不光是打好球,咱可是引领学校潮流的人。一队人马在过道一亮相,乐队的女生,还有那帮书呆子都说:'来了,来了,球队的人来了,真他妈帅!'该死,连本吉都知道怎么打扮,他一个……"

"一个黑鬼,"卢克接了话,"他已经走了。不用怕,他帮咱赢了比赛,你想叫黑鬼就接着叫。"

"黑皮肤的本吉,"杰夫改口道,"人家一个小黑孩,都打扮得跟王公贵族似的。再瞅瞅你俩。贝尔克!堂堂的'勇虎队'队长,跑到贝尔克买衣裳,也不嫌丢人。"

"你又上哪儿买衣裳?"卢克问,"英国伦敦?"

"哪儿啊。我跟几个哥们儿去了查尔斯顿,在'贝尔林'和'克劳切克'逛了一整天。都是专门的男装店!贝尔克算什么?!那种一般地方不能去。大伙儿都知道!'贝尔林'店里的鳄鱼皮带多得都够开养殖场了。你俩真该去这些地方瞅瞅,也该追求点品位了。"

"幸好我跟你不是一个品位,"卢克关上柜门,"我们自个儿的衣服,又没逼你穿,最好把嘴闭上。"

"哎,我可是一片好心,"杰夫道,"既然让我瞅见了,我总有权说句话吧,啊?教练定了规矩,比赛当天必须穿西装去学校,这你们也知道。早晨穿着三件套进学校,上球场挥汗如雨,洗个澡,喷点古龙水,再用那身衣服把姑娘们迷得神魂颠倒,你俩难道就不稀罕?我那身是在'克劳切克'买的,还不到一百块钱。"

卢克定睛瞅了瞅杰夫的浅蓝色西装:"瞅着像狗屎。"

"同等价钱里,这算是最好的了。当然,跟你那老土的卡其裤没法比。"

"我乐意。"卢克酸溜溜道。

"那舞会上见咯,两位潮爷。到时候要找我估计也难。肯定有一大堆妞儿围着我,蹭我衣裳。你俩今天比赛好样儿的。"说着,杰夫离开了更衣室。

乐队在学校餐厅奏起摇滚舞曲。我甩上柜门,顶上密码锁。卢克也一样。

"你想去舞会吗?"我问卢克。

"你呢?"

"不咋想。"

"我也是。照他这么一说,别人都拿我当'穿贝尔克的穷酸鬼'。"

"倒不是因为这,"我说,"我不会跳舞。"

"我也不会。"

萨姆斯教练的脑袋从角落里探出来:"关灯啦,伙计们!汤姆,卢克,你俩要去舞会吧?胜了今晚这场球,你俩估计得被活吞了。"

"马上就走,教练。"我说。

"哎,你俩的西装呢?我说了,所有人盛装出场。你们俩可是队长。"

"搞忘了,"卢克说,"因为比赛太兴奋。"

"嘿!"教练捶打卢克的胳膊,"嘿!打得不错!嘿!"

"嘿!"我俩应和。

"嘿!嘿!嘿!"萨姆斯冲着我俩一咧嘴,"嘿!打得不错!"

我们随教练出了更衣室后门。萨姆斯一拉电闸,赛场灯光熄灭。

卢克和我朝着音乐的方向走去。

儿时的我每每忆起母亲的声音，总会响起那份凝重，那种对境遇的悲戚。声声泣诉已然笃定我们的人生注定穷困潦倒。到底穷不穷，那时的我也说不清。到现在，我也不确定母亲究竟是吝啬还是节俭。有一点可以肯定：跟她要十块钱，比要嘬她的奶还难。每次一提钱，母亲就跟变了一个人似的，在孩子的眼中也显得越发渺小。比起没钱，那种要钱的滋味让人更觉卑微。我总怀疑她手头没那么吃紧，怀疑她爱钱胜过爱我。真相如何，我从来也没弄清。

没有西装成了我的心病。比赛次日吃过早饭，我对母亲说："妈，跟你商量点事儿行吗？"

后院里，母亲一边晾衣服，一边道："当然啦。有什么尽管跟妈说。"

"多给我派点家务活儿吧。"

"你已经有活儿干了呀。"

"我想多赚点零花钱。"

"我干了那么多，一分钱都没挣。汤姆，你想想，做饭，洗衣，缝缝补补，要是我样样有的挣，咱们哪还有余钱吃饭？我付出，是因为爱这个家，可没想着拿钱。"

"我也爱这个家。"

"你也知道咱家不富裕，对吧？"又是耳边吐真言，把人死死套住，"即便是船上挣了钱，你爸又是开加油站，又是养老虎，把家里抽得紧紧绷绷。我怕你们担心，所以一直没说。咱家随时有可能破产。我倒想劝劝你爸，可又有什么办法？"

"我得买件西装。"

"胡闹，"母亲衔着晒衣夹道，"你要它又没用。"

"有，"我说，就跟我跟她要游艇似的，"萨姆斯教练立了规矩，让我们在比赛日穿西装去学校。全队只有我和卢克昨天没穿。"

"这种荒唐规矩不遵守也罢。汤姆，你明知道去年捕虾有多难，也知道你爸的加油站亏了大钱，还跟我要这要那，让我过意不去。咱家能过活已经很不容易了。不是咱买不起西装，而是钱要花在要紧处。你这话要让你爸听见了，他非掀房盖儿不可。有这种念想已经够自私的了。不瞒你说，妈妈很意外，也很失望。"

"其他人都有。哪怕买件二手的也行啊。"

"你又不是其他人。你是汤姆·温戈，你比他们强得多。他们也许穿得光鲜，我的儿子可是队长。"

"为什么萨凡娜总穿漂亮衣服，我跟卢克却打扮得像虾船上的帮工？"

"萨凡娜是女孩子，姑娘家外表很重要。把自己的女儿打扮得体体面面，我一点也不亏心。这么要紧的事，你居然还闹别扭……"

"妈，这有什么要紧的？"

"要想让她嫁个体面青年，就要打扮得出类拔萃。不会穿衣裳，也不会有好人家稀罕。男人看女人，第一眼看的是衣装——也许不是第一眼，但也很紧要。"

"那女人看男人呢，什么最紧要？"

"肯定不是衣裳，"母亲不屑道，"除非是做生意、进律所，不然穿得再好也没用。女孩子看的是人品，是前途、家庭和志向。"

"你就是这么挑中我爸的？"

"是我错看了他。那时我太蠢，屈就跟了他。我不想让萨凡娜走我的老路。"

"那我穿啥女孩都无所谓？"

"当然咯。只有愚蠢、肤浅的碌碌之辈才会看重外表。"

"那男人干吗要看重女人的打扮？"

"男人跟女人可不一样，他们天生就肤浅。"

"妈,你真信这一套?"

"本来就是事实。我活的年头可比你长多了。"

"那给我点钱先攒着,行吗?"

"一毛钱也不给。你要学会自己努力去争取真正想要的一切。流血流汗挣来的衣裳,得来才会珍惜。汤姆,你想要西装,就自己挣。不是白白得来的东西,拿着才理直气壮。"

"我可没白得过任何东西。"

"没错,以前没有,以后也不会有——至少在我这儿不会。你肯定觉得我小气。"

"没办法,妈,不这么想也难。"

"无所谓,有些东西你还不懂。以后队上那些孩子回想起今年,怕是连穿了什么颜色的衣服都记不起来。"

"那又怎样?"

"那是因为他们不懂得珍惜。而你不一样。因为没有得到,你这辈子都会记得那件衣服——记得它的样子,甚至记得它的味道。"

"什么意思?"

"辛辛苦苦争取来的衣服,你会更加珍惜。一穿上它,你就会想起我,想起我拒绝买给你,想起问为什么。"

"我这不正问你呢吗?"

"你要学会珍惜那些得不到的东西。"

"那不是冒傻气吗?"

"也许吧,但我敢打包票:等拥有了第一件西装,你一定会爱不释手。"

"妈,打从1956年起,咱可没碰上过这么旺的捕虾季,家里应该不缺钱啊。"

"那也没闲钱买西装。我得攒着,以防你爸又整什么幺蛾子。如果不是因为他,你们可以要啥买啥,全家都自在。"

第十九章

我在萨凡娜的公寓里找寻着她隐秘生活的蛛丝马迹。没有她在,我可以肆无忌惮地窥探她的日常。疏于照管的迹象分明揭示着:房间的主人正滑向疯狂的边缘。许多信件一直没有拆封,光是父母和我写的就积了一厚摞。开罐器是坏的,架子上有两瓶辣料,没有马郁兰,也没有迷迭香。我在卧室里找到一双耐克跑鞋,显然她根本没穿过。浴室里没有牙膏,也没有阿司匹林。我刚来的时候,家里只有个金枪鱼罐头,冰箱也好几年没除霜了。一向有洁癖的萨凡娜却任由自己的储物架积满灰垢。显然,房子的主人已失去了生的意志。

然而,这里还藏着一些秘密。只要足够耐心,我就能找到答案。我耐住性子,擦亮眼睛,寻找着能解构妹妹疯狂迷思的蛛丝马迹。

来到纽约的第六个周日下午,我翻出萨凡娜的全部诗作,还找到一些未发表的文稿。我把这些诗读了一遍又一遍,在华丽的韵律中寻找线索和秘密。虽然知晓妹妹人生的所有重要转折与伤痛,可我还是觉得遗漏了关键的情节。在被她拒于千里之外的三年间,萨凡娜给自己打造了一个绝望的临时世界。

儿时的萨凡娜已经惯于将礼物隐藏起来。不是放在圣诞树下,等着我们在节日清晨开启,而是准备好精密的藏宝图,让我们依迹寻找。有一回,她在祖母的帮助下给母亲买了枚猫眼石戒指,藏在岛中央附近的泥水洼里。戒指放进彩雀窝，藏在树洞里的碎枝与苔藓中。结果隐秘得过了头，线索却给得模模糊糊，母亲怎么都找不到。一见到猫眼石，萨凡娜总会想起那些被偷走的圣诞时光。戒指弄丢了，萨凡娜也收敛了玩性，中规中矩地送人礼物。

那枚丢失的戒指亦出现在妹妹的文字中，一份"完美无瑕"的礼物。凡是完美的礼物总是隐藏严密，但永远逃不过诗人的眼睛。萨凡娜把诗人称作"猫头鹰的情妇"，而这也成为理解萨凡娜作品的关键。诗人闭上眼睛，凌厉的角鸮舒展双翼，黄褐色的翅影笼罩着广袤的绿林。彩雀离巢迁徙，猫头鹰重临弃穴，在柏树的圆洞中寻回失去的戒指，重见乳白色的宝石上紫罗兰的点点碎星。天性不羁的雌鸟张开利爪，如女王驾临。沾染着猎物鲜血的利喙衔起了戒指，她在绵延的幻梦中振翅。一首首诗中，她穿过旋绕的风流、芬芳的语露，一次次将戒指送回到诗人手中。萨凡娜的世界里没有永恒的失去。一切事物摇身幻化，融入言语的神秘乐园。诗文中保留着她的玩兴，掩藏着她的天赋，将她的失落与噩梦化为阵阵幽香。萨凡娜的笔下没有黑暗，只有花朵簇拥的鲜艳果实。而那花朵的荆棘上淬着剧毒，令试味之人长眠不醒。连她的蔷薇都是如此致命。每首诗里都带着谜团，都会误导、伪装，都有支点。这些她从不明言。藏了一辈子的礼物，积习难改。就连那些对自我疯狂的书写也极富感染力。地狱沾染了天堂的习气，沙漠长出了面包树和芒果。在她的笔下，即便是烈日灼人，她也能平安无事，晒出一身傲人的古铜色。作为诗人，萨凡娜的弱点非比寻常，深入骨髓：任如何信游于阿尔卑斯山的故土，她都无法剪掉那飞向浪尖的羽翼。明明是早该承认的遗失之物，那戒指却一次次回到她手上。连她的尖叫都被消了声，柔弱得不觉刺耳，宛如囚禁在螺壳里的海鸣。萨凡娜假装在海螺里听到了音乐，但她骗不了我。她听到的是狼叫，尽是幽暗的音符、魔鬼的小调。然而，有鬼魅的猫头鹰帮忙，有猫眼石的梦境助力，经她之笔写下的却只有美好。她歌颂睡莲，将其视作疯人院池中天鹅的灵魂。妹妹爱上了疯癫的华丽。我在公寓里找到了萨凡娜最后的几首诗。这些散落在隐秘角落的篇章全是献给玲珑之美的祭文。那种对死的怀恋令她的诗文显得格外怪诞。

住在萨凡娜的公寓里，我替她交房租，付账单，收信。在邻居艾迪·戴特雷维尔的帮忙下，我把屋里粉刷成亚麻的暖褐色，将海量的书籍按照题材重新规整。对于爱书的人，这些都是珍贵的收藏，萨凡娜却不怎么爱惜。她总是用圆珠笔标画出喜欢的句段，我基本没翻到几本干净的。我曾跟她说过，宁愿看博物馆挨炸，也不想见书挨画。萨凡娜却嫌我矫情。她在书上做标记，动人的画面与文思就不至于丢失，阅读与创作的碰撞火花四溅。她还有个耐人寻味的癖好，即搜罗自己一窍不通的领域内的相关书籍。有一本介绍蕨类生命周期的书，上面标画得密密麻麻。还有一本书名为"平原印第安人手语"。家里有六本从不同角度介绍气象的书，三本讲十九世纪性倒错，一本讲如何喂养水虎鱼。此外，还有《海员辞典》和介绍佐治亚州各类蝴蝶的专著。萨凡娜的一首诗作中描写各色蝴蝶飞上梅尔罗斯岛，飞进母亲的花园。看着页边上的笔记，我这才知道妹妹对燕尾蝶、细纹蝶和铜色蝶的了解源于何处。她善于从书中汲取养料，从不放过任何细枝末节。诗中要写瓢虫，她便买来十几本昆虫学书籍，直至找到最完美契合的类型。正是利用这些被冷落许久的书籍中的无价宝藏，萨凡娜创造出一个神秘的世界。阅后留痕，看看哪些书有标记，哪些干干净净，便能了解妹妹的阅读轨迹。翻阅她的藏书，留意她标画的内容，对萨凡娜的了解也最为真实。同时，这也是对信任的破坏。无奈三年来我俩只字未通，我只能用这种办法填补空白。

夏日伊始，我先挑出萨凡娜那些诗人朋友的作品和作者亲笔签名的赠书，全部通读一遍。赠言文采熠熠，但十分拘谨，不难看出多数人都很欣赏萨凡娜的作品，对她本人却知之甚少。这些人中的大多数都过着美利坚式的生活，心高气傲，孤芳自赏。读过作品，缘由不难看出。字里行间尽是游吟诗人的大惊小怪。他们写花萼，写石榴，主题却是虚无。每次我承认读不懂她的诗，萨凡娜都得意得不亦乐乎。她将此视作自己不负天资的证明。读过她友人的诗作，我还以为现代诗人对晦涩言辞已不再感冒。然而，萨凡娜标画出的文字却美得阴暗而突兀。我把它们誊抄在自己的本子上，透过妹妹书海中的足迹勾勒她生活的样貌。

从萨凡娜的诗中不难发现：她已经逐渐疏离"南方"这一题材。过往的零星碎片依稀可寻，但妹妹已然实现着梦寐以求的华丽转身——摇身成为一位纽约诗人。偶然翻到一组地铁诗，将午夜大雪纷飞的都市梦魇刻画得恰到好处。有的写哈德逊河，有的写布鲁克林……不再是一收笔就在诗尾署名。公寓里到处堆放着无主之作，徒留尽显于字里行间的华彩示其归属。近些年，萨凡娜的诗作变得越发劲烈、忧郁，魅力不减反增。可有些东西仍然令我疑惑迷茫。有了压在床头柜《圣经》下的那本白色纪念簿，我的疑惑才得以化解。白色横条中央的绿色方牌上写着"赛斯·洛，J.H.S."。拉开锈蚀的拉链，第一页上粘着张照片：雷娜塔·哈尔彭，八年级。名字看着眼熟，就是想不起在哪儿见过。那是一张姣好的面容，略显局促，眼镜有点煞风景。她的笑容十分刻板，我甚至想象得出蹩脚摄影师龇着一口烂牙，从牙缝里挤出两个字："茄子"。老师们的名字记在下一页：萨汀夫人、卡尔森夫人、特拉维尔夫人。1960年6月24日，雷娜塔·哈尔彭从赛斯·洛中学毕业，没当上班长，享此殊荣的是西德尼·罗森。罗森在哈尔彭的纪念簿上写下："致雷娜塔：友谊长存。无论闲庭信步，抑或快马加鞭，不达成功，步履不停。"挚友雪莉写得一手娟秀的好字："致雷娜塔：地久天长。一闪一闪小星星，粉扑蜜乳亮晶晶。眉笔黑，胭脂红，画你娇媚好面容。祝贺赛斯·洛'人气皇后'加冕。"

原来这位新友曾当选赛斯·洛中学的"人气皇后"，真不赖。可我还是纳闷儿她和萨凡娜能有怎样的交集。妹妹从城中各处搜罗他人丢弃的纪念册，码了满满一架子，饶有兴味地从中窥视陌生人的过往。但雷娜塔·哈尔彭这个名字实在让人耳朵发痒，我肯定在哪儿见过。

我返回起居室，在萨凡娜那些诗人朋友的诗集腰封上搜寻，接着瞥见了妹妹前一周收到的那沓信。在其中我看到过雷娜塔的名字。

《凯尼恩评论》[1]给雷娜塔寄来了最新一期的刊物，地址却是萨凡娜的。翻到的时候我本想拿走了事，可又怕是萨凡娜的某个哥们儿借地址收信，不好得罪。我打开棕色的信封，杂志里夹着一封《凯尼恩评论》编辑写给雷娜塔的信。

亲爱的哈尔彭女士：

能够发表您的首篇诗作，《凯尼恩评论》深感荣幸。谨此再度向您表达敬意。同时，未来您有任何作品有待发表，我们都会积极考虑。唯愿硕果早结，以防某位业内"大拿"夺人所爱。祝创作顺利！

罗杰·穆雷尔　敬上

附言：童书出版，谨此恭贺！

我扫了眼杂志目录，直奔第三十二页雷娜塔的作品。读到第八行我便看出，这是妹妹的手笔。

我用梦之双手编织出极致的乐音之衣，
唯有猎人深谙这外皮下的凶险。
他取来猛虎幽柱林立的外套，
将脸埋入孟加拉千夜的血气与星光。
这皮毛是完美诠释的创造，是神圣狂野的精华。
嫩皮在虚荣的女体上化为金黄。
银貂编织羽雪之梦，佐证弄人的天意，
虎衣却是利刃的婚曲。

---

[1] 1939年于美国凯尼恩学院创办的文学杂志。该学院以英语文学专业著称于世，而《凯尼恩评论》也成为英语世界极负盛名也极具影响力的文学杂志之一。

姑娘啊，带上那血之词、花之语、时之文，
让它们在光明中清澈闪耀。
仔细寻找个中瑕疵。
要知道，猛虎嗅多了死亡的香气，
面对狡猾的陷阱就会晕头转向。
它无畏地注视着持刀逼近的陌生人。
裹着它皮囊的女人该是何等华贵威严。

我亲手制出奢华的外衣，分发四处，
那是西格蒙德·哈尔彭的情书，
献给情爱中那些纤纤尤物。
每每对皮草渴望得无以复加，
一个个便会称颂我的技艺。
为你，姑娘，我准备了自己的得意之作，
皮草工唯一的诗歌。
是我从貂脊上揭下的经文，
当作赞美你隐忍身形的献礼。

我的肌肤照管起你的秀丽。
诗人梦见外衣前，先要驾驭装饰皮草，
学会用兄弟与猛虎的血肉造就艺术。

读罢，我告诉自己这首诗必有缘由。时机一到，一切就会迎刃而解。据我所知，妹妹对犹太文化知之甚少，对皮草更是一窍不通。但可以肯定，诗的确出自萨凡娜之手。老虎现身，铁定没跑，更何况那些他人无以效法的韵律。再次翻开雷娜塔的纪念簿，瞅瞅第一页。答案跃然纸上："母亲职业：家庭主妇。父亲职业：毛皮商人。"

指肚触及的分明是妹妹生命中的某种真谛，我却无法名状。与之羁绊的是萨凡娜对南卡过往的决绝。毛皮商将诗人的声音带回岛屿，带回童年，画面透彻而揪心。她梳理的是他人无法言说的来龙去脉，却因拐弯抹角让艺术打了折扣。虽无欺瞒，但兜来转去，晦涩难懂，含沙射影而指向不明。我寻思，要写老虎就大大方方写，别假装毛皮贩子躲猫猫，更别拿惨遭钳制的冬兽皮毛遮遮掩掩。卖皮绒给人取暖，写诗靠小火慢煨。针飞线走，碎皮相接成衣；字斟句酌，兽灵跃然纸上。妙笔留欢鱼于貂齿，纵猎豹于莽原。鼻翼翕张，尽吐兽情之味。而你，萨凡娜，就躲在皮草与细腻的针脚之下。罪恶本应赤裸地暴露于严寒之中，你却以羊绒貂皮为其暖身，将其粉饰。

可你毕竟面对了，靠近了。现在，还有我陪你。

找来编辑来信的附言，字字细读："童书出版，谨此恭贺！"是雷娜塔·哈尔彭本人，还是萨凡娜用这个笔名发诗、出童书的？我仔细翻遍书柜，寻找着雷娜塔的名字。找了一个钟头，结果一本童书也没找到。也不知她打算怎么写。泄了气的我刚想撂挑子，突然想起来，《凯尼恩评论》总会在封底刊登作者自述。我赶紧翻到尾页，在"H"下找到了雷娜塔：

> 雷娜塔·哈尔彭现居纽约布鲁克林，就职于布鲁克林学院图书馆。本期收录者为作者首度刊表诗作。其童书作品《南方路》去年由企鹅兰登书屋出版发行。新诗集正在筹备当中。

从"斯基伯纳书店"儿童专区店员手中接过书，我略微打了个激灵。封底没有作者照片，封面画着三个女孩在码头喂海鸥的情景。背景深处的密林边上是一幢白色小屋，跟我儿时居住的一模一样，连谷仓的位置、正面不成对的窗子都没变。

刚翻到第一页我就确信：这绝对是萨凡娜的手笔。

虽说找到了无价之宝和关键线索，我却越看越摸不着头脑。萨凡娜与雷娜塔的合体更像是另一种逃避。面对岛屿，不想着整装登陆，而是在外围绕圈子。我冲到艾迪·戴特雷维尔家砸门。

一开门，艾迪道："宝贝儿，八点开饭，你早了四个钟头……得，进来吧。"

我进门一屁股坐在了古董沙发上："艾迪，你有事瞒着我。"

"是啊……"艾迪阴阳怪气道，"我先给你弄点喝的，你再数落你艾迪叔的不是。马丁尼怎么样？"

艾迪在吧台调酒，我问："这个雷娜塔到底是什么人？怎么从来没听你提过？"

"没告诉你是有原因的，"艾迪的语气镇定得吓人，"这名我压根儿没听过。"

"瞎说。她俩要好得很，萨凡娜都拿人家的名字写书了。"

"那也介绍给我认识认识，我求之不得呢。来，汤姆，你的酒。先喝上一大口，让酒精在血液里搅和搅和，然后再说说干吗跟我发这么大火。"

"你不可能不认识。她肯定上过门。俩人八成三天两头见面。新交了这么好的朋友，萨凡娜肯定不会瞒着你。都到了借名的地步，不可能只是泛泛之交。"

"汤姆，我俩好归好，可也不过多打探彼此的私事。就算是你，这也不难理解吧？"

我打开赛斯·洛的纪念簿，翻到雷娜塔的照片，问："平时取信、等电梯的时候，你就没见过这个人？"

他端详了一阵，摇摇头："从来没见过。模样倒挺俊，可惜是个女的。"

"这是二十多年前照的。艾迪，你好好想想。现在她上了岁数，兴许头发发灰、长了褶子什么的。"

"汤姆，我是真没见过。"

"那这本呢？"说着，我把童书递给艾迪，"应该是萨凡娜写的。她就没给你看过？"

"我又不怎么看童书。可能你没注意，人家都四十二岁了。八成是灯暗显得年轻。变阻器可真是个好东西。"

"萨凡娜是你的好朋友，却从来没让你看过这书，是这意思吧？"

"对，福尔摩斯，就这意思。"

"我不信！打死也不信。"

"你信不信我不管。汤姆，跟你我犯得上说瞎话吗？"

"你要护着她啊！"

"心肝儿，那我防的又是啥？"

"就……兴许她跟雷娜塔在一块儿了，你怕我受不了呗。"

"她要是跟女的好了，我乐都乐死了，管你受不受得了！话说回来，你还是信我一句，雷娜塔也好，童书也好，我是真不知情。"

"谁知道呢……原本指望你能把这怪事儿说清。就萨凡娜过那糟心日子，我都快皮实了。可她要再变本加厉，就要我命了。"

"过去这几年她受了不少罪，也不怎么搭理我。老实说，我俩都没多少往来。后来，我那薄情的相好为找年轻的肉体跑了，萨凡娜成了我的救星。朋友有难，她永远那么仗义。"

"艾迪，你也一样。我八点再来。今晚有什么招待？"

"冰箱里那两只龙虾正瑟瑟发抖。我只能对它俩下手，然后逼着你吃进肚里。"

"你真行！刚才我大吼大叫的，对不住了！"

"一日无聊，就当加料了。"

回到萨凡娜的公寓，我拿起听筒拨打了查号电话。接线员应答，我说："我想查哈尔彭家的电话，住址是布鲁克林六五大街24——不，是23

号,有可能已经作废了。"

"有名字信息吗?"接线员问。

"抱歉,没有。她是我小时候的同学,也不知她是否还住那儿。"

"此处住址查到一位西格蒙德·哈尔彭,电话2327321。"

我依着拨了过去。四声响铃过后,一个女人接了电话。

"喂。请问是哈尔彭太太吗?"

"也许是,也许不是,"说话人是东欧口音,显然带着疑心,"请问你是……?"

"哈尔彭太太,我是西德尼·罗森。不知您是否还记得,我是雷娜塔初中班上的班长。"

"当然记得了!雷娜塔常把你挂在嘴边。那时她对你颇有好感,可就是太害羞,你也知道。"

"我来电话也是想问候她一声。最近正联系几个住得近的老朋友,我也一直挺惦记雷娜塔的。"

电话另一端鸦雀无声。

"哈尔彭太太,您在听吗?"

对方泣不成声,好一会儿才说得出话:"原来你没听说啊……"

"听说什么?"

"她死了,两年前在东村地铁卧轨自杀。她一直受抑郁困扰,我们想尽办法帮她,但无济于事。我们心都碎了。"

"我很难过,哈尔彭太太。她是个好姑娘。"

"谢谢你,西德尼。她一直都视你为榜样。"

"请代我向哈尔彭先生转达问候。"

"好的。难得你这么有心!雷娜塔泉下有知,一定会很高兴。同班同学中,来电话的只有你一个。这就足够了。"

"再见,哈尔彭太太。也祝您顺心顺运。爱女离世,还请节哀顺变。"

"还是心痛,太心痛了。"

挂了电话,我马上打给罗温斯坦。三声过后,苏珊接起电话。

"罗温斯坦医生,我家的事儿明天先不聊了。"

"怎么,汤姆,出什么事了?"

"你先给我讲讲'人气皇后'雷娜塔·哈尔彭。"

"我们见面再谈。"

放下电话,我再次翻开童书,从头开始仔仔细细地阅读、标记。

南方路

雷·哈尔彭

  在南卡罗来纳州离岸的小岛上住着一位母亲。她满头乌丝,独自抚养着三个棕色头发的女儿。母亲名叫布蕾斯·麦基西克,女儿们从小便钟情于妈妈的恬静之美。三个姑娘同样是天生丽质。花开同种,却各显芬芳。

  六月初海上的一场暴风雨中,布蕾斯的丈夫格雷戈里失去了音信。他原本是去墨西哥湾流捕金枪鱼、捉海豚的,这一走便再也没回来。眼见丈夫迟迟不归,布蕾斯报告了海岸警卫,镇上乡亲开着小船出海寻找。全镇的船只在大西洋搜寻了两个星期,大湾小港找了个遍,希望能发现格雷戈里的踪迹。夜色之中,三个女孩守候在码头边。她们顶着阳光,披着雨丝,等待着父亲从清冽的雾气中现身。

  十四天过去,踪迹不见,希望渺茫。人们放弃了搜寻,格雷戈里亦被宣告死亡。乡亲们为他举行了葬礼,按照村中渔民的习俗,把他的空棺埋在白屋附近的橡树下。全镇的人都来为他送行。小镇人家,总是不乏好心肠。

  葬礼一过,乡亲们各回各家,各过各的日子。岛上昔日充满欢声笑语的白屋，如今却一片寂静。每到夜晚，姑娘们眼睁睁看着母亲只身前往父亲的墓地。摆放着各色玻璃瓶的梳妆台上那股神秘的香气，如今也飘荡在墓碑四周。每次探望丈夫之前，她总会坐到梳妆台前。穿行屋内，身后总留下一阵芬芳与伤感。更让女儿们担心的是，母亲在丈夫亡故之后便不再说话。每次跟她说话，她总是微微一笑，想开口，却说不出。

很快，孩子们便习惯了母亲的沉默，亦用同样的方式哀悼着父亲的离世。即便是彼此交流时，也总是轻声耳语，总觉得自己的声音会让母亲联想到父亲生前的样子。她们不想加重母亲的悲痛。岁月在无声中渐渐流逝。

三个女儿个性迥异。大女儿露丝·麦基西克生得尤为俊俏，也最为健谈。家中的沉寂最是令她揪心，父亲的死对她的打击也最大。毕竟父女二人相处时间最久，而这个长女也是他的心头好。心中有话却不能直言，露丝倍感压抑。她想聊聊父亲，想知道天堂在哪里，父亲在天堂将何去何从，别人觉不觉得他有机会见上帝，而见了上帝他又会说些什么。然而，岛上没有诉说的对象，露丝越想越害怕。她已经十二岁了，前胸日渐鼓胀。如此惊人的变化，她很想跟母亲说说，想明白这是何意味。她想问母亲：为什么一不留神便会忘记父亲的样貌？如今，露丝发觉她已经很难回忆起父亲精确的相貌了。有时，她能在睡梦中看得清清楚楚：父亲一脸笑意地抱着她，给她讲那些冒傻气的笑话，在她肋扇挠痒痒。而在他身后，狂风浓云滚滚袭来，一道厉闪躲藏其间，最终将夺去父亲的性命。如今，浓云是麦基西克家孩子们的仇敌。露丝的家惧怕风暴。在一个沉默寡言的家庭学会快乐，对露丝而言更是难上加难。

林赛·麦基西克却丝毫不觉压抑。她天生文静，十年间也成长得细润内敛。和母亲一样，林赛开口之前总是字斟句酌。

这甚至称不上是习惯。正如她深思熟虑之后所言："我就是这种人。"她还说："况且，有露丝在，谁还说得上话？"即便在襁褓之中，她也从不轻易哭闹。这样的沉静让大人既担忧又喜欢。大人们总觉得林赛在评头论足，视他们为荒唐透顶。还真让他们说中了。在林赛眼中，这些大人太出号，也太聒噪。做个孩子她很知足，成长得不紧不慢。她担心是自己太黏着父亲，所以还没来得及表达自己的爱，便与他天人永隔。这件事成了她的心结，原本沉静的她变得越发内向少言。她时常躺在前院的吊床里，望着河面。碧蓝色的眼睛炽烈地燃烧着，仿佛暴风中愤怒的净流与野花。但林赛的眼中并没有愤怒，只有对再也无法相见相知的父亲无尽的爱。

身为老幺，八岁的莎朗·麦基西克真切地感受到年幼的沉重。她总觉得因为自己太小、太脆弱，家里人都不把她当回事。人们都管她叫"小宝宝"。六岁时，她终于忍不住发声：她有名字，她叫莎朗。没有一个人为她好好解释父亲死亡的原委，都觉得她太小，听不懂。葬礼当日，母亲来到莎朗的房间，用颤抖的声音告诉她，父亲睡着了。而莎朗的一句"要睡多久"问得母亲泪流满面，吓得她再也不敢多问。父亲的墓边野草渐密，开始只是偶尔冒出几根，后来突然有一天，四周一片碧绿，仿佛一张青翠的床单铺展在父亲的长眠之地。房间的窗外看得到父亲的坟墓。一想到父亲孤零零一个人，莎朗就担心得夜不能寐。河面一起风，她便趴到窗边，望向墓地。虽然月光下一切都看得清清楚楚，可她总觉得父亲与那里毫不相干。她试图想象天使聚集在父亲的墓碑周围，陪伴他熬过孤寂的风夜。然而没有用。莎朗暗暗发誓，日后自己若也有个八岁的孩子，一定要教她懂得生存、死亡和世上万物的一切道理。等自己九岁了，她要向所有人证明。等九岁了，人们就会认真地听她说，而她当然有话要说。

人们管这个岛叫雅马西,那原本是印第安的部落名。他们曾经在岛上生活,后来被白人夺去了家园。格雷戈里·麦基西克生前时常给女儿们讲幽灵部落的故事。那些亡魂依然游荡在暗夜的林间。枝上的猫头鹰低鸣时,还时常能听到酋长的呼喊声。白屋四周的林中蝉鸣阵阵,随之而来的还有女人们的窃窃私语。鹿群轻盈地徜徉林间,背上还驮着印第安孩童。但岛上早已没有印第安人的身影了,只剩下一堆箭头。每年春天父亲在岛心犁地的时候,都会挖到这种东西,它们宛如一枚枚抛向亡者的祷文。三个女儿各有各的收藏。三个白皙的姑娘,各自搜集着毁灭的遗迹。父亲却说,这些部落因着他们的语言都得以在南卡罗来纳州的低地幸存。印第安人对称工整的只言片语得以流传,一如这些箭头,一如首首锋利的诗。"雅马西,"父亲低吟着,"雅马西,基洼,康巴夕。康巴夕,埃迪斯托,万多,雅马西。"对于箭头以及那些遗失的部落词汇,姑娘们从小便如数家珍。

每每端详各自的收藏,姑娘们都会想起父亲。部落已经灭绝,父亲已经消失,身后也没留下任何念想。只要静下来,孩子们就能听到父亲的声音。他化身猫头鹰,或者是知更鸟,或者是雄鹰。孩子们听得到,看得见,确信万分,心知肚明。父亲说过,巫师在岛上作了法。孩子们寻找着,他或是骑鹿,或是驾着绿海豚,在岛边的碧波中嬉戏。

三姐妹相信魔法,也找到了魔法。每个人按照自己的步伐,依着自己的方式,在自己的世界中各自收获,因为她们机敏警觉,沉静如海。

发现魔法的那天,露丝正在自己的动物医院为小鸟包扎翅膀。某夜,父亲的卡车撞死了一只野狗,露丝发现了几只幼崽,于是便造了动物医院。她把小狗带回家,用眼药水滴管给它们喂食,把它们驯养成乖巧的宠物。幼崽长大了,再送到有眼光的好人家。这一切只是个开始。露丝意识到,整个动物王国都需要她。小松鼠、小雀仔动不动就跌落鸟巢。猎人反季狩猎,让负鼠和浣熊宝宝失去妈妈,只能在隐秘之处饿着肚子等死。总有一股力量引领着露丝,把她带到这些高树、矮桩,带到这些翘首企盼的孤儿身边。漫步林间,一个个声音召唤着她:"露丝,再往前一点。露丝,再靠左一点。露丝,就在池塘边。"她不由自主地追随着这些声音。她深知被抛下的滋味。露丝发现,自己身上有种治愈的天赋,能抚慰惊恐中的小生命,为它们疗伤。对此,她并不感到意外。出乎意料的是,她还能和自己照顾的动物沟通。一只狐狸在河里受了伤,被一群猎狗追着游向雅马西岛。鲜血染红了狐狸身后的一大片河水,仿佛拖着一面锦旗。眼看着要被猎狗撵上,狐狸一抬头,看到了岸边观望的露丝。

"救命啊!"狐狸说。

露丝的喉咙里发出一阵奇怪的低语,不像是人话。"站住!"她冲着狗群喝令道。

猎狗吓得一激灵:"我们就是干这个的。"

"今天不行,回去找主人吧。"

其中一只猎狗道:"她就是露丝啊。"

"那个棕色头发的姑娘。当初妈妈死了,就是她救了咱们。"

另一只说:"哦,原来是她啊。"

第三只开口道:"露丝,谢谢你。狐狸就交给你,幸好你来了。"

"为什么要捕猎?"

第一只猎狗道:"这是我们的天性。"三兄弟转身游回了对岸。

狐狸挣扎着上了岸,倒在了露丝脚边。露丝把它抱回谷仓,为它清理伤口,彻夜照顾它。这是向她求救的第五十只动物。狐狸为她讲述同类的生活,露丝听得津津有味。在家里,她时常觉得孤独悲伤,在谷仓却从来不会。

在这个无言之家,林赛倾听着田野的歌声。她总牵挂着徜徉于小岛南边惬意牧场的肉牛。林赛坐在母亲皮卡的后厢,每停一次,便将一捆一捆的干草以三十码间隔扔下车。牛群围着卡车,一张张白色的脸孔恬静惬意——只有大公牛小勇远远站着,用不羁的黑眼打量着她。小勇身形健硕,气势汹汹,但林赛却敢于跟它对视。她知道,小勇是牧场的老大。而她想让小勇明白,不必惧怕她这个存在。林赛的眼中写满了怜爱。小勇的眼睛却似乎在说:"你和他们是一伙的。"林赛回答:"我无法选择自己的身份。"小勇:"我也一样。"

林赛独自在牧场游逛,和小牛嬉戏,还给它们起好听的名字:矮牵牛、小机灵、小恶魔、鬼子姜、小矬子,还有华盛顿。她总是跟小勇保持着距离。有一回,查尔斯顿附近的农场有人闯入,小勇差点要了那人的命。林赛总是留心锁好小勇那一边的栅门,然后才放心地和奶牛、小牛打成一片。每逢有奶牛产崽,林赛都会守在一旁,对着奶牛妈妈轻声细语,必要的时候还会动手助产。这些奶牛身材魁梧却如此耐心顺从,这让林赛十分钦佩。它们一个个都是好母亲,活得简简单单。而最吸引林赛的却是小勇的王者风范。和父亲一样,小勇也沉默寡言,只用眼睛说话——直到那一夜,魔法改写了林赛的人生。

当晚,雨点敲打着屋顶的铁皮,林赛已经进入梦乡。梦里,她变成一只小牛,一瘸一拐地步入出生第一日的阳光。奶牛妈妈有着白皙的面孔;而公牛爸爸只是望着她,比小勇更加温存、慈祥。一个声音传来,林赛并不慌乱。令她意外的是自己的反应,是梦中如烟般飘荡的喃喃声。而房间里她口中说的便是牛群的密语。

"快来啊,"一个深沉的声音说道,"这里需要你。"

"是谁在召唤我?"

"是牛群的头领。快来!"

林赛睁开眼,正看见窗外小勇的大脑袋,雨水模糊了它俊美的五官。它冷峻的双眼迎着林赛的目光。林赛从床上跃下来到近前。打开窗子,温润的雨水打在脸上。她爬出窗户,爬到小勇的背上,两臂环住牛脖子,双手紧紧抓住它的毛发。小勇冲出院子,沿着土路奔向牧场。黑暗中,林赛感受到小勇巨大的力量。橡荫之下,湿漉漉的苔藓撩碰着她的肌肤,犹如林中天使的密语。脚下的大地正一点点远去。她看见牛角之间的道路在沼泽边蜿蜒,双腿使劲夹住牛的侧腹,身体随着小勇一起抖动。林赛突觉发间也长出了犄角,仿佛自己身上也生出了牛的特质,变得凶狠而危险,多了南境牧场的王者之气。这一里路间,她与小勇同行,而奔跑的小勇就是她自己。来到牧场,小勇放慢脚步,最终停在三株巨大的蒲葵树边。而这里就是牧场的东界。年轻的玛格利塔正生第一胎,有些早产,情况不大妙。小勇屈下身,林赛跳下牛背奔向玛格利塔。这胎是臀位分娩,小牛崽的腿以奇怪的角度探出母亲的身体,玛格利塔的挣扎与绝望令林赛揪心。她抓住小牛的腿,一点点往外拉拽,连哄带骗地折腾了一个多小时。林赛的头发已经湿透,她能感觉到身后小勇无声的注视,也能感受到他凝视的力量。虽说没有十成的把握,她也能觉察出,发力的地方终于对了,事情有了转机。一只小母牛诞在草丛里,筋疲力尽,但依然活着。玛格利塔用银白的大舌头舔了舔小牛,雨点落地。林赛为小牛取名拔示巴,用鼻头蹭了蹭小牛的身体。

小勇再次屈身,林赛抓住他的右角飞身上了牛背,兴高采烈地踏上归程。所有的奶牛都在身后喝彩,哞哞地向她致敬。大公牛闷声不响地跑开了,但林赛不在乎。她用鼻子抵着小勇的身体,吮吸那湿润的力量,舔舐他脖子上的雨水。回到家中的林赛已经改头换面,变得崭新、狂野而美丽。她爬窗回到卧室,小心擦干,对家人只字未提。

既然获得了力量,就一定要好生使用。泄密就是背叛。而在这个寂静的无言之家,保守秘密并非难事。

次日,林赛沿着头天晚上的路朝牧场走去。软泥中小勇的蹄印依然清晰可见。她做了个花环,准备挂到玛格利塔的脖子上。然而,路过沼泽时,她却听到一声沙哑而凄厉的惨叫。那是这个岛上从未有过的声音。怪异的直觉再次袭来,她再次发声回应。这一次没有惊讶,只有坚信。与自然的灵契令她无所畏惧,让她获得新生,敞开胸怀。

林赛的喉咙里发出一声可怕的咕哝,让她自己也打了个激灵。但这一声也是对那沙哑惨叫的回应。

那声音叫道:"救命!"林赛一头扎入树林。那可是父亲严令禁止女儿们进入的地方。林赛专踩坚实的路面,见水而跃,躲开莫测的软泥。食鱼蝮在水里冒着头,如同一个个小潜望镜,从身边一闪而过。这些蛇没有跟她讲话。林赛的魔法在它们身上不管用。

就在沼泽的中心,传来一阵猛烈的声响。林赛绕过一棵翠柏,找到了野猪"无畏舰"。烂泥已经没过它的肩头。父亲在林中狩猎多年,可却从来没见过"无畏舰"。它越是挣扎,泥就越是埋得深、黏得紧。这就好像解救难产的牛崽。"无畏舰"的长牙在阳光下亮得刺眼。它双眼发黄,背上的黑毛根根参起,犹如松林矗立于裸露的山脊。林赛抓来一根梧桐枝,趴在地上一点点地朝陷阱靠近。突然,她感觉身下一滑,根基不稳。林赛稳了稳重心，一边向前继续试探，一边将树枝伸向"无畏舰"。

"救命！"又一声呼救传来。

林赛徐徐靠近，树枝终于够到了猪嘴边。"无畏舰"用牙死死咬住，林赛使劲往回拉。

"别急，"林赛叮嘱道，"向上浮，像在水里一样。"

野猪放松身体，背上的鬃毛也服帖了许多。它在夺命的泥沼中一点点上浮，齿间感受着一个十岁女孩微薄的力量。她不慌不忙、一点一点地拉。而在女孩的身后，岛上的同类们正聚在泥塘边，见证王者的逝去。林赛不遗余力地向上拉，不得已时才会喘口气。她全身酸痛，可拥有了魔法，就意味着肩负着责任。终于，"无畏舰"的蹄子搭住一根倒木，摆脱了淤泥。它那庞大的身躯抖作一团，大声宣泄着劫后余生的畅快。"无畏舰"顺着倒木小心翼翼地摸着路，每迈一步都先要仔细打探一番。身长四米五的鳄鱼路西法正在浅水之中。它一路潜行，一路看着"无畏舰"上岸。

"来不及啦，路西法！""无畏舰"大喊一声。

"没关系，后会有期。上礼拜我才吃了你一个儿子。"

"你儿子的蛋我已经吃了千把个了！"

"无畏舰"冲林赛转过身，那尖锐的长牙随便一划拉就能把女孩一劈两半。林赛被一群野猪簇拥着，差一点对自己的魔法失去了信心。"无畏舰"安慰了一句，之后便带着族类扬长而去。

"姑娘，你对我有恩。多谢你救我一命！"

野猪群像影子一般消失在林中。岛上群蛇战栗，四下躲藏。林赛想跟鳄鱼路西法搭话，然而对方却在十米开外一头潜入黑水，甚至没惊起半条波纹。林赛心想："看来还无法跟鳄鱼交流，不过无所谓。"这还是她第一次知道，自己的魔法是有限的。

家中的寂静令小女儿莎朗最觉苦闷。她想找人说说父亲,想重温那些与他有关的幸福往事。要是母亲和姐姐们能彼此分享各自心目中父亲的优点,自己也就不会追忆得那么痛苦了。等自己九岁了,大家就愿意听她说了。对此,她深信不疑。

莎朗还是个低头看地、抬头望天的女孩,对于天地之间的其他东西却不怎么关心。因为忙着抬头看野鸭北飞南去,走着走着撞了树也是常有的事。鸟儿的自由令她向往。亚当和夏娃居然没有翅膀,一定是上帝造物时疏忽了。每到夕阳西下时,莎朗便带着一堆面包和剩饭到码头边喂海鸥。小块小块的面包抛在空中,被飞翔的海鸥衔进嘴里。鸟儿们时常扑腾着翅膀,迫不及待地叫唤着,将莎朗团团围住。每天傍晚,都有几百只鸟等待着她的到来。就连妈妈和姐姐们偶尔也从门廊的纱窗内提心吊胆地张望。扑腾的乱翅、纷飞的羽毛总是挡得她不见踪影,而这些鸟儿是莎朗快乐的源泉。

除了鸟儿,还有虫子。母亲养蜂,而莎朗是三姐妹中唯一帮忙采蜜的。在莎朗眼里,蜜蜂是无可挑剔的完美生灵。不光会飞,工作也如此美好。整日在园中的花间飞舞,夜晚回巢和朋友们谈心,还能制造花蜜。迷上了蜜蜂,莎朗还爱屋及乌,喜欢并研究起蜜蜂的其他近亲。她的房间里摆放着各种昆虫盒。吓人的甲虫、螳螂,往她手上吐烟草汁的草蜢,玻璃罐里还有成群的蚂蚁和蝴蝶。莎朗欣赏昆虫的简约。它们虽然能力有限,却将本分发挥到极致。她的这一爱好却招来姐姐们的白眼。

有一回,露丝一进莎朗的房间就说:"虫子!真恶心!"

"猫猫狗狗谁都喜欢,"莎朗反驳道,"喜欢虫子才是真有爱心呢。"

姐姐笑了。

就在莎朗到附近的林中寻找蚁群那日,事情发生了。她带了满满一兜巧克力饼干,每找到一群蚂蚁,就在蚁丘附近放一块,然后饶有兴致地观察,看工蚁们如何面对这从天而降的大馅儿饼,又如何派同伴回去通风报信。接着,蚁群兴高采烈地从蚁丘涌出,把饼干大卸八块,将碎屑一块一块运回地下。这一天,莎朗找到了两处新蚁丘。正在寻觅第三处时,突然听见一个细弱的声音唤着她的名字。

她循声望去,只见一只黄蜂被园蛛的银色大网死死缠住。那只园蛛毫不费力地顺着蛛网的经络往下滑,一点点朝黄蜂逼近,如海员溜索一般灵敏。黄蜂再次呼救,在蛛网里绝望地扭动着身躯。奇怪的词语在莎朗的舌尖汇聚,但也算不上什么词语,只是一串密语之声。口中居然讲出人世之外的语言,莎朗自己也不禁害怕:"住手。"

蜘蛛一顿,一条黑腿悬在黄蜂的下腹之上。

"这是天道。"

"这次不行。"

莎朗取下发卡,割断蛛网救下黄蜂。枝杈间玲珑精致的蛛网支离破碎。黄蜂在树顶一边飞舞,一边为莎朗唱起动听的旋律。

"很抱歉。"她对蜘蛛道。

"哪有这样的道理……"蜘蛛气呼呼道,"这是我的天职。"

莎朗在树间翻找,捉来一只蚱蜢放在网上。她一碰,网面便如竖琴般抖动起来。

"对不起,是我破坏了你的网。可我不能袖手旁观,太残忍了。"

蜘蛛问:"见过黄蜂夺命吗?"

"见过。"

"也好不到哪里去。这就是天道。"

"要是我能帮你补网就好了。"

"你可以的,你现在可以做到。"

莎朗只觉双手一震,新的力量应运而生,血液里充满了细丝。她把手伸向残破的蛛网,银色的丝线从甲缝中源源流出。起初她还很生疏,该拉直的时候总是打弯。蜘蛛却很有耐心。很快,莎朗就织出了漂亮的网面,如同一张渔网悬于树间。他们聊起蜘蛛在孤独中劳作。附近某处橡树桩底下住着一只蜥蜴,有两回差点要了蜘蛛的命。莎朗给它出主意:不如搬到她家附近,这样还能经常见面。蜘蛛同意了,它沿着莎朗的胳膊爬上肩头。回家的路上,她听到蚁群在地下唱着歌,赞美姑娘和她留下的美味饼干。黄蜂成群结队地飞来,亲吻她的嘴唇,用翅膀在她鼻尖挠痒痒。莎朗从未如此快乐。

她为蜘蛛找到了新家,远离了蜥蜴的威胁,位置就选在两丛山茶之间。他们俩齐心合力,织出了一张比之前更美的蛛网。日落西山,莎朗与蜘蛛告别。她听到了码头边海鸥的叫声。

海鸥正翘首以盼,成群结队地在河面上方盘旋,犹如一串串长短不齐的风筝。莎朗拎了满满一袋剩饭,都是母亲特意为她留的。她一路小跑,耳边是草丛里蟋蟀和甲虫的声音,提醒她当心脚下。连去码头的这么点路,都有可能伤害到幼小的生命。

来到码头边,莎朗将一大把的面包碎撒到空中,一块块还没落水就被叼跑。再撒一把,依旧是碎屑与翅膀满天飞。她听得懂海鸥之间的对话,自己也并不吃惊。这些鸟儿很暴躁,爱吵架,总是为面包谁多谁少而争论不休。就在它们头顶上,一只鱼鹰正徘徊在河面上方,伺机而动。一只鲻鱼在河面一闪而过。只听鱼鹰一声大叫:"就是现在!"紧接着扎向水面。再一抬头,那条鱼已经在它的爪间扑腾了。

一只古怪的海鸥注视着莎朗。这只鸟比其他的海鸥个头都大。它有着黑色的脊背，一定是跨洋过海而来。它徘徊在河面上空，不住地打量着女孩。莎朗跟它打招呼，没有回应。喂完鸟，她和大家道了晚安。那只黑背鸥飞到码头尽端，挡住莎朗的去路，眼中尽显长途跋涉的疲惫。

"有何贵干？"莎朗问。

"你父亲还活着。"

"你怎么知道？"

"我见过他。"疲惫的海鸥答道。

"他遇上危险了？"

"遇上大危险了。"

"回来吧，海鸥！求你帮帮他！"

海鸥有气无力地扇动翅膀，腾空向南飞去。莎朗眼看着它消失在视线之中。蟋蟀在草丛里歌唱，莎朗听得清清楚楚。

回到家，妈妈还在灶台边做晚饭，屋里弥漫着煎洋葱的香味。莎朗很想把海鸥的话告诉母亲，可又不知该如何解释自己拥有的魔法。但得知父亲还在世，她依旧非常高兴。莎朗帮姐姐擦桌摆盘。厨房里传出收音机的声响。布蕾斯整天开着它，生怕错过有关丈夫的消息。然而，听到的尽是些不甚关心的内容。猪肉跌价了。雨灾毁了番茄作物。哥伦比亚某监狱三个犯人在杀害一名警卫后越狱，怀疑目前正朝北卡罗来纳方向逃窜。

次日后晌，树林里寂静无声，三个男人正躲在那里窥视着白屋。这三张面孔早已忘记了欢笑。他们观察着母女四人进进出出，唯独不见男人的踪影。三个人鬼鬼祟祟地朝房子逼近，然而还是被发现了。蜘蛛在山茶丛中看到了他们的动向，"无畏舰"的女儿也有所留意。一只海鸥捕捉到他们的一举一动，一只黄蜂就在他们头顶的树中飞舞。谷仓里，露丝新近救回的小狗还走不稳路，却在空气中嗅到一股怪味。那是恶魔悄然潜入的味道。三个男人正向着白屋靠近。

他们分头从三扇门野蛮闯入，堵死了一家人的逃生之路。

露丝尖叫一声，一眼看到了来人的面孔和手枪。母亲原本正坐着读书，三个姑娘纷纷躲到她的椅子跟前。

小个子男人冲到架前，摘下三条猎枪，又把好几盒子弹扔进纸袋。胖子则进了厨房，把一个个罐头塞进垃圾袋。另一个大块头则把枪口对准了母女四人，两眼一直死盯着布蕾斯不放。

"你们想怎样？"布蕾斯问，女儿们感受到母亲声音里的恐惧。

"快点！"小个子从厨房里叫唤，"咱得赶紧走。"

大块头依旧直勾勾看着布蕾斯："把她们弄死之前，我要跟这女人上后屋玩玩。"

胖子发牢骚："咱可没那工夫。"

大块头朝布蕾斯逼近几步，抓住她的手腕一把拽到近前。露丝突然间奋力反抗。她猛扑过去，一手照着男人猛抠。男人脸上立马见了血。大块头使劲打了一巴掌，打得露丝跪倒在地。她满眼泪水，头却贴近地面，喉咙里发出一阵阵愤怒而恐惧的怪声。听到这野蛮的声响，几个男人哈哈大笑。

谷仓里的小狗却没有笑。是露丝当日清早把它带到了谷仓。有人把它遗弃在校舍的台阶上，是露丝把它捡回家的。小狗挣扎着出了谷仓，来到河边，路上还因为脚太大，被自己耷拉的耳朵绊了个跟头。它气喘吁吁地来到码头，停步歇了歇，扯着嗓门儿对着河面求救。声音越过河面，却没有应答。它再叫一声，还是没有动静。然而，露丝救过的那只狐狸听到了求救声，并在自己的巢穴附近唱起歌来。对岸某个农场的狗听到了歌声，消息从一个农场传到另一个农场，直至传到了镇上。露丝不住地尖叫着，以为谁也听不到。

而就在此时，这个绿地广袤的县镇上所有的狗都坐不住了。它们在围栏下挖坑，从狗场逃跑，从主人家破窗而逃。县里的公路被成群的狗堵得水泄不通。在处置动物的收容所里，一只流浪狗在铁丝网上咬出个缺口，五十只下星期就要一命呜呼的狗加入了向岛屿冲刺的队伍。它们骨瘦如柴，团结一心，内心受到某种饥饿的驱使。有个坏蛋欺负了露丝——这位清新脱俗、爱护小狗还用心学习它们语言的姑娘。大家动作迅速，心中有着同一个使命。

看着倒地哭泣的姐姐，林赛抄起烟灰缸扔向大块头。她埋着头，冲过去抱住他的双腿大喊："不许你伤害我妈妈！"大块头抬起她的脸，狠狠给了林赛一耳光，她跌跌撞撞地摔向房间另一头，鼻子里鲜血直淌。然而男人没想到，林赛没有哭，只听她用痛苦的声音大叫着，那是他们根本无法理解的暴怒之声。那颤抖的声音里没有娇弱，它是犄角、蹄子与长牙的语言。她呼唤水田边吃草的牛群，呼唤在岛心觅食的黑色野猪。

林赛帮忙接生的小牛拔示巴离开妈妈，大老远来到白屋附近。这种包含着绿茵新世界全部奥秘的语言，它自己也听得十分生疏，只能听懂个别词汇。但拔示巴知道，白屋一定是出了大事，这才栽晃着沿岛心的主路一路狂奔。冲出树林，见到牧场的同伴，它直奔独自在一边啃草的公牛小勇。

小勇沉着脸打量着它："孩子，你这是干什么？快回去找你妈妈。"

"姑娘。"小牛上气不接下气道。

"姑娘？什么姑娘？你自己吗？"小勇的蹄子跺着脚下的青草。

"蓝眼睛姑娘。"

"你是说林赛，咱们自己人？"

"对，就是她。"

"她怎么了？快，说明白点。"

"救命。"

"孩子，救什么命？救谁的命？什么时候？"

"那姑娘喊救命，说需要大伙儿帮帮她。"

牛群里传出一阵哀叹。小勇一抬头，正看见野猪"无畏舰"冲着小牛奔过来。它飞身护住牛群，挡在野猪面前。小勇把犄角放低，拉开架势。

"下流坯子！"小勇骂道。

老野猪凶神恶煞般停下步子，奶牛们对它嗤之以鼻。在它身后，其他野猪也钻出了树林，长牙在阳光下亮如尖刀。

"你们刚才说什么？那姑娘怎么了？"

公牛道："那是我们的人，跟我们一伙的。"

"无畏舰"并不示弱："她善待野猪。"

小勇恶狠狠道："她更爱牛群。"

"都爱，"拔示巴开口了，"姑娘说过，她两个都爱。她在喊救命！"

两种动物的语言混融一处。大家都迈开蹄子，齐心朝着河畔的小屋进发。"无畏舰"和小勇引领着浩浩荡荡的队伍，就在前方，它们听见通往小岛的桥上喧闹的狗吠声。

眼见林赛流血倒地，再瞅瞅这三个持枪的大汉，布蕾斯嗅到了屋内如残花般腐臭的邪恶之味。屋外，河水静静流淌着，一如既往。

她对男人说："我跟你们进屋，条件是留我们性命，放过我三个女儿。"

"小妞儿，这可由不得你。"说着，大块头抓住布蕾斯的上衣，把领口撕个大开。小女儿莎朗冲了上来。

"从我家滚出去！"莎朗说着逼将上来。然而，接着她却结结巴巴地说起某种奇妙的新语言，屋里的人谁也听不懂。

园蛛如舞者一般顺着闪亮的网丝敏捷攀爬，扒住窗沿往客厅里观瞧。听闻莎朗的话，它赶紧转身发出警报。突然脚下一阵颤动，只见一只帝王蝶在隐形的蛛网上扑扇着黄色的翅膀。蜘蛛不改本性，虎视眈眈地朝蝴蝶逼近。蝴蝶唱起了死亡之歌。蜘蛛用腿碰了碰，轻轻为它解开了束缚。蝴蝶腾空而起，惊喜之余又莫名其妙。

"姑娘有难，快去送信。"

岛屿上空，帝王蝶唱起如泣如诉的森林旋律。只听网上的蜘蛛声嘶力竭地发出警报。蚁群听到了。鸣蝉听到了。百万只蜜蜂离开蜂巢，放下花间的工作，飞向白屋。成群的黄蜂如战斗机穿林而过。一只海鸥听到了帝王蝶报信，引颈长鸣。岛屿四周黑压压一片，尽是鸟儿愤怒的羽翼。

成群的野猪、牛、狗全速奔赴小屋。大家都发现：树叶跳动着有了生气，树上聚集着成群的虫蚁，林地里亦是不计其数。小家伙们如河流一般，浩浩荡荡地朝着小屋流去。林子动起来了，大地也动起来了。

大块头狠狠推搡着布蕾斯往后屋去。三个姑娘尖叫着想阻止，招来的却是男人们的嘲笑。他们笑得张狂，直至听见屋外的动静。起初嗡嗡叽叽很小声，而后却渐渐变得尖锐且激烈。三个男人你看看我，我看看你，全都犯了迷糊。仿佛创世的黎明降临，世间万物生灵都初试啼声。伊甸园的恐惧与荣耀汇聚成一首复仇之歌，萦绕在河畔的小屋周围。敏捷的小鹿驮着印第安少年的鬼魂，在河畔巡逻。天空被黑压压的羽翼遮住。草地上爬满了各色昆虫。兽群狂吼，野猪怒嚎，鸟儿呐喊。

三个男人傻了眼。

姑娘们不断用陌生的语言呼喊。

三姐妹的心声汇聚成一句话:"杀了他们,杀了他们。"

大块头高举着枪,爬到窗户跟前向外窥视。他大叫了一声。不难理解,这是出于恐惧。另外两个男人也跟着大呼小叫,声音此起彼伏。

公牛小勇咆哮道:"这三个是我的!"

野猪"无畏舰"喝令:"交给我们!"

一个细小的声音嗡嗡道:"蜜蜂和黄蜂三下五除二就能把这些家伙解决。"

猎狗说:"我们要把他们撕成碎片。"

头顶一只老鸥吵吵道:"留给我们抓去喂鱼!"

男人们发现,就在窗外,整个动物王国全员出动,准备对付他们。然而他们没留意,火蚁大军正钻过门缝,爬上他们的裤腿,钻进他们的衬衫;他们同样也没发现,一群蜘蛛正从房顶空降到了头顶,黄蜂也像晒衣架一样死死粘上了后背。

死到临头,三个家伙吓得动弹不得。翅膀扑扇,兽蹄踩地,利角碰擦,昆虫窸窣,蜂群震怒,猎狗聚集,各色凶猛的兽声不绝于耳。最后一刻,这些男人才回了神,开了窍,却没有反应的余地。森林里没有仁慈,这有悖自然之道。

园蛛钻进大块头的衬衣,顺着脊梁骨一路往上爬。上到了脖子,它在耳朵下选了一块柔软的地方。蜘蛛跟莎朗道了别,然后将毒液注入男人的身体。大块头惨叫着,一巴掌结果了蜘蛛。见到信号,黄蜂开蜇,火蚁开咬。三个男人在屋里跌来撞去,不断拍打着身体。他们冲向正门,冲向那神奇的声响。一开门,等待他们的却是铁蹄、尖牙、坚翼与血口。

布蕾斯和三个女儿瘫坐在沙发上,聆听着屋外男人的惨叫。她不让女儿们靠近窗户。她们是人类,会同情。而事到如今,除了视而不见，她们也无能为力。过了一会儿，叫声止住，岛上又恢复了宁静。

再看窗外，只剩下青草、河水与天空。恶人的踪迹无处可寻，连一片碎衣、一块骨头、一绺头发也没留下。

当晚，她们把牺牲的蜘蛛埋葬在家中的宠物墓地。母女四人为它的灵魂祈祷，愿它的网能延展千里，连接大小星球；愿天使在它的丝网上安眠，愿它的辛劳可以感动上帝。

两天后，格雷戈里·麦基西克的船漂上了佐治亚州的坎伯兰岛。回到家中，他告诉家人，自己在海上漂了几个星期，差点没了命，但有一只黑背的海鸥总是往他的船上丢鱼。

格雷戈里从海上归来，这个家又变完整了。姑娘们渐渐长大，魔法也逐渐消失。关于那天三个男人闯入的事，所有人都绝口不提。露丝毕生照顾流浪的小狗，林赛总是对牛群和野猪关爱有加，而莎朗对鸟儿和昆虫的热情也从未减退。她们热爱自然，也爱自己的家。母亲再度歌唱。一家人过着幸福的生活。

这就是他们的归宿。

第二十章

每次我一发火,不高兴全写在嘴上。脸上的其他部位我都管得住,唯独这张薄片嘴总是不听话。嘴角一耷拉,心里的怒火怨气全被它暴露了。深谙解读之道的朋友甚至能根据嘴唇判断出我的内心是阴是晴,而且准得神乎其神,害得我总是没办法出其不意。无论面对同道还是敌人,无论是多要紧的事,对方总是能自行判断是进还是退。一动怒,嘴巴就坏了事。

可即便是心平气和,我也不是苏珊·罗温斯坦的对手。她镇定自若,刀枪不入。面对我的雷烟火炮,她会巧妙地躲进涵养的雪域。我出手攻击,她就退一步以智慧抢占上风。那双棕色的眸子仿佛两扇圆花窗,照亮史前冰封的记忆,令我倍感无力。每次我失控,那目光总让我觉得自己像大自然中的异类,仿佛一场飓风逼近严阵以待的海滨之城。冷静的时候,我自觉与她旗鼓相当。一旦发火,我便成了南蛮子浑球儿。

我气得嘴都拧巴了,把童书往她眼前的咖啡桌上一甩。

"得了,罗温斯坦,"我边说边落了座,"咱也别客套什么周末愉不愉快了,直接说正事儿吧。雷娜塔是他妈什么人?跟我妹妹有啥关系?"

"周末过得愉快吗,汤姆?"罗温斯坦问。

"我可以向权威机构揭发你,吊销你的执照!我妹妹的事你没有权利瞒着我!"

"啊……"

"说说吧,大夫。和盘托出兴许还能挽救你岌岌可危的事业。"

"汤姆,你知道,平日里我对你颇有好感。可你一开始患得患失,就有点招人烦了。"

"我每天都过得患得患失,但这不是重点。我就想知道雷娜塔是什么人。这个人才是关键,对吧?了解她,就能弄明白今年夏天我来纽约的意义。你一直都知道雷娜塔的事,对不对?可你却故意瞒着我。"

"汤姆,是萨凡娜有意瞒着你。我只是遵从她的意愿而已。"

"可了解实情有助于弄清萨凡娜的状况,不是吗?苏珊,这点你不否认吧?"

"也许对你有帮助。我也不确定。"

"罗温斯坦,你欠我一个说法。"

"等时机成熟了,萨凡娜自己会告诉你。她特意要我保证,不把雷娜塔的事告诉你。"

"可那是我发现她俩有关联之前。再说了,罗温斯坦,这关联也太古怪了。萨凡娜用她的名字写书、写诗,还出版了。"

"汤姆,童书的事是谁告诉你的?"

我没搭茬儿,继续说:"我打电话到布鲁克林区雷娜塔家,这才知道雷娜塔两年前冲上铁轨撞了火车。她母亲都告诉我了。我得出几个结论:要么雷娜塔伪装自杀,折磨亲妈玩;要么就是我妹妹脑子里作怪。"

"书你看了吗?"罗温斯坦医生问。

"那当然。"

"有何感想?"

"你说能有啥感想?都是我家那点破事儿。"

"你怎么知道?"

"因为我不是傻子。因为我读书识字。因为故事里有太多细节,除了萨凡娜,根本没人知道。也难怪萨凡娜用笔名。我妈要瞅见这本书,非气炸了不可。我妹妹也用不着自杀,我妈就得把她的肠子、肚子都揪出来。话说回来,雷娜塔究竟是什么人?我想知道她和萨凡娜什么关系。她俩是情人?你但说无妨。我妹妹以前也跟女的好过。那些情人我还见过,跟她们分过比萨饼,还给她们做豆芽三明治和薯皮汤招待。萨凡娜喜欢懦弱的人,不论男女。她睡谁我不管,但我要知道真相。你一连几周不让我们兄妹见面,为什么?肯定有原因。难不成是雷娜塔伤害了萨凡娜?如果真是她,我非揪出来打她个半死不可。"

"你对女人动手?"罗温斯坦问,"真没想到。"

"她要敢欺负我妹妹,我把她的肠子揍出来。"

"雷娜塔是萨凡娜的好朋友。我就说这么多。"

"多新鲜哪!我说,不带你这么欺负人的。你说的我可是样样照做。我家那些事儿,但凡是我想得起来的,对你也是知无不言,而且——"

"汤姆,你没说实话。"罗温斯坦说得波澜不惊。

"什么叫我没说实话?"

"你没把故事讲全。关键的地方你一段也没提。你口中的那个家只是你一厢情愿的印象。爷爷有个性,奶奶是怪人。老爸别别扭扭,一喝酒就揍小孩,但妈妈是个贤妻良母,用爱一手撑起这个家。"

"都还没讲完呢,"我说,"我只是想先铺垫好。第一天见面,你就给了我一堆萨凡娜胡言乱语的录音带。她说的好些我都听不懂。我想先理出个来龙去脉。不知来由,结局也没法讲。"

"可你连开头也没说实话。"

"你怎么知道?别的不说,自己家的事儿我总比你清楚吧……"

"你只是更清楚其中的一个版本而已。这个版本更美好,一直支撑着你。可是汤姆,你所隐瞒的每一处细节也和你讲述的内容同样重要。你们兄弟的奇遇可以少说,不妨多讲讲那个一直都在布置餐桌的姑娘。我想了解的是她。"

"她开口了,"我说,"萨凡娜开口了,你却不让我见她。"

"汤姆,你明明知道,是萨凡娜不愿意见你。但你讲述的童年往事却对她大有帮助,能让她找回长久以来压抑的记忆。"

"我讲的事她一件也没听过。"

"不,她听到了。我全都录了下来,去医院的时候还选了几段放给她听。"

"你跟我玩'水门[1]'!"我蹦起来大喊,在屋子里走来走去,"给西里卡法官[2]打电话!罗温斯坦,给我把带子洗了,要么下一次上你家天台烤肉的时候拿去烧炭火。"

"我素来有看诊录音的习惯,没什么大不了的。你也说了,只要能帮上妹妹,做什么都可以,我就信了你的话。所以,你还是先坐下来,别这么咄咄逼人。"

"我不是咄咄逼人,我是想揍人。"

"坐下吧,"罗温斯坦道,"有话好好说。"

我一屁股坐在软椅上,看着苏珊·罗温斯坦镇定自若的神情。

"就是因为你这种自怨自艾的大男人心态,我才不敢轻易让你们兄妹见面。"

"大夫,我是个一事无成的男人,"我嘴上不饶人,"你用不着担心。我已经被生活境遇废得差不多了。"

"没门儿。我就没见过哪个男人不是完全臣服于本能且不管不顾的。而你属于当中最恶劣的一种。"

"你一点都不了解男人。"

罗温斯坦笑道:"把你的心得说来听听,还有十分钟呢。"

"这话说的……做男人哪有你想的那么容易?"

---

[1] "水门事件"是发生在20世纪70年代的美国政治丑闻。1972年6月17日,共和党竞选班底的首席安全问题顾问及其他四人潜入华盛顿水门大厦民主党全国委员会办公室,并在安装窃听设备及偷拍文件时被捕。此事后来导致尼克松总统被迫辞职下台。
[2] 约翰·约瑟夫·西里卡(1904—1992)是美国哥伦比亚区地方法官,在"水门案件"的审理过程中发挥了重要作用。

"这种论调我也听过。在我的病人当中，多半男性都试图用这类哀怨悲歌博取同情。我丈夫也用这种陈腔滥调，殊不知我一个礼拜能听上四五十次。你是不是想说自古英雄多磨难？'高处不胜寒哪，丫头'？身为家中顶梁柱，身兼重任？这些我都听过了。"

"罗温斯坦，身为男人，难处只有一个。当代女性根本无法理解，萨凡娜跟她那帮激进的女权主义朋友反正是没搞明白。我和卢克来纽约，她们动不动就冲着我俩大吼大叫。八成萨凡娜也觉得，让这俩土老帽儿哥哥知道知道当代男人的劣根性也没坏处。什么激进女权主义！快饶了我吧。托老妹的福，这帮女权斗士把对南方爷们儿的气全撒我身上了，三天两头冲着你大吼大叫，居然还指望你感恩戴德，茅塞顿开，心甘情愿地把老二插进搅拌机碎成渣渣。"

"初次见面的时候，你说你是女权主义者。"

"我现在也是，"我说，"但我属于那种蔫不拉几的窝囊废，会打蛋奶酥，能调蛋黄酱，至于解剖尸体、抚慰癌患什么的，全让老婆上。话虽这么说，我也清楚，如今这个荒唐时代，一个男人自称女权主义者会被视作不伦不类。我那些哥们儿听了都扑哧傻乐，还给我讲新近流行的黄段子。那些地地道道的南方女人则对我不屑一顾，说自己当女人受用得很，有人帮忙拉车门更没什么不好。而那些女权主义者才最是恶毒。我向她们坦白，却被当作了敌对阵营安插的密探，虚情假意，故作姿态，而且毛发旺盛。可我确实他妈的支持女权啊。鄙人汤姆·温戈，女权主义者，环保主义者，白左，和平主义者，崇尚不可知论。因为这些标签，我不能太把自己当回事，别人也不把我当回事。我考虑申请乡巴佬儿终身会员资格，至少还能捡回点自尊。"

"尽管你自己一再抗拒，可依我看，你现在依然是个乡巴佬儿。"

"我不行，真正的乡巴佬儿有骨气。"

罗温斯坦问："你刚才说男人有难处，那是什么？"

"说了你肯定笑话我。"

"有可能。"

"身为男人，难处只有一个。就这一个：没人教会我们如何去爱。大伙儿都把这个秘密藏得严严实实。男人终其一生想要学习，却始终不得要领。寻爱而不得，男人们只会惺惺相惜，因为同病相怜。女性的垂青令我们束手无策，诚惶诚恐，孤立无援，悔不当初。她们为什么就不明白，男人永远无法百分之百地给予回馈？没得到过，所以没的给。"

"男人口中的'男人之苦'，似乎总也摆脱不了顾影自怜。"

"女人一说起'身为女人'，似乎总也少不了归咎于男人。"

"现今社会，做女人并不容易。"

"哎哟！我来告诉你吧，罗温斯坦，当男人才叫倒霉呢。什么坚强、可靠、睿智、威严，我早就腻烦透顶了。要我假装拥有这些优点，我都犯恶心。"

"我倒是没看出你有这些品质，"罗温斯坦泰然道，"多数时候我甚至说不清你是谁，属于哪种人，有什么立场。有时你贴心备至，然而不知何时又会变得急躁刻薄。这回说自己感受不到爱，下回又会说你广爱众生。你总是声称疼爱妹妹，可每次我尽力帮她，你都对我大发雷霆。汤姆，我不了解你，所以才无法完全信任你。如果把萨凡娜的情况告诉你，我不确定你能否承受。汤姆，我希望你拿出点男人气魄，能表现得坚强、明智、负责、冷静。我需要这样的你，萨凡娜也需要。"

"大夫，"我压低声音，"我来就是问问雷娜塔和我妹妹的关系。这不过分哪。可说着说着，你倒转守为攻，我倒成讨人嫌了。"

"你来了就怒气冲冲，把书给我甩桌上了。你大吼大叫的，我又不是收人钱来当出气筒的。"

我捂住眼睛，罗温斯坦的目光直直刺在手背上，沉着中带着评判。我把手放下，直视她棕褐色的眼眸，她忧郁、性感、魅惑的美一如既往地搅扰了我的心。

"大夫，我要见萨凡娜。你没有任何权利阻止我们见面。"

"汤姆,我是她的医生。只要对她有帮助,我可以让你这辈子都见不着她。现在看来,这也未必不是个方法。"

"什么意思?"

"萨凡娜觉得,要想熬过这关活下去,就必须与全家人断绝往来。我也慢慢开始理解了。"

"大夫,那她就大错特错了。"

"我也拿不准。"

"大夫,我可是她孪生的亲哥,"我回应道,"你他妈就是个精神科医生。说吧,雷娜塔究竟何许人也?我想知道,我有权知道。"

"对萨凡娜来说,她是一位非常特殊的朋友,很脆弱,很敏感,满腔愤怒。雷娜塔是同性恋,同时也是激进的女权主义者,犹太人。她对男人可没什么好感。"

"老天爷……"我嘟囔道,"萨凡娜结交的大半都是这种人。"

"汤姆,把嘴闭上。再打岔我不讲了。"

"别价,对不住。"

"两年多以前,萨凡娜经历过一次精神失常。那段时间,都是雷娜塔在她身边照顾。萨凡娜在纽约新学院带过一期诗歌工作坊,两人就是在那里相识的。雷娜塔坚决不让崩溃的萨凡娜进精神病院,保证自己会陪她熬过去。那时的萨凡娜与你在医院里见到的状态差不多。雷娜塔陪她度过了最黑暗的时光。用萨凡娜的话来说,雷娜塔就像是她专属的守护天使。萨凡娜返回了自己的公寓。三周后,雷娜塔卧轨自杀。"

"为什么?"我问。

"谁能说清呢?和所有寻短见的人一样,觉得生活太沉重,找不到其他出路。她与萨凡娜一样,有过自杀企图。雷娜塔死后,萨凡娜再次一蹶不振。她开始在街上游荡,神情恍惚,不管不顾。失魂落魄地在外游荡一整夜,一觉醒来,发现自己身在陌生地方的大门口,过后也没有任何记忆。略微好转,便回到家中,尝试写作,无奈脑中空空。她努力回想童年,可除了噩梦,什么也想不起来。有一晚,她梦见岛上来了三个男人。这是个关键信息,萨凡娜也知道一定发生过与之有关的事情,可信息不足。那本童书就是从这些梦中取材的。

"于是,萨凡娜决定在童书上署雷娜塔的名字,借以缅怀好友。书稿发给了另外一家出版社,想尝试发表。而萨凡娜也想出了这个自以为能救命的好主意。"

"我都不敢往下问了。"

苏珊·罗温斯坦朝我略微欠了欠身:"她决定成为雷娜塔·哈尔彭。"

"什么?"

"她决定成为雷娜塔·哈尔彭。"

"等等,大夫,我有点接不上。"

"萨凡娜第一次来看诊时,就自称雷娜塔·哈尔彭。"

"当时你知道她真名吗?"我问。

"不知道,怎么会知道呢?"

"外面等候室可码着她的书呢。"

"外面还码着索尔·贝娄[1]的书。可就算他本人来了,还自称乔治·贝茨,我也辨不出真假。"

"老天……拜托你告诉我,管他萨凡娜就是雷娜塔,雷娜塔就是萨凡娜,还是萨凡娜就是索尔·贝娄什么的,你是什么时候发现的?"

"在我面前伪装犹太人很难蒙混过关。"

"她说她是犹太人?"

"她自称雷娜塔·哈尔彭,父母都是大屠杀幸存者,连他们手臂上文的编号都记得。她告诉我,父亲是曼哈顿服装区的毛皮商人。"

"我都听糊涂了。人们来这儿不是为了求助吗?她怎么跑这儿来假扮他人?干吗回避自己的身世,杜撰出别的身份来求救?"

---

[1] 索尔·贝娄(1915—2005),美国作家,1976年获得诺贝尔文学奖。

"依我看,她是想尝试使用这个新身份,看看编造得是否圆满。况且,无论披挂何种身份,她都已经深陷泥潭。那时的她已经完全崩溃,伪装他人无济于事。无论是作为雷娜塔,还是萨凡娜,都已是站在绝望的边缘。自称雷娜塔只是痛苦的部分表现。"

"那她什么时候对你坦白的?"

"我问了很多关于她身世的问题,她答不上来。我问她平时去哪个犹太教会堂,她不知我所言何物。我问她圣殿名,问她儿时的拉比[1]叫什么。她说母亲经营一家犹太洁食厨房。我问她吃没吃过有违食规的不净食物,她又蒙了。父母来自加利西亚[2]的犹太村落,而她知道的意第绪语单词却没几个。最终我摊牌了:她的故事毫无信服力,而我只有知晓实情才能帮到她。我还告诉她,她一点都不像犹太人。"

"罗温斯坦,你这是搞种族歧视。见面第一眼我就看出来了。"

她笑了:"你妹妹顶着一张典型的非犹脸。"

"你这是不怀好意的侮辱吗?"

"不,只是不可否认的事实罢了。"

"那摊牌后她什么反应?"

"她起身就走,连招呼都没打。接下来的一次约见她没出现,但打了电话来取消。再下一次,她来了,说她以前叫萨凡娜·温戈,但打算换个名字,搬去西岸,以后以雷娜塔·哈尔彭的身份生活,与家人老死不相往来。用她的话来讲,见到家人太痛苦了。回忆令她不堪重负,已有的记忆也一点点消失了。她想摆脱痛苦的纠缠。已经伤心了太久,成为雷娜塔·哈尔彭让她看到了一线生机。继续当萨凡娜·温戈,她怕自己撑不过一年。"

"老天爷……"我闭上眼睛,回想童年的我们,回想南卡罗来纳阳光下纤细的金色身影。河流的景象在眼前出现:湿地的鸟儿在河口处捉鱼,

---

1 犹太教负责执行教规、律法以及主持宗教仪式的人,主要为有学问的学者。
2 西班牙西北部自治区域名。

三个孩子在碧波里游泳。丰潮涨溢，静如麻绢。儿时的我们有一个约定，对外人从未提起：每次伤心、难过、支离破碎时，每次被爸妈打骂时，三个人就会来到浮坞边，一头扎进暖洋洋的水中，游到十码外的河道，组成一个圆。三人手拉着手浮在水面，圆环坚不可摧。我一手牵着萨凡娜，一手牵着卢克。三人互相碰触，维系着血、肉与水的连接。卢克给一个信号，三个人深吸一口气，紧握着彼此的手沉入水底。直到有人憋不住了，这才捏捏其他两人的手冲出水面，回归阳光与空气的怀抱。沉在河底，我总会睁开眼，直面咸润与幽暗。身边是哥哥和妹妹飘忽的身影，犹如胎儿。我感受着那甜美的牵绊，那无言中上升的爱之三角。脉搏紧贴着脉搏，一同奔向光明与生活的凶险。水下是安全与静谧的容身之所，一个没有父亲和母亲的世界。只有肺不争气时，我们才重返残垣。容身之所避得了一时，却无法久留。离开的时刻终会到来，我们必须回归现实，面对河畔家中固有的伤痛。

　　身处罗温斯坦的办公室，此刻的我渴望着柔波，渴望在河流深处寻求庇护。我真想带上妹妹，拥着她扎进蔚蓝的大海深处。此时的我已经脱胎换骨，任何试图伤害妹妹的力量都会被我摧毁。每次想到、梦到萨凡娜，我总能抵御众多尖利凶狠的武器来保护她。然而回归现实，我甚至无法让她的手腕免受内心煎熬的折磨。

　　罗温斯坦道："我向萨凡娜保证，会尽我所能帮助她。但前提是，必须弄清她在逃避怎样的过去，否则我也无能为力。不把萨凡娜·温戈的心结解开，雷娜塔·哈尔彭也没有希望。"

　　"为什么要帮这种忙？"我问，"你帮她变成另一个人，其中伦理何在——即便不谈伦理，你又有什么数据作为治疗根据？你哪儿来的信心，觉得这样对萨凡娜最好？要是你错了呢？"

　　"我从没碰上过这样的病例，所以无从考证。我并没有帮助她变成雷娜塔。我只是告诉她，会尽力帮助她恢复健全的人格，在她面对一些无法回避的艰难抉择时助她一臂之力。"

"罗温斯坦医生,你无权这样对她!更无权唆使她不与家人往来!我无法接受这种疗法。把我妹妹从南方佬变成犹太作家,这哪是什么治疗?这是黑魔法,是巫术——所有的全都用上了!萨凡娜要真变成雷娜塔·哈尔彭,那才表明她真疯了呢!"

"说不定是健康的表现。我也说不好。"

我一时筋疲力尽,仿佛身体被掏空了一般。脑袋靠着椅背,闭上眼,试图整理思绪。我绞尽脑汁,想跟苏珊·罗温斯坦理论一番。无奈脑子里各种混沌抽离,根本没法讲道理。

最后,我鼓足勇气道:"这,就是我痛恨自己所处时代的原因。弗洛伊德添什么乱?!我最看不惯他胡说八道,居然还不乏忠实拥趸!整了一堆迷魂咒,理论模模糊糊无从证实,还没完没了地给跟人沾边的东西划分门类。经过深思熟虑,本人郑重宣布:弗洛伊德,我肏你妈!肏他祖孙三代!肏他猫,肏他狗,肏他鹦鹉,肏他维也纳整个动物园!肏他的著作、思想、理论,肏他的白日梦、下流幻想,肏他的椅子!肏他妈这个破时代——逐年肏,逐天肏,逐个钟头肏!一百年的糟心日子就该一股脑儿塞进弗洛伊德香喷喷的厕所。最后,罗温斯坦,我也肏你妈!去他妈的萨凡娜,去他妈的雷娜塔,以后我妹想当谁,谁就去他妈的!只要还能动弹,我就决不在您这宝贝办公室多待。带上我那点寒酸行李,打个缺德带冒烟的出租车直奔拉瓜迪亚机场。老汤我打道回府,找我那被心脏病专家撬走的老婆去。糟心归糟心,至少还能琢磨出个所以然。而对萨凡娜和雷娜塔呢,我连个招儿也没有。"

"汤姆,你说完了?"

"没呢!等我想到别的狠话,还有下一波呢!"

"刚开始对你有所隐瞒,也许是我不对。那是我的决定。知道吗?汤姆,萨凡娜给我提过醒。她很了解你,知道你表面上乐意帮忙,内心却以她为耻。你惧怕她那些问题,能逃就逃,能否认就否认,把它们弃于黑暗之中。同时萨凡娜也知道,你顾家,负责。而我的工作就是权衡二者。但凡有其他方法，我说什么也不会找你帮忙。一直以来，我担惊受怕，唯恐隐瞒的事被你发现——怕的就是你的自以为是和火暴脾气。"

"你以为我会作何反应？"我问，"要是我对伯纳德也这样呢？要是我不教他打球，而是撺掇这个郁郁寡欢的孩子离家出走呢？改个名儿吧，伯纳德，跟我去南卡。我保证让你进队打球，再给你找个好人家，从头开始。"

"你明明知道，这根本不是一回事。我儿子可没有试图自杀。"

"等着瞧吧，罗温斯坦，"我说，"指日可待了。"

"浑蛋！"也不知什么时候，她从桌上抄起一本《美国传统辞典》，直直地朝我砸过来。

我的鼻子被砸了个正着。辞典在我腿上一弹，摊开了摔在地上。打开的正是第764页。一低头，我惊讶地看到了页首标题：满载排水量。再一看，介绍俄国数学家尼古拉·伊万诺维奇·罗巴切夫斯基的条目被我的鼻血染得字迹难辨。我伸手一摸，血顺着手指一股一股往外冒。

"天哪。"罗温斯坦吓得不知所措。她把手绢递给我："疼吗？"

"疼，"我说，"疼死了。"

"我有安定。"说着，她打开手包。

我哈哈大笑，血越流越厉害，我赶紧作罢："你觉得我往鼻孔里塞两片安定能止血？幸亏你没学医，全世界都躲过一劫。"

"你吃了也许能镇定下来。"

"我又不焦虑，"我说，"你出手伤人，我正放血呢。这可是医疗过失的大官司。"

"是你挑战我的底线。我这辈子都没动过粗。"

"今天算开了个头。刚才那一下扔得有模有样的。"

"血还没止住。"

"谁让你差点把我鼻子砸掉……"说着，我仰头靠在椅背上，"大夫，您把门一关，悄悄走人得了。我就在这儿流血等死。"

"依我看你应该去就医。"

"你不就是大夫吗?"

"你懂我的意思。"

"干吗不上精神病院给我整个病患,我放鼻子上按个把钟头。没事,大夫,别紧张。我又不是第一回流鼻血,一会儿就好了。"

"真对不起,汤姆。我无地自容。"

"我可绝对不会原谅你。"说着说着我又开始咯咯傻乐,"我的天,这一天过的。被辞典砸了不说,还知道自己的妹妹在布鲁克林改当犹太人。真够呛!"

"等你止了血,请务必赏光与我共进午餐。"

"罗温斯坦,那你可要大出血了,"我说,"内森热狗、奶酪比萨什么的可不好使。我现在算想开了。非得是'吕泰斯''巴斯克海岸',要么'四季'酒店。我点的菜盘盘带火。罗温斯坦,你就等着烧钱吧,烧一大笔。"

"汤姆,我希望在餐桌上能和你心平气和地谈一谈,"罗温斯坦说,"关于萨凡娜、雷娜塔和我,我还有话要说。"

没等她说完,我冷不丁一阵大笑,把她的话打断了。

走进吕泰斯餐厅的大门,我就像在半睡半醒中神游一样。流了一通鼻血,得知了雷娜塔的真面目,我只觉两眼发花,头重脚轻。索尔特纳女士跟苏珊打了招呼,对她直呼其名。两人用法语随意寒暄了片刻。我不禁再度感叹,生活在堂皇典雅中的苏珊在繁复的仪礼间游走得如此自如,悠悠然镇定自若,大气而不失分寸,俨然是富贵人家倾财倾力教化出的聪慧尤物。面对盛气凌人的纽约能做到不卑不亢,且免于不伦不类,除了她,我还真没见过第二个。苏珊在纽约土生土长,举手投足简约而干脆。在我眼中,她的自信是种奢侈的天赋。可话说回来,我在纽约也只认识些外来人。苏珊·罗温斯坦是我结识的第一位本岛的现任领主,地地道道的曼哈顿人。原来在她波澜不惊的外表之下还涌动着热血，我那阵阵抽痛的鼻子就是有力的证明。

索尔特纳女士把我们带到一张惬意的餐台前，不安地瞅了眼堵在我左鼻孔里的卫生纸。八成她没请进过几个流鼻血的客人。我借故进了男洗手间，拔掉血糊糊的面纸团。血总算止住了。我洗了把脸，回到正厅。如今鼻子肿得老高，发得跟松饼似的。此时的我帅气不足，但饭量有余。

一个鼻子快要翘上天的侍者帮我们点了饮品。我欠身越过整洁的台布，悄声问罗温斯坦："一会儿饮料上桌，我在酒里泡泡鼻子你不介意吧？酒精能给伤口消毒。"

她点了根香烟，冲我吐着烟道："你还开得出玩笑……我还是不敢相信，居然拿书砸了你。汤姆，你有时可真够招人恨的。"

"我有时就是个浑蛋。我刚才说伯纳德的那都不是人话，活该被你揍塌鼻子。是我应该给你赔不是。"

"作为伯纳德的母亲，我时常为自己的失职自责。"

"你不是个差劲的母亲。伯纳德还是个半大小子。他那个年纪的孩子没几个不捣乱的。但凡熊孩子，都成天犯浑，让爹妈没招儿。"

侍者递上菜单，我战战兢兢地从头到尾看了一遍。头一回在世界顶级名厨眼皮子底下吃饭，我可不想浪费机会，随便点道稀松平常的菜完事。我向罗温斯坦仔细询问了她在吕泰斯尝过的所有菜品。必须承认，若是选菜过于奢华，一定会被她点的脱俗美味比下去，这餐我也就吃不出香甜了。最终，点菜还是由她全部代劳。我舒舒服服坐着，听她嘱咐侍者，头盘给我上鸭肝慕斯配杜松子。第二道她选了蟹肉鱼汤，还眨眨眼，暗示这绝对是人间美味。我脑子里的齿轮欢快地转动着，罗温斯坦列了几道她认为无可挑剔的主菜供我选择。见我又开始吭哧瘪肚地犹豫，于是她叫侍者嘱咐主厨索尔特纳准备兔脊肉。

"兔子？！"我惊呼道，"罗温斯坦，这里可是美食杂志上的饕餮圣殿，你就点个兔子埋汰人？"

"这绝对是你没吃过的顶级美味，"她自信满满道，"你信我一次。"

"我能不能跟侍者说我是《纽约时报》的美食评论家？"我问，"好让后厨的安德烈有点压力，来一次超常发挥。"

"最好不要。我先点些葡萄酒，然后咱们说说萨凡娜。"

"能不能先让侍者把桌上能砸人的东西收走？要不我戴个捕手面罩？"

"汤姆，你的亲戚朋友难道就不觉得你的玩笑容易开过火？"

"觉得。他们都不乐意听。大夫，我保证，这顿饭我老老实实待着。"

马尔戈红酒端上桌，同时端来的还有我的鸭肝慕斯。红酒入口，浓郁醇美。双唇离杯，感觉整张嘴巴都在愉悦中欢唱。余味如弦音流连舌尖，口中全然一片芬芳的花田。慕斯入口，我更是尝到了活着的喜悦。

"老天，这慕斯简直太美味了，"我陶醉道，"感觉热量大军正朝着我的血液进发。今后让我来这儿全职养膘我也乐意！"

"萨凡娜压抑了很多童年记忆。"

"这跟鸭肝慕斯有什么关系？"

"萨凡娜的过去有成段成段的空白，她称之为'空白间隔'。这些间隔的时间点貌似都与她幻觉加重的时期相吻合。就好像某种跳脱时间、空间与理性的存在。"

"萨凡娜经常记不清事。"

"她告诉我，自己从小就有这毛病，可又难以启齿，于是便讳莫如深。她还说从小就觉得自己与众不同，因此也倍感不安与孤独。萨凡娜成了遗失岁月的囚徒。最近，她的情绪很不稳定，因为诗歌创作受到了严重影响。就好像自己被汹涌来袭的疯狂全然掌控。她最怕自己一蹶不振，陷入没有记忆的黑暗，从此迷失自我。"

说着说着，苏珊·罗温斯坦的表情略有放松，而转变背后是她对工作的热忱。我也难得有机会感受她对这份职业倾注的激情，以及她为这个短暂停驻于痛苦与省悟心灵的角色所付出的灵魂。苏珊用生动的口吻讲述了萨凡娜最初数月就诊的情形：妹妹讲到自己的生活、童年、工作，可中间总会出现大片空白，记忆散碎，一次次灰心丧气，拐进死胡同。一定是萨凡娜的潜意识中有某种力量作祟，将她对儿时的记忆全部剪掉。每次提起童年，想起的都是些零星碎片，每一块都与某种模糊而消耗巨大的恐惧感相连。有时脑中突然浮现出某个有关童年的单一画面——慵懒低飞的湿地鸟儿，捕虾船引擎发动，母亲在厨房里说话——这时萨凡娜便会陷入永恒的黑暗国度，受困于不属于她的时光。这种状态持续了两年。萨凡娜凭借意志，让自己把全部的精力都放在纽约。《曼哈顿思考》就是她在有所恢复的三个月间完成的。她感觉又有了能量，再次感受到语言那熟悉而亲切的重力，看到自己又一次立于世界的中心，向外传递着爱之歌与安魂曲。

童书创作再次把她拖入了失重的疯狂声界。噩梦来袭，故事有了素材。她八个小时不眠不休地创作，将梦中的情景完完全全转写下来。过程中她意识到，原来笔下描绘的也是她人生中某段缺失的插曲。情节中明明有遗漏的元素，而这些元素远比她写下的那些要令人震撼得多。那三个男人总能触及她内心某根侵蚀之弦。他们的身影逼近白屋子，萨凡娜的记忆里亦会发出鸣响。缥缈之音犹如废弃教堂的钟声回荡风中。她仔细揣摩故事的来龙去脉，犹如研习遗失多年的圣言古本，而这古本与她过去的未解之谜紧密相关。她把故事读了一遍又一遍，坚信这样的寓言与框架指向更为关键的真相。萨凡娜肯定经历了什么事，为了书写故事，她能想起来的却只有一点：父亲从"二战"中带回的布拉格圣婴像。它就摆在前门边的桌子上。虽不知圣婴像在故事中扮演何种角色，但它一定不可或缺。雷娜塔自杀后，圣婴像总会在她病发期间以狰狞的面目出现在幻象之中。布拉格圣婴与脑中那些声音联手，和诱人自杀的黑狗与对立天使沆瀣一气。这些幻影再度叨念起她自幼便熟悉的陈腔滥调，奚落她毫无价值，用骇人的圣歌和赞美诗折磨她，声声催命。幻象开始在公寓内的墙壁上出现。吊在钩子上的狗痛苦地扭曲着身体。这样的狗足有数百条。它们尖叫着，嗞嗞的声音相互交织，催促萨凡娜赶紧自行了断。她不断告诉自己："不是真的，它们不是真的！"无奈声音却被钩子上邪恶的嚎叫淹没。她从客厅的椅子中站起，钻进卧室躲避。而就在卧室里，流着经血的天使吊在浴帘杆和天花板上，一个个耷拉着扭断的脖子，戚戚然哀号着。天使用纤弱的声音呼唤她，让她和他们一起回家，回到可以瞭望远方的安全之所，回到永眠的走廊，回归寂静无声的漫漫长夜。在那里，天使一如昔日般纯粹，无瑕，善良。他们冲萨凡娜抬起胳膊，一副群起而攻、志在必得的架势。天使的眼窝里只有两个黑洞，里面不断淌出脓水。就在他们头顶，萨凡娜看到布拉格圣婴的小脚。被处死的圣婴吊挂在天花板上，满脸瘀青，面目全非，一张口却是母亲的声音，叮嘱萨凡娜保持沉默。每次萨凡娜拿出刀片清点，总会听到钩子上扭动的狗发出得意的欢叫，听到肢体残破的天使萦绕四周的狂喜笛音。每晚，萨凡娜数着刀片，听任污秽国度叫嚣着暴风之法，细声吟诵着自我终结的祷文。

"萨凡娜自杀未遂前，我们也才见了一两个月，"罗温斯坦道，"当时我还没完全意识到她有自残的倾向。治疗的过程令我倍感兴奋。身为心理治疗师，本不应抱着这样的心态，而是要保持冷静，保持距离，保持专业。可萨凡娜是个诗人。交谈中，她用言语和画面打动了我。汤姆，我犯了个错误。我希望成为那个帮助诗人重新提笔的心理治疗师。是我太过自大了。"

"苏珊，不是你自大，"我一边说，一边切盘中的兔肉，"而是这事儿对你来说超乎常理了，对我也是。"

"什么意思？"

"拿我的经验举例，"我说，"一听说妹妹在安乐岛曼哈顿割了腕，我便火速赶来当救世主——对了，我特别擅长扮演这种现世基督。睡觉，游街，手绑背后，说来就来。为什么？这说明有人需要我，能给我优越感。宝藏男孩身骑骏马,救妹妹于水火,守护这位自杀未遂的诗人、疯子。"

"如果见面第一天我就告诉你,萨凡娜想从纽约消失,然后找一个陌生城市,以雷娜塔·哈尔彭的身份度过余生,你会作何感想?"

"我会笑掉大牙。"

"果然,"罗温斯坦说,"初次见面你就对心理治疗不屑一顾,而且丝毫没有掩饰。"

"那是我走运,出生在一个好地方。我们那儿的人连精神科医生是干吗的都不知道。"

"哦,对,"她说,"的确是个好地方。听了你的描述,感觉全科勒顿都患上了某种集体精神病。"

"现在已经啥病都没有了,"我又看了看盘中的兔肉,继续道,"你还没解释清楚,同样的经历,为什么萨凡娜和我讲的不一样?"

"我试过告诉你,可你要么不听,要么不信。萨凡娜的记忆中有大片空白,受压抑的片段有时长达数年之久。她说你知道内情。你总说自己和双胞胎妹妹如何心有灵犀。一开始我不信,还以为你也是问题的成因。可你让我改变了想法。"

"多谢。"

"汤姆,你在萨凡娜的童年发挥了重要的作用。卢克和你保护她免受外面的世界——尤其是她自己世界的伤害。虽然她从小与众不同,但哥哥们为她营造出一副正常的表象。你们俩陪伴她度过了不幸的童年。汤姆,你的角色至关重要。她很早便开始封锁自己的记忆,对痛苦的片段进行删减。我想用'压抑'这个词,可如果摆弗洛伊德那一套,你又太过反感。这么说吧,萨凡娜很早就给了你一个任务。你成了她的记忆,成为她通向过去的窗口。每当她走出昏暗时期,你可以随时告诉她发生过什么事,她去过哪里,说过什么。"

我问:"可如果没有记忆,她又如何写诗呢?"

"萨凡娜天赋异禀,她的诗歌来源于生而为人的痛苦与女性在社会中的挣扎。"

"依你看,她从什么时候开始把记忆的责任交付给我的?"

"汤姆,关于你们幼年的事情,萨凡娜记得的要比你多得多。对你母亲那时的冷漠无情,她也同样记忆犹新。"

"胡扯!"我慢条斯理地嚼着兔肉,"我妈虽算不上十全十美,但也并不是无情。萨凡娜把妈跟爸搞混了。"

"你怎么知道?"

"当时我就在跟前呢,"我反击道,"用你的话说,我是目击证人。"

"可你发现没有,故事开头,你说自己在暴风雨中出生,但这种事你不可能会记得。你只是在重复一个家族传说,是别人给你讲的。这也没什么奇怪的。接着,你直接跳到在亚特兰大第一年上学的事。那中间的六年发生了什么?"

"那时还小呢。每天吃喝拉撒,喝奶,长个儿。我哪记得了那么全乎?"

"萨凡娜记得,记得太过清楚。"

"都是胡扯,大夫,那都是胡说八道。"话虽这么说,关于那段日子,我脑子里却只浮现出一幅画面:在母亲的召唤声中,月亮从东方升起。

"有可能,可在我这个心理医生看来,当中也有几分真相。"

"别跟我整心理医生那一套。算我求你,罗温斯坦,对你干的这一行,你就让我讨厌着来,讨厌着回去吧。"

"你随便讨厌,我无所谓,"罗温斯坦淡然道,"你一直都态度鲜明,如今我也习惯了。不仅如此,每次你为这事跳脚,我还觉得笨笨的挺有意思。"

"你看,这事儿能不能完了再说?"说着我朝四周比画了一下,"苏珊，这可是吕泰斯餐厅，我梦寐以求的地方。我读过不少介绍，《纽约时报》称之为'美食天堂'。如今上了天堂，我就想舒舒服服坐着，边吃边感叹。我的嘴里还从没沾过这么好的酒。这么舒适的气氛，优雅得这么含蓄——当然了，我更喜欢张扬的优雅。身为乡巴佬儿，没见过多少世面，对这种含蓄之美欣赏不来。但舒服就是舒服，真格的。好不容易来一回吕泰斯，日后怕是也再没机会，谈的说的应该是艺术、诗歌、美食，兴许再聊点哲学。在这儿提萨凡娜那些眼窝里流脓水的天使，多煞风景啊！你懂我的意思吗？这可是美食天堂，我鼻子疼得要死，需要时间消化。三个小时前，我还以为萨凡娜就是个普通的疯子。你倒好，这下子可给我添了个堵。你站在我的角度想想。今天一睁眼，你把孪生妹妹推到我面前。三十六年了，我一直以为自己很了解她。可你猜怎么着，她可不是你妹妹，而是什么雷娜塔·哈尔彭。甭急，这还不算完，人家不想在这儿待了，这辈子再也不想见你。我被人蒙在鼓里这长时间，稍微发发火，结果被训练有素、专业严谨的治疗师大人一辞典把鼻子砸扁，血流了一盆。这一餐是你请客赔罪，我现在不想说这个，咱不妨聊聊新近上映的电影，或者'每月读书会'的其他推荐。"

"那就聊聊她的童书吧。"罗温斯坦提议。

"啊！那块罗塞塔石碑[1]。萨凡娜想写恶魔，但不敢写，于是对其雕琢粉饰。她就是这样背叛了自己，背叛了自己的才华。"

"她写的是故事，是虚构的。"

"本来就不该虚构。她应该如实记录下冰冷的事实。萨凡娜本应用她的故事震撼整个世界，她有这样的实力。这样的故事不该被修剪粉饰，睡觉前读给孩子听，而是要让长大成人的男男女女深深折服，为之战栗、愤怒。萨凡娜没有忠实于故事原貌，而是把它包装成一个构思精巧的圆满故事，这根本与犯罪无异。读完它的人应该是声泪俱下。这个故事我明天再

---

[1] 制造于公元前196年，以三种不同语言文字刻下古埃及国王托勒密五世诏书的石碑，是破解失传千年的埃及象形文字的重要依据。此处亦指破解谜题的关键。

给你讲。里面不会有什么话痨蜘蛛、可爱小狗或是给公牛头领通风报信的笨嘴牛崽儿,没那些乱七八糟的。"

"汤姆,艺术家创作并不是非要说大实话。"

"才怪!"

"你懂我的意思。艺术家用自己的方式诠释真相。"

"要么就是用自己的方式说瞎话。我可以向你保证,萨凡娜写的不是实情。"

"也许她写的只是自己所知的实情。"

"好大夫,您又胡说。我早就知道,萨凡娜迟早会把那件事写出来。我妈一直担惊受怕,唯恐萨凡娜白纸黑字扬了家丑。然而,关于那天岛上发生的事情,家里却没有一个人说得出口。打开萨凡娜的书,我还寻思着,她终于说出来了。但看到三个孩子拥有了魔法,我就明白,她失去了勇气。我们当时可没有什么魔法护身。"

"汤姆,萨凡娜在书里已经说出了太多实情,以致无法承受而企图自杀。"

"说得没错,"我说,"可你能不能给她带个话儿?告诉她:她要是一心想当雷娜塔·哈尔彭,无论是去旧金山、香港还是别的什么地方,我都会去看她,而且不会让任何人发现我是她亲哥,就当是某个读诗会或者艺术展开幕式上认识的南方朋友。她要是一声不吭地没了影儿,那就伤我心了。我受不了,撑不住。其中的原因没有谁比萨凡娜更清楚。我希望她活下去,希望她幸福。即使不见面,我也依然爱她。无论她做什么,我都会爱她。"

"我会转达。汤姆,有一点我向你保证:只要你愿意帮助我,我会把妹妹好好送还给你。她正在努力自救,非常非常努力。"

苏珊·罗温斯坦伸臂上桌,握住我的一只手。她把我的手捧在唇边,在手背上咬了一下。这一咬也成为吕泰斯留给我的最为深刻的记忆。

第二十一章

在吕泰斯就餐当日晚上,我就往查尔斯顿母亲家打了电话。猛灌了两盅波旁威士忌,才拨了那串糟心的号码。听到她的声音,我怕是又要在过去的旋涡中抓狂。拿起电话没说两句,我妈就开始动用聪明才智,给我添堵。

我从罗温斯坦那里借来各种精神病例资料,利用午后余下的时间研读。宗宗件件都是伤痛、凄楚。童年遍体鳞伤,于是在四周筑起层层围栏,保护自己免于承受生命中不堪的苦楚。幻觉、痛苦满纸扎堆。这些人也够走运,全都掉进了禽兽之家温暖的怀抱。不厌其烦的自我褒奖将记录医生的描述与评注衬托得无限高尚,就好像心理医生个个仁心善面,妙手回春,支离破碎的灵魂到了这些人手上,管保能活蹦乱跳地回郊区种草。满纸尽是丰功伟业,言之凿凿,自鸣得意,看得我直冒火。萨凡娜的病情再怎么吓人,可终归还有希望。如果她走运,如果罗温斯坦真有本事,如果所有底牌都亮在桌上,我妹妹兴许能熬过这关,甩掉命里的妖魔鬼怪。

又一口威士忌下肚,查尔斯顿的电话通了。

"喂?"

"喂?妈,是我,汤姆。"

"哦,是你啊,亲爱的。萨凡娜怎么样了?"

"挺好,应该会没事的。"

"刚刚我还读到,精神病治疗最近有不少惊人突破。我把文章都剪下来了,你务必交给萨凡娜的医生。"

"行。"

"你督促着点,让她好好看看。我能给萨凡娜打电话吗?"

"稍微再等等。现在不好说。"

"那你一夏天耗在那儿都做些什么呀?我真觉得你最近对老婆孩子不太上心。"

"是,是,您说的都对。不过我很快就回家了……妈,这次打电话是告诉您一声,我要把那天岛上发生的事告诉那个心理医生。"

"那天什么事也没发生,"我妈一板一眼道,"汤姆,咱们有过约定,你可不能食言。"

"妈,那种约定叫犯傻。这事儿一直是萨凡娜一个心结。如果一五一十讲出来,说不定能帮上大夫,帮上她。所有的信息都是保密的。都是过去的事儿了。"

"不要再跟我提这事儿。"

"我知道,您是想勾起我的罪恶感。打电话就是知会您一声而已。我大可以直接跟罗温斯坦医生交底。可转念一想,说出来兴许对大家都好——包括您。"

"不行!"她吼道,"不许说。它差点把咱们毁了。"

"妈,它的确毁过咱。那天发生的事我一直说不出口,萨利一点都不知道。卢克闭口不提,而萨凡娜压根儿不记得。就这么闷在心里腐臭溃烂,也是时候一吐为快了。"

"我不准你这么干。"

"妈,您拦不住我。"

一阵沉默,八成她是又在想招数。"汤姆,"听动静又要威逼利诱,我支棱起耳朵,准备迎接腥风血雨,"儿子,我本不想碎这个嘴,萨利背地里跟医院的大夫好上了,查尔斯顿到处都是风言风语。"

"妈,我知道您已经憋很久了,多谢您老热心爆料。不过,萨利早就把这事儿告诉我了。怎么说呢……我们两口子比较摩登,就爱泡个热水浴、吃个中餐、看个外国电影、睡个外人啥的。萨利跟谁好,那是萨利的事情,跟您无关。"

"而你要讲的是我的事。如果你告诉萨凡娜,她迟早会写出来。"

"原来你是担心这个。"

"不,汤姆,我是担心伤口会再度撕开。都已经忘得干干净净了,我从来都不去想。你保证过,以后绝口不提。"

"说出来又没什么坏处。"

"对我来说,坏处大了去了,我很可能会失去一切。我丈夫要是知道了,肯定会离开我。我要是你,绝不会这么掉价。真若要说,你自己的事儿也得抖搂出来。"

"我不会改主意的。得了,体己话就说到这儿。孩子们怎么样?最近见面了吗?"

"看着还行。爹不疼娘不爱的,姊妹三个也就那样了。要不我去找萨利说道说道?她的所作所为也太气人了。"

"您可千万别!那可是缺德带冒烟的。还是顺其自然吧,况且近两年我这个丈夫做得也不咋地。"

"你跟你爸一个德行。"

"明白,换言之,我就是个窝囊废。不过,只要您不去找萨利,我就感激不尽了。"

"哟,"她突然道,"没准儿咱们还能做笔交易。只要你不说,我也不说。"

"妈,我这么做是为了救萨凡娜。当然,这么说您也不信。您觉得我只是为了气您,其实不然。"

"一旦牵扯到子女,我也不知信什么才好。他们让我百般伤心,偶尔给个好脸色我都不敢当真。我总寻思:他们几个究竟想得到什么?会如何跟我翻脸？要知道长大了是这副嘴脸，我早把你们弄死在襁褓睡梦中了。"

"童年过成那副鬼德行，弄死都算积德了。"热血一个劲儿往我脑门儿上涌。我拼命忍话，可就是憋不住："妈，再这么往下聊怕是不好收场。依我看见血之前咱还是打住吧。打电话就是觉得欠您一个说法。都快二十年前的事了，谁也不记挂了。都是天意。"

"要我说是祸害！听我一句劝，你就还当它没发生过。这样对萨凡娜更好——你也知道，那丫头有多魔怔。而你我也会更自在。"

"妈，您这歪理是哪儿得的？"我问，"什么事情只要假装没发生，就奈何不了你？"

"这叫常识。汤姆，我要是你，就不会死揪着过去不放，而是向前看。我从来不留恋过往。知道吗？你父亲的事儿这两年我想都没想，一次都没有。"

"妈，你们可是三十多年的夫妻。半夜总会在梦里扮个吸血鬼啥的吧？"

"一次也没有，"我妈斩钉截铁，"挥别过去，门一关，从此再不惦记。"

"那卢克呢？"

"嗯？"

"您就没想过卢克？"我一边重复，一边后悔。扎心的字眼脱口而出，顺着嗡嗡的缆线飞向查尔斯顿。

"汤姆，你太刻薄了。"她声音哽咽，轻轻挂了电话。

我本想拨回去，无奈母子之间宿怨难消。想要重获母亲的好感要费九牛二虎之力，得谨小慎微，讲求策略，电话里可玩不转。很久没跟母亲友善相对了。多年来，只要她一张嘴，在我听来都是处心积虑，软绵绵香喷喷地往心坎上扎刀，令我束手无策。我对她的憎恨里夹杂着某种别扭的崇敬——甚至可以说崇拜。对母亲理解无能，世间其他女子也就成了我眼中的陌路与敌手。看不透母亲暗流汹涌的爱,因而永远不能无所畏惧地接受他人的爱意。爱情总是披着美丽的伪装降临,满面殷勤。世间有比与亲妈为敌更糟心的事,但不多。

我又拨了个电话。四声响铃后,电话另一头传来了萨利的声音。

"喂,萨利,我是汤姆。"

"嗨,汤姆,"萨利的语气十分亲切,"今天收到了你的信,孩子们围坐在厨房的桌边,都给你写了回信。"

"太好了。萨利,我妈刚威胁我,说是要打电话声讨你。你跟医生的事不知怎的被她知道了。"

"你没告诉她,是不是?老天,你可真会添乱。"

"我当然没说咯。"

"你就没告诉她那只是风言风语,说你知道我是清白的?"

"要能想那么周全倒好了。我只当咱俩是人近中年的风流种,成天钻在郊野地方四处快活。我跟她说了,你的事我全都知道。"

"那她怎么说?"

"儿子沦落成个戴绿帽的缺心眼儿,当妈的有点眼前发花。接着就威胁要打电话对你大肆讨伐。我寻思最好先给你提个醒。她说这事在查尔斯顿已经尽人皆知了。"

萨利没吭声。

我的头倚着萨凡娜最爱坐的椅子靠背:"那你做决定了吗——我是说,关于咱们俩,关于你和他,还有我眼前这操蛋的世界末日。"

"行了,汤姆。"

"那他呢,跟他老婆挑明了吗?这可是关键时刻。"

"他考虑下周摊牌。"

"那我得回去。"

"汤姆,那样恐怕不太好。"

"那你就卷铺盖,去睡大酒店!萨利,我希望你留下,做我的妻子。

我想对你求爱,枕着沙滩、抵着餐桌、躺在车顶、吊在库珀河大桥上与你做个痛快。我给你跳踢踏舞,给你浑身涂满奶油,用舌头一寸一寸舔个干干净净。我保证言听计从。在这里,我想清楚了很多事情,其中之一就是我爱你,拼了命也要把你留住。"

"汤姆,我不知道……"

"你不知道?!"我大吼。

"你的话很感人,可如果没有插科打诨耍机灵就好了。知道吗?每次你向我示爱,总是非要点俏皮才开得了口。"

"萨利,你明明知道不是这么回事。夜里我常常厚着脸皮表白,肉麻了不知多少回。"

"杰克从不吝于表达爱意,不会不好意思,也不嫌肉麻。从来都是温柔、直接、真心实意。"

"电话里实在很难说清。替我拥抱孩子们。"

"明天早点打过来,也好跟她们说说话。"

"好,一定。萨利,你多保重。拜托你千万别草率决定,好好想想。"

"我满脑子都是这件事。"

"再见,萨利。"

挂断电话,我说:"萨利,我爱你。"空空荡荡的房间里一片漆黑,话语声温柔、直接、真心实意,毫无机灵戏谑。

第二十二章

毕业典礼当晚,卢克和我正忙着打扮,母亲捧来两个大盒子,还把一份包装精美的小礼物交给萨凡娜。

"我要是有钱,就在门前草地上排三辆凯迪拉克,"母亲的声音哽咽而伤怀,"每人送一把钥匙。"

"说到有钱,那天我想到个好主意……"父亲刚想往下说,母亲一瞪眼,直接堵死后半句。

萨凡娜最先把礼包拆开,取出一支镀金钢笔。她把笔举在灯下。

"就用它写成你在纽约的第一本书。"母亲道。

萨凡娜用力抱紧母亲道:"谢谢妈妈!它真漂亮!"

"这笔贵得很,不过我正好赶上打折。有好笔,肯定写得出好诗。"

"我会写很多很多的美诗,妈妈,我保证!"

"给你父亲大人也写一首!"父亲道,"伟大的诗歌必须有伟大的主题,像我这样的。"

"亨利,你净出馊主意。"

萨凡娜冲卢克和我一笑:"我的诗里肯定少不了您老。"

母亲转头又催促卢克和我:"你们俩也打开看看。"

我俩齐齐动手。我先一步打开盒子,里面是一件母亲亲手缝制的藏青色短外套。卢克那件和我的一模一样,只是大了几个码。穿在身上,两件都刚好合适。这几个月,我们在校上学之时,母亲坐在缝纫机旁,为了这一刻而忙碌。我来到母亲的房间,望着穿衣镜中的自己。眼中的自己也可以帅气一把,这辈子还是头一回。

母亲从身后悠悠地跟进来,如梦似幻,步履轻盈。她小声道:"我告诉过你,第一件肯定会让你终生难忘。"

"觉得怎么样?"

"我要是年轻几岁,肯定出手追你。"

"妈!"我两颊通红,"别说这种羞臊话。"

"我只是实话实说。你比你爸最风光的时候强百倍。"

"我可听见啦!"父亲在客厅喊道,"胡说八道!"

典礼在体育馆举行。毕业年级的学生两两一组,伴着《威风凛凛进行曲》列队从正门进入。萨凡娜作为优秀毕业生上台致辞。听到她的名字,看着她一步步走上演讲台,母亲和祖父祖母通通起立,高声为她喝彩。父亲站在台边,用胶片记录了整个过程,供子孙后代观赏。演说开始的第一句:"河流朴实无华的乐音将我们养育成人。我们在水畔度过童年,醉心于卡罗来纳低地的小镇风情。"演说文风写意,一幅幅熟悉而难忘的画面闪耀其间。这是诗人的处女秀。她高傲地展现着磅礴的字句,如同开屏的孔雀,炫耀着瑰丽的尾羽,只为夺目之欢。在终场谢幕的姿势上,萨凡娜可谓天赋过人。同样是告别过去,她的方式却独具一格,无法复制,铭心刻骨。

校监摩根·兰德尔为学生们一一颁发毕业证书,祝大家未来交好运。每当一个学生上台,躁动的人群里总会响起一阵稀稀拉拉的掌声。而当本吉·华盛顿走向兰德尔先生,准备领取证书时,看台上的人们开始窃窃私语。毕业班的学生们没有小声嘀咕,而是集体起立鼓掌。本吉郑重地接过证书,依然是不卑不亢,茕茕孑立。他穿过台子回到座位上,四周的躁动完全出乎他的意料,让他有些不好意思。我回过头,只见本吉的母亲将脸贴在丈夫的肩头。儿子终于熬出了头，心里的巨石终于落地。在我看来，为本吉·华盛顿鼓掌，就是为历史喝彩——为历史，为变革，也为那非凡的勇气。我再没见识过这样的胆魄，理想之火也从未燃烧得如此炽烈。本吉临近座位之时，掌声也越发响亮。我在想，今夜的南方还有多少黑人像本吉·华盛顿一样？还有多少上帝的子民，必须在自小耳濡目染、全心全意敬爱耶稣却仇恨黑人的白人孩子堆里接受试炼？

乐声中，我们再次步入六月的闷热。我硬要把新外套穿在毕业袍里，结果捂得浑身大汗。

当晚午夜，我们三个坐在木桥上。桥的一端是我们生活的岛屿，另一端连着美利坚的陆地。月亮在卷浪中摇曳，为流水镀上一块苍白的圆盘。头顶之上，夜空中斗转星移，有条不紊。一个个星座在脚下的浪潮之镜里熠熠重生。身畔两侧，湿地带着青翠的愉悦接纳逼近的潮水，熟悉的味道中饱含着欲望与新生。低地的沼泽之味在外人闻来甚是刺鼻，而对于土生土长的当地人而言，那却是大地本真的香气。鼻翼抽动，吸入呼出的是家的味道，是故土的甘甜。蒲葵向着半岛的前缘聚拢，溪流如毛细血管般分岔辐散。一条黄貂鱼潜游水下，如同梦魇中的孤鸟。岛上微风袭来，带来鼠尾草、忍冬与茉莉的幽香。霎时间，暗夜改变了气味，稀释，浓稠，再度稀释，辛酸如油醋汁，奇特如月桂香。

萨凡娜坐在两个哥哥之间，娇小中凸显可爱。我一手揽着妹妹的肩膀，另一手勉强够上卢克粗壮的脖颈。卢克灌了一口"野火鸡"牌威士忌，而后把瓶子递给我们。买它不是因为贵，而是因为名字让他联想到狩猎火鸡的冬日清晨。

"都结束了，"萨凡娜道，"这意味着什么？"

卢克说："过场走完，才放人走呗。"

在威士忌的作用之下，我晃晃悠悠道："倒也没那么糟糕。以后回想起来，这肯定是咱人生的美好时光。"

"是悲惨时光才对!"萨凡娜道。

"得了,想开点儿。你老是揪着别扭不放,"说着,我把酒瓶递给她,"明明晴空万里,你非要嚷嚷着狂风暴雨。"

"我是现实主义者,"说着,她拿胳膊肘往我肚子上戳,"而你就是个愣头愣脑的大老粗。我认识的人里你是唯一一个真心喜欢上高中的!"

"意思是说我不是什么好人咯?"我说。

萨凡娜没搭理我:"我可信不过任何能在高中逍遥的家伙——连勉强挨日子的都不行。碰上那些混橄榄球队模样的,我连话都不想搭。"

"那不就是我吗?"她这一竿子把我也撂倒了。

"我没话可说了。"萨凡娜仰头大笑。

"我就不明白了,你干吗那么讨厌上高中?"我问,"自己明明做得那么好,又是毕业生致辞代表,又是啦啦队队员,又是高年级班级秘书,还获选'最佳个性奖'。"

"'最佳个性'?!"她冲着沼泽地大吼,显然是喝高了,"是啊,争的人差点挤破头!整个高中,像我这样还算有点个性的人根本没几个。"

"我的个性就不错啊。"

"触地传球你还行,用魅力点亮世界还差点。"

"是啊,汤姆,"卢克戏谑道,"你屁点个性都没有!"

"你左边坐那大块头是谁啊?"我捏了捏卢克的脖子,"说他是人吧,太占地儿;说是河马吧,又太笨。看看,这话绝不绝?这还不算一等一的有个性?"

"我倒挺乐意当只河马,"卢克说,"往河底一坐,偶尔发发威。"

"我说汤姆,你干吗不上大学里寻找一下自我?"萨凡娜问,"下点功夫,看看那垫肩下裹藏着怎样的灵魂。"

"我早就一清二楚了。鄙人汤姆·温戈,在南方土生土长,平平凡凡,过普通日子。生在这个傻憨憨的家,还有个想当河马的老哥,以后我可要娶个普通老婆,生几个普通娃娃。"

"就你那肤浅德行,路上随便来个女人,你立马就娶回家了。"

"听着不赖。"卢克说着又灌了口酒。

萨凡娜又问:"卢克,那你呢?有什么打算?"

"打算什么?"

"人生啊,"萨凡娜道,"今晚是庆祝毕业,得畅想人生,规划未来。"

"我要跟咱爸一样,开船捕虾。夏天一过,他就去银行,帮我筹钱买自己的捕虾船。"

我说:"就他那信用等级,我打赌连买渔网、钓竿的钱都借不来。"

"去之前他得先还几笔债。"

"卢克,你还能有别的作为,"萨凡娜道,"你可以大有作为。你就是太听话。他们说什么,你就信什么。"

"干吗不找找克莱姆森或者卡罗来纳大学的教练,说你想打橄榄球?"我问,"只要你乐意,那帮人肯定乐得裤裆都黏糊了。"

"你俩明明知道,考大学我分不够。要不是你们帮我打小抄儿,我连高中都毕不了业。就是不考大学,我也知道自己是笨蛋。"

"卢克,你不笨,"萨凡娜道,"他们一个劲儿拿这话蒙你,你就糊里糊涂地相信了。"

"多谢安慰,萨凡娜。没办法,上帝给了我一身腱子肉,却忘了搭点脑子。我在班上考倒数第二,也就比维尔伦·格兰特强点。"

"学年结束时我在辅导处待过,帮洛帕特卡老师给学生的永久记录登记分数。趁着他吃午饭的空当,我偷看到了咱们的智商分数。"

"不是吧!!!"我说,"那可是绝密信息。"

"反正就是看到了。结果挺有意思——尤其是你,卢克。知道吗?你的智商比汤姆高。"

"啊!?"我不服不忿。

"好极了!!!"卢克欢呼着从高草窝里撩起一只秧鸡来,"把酒给汤姆。这回毕业他可要郁闷了。"

"有啥好郁闷的？"萨凡娜问，"大伙儿都知道，智商并不能证明什么。"

"萨凡娜，你智商多少？"我问。

"我一百四十，属于天才级别。对我的宝贝哥哥来说，这也不稀奇。"

"那我呢？"卢克问，那得意劲儿实在让人看不下去。

"你智商一百一十九，汤姆一百一十五。"

"咱俩是双胞胎！"我大叫，"该死的双胞胎！我要求重算！"

"我也老觉得汤姆有点迟钝。"卢克笑嘻嘻道。

"一边儿去，卢克！"我气呼呼地犯了嘀咕，"双胞胎不是天生智商相同吗……"

"连同卵双胞胎智商都不相同，"萨凡娜显然乐在其中，"你是吃了大亏了。"

"没想到啊没想到，汤姆，我居然比你聪明哩，"卢克起哄，"为这我得干一杯。"

"可我比你会用。"

"是是是，没错，老弟。就那点聪明才智，被你用出了花儿。"卢克道。这俩人乐得直接倒在桥板上。

"我决定了，以后就当个橄榄球教练，"说着，我伸手去够酒瓶，"当教练脑瓜不用太灵光。"

萨凡娜道："当教练根本用不着脑瓜。太浪费生命了……"

"你怎么这么说啊？"

"我真恨不得组一队杀手，把全世界当教练的统统干掉。无论男女，只要年满二十一岁，穿运动衫、挂个哨子的家伙，全部抓起来折磨个体无完肤。"

"怎么个折磨法？"卢克问。

"首先，让他们听古典音乐。然后，强迫每人上一个礼拜芭蕾课。然后嘛……逼所有人读完简·奥斯丁的全部作品。最后来招厉害的,给他们做变性手术,还不打麻药。"

"太狠了……"我说,"你那小脑瓜净琢磨些稀奇古怪的东西。"

卢克插话道:"如果汤姆想当教练,就让他当呗。何苦泼他冷水?"

"因为他可以有更好的作为,"说着,萨凡娜冲我转过脸来,"你这是作践了自己,便宜了南方。抱歉,汤姆,你得了'南方病'。这病连个救命的疫苗都没有。"

"看来你是要上纽约,当大人物咯?"

"绝对出类拔萃。"

"妈还想让你拿奖学金,去念康佛斯学院呢,"卢克说,"那天我听她跟托莉莎说起这事儿。"

"我宁愿死也不想在南卡罗来纳多待一天。知不知道妈怎么为我打算的?她想让我上大学,认识个律师或者医生嫁了,往南卡某个小镇一安顿,再鼓捣四五个娃出来。如果生了男孩,就让他们长大当医生、当律师;如果是女孩,就养大了嫁给医生、律师当老婆。连她的梦想都是一股腐味。我可不干,我要随心所欲。在科勒顿,所有人都指望你循规蹈矩地活,男女老少守着一脉陈规,容不得离经叛道。女孩子个个活泼可爱,男孩子个个都是愣头青。我受够了这种装模作样、压抑自我的日子。我要去纽约,以后再也不必惧怕发掘本真的自我。"

卢克问:"你怕什么?"一只羞怯如蛾的苍鹭展翅飞过沼泽。

"我怕我如果继续待在这儿,最后会变成'水果先生'那样,疯疯癫癫,傻乎乎的,没事跑到餐馆酒吧后门讨三明治。我想找一个安身处,即使我一时半会儿疯疯癫癫,那里也没人在意。这个镇子最让我抓狂的地方,就是它处心积虑,非要当我跟其他人一模一样。我一直都知道,自己与众不同。虽然生在南方,可我一天南方佬都没当过。汤姆,卢克,我差点被它毁了。从小我就病恹恹,神神道道,看到奇怪东西,听见奇怪声音,做恐怖的噩梦。每次告诉妈妈,她就说'吃两片阿司匹林,晚饭后别碰甜点'。绷了这么久,太惨了。"

"你怎么没跟我们说?"卢克问。

"你们又能怎么办?"

"告诉你吃三片阿司匹林,晚饭后别碰甜点。"

"知道我在这脚下的水中看见了什么吗?"萨凡娜俯视着月光中的潮水,"几百条溺死的狗,瞪着两眼望着我。"

我一低头,眼前只有水。

我说:"嗯……没准儿你还真应该去纽约。"

"闭嘴,汤姆!"卢克关切地望着萨凡娜,"小傻蛋儿,水里哪有什么狗啊,都是你那小脑瓜瞎琢磨出来的。"

"有时我看见布拉格圣婴——就是爸爸从德国带回来的雕像。圣婴两眼流脓,比比画画让我跟他走。有时候还能看见爸妈赤身裸体挂在肉钩子上,互相龇牙猛咬,像狗一样狂吠。"

"萨凡娜,智商一百四十太受罪了。"我说。

"闭嘴,汤姆。"萨凡娜厉声重复道,我乖乖住口。

三兄妹陷入了沉默,既尴尬又别扭。

"乖乖……这也忒诡异了。卢克,把酒给我。萨凡娜,酒瓶过手之前你最好先灌他一半。换作是我,听了那些动静,见到那些东西,我宁可从早到晚醉醺醺的。大清早起一睁眼就开始喝,直到半夜三更喝晕。"

"汤姆,你这还当什么教练,直接当医生得了。"卢克说,"自家妹子犯了难,想跟咱聊几句正经话,你就知道插科打诨逗哈哈。咱不能笑话,得帮她。"

萨凡娜道:"卢克,其实你们也无能为力。我已经独自承受了很长时间。以前还想让妈妈带我去查尔斯顿看精神病医生。结果她一打听,人家一个钟头要收四十美元。"

"一个钟头四十块钱!"我吹了声口哨,"给我来发手活儿外加送盒雪茄才值这个价钱。没准儿我也能当精神病医生。一天干十个钟头,一个礼拜上六天班。一年工作五十五个礼拜,专为那些眼见亲妈挂在肉钩子上的人排忧解难。我的个神,一年税前就得挣个十二三万。没承想关照神经病还能发财。"

"你真是喝多了,"卢克说,"我也懒得让你闭嘴,再瞎嚷嚷就把你丢进水里醒酒。"

"你,扔得了我?"我失声笑道,"卢克,你可是在跟老手说话,正经老手!老子现在是大学选手,跟高中那帮两腮绒毛的傻大个儿可不一样。"

"稍等,小傻蛋儿,"卢克戳了戳萨凡娜的脸蛋,"我得先教教自家兄弟怎么尊敬兄长。"

"卢克,手下留情。他没什么酒量。"

"没什么酒量?!"我嚷嚷道。此时的我已经逍遥云上,举着酒瓶又灌了一口,"这儿的人随便哪个放马过来,都得被我喝趴到桌子底下。卢克,你坐下。我可不想让你在女人家面前出丑。"

卢克从码头站起身,我也栽栽晃晃迎上去。虽说我借着酒劲儿摆出一副所向披靡的架势,可脚底还是踩棉花。我猛地一扑,想卡卢克的脖子,可刚刚真切地瞄了一眼北斗星,紧接着就被卢克抓起来,翻着跟头被扔进水里。我呛着水冒了头,萨凡娜的笑声在湿地回响。

卢克道:"你们这帮大学选手可真够呛。"而我正手刨脚蹬逆着水流往桥边游。

"你最好别把我的新衣裳糟蹋了,不然暑假我跟你没完。"

"大热天的,本来就不该穿。"说着,卢克也跳进水里,跟我打打闹闹。我被他按头灌了好几口,这才投降。

"来吧,萨凡娜,"卢克招呼道,"把鞋脱了,咱仨就像小时候那样,一起游回家。"

我把鞋子、裤子、外套全都扒下来递给萨凡娜。她脱下棉布裙站在头顶上,月光下只穿着底裤和胸罩,美如雕像一般。

萨凡娜把酒瓶高举在空中,大喊:"让我们最后为未来举杯。首先,敬汤姆。请问这位四分卫对生活有什么期望?"

我仰面漂浮,望着妹妹迷离的面孔:"我要做个安善平民。"

"那就为平凡干杯。"说着,她喝了一口,"接下来,敬卢克。"

"我捕虾,我要安安稳稳。"

"那就为安稳干杯!"

"那你呢,纽约妞儿?"我问,"也为你干一杯。"

"我要写诗,要撒野。不光撒野,我还要明目张胆地堕落。我要赤身裸体上第五大道游行,勾搭男人,勾搭女人,连动物也不放过。我要买只鹦鹉,教它说脏话。还要像咱爸一样,用摄影机拍下来,当家庭电影寄回去。"

"把瓶子递过来。"卢克说着往桥边游。他从萨凡娜手中接过酒瓶,一边喝一边顺着潮水朝我漂过来:"敬撒野!"喝完,又把瓶子举在水面递给我。

我大喊:"敬萨凡娜·温戈!荷兰隧道[1]里进过的最野性的婆娘!"

"再见,科勒顿!"萨凡娜冲着大西洋吼道,"再见,南方!再见,橄榄球!再见,红脖子乡巴佬儿!再见,妈妈!再见,爸爸!大苹果[2],我来了!"

我喝光了最后一口酒。萨凡娜以一记完美的前空翻入水,微波浅动。

就这样,温柔的潮水将我们带回家园。

那是我在岛上度过的最愉快的夏日时光。享受的同时,我也在一点点为离别做准备。想到要远离家人的陪伴,我居然开始无所适从。从小到

---

[1] 位于纽约市的一条隧道。该隧道从哈德逊河下穿越,连接纽约曼哈顿与新泽西州泽西市。
[2] 纽约市的别称。根据1921年《纽约晨递报》作者约翰·菲茨·杰拉尔德的叙述,纽约这座城市机会众多,成为人们眼中既好看又好吃的大苹果,谁都想咬一口。

大，我几乎夜夜听着家人酣睡的鼻息声入眠。我只熟悉——或者说只想过——这一种生活，说放就放还真舍不得。成长没有回头路，离家的恐惧笼罩着我，潜藏在离别之际的举手投足。内心以笨拙无声的激情呐喊着，我尝试言说那些隐秘的词语。十八年的光怪盛宴已近尾声，我不忍离席，却无法传递那种心情。家是大自然的溶解剂，如盐溶于雨水一般在时光中消散。夏日再临，寂静与炎热是河岸上好胜的君主。我们从报纸上读到：火蚁已经越过萨凡纳河，在南卡罗来纳占据了一方地盘。在基洼岛附近，经过足足一个小时的挣扎，卢克终于钓到了他的第一条海鲢。大鱼在海浪里扑扑腾腾，像马儿一样有劲儿。好不容易把鱼拖上船，卢克亲了亲它，然后放生，以表敬畏与感恩。萨凡娜一夏天都在画水彩画，模仿狄兰·托马斯的风格写诗。白日无声消逝，萤火虫用游移的光码扰乱昏暗。

我试图整理一个海岛少年零碎的智慧所得，像隐世的群岛一样排列，以便日后尽情回顾。我盘点着缓缓流逝的时日，如同细数消失于掌中的念珠。每天，我早早起身，目送父亲离家上船。夜晚，萤火虫在黑暗中飘舞，闪转出意外的星图。六月苍翠的夏日，每个人都有些紧张，有些难为情，彼此总是温柔相待。

我们在母亲眼中看到一袭幽暗之文，并将其解读为中年恐惧与人生目标的丧失。不当母亲，她不知该如何面对这个世界。我们获得了自由，而她却丧失了意义感。想到日后她要独自面对父亲生活，我们都放心不下。她对我们满腹怨气，将子女的成长视为不可饶恕的背叛。整个夏天，母亲一次也不许我们上船帮工。最后的难忘夏日，她要我们全身心做孩子。三十七岁这年，为人母的忙碌生涯即将告一段落。自己操持的家中没有了孩子们的欢笑与泪水，这一点她连想都不愿想。我们多数时间都在陪母亲。此时，河湾里再度鱼虾满溢，成群的牛背鹭也在岛心一行行支棱着，犹如根根盐柱。一切都一如既往，然而改变即将发生。支离破碎，无法逆转。一次改变命运的遭遇，粉碎了所有日常。

7月19日，母亲庆祝了她三十七岁的生日，我们为她举办了派对。萨凡娜制作了巧克力蛋糕。卢克和我坐着船来到镇子上,在莎拉·波斯顿的女装店买了瓶最大的"香奈儿5号"香水作为礼物。波斯顿太太打包票说,只有"忒油雅"的女人才喷"香奈儿"。她的法语水平远远赶不上销售的话术,可我们还是付了钱,看她用淡紫色的彩纸包装礼物。

生日当晚,母亲吹了三次才把所有蜡烛吹灭。大家都拿她打趣,她则担心自己上了岁数,怕身染肺疾一病不起。金色的烛光里,母亲的脸庞美得熠熠生辉。当她对我展现笑容,我顿觉受到了无上至爱的洗礼。那晚,她亲吻我,我闻着她脖子上一丝甜甜的香水味。她拥抱我,我只想放声哭泣,倾泻一个爱母之子的狂野与温柔。我想告诉她,自己已经看开了一切。对于岛上的生活,我既不埋怨她,也不埋怨父亲。可我一句话也没说,只是把头靠在她的肩膀,吮吸着发间的甘甜。

萨凡娜和我正谈论八月底出岛的事,卢克突然号啕大哭,把全家都吓了一跳。我们的生活从此将不同以往,童年也一去不返,成为时间长河中一段消逝的乐音,难以形容,无以言说。和母亲一样,卢克拒绝接受这份残酷。他一边抹眼泪,一边颤抖,如同一段痛苦的柔板,而他的悲伤却充满了力量。看着泪流满面的卢克,你能些许体会王者的忧郁与颓狮惨遭放逐的凝重。我很想抱着哥哥,与他脸贴着脸。但我不能。萨凡娜把他揽进怀里,向他保证一切都和从前一样。卢克属于梅尔罗斯岛,萨凡娜和我只是在此降生,从未真正归属。最起码,是这个迷思支撑着我们,滋养我们远行的欢梦,摆脱家的束缚与晦暗。

"哭天抹泪的,这是干吗?"父亲质问。

"我们要走了,卢克舍不得。"萨凡娜解释道。

"我说儿子,有点出息行不行?"父亲道,"你现在也是捕虾人了,捕虾人可不会哭天抹泪的。"

"闭嘴,亨利,"母亲说,"你别招惹他。"

"我这一家子还真是多愁善感,"父亲又一次落了单,只能自说自话,"老子最讨厌多愁善感。"

那天晚上，我们头枕着浮动船坞，感受着河水逼近海源的汹涌丰盈。新月微光下，在世界的这个角落，上帝赐予肉眼的所有星辰全部清晰可见。银河是头顶一条白色的光流。把手举在面前，便掩盖住星河一半的璀璨。海潮渐落，招潮蟹从泥穴中钻出，雄蟹招摇地挥舞着钳子，动作怪异而协调。钳子随着潮水、星辰与清风而动，乳白色的钳臂传递着信息：世界依然按照注定的轨迹运作，一如既往。数千只招潮蟹向上帝示意：潮水回落，飞马座闪耀得恰到好处，鼠海豚在激流中唱着狩猎之歌，月亮也信守盟约。那动作是舞蹈，是信任，是神圣的确认礼。我学着招潮蟹的样子抬起一只胳膊，对着大步流星、从容不迫排开阵形的猎户座使劲挥舞。它的腰带与我相隔千百万里，却比家中的灯火更显亲近。

8月3日，东南风起，我又在码头上打盹儿。正午之时已是满潮。潮向一转，被风挡住了退路，一场巨力之争随之而来。劲风将果园与豆田吹了个乱七八糟。午饭后，卢克让萨凡娜和我陪他去岛屿南端，打算利用下午的时间给两年没结果的山核桃林施施肥。我乐呵呵地说，梅尔罗斯岛的胡桃树就是五十年不结果我也无所谓。这么诡异的天气，我可不想在岛上瞎溜达。最终，萨凡娜和我留下陪母亲，卢克独自离家，抄小路穿沼泽而过，而劲风就在身后。

我们一起收听佐治亚的电台广播。一有钟情的旋律传来，三个人都蹩脚地跟着唱。听到母亲最喜欢的夏日金曲，我们大声唱着歌词，每个人都假装对着隐形的麦克风，取悦狂喜的观众。歌曲终了，我们相互鼓掌，轮流深鞠躬，对着狂热的歌迷飞吻。

正在说话之际，新闻播报打断了我们的演唱会。国内新闻全部换成了本地新闻。佐治亚州州长要求联邦政府拨款，保护泰碧岛海滩免遭进一步侵蚀。另外，三名犯人从佐治亚州中部地区的里兹维尔监狱出逃。他们极有可能携带武器，而且十分危险，目前正朝佛罗里达方向逃窜。越狱过程中，逃犯还杀害了一名监狱农场的守卫。针对某开发商获批许可，在历史文化区域兴建酒店一事，"萨凡纳历史学会"已提出严正抗议。一名男子因在利维尔街某酒吧向未成年人兜售酒精饮料而遭到逮捕。母亲欢乐的话语声与整点新闻的播报声相互交叠。

天气预报称,当日下午萨凡纳地区有百分之四十的概率会降雨。紧接着,大雨降临梅尔罗斯岛。

新闻播报结束,随即响起"雪洛尔"女子合唱团[1]的歌声。母亲尖叫一声,和萨凡娜跳起了卡罗来纳摇摆舞。我和多数高中运动员一样,老早就学会了飞身摆脱拦截,跳舞却死活玩不转。我看着母女俩魅惑的舞姿,感觉既兴奋又羞愧。因为生性腼腆,我羞于向母亲或妹妹请教舞技。一想到要牵手我就觉得难为情。母亲引领着萨凡娜在客厅里旋转,舞步优雅而自信。

彼时的我们浑然不知,屋外有人正虎视眈眈。沉浸在欢乐中的母亲与女儿翩翩起舞,而我伴着"雪洛尔"的旋律一边歌唱,一边拍手。河面雷声躁动,家中却是载歌载舞。屋顶雨声阵阵。我们很快会明白,恐惧是一种暗黑之术,须有高人指点。血泊之中,我们将于时间之书的冰冷页面写下自己的姓名。良师已至,开篇却是乐音。

前厅传来一阵敲门声。三个人你看看我,我看看你,谁也没听到车子开近的声响。我耸了耸肩膀,前去应门。

门一开,冰冷的枪口抵住了我的太阳穴。我抬起头,眼前的男人没有胡须,但我认得那张脸。透过时间之窗,那双灰白的眸子再次投射出凶残与魅惑。

"卡兰沃德。"我不禁道。只听母亲在身后高声尖叫。

另外两个男人从屋后破门而入,广播里再次提及三名持枪男子从里兹维尔监狱出逃,极有可能正向佛罗里达逃窜。逃犯的姓名也公布了:欧缇斯·米勒——就是我们口中的"卡兰沃德",弗洛伊德·梅林,还有兰迪·汤普森。在恐惧、无力与懦弱的支配下,我完全动弹不得,腿一软跪

---

[1] 20世纪60年代早期盛行于美国的女子歌唱组合。

在地上，无声地哀号着。

"我一直忘不了你，莱拉，"巨人道，"在号子里蹲了那么些年，就是忘不了你。我还留了这个当念想儿。"

他拿起一堆脏兮兮的纸片。那是母亲在朝鲜战争期间从亚特兰大给祖父寄的信。它从未到达梅尔罗斯岛。

而那个胖子掐住萨凡娜的脖子，把她往卧室里拖。萨凡娜拼命尖叫挣扎，却被他狠狠揪住头发拽进门。

"是时候乐呵乐呵了。"胖子说着冲同伙挤了挤眼，啪地把门关上。

"那女人是我的。"卡兰沃德死盯着母亲道。他的目光中燃烧着原始的饥渴，膨胀的肉欲熏得满屋腥膻。

"汤姆，救命！"母亲叫道。

"妈妈，我不行。"我小声道。尽管如此，我还是猛地一扑，想去够远墙上的枪架。

卡兰沃德截住我，一巴掌把我打翻在地。他用手枪指着母亲的脸，一边朝她走，一边说了句令我莫名其妙的话："兰迪，那小子归你。瞅着挺俊哪！"

"生肉，"兰迪边说边朝我逼近，"老子最喜欢鲜嫩的生肉。"

母亲又在求救："汤姆，快救救我！"

"妈妈，我不行。"我说着闭上眼睛。兰迪把刀架在我的脖子上，卡兰沃德推搡着母亲进屋，把她丢在床上。那是父母结合并孕育我的地方。

兰迪从背后割开我的衬衣，让我解开裤带。我不清楚他的意图，只能乖乖地解开腰带，裤子也掉在了地上。在南卡罗纳乡间长大的我，压根儿不知道男孩子也会遭受强奸。看来今天要在家里领教了。

"好，很好。小美人儿，跟兰迪说说，你叫啥？"他的刀刃逼近我的喉咙，母亲和妹妹的尖叫声在屋里回荡。兰迪的气息干燥，还带着股金属味。他的嘴使劲嗑我的后脖子，不握刀的手在我的裆下揉搓。

他小声道:"美人儿,把名字告诉我,不然把你的脖子拉断。"

"汤姆。"那说话声连我自己都感到陌生。

"汤米,你被爷们儿干过没?"兰迪问。卧室里传出萨凡娜的哭喊声。"当然没有。那我就是你头一个。我要把你干到爽,再把你的喉咙割断。"

"求求你。"我哀求道。他左手抓住我的喉咙使劲掐,我差点背过气去。刀刃顺着我的腰游走,割开了我的底裤。接着,兰迪揪住我的头发,把我按跪在地。我不明白他要干吗,直到他的命根子抵住我的屁股。

"不要!"我哀求道。

兰迪揪着我的头发使劲往后拽,刀刃在屁股上压出了血印。他小声说:"我要一边奂你,一边把你的血放干。横竖都一样。"

侵入身体的那一刻,我想叫,却叫不出来。承受着这样的羞辱与糟蹋,我出不了声,说不了话。某种液体顺着我的大腿往下流,我以为是他射精了,其实是自己的鲜血。兰迪扭了扭身子,插得越发深入。母亲和妹妹呼喊着我的名字,求我破门相救。

"汤姆!汤姆!"妹妹吼得声嘶力竭,"他在伤害我!"

我满眼泪水,兰迪猛力抽插,还不停在我耳边低语:"汤米,说真爽。告诉我你有多爽。"

"不。"

"那我立马把你做了,让你的脖子喷血,还要射进你的屁眼儿里。说,汤米,说真爽。"

"真爽。"

"嘴甜点儿,汤米。"

"真爽。"我乖乖照做。

羞耻与无力已逼破极限。那男人呻吟着侵入我的身体,我只觉血液在体内无声倒流。一股嗜血的怒火瞬间贯穿我全身,而兰迪并没注意到我细微的挪动。我抬起头，努力压抑恐惧，厘清头脑。我的目光在屋内扫视，最后停留在壁炉架上方的斜边镜上。卢克的脸出现在镜框里，正从南面的窗户往里看。我摇摇头，做出"不要"的口型。所有的枪全在屋子里，最大的胜算就是卢克逃出去求救。再一抬眼，卢克已经消失。

"汤米，跟我说说话，"兰迪低语道，"小心肝儿，说两句情话听听。"

接着，我听到了风中的声响。它来自过去，我却叫不上名字。那声音就像田野里被抓起的兔子，在老鹰的利爪中吱吱惨叫。树间劲风呼啸，枝杈拍打着屋顶。那声音再次响起，我还是认不出，找不到。他们能听见吗？我大声呻吟着，为那声音掩护。

兰迪·汤普森说："我喜欢听你叫唤，汤米。好听！"

"求求你，求求你。"母亲哭喊着。屋外大雨滂沱，我又听到了那个响声。而这一次，我认出了它。那是滚动的车轮与没上油的轮轴摩擦的声响。它来自血气方刚的夏末时日。卢克和我正为最后一个赛季苦心备战。它来自八月之初的常规练习。兄弟二人穿上护具、钉鞋，启动了为九月备战的个人健体训练。我俩在老虎笼子后方就位，合力推着笼车在路上来来回回，直到筋疲力尽。严酷的条件之下，我们不断地敦促自我，挑战人类耐力的极限，让自己变得更加强壮，足以对抗争球线对面冲来的劲敌。日复一日，我们咬牙遵守着自己制定的严规，练得周身酸痛。每天，我们推着笼子往来于路上，直至双膝打战，站立不稳。第一周，每次也就能推个几码。到练习开始之时，我们每次都能推出四百多米，然后倒在八月的酷暑之中，头晕目眩。

我听见卢克独自挣扎着把笼子推向家门，轮子深陷在湿土中。左边轮轴的吱呀声暴露了他的踪迹。

兰迪在我体内射了精。精液混杂着鲜血，我大声惨叫。

他直起身，刀刃紧逼我的喉咙："汤米，你想怎么个死法？哪种让你更害怕？挨刀子还是吃枪子儿？"

他把我按在墙上。手枪指着我的脑袋，刀子横在我的腹股沟。

兰迪把刀子一扬，对准我的睾丸："挨刀子是吧？我就知道。我把它俩统统割下来，亲手交给你。怎么样，汤米？我要把你大卸八块。你现在是我的人啦。等他们把你找着，你的屁眼儿里还留着我的种儿！"

我闭上眼睛，大张双臂，兰迪的脸几乎抵着我的脸。他亲我的嘴，舌头在我的嘴里溜来绕去。我的右手刚好搭在一块清凉的大理石上。他依然大睁着眼睛，而我的手指徐徐握住布拉格圣婴的脖子。那是父亲战后从德国神父克劳斯的教堂里偷来的。

萨凡娜和母亲在卧室里哭喊着。

又是母亲在惨叫。"汤姆！"凄厉的声音令我心碎不已。

轮子转动的声音再度响起。接着，我听到后门传来轻微的撞击声。

接下来的一击动静了得，仿佛有邻居登门造访。

"别动，汤姆。不许出声，不然我要你小命儿！"兰迪·汤普森细声警告。

卡兰沃德提着裤子从卧室里冲出来。母亲赤身裸体躺在床上，用胳膊挡住双眼。强奸妹妹的禽兽也跑了出来，他只穿了一条三角裤。两个人在屋里寻找位置，枪口对准后门。

母亲在卧室里大叫："卢克，快跑！"

卡兰沃德倏地打开门，只见老虎的笼门已经打开。

刚刚对母亲实施兽奸与强暴的男人正面对着一只孟加拉虎。

兰迪·汤普森怔怔地戳在原地，两眼盯着笼门。昏暗之中，凯撒咆哮着冲出牢笼，循着屋里的亮光而去。

老虎冲出了暗影。只听一声枪响，卡兰沃德大叫一声。他栽栽晃晃，嘶吼着向后退，脸被老虎死死咬住。兰迪·汤普森举起枪，我也死死抓住了大理石雕像，仿佛握着某根了不得的球棒一样。凯撒正把卡兰沃德的脸撕个稀巴烂，兰迪·汤普森的脑浆也溅在了客厅的远墙之上。我怒火中烧，一下几乎砸掉了他的脑袋。那舌头的味道依然留存在我的口中。我跨坐在他的身上,屋里的老虎、第三个男人、尖叫声统统被我抛在脑后。我揪着兰迪·汤普森的脸往死里打,一直打到它没了人形。我狠下死手,一些碎头骨甚至被打进了脑子里。

弗洛伊德·梅林鬼哭狼嚎着一通扫射,凯撒肩头附近受了伤,鲜血外流。老虎身下的卡兰沃德发出微弱的呻吟。凯撒利爪一挥扯断了他的喉咙,连脊骨都露了出来。弗洛伊德·梅林后退几步,一面开枪一面大叫。屋里一片混乱。死亡的气息、甜腻的脑浆、广播里杰瑞·李·刘易斯的歌声都让死到临头的弗洛伊德·梅林明白:惹上温戈家,算他们倒霉。他一个劲儿地后退,冲老虎打完了最后一发子弹,又见我握着雕像站了起来。我快步闪到左侧,挡住他逃往后门的去路。萨凡娜打开壁橱,气势汹汹给霰弹枪装上弹药,然后大吼着冲出房间,俨然成了世界上最凶狠的女子。这个被梅林强暴的女孩用枪管对准他的腹股沟,扣下了扳机。弗洛伊德·梅林被一劈两半,鲜血、内脏看得我两眼发花。卢克从身后蹿了出来,他抓起一把餐桌椅丢到老虎眼前。

"别动,"卢克道,"我得把凯撒弄回笼子里。"

萨凡娜哭着说:"要是它不回去,我就送它上天堂!"

老虎流着血回过头,蹒跚地朝卢克走去。凯撒的嘴边鲜血淋漓,它受了伤,正犯迷糊。它拍了两下椅子,折断了一条椅子腿,卢克还是把它往门口赶。

"慢点,伙计。乖,回笼里去。干得漂亮,凯撒。"

母亲说:"卢克,凯撒快不行了。"

"别这么说,妈妈。算我求你。它救了咱们的命,咱们也要救它。"

地上可以看到老虎回笼时留下的血爪印,犹如突然绽放的奇异玫瑰印刻在纹理细腻的木头上。凯撒回头看了看,挣扎着回归安全的港湾。卢克关上笼门,然后上了锁。

一家人终于崩溃,个个有如受伤天使一般呼天抢地。劲风吹打着房屋,广播还在继续,不带半点悲悯。我们大哭一场,脸上、身上、墙上、家具上、地板上存留着凶徒的血。倒在我身旁的圣婴像亦满是血迹。不到一分钟,为这个家带来灭顶之灾的三个男人全部丧命在我们手中,从此出入于无常梦魇。在我们的睡梦中,他们从恐惧的尘土之下崛起,千百次重演着罪恶。这些不死之魂张狂地将残破的肢体重新组装。他们破门而入,犹如凶恶的可汗、强盗与征服者。我们又一次闻到那气息,感受身上的衣服被撕扯、剥离。强奸所侵犯的还有睡眠和记忆。它不断强化着自我的残像,如同梦境暗箱中无法逆转的底片。这三个亡命的魂灵一次又一次要我们领教什么叫穷追不舍,阴魂不散。灵魂受创,余生将不得安宁。肉体可以愈合,但灵魂的创伤却无法弥补。暴力在内心扎下深根,不分时节,日日长青,永远熟嫩。

我哭泣着,身体不住地抖动。举手揩眼,却无意中蹭了兰迪·汤普森的血。我的下体渗溢着他的精液。临死之前,他在我耳边道出的那句话没有错:我的一部分已经永远被他夺走了。他践踏了我的青涩年华,夺走了我对神瞩之界的纯粹信仰,夺走了对我多有厚爱、以神圣匠心欣喜创世的上帝。兰迪·汤普森玷污了我眼中的宇宙,更言传身教,让我明白笃信伊甸园是何等虚妄。

昔日的家园与避风港如今已形如屠宰场。我们在地板上躺了十五分钟。卢克第一个开口说话。

"妈妈,我得给治安官打电话。"

只听母亲气冲冲道:"不准打。咱温戈家的人丢不起这个脸。"

"可不说不行啊!屋里躺了三个死人,咱总得有个交代啊!"

"他们不是人,"母亲道,"他们是畜生,是禽兽!"

她朝糟蹋萨凡娜的男人身上啐了一口。

卢克又说:"妈,汤姆受伤了,咱得带他去找大夫。"

"汤姆,你哪里受伤了?"母亲问,但她的声音空洞而敷衍,口气不冷不热,仿佛在跟陌生人说话。

"那人强奸了他,他在流血。"卢克说。

母亲笑了，笑声不合时宜，丧心病狂。她还说："卢克，男人没法强奸男人。"

"那家伙可不这么觉得。他对汤姆做的事，我都看到了。"

"把这些尸首弄出去。你们哥儿俩把他们抬到林子深处埋了，让任何人都找不到。萨凡娜和我负责把家里刷干净。等你俩今晚回来，屋里肯定找不到畜生的任何痕迹。冷静点，萨凡娜。都过去了。现在多想点好事——逛街买裙子什么的。对了，你把衣服穿上。两个哥哥看着呢。汤姆，你也穿好衣服——现在就去！把这些杂碎都弄出去。萨凡娜，不许哭，我说正经。给我振作点！想想美好的东西，想想密西西比河上浪漫的划船。音乐，美酒，凉风吹面。月光里走来一位翩翩绅士，邀请你共舞一曲华尔兹。你在社交季刊上见过这张脸，知道他是新奥尔良顶级富豪家的贵公子。他家里养的是纯种良驹，吃的都是山珍海味……"

"妈，您净说胡话，"卢克劝道，"咱还是通知治安官吧。他知道该怎么办。我得赶紧找兽医，看看能不能救凯撒。"

"谁都不许找！"母亲怒道，"什么都没发生，听懂没？听懂没有？什么也没发生。你爸要是以为我有了其他男人，这辈子都不会再碰我的身子。要是别人知道萨凡娜不是黄花闺女，她以后就没人要了。"

"我的老天爷！"我看着母亲和孪生妹妹赤裸的身体，完全难以置信，"这是什么天大的玩笑？！"

"汤姆，你赶紧穿衣服，现在就去，"母亲道，"活儿还多着呢。"

"妈，瞒着不是办法啊，"卢克恳求道，"你们都得看医生，咱们得救凯撒，它救了咱们的命啊！那几个人可没想留活口。"

"我是为了咱家能在镇子上立足。不能给阿莫斯和托莉莎脸上抹黑，更不能给咱自己抹黑。我不愿走在路上被人指指点点，嘀咕着是不是我给监狱里那帮禽兽写了那封信。他们肯定会借此对我说三道四，说我活该。不行，不能遂了他们的愿。"

"妈！"我说道，"我屁眼儿都裂了。"

"在家里不准这么说话。妈妈的孩子不可以吐脏字。我含辛茹苦,为的是让你们当上体面人。"

卢克和我把尸体叠摞在皮卡后厢。母亲给了我一片卫生巾,我把它垫在内裤上止血。前脚一出门,一桶桶肥皂水便被泼洒在地板上。母亲在后院点燃火堆,烧掉了被血浸透的两张小地毯外加一张安乐椅。她不停地使唤我们干活儿,诡异的神色透露出脆弱与疯狂。卢克想为凯撒包扎伤口,饱受疼痛折磨的老虎却不让他靠近半步。刚在地狱走完一遭的萨凡娜不住地哭泣,一句话也没说。

林子深处,我们在一棵葛藤攀缠的大树附近挖了个浅坑,埋了尸体。等到明年夏天,茂密的藤叶会将这里盖得严严实实,死人的肋骨也将被青根缠绕。我羞于被哥哥目睹自己受辱,开始在他跟前磨不开面儿。两个人都闷声不响,一个劲儿埋头干活。惊魂渐定,疲惫席卷全身,人动也不想动。我坐在坟墓边上,虚弱地打着哆嗦,整个人如同被掏空,只能让卢克抱着返回卡车。

"对不起,汤姆,让那群浑蛋伤害你,"卢克说,"都怪我没早点赶到。当时我忘了点东西,不然也不会跑回来。我连忘了什么都记不清了,只记得在路上看见了脚印。"

"卢克,妈妈疯了。"

"她没疯,就是被吓坏了。顺着她就好。"

"听她的口气,就好像一切都是咱们的错。谁会怪罪咱们啊!别人要是知道了,只会觉得咱可怜,还会出手帮忙。"

"汤姆,你明知道咱妈最受不了他人怜悯。平时不管什么事儿,任何人帮忙她都不让。她就那样。咱们只能彼此照应着,好好照顾萨凡娜。"

"这是乱来!"我说,"咱这究竟是什么混账人家,怎么一件事情都做不明白?!"

"我也不知道,咱家太古怪了。"

"全家人刚被糟蹋了，咱还把犯事的畜生给干掉了。卢克，那可是大卸八块，肠子肚子满地都是。妈却硬要让咱假装没事儿人！"

"太古怪了。"卢克重复道。

"这是发疯，胡来，变态！爹妈疯疯癫癫，咱这辈子也跟着完蛋，以后子子孙孙都得完蛋，直到天荒地老。萨凡娜被毁得够呛，以后她会怎样？你说说。平时光跟爹妈一处住着都能看见吊死狗，往后得变成啥样啊？"

"该干吗还得干吗。咱们都一样。"

"那我呢？我怎么办？"说着，我的眼泪又往上涌，"摊上这种事儿，肯定脱层皮。两个钟头之前，我被一个男人骑了。卢克，他用刀顶着我的喉咙，我以为自己死定了，以为要在自己家里被人当猪宰了。他还亲我，亲完还打算弄死我。想想看，是人哪干得出这种事儿？"

"干不出。"

"咱不能听妈的，这么做不对。"

"汤姆，咱已经乖乖照做了。这才刚刚掩埋了证据，现在已经百口莫辩了。"

"人们会理解的。咱那是吓坏了。"

"再过一个月，什么事儿都记不得了。"

"我就是再活五百年也能记得清清楚楚！"

"还是别说了。出了事儿也没办法。我得想办法救救凯撒。"

回到家，笼中的凯撒已经奄奄一息。它费力地喘着气，抻着黑黄条纹的身体抵住栏杆。卢克摸摸它的脑袋，凯撒并不反抗。他与凯撒鼻子贴鼻子，用手捋着虎脊亮滑的皮毛。

"好样的，凯撒，"卢克轻声道，"你这么争气，我们不该把你圈在这破笼子里。但你终于还是发了威。好家伙，是人都得吓破胆。凯撒，你勇猛无敌，我会非常想你的。我对天发誓，你是这世上最厉害的老虎。"

卢克举枪对准凯撒的脑袋，流着热泪扣下了扳机。

我只能眼睁睁看着，无法给哥哥带去任何安慰。从此，南卡罗来纳再也见不到为孟加拉虎之死而痛哭的少年。

当晚父亲到家之时，我们已经埋葬了凯撒，抹掉了午后浩劫的全部痕迹。颠覆人生的怪诞篇章就此被全然抹杀。我开着拖拉机，碾盖了三个男人在泥路上留下的足印。我们找到了他们从佐治亚偷窃的车子。前座上还摞着一张地图，圆珠笔圈出了梅尔罗斯岛。卢克和我把车推下桥，让它沉入四米多深的河道。一尘不染的家中闪耀着母亲抹杀一切残污的渴望。她拼命用钢丝刷擦洗橡木地板，磨得双膝流血。布拉格圣婴被浸在氨水里，满盆鲜红。萨凡娜在浴室里洗了一个多钟头，着了魔一样不停地搓洗闯入者留下的痕迹。母亲指挥卢克和我把家具重新排布，所有陈设都要与早上截然不同。一家人擦窗子，洗窗帘，清理家居装饰上、地毯毛边里留下的干燥血迹。

父亲一进家，母亲已经准备好饮料恭候。当天船上只收获了四十磅。家里弥漫着氨水和清洁剂的气味，不过父亲照旧是一身鱼腥，什么也没闻出来。对他来说，这世界就一个味儿。他把一桶鱼撂在厨房水槽边，让我和卢克清洗，自己去洗澡。

母亲精心烹制了鱼肉作为晚餐。餐桌上，我对父母的对话充耳不闻，恨不得立马大叫一声，掀桌子。萨凡娜一直待在房间里，母亲随口说大概是有点感冒。父亲丝毫没察觉到不对劲儿。因为离奇的东南风作祟，捕虾船整日逆风挣扎，搞得父亲筋疲力尽。我必须使出浑身解数，生拦硬拽才不至于使自己爆发。最深远的伤害不是强奸，是母亲坚持隐瞒，而我却一再顺从。晚饭那一个钟头，我明白了沉默才是最巧妙的谎言。每一次比目鱼入口，兰迪·汤普森也将如影随形。手上的鲜血，口中乱搅的舌头……

趁着父亲还没到家，母亲把我们集合在客厅，让我们一个个向她保证绝不向任何人吐露半句。身心俱疲的她硬是警告我们：谁要背叛承诺，以后就当没有她这个妈妈。母亲赌咒发誓，只要有人吐露半个字，她再也不会跟我们说一句话。她不管我们理解不理解她的用意。深谙小镇生存之道的她很清楚，受到奸污的女人会遭受怎样的同情和鄙夷，她拒绝沦落到如此下场。我们三兄妹没有食言，从未向任何人吐露半字。愚昧的家庭带着对灾祸的熟视无睹，缔结了这项秘密盟约。我们无声无息地隐藏着不为人知的耻辱，直至无法言说。

除了萨凡娜。她用无声而激烈的方式打破了约定。事发三日后，她第一次割腕自杀。

这就是母亲养育的女儿。她可以缄口，却说不出假话。

故事讲完，我看了看对面的苏珊·罗温斯坦。起初，两个人谁也不说话。随后我开了口："现在你明白为什么我读了萨凡娜的童书会发脾气了吧？要说她不记得那天发生的事，我根本不信。我也不希望她粉饰情节。"

"你们都有可能丧命。"

"真若如此，悲剧可能会就此止步了。"

"我还是头次听闻这么可怕的家庭遭遇。"

"以前我也这么以为——但我错了。这只是暖场而已。"

"什么意思？你是指萨凡娜和她的病？"

"不，罗温斯坦。我还没讲到镇上的动荡，还没讲到卢克。"

第二十三章

教练在孩子的年少岁月中占据着很重的分量。这也是我那被贬得一无是处的职业唯一风光的地方。若是走运，好教练会成为一个不是父亲却胜似父亲的完美角色。男孩子都想有个好爸爸，家里真正有的却没几个。好的教练善于塑造、勉励和鞭策。观察运动的训练过程其实是一种享受。生命中大部分的秋季时光，我带着成队的年轻小伙儿在绿茵场的分区间奋力来回。八月下旬的骄阳下，我听着场边喊操的口号，看着一个个半大小子生疏笨拙的动作，以及小个子努力克服畏惧的眼神，把控阻挡橇和多人擒抱的力度。执教的球队标划出我生命的刻度；但凡跟我练过的队员，每一个我都叫得出名字。每一年，我都耐心期待着手下的队员学会用技术补足短板，细心留意融会贯通、全队一心的奇迹时刻。一旦时机到来，我便环视训练场，望着那些小伙子，一时间充满了无限的创造力。我想对着太阳大喊："老天爷！我打造出了一支球队！"

那是个弥足珍贵的年纪。少年即将踏入成长之门，总是心怀畏惧。教练懂得，纯真诚为可贵，但恐惧不然。运动的训练中，教练也传授了秘法，潜移默化中拨开成年世界的迷雾。

这个夏天，我将自己的秘籍传授给伯纳德·伍德拉夫。我将自己对橄榄球的所知所得凝集在每日两小时的训练中，在中央公园里倾囊相授。我亲自上阵，手把手教他练擒抱，他也学得有模有样。伯纳德没有过人的运动天赋，用起劲儿来倒是不饶人。练习时他好几次让我吃不消，我也对他加倍奉还。一百二十来斤的小身板，敢往五大三粗的大老爷们儿身上扑，也真得有点胆量。四周高耸的城市建筑成了我们的观众。

然而，这个训练季却在我教他传球防守那天潦草收场了。

公园里，我扮演防守线锋，以四点式站位对阵伯纳德。

"你身后那棵树就是四分卫，"我说，"如果我碰到那棵树，就擒杀了四分卫。"

对面的伯纳德全副武装，可跟我比还差个六十斤。

"脚上别松劲儿，注意平衡，别让我靠近你方的四分卫。"

"我想当四分卫。"他说。

"那先要知道进攻线锋的甘苦。"

我冲过线界，巴掌扇在他的头盔上，将他打翻在地。然后，我摸了摸树，说："我把你的四分卫逼急了。"

"你也把进攻线锋逼急了，"他说，"再来一次。"

这次，他一上来就用头盔顶住我的胸口。我从左边突破，可他还是一个劲儿往上冲。伯纳德略微打着倒退，通过弯曲膝盖和步伐移动来调整平衡。我刚想快速过人，却被他出其不意扫了下盘。我重重地摔在草地上，差点背过气去。

"这回四分卫该高兴了吧，啊，温戈教练？"伯纳德得意扬扬。

"你把教练弄伤了，"我一边喘着粗气，一边挣扎着站起来，"我老了，比画不动了。不错啊，伯纳德。你有资格当四分卫了。"

"教练，这个回合我把你打趴下了，"伯纳德嚷嚷，"你怎么一瘸一拐的？"

"因为我腿疼。"我小心翼翼地走了两步，试探左膝的状况。

他打趣道："强手才不会在意这点小伤。"

我问："谁教你的？"

"你教的，"他说，"跑一跑就好了。我崴脚的时候你就是这么说的。"

"伯纳德,你小子可真够气人的。"我嘟囔着。

这小子嬉皮笑脸地望着我,鼻子简直翘上了天:"教练,你去摸那棵树试试。"

两个人再次对阵,脸与脸只有一尺的距离。我说:"伯纳德,这回我可要下狠手了。"

他又是不由分说地顶上来,却被我用手一推,站立不稳。我迎头朝着树的方向直冲,伯纳德重新站稳阵脚,拦住我的去路。我使劲顶靠,在我体重的逼压下,伯纳德开始打晃。我刚想过人,却被他出其不意地扑住脚踝。我又一次摔倒在地,身下的伯纳德咯咯直乐。

两个人躺在地上,嘻嘻哈哈打闹了一气。

"你这臭小子,现在也能打橄榄球了!"我说。

只听身后一个男人说道:"是啊。"

"爸爸!"伯纳德叫道。

我回过头,只见赫伯特·伍德拉夫正看着我们,一看就对这场即兴摔跤不太感冒。他的双臂交叉在胸前,刻板得如同两片对折的瑞士军刀刀片。那表情带着弗拉门戈舞者的凝重与雅致,衬托着他阴郁的俊朗。整张脸透出一种冰冷的克制。

"原来,你妈妈就是这样纵容你荒废夏日的,"他厉声对儿子道,"你的样子荒唐至极。"

伯纳德垂头丧气,根本没有反驳的意思,而他的父亲更是有意无视我。

"格林伯格教授刚刚打来电话,说你这个礼拜已经翘了两节课。人家看我的面子,才破例收你做学生。"

"他太刻薄。"伯纳德说。

"那叫严格。好老师要求都很严。伯纳德,你天赋欠缺,后天必须靠勤奋补足。"

"你好，伍德拉夫先生，"我打断道，"我是汤姆·温戈，伯纳德的橄榄球教练。"

我伸出一只手，只听他道："我从不跟人握手。"说着，他把纤长漂亮的双手举在阳光之下："我是个小提琴家，双手就是我的生命。"

"你愿意蹭鼻子吗？"我开玩笑道，希望能将他的注意力从伯纳德身上引开。

他没搭理我，接着道："女佣说你跑这儿来了。马上回家，打电话向格林伯格教授道歉，然后练三小时琴。"

"橄榄球练习还没结束呢。"伯纳德说。

"结束了，伯纳德，"男人道，"你这辈子都不会再碰它。这又是你跟你妈合起伙跟我作对。"

"今天就到这儿吧，伯纳德，"我说，"听你爸的话，赶紧回家练琴，我们以后再说。"

伯纳德快步朝中央公园西大道走去，留我一人与赫伯特·伍德拉夫站在草坪上。

看着伯纳德穿过密集的车流，到了马路对面，我说："伍德拉夫先生，他的球打得不错。"

赫伯特·伍德拉夫转回身："谁在乎？"

"伯纳德就挺在乎，"我使劲耐住性子，"你妻子让我暑假给伯纳德当教练。"

"她可没跟我商量。不过依我看你现在也看得出，呃……你叫什么来着？"

"温戈。汤姆·温戈。"

"我妻子经常提起你，"他说，"你就是她的南方小子，对吧？"

"我在查尔斯顿的斯波莱托艺术节见过你，"我说，"你演奏得真棒。"

"是啊。谢谢了。温戈先生，你知道巴赫的《恰空舞曲》吗？"

453

"说起来怪不好意思的,我对音乐知之甚少。"

"可惜了。我十岁时,就能把《恰空舞曲》演奏得滴水不漏。伯纳德今年才完成了这个曲目,充其量也就拉得马马虎虎。"

我问:"那你十岁那会儿球打得怎样?"

"我一向讨厌运动,也讨厌所有搞运动的人。我儿子对此一清二楚。伯纳德从小在音乐厅耳濡目染,与之相比,他可能觉得橄榄球挺新鲜。"

"依我看,橄榄球不会造成什么永久性破坏。"

"但会永久破坏他对小提琴演奏的追求。"

"听苏珊说,我给伯纳德当教练,你很不高兴。"

"我妻子对伯纳德总是感情用事。但我不然。年轻时我也吃过苦,但我父母却从未有半点纵容。他们相信管教就是最高形式的关爱。如果伯纳德想干体力活儿,多拉几遍《恰空舞曲》就行了。"

我拿起地上的橄榄球:"你何不找个时间和伯纳德一起来,晚餐前练练抛球?"

"温戈先生,你真幽默。"

"伍德拉夫先生,我是认真的。伯纳德对橄榄球只是一时兴起,可如果你也表现得感兴趣,他一定会很高兴,没准儿还会提早对运动丧失兴趣。"

"办法我已经有了。我要送他去阿迪朗达克,剩余的暑假他会在那里的音乐训练营度过。是我妻子纵容你转移了他对音乐的注意力。"

"先生,虽然这事与我无关,但这么处理可不是办法。"

"温戈先生,你说得很对,"伍德拉夫一脸愠色,"但这事与你无关。"

"如果你送他去训练营,他永远也不会成为你所期望的小提琴家。"

"我是他父亲。你可以放心,他一定会按照我说的成为小提琴家。"说着,他转身朝公寓楼走去。

我冲着他的后背道:"我是他的教练,先生,你已经造就了一位橄榄球队员。"

回到妹妹的公寓,电话铃声响起。果然,是伯纳德的声音。

"他把我的球服扔了。"伯纳德说。

"你不该翘小提琴课。"

他沉默了片刻,说:"教练,你听过我父亲拉小提琴吗?"

"当然了。你妈妈下周还要带我听他演奏呢。"

"至少格林伯格说,全世界最优秀的十五位小提琴家中就有他。"

我问:"这跟你翘音乐课有什么关系?"

"温戈教练,我在训练营连前十都算不上。你明白我的意思吗?"

"嗯,我明白。你什么时候出发?"

"明天。"

"我能送你去车站吗?"

"能,那太好了。"

次日,我们坐计程车来到中央车站。伯纳德买车票,我帮他看行李。我们走到列车即将停靠的位置。他背着琴盒,我拎着行李箱。

两个人在长椅上坐下,我说:"这一夏天你长高了。"

"长了一寸半呢!还增重了八磅。"

"我给菲利普斯·艾克斯特学院的橄榄球教练去信了。"

"为什么?"

"我说暑假训练你打橄榄球了,还推荐你明年入选他的青年校队。"

"我爸禁止我再打橄榄球。"

"我很遗憾。你可以成为一名了不得的球员。"

"你真这么想?"

"伯纳德,你是个顽强的小伙子。昨天放倒我那次,我可是用上吃奶的劲儿了。本来还想着把你撞翻呢。"

"教练,再说一次。"

"说什么?"

"说我是个顽强的小伙子。从来没人这么夸过我。"

"伯纳德,你顽强得要命。我以为第一周就能把你放趴下,结果却出乎预料。我说的你样样照做,还要求加练。教练就喜欢你这样的。"

"你是我最好的教练。"

"你就我这一个教练吧?"

"我是说老师。我从五岁起就跟着各种音乐老师学习。温戈教练,你是最棒的。"

他的话让我感动得一时说不出话来。最后,我说:"谢谢你,伯纳德。已经很久没人对我说这种话了。"

伯纳德问:"为什么你会被辞退?"

"我一度精神崩溃。"

"对不起,我不该问。"

"没什么不该的。"

"精神崩溃什么样?"问完,他赶紧又说,"对不起,我还是闭嘴吧。"

"反正不好受。"说着,我张望火车来没来。

他望着我:"为什么你会精神崩溃?"

我转回身:"我哥哥死了。"

"我很遗憾,真的。你俩要好吗?"

"我很崇拜他。"

"我也可以写信。"

"给谁写?"

"就说你是个了不起的教练。你只需要告诉我寄去哪儿。"

我笑了:"这个你不用担心。不过,伯纳德,我倒是有件事要拜托你。"

"什么事？"

"我想听你拉小提琴。"

"行啊，"说着，伯纳德按开琴盒的锁扣，"想听什么曲子？"

"《恰空舞曲》怎么样？"

演奏的同时，火车也进站了。美妙的琴声蕴含着激情，令人喜出望外。奏完，我对他说："伯纳德，我要能把小提琴拉成这样，那我绝对不碰什么橄榄球。"

"两样都做有什么不好？"他问。

"没什么不好。给我写信，希望明年能听到你的消息。"

伯纳德一边把琴放好，一边答应道："我会的，教练。"

我将一只"梅西百货"的商品袋交给他。

"这是什么？"他问。

"新橄榄球。到训练营给它充充气，找个人陪你练投球。对了，伯纳德，尽量厚道点。好好交几个朋友，客客气气对待老师，为人体贴点。"

"温戈教练，我爸爸讨厌你。"

"但他很爱你。再见，伯纳德。"

"教练，谢谢你所做的一切。"伯纳德·伍德拉夫道，我们在月台上拥抱。

回到公寓，我接到赫伯特·伍德拉夫打来的电话，他邀请我周六晚上听完音乐会后参加晚宴。我不明白赫伯特干吗让看不顺眼的人跟他和他的朋友同桌吃饭。来自南卡罗来纳的我永远也无法理解大城市的门道。

离音乐会开始还有几分钟。我到达时，苏珊·罗温斯坦已经就座。她一袭光滑的黑色长裙，欠身吻了吻落座的我。黑色为苏珊的含蓄美增添了几分性感。

"汤姆，你还没见过金斯利夫妇吧？麦迪逊和克里斯汀都是我们的朋友。"我欠身与美国最负盛名的剧作家及其夫人握手。

我小声道:"苏珊,你还认识什么名人?都带我见见,以后回了老家,我也好跟人吹吹牛。"

"我们住同一栋公寓,他们住三楼。麦迪逊与赫伯特是预备学校的同学。对了,赫伯特说他在公园打断了你跟伯纳德的训练。"

"他可不太高兴。"

"汤姆,今晚见到赫伯特,你要多加小心,"说着,苏珊捏了捏我的胳膊,"他有时殷勤,有时刻薄,让人捉摸不透。"

"我会小心。你是不是没想到他会请我?"

罗温斯坦转向我,黑发散落在白皙的肩头。她的皮肤有种蛋壳色的光泽,类似淡淡的中国风。办公室里,她用效率与干练掩饰住自己的美丽,而今晚却绽放得毫无保留。尤物之躯以黑色衬托,其他色彩尽显拙劣。她的眼中依然带着我惯常所见的忧愁,似有似无。而此刻,音乐厅柔和的光线中,那双眸子注视着我,尽情挥洒阴柔之美的她就是场中的焦点。她身上的香水味道令我沉醉于渴望之中。我略微感到羞愧,自己居然为妹妹的精神病医生魂不守舍。

"是啊,"她说,"我吓了一跳。他肯定是很欣赏你。"

幕帘之后传来乐器调音的声响。帷幕上升,掌声响起,赫伯特·伍德拉夫郑重而立。他一身无可挑剔的打扮,向观众致意,同时示意乐队起身做开场致敬。

我几乎忘记了在苏珊办公室门口见到的那位金发的伤心笛师。看到她与其他音乐家一齐起身,我这才想起来。还记得我从未见过如此美丽的女人,她名叫莫妮克,我对她谎称自己是个律师,苏珊还怀疑她与赫伯特·伍德拉夫有染。莫妮克坐下来,笛子举至唇边,划出一道银色的流线。她双唇饱满,深吸一口气。呼气之时,极光般欢快的乐音欢跃而出。莫妮克以手指、呼吸与双唇为维瓦尔第带来了新生。赫伯特·伍德拉夫的手臂纵情一挥,回应着她的倾诉。长笛与提琴融合成一段色欲之共响。乐音从赫伯特的弦间娓娓流出,犹如从缝衣师的台面撩起一块丝绸。他的下巴枕着胴体形状的琴身，乐音仿佛与肌肉和血液共振。他的手臂、手腕彰显着力量。演绎之时，他既是舞者，也是健将。音乐并合交融，以乳蜜之言发问，以暴风骤雨作答。室内乐团将音乐厅变成了孕育彩蝶与天使的乐土。两小时间，我们得以聆听精致的乐器相互对话。赫伯特·伍德拉夫让我们见识了天才的毅力与广度。每一个动作都是圣律之旨。他是技艺的祭司，在热情与克制的撕扯中以狂喜感动听众。我这辈子从未如此嫉妒他人。曾几何时，我也能将橄榄球扔出五十码远。此时此刻，我这唯一的长处却显得如此微不足道。最后一首巴赫的奏鸣曲在乐厅豁然迸发。想想我自己家中，连个识谱的人都没有。

大家起立，为赫伯特·伍德拉夫与三位音乐家喝彩。乐师们用技艺衬托出赫伯特天赋的卓越。鼓掌之时，我也十分清楚：我毕生的负累并非欠缺天赋，而是对欠缺天赋的自知。

在赫伯特·伍德拉夫家的晚宴上，来的都是亲密好友，我出现在这种场合，感觉既别扭又不安。苏珊和我与金斯利夫妇一起乘坐出租车到达，我这才知道，当晚受邀的人原来屈指可数。苏珊心不在焉，多数时间都在指挥厨房帮手。我为克里斯汀和麦迪逊弄了杯喝的，给他们讲南卡罗来纳的生活。这时，赫伯特挽着莫妮克进了门。演出刚过，强健的身形依然光鲜，舞台中央积聚的肾上腺素依然在跃动的血管中奔涌。我时常看到运动员在人生辉煌之战后欣喜的疲态中流露的激昂。赫伯特也不例外，他想紧紧抓住这不可复制的时光，眼中跃动着狂喜。

他一脸意外的喜色望着我："南方小子！你能来真是太好了。"

"表演真精彩！"我说。

赫伯特把我介绍给莫妮克，她说："我们从来没配合得这么好过。"

"我们见过面。"听莫妮克的语气我就知道，这个话题应该就此打住。幸好如此。

"要不给你弄杯喝的？"我问。

赫伯特道："我要威士忌加冰，给可爱的莫妮克来杯白葡萄酒。我说汤姆，趁着你倒酒这工夫，我来给你奏个曲子吧。说说，你喜欢听什么？我不想让斯特拉迪瓦里[1]小提琴这么早就歇下。"

我一边倒酒，一边说："赫伯特，我对古典音乐没多少了解。你奏什么都行。"

"莫妮克，咱们这位朋友从南卡罗来纳州来，是个橄榄球教练。"说着，赫伯特把小提琴架在下巴处。

"我还以为他是当律师的。"莫妮克说。

"我一直不明白，伯纳德的琴怎么拉得一塌糊涂，"赫伯特继续道，"后来我才发现，原来汤姆在教他打橄榄球，玩起阳刚来了。"

麦迪逊·金斯利道："我还以为伯纳德连橄榄球长什么样都不知道呢。"

"我觉得这是好事，伯纳德总算有感兴趣的东西了。"克里斯汀·金斯利道。

周围的空气仿佛瞬间凝固，但我还是笑着把酒递给莫妮克，把赫伯特的苏格兰威士忌放在茶几上。南方人老是误以为自己那老套的斯文礼节能玩得转，因此总在自我存在略显突兀或威胁的派对上当隐形人。赫伯特的目光一路尾随，我真切察觉到了危险。我突然意识到，接受赫伯特的邀请是一个错误。然而为时已晚。没办法，只能纵身投入这场演奏会后的消遣。我有着变色龙一般的本领，至少我觉得自己可以收敛锋芒，不显山不露水。我把自己想象成一个英勇的倾听者，深谙欣赏他人才智之道，同时具有南方人天生的自知之明。一旦陷入难以招架的境地，自己一眼就辨识得出。

不安之下是一片豁达的疆域。一种鲜有的膨胀感闯入我的意识。独自在萨凡娜的公寓里度过了太多个夜晚，强行喂食的孤独早已令我饱撑。光是房中悦耳的人声细语便足以刺激血流，软化大都市悬于我心头之上的孤

---

[1] 安东尼奥·斯特拉迪瓦里（1644—1737），意大利著名提琴制作师。其制作的弦乐器是历史上公认最为优秀的。

独之骸。我怀着局外人的好奇,看吃着油拌沙拉的名流悠然私语。我想要投身其中,以自己的质朴风度感染这些人,赢得他们的好感。

接着,赫伯特·伍德拉夫用那把斯特拉迪瓦里琴奏响了《迪克西》。

从未有人将这首曲子演奏得如此完美,如此嘲讽。赫伯特故意夸大动作,以增强讽刺的效果。一曲奏毕,他冲着我狡黠一笑。我看到苏珊走出厨房来到客厅,一脸惶恐与愤怒。

"喏,汤姆,"赫伯特终于开口,"你觉得怎么样?"

我说:"这贝多芬小曲儿写得挺美啊!"

笑声中,苏珊把我们引至餐厅,并嘱咐大家把饮料端上。

赫伯特喝干了杯中的苏格兰威士忌,入席前又给自己倒了一杯。他坐在桌首,左手边挨着莫妮克,右手边挨着克里斯汀·金斯利。利摩日[1]瓷器上精致地摆放着食物。色彩搭配貌似也十分讲究,中看大于中吃。但酒是波尔多的酒,味调得恰到好处。夜晚的气氛多少恢复了融洽,我也长出了一口气。赫伯特似乎已经把我忘在脑后,在桌首与莫妮克私下聊着什么。随后,纽约开始施展专长,赫伯特与麦迪逊·金斯利的对话也变得热烈激动。

两个人互不相让,口吐"芬芳"。用词都是恰到好处,信手拈来,尖酸刻薄,迎头闪击。麦迪逊玩笑着贬损那些不如他有名的剧作家,我有点笑过了头。女士们的话不多,都是对那两个男人所聊话题的溢美之言或机敏总结。尽管无意打探,我还是不由自主地记下——或者说试图记下剧作家和音乐家之间的长段对话。赫伯特说起与耶胡迪·梅纽因合作举行义演,整个房间立马安静下来,听他描述此次经历的种种微妙与波折。一说起自己的艺术,赫伯特就变得十分严肃。说完,麦迪逊·金斯利聊起新剧上演的技术难题。两个男人如鱼得水,无形之中相互较着劲儿。他们得心应手地驾驭着成功的光环,也十分清楚,这里有权说话、有权惊艳四座、

---

1 法国中南部城市,因出产高级瓷器而闻名于世。

有权令人折服的，只有他们自己。他们是涵养之士、卓越之流，我心甘情愿地充当餐桌上的卫星与围观者。偶然间，我与苏珊的目光对接。她冲我挤了挤眼，我报以微笑。赫伯特·伍德拉夫突然又冲着我来，让我措手不及。

麦迪逊·金斯利正在介绍自己的新剧《旱季晴雨》的大概，说的是第二次世界大战前夕维也纳的反犹太主义。他正在解释：一个好人，同时还是个纳粹信徒，将这样的人物故事写成戏剧难在何处。一个句子没说完，赫伯特突然打断他，将矛头对准我。

"汤姆，你们查尔斯顿反犹的人多吗？"

"一大堆呢，"我说，"不过，赫伯特，查尔斯顿的那些势利眼一般不搞歧视。他们看谁都不顺眼。"

"我根本不敢想象在南方怎么活，"莫妮克说，"真不理解为什么还有人愿意受那种罪。"

我说："生在那里，也就习惯了。"

"我总也习惯不了纽约，"克里斯汀·金斯利说，"可也没在别的地方生活过。"

可赫伯特还不放过我："汤姆，那你会怎么办——我是说，如果见到反犹的恶势力抬头。如果听到某位朋友言语间对犹太人表现出憎恨，你会作何反应？"

苏珊放下叉子："赫伯特，不要为难汤姆。"

"这个问题问得好，"麦迪逊说，"我这部新剧就想尝试解决这种问题。霍斯特·沃尔克曼这个人物尽管是个纳粹，但他并不反犹。汤姆，你会怎么做？"

莫妮克先我一步开口："无论什么样的种族歧视，只要碰上了，我起身就走。"

"可现在说的是汤姆，"赫伯特说，"汤姆·温戈会怎么做？我们的座上宾，南卡罗来纳州高中的橄榄球教练会怎么做？"

"有时候我也这样，"说着，我不安地看了看苏珊，"要么就扑上去，吓他们一跳。在其他反犹败类冲上来搭救之前，我会把他们撂倒在地，然后用牙咬断他们的喉咙，吐到对面墙根底下。对反犹太主义者，我下手可狠了。"

"说得好，汤姆，"克里斯汀夸赞道，"赫伯特，这次你活该。"

"汤姆，你够机智的，"赫伯特嘲讽着拍拍手，"现在表演完了，说说你会怎么做？我是真想知道。"

苏珊道："亲爱的，我倒是真希望你闭嘴。"

赫伯特向前一探身，胳膊肘抵着桌子，像一只祈祷的螳螂。他目聚凶光，跃跃欲试准备掠食。虽说完全看不清阵势，我也能模糊察觉到，自己卷入了苏珊与赫伯特之间一场陈年的悲情之舞。赫伯特言语间总显得欲罢不能。我敢肯定，在座的每一个人都在其他场合见识过他摆弄这等阵势。餐桌上的气氛剑拔弩张，我只想找个借口礼貌退场，远离是非之局。看到我局促的姿态，莫妮克美艳的唇边漾起了淡淡的笑容。我努力想看清这些剧中人。一个大男人，为什么要把自己的情人带上家宴的餐桌？身为妻子，为什么会放任如此行径？赫伯特因何如此伤人于无形？教他儿子打橄榄球，成为他妻子的朋友，我因此变得十恶不赦。可我毕竟是初下舞场，而赫伯特这就要让我领教各式舞步。

"怎么了，汤姆，舌头打结了？"莫妮克终于打破了沉默。

"苏珊，我得走了。"说着，我从桌旁起身。

"哎呀，汤姆，别走嘛，"赫伯特说，"你肯定是往心里去了。既然是橄榄球教练，你就当这是纽约机灵鬼们的饭后运动。这张桌子跟前还从来没坐过教练，也没坐过南方人，所以我们自然对你好奇。我妻子是犹太人，你肯定也猜个八九不离十了。她非要坚持保留自己那不甚好听的娘家姓氏，留存住那一丁点犹太身份，你就不觉得挺有意思？我跟苏珊提过，说怀疑你反犹。这也没什么奇怪的。这种人在南方肯定一抓一大把。"

"赫伯特，那你从哪儿来？"我重新坐下。

"费城，"他答道，"难得你惦记着。"

克里斯汀道："赫伯特，你最好适可而止。"

赫伯特笑道："哦，得了吧，克里斯汀。我们得给麦迪逊提供点新鲜素材啊，不然他就要过时了。"

"赫伯特，我不反犹，但我觉得费城人个个讨人嫌。"

"非常好，汤姆教练，"我的回答似乎令他十分满意，"我兴许低估了咱们这个南方小子。不过，你即使一直闪烁其词，也躲不开这个让人头疼的问题：在南方听到反犹太言论，你会怎么做？"

"我什么也不做。就像跟憎恨南方白人的家伙打交道一样，坐着听罢了。"

"我对南方的感觉和对纳粹德国差不了多少，"赫伯特说，"我觉得南方很邪恶，所以才觉得有意思。对了，我参加过'塞尔玛游行[1]'，知道南方什么样。我拼上性命，就是想改变南方。"

我笑了："那我们南方的男女老少，不分黑白，一辈子都对伍德拉夫先生感恩戴德。"

"我们还是换个话题吧。"苏珊的声音变得尖锐而绝望。

"怎么了，亲爱的？"赫伯特道，"这么有趣的话题，比纽约大多数晚餐聚会上的闲聊精彩多了。你不觉得吗？再说了，苏珊，这都是托你的福。是你发现了这个可人儿，让他进入我们的生活。是他带来了紧张和真正的敌意——用我当精神科医生的妻子的话说，就是真感情。我们所有人都动了真感情，这都要感谢我们的好朋友汤姆。坦率地说，有汤姆开场之前，这派对可是有点无聊。不然还不知道今晚咱得庸俗到什么地步呢！"

"麦迪逊，别让赫伯特往下说了。"克里斯汀劝道。

"亲爱的，他们都是大人了，知道什么时候该收手。"麦迪逊的脸上透露出某种偷窥狂的隐秘之欲，这种煽风点火的事他以前肯定也做过。

---

[1] 1965年发生在亚拉巴马州塞尔玛与蒙哥马利间的民权抗议游行活动。

"你为什么这么好奇？"莫妮克问赫伯特，根本没往我这边看。

"因为小汤姆让人着迷啊。"赫伯特答道，在他充满敌意的注视之下，我已开始畏缩，"我妻子张口闭口，三句不离汤姆。她给我讲了些汤姆的土味说教和俏皮话，把他形容得好像说话拖长调的现代版马克·吐温一样。我欣赏他的表演，也喜欢他那硬骨气和暴脾气。"

烛光下杀气腾腾的氛围之中，苏珊道："汤姆，别理他。赫伯特，汤姆是我们家的客人，请你不要针对他。你之前明明向我保证过。"

"你说得对，亲爱的。我真是不够体贴。汤姆之所以来纽约，是因为他妹妹最近企图自杀——就是那个著名的乡巴佬儿女权诗人，而且还是在我妻子宽松的照管之下。"

"汤姆，原谅我泄露了这些信息，"苏珊沮丧地说，"有时候人会看走眼，总以为自己的丈夫信得过。"

我说："苏珊，跟今晚的阵仗比起来，这只能算芝麻绿豆。"

"别大惊小怪，亲爱的，"说着，赫伯特撇下我，冲妻子道，"所有人都知道那些舞文弄墨的疯患者让你有多得意。汤姆，我妻子是纽约杰出艺术家的看诊首选。她动不动就扔个名字出来，然后假装说漏了嘴。大家都觉得挺可爱的。"

"苏珊是个了不起的精神科医生，"莫妮克道，"这是我的亲身体验。"

"莫妮克，你不用在赫伯特面前为我说话，"苏珊道，"赫伯特这种丈夫，专爱等聚会人多的时候攻击和羞辱自己的妻子。这种场面比你想象的多了去了。诊疗的时候我就经常听到。汤姆，我为赫伯特的言行向你道歉。你是我的朋友，而在赫伯特眼里，没有什么比这更大的罪过。连他儿子都喜欢你。"

"真不敢相信，你们俩居然成了朋友。"莫妮克不屑地将玉指一甩。

苏珊起身大吼："莫妮克，把你的烂嘴闭上！"

"什么?！"莫妮克呆若木鸡，"我只是表达想法而已。"

"把你的臭嘴闭严实，"苏珊依旧尖厉，"还有，赫伯特，你再对汤姆出言不逊，我就把桌上的盘碟全掀到你那张臭脸上。"

"亲爱的，"赫伯特笑了，"人家还以为我们的婚姻出状况了呢。不要让别人误会才好。"

"对了，莫妮克，"罗温斯坦医生怒吼道，"把你的手从我丈夫的老二上拿开。这就对了。小心避讳着点，你就假装他百般羞辱我朋友的同时，你没在桌子底下给他撸管儿。这种下作把戏我见你玩了能有二十次，早就受够了。因为这个，每次排座位我才把你们分得远远的。你私下里上他也就罢了，大庭广众之下我可没眼看。"

莫妮克起身离座，先看看苏珊，再看看赫伯特，然后摇摇晃晃地走出餐厅穿过走廊。在我看来，赫伯特这回失去了自家派对的主导权。他望向我，我说："小伙子，风头变了。"

他并不理会，径直看着苏珊："苏珊，马上去向莫妮克道歉。你怎么能羞辱——"

"往下说呀，"苏珊吼道，"说她是家中的贵客。我眼睁睁看着你羞辱汤姆，眼睁睁看着你羞辱我带回家来的每一位朋友。克里斯汀、麦迪逊和我都不敢阻止你，怕你转而针对我们。要想去跟那个女人道歉，你自己去。"

赫伯特说："苏珊，你应该做出得体的表示。"

"你们都玩尽兴了？"我问麦迪逊和克里斯汀，他俩只顾盯着自己的盘子。

"赫伯特，你现在是不是没法站起来？"苏珊笑问，"跟大家说说怎么回事。反正我知道。因为她在桌下给你撸了一发，你现在还硬着呢。站起来呀，让大伙儿瞧瞧。玩笛子她肯定是一把好手，哪怕稍微类似点的玩意儿也不在话下。在座的除了汤姆，所有人都知道你们两年前就开始鬼混了。咱们这帮人还真是相亲相爱，互相支持。去年冬天在巴巴多斯，克里斯汀和麦迪逊还在自己家招待了你们。"

麦迪逊说:"苏珊,我们不知道她也会去。"

"一会儿再说。"赫伯特道。

苏珊反击道:"还是等你跟你的'吹笛手'断了再说吧。"

"亲爱的,那只是逢场作戏,"赫伯特又恢复了镇定,"可你的交友品位永远无法与我相提并论。"

"区别就一个,"苏珊道,"汤姆和我没有鬼混一处。"

"就算是你,也不至于那么没眼光。"

"老天爷,赫伯特!"麦迪逊·金斯利抱怨道。

"闭嘴吧,麦迪逊,"赫伯特说,"别在那儿装委屈扮虔诚了。你又不是没见过我跟苏珊吵架。"接着,他转向苏珊:"你就是爱当赫伯特·伍德拉夫太太。亲爱的,名望是你的软肋。知道吗,汤姆?我已经把我妻子的性格看透了。她只喜欢有钱和有名的。你什么都不是,但你妹妹——哦,对,有了她,你就有价值了。不过我还是那句话,你什么都不是。好了,苏珊,你去给莫妮克道歉。"

"除非你先向汤姆道歉。"

"我跟你那位小朋友已经无话可说。"

我逮空插了一句:"苏珊,我知道怎么让赫伯特给咱俩赔不是。"

"汤姆,你还在呀?"赫伯特说,"真可惜。你打算怎么让我给你赔不是?"

"这个嘛……我刚才理了理手头的选择。第一种,胖揍你一顿,打得你满楼梯打滚儿。但想想觉得不行。你拿我当莽夫,我一动手就坐实了。揍你我心里是痛快了,但显得没教养。所以我又想了一招儿,更机智,更有涵养。"

克里斯汀道:"赫伯特从来没为任何事道过歉,无论对方是谁。"

我走到屋边的餐柜前,给自己倒了一大杯白兰地。

"这事得再借点酒劲儿才能做成。"我说。

我舒舒服服地吞下白兰地，感觉血流在灼烧。

接着，我出餐室进了客厅，快步经过三角钢琴，按开赫伯特·伍德拉夫的琴盒锁扣。我心想，很好，酒够劲儿。

"赫伯特！"我喊道，"你的琴落到南方仔手里了，赶紧过来呀。"

待一桌子人都聚到露台之上，我把小提琴伸到围栏外，八层楼下是中央公园西大道。

麦迪逊·金斯利道："汤姆，那可是把斯特拉迪瓦里琴。"

"就是，这名儿我今晚也听了五六十回了，"我兴高采烈道，"挺巧一玩意儿，对吧？"

"温戈，它可值三十万美元。"赫伯特的声音貌似有点磕巴。

"老赫，我一松手就不值那么多了，"我说，"半毛钱也没人要。"

"汤姆，你疯了吗？"苏珊问。

"疯过几回，"我说，"但今天没疯。赫伯特，向你妻子道歉。我欣赏苏珊，她兴许是我这辈子交过的最好的朋友。"

"汤姆，你这是虚张声势。"听得出，赫伯特的声音恢复了几分底气。

"兴许吧，"我说，"但挺唬人。你说是不是，浑蛋？"

我把琴扔向空中，又横空接住，大半个身子探出栏外。

"这琴已经上了全险了。"赫伯特说。

"也许吧。可我这一撒手，你再也别想得到第二把斯特拉迪瓦里。"

"汤姆，它可是艺术品啊！"克里斯汀道。

"赶紧给你妻子道歉，你这怪胎。"

"我很抱歉，苏珊，"赫伯特说，"好了，温戈，把琴给我。"

"别着急，"我说，"给你两个好朋友道歉，为把你女友带去巴巴多斯给他们赔不是。"

"克里斯汀，麦迪逊，我很抱歉。"

"老赫，拿出诚意来，多走点心。少阴阳怪气的，不然你那家伙就要飞下去在出租车中间蹦高了。"

"克里斯汀,麦迪逊,我为我的所作所为道歉。"赫伯特毫无嘲讽之意。

克里斯汀道:"我们接受你的道歉,谢谢你。"

"好多了,赫伯特,"我说,"你这不也挺真诚的吗?现在到我了,为你今晚餐桌上那些不可原谅的失礼言行向我道歉。不让自己老婆交朋友是有点过分,那是你的事。可你无权把我欺负成那样,你这臭嘴的混账。你算老几!"

他看了看苏珊,然后看看我:"我道歉。"

"还不够诚恳,赫伯特。咱吃瘪也得有点风度。再多忍一会儿,之后我就离开你家,再也不登门。不然,就让酒鬼用你这提琴的碎木头剔牙。"

"对不起,汤姆,我很抱歉。"说完,他又道,"还有,苏珊,即便没有他威胁,我这话也是真心的。"

"好孩子,赫伯特,"说着,我把琴递给他,"苏珊,如果冒犯到你,我非常抱歉。"

我径直到门口按了电梯,连招呼都没打。

我在中央公园西大道上叫了辆出租车。苏珊·罗温斯坦的声音从身后传来。

她步步靠近,我说:"你总是很忧伤,原来是这个原因。我一直以为你是咎由自取。"

"你跟精神科医生做过爱吗?"她问。

"没有。你跟橄榄球教练做过爱吗?"

"没有。但我明早打算有个不一样的答案。"

站在纽约的街头,我亲吻苏珊·罗温斯坦。她一袭黑衣,美艳动人,就此开启了我在曼哈顿度过的最美妙的夜晚。

周日清早醒来，又是一轮欢爱。我们如胶似漆，在妹妹的床上一同翻滚，阳光洒上我的后背。两人相拥着一直睡到十点。

我先起身，走到客厅窗边，对着楼下的街道大喊："我爱纽约！我爱死它了！"

连个抬头的人也没有。我进了厨房，为苏珊·罗温斯坦做了一份完美的炒鸡蛋。

"汤姆，是什么让你对纽约改变看法的？"苏珊在卧室里大声问。

"你那勾魂的身子，"我回道，"它太诱人了，一扭一动让人自惭形秽。之前我可看不上纽约。区别就在这儿。我感觉好极了，今天什么也坏不了我的兴致。"

苏珊进了厨房。腌肉在火上吱吱冒着油，我们在炉边亲吻。

"你真会吻。"她轻语道。

"罗温斯坦，等尝过我的无敌炒蛋，准保你再也离不开我。我走到哪儿，你就跟到哪儿，整天求着我打鸡蛋下锅。"

"汤姆，你喜欢跟我做爱吗？"

"别忘了，罗温斯坦，我可是天主教徒。我喜欢做爱，但只能黑灯瞎火里做，完事了绝口不提。跟你销魂成这样，我得愧疚一整天。"

"很销魂吗？"

"苏珊，这话有那么难以置信吗？"

"因为跟你做爱的人是我。以前交往的男人总为这种事抱怨我。况且我很神经质，渴望性爱上的认可。"

客厅响起电话声，我说："哎，这通电话接起来，还不一定有什么糟心事儿等着我呢。"

"那你接不接？"苏珊说着，拿叉子给腌肉翻面。

我拿起听筒。母亲"喂"了一声，我差点跪下。

"老天……是你啊，妈。"

"我来纽约了，这就打车去萨凡娜的公寓。我想跟你谈谈。"

"别！"我尖叫一声,"看在上帝的分儿上……这地方破破烂烂的,我连衣服都没穿。"

"我是你妈妈,你穿不穿都无所谓。"

"你来纽约干吗?"

"我想找萨凡娜的精神科医生聊聊。"

"上帝啊……你要找萨凡娜的精神科医生聊聊。"我重复道。

苏珊在厨房门口小声道:"告诉她我套个长筒袜就行。"

"妈,今天星期天。大夫们都去乡下别墅度周末了,没一个在城里。"

"我说,这位先生,"苏珊小声道,"我碰巧也是精神科大夫。"

"我今天就想找你谈谈,"母亲道,"我没来过萨凡娜的住处,想来瞧瞧。"

"给我半小时,我收拾收拾。"

"不用那么麻烦。"

我听到一阵敲门声。

"再见,妈妈。半小时后见。"

苏珊开了门,只见艾迪·戴特雷维尔掂着一袋新鲜的牛角包站在门口。

"你好,萨利。敝人艾迪·戴特雷维尔,隔壁邻居。汤姆和萨凡娜经常提起你。"

"你好,艾迪。我是苏珊。"

我挂了电话。只听艾迪道:"汤姆,一夜情什么的可最讨人嫌了啊。"

母亲进了公寓,亲吻我的脸颊,然后说:"有女人香水的味道。"

我关上门:"隔壁那男的是个同性恋,刚才上门借了点白糖。"

"这跟香水味有什么关系?"母亲疑心道。

"妈，你也知道同性恋啥样。成天花枝招展的，动不动喷个香水、养个阿富汗猎犬什么的。"

"我知道你不想在纽约看见我。"说着，她进了屋。

"恰恰相反，老妈，"我暗自庆幸，她终于不再揪着香水味不放了，"自从听到你要来的好消息，我高兴得满街蹦跶。要不给你来一份完美炒蛋？"

"我在瑞吉酒店吃过早餐了。"

"你丈夫也跟来了？"我在厨房问，"还是跑去收购印度尼西亚了？"

"他知道你不想见他，所以待在酒店。"

"好眼力，"我端上一杯咖啡，"一眼看穿我的灵魂。"

"明明知道罪过在我，你还要惩罚他多久？"问完，她又说，"咖啡很香。"

"他临死的时候吧。要死的人，我都不会揪着不放。"

"连我也是？"

"我老早之前就原谅你了。"

"才怪。你对我一直很恶劣，总也不消气，连看都不看我一眼。"

"妈，我不光生你的气，"我静静道，"我生所有人的气。我一身邪火四处乱蹿，整个世界看什么都不顺眼。"

"我就不该要孩子。你为儿女们付出了所有，一辈子为他们操劳，到头来他们却针对你。我真该十二岁就做结扎。以后我得告诉那些年轻姑娘。"

"老妈，每回你一来，都恨不得找个大夫把我塞回肚子里流了。"我把脸一抹，"闲扯就免了。妈，您上纽约来又想干吗？这回又想带我去哪层地狱走一遭？"

"汤姆，你说的这都是什么话？是谁把你教得这么冷酷无情？"

"您老教的呀，"我说，"您还教会我，尽管一个人毁了你的人生，你对她的爱依然可以坚不可摧。"

"难不成这就是说给你妈妈的贴心话?"她问,"你一张嘴,总是句句伤人。"

"妈,我对你唯一的防御——唯一的武器,就是刺耳的大实话。"

"反正就算我爱自己的孩子胜过世上一切,你也无动于衷,对吧?"

"妈,我信。要不是对此深信不疑,我就上手把你掐死了。"

"刚才还口口声声说爱我呢!"

"你又假借我的嘴说瞎话。我说我原谅你,我可没提爱。在你那点枯萎的情感中,它俩是一回事儿。对我来说则不然。"

母亲眼泪汪汪:"你净说伤人的话。"

"相当伤人,"我承认,"我道歉。但咱们必须承认,你跟我有过节。正因为这段过节,我也非常清楚,你可能又要耍什么诡计。"

"介意我抽根烟吗?"说着,她从手包里拿出一包"优利"牌香烟。

"当然不介意。被亲妈害成肺癌又怎样?"

"愿意为我点烟吗?"

"妈,"我无奈道,"女性大解放的曙光已经到来。明知道你觉得女人连投票权都不该有,我还给你点烟,那我也太迂了。"

"这话不对,"母亲道,"但我在某些方面的确比较传统。我只是享受做女人罢了,喜欢有人为我开门,喜欢有绅士为我拉椅子,让我就座。我不烧胸罩,也不认可《平等权利修正案》。我一直都认为女人比男人优越得多,我才不想让男人觉得能和我平起平坐。好了,给我点烟吧。"

我擦了根火柴,她搭着我的腕子,点着了香烟。

"说说萨凡娜吧。"

"她穿紧身衣特好看。"

"汤姆,你要真想演喜剧,我给你租个音乐厅、夜总会之类的地方,别在我身上练手。我说真的,管它是什么工作,你要能做长也算不错了。"

"妈,萨凡娜病得很厉害。我来这儿就只见过她一回。我把她小时候的经历讲给罗温斯坦医生听,给她讲了我们以前的种种破事儿。"

"你肯定觉得那天岛上的事非讲不可。"

"对,非讲不可。那件事居然还挺重要。"

"依你看罗温斯坦医生信得过吗?"她问。

我说:"一般她听我抖搂完黑料,也不知怎的,第二天《纽约时报》就登出来了。她当然信得过,人家是专业人士。"

"我低不下这个头,羞于把这种丑事讲给一个陌生人听。"

"妈,我这人就是媚俗。我喜欢跟陌生人抖搂这种事:'你好,我叫汤姆·温戈。我被个逃犯鸡奸了,但我拿圣婴像把他砸死了。'距离立马就拉近了。"

母亲冷冷望着我,问:"那你有没有跟罗温斯坦医生说说你自己的问题?我的家事你抖搂得这么利索,你自己的私事又说了多少呢?"

"妈,没什么可抖搂的。是个人就看得出我郁郁寡欢、筋疲力尽。说太多只会让人无聊。"

"你有没有告诉她,萨利和我去年被迫把你送上医学院十楼?"

"没有,"我扯谎道,"我想让罗温斯坦医生以为,我对她职业的憎恨源自广泛阅读,而非个人经历。"

"我觉得她应该知道,给她讲那些故事的人曾经住过精神病院。"

"妈,还是叫教学学院的精神科比较好,"说着,我闭上眼,"这样显得我更有自尊。我知道,我在十楼住了一个礼拜,你觉得丢脸。我更丢脸。我都抑郁了。我还能说什么?现在我还抑郁着呢,但慢慢在好起来。尽管萨利跟她那位医生朋友有一腿,这个夏天我过得也还可以。我得以审视我的整个人生,还有我的家庭。身为一个男人,在这种糟心年月还有如此奢侈的时光,也是实属难得了。偶尔几回,我甚至开始重新喜欢自己了呢。"

"我要告诉罗温斯坦医生你对她说了谎。强奸并没有发生,其他的也都是胡说八道。我还要告诉她,他们往你脑子里通过电,好让你变正常。"

"他们给我用过两次电击疗法。我用了很长时间才恢复记忆。"

"我要告诉罗温斯坦医生,电击治疗令你记忆错乱,你开始无中生有。"说着,母亲捻灭了香烟。

"妈,"我为她点燃第二支,"在美国,强奸每天都在发生。这不是我们的错。只是我们赶上了。这个国家每天都有成百上千的女性遭受强奸。干这种事的男人都是败类。监狱里被强奸的男孩子多到吓人。这种暴力而恐怖的行为会永远改变一个人。但假装没发生绝对一点好处都没有。"

"我没有被强奸。"

"你说什么?"

"房间里发生了什么,你根本没看见,"说着,她哭起来,"他没有强奸我,你没有证据。"

"证据?!妈!我要什么证据?为什么我知道你们没在里面聊亨弗莱·鲍嘉的电影?原因很简单。你赤身裸体从屋里冲出来,要我说这已经够明显了。"

母亲越哭越伤心,我递给她一块手绢。

她流着泪道:"咱们好好教训了他们,不是吗?"

"那可不是,"我说,"打得他们屁滚尿流。"

"屋里发生的事太可怕了。"

"上次看到那家伙喘气,他还在老虎嘴里闻口臭呢。我觉得他那天过得不咋地,当天晚上眼球里就长出葛藤来了。"

"真是世事难料,"她说,"要不是你爸买了那个加油站,咱们早就没命了。得亏养了只老虎,咱们那天才保住了命。"

"妈,就算没有老虎,卢克也能想出其他法子。卢克总是有办法。"

"也不尽然。"说着,她突然顿住。

"萨凡娜会见我吗?"

"这会儿,咱家任何人她都不想见。这辈子要不要见咱,她还拿不定主意呢。"

"你知道吗?她已经三年没跟我说过话了。"

"她也没理过我,对爸爸也是。咱家可真有糟心事儿。"

"就像这世上所有家庭一样。"

"萨凡娜一直觉得,咱们家是自家庭出现以来最糟糕的那种。"

"萨凡娜又没办法不偏不倚地评判。她可是住在精神病院。"

"要我说这样反而更具说服力。妈,为什么要来纽约?"

"我想重新赢得你们的爱。"她的声音有些哽咽。

我静待她平复下来。母亲看上去很脆弱,很受伤。我很难相信自己居然可以去爱一个完全不信任的人。

"我无法改变过去。我多想全部推倒重来,但无力办到。我不想余生与你们为敌,也无法承受被自己的亲骨肉蔑视。希望你们对我心怀善意。汤姆,我希望你们爱我,我值得被爱。"

"妈妈,我是生你的气,但我从未停止爱你。是你教会我,恶魔也是人。开玩笑的。"

她吸了吸鼻子:"这玩笑真没品。"

"妈,我想跟你做回朋友。这不是开玩笑。也许我比你更希望如此。我知道,我一张嘴就惹你生气。我会尽量少对你毒舌,真的。从现在开始,我会努力重新做一个好儿子。"

"今晚和我们共进晚餐好吗?这对我很重要。"

"我们?"我问,"老天爷……妈,你可真敢问。重新爱你还不行?就不能让我继续鄙视你丈夫?这种事在美国肯定很常见。我是继子,讨厌继父是本分。这种狂徒书里一大堆,哈姆雷特、灰姑娘……多了去了。"

"求你了,汤姆。就当帮我一个忙。我希望你能跟我丈夫友好相处。"

"好吧。我很荣幸跟你共进晚餐。"

"我一直很想你,汤姆。"她边说边起身。

"我也是,妈妈。"我们拥抱了很长时间。分别了这么多年,我们都极力想触及对方,很难分清谁哭得更厉害。

"妈妈,以后别再犯浑了。"

母亲破涕为笑:"我是你妈,当妈的就该犯浑。"

"咱们错过了不少好时光。"

"以后会补偿的。汤姆,卢克的事我很抱歉。我知道,你为这件事恨我。我每天都为他掉泪。"

"因为他是我们的伤啊!"

"萨利希望你给她打电话。我临走前跟她聊过。"

"她要离开我了。自从来到纽约,我一直在努力习惯没有萨利的生活。"

"汤姆,我看不尽然。我觉得她被抛弃了。"

"那她干吗不拿起电话,自己打给我?"

"不知道。也许是害怕吧。她告诉我,你打电话、来信的语气越来越像以前的汤姆。"

"以前的汤姆……我讨厌以前的汤姆,我也讨厌现在的汤姆。"

"我喜欢以前的汤姆。现在的汤姆愿意跟我们夫妇共进晚餐。为此,我也喜欢他。"

"妈妈,你要对我有耐心。你现在说的话大多还是很气人。"

"只要我们约定好好爱彼此,一切都会水到渠成。"

"我要你丈夫请我大吃一顿。我要这场和解给他来次大放血。我要他看着账单血压飙升,立马少活好几年。"

"我们在四季酒店订了座,三人台。"

"真卑鄙。你明知道我拿你没办法。"

我在瑞吉酒店的酒吧跟母亲会合。她一个人坐着，突然一抬头。我转过身，只见她丈夫进了酒吧。我起身相迎。

"你好，汤姆，"他说，"很感激你能来。"

"是我太混账，很抱歉。"

就这样，我与继父里斯·纽伯利握了手。

第二十四章

1962年8月末,我早早抵达南卡罗来纳大学报到,进行新生橄榄球训练,成为家里第一个被录取的大学生。虽说算不得什么大出息,在家人眼里也是非同小可。在我入学当天,卢克在科勒顿水域开始了捕虾生涯。他给新船命名为"萨凡娜小姐",刚上手,捕虾量就超过了老爸。萨凡娜11月才要动身去纽约。爸妈强烈反对,都希望她留在科勒顿,"醒醒脑"再说。但她已经铁了心。我依然遵守着沉默的契约,怀着曾被逃犯强奸的羞耻心,开始投入练习。全队"中过彩"的恐怕就我一个。我开始在淋浴间里磨不开,生怕赤裸的身体会暴露耻辱的印记。我暗自发誓要重新开始,找回因受伤而丧失的心气,在大学里做到样样出众。然而运数已变。是大学让我明白:我只是人生的过客,一心想出人头地,但有欠天资。

训练的第一周,教练说我缺乏在大学队打四分卫的资质,让我打防守中卫。我只能在那里实现体育梦想。三年里,我在防守位置做开球回攻、弃踢回攻。到了大四,我四次拦截传球,被提名进入球联会替补阵容。但我从来没传过球,也没在争球线打过一次防守战术。天赋有限,虽然志向远大,可惜能力无以负载。大伙儿都觉得我有冲劲儿,教练们也渐渐对我有了好印象。每当跑卫冲破防线,他们都会想到我。擒抱的时候我不顾一切,并非朴素的天赋使然,而是有意发狠。只有我知道,这种凶狠其实是恐惧的产物。对于橄榄球,我永远摆脱不掉那份本能的恐惧,但这个秘密我从未吐露。我把这种恐惧转化为一种资本，让我在恐惧隐约的挟持下，在四年的练习生涯里塑造了自我。尽管偶有惧色，但我没给自己丢脸。是恐惧让我热爱橄榄球，也爱那个将恐惧转化为热忱——甚至是崇拜——的自己。

进了大学我才知道，自己在别人眼中是多么地土气、天真。新生队的队员来自全美各地。听着四个纽约来的队员说话，我眼睛都快直了。真没想到，和我一般年纪的后生居然有这种自信，可以如此趾高气扬、毫不露怯。对我来说，看他们就像看突厥人一样新鲜。那些人口中干巴溜脆、连珠炮一样的话就像是某种外星恶言。

大学的新鲜事物看得我眼花缭乱。小岛男孩如今成了大学生，如此巨大的转变也令我自顾不暇，结果第一年也没交几个朋友。我小心谨慎，少言慎行，仔细审视周围的一切，努力模仿自己无限欣赏的那些光鲜自信的南方城里孩子，想让自己也显得灵光点。来自查尔斯顿的那些高年级学生一个个走起路来就像君王。我仿照他们优雅的举止，毫不做作的修养，还有不落庸俗的机敏风趣。我的室友就来自查尔斯顿，名叫博瓦弗叶·加亚尔，他喜欢别人叫他"小博"。这家伙一身富贵气，名字听来像法国菜名。他的某位法国胡格诺派祖先在殖民地当过总督，后来便发生了针对乔治三世的大规模反抗。我很庆幸能有这样一位室友。母亲一听说温戈家孩子的命运居然跟南卡罗来纳加亚尔家族产生了交集，一时间高兴得差点晕厥。后来我才知道，摊上我这么个平凡室友，小博郁闷得要死。没办法，他有深厚的南方教养，从未让我察觉到他的反感。惊讶之余，他像是启动了一项社交拓展计划，对我多有关照。小博只立了一条规矩：任何情况下，我绝对不可以借他的衣服穿。他的衣柜里满是各种好看的西装和外套。我那不值一提的衣橱简直让他目瞪口呆，但他还是什么都没说。我得意地向他展示毕业时母亲为我缝制的那件蓝色外套，小博眼里也只略微闪过一丝惊诧。听说我打橄榄球，小博很开心，问我能不能给他家弄几张克莱姆森队比赛的免费票。我说我乐意帮忙。球票一给就是四年，而我们老早就没再同住了。当时我没意识到,认识了博瓦弗叶·加亚尔,我也第一次见识了南方文化的另一支系:天生政客。认识不到一个礼拜,小博就告诉我他四十岁时将成为州长。不出所料,他宣誓就职时比计划还提前了两年。他还让我帮忙在学校物色个适合当州长夫人的女孩。我答应帮他留意。我还真从来没见过像博·加亚尔这样的人。那时的我是个乡下小子,还不善于辨别浑蛋。

受小博的影响,我才有了加入兄弟会的想法。那年的社团招新活动周,我跟着他去了一个又一个联谊会。一进门都是人声嘈杂、烟雾弥漫。到处都是衣着光鲜的兄弟会成员,尽是我从未谋面的友善面孔。而每到此时,小博就立马从我身边消失。我对这些兄弟会的好感都差不多,但小博说SAE"西格玛·阿尔法·伊普西隆"是最好的,考虑它就够了。但无论哪个兄弟会,只要他们请新生用餐,我都来者不拒,听笑话就乐,聊什么都参与,谈天说地,无所不及。

到了填写入会卡的时候,我仔细看了好半天,最后写了大学里五个最受欢迎的兄弟会作为首选。下午五点整,兄弟会决定入选结果。结果寄送至邮站,一大堆男生女生正守候在那里。收到入会邀请的人高兴得大叫。喜悦的气氛之中,我也期待得有些喘不过气,不停地朝邮箱的小窗户里窥视。

已经到了七点钟,我仍然没走,还在查看空荡荡的邮箱,纳闷儿是不是投递时出了岔子。八点,小博来了,我还守在昏暗的邮站,一脸难过与焦急。

"我收到了五份邀请,但我天生与SAE气场相投。走吧,我请你喝一杯,庆祝一下。"

"不了,小博,"我说,"会不会有的明天才寄到?"

"没有的事儿,"他笑道,"要到第二天,那帮小家伙等也等疯了。"

"我没收到。"我说。

"你也知道这并不意外,对吧,汤姆?"他问,语气中并无恶意。

"不,我很意外。"

"我早该提醒你的,汤姆,但又不想让你难受。你已经成了班上的笑柄。所有人都在说你。"

"为什么?"我问。

"每次参加派对、会议、校内活动,你都穿同一件外套。后来有人知道那件外套是你妈妈做的,大家都炸开锅了。有些姐妹会的女生都觉得你可爱得不行,但这绝不代表你是入兄弟会的料。谁听说过兄弟会成员穿着家里做的西装外套四处走的?放到诺曼·洛克威尔[1]的画里也许还行,跟大学兄弟会可不搭调。'德卡斯'也把你拒了?"

"应该是。"

"如果连'德卡斯'都进不去,那铁定没戏了。不过,学校也有很多厉害的家伙从不参加什么兄弟会。"

"我要是也那么聪明就好了。"

"我请你喝杯啤酒吧。"

"我得给家里打个电话。"

我来到邮站入口附近的公用电话亭,坐在黑漆漆的小间,难过中整理着思绪,心中感觉无比受伤和羞愧。我试图分析自己在那些眼花缭乱的派对上的举止言行。我是笑得太大声,语法有错,还是显得太过急于取悦他人?我一直理所当然地以为自己向来招人喜欢,也从来没为这种事情担心过。现在我却慌了。要是能找个兄弟会的人说说话,给他们讲讲我这件衣服的来历,对方一定会理解并重新考虑。然而,连我自己也知道这种可怜兮兮的努力只是徒劳。我压根儿不了解自己试图加入的是一个怎样的圈子。想要加入兄弟会,科勒顿联盟却把我挡在门外。从母亲身上,我并没有吸取自不量力的教训。

---

[1] 诺曼·洛克威尔(1894—1978),美国著名画家、插画家。

我打给母亲，接电话的是萨凡娜。

"嗨，萨凡娜。你还好吗？是我，汤姆。"

"嗨，大学生，"仍在煎熬中的她声音依然很虚弱、嘶哑，"我没事，现在正一天天好起来。别担心，我会熬过去的。"

"妈妈在吗？"我问。

"在厨房。"

"我没能进兄弟会，萨凡娜。"

"汤姆，你在乎这个吗？"

"嗯，很在乎。我自己也没办法，但就是这样。那里所有的人我都喜欢，我觉得他们是我见过最友善的人了。"

"那帮人都不是什么好人。他们不要你，那肯定不是好东西。"她把声音压得很低，免得让母亲听见。

"肯定是我做错了什么。可我一直想不出。很多我觉得根本没机会的家伙都收到邀请了。萨凡娜，大学是个奇怪的地方。"

"真可惜。要不我这个周末过去看你？我手腕上的伤已经全好啦。"

"不用了。我只想说我很想你，还有卢克。没有你在，我感觉很难受。这个世界并没有那么美好。"

"我没有离开你身边，这点你一定要记住。妈妈来了。"

"萨凡娜，先别跟妈说。"

"我明白。我爱你，用功读书。"

"汤姆，"母亲道，"今天是个大好日子，你肯定兴奋得不得了吧。"

"妈……"我说，"来学校以后，我考虑了很久，决定今年还是不进兄弟会了。等个一两年再说吧。"

"这主意不太好吧，"她说，"要知道，在兄弟会认识的可都是以后毕了业能在生意上帮你的人。"

"问题就在这儿。兄弟会占用太多的学习精力。我最近参加了那么多派对，对功课都没怎么上心。"

"说得倒挺懂事的。不过话说回来，我实在觉得这么做不妥。你最好第一年就在兄弟会把圈子建起来，可如果耽误了学业……"

"是啊，我上礼拜还有一两门考试没及格呢，教练都找我说起这事儿了。"

"汤姆，你也知道，如果你失去奖学金，家里可供不起你。"

"妈，我知道。所以我才觉得兄弟会的事应该等等再说。接下来这段时间，我想我还是应该以学业为重，而不是忙于社交。"

"你现在也是大人了，可以自己做决定。萨凡娜最近好多了，但我希望你能给她写封信，看能不能劝她别去纽约。一个南方姑娘，去那种地方太危险了。"

"妈，跟岛上相比，纽约也就半斤八两吧。"我又在含沙射影地跟她提强奸的事。

"汤姆，跟我说说你都上些什么课吧。"母亲开始转移话题。

挂断电话，我在隔间里坐了一两分钟，想着该如何再次面对那些个投票将我拒之门外的人。我考虑过转学到某间规模略小、离家更近的大学，盘算着什么时候回宿舍才不用面对那些一脸怜悯的同学——他们肯定都知道没有兄弟会要我的事。

我没注意到，有个女孩从我身边经过，在我身后那个隔间打电话。只听她投入硬币，问接线员可否打对方付费的电话。没等我踏出电话间，一声伤心欲绝的哭喊让我僵在原地。我没动，因为不想让姑娘知道有人听到她凄凉的惨状。

"哦，妈妈，"她哭着说，"她们都不想要我。没有一个人邀我加入姐妹会。"

姑娘在身后的电话间里泣不成声。我头倚着壁板，聆听她的哭诉。

"妈妈，她们就是不喜欢我，不想带我。不，妈妈，你不明白。我根本没得罪任何人，一直都很友善，非常友善。你了解我。哦，妈妈，我好难过，简直伤心透顶。"

她一边哭一边讲，听着母亲讲些劝慰的话。就这样过了十分钟。挂上电话，她的头倚着电话机，眼泪还在掉。我越过隔间问："咱俩同病相怜。要不要一起喝杯可乐？"

她惊得抬起头，泪珠顺着脸颊往下滚："我都不知道这里还有别人。"

"我刚给我妈打了电话，也是说这件事。但我撒了谎，没胆量告诉她我一个兄弟会也没进去。"

"你没进去？"她望着我道，"可你明明那么帅。"

我脸一红。她的直率让我猝不及防。

"那……可乐呢？"我结巴着道。

"我很乐意。但我得先洗把脸。"

"我叫汤姆·温戈。"

她满脸泪痕道："我叫萨利·皮尔森，认识你实在太好了。"

就这样，我和妻子相识了。

生性中的自怜与挫败开启了我们的结伴人生，也在我们身上留下了无可比拟的印记。他人的排斥给了我当头一棒，让洪流之中的我看清了自己的位置。我再也不会莽撞行事想当然，开始变得小心翼翼，疑神疑鬼，沉默寡言。我学会了闭嘴，行路看步，谨慎规划。终于，我褪去了某种稚嫩的乐观，面对世界不再义无反顾，也不再期待它应许的种种可能——而这曾经一直是支撑我的动力与救赎。尽管经历了那样的童年，尽管遭受侵犯，我依然觉得世界很美好——直到兄弟会将我拒之门外。

萨利·皮尔森完全是另外一种人。她父母都在南卡罗来纳佩尔泽的工厂做工。姐妹会的挫折只是她自幼以来经历的诸多交友噩梦之一。她觉得捕虾人家既新奇又踏实，处世之单纯可见一斑。父母的工厂每年给成绩最好的员工子女提供奖学金，萨利因此得以进入大学。高中时期的她从未拿过"优"以下的成绩，大学也只得过两次"良"。用功之时，她脑海里回响着织布机的声音,眼前是父母佝偻的身影。他们多年艰苦劳动,只为女儿能拥有自己无法拥有的机会。相遇当晚,萨利说她想成为一名医生,养育三个孩子。她如规划战役一般规划自己的人生。第二晚见面,她告诉我,她已经决定成为我的妻子,希望我别被她吓坏。我没有被吓坏。

我从没遇到过像萨利·皮尔森这样的姑娘。

每天晚上,我们在图书馆碰头,一起学习。对待课业她很认真,这种态度也感染了我。除了星期六,每晚七点到十点,我们都在"文学区"后的同一张桌子学习。萨利允许我每晚给她写一条情话,仅此而已。高中时,她懂得用功读书自有非同一般的回报。我们只要够勤奋,就一定能从中受益。萨利从未给我写过情话,但却罗列了一长串对于我俩的共同期待。

亲爱的汤姆:

你要加入Phi Beta Kappa[1],登上《美国高校名人录》,当上橄榄球队队长,还要成为英语系班级第一名。

爱你的萨利

亲爱的萨利(我把回信递到桌对面):

Phi Beta Kappa是什么?

爱你的汤姆

亲爱的汤姆:

那是你这个乡下仔唯一能进的兄弟会。赶紧学习吧,别写条儿了。

爱你的萨利

---

[1] 即"美国大学优等生荣誉学会"。

和萨凡娜一样，萨利也深知书写的力量。两年后，当我们双双加入Phi Beta Kappa时，那真可谓一个震撼之夜。我惊讶地发现，自己居然是大一班上唯一一个知道威廉·福克纳的学生。读过他作品的就更别提了。对于所修的英文课程，我全情投入，简直不敢相信自己居然如此幸运，每日的任务就是阅读世上最伟大的作品。我与南卡罗来纳英文系的一段长久情缘就此开始。系里的人都觉得难以置信：一个打橄榄球的居然能写出不瘸腿儿的英文句子。他们并不知道，跟我一起长大的妹妹日后会成为美国最优秀的南方诗人，而每晚与我一起苦读三小时的姑娘在目标清单上写下了一个词："优秀毕业生代表"。

一听说跟我约会的是工人家出身的姑娘，母亲自然高兴不到哪里去，还想方设法从中作梗。她给我写了一大堆信，大谈我日后择偶的应有标准。我把信读给萨利听，她倒很是赞同。

"汤姆，我这身乡下工厂味儿是洗不掉的。那些女孩子能给你的东西，我永远都给不了你。"

"我也洗不掉这一身的虾腥味。"我说。

"我喜欢虾。"

"我喜欢棉花。"

"让他们好好瞧瞧，"萨利一边亲我一边道，"萨利和汤姆要让所有人都看看。虽然我们不是要啥有啥，虽然我们总会有缺憾，但我们的孩子却不会这样。我们的孩子会拥有世上的一切。"

这就是我一直想听到的话语。我知道，真命天女已经走进我的生命。

打了三年橄榄球，我一直在自卑中挣扎。身边都是能力出众的运动员，他们每天都在提醒我如何拖了大家后腿。尽管如此，一进入非赛季，我就泡在举重室，有的放矢地健身。刚入学的时候，我的体重才七十五公斤，毕业时已增加到九十五公斤。大一时我仰卧推举五十四点五公斤，大四时已举得起一百四十五公斤。大二、大三时，我阻截开球组，一直都是防守后卫三线替补，直到我大三那年，开球回攻手埃弗雷特·库珀在对阵克莱门森大学的比赛中受了伤。

克莱门森队得了分,我听到巴斯教练喊我的名字。

就这样,我进入了大学的黄金时期。

上场接球时,看台上除了萨利、卢克和我父母,没人知道我是谁。

克莱门森队的踢球手朝着球奔过来,只见若干橙色的头盔在前场敏捷移动。橄榄球跃入卡罗来纳的纯色骄阳,直接飞出六十码远。我在球门区把球接住,一心要把这狗娘养的东西放在它该去的地方。六万观众高声呐喊。我把球夹在胳膊底下,沿着左区往前跑,边跑边喊:"女士们,先生们,我的名字叫温戈!"对方在二十五码处把我抓住,但我在截锋手下转身突破,穿场急返。一名克莱门森的队员飞身上手一记擒抱,无奈却扑了个空。我朝防守后卫使出招数,从两名压制住对方队员的队友身上一跃而过。我斜穿全场,身边集结了足够的接应阻截队员。梦寐以求的空当就在眼前。一见有空可钻,我飞快地冲过去,只觉得背后有人朝我猛扑。我栽歪了一下,但马上利用左手找回了平衡,站稳脚跟。克莱门森的踢球手就站在三十码线处,这是我与对方球门区间的最后一道障碍。

现场有六万人不知道我姓甚名谁,还有四个爱我的人。四个爱我的人的声音激发我在这个名为"死谷"的体育场里一路奔跑,我可不能被个踢球手擒住。我低下头,头盔刚好撞在对方的球衣号码上。在上帝诅咒般的凝视下,他立马像雪一样瘫化,被球场上唯一一个知道拜伦是谁,兴许还知道他一两句诗歌的家伙压趴在地。五码线处,两名克莱门森球员截住我,搭着我的顺风车最终一同摔进了球门区内,而我的生活也就此改变。

得分变成了13∶6,还剩最后十五分钟,此时传来了广播员甜美的声音:"本次跑阵选手四十三号汤姆·温戈冲跑距离一百零三码,创造了大西洋海岸联盟新纪录!"

我回到边线处,队友和教练纷纷围拢上来。我越过替补席,像个疯子一样朝着高高的看台上挥手。萨利、卢克还有我父母都站在那里为我欢呼。

第四局开战,乔治·拉尼埃尔加踢得了附加分,克莱门森猛虎队领先我们六分。

离比赛结束还有两分钟,我们把克莱门森堵在了他们自家的二十码线跟前。此时,一位助理教练冲巴斯教练大喊:"让温戈踢弃踢球。"

巴斯教练喊道:"温戈!"我跑到他跟前。

我整了整头盔,只听巴斯道:"温戈,再来一次。"

我成了当日的明星,巴斯教练又说出了魔咒一般的神奇话语。站上三十五码线的同时,我试图回忆何时听过这些字眼,努力将看台上振聋发聩的呼声隔绝在外。眼看着中锋后传将球交给弃踢手,我终于记起三岁时遥远的日落。母亲带我们漫步来到码头边,让月亮从岛上的树中飞旋升起。妹妹着了迷一般用微弱的声音叫着:"妈妈,再来一次!"

"再来一次。"我口中念道,看到场上螺旋的高塔开始在远处一点点下落,落入那个男孩的怀中。生命中的今日,他绽放了光辉。

接球在手,我朝前场望去。

我跑出了第一步——就是这一跑使我在接下来的一年成了南卡罗来纳最知名的橄榄球球员,而这也成为我余生所珍视的回忆。我在我方四十码线接住球,直奔右侧边线,而眼前只看到一片移动的橙色花园离我越来越近。三名克莱门森队员意图从我左侧擒摔,我冷不丁刹住,开始反向朝我方得分线跑,意图抢占球场的另一侧。克莱门森的一名前锋差点在十七码处把我逮住,但被我方来势汹汹的中后卫吉姆·兰登半路拦截。两个人步步紧跟,此时我突然转身奔向前场。我抬头往远处边线看去,眼前的情景简直令人称奇。弃踢之后,我方的阻截已经完全碎散,但所有跟着跑阵的队友都看到我折返,身后还有十一名克莱门森队员追得正起劲儿。前场上,一路阻截队员拉开五十码阵线。眼看着克莱门森一名队员要截住我,每到这时就会有南卡罗来纳的队友挡在我与阻截队员之间,扫双膝将对手撂倒。那感觉简直就像在柱廊下奔跑。那天的我过得风生水起。呼吸着克莱门森的新鲜空气，我觉得自己是这里最快、最帅、最风光的小伙儿。过了对方的三十码线，我撒开脚丫子拼了命地冲，前方已经没有任何克莱门森的队员。一越过得分线，我便双膝跪地，感谢上帝让我跑得如此之快，让这个年轻的生命在那个不可复制的光辉之日享受到了君临世界的畅快。

乔治·拉尼埃尔拿到了附加分，我方成功在二十三码线处阻止了克莱门森的持球进攻。终场哨音响起，涌入场中的南卡罗来纳球迷简直能要了我的命。我完全沉浸在狂喜之中。萨利在人群中找到我，尖叫着扑进我怀里亲吻我。这一幕刚好被一位摄影师捕捉到，次日清早照片登上了州内各大体育专栏的头版，连佩尔泽都不例外。

当晚午夜，我走出父母带我们享用晚餐的五点村"昨日"餐厅。精彩的一日已经过去，心中不免有些凄然。

接下来的一个星期，南卡罗来纳大街小巷的汽车上出现了"踢给温戈吧，克莱门森"字样的贴纸。紧接着在周日，《哥伦比亚州报》的赫尔曼·威姆斯发表了一篇关于我的专栏文章，说我是好学的运动员，把我描述为南卡罗来纳橄榄球队史上最强的秘密武器。文章还引用了巴斯教练的话："他算不上出众的橄榄球运动员，但说这话克莱门森队肯定不信。"

在文末，赫尔曼还提到与我约会的是班上学业成绩最好的女生，人也长得十分俏丽。这是萨利最喜欢的一段。

仅仅几周后，SAE的人（包括博·加亚尔）找到我，问我有没有兴趣加入他们的兄弟会。我礼貌地拒绝了。同年还有七个兄弟会邀我加入，我的回答都一样。"不了"这个词从未像现在这般悠然悦耳。Tri Delts也派出了学校里最漂亮、最受欢迎的女生，试图邀请萨利加入她们的姐妹会。萨利有句回答我特别欣赏：做你们的春秋大梦去吧。

这样的蜕变之日已经一去不复返。我在南卡罗来纳平稳度过了剩余的运动时光，但同时也明白：上天对于才华的分配有时异常吝啬。如果我才华横溢，之后也会迎来许多这样的光辉之日。但我很清楚，哪怕只享受一天，就已经是非比寻常的幸运了。在大学的低潮时期，我邂逅了毕生的挚爱；而在辉煌之时，我登上了运动的顶峰，至少有一日感受到功成名就的滋味。意外的是，那感觉也没有多了不起。

毕业后，萨利和我在佩尔泽举行了婚礼。卢克当我的伴郎，萨凡娜给萨利做伴娘。我们在梅尔罗斯岛上的一间两室小屋了蜜月。房子是卢克亲手建造的，就在岛边大桥附近父亲给他的一块两亩的空地上。萨凡娜跟爸妈住了一个礼拜，卢克睡在捕虾船上，而我则尽力为萨利展现自己对低地生活所知的一切。

晚上，我躺在萨利的怀里，她小声道："汤姆，等我读完医学院，咱们就生几个漂亮的宝宝。现在只要好好享受就可以了。"

悠长夏日里，我们在彼此的臂弯里一同温习世上最为柔美的篇章，轻柔地探索彼此身体那些羞于展现的秘密与真谛。做爱犹如以烈火之舌谱写一首长诗。

蜜月即将结束，我上船给卢克当起了船员。萨利和我每日天不亮就起身，跟卢克在码头会合。卢克紧跟父亲的船，我的任务是将拖网门好好放出船侧，避免缠绊线绳。等船舱里堆满了虾子并铺好冰，我负责清洗甲板，卢克则驾驶"萨凡娜小姐"踏上归程。卢克按照每磅十美分的价格付我工钱。等到我进入科勒顿高中担任老师和教练时，银行里已经小有积蓄。

八月下旬，《周六评论》的新秀诗人特刊上登载了萨凡娜的第一首诗作。就在同一天，卢克收到通知，他的应召状态已经变成了"可以入伍"。战争开始侵占家人思绪的同时，萨凡娜也创作了一首反战诗歌。

次日夜晚，就在我家，卢克问："汤姆，萨利，越南打仗的事儿你们怎么看？"

"仗刚打起来，萨利就让我退出了后备军官训练队。"说着，我递给卢克一杯黑咖啡。

"死翘翘的男人当不了好爸爸，"萨利说，"打仗对汤姆没好处。"

卢克说："我是跑不了了。昨天我给征兵局的诺克斯·多宾斯打电话，他说捕虾人已经不能再延迟入伍，还说反正河上的捕虾船已经不少了。"

我气呼呼道："看来他这是找到削减的好法子了。"

卢克问："汤姆，招兵会招你吗？"

"他们不稀罕南卡罗来纳乡下的男老师，"我说，"给你屁丁点儿工资，盼着你永远也别找什么正经工作就行了。"

他问："那你见过越南人吗？"

"在哥伦比亚有个开中餐厅的，我见过一回。"

"汤姆，他是从中国来的，"萨利道，"不是一回事。"

"我看都一样。"我说。

卢克说："妈说我必须得去，说要懂得热爱美国。"

"我们是热爱美国，"我说，"但这有什么关系？"

"我跟她说我不爱美国，"卢克道，"我说我爱的是科勒顿。剩下的都给越南人我也管不着。真他妈折腾人，我还得把捕虾船卖了。"

"别卖，卢克。汤姆可以替你料理，"萨利道，"等明年学校一放暑假，他就能替你把船开出来，至少能交上基本花费。"

卢克说："萨利，汤姆就是为了不用开船捕虾才去念大学的。"

"不对，"我说，"汤姆去上大学是为了能做选择，捕虾船想开就开，不想开就不开。卢克，我想要的是选择权。在你回来之前能帮你料理虾船，这是我的荣幸。"

"谢了汤姆，我很感激。回到家如果还有条船就太好了。"

"卢克，别去了，"萨利说，"跟他们说你出于信仰拒服兵役，随便找个什么理由。"

"萨利，他们会把我关进监狱的。我打死也不坐牢。"

我成了一名南方老师,在科勒顿开始了枯燥的教书生活。卢克脱离了这种生活,到战场上尽他的义务——这也是我们这个年代美国唯一打得起来的战争。我在课堂里教书,在我和卢克曾经共任队长的训练场组织橄榄球训练。萨凡娜在东海岸参加了所有反战游行,而卢克则在越南的河边巡逻。他加入了美国海军最为神秘的精英分支,成为海豹突击队的一员。海军的人并不傻,如此强壮机敏的年轻小伙子,在美国人普遍自省的动荡岁月愿意自告奋勇,这种人才自然不能浪费。当我指挥小伙子们在前场进行阻截练习,当萨凡娜正为自己的第一部诗集创作诗歌时,卢克正在学习水下爆破、低空跳伞、反游击战术以及如何在敌方杀人于无声。这与此时我们在美国的生活相比,简直是冰火两重天。当世界陷入失控的疯狂,当星运显露凶势,企图将我们全家诱入波澜不惊的静河而任其宰割之时,这种复杂的共存就会显现威力。

"海豹……"一听说卢克加入了海军的特种部队,萨凡娜立马给我写信,"汤姆,这不是好兆头,非常坏。在温戈家的神话当中,'海豹'是个危险的坏东西。还记得吗?你写信告诉我,在克莱门森那场比赛中,你完成了大学时代仅有的两次触地得分。那天你有咒语帮忙,而那个咒语就是'猛虎'。你们的对手是克莱门森猛虎队,而老虎一直是咱们的幸运星。可海豹不一样。你还记得马戏团那些海豹的下场吗?还记得老虎对海豹做了什么吗?我感觉卢克去了那个国家,就好像海豹进了老虎窝。诗人看中字句中的预兆与象征。原谅我这么说,卢克怕是活不到战争结束。"

卢克把写给我的信寄到科勒顿高中教练办公室。通过这些信,我得以了解他在战场上的状况。他也分别给父母、祖父母和萨凡娜写了信。语气轻松,尽是些美丽的谎言。他在信中为家人描述南中国海的日落、西贡的餐食、他在林边看到的动物,还有从朋友那里听来的笑话。而在写给我的信里,他的语气更像在垂死挣扎。他讲到北越的炸桥军事行动、夜袭敌人阵营、解救被俘的美国人,还有在供给线小道上的伏击。一次,他逆流在河里游了六点五公里，还割断了勾结越共的一位村长的喉咙。一支美国突击队曾试图突袭北越常规军的一支撤退纵队，而卢克是全突击队唯一的幸存者。他最好的朋友踩上了地雷，然后死在了他怀里。要朋友命的不是地雷，而是卢克。他央求卢克给他打吗啡针，说他宁愿死，也不想像行尸走肉一样活着，腿也没了，蛋蛋也没了。本来他也活不了多久，但因为有我哥哥这个好兄弟，他得以早早解脱。他在信中告诉我："汤姆，我晚上什么梦都不做。可是醒着的时候，眼睛睁着的时候，噩梦却来了。杀人就一样要命：越杀越容易。多可怕啊！"

卢克每次杀了人，就会用平淡、毫无感情的语言向我描述，还让我有空到萨凡纳大教堂附近点根蜡烛，以求让逝者灵魂安息。我们兄妹几个都是在大教堂接受洗礼的，那里也是卢克最喜欢的礼拜场所。卢克从越南回来前，我在万应圣母雕塑下一共点了三十五根蜡烛，在摇曳的光晕中背诵经文，为这些无名的逝者祈祷。他继续为家人编造着故事，说自己从来没参加过任何行动，给父母的信更像是旅游代理在怂恿犹豫的客人前往东方某个异域之地。卢克从森林里采来兰花，夹在临别时祖父送他的那本《圣经》里压平，然后连书带花送给母亲当作圣诞礼物。母亲把《圣经》打开，里面闻起来像一方被埋葬的花园。干枯的兰花夹在厚厚的书页间，花头很像害羞的龙，差不多每百页就有一朵。妈妈流着泪，度过了第一个卢克不在岛上的圣诞。

"弄些个蔫花儿回来，"父亲说，"卢克在越南变成小气鬼了。"

"我的宝贝儿子，"妈妈抽泣着说，"谢天谢地他还平安。"

我在科勒顿过上了按部就班的教书匠生活。每天教五个小时的英语文学和写作，训练学生使用变化复杂的英语文法，逼着他们研读《织工马南》[1]和《尤利乌斯·恺撒》[2]。作为我大学攻读英文专业的代价，入职

---

[1] 英国作家乔治·艾略特（1819—1880）于1861年发表的中篇小说。
[2] 由威廉·莎士比亚（1564—1616）创作、首演于1599年的历史戏剧。

科勒顿高中的第一年，校长就安排我教二年级的学生。二年级的孩子，浑身散发着荷尔蒙的味道，正处于身体变化的懵懂时期。一个个呆愣愣、迷迷糊糊地看我眉飞色舞地讲述主动语态的优点、that和which之间的微妙区别，或是谈论卡西乌斯[1]的背信弃义。第一年讲课，我没什么底气，以至于"背信弃义"这种词用得过于频繁。比起高中老师，我倒更像一本同义词辞典。而我的青涩也让科勒顿的学生们受了不少罪。

午餐时间，我坐在教工休息室，一边吃饭一边修改糟糕的学期论文。这些学生倒挺有天赋，能把语言的美感与优雅糟蹋殆尽。课后，我换上教练服，挂上哨子，带着少年橄榄球队训练，直到晚上六点。我会在七点钟回到家中，然后开始准备晚饭。萨利回家较晚，长途通勤总让她筋疲力尽。当时的她还在查尔斯顿的南卡罗来纳医学院读书。我们在距离祖父母家只有一个街区的地方租了一套小房子。卢克本想让我们住他在岛上的房子，但萨利一眼就看穿了母亲的个性，并得出结论：梅尔罗斯岛上只有一个女人说了算。我们的房子虽小，但坐落于小河边上，满潮的时候还可以下码头游泳。清早上班前，我会将一个蟹篓放进河里，趁九月末产卵季抓几条星鲈鱼。某晚球赛过后，我在学校餐厅参加短袜舞会。就在当晚，我妹妹在纽约中央公园参加反战集会，而我哥哥则在北越协助炸毁通往某条河流的去路。

复活节假期，父亲和我把"萨凡娜小姐"绑上旱船坞，从水里拖了出来。我们刮掉船底的藤壶和废漆，重新给破损的木料上漆。我订购了夏季所需的捕虾网，和父亲一起整修引擎，然后放上小船下水测试，直到它像小猫一样发出噗噗的声音才算满意。

那年夏天，我第一次当上捕虾船船长，成为这个风吹日晒的艰辛行业中的一名菜鸟。

---

[1] 《尤利乌斯·恺撒》中的人物。

我的船绑在父亲的船侧。要登上"萨凡娜小姐",必须先经过父亲那条船的甲板。

"早上好,船长。"父亲说。

"早安,船长。"我回答。

"跟你赌瓶啤酒,我今天捕的虾肯定比你多。"父亲开玩笑道。

"抢老头子的啤酒,那我多不好意思啊。"

"船长,你那条船太大,你搞不定。"父亲看着"萨凡娜小姐"。

每个夏日清晨,童年的习惯便在不经意间重演:我眼看着父亲滔滔不绝地讲着他赚大钱的宏伟计划,一边说,一边将河中一大群虾子兜入网中。如今由我掌舵,驾驶松心木船只穿行于再熟悉不过的河道,洞察内陆航道绵延数千里的浮标起落,并不时关注深度记录仪,查看是否进入了不熟悉的水域。每天早上,我紧跟父亲的船只,一前一后进行捕捞。

日出时我们约定好行船位置,我将引擎转数从每分钟一千五百下降至每分钟九百下,听着绞车的动静。与此同时,受雇的船员艾克·布朗动手将捕虾网挂好并放入水中。网在水下一张开,感觉整艘船几乎被拖停。我将拖速调整为一点五节。

第一年下水,我捕到了三万磅的虾。艾克拿到了不错的薪水,我自己的收入更为可观,并且还付清了船只的所有费用。到了8月20日夏季橄榄球训练开始时,我已经把艾克·布朗训练成船长,他还把自己的儿子厄文带上船,给他做船员。等卢克从海外归来,由他做担保,艾克买了自己的捕虾船,还把它命名为"卢克先生"。船只的命名总也少不了几分敬意与情怀。

等我八月又开始担任橄榄球教练时,萨凡娜已经举办了第一场读诗会,而卢克的军队生涯也快要结束,即将回归河畔。一张张无形的大网有条不紊地潜行,勾勒出捕虾人家四周的河道。

南中国海已被夜色笼罩,一架架飞机刚到北越执行完突袭任务,正返回运输舰。此时，无线电指挥中心收到紧急消息，一名飞行员在距离海边不到一英里的稻田进行迫降。飞行员报告了准确的位置坐标，接着便失去了联系。舰桥上短暂的会议后，指挥官作出决定：向岸上派出一支队伍，解救坠机的飞行员。

海军中尉克里斯托弗·布莱克斯多克被选为执行任务的领队。指挥官问他还需要哪些队员时，他只说了一个名字："温戈。"

入夜后，两人乘救生筏下到水中。满月下，他们在汹涌的波涛里划了五公里来到岸边。赶上月夜虽说倒霉，但总算平安无事到达岸边。他们把救生筏藏在一片椰树林下，查看了所在位置，随后朝内陆进发。

一个小时后，他们找到了飞机。它坠入了一片稻田中心，一汪汪清水中倒映着月影。卢克后来告诉我，稻田是他所见过的水与庄稼最美的结合。

眼前的稻田让人既惊叹又害怕。卢克和布莱克斯多克中尉匍匐在将稻田对称分割的某条田脊之上，一路向前。飞机的一条机翼已经折断，躺在一边。高高的稻苗遮掩着部分机身，随风飘动，让卢克想起卡罗来纳的咸水湿地，但此时的味道更加柔和美妙。

"汤姆，那才是真正的大米。美国'本大叔'之类的破玩意儿根本没法比。世界的另一头可住着许多种地的好手呢！"

"依你看那个飞行员还活着吗？"我问。

"够呛，看过飞机我们就知道了。"

"那你们为什么不赶紧掉头跑回船上？"

卢克笑着说："汤姆，我们可是海豹突击队的。"说话时已经是一年之后，他已经回到了科勒顿。

"一群笨蛋。"我说。

"布莱克斯多克是我见过的最优秀的军人。只要他开口，让我一路爬到河内我也没有二话。"

到达坠机附近后，布莱克斯多克示意卢克为他掩护，而他自己爬上尚且完好的机翼，查看空荡荡的驾驶舱。四百米开外的一排树木略有动静，布莱克斯多克连忙扎进松软的泥洼之中。多架AK-47冲锋枪一齐向机身开火。卢克看到五个北越常规军的人朝他们冲过来。这些人身体放低，敏捷穿梭于稻捆之间。他等着风把稻子再次压低。风一来，卢克的冲锋枪马上瞄准射击。五个人重重地倒在稻田里。紧接着，仿佛北越所有的敌人都来阻挠二人的归海之路。

两个人冲下路堤。而在他们身后，迫击炮将受损的飞机打了个稀巴烂。他们一路往南，沿着一片路面坚实的地域飞快逃跑，黑暗中还能听到有人用越南语发号施令。飞机依然承受着大部分的炮火袭击。卢克和同伴尽量拉开与飞机之间的距离，然后掉转方向，趴在一条笔直松软的田脊上。两侧是分割整齐的稻田。他们听到士兵正朝这边移动，火力集中于飞机的位置。一颗手榴弹在一百码外突然爆炸。

布莱克斯多克在卢克耳边小声道："卢克，他们也就一百来号人。"

"我还以为咱寡不敌众呢。"卢克小声答道。

"这帮可怜的人，根本不知道咱们是海豹突击队的人。"

"长官，看样子人家倒也不怎么在意。"

终于，布莱克斯多克道："往树林跑，让他们只能摸黑找。"

然而，就在两个人匍匐着朝幽林移动时，北越的士兵已经占领了飞机周围的地带，并且发现两个美国人已经逃脱了伏击。卢克听到了奔跑的声音，还有搜寻士兵在稻田中的踩踏声。但稻田过于广阔，这么多分割的水田和相互交错的长长田垄，根本无法进行有效的搜索。一队北越士兵从同一片暗田里不管不顾地冲出来，卢克和布莱克斯多克这才本能地滚入另一侧稻田里，躺在水中静待敌人的黑影近至身前。三秒之内，他们结果了七个，然后起身钻水田逃走。子弹不断击穿身边的稻子。来到林边，布莱克斯多克赶紧在林中寻找掩护。卢克听到了树间一声AK-47枪响，听到布莱克斯多克也开了枪，但却晚对方一步，接着听到长官倒地的声音。卢克冲出稻田，举起机关枪四面扫射。他蹲伏在地，直至打完了最后一发子弹，然后抓起布莱克斯多克的枪，继续射击。第二把冲锋枪也打空了，他又开始左右开弓地抛手榴弹。然而这招儿并不怎么奏效，这一点他后来自己也承认，但他也是想分散敌人的注意力。

此时的卢克已经没有任何武器。他从杀害布莱克斯多克的北越敌人尸体身下抱起长官，把他扛在肩上，朝太平洋的方向奔去。一大群敌人正在他身后猛力追赶。一进树林，他开始边走边听。一听到追兵的动静，他马上停步，没有了动静才继续移动。他把撤离看作一次漫长的猎鹿之旅，用上了自己迄今为止学到的一切有关白尾鹿的知识。稍微动一动，可能丧命，也可能救命，全看林中嗅到猎人气味时鹿的选择是否足够智慧。卢克在一棵倒地大树的树根后躲藏了一个小时。树上结出的果子十分奇特，他从来没见过。他仔细聆听人声、脚步声，听到步枪射击，有的就在附近，有的在数里之外。卢克再次扛起布莱克斯多克，循着海浪拍岸的声音前行。跑了三个小时，却只走出不到一公里。卢克没有慌。他竖起耳朵，确认周围没人能听到时才继续前行。他告诉自己，现在正置身于敌人的国度，对方熟悉地形，所以优势巨大。但这里的地形跟南卡罗来纳的海岸地形也差不了多少，自己年幼时肯定也了解个一星半点。况且在黑暗之中，没人能循迹追赶。

凌晨四点，卢克来到太平洋岸边。一支巡逻队刚从他眼前经过并向北行去，他们手中的步枪已经上膛。等他们走出一公里开外，卢克才毫不犹豫地直奔大海。如此贸然之举一旦被人发现，估计他就死定了。然而如果等到天亮，则一点机会也不可能有。他进入海中，把长官的尸体放入浪中，紧跟着自己也扎入水下。游了十五分钟，总算逆着大浪到达开阔的水域。一下水，卢克就知道已经到了他的一亩三分地。只要下了海，北越但凡是喘着气的家伙，没人能斗得过卢克·温戈。

游到公海，卢克尝试根据星相判断自己的方位。他拖着克里斯托弗·布莱克斯多克中尉的尸体游了五公里。次日上午十一点，在水中坚持了六个半小时后，卢克终于被一艘美国巡逻艇救起。

卢克接受传唤,向太平洋舰队上将讲述任务经过。他汇报说迫降飞机的飞行员并不在飞机残骸内,布莱克斯多克中尉亲眼确认了这一点。他们无法确认飞行员是生是死,是否被捉,是否在坠机前跳伞逃脱。此后,他们遭遇了敌人的强烈抵抗,并在向海边撤退的过程中与对方交火。布莱克斯多克中尉被步枪子弹射中牺牲。卢克服从命令,返回到集结待命区。

"水兵,"上将问,"既然明知道中尉已经牺牲,为什么还要把他的尸体带回船上?"

"上将,这都是训练教的。"卢克回答。

"怎么教的?"

"海豹突击队不会抛下牺牲的同伴。"

卢克结束兵役返回科勒顿后,我们还像庆祝高中毕业时那样,坐在同一座木桥边。他在军队获得了一枚银星勋章和两枚青铜勋章。

我把"野火鸡"威士忌瓶子递给他,问:"卢克,你现在恨北越的人吗?"

"不恨。我很佩服他们。那些人务农都是一把好手,打鱼也很厉害。"

"但他们杀了你的朋友,还杀了布莱克斯多克。"

"汤姆,我在稻田里的时候,就想明白了:我是第一个踏上那片田地的白人,而且还带着冲锋枪。人家当然想要我的命。我根本不该出现在那里。"

"那你为什么打仗?"我问。

"我去打仗,因为我生活在一个你如果不听话就会被关进监狱的国家。我打仗,是为了以后能回到科勒顿。以后我再也不会离开梅尔罗斯岛,一辈子留在这儿的资格都有了。"

"留在美国的我们就走运了,"我说,"不用担心自家地界上会发生战争。"

"难说啊,汤姆。这个世界操蛋得很。"

"科勒顿一向风平浪静。"

"我就喜欢它这一点,"卢克说,"就好像世界刚刚诞生,就像生在伊甸园。"

第二十五章

尽管父母的婚姻堪称错误婚姻的典范,我仍以为习惯的力量足以令其坚不可摧。随着年岁的增长,我开始养育自己的子女,也不再留意母亲对父亲曾经兴许留存的尊重日益消损。子女长大成人,母亲将她充沛的精力投入到家庭外的事务。长大是我们犯下的罪过,模糊了母亲用以定义自我的种种边界,同时也将她从这种自我定义有欠完善的狭隘中解放出来。她等了一辈子,想寻找合适时机投身小镇生活的熔炉,试炼自己的权谋天性。时机将至,而她早已蓄势待发。单单凭借美貌,莱拉·温戈足以令治世之王魂牵梦绕。而凭借美貌和心机,她怕是能让无政府主义者和弑君狂徒甘心砍下一颗颗君王的头颅,饰以欧芹、玫瑰,摆在淡蓝色的韦奇伍德瓷盘中进献座前。

后来,我们也曾聊起这种疑惑:母亲轰轰烈烈地与过去决裂,到底是酝酿多年,还是即兴发挥、据事而断、见机而行?我们一直隐约觉得母亲聪颖非凡。然而,当母亲展现出她的果敢与肆无忌惮时,只有萨凡娜一人早有预料。母亲不觉愧疚,也从不解释。她只是依从天命,从来不会突现诚念,扪心自省。

她运筹帷幄,证明自己就是那种恐怖尤物,一个夺命而不见血的女王,同时一步步将亨利·温戈生吞活剥。不过,她也付出了高昂的代价。

辉煌时刻,当所有荣耀、名望与财富终于全部归她所有,当她证明我们所有人都低估了她的价值与地位时,父亲甚至不惜最终深陷囹圄以博她欢心。一同敬献的还有她长子的头颅。美梦成真,母亲注定尝不到美味,只有土腥。

1971年的一日,我和卢克在库索滩海域捕虾。我们略朝东南方向驶去,这时母亲找我们通话。

"温戈船长,卢克·温戈船长。船长请回话,完毕。"

"你好,妈妈,完毕。"卢克说。

"告诉汤姆,他要当爸爸了。恭喜恭喜,完毕。"

我冲着无线电对讲机大喊:"我马上就来,妈妈,完毕!"

"这样一来我也要当祖母了,完毕。"

"恭喜祖母!完毕。"

"儿子,这话可不好笑。"

父亲在无线电上回话:"恭喜啦,汤姆。完毕。"

"恭喜啦,汤姆!"十多艘捕虾船船长发来贺喜口讯,我手忙脚乱地把网收起,卢克掉转船头驶向科勒顿。

医院就坐落在镇子南面的河边,船刚一驶过,卢克把船拐到临近河边的地方,我就一头扎下水,游到河边,爬上岸,湿答答地就往产妇病房奔。护士给我找来毛巾和医院的浴袍。我一直握着萨利的手,直到凯泽林医生说是时候进产房了,这才把她推走。

当晚十一点二十五分,詹妮弗·琳·温戈出生,重七磅二盎司[1]。河上的捕虾人纷纷送来鲜花,学校的每一位老师都来看望宝宝。次日早上,祖父带来了白皮《圣经》,还在书中为她填写了族谱。

从萨利的病房出来,母亲在走廊上遇到了病恹恹的伊莎贝尔·纽伯利。因为之前便血,她当日来医院做检查。纽伯利夫人吓坏了,吃不下医

---

[1] 相当于3.23千克。

院的餐食。于是从那以后,每次母亲来看萨利和孙女,都会给纽伯利夫人送饭。后来转院到查尔斯顿,她初步诊断的肠癌才得以证实。是我母亲开车送纽伯利夫人去查尔斯顿,陪她度过手术前后的难熬阶段。在我所有的女儿当中,母亲总是对詹妮弗更为青睐。不光因为她是我们的第一个孩子,还因为正是她的出生让她偶然获得了伊莎贝尔·纽伯利珍贵的友情。

谁也说不准那帮带着卷尺、叠标的测量师是什么时候悄无声息地闯入县城,长久钻研起本地界域来的。不过,多数人还是达成了共识:应该就是在我祖父阿莫斯·温戈被州公路局吊销驾照的那个夏天。阿莫斯年轻时车就开得不咋地,老是爱逞强。后来上了年纪,感官退化,祖父变成了低地马路杀手。他死活放不下身段戴眼镜——这点还真不像他,眼花闯了红灯也觉得自己没责任。

"那些灯吊得太高了,"他辩解道,"我开车又顾不上看鸟儿,眼睛盯着路,心里想着主。"

我告诉他:"爷爷,上礼拜你差点把'水果先生'撞了。别人说他都冲下马路了,不然就得被你撞上。"

"我可没瞅见什么'水果先生'。这家伙本来就弱不拉唧的,根本指挥不了交通。这种活儿就该交给胖子干。'水果先生'现在也老了,专心干一样就行,游行的时候打个头儿已经可以了。"

"萨瑟尔巡警说他在查尔斯顿公路把你拦下,你当时逆行开车。"

"萨瑟尔!"祖父气呼呼道,"那小子没出生那会儿,我就开上汽车了。我跟他讲了,我是顾着看田里成群的燕八哥,欣赏我主造来给人类欣赏的美丽世界。再说了,当时对面又没车,有什么好大惊小怪的?"

祖母道:"我就应该把他扔进养老院。照这么下去,非闹出人命不可。"

"我这身板儿比得上那些只有我一半年纪的家伙。"祖父不无委屈道。

祖母答道："阿莫斯，重点是你的脑灰质。汤姆，跟他过日子就像守着个老千岁。晚上假牙放哪儿都不记得。那天我还是在冰箱里找着的。"

我说："爷爷，他们让你主动交出驾照。"

"科勒顿还真是越管越宽，"祖父抱怨，"我就没听说过！"

"爷爷，把驾照给我行吗？不然萨瑟尔会亲自开车来没收的。"

"我要想想。这事儿我要跟上帝商量。"

"汤姆，瞅见了没？"托莉莎道，"不送去养老院不行了。"

"商量"了好一阵子，不出所料，耶稣准许祖父保留驾照，但眼镜必须戴上。对阿莫斯而言，上帝就是一切：上帝管控交通，上帝调解纠纷，上帝验光配眼镜。

两天后，祖父在同一处街角撞上了"水果先生"。当时的祖父戴着眼镜，转弯看见一队测量师正在测量临近贝特里街和浪潮街地产的边界线。阿莫斯既没看见红灯，也没听到"水果先生"胡乱吹的哨音。"水果先生"撞上了1950款福特车的车盖，祖父这才踩了刹车。"水果先生"只受了点瘀伤和刮擦。然而，祖父拧着方向盘成天吓唬人，州巡逻队已经看不下去了。

萨瑟尔巡警当场没收了阿莫斯的驾照，拿出小瑞士军刀把它剪成了碎块。

"我说后生，我开车那会儿还没你呢！"祖父抱怨道。

"温戈先生，我也希望能活到你这个岁数，"萨瑟尔回应道，"可是如果我再不拦着你上路开车，这郡县里恐怕也剩不下几个活人了。面对现实吧，先生。你年迈体弱，这样下去会给社会带来麻烦的。"

"年迈体弱！"祖父一听不高兴了。此时的"水果先生"吓得又哭又喊，救护队开车到达，警报声充斥双耳。

萨瑟尔说："温戈先生，我这是为你好。这也是保护公共利益。"

"年迈体弱！"祖父不依不饶，"萨瑟尔，咱俩掰腕子，看看谁年迈体弱。让全镇的人做个评判！"

"不行,先生。我得去医院,确保'水果先生'平安无事。"

我母亲当时正走去"朗氏药局"为重病的伊莎贝尔·纽伯利拿药,她目睹了祖父和萨瑟尔巡警的整个对峙过程。一听到"水果先生"的叫喊声,看到阿莫斯的福特汽车厉声刹住,母亲便一头躲进伍尔沃思家的铺子。她可不想看温戈家的人在大庭广众之下丢人现眼。后来我们才知道,那天她是浪潮街上唯一一个知道为什么会有测量队测量科勒顿地界长宽的人。

随后的那个星期,祖父给《科勒顿公报》写信,控诉萨瑟尔巡警的傲慢态度,表达自己对于驾照被公然用瑞士军刀损毁的愤怒,并且还想向萨瑟尔和科勒顿的所有人证明,自己并非"年迈体弱"。阿莫斯宣称:他打算从萨凡纳出发,经佐治亚一路滑水四十英里,最后到达科勒顿,还说让萨瑟尔那个兔崽子有本事就跟他一起滑。如果他滑完全程,便要求州公路局公开向他道歉,并且立即发还他的驾驶执照。

祖母立马正经打听起州内各家养老院的空位。不过,卢克和我还是花了一个周末的时间,将那艘"波士顿威拿"整修妥当,准备启程。祖父性格单纯,不过因为一向追求荣光,倒也让他免于陷入枯燥。科勒顿县的第一副滑水橇就是阿莫斯弄来的。五十岁时他还是全南卡罗纳州赤脚滑水第一人。他连续十年保持着全州的跳跃滑水纪录,直到某年水上活动节,有人从赛普斯园弄来个顶替选手,纪录才被打破。不过,宣言见报之时,祖父已有十年没滑过水了。

"爷爷,你要在滑水橇上装轮子吧?"卢克打趣问道。他正忙着把一副全新的"海德[1]"滑水橇放上船,准备出发前往萨凡纳。

"就是因为这东西,人们才以为我越走越慢了,"阿莫斯应道,"我当初就不该给十字架安轮子。"

"阿莫斯,你想去哪儿,我可以开车送你啊,"祖母说,"何苦要让

---

[1] 奥地利知名健身器材品牌。

全世界人都知道你是个笨蛋呢……大伙儿都知道你车开不明白，可很多人还不知道你脑子里缺根弦哪。"

"我开车的时候得更专注点儿，托莉莎，"祖父答道，"我知道之前失过手，但那是因为我光顾着听上帝的话。"

祖母问："跑到萨凡纳滑水也是上帝让你去的？"

"你以为我这主意打哪儿来的？"

"我就是问问，"祖母道，"孩子们，记得关照好爷爷。"

我说："一定，托莉莎。"

父亲拍了拍阿莫斯的后背："老爸，我押一百块赌你赢。"

阿莫斯告诫儿子："我可不赞同打赌。"

卢克问："爸，你跟谁赌？"

父亲嚷嚷："萨瑟尔那个畜生说会拿着已经做好的新驾照在码头边等着。老爸，他觉得你连斯坦瑟尔溪都到不了。"

祖父说："出了萨凡纳再走一英里不就到了斯坦瑟尔溪了吗？"

祖母对阿莫斯说："你该找凯泽林医生做个检查。"说完又冲我们道："他这辈子连个体检都没做过。"

只听萨利道："阿莫斯，你能行。我敢说你能做到。"

"萨利，你摸摸这胳膊！"祖父骄傲地展示起自己的二头肌，"上帝虽说没赐给温戈家男人好使的脑瓜儿，但至少给了咱一副好身板儿。托神的福，咱挑女人的眼光也是没的说。"

托莉莎道："要是能让我挑男人的眼光也变高点就好了。阿莫斯，你这回一准儿又要丢人现眼。莱拉都不好意思露脸。"

"哪儿啊，她是忙着照顾伊莎贝尔·纽伯利，"祖父道，"伊莎贝尔一生病，莱拉就像圣人一样对她嘘寒问暖。最近都没怎么看见她了。"

卢克从钱包里取出五张二十块钞票交给父亲："爸，这一百块钱赌阿莫斯·温戈能从萨凡纳成功滑到科勒顿。随便你跟谁赌。"

"孩子，你们妹妹昨晚从纽约来电话，"阿莫斯说，"她说如果我成功了,就把我也写进诗里。"

我们坐上卡车,托莉莎说:"瞅你那副德行,就像个穿泳衣的二傻子。"

"等我拿到新驾照就不一样了,托莉莎。到时候我打扮得精精神神,带你好好出去兜兜风。"

托莉莎说:"那我得给'水果先生'提个醒。"

正是因为这些惊喜与奉献时刻,我才始终对南方的生活感怀在心。我害怕空虚索然的生活,唯恐无望度日。虽生犹死的中产生活最令我不寒而栗,连灵魂也泄了气。如果在日出之前捕到鱼,我便再次与这颗星球的低吟同频。如果因为无法忍受夜晚独自一人或者与家人共处而打开电视,那便是将自己与那些活死人划入了同一国度。那个南方的我活得最是本真、热烈。正是这些魂牵梦萦的南方记忆引导我发现自己真实的人性。因为生性激烈,我们这家人总也抵挡不住声势排场的诱惑,一点点事情都能搞出大阵仗。炫耀与浮夸如同尾羽,每当在这个充满敌意的世界中黯然失色,温戈家的人便会展现出那引以为傲的风姿。我们倚仗本能,但很少深思熟虑。很难以智取胜,却总能出其不意,让敌人措手不及。铤而走险、身处危难之时的我们尤显身手,以一己之力对抗全世界才最觉酣畅。就连妹妹的诗歌也总让人体会到濒临险境的揪心,听着念着,仿佛每一首都成就于薄冰之上、落石之间。这些诗有重量,有巧思,运动着,闪耀着。萨凡娜的诗穿行于时间之流,狂野不羁,正如一位老者踏足萨凡纳河流的水域,立志一路滑水四十英里,证明自己依旧是个男子汉。

"爷爷,今天怕是比我们想的要冷,"我一边放船后的缆绳一边大喊,"太阳钻进了云里,看这架势恐怕要下雨。不然就推迟吧。"

"他们都在公共码头等着呢。"说着,阿莫斯拿起拖杆,紧握在手。

"好吧,"我说,"一路都涨潮,所以不用太担心沙洲。咱们尽量开直线，往快了开。"

他问："你以为我要一路回转着滑去科勒顿哪？"

我说："你肯定要用两块滑水板，不然到不了。"

"可冲刺的时候我得摆点造型啊！"

"不行，爷爷，"我说，"而且别忘了，路上我会给你扔橘子。"

"我就没听说过还有滑着水吃橘子的。"

怠速发动机的沉吟声中，我说："爷爷，不光是滑水，你要滑四十英里，必须补充体液。到时候你就留心着点儿，万一哪颗砸你脑袋上，就只能把你海葬了。"

"听着就好笑。"阿莫斯道。

"你就乖乖听教练的，"说着，我冲他竖起一根大拇指，"准备好了吗，老爷子？"

"别叫我'老爷子'。"

我冲他喊道："如果到科勒顿你还能站得住，我就不叫你老爷子。"阿莫斯的滑水板直指天空。

"汤姆，那到时候你叫我什么？"

"叫你'牛气老爷子'！"在我的叫喊声中，卢克开动马达，我们的船沿着滨水区一路向南。岸上聚集着一小撮人，观看祖父启程。祖父丝滑地跃立于水面，众人一阵欢呼。他偏离船只的尾流，斜斜切向人群方向，随后又是一记惊艳侧身拐回船尾，留下一层水花飞溅岸边。

我大喊一声："别耍花活儿了。"只见祖父起脚越过尾流上一簇簇急浪。缆绳紧绷，他在水面急速向前，几乎与船上的我们并行。

"我还宝刀未老呢！"祖父在发动机的轰鸣中大喊。

直到拐进斯坦瑟尔溪，进入南卡罗来纳水域，祖父这才安分下来。他乖乖稳住步调，回到我们后方，靠船做功省力。我不时留意着祖父的状况，卢克则注意着航道标志。船只驶过一座座小岛，树木排列于晦暗的水滨。水的颜色渐渐由浅翠变为银灰。你能感觉到日光游走四周，在积云中寻找着缝隙。还有一簇簇蜂巢状的积雨云滚滚而来，阴沉沉压向北境。

就在我们身后，祖父直挺挺站在滑水板上，纤瘦的手脚十分利落，如同一套二号铅笔。阿莫斯的身上没有软弱之处，而是蕴含着惊人的体力，令人不禁联想到卷绕的电线。拖绳的张力勒凿出前臂与肱三头肌的轮廓。他的面庞、脖子、手臂已晒得黝黑，不甚宽厚的双肩则显出苍白。天色渐暗，气温下降，他的肤色也略微泛青，犹如野鸟蛋上那抹淡淡的蓝色。滑了有十英里，祖父已面露憔悴，颤颤巍巍，显出年迈之态。但他依然屹立不倒，十分顽强。

卢克大声冲我道："他就像死了刚刚活过来一样。给他喂个橘子吧。"

我用小折刀在一颗"印度河"柑橘上开了个四分之一寸的洞，拿着果子走到船尾。我把橘子高举在手，祖父点头会意。

我把橘子直直扔向空中，然而却误判了高度。橘子越过阿莫斯的头顶，他试图跳起接住，结果却差点栽倒。

"爷爷，别跳！"我冲他大喊，"原地等着接就好。"

浪费了三颗橘子，我才摸准了他的距离和速度。他接住了第四颗，就像一个外场手探身围栏之外，想要破坏力量型击球手的全垒打。阿莫斯接住了橘子，卢克也高举手臂做出胜利的手势。祖父将果肉汁水吸得一干二净，果肉残渣如亮色的纸巾掉入他身后的水中。吃了橘子，他似乎也恢复了精气神，飞身跃过了几道尾流，然后往滑水板上一坐，一手抓住拖杆，我们这才让他消停下来。

浮标灯一过，我们进入了哈纳汉海湾。卢克说："十五英里了！"

一个家族的本性在某些场合之下可以显现一二，这次便是如此。我们在阿莫斯的眼神中捕捉到了温戈家基因库中久经洗练的决心与毅力。这份坚毅也让身为他后世子孙的我们倍感自豪。二十英里已过，祖父瑟瑟发抖，深陷的眼窝中也现出迷离，双眼犹如碎散的肉冻。即便如此，那副滑水板依然劈斩着晶莹的水面。他浑身战栗，筋疲力尽，但依然屹立不倒，朝着科勒顿前行。

一到科勒顿海湾，他终于还是倒下了。风雨欲来，水面汹涌，闪电在北去的云中撕剪。

我赶紧告诉卢克："他摔倒了。"

"汤姆，下水接应一下！"卢克连忙掉头兜了一大圈，将发动机调为怠速。船一点点靠近阿莫斯。

我下水游到他身边，将一个新开的橘子举在头顶，不让咸水从孔洞灌入。

"爷爷，感觉怎么样？"我一边游向他一边问。

"萨瑟尔说得没错，"我几乎听不到他的声音，"我抽筋了。"

"爷爷，哪里抽筋了？别担心。你滑水可是有私人按摩师跟着呢。"

"这回可抽大发了，"祖父道，"我这脚趾之前从来没什么感觉，连牙也跟着抽——它们压根儿就不是我的！"

"把橘子吃了，躺一躺，我给你按摩一下身体。"

"没用的！我已经没劲儿了。"

卢克已经把船开到我们身旁。发动机在耳边低鸣，我开始帮祖父按摩手臂和脖子。

"卢克，他说他要放弃。"

"他不会的。"卢克说。

"卢克，我已经累趴下了。"

卢克朝船下的阿莫斯喊道："爷爷，那你的麻烦可大了。"

"这话怎么说？"阿莫斯问。我的双手按捏着他双臂绷凸的肌肉，祖父不时呻吟着。

卢克答道："要我说再滑十英里到科勒顿可比游过去容易多了。"

说着，卢克举起自己的驾照："爷爷，这东西可在前面等着你呢。我倒想看看，咱们乘风破浪到终点的时候，萨瑟尔那小子还怎么嘚瑟。"

阿莫斯大喊："汤姆，给我捏捏腿。卢克，再给我扔个甜橘子下来。说真的，这东西从来就没这么好吃过。"

"爷爷，把滑水板脱了，"我说，"我给你捏捏脚。"

"我的脚一直都挺好看的。"他迷迷糊糊道。

"而且很有劲儿，"我小声说，"再撑个十英里没问题。"

"想想耶稣是怎么走上骷髅地[1]的，"头顶上，卢克的声音铿锵有力，"想想看，如果他放弃了，那世界得变成什么样啊。关键时刻，耶稣可没掉链子。不妨求他助你一臂之力。"

"孩儿啊，耶稣可没滑着水上骷髅地，"祖父喘着粗气，"此一时彼一时。"

"可如果逼不得已，他也一定做得到，"卢克鼓励道，"为了解救人类，他一定会在所不辞。他没有放弃。这才是重点。他不愿放弃。"

"汤姆，再给我捏捏脖子，"祖父闭着眼咬着橘子，"那里酸得很。"

"放松，爷爷，"我来回按摩着他的太阳穴和脖子，"依靠救生衣的浮力，让全身肌肉放松。"

"每年耶稣受难日，你一走就是三个小时，"卢克道，"这些年从来没放弃过。明天你就能开着福特车，带着咱们全家去兜风。"

"说你自己吧，卢克，别捎上我，"我一边说，手指一边往祖父的肩膀里掐，"把水壶扔下来，我给爷爷喂口水。"他在我怀里漂着，仿佛睡着了一样。此时，只听卢克道："爷爷，你还是上船吧。这下萨瑟尔就成了南卡罗来纳最得意的家伙了。"

"小子，把拖绳给我，"祖父突然两眼圆睁，"我可不想再听自己的孙子在那里说胡话。"

我说："爷爷，前面的水可急着呢。"

"那正好，滑回镇子上更神气！"

回到船上，我一手捯，一手重新放下拖绳，直到绳子紧绷着缠在阿莫斯的肚脐处。一看到绳子两侧的滑水板上扬，我大喊："好了！"卢克开

---

1 耶路撒冷城外的小丘，耶稣被钉死于十字架的地点。

足马力，船在激流中飞速向前。再度上路的阿莫斯如垂死一般，被浪涛与疲惫消磨得哆哆嗦嗦，判若两人。他跟绳子较劲儿，跟波浪、风雨抗衡，还要跟自己对战。暴风来袭，大雨倾盆，身后的阿莫斯几乎溶解在雨幕之后，只剩一个似隐似现的轮廓，如同失焦底片上的人形。闪电猛击岛屿，雷鸣怒斥河流。雨水冲刷着我的双眼，卢克只能摸黑往前开，但他对水深与波浪了如指掌。我望着祖父模糊的身影，看他与时间和暴风雨交战。

"我们会不会要了他的命啊？"我大喊着问卢克。

"如果他坚持不下来，那才会要了他的命。"

"他又倒下了。"只见阿莫斯遭到一记大浪重击。下一波风浪已然袭来，他失去了平衡。

卢克再次让船兜圈，我顶着劲浪游到祖父身边，不断按摩着他的脖子和手臂。每当手指捏到肩头和臂下酸痛的肌肉，祖父都会疼得大叫。他的脸色不大对头，如同一只被剥制成标本的青枪鱼。他的身体虚弱无力，我帮他按摩腿脚，而他的思维也开始涣散。

卢克的船向我们驶来，我大喊："依我看应该把他弄上船。"

"不行！"祖父用微弱的声音竭力嘶吼道，"还有多远？"

卢克答道："爷爷，还有七英里。"

"你看我怎么样？"

我说："惨不忍睹。"

"别听汤姆的，你精神着呢。"卢克说。

"我可是当教练的。"

"小子，你滑水可是我教的。"阿莫斯仰面浮在水上，救生衣像软木塞一样上下跃动。

我的手指使劲往他紧绷的大腿里掐："你还教过我，这种天气千万别滑水。"

祖父笑道："看来我把你教得不赖。真不赖，小子！"

513

"那就上船，"我命令道，"爷爷，你已经尽力了。谁也不能说你没尝试过。"

阿莫斯说："上帝要我一路向前。"

我说："爷爷，听听这雷声。它分明在说'不行'。"

"它说：'阿莫斯，别停下！'这才是我要听的话。"

"爷爷，汤姆的外语一直不好。"卢克叫喊着把船开过来，并从一侧将我拉起。祖父又套上了滑水板。

"卢克，我看够呛。"

"就剩七英里了，你就等着看好戏吧。"我俩眼看着阿莫斯抓住漂在水上的牵引杆，为到达科勒顿前的最后一程做好准备。

卢克再次猛推油门杆，祖父在大雨与白头浪花中挣扎着起身。突破了欲望与热忱极限的他站起来了。对抵达终点的期待燃起了他的斗志。原始的竞技欲望重新赋予他活力。正因如此，纵使天降大雨，即便大西洋再如何摧残他的身体，也无法让他退缩。

距离科勒顿还有两英里，我们开始见到排列在沿河道路上、码头边的车子，大家都等待着我们到达。当人们看到踩在滑水板上的阿莫斯依然没有倒下，岸边响起一阵阵车子的喇叭声。科勒顿的居民用车灯向阿莫斯的胜利致敬。祖父快活地挥着手，回应着喇叭和光亮。我们的船在河湾处转向，阿莫斯又炫耀起来。他要了几个花活儿，展现出若干旧时的玩法。我们沿着浪潮街驶过，喇叭声震耳欲聋，连雷声都被比了下去。桥上挤满了撑伞的人。祖父经过时，吊桥的吊杆下还响起了一阵欢呼声，大家都挥手称赞着。卢克开船驶向公共码头，那里也同样聚集着人群。他开足马力，却又突然拐回河中。祖父一路极速滑向岸边，卢克与我一掉头，他便松开拖绳，如水上行走一样奇迹般漂回码头，最后被父亲一把接住。

卢克开船绕回。我们和欢呼的人群一道见证了那个难忘的时刻：阿莫斯·温戈从彬彬有礼、一脸钦佩的萨瑟尔巡警手中接过了自己的新驾照。

然而，我们却错过了之后惊险的一幕。阿莫斯在停车场突然倒地，父亲立马将他送到医院的急诊室。凯泽林医生让他留院卧床一日，治疗过度疲劳和冻伤。

一年后的某日，托莉莎让阿莫斯出门买一磅自发面粉和一瓶A1牌牛排酱。就在快要走到摆放牛排酱的那排货架时，阿莫斯突然站住，一声微弱的惨叫，随后栽倒在白萝卜猪肉罐头的展示柜中。阿莫斯·温戈倒地时便已死亡。尽管萨瑟尔巡警不断尝试口对口人工呼吸，却只是徒劳。据说急救队把祖父的尸体拉走时，萨瑟尔简直哭成了泪人。然而，萨瑟尔仅仅是当夜科勒顿最早为此掉泪的人。全镇的人都知道，科勒顿已然失去了一位无可替代的好人。对一个小镇而言，没有任何打击能比失去一位难能可贵的乡邻更甚。对于一个南方家庭而言，最沉重的打击莫过于在这个价值腐坏的世界中失去了那一抹质朴与温存。祖父的信仰始终是一种璀璨的癫狂，而他对这个世界的爱则是一首极富溢美之词的圣歌，献给那造就他的羔羊。再也不会有人写信给《科勒顿公报》，忠实转录上帝与阿莫斯之间的闲聊絮语。如今，阿莫斯会在被天使甜美歌声萦绕的大厦中为上帝修剪头发，面对面地与造物主倾谈。祖父下葬当天，特纳·波尔牧师的这番话在白色的教堂内回荡。

那一天，南方对我而言已然死去——或者说，我失去了与南境最深的共鸣，失去了对它最深的眷恋。南方失去了与之毫不相称的无忧魅力。祖父曾抓了苍蝇、蚊子装进罐子，然后拿到后院放生，只因他不忍残害上帝的生灵。

祖父曾说："它们也是族群的一部分，也是上帝的安排。"

祖父的去世迫使我承认冥思生活中自然产生的隐秘智慧。他一生远离物质，远离世俗。儿时的我见他带着如此纯粹的热忱虔诚礼拜，总觉得十分丢脸。长大成人的我则总是羡慕他信仰的单纯与庄严，羡慕他眼中人性的完整与价值。终其一生，祖父都服从于一种纯净的信念，并且为之奉献。在他葬礼上哭泣的我并非为了个人的失去而落泪。你会一直承载着他的精神——一份人性自我的花园中升腾的不朽记忆。不，我哭泣是因为我的孩子们再也没有机会了解他，而我无法用任何一种语言来描述：一个对一部经典深信不疑，并走遍美国南境挨家挨户推销这部书的人是何等地孤寂与仁慈！唯有"善良"可以形容善良，而这个词还远远不够。

在"哈利路亚"和"赞美我主"的呼喊声中，六名男子各持一副新打的木头十字架，着手将十字架的底座打在教堂的木地板上，以此纪念我的祖父。他们夯敲的动作整齐划一，宛如急促激昂、难以咂摸的军号，奏响受难者的幽暗乐声。父亲与倚靠着他的托莉莎一同起身，陪着她走上中央过道。这是她见阿莫斯的最后一面。阿莫斯躺在开盖的棺材里，头发后梳成高卷，脸上一抹牵强的微笑（一看就是殡葬师温斯洛普·奥格特里的手笔），犹如一个不修边幅的唱诗班少年。一本白色的《圣经》摊放开来，打开的页面用红字印着耶稣的话语："复活在我，生命亦在我。"管风琴师奏起《以爱相连》，信众唱起赞美诗，托莉莎俯下身，最后一次亲吻祖父的嘴唇。

大家从教堂走到墓地。我握着萨利的手，而卢克陪着母亲。萨凡娜和父亲一起搀着托莉莎。全镇的老少，无论是黑人还是白人，都表情严肃，默默地跟在我们身后行进。那六位男子拖着十字架走在路中央。"水果先生"引领着众人，泪流满面地吹着哨子。萨瑟尔巡警也加入了抬棺者的行列。

一个阴霾之日，我们借着沓嵇稀少的日光安葬了祖父。阿莫斯的棺材下到墓中后，卢克、萨凡娜和我留下来填土。我们铲了一个钟头才收拾妥当。结束后，兄妹三人坐在荫蔽着温戈家土地的黑栎树下。我们哭泣着，讲着阿莫斯往昔的故事，说着他在我们童年里扮演的角色。祖父就安眠在我们的身下，没有美梦，仅仅透过如歌的记忆和我们说话。告别也是一种艺术，只是我们太年轻，未能掌握精髓，只能直白地讲着故事：一个打从我们儿时起便为我们剪头发的人，他将自己的一生化为一首廉洁的圣歌，献给造物的上帝。

终于，萨凡娜开口说："虽然这话可能有些冒昧，可我还是要说，爷爷就是个疯子。"

"可能有些冒昧？"卢克问。

"卢克，你可别忘了，爷爷可是成天在跟耶稣对话啊！精神科医生可不会说这是正常行为。"

"真是的，你还成天跟恶狗和天使说话呢！"卢克怒气冲冲，"比起跟耶稣对话，这倒正常多了。"

"卢克，你太恶毒了，"萨凡娜双目低垂，眼泪汪汪，"别把我的病说得这么轻描淡写。我最近很不好过。其实我一直都在痛苦挣扎。"

我劝道："萨凡娜，他没有恶意。"

"我就不该来的。每次跟家人沾上边准出事儿。太危险了。"

"有什么危险的？"我问，"萨凡娜，难道就因为这样，你才难得露面吗？"

"这个家太可怕了，"萨凡娜答道，"总有一天，你们两个也会受害，就像我一样。"

"萨凡娜，你说什么呢？"卢克问，"爷爷的事明明聊得好好的，你非要拿你那些神经兮兮的破事儿败兴。"

"下一个就轮到你了，卢克，"她说，"你脸上全写着呢。"

"轮到我什么？"

"你们两个都没有真正面对小时候发生的事，因为你们是南方爷们儿。依我看你俩这辈子可能都无法面对。"

"萨凡娜，身为南方爷们儿，我可真是对不住你了！"卢克说，"那你想让我当啥？因纽特人？东洋的采珠人？"

"卢克，我是希望你能看看周围，认清现在的状况，"萨凡娜平静地说道，"你和汤姆对于正在发生的事情都毫无察觉。"

"萨凡娜，不好意思，"说着，我的火儿也跟着蹿起来了，"我们不过是两个南方爷们儿。"

"卢克，你为什么讨厌女人？"她问，"为什么你从不约会？为什么从不跟哪个女人认真交往？你就没问过自己吗？"

"我并不讨厌女人，"卢克的语气中流露出痛楚，"亲爱的，我只是理解不了女人。我不明白她们在想什么，为什么会那么想。"

"那你呢，汤姆？你怎么看待女人？"

"我？我讨厌她们。要我说，女人都他妈是地球的垃圾。所以我才娶了一个，还生了三个闺女。这主要是因为恨。"

"我知道你为什么火气那么大。"萨凡娜不温不火地说道。

"我没有发火。萨凡娜，卢克和我只不过是看不惯你那义正词严的烦人样。每次一见面，我们就得听你说教，说我们怎么在这儿虚度光阴，而你在纽约过得如何风生水起，如何实现自我价值，如何跻身时代精英之列。"

"不是这样的。我每过一两年才回来一次，所以从我的角度看得更清晰。你们看不到的东西，我可以一眼看穿，因为你们是当局者迷。你们俩最近跟妈妈聊过吗？"

"聊过啊，"卢克说，"每天必聊。"

"你知道她最近在想什么吗？"萨凡娜并不理会卢克讽刺的语调，"你知道她打算干什么吗？"

卢克说："她每天除了睡觉，都在伺候那个可怜兮兮的臭婆娘伊莎贝尔·纽伯利。每次回到家都累了个半死，差点连倒床上的劲儿都没了。"

萨凡娜没留任何停顿的空隙，话锋急转："汤姆，萨利好像并不快乐。她的样子很憔悴。"

"萨凡娜，她又当医生又当妈。单拎出来一样就够受的了，更别说俩了。更何况当爸的还在学校教书，还得给三支运动队当教练。"

她说："至少她不用下半辈子在家当主妇。"

我问："你怎么就那么看不惯家庭主妇？"

"我就是被家庭主妇养大的，而我这辈子差点毁在她手里。"

卢克开口了："小的时候我老被一个捕虾的打,但我可不会怪罪虾。"

"妈妈要跟爸爸离婚,"萨凡娜说,"她昨天晚上告诉我的。"

"这有啥新鲜的?"卢克道,"咱们从小到大,她这话都念叨了多少次了?"

"没多少次,"我说,"也就不到六千八百万次吧。"

卢克继续道:"把我们放上车,开车出了岛,对着咱赌咒发誓,再也不在亨利·温戈家多待一宿……这都多少回了?"

"也没多少回,"我又接话道,"咱小时候,也就发生过二三十回吧。"

"她能去哪儿?"萨凡娜问,"她拿什么供咱们几个吃穿?没有男人,她靠什么生存?妈妈被南方困得死死的,所以变得有些刻薄。但我觉得这一次她是动了真格了。下礼拜她就要办离婚,而且已经聘请了律师,对方已经在准备文件了。"

"她告诉爸爸了吗?"我问。

萨凡娜答道:"没有。"

卢克说:"汤姆,先说要紧事儿。"

"这么重要的决定,妈却没告诉你俩,你们不觉得奇怪吗?难道这还不说明这家人的沟通方式有问题吗?"

卢克道:"萨凡娜,为什么你每次回南卡罗来纳,一逮着机会就要教我和汤姆怎么过日子?我们哥儿俩从来不对你的生活指指点点,可无论我们做什么,你总有挑不完的不是。明明今天是来跟爷爷告别的,可你非整得跟集体治疗一样。即使妈当真要离开爸,那也是他俩的事。我跟汤姆会尽我们所能帮他们渡过难关,而你人在纽约,就只会打电话数落我俩做事一塌糊涂。"

"萨凡娜,我讨厌沟通,"我说,"每次一跟你'沟通',最后总要吵架。我发现每次一和家里人沟通,总会听到些不想听的……想知道的却听不着多少。"

萨凡娜问:"爸妈离婚你也不在乎?"

"在乎,我很在乎。如今老爸不打我了,对我也没什么威胁,我觉得他就是个可怜虫。我从小就恨透了他,因为在他屋檐下,我总是担惊受怕,因为我没法原谅夺走我童年的家伙。可我已经原谅他了,萨凡娜。我也原谅了妈妈。"

"他们两个我谁也无法原谅,"萨凡娜说,"伤口太深了。我每天都在为他们犯下的错误埋单。"

"他们不是有意的,"卢克说着将萨凡娜搂在胸前,"他们就是两个混账,不知道怎么当好人,只会瞎折腾。"

"我不是故意责备你们的。我一直害怕这个镇子会把你们耽误了。"

卢克说:"喜欢科勒顿也不是什么罪过,爱得不够深才是真正的罪过。这可是爷爷说的。"

"看看他又落得何种下场……"萨凡娜低头指了指坟墓。

"天堂也算个不错的去处。"卢克说。

萨凡娜道:"你才不信什么天堂。"

卢克说:"我信。萨凡娜,我已经身在天堂了。这就是你和我最大的区别。科勒顿有我想要和需要的一切。"

"可这里没有半点新鲜,没有任何精彩的事物,没有熙攘的人群,没有任何刺激。"

我问:"你在爷爷葬礼上致悼词的时候,那六个执事往地里夯十字架,你觉得那场面怎么样?"

"我觉得他们都疯了。"

卢克说:"但不也挺刺激的吗?"

"没有,就是疯癫而已。看着他们,我只想赶紧逃离这个镇子,能跑多快跑多快。"

"萨凡娜,他们只是想表达对爷爷的敬意,"卢克说,"想告诉所有人，自己有多敬爱他。"

"没准儿还能写首好诗，"她自言自语道，"就叫'夯十字架的人'。"

"爷爷滑水那首写完了吗？"我问。

"快了，还得润色。"

"怎么这么长时间还没写完？"卢克问。

"艺术创作可急不来。"

"就是，"我说，"你这蠢蛋，艺术创作急不来。"

萨凡娜没搭理我俩，而是径直站起来说道："咱们得跟爷爷道别。"

"以后咱们几个就葬在那边儿，"卢克说着走向一片空旷的草地，"我葬在这儿，你俩葬在那儿，连老婆孩子的地方都够了。"

萨凡娜说："卢克，这么说也太病态了，好郁闷。"

卢克说："知道以后翘了辫子要躺在哪儿，我倒觉得挺安心。"

"等我死了，就火化成灰，撒在罗马的济慈墓。"

"好一个朴实的请求。"我说。

"那可不行，妹子，"卢克怜爱地说道，"我要把你带回科勒顿，把你埋在这儿，我好看着你。"

"你可真瘆人。"

"咱们回去吧，"我提议，"那些脑子烧坏的家伙应该走得差不多了。"

"再见，爷爷，"萨凡娜柔声说着，朝新翻的泥土飞吻了一下，"多亏了您和托莉莎，不然我们几个还不知会怎样。"

"爷爷，如果您上不了天堂，"卢克说着，和我俩一起往墓地外走，"那天堂就是狗屁。"

我生活在一个不会降雪也没有杜鹃花的城镇。人生的第三个十年基本献给了教练生涯，指导着一群或笨拙或机灵的毛头小子。徒然流转的运动时光划分出我生命的季节。悬空球踢出的旋律盘旋着飞上秋日的云朵。冬日里，橡胶摩擦着闪亮的木地板，高大的少年转身奔向篮筐。晚春时节，"希勒里奇&布拉兹比"牌白蜡木球棍猛击着棒球。当教练算不上热忱错放，充其量只是让男孩子的幼年时光富有意义的艺术。我算不上什么顶级教练，但也不会害人子弟，更不会出没于哪个孩子的噩梦中。我未曾率队打败过伟大的约翰·麦克西克挂帅的萨默维尔精锐橄榄球队。他是无数王朝的缔造者，而我只是格局有限的小教练。对于获胜，我既不较劲儿也没有执念，我指导的队伍却两样都有。获胜虽好，却少了几分脆弱的崇高，少了从全力以赴却功亏一篑的失败中收获的点滴智慧。我告诉孩子们：输得有品是一种才能，而赢得有品则是真正的男子汉气度。我告诉他们，失败有助于分辨轻重。

在这个不会降雪也没有杜鹃花的城镇，我努力好好生活。我开始观鸟，业余时间还收集蝴蝶标本，每年放刺网捕鲱鱼，还收集巴赫和卡罗来纳沙滩音乐的唱片。我也成了那种默默无闻但努力保持敏捷思维与好奇心，同时又落入中产俗套的美国人。享受着教职员工优惠的我订阅了五份杂志：《纽约客》《美食家》《新闻周刊》《大西洋月刊》以及《新共和》。我以为这些选择可以凸显出我的深度、开明以及兴趣的广泛。但我万万没想到，这些精心选择的刊物却暴露了一个无可辩驳的事实：我只是所处时代的一个笑话、一个平庸之辈。萨凡娜给我寄来一箱箱书籍，都是她从"巴诺书店"[1]买的。她总觉得我留在南方是脑子坏了。萨凡娜对书籍的信念犹如买杂货：书可以像救济补助券一样分发出去，换来各种有用的礼品。我知道她是为我担心，怕我沉溺于常规与安逸。但她错了，我的顽疾其实要怪诞得多。我带着童年缺失的惆怅进入了成年。我的父母夺走了我心中的南方，而我渴望能在那里养育自己的子女。我最渴望的是活得精彩。我有自己的经验智慧，可以传授给我的孩子，而这些知识与大城市

---

1 美国最大的零售连锁书店。

毫无关系。萨凡娜并不明白,我无比迫切地想做一个正派的好人。当我死去时,希望萨利能在最后一次亲吻我时说:"我选对了丈夫。"就是这团火支撑着我,这个信念也是我人生的第一准则。在我看来,之所以失败,除了自身的原因,更多是因为环境的险恶。回到科勒顿时,我完全没有想到。如果那时有人告诉我,以后的科勒顿将不再是南卡罗来纳那个小镇,我肯定会笑出声。很快,我将会从这个时代学到许多,而学到手的东西我却一样也不喜欢。

祖父的葬礼已经过去三周,一日,我橄榄球训练归来,见父亲的卡车停在我家门外。车尾的保险杠贴纸上画着和平标志,还跟着一句话:"这是美国鸡崽的脚印。"我一进屋,见他正在客厅里跟萨利说话。詹妮弗坐在他的腿上,萨利正在沙发上给露西换尿布。

"嗨,爸爸,"我说,"给你弄点喝的怎么样?"

"好啊,儿子。啥都行。"

我在厨房弄喝的,萨利也跟了进来。"萨利,你也来点儿?还是等这些小家伙上床再说?"

萨利小声道:"一定是出什么事儿了。他刚才还哭呢。"

"我老爸?抹眼泪?"我压低声音,"不可能。人类难过的时候才会哭。我爸生来没感情,就好像有些人生来没小拇指一样。"

"汤姆,你对他好点,心平气和地跟他聊聊。我带姑娘们去托莉莎家。爸爸想单独跟你说说话。"

我说:"萨利,咱上别处去吧。这样你我都更轻松。"

"他现在就想聊聊。"说着,萨利径自去招呼孩子们。

回到客厅,我看到父亲头倚着椅背坐在那里。他呼吸沉重,我从未见他这么六神无主。父亲就好像被绑上了电椅,两手颤抖,关节发紫。

我把饮料递给他,我问:"球队训练得怎么样?"

"挺好的。依我看赢乔治城大有希望。"

"儿子,能跟你说点事儿吗?"

"当然了,爸。"

"你妈妈前两天搬出去了,"他字字吐得艰难,"起初我没多想——夫妻嘛,都有磕磕绊绊的时候,平时很快就能和好。可今天治安官送来了文件。她想离婚。"

"爸,我很难过。"

"她跟你提过吗?你知道会闹成这样吗?"

"爷爷的葬礼过后,萨凡娜跟我提起过。但当时我没多想。"

"儿子啊,你怎么没告诉我?"他的语气显得很受伤,"我也好买束花、带她到查尔斯顿的高级餐厅什么的。"

"我觉得这不是我该插手的事,应该由你们俩自己解决。"

"不是你该插手的事?!"父亲大喊道,"我是你爸,她是你妈。如果这都不是你的事儿,那谁的事儿才算?汤姆,她要真离开我,我他妈该怎么办?你倒说说看啊!没有了你妈,我还过得有什么意思?你以为我辛苦工作一辈子是为什么?就是为了让她得到想要的一切。虽说算不上尽如人意,可我也算试过了。"

"你的确试过,没人挑理。"

"但凡我能发上一笔,她肯定不会离开我!你根本不知道你妈有多喜欢钱。"

"爸,我也不是一点不知道。"

"所以她一定会回来。你妈她才不知道怎么维生,如今已经这把年纪,现学也晚了。"

"妈妈聪明得很。爸,她如果铁了心要走,肯定早就计划好了。"

"任凭她计划出个大天来,没钱就没法实现。儿子,她干吗要这样?你给我说说,她干吗要这么干呢?"

他用一双大手捂住脸,号啕大哭起来。眼泪流出指间,顺着手背、手腕滑下。那伤心欲绝的样子仿佛心脏的瓣膜被塞住一样。我所目睹的并不是悲伤，而是一个男人心知肚明的苦楚——他很清楚，暴虐终究要悉数偿还。他要为这三十年来的作威作福付出代价，却丝毫没有悔悟之心。

"我拿她像女王一样供着，这才是问题所在。我他妈就是对她太好了。她要什么我都给。我任着她摆架子，装模作样。本应该管得她服服帖帖，可我却事事依着她。"

"爸，你成天对她拳打脚踢，对我们也一样。"

他想回嘴，却说不出话来，一阵阵抽噎如同猛浪冲击着危险的海滩。一时之间，我对他几乎有几分同情，但十八年来经受的风雨锤炼又回到眼前。我很想对他说，为妈妈痛苦吧，老爸。为哥哥、妹妹，也为我掉眼泪吧。但他没有那么多的眼泪洗刷自己作为丈夫、父亲所犯下的自私罪过。我无法赦免这个只会将年幼的我打翻在地、从无一丝爱抚的男人。而令我惊讶的是他终于说出的那句话："我没对她动过手，也从没打过自己的小孩。"

"什么？！"我冲他大吼一声，又惹得他泣不成声。

等他平静下来，我屈膝在他椅边小声说："爸，咱们家就这点最让我抓狂。你打我没关系，真的。都已经过去了，谁也无法挽回。可我实在受不了，每次我一说起这个家过去明明白白的事实，要么是你，要么是妈，都跟我说根本没发生过。爸，你可要知道，作为爱你的儿子，我必须说，你对妈、对你的子女就是个浑球儿。你并不是总这样，不是每天、每月都这副德行。可我们永远不知道你什么时候会发火儿，不知道什么时候当地最结实的捕虾人暴脾气一上来，又会让我们在家里挨拳头。所以我们都学会了不吵不闹，学会在你身边谨小慎微，学会了一声不响地害怕。妈对你可是一心一意。她从来不准我们对任何人说起挨打的事。多数时候她都跟你一样，就算我们记得，她也非说没发生过。"

"汤姆，你胡扯，"父亲突然道，"你胡说八道，肯定是信了你妈的鬼话跟我作对。是我心太软，我唯一的错就是心太软！"

我一把抓住他的右胳膊，解开袖扣，把衬衫袖子卷上胳膊肘。我翻过他的手臂，让掌心向上，然后找到了那条爪形的紫红色伤疤，受损的皮肤印刻在前臂圆鼓鼓的肌肉上。我凝视着那条胳膊，眼中满是柔情。繁重的劳力在他的双臂雕凿出一种奔放之美。突鼓的血管犹如饱受侵蚀的河岸边一棵棵大树的根系。他在船上总爱戴帽子、穿长袖，因为他知道，母亲喜欢皮肤白皙的男人，他们不用靠劳力为生。父亲的手十分粗糙，沾染着点点油污。即便是剪刀割进他拇指下的老茧里，也要深入四分之一寸才会见血。这双手打过我，但也为我而操劳过。因为这双手，我成了老师。

"爸，你这伤疤是怎么来的？你的儿子——这个胡说八道且爱你的儿子想知道你胳膊上那道疤是怎么来的。"

"我怎么知道？我捕虾，浑身上下都是伤疤。"

"不好意思，老爸，这个答案可不怎么样。"

"汤姆，你到底要对我怎样？"

"爸爸，如果你无法承认自己的过去，就无法改变现在的你。好好想想，你那道疤怎么来的？我来帮你回忆回忆。萨凡娜和我坐在客厅的餐桌跟前，那天是我俩十岁的生日。桌子上摆着个蛋糕——不对，抱歉，桌上摆着两个蛋糕。妈妈总是给我们每个人各做一个。"

"我听不懂你在说什么，我真该去找卢克。你想让我把自己当成浑球儿。"

"我只是问你那道疤哪儿来的。你说我胡说八道，可我只想让你明白，你那道疤的来历我记得清清楚楚。我还做过关于它的噩梦。"

他大吼："打死我也记不得！不记事儿又不是什么罪！"

"有时这就是罪！现在，让我来告诉你那晚到底怎么回事。爸，这很重要。同样的夜晚还有成千上万个，但那晚的事能给你提供一点视角，让你明白妈妈为什么要离开你。"

"我不要什么视角，我需要的是帮忙。"

"我这就是在帮你。"父亲掩面而泣,我的故事就此展开。

和平时一样,那晚的风雨来得毫无预兆,躲闪不及。父亲早早就离开餐桌,去看《艾德·沙利文秀》。惨淡的捕捞季即将结束,父亲也因而变得喜怒无常,十分危险。晚饭时他一言不发,去客厅还拎了一瓶波旁威士忌,然而他的举止中并未透出威胁。连他的沉默都显得温和,感觉更像是源于身体的疲累,而非怒气集结。母亲在两个蛋糕上分别点燃十支蜡烛,萨凡娜高兴地拍手道:"汤姆,咱们的年龄已经是两位数啦!从现在开始,咱们的年龄都是两位数,直到一百岁!"

母亲说:"亨利,到桌子跟前来,孩子们要吹蜡烛了。"

他俩前晚拌嘴了?架没吵完?我不知道,答案也不重要。

"亨利,你听到没?"母亲说着朝客厅走去,"该给萨凡娜和汤姆唱生日歌了。"

父亲在椅子上一动没动,也不给母亲任何回应。

"算了,妈妈。"烛光后的我恳求道。

"赶紧起来,给孩子们庆贺生日。"母亲说着,上前关掉了电视。

我看不到父亲的眼睛,但可以看到他肩头一紧。只见他把酒杯端到唇边,一口喝光。

"莱拉,以后不许这么干。我正看节目呢。"

"你这副样子,孩子们会以为你不爱他们,连个生日祝福都没有。"

他的声音里没有感情,没有起伏:"你再不把电视打开,我会让你后悔来到这世上。"

萨凡娜说:"没关系,妈妈。拜托了,妈妈,把电视打开吧。"

"不行。等我们切了蛋糕,你爸爱看什么看什么。"

两人之间剑拔弩张,十岁的我亦感受到血液中震荡的波动。我无奈地看着父亲瞪着狮子般的眼睛,在失意人生的贫乏中哑然起身,将母亲推搡到电视机前。他抓住母亲的头发，逼她跪在地上，而他的孩子却在生日的烛光里哭泣。

"莱拉，把电视打开。以后少在我家里对我发号施令。这是我的房子，亏了我你们才有的住！"

"不！"妈妈说。

她的脸又一次狠狠撞上了显像管。那么大的劲儿，电视居然没被砸烂。

"不！"母亲两边鼻孔都在淌血。

"打开吧，妈妈！"我大喊。

萨凡娜跑到电视机跟前，用力躲闪着扭打的两个人。艾德·沙利文的声音再次充斥整个房间。

妈妈喘着粗气说："是她打开的，不是我。"

父亲弯腰伸手关掉了电视。寂静中凝滞着压抑的悲伤。

"我让你把电视打开，莱拉。你这是要把儿子们教坏啊！他们必须明白，女人要懂得尊敬一家之主。"

萨凡娜再次把电视打开。可是音量开得太大，艾德·沙利文的声音震耳欲聋。父亲反手给了萨凡娜一巴掌，她撞上了茶几，像胎儿一样蜷缩在地毯上。

母亲连忙冲过去，母女两个抱头痛哭。父亲一步步越逼越近。他在二人头顶虎视眈眈，这时只听点38口径的左轮手枪急促六连发，电视机爆成了一堆碎木和玻璃碴儿。

我回过头，只见卢克站在卧室门口，冷静地往枪里装着子弹。烟气从枪管里盘旋上升。

卢克说："电视烂了，现在你可以给儿女唱生日歌了。"

父亲步步朝卢克逼近，惨白的眼珠子闪着钝兽的寒光。卢克正面对着一个怒火奔腾、对妻儿大打出手的魔鬼，但他已经装好了枪弹，上了膛，瞄准了父亲的心脏。

"怎么还有你这种男人?"卢克问,"五大三粗的大老爷们儿为什么要对女人和小姑娘动手?你心眼儿怎么那么坏?"

父亲朝他越逼越近,卢克退到了厨房,枪口依然指着父亲的前胸。母亲、妹妹的哭声混杂着我惊恐至极的尖叫声,在我耳边回荡。

父亲抓住了卢克的手腕,一把夺过了手枪,冲着卢克的脸就是一拳头。卢克跪倒在地,可半晕半醒中仍被父亲抓住头发拎起来,接着又是一拳。

回过神来,我发现自己已经扑上父亲的后背,咬住了他的左耳。他怒吼一声,我被甩上厨房柜台,摔在了厨灶上。我一骨碌下了地,抬头看到母亲正用指甲狠狠抓他的脸。我冲进他俩之间,试图把二人分开,接着便听到母亲脸上挨拳头的声音。我猛击他的肚子和前胸,他的巴掌打在我头上。叫喊、嘈杂、刺眼的灯光令我头晕目眩。此时我一抬眼,看到母亲拿来切蛋糕的那把切肉刀在强光中一闪。一股血喷溅在我脸上,我眼前一片模糊,根本分辨不清被刺的究竟是父亲还是母亲。萨凡娜在尖叫,我也在尖叫,母亲大喊着要我们赶紧往外跑。可我眼里的血怎么也擦不净。我两手胡乱抓挠着被至亲的鲜血模糊的双眼,一时辨不清方向。

卢克拽着我朝大门口走去。红色的血雾之中,我看到父亲摇摇晃晃地倚靠着自己卧室的门板,鲜血从他前臂喷溅而出。母亲手里握着血刃,告诉父亲如果他再敢碰我们一下就把刀扎进他的心脏。卢克把我和萨凡娜推出前门,让我们上卡车。

"要是看见爸出来,就逃到林子里去。"说完,卢克冲回屋里去救母亲。

萨凡娜和我跌跌撞撞地往卡车的方向跑,尖声的哭喊如出一辙。后来我才知道,萨凡娜当时以为是我的脸被刀子刺伤了。父亲的血溅满我整张脸,如同一张怪诞而血腥的面具,而我的双手宛若手术台上的两块海绵。

借着房子里透出的灯光,我看到卢克和母亲一同夺门而出。在他们身后，父亲跟跄着发出凄厉的惨叫，完全站立不稳。他的身影填充了门口，母亲则钻进了卡车。卢克跳进后斗，母亲在包里翻找着钥匙。

卢克大喊："妈妈，快点！他快追上来了。"

父亲蹒跚着穿过草坪，母亲胡乱地摸索着钥匙。一路鲜血滴答，他却依然穷追不舍。"妈妈，他快撵上来了！"就在萨凡娜的尖叫中，引擎突突了两声，紧接着轰然发动，载着我们冲出院子，逃离了那个蹒跚追赶、鲜血淋漓的男人。

车子沿着通往大桥的土路飞奔。母亲对我们发誓："孩子们，以后咱们再也不回那个家了。这一点我向你们保证。从此以后我们离他远远的。要是让我的孩子在那种人身边长大，那我这当妈的成什么了？"

我们在托莉莎和阿莫斯家住了两天，随后就返回了岛上。动身回家之前，母亲把我们三个聚在一起，让我们再也不要对任何人提起那晚发生的事。她说这世上最高尚的美德就是忠于亲情，只有最好、最良善的人才具备这种美德。回家当晚，父亲和母亲显得格外亲昵。不到六个月过去，他又一次对子女举起了巴掌。

我告诉痛哭流涕的父亲："直到今天，我一直都觉得那天你如果追到车上，一定会杀了我们四个。"

"不对！"他可怜兮兮道，"你说的没有一句是真的。你怎么能对自己的亲爸说出这种话？"

"我倒觉得挺容易的。"

"我一点也不记得。真有这种事儿，肯定是我喝多了，做了什么自己都不知道。想必是我喝糊涂了。我承认，我酒品不太好。"

"萨凡娜也不记得。我问过她一次。而卢克根本不愿意跟我提这事儿。"

"那肯定就是你胡思乱想，儿子。对，没错！你老喜欢给别人编故事。我敢说你跟你妈合起伙儿编出这种故事,就是为了糊弄法官,对吧?"

"爸,你那伤疤是怎么弄的?"

"我都说了,我是捕虾的。这营生危险得很。要么是绞车弄的,要么就是哪次缆绳断了……"

"是切肉刀割的,"我语气平静,"那电视机呢?记得当时还买了台新电视吗?咱们这种笨蛋南方人家,宁可饿肚子也一天离不了电视,所以干巴溜脆就换了。我记得回到家的时候,新电视已经买回来了,家里也见不到半点血印和打架的痕迹。我们还是像以前一样过日子,假装什么事也没发生过。"

"也许现在我们也应该这样,假装什么都没发生过——虽然我说什么你都不会相信。"

"可是如今已经出事了。你终归还是要面对真正的自己,因为妈妈要离你而去了。这种事情总不能假装没发生吧?咱们这个家已经再也假装不下去了。"

"你为什么这么恨我?"父亲泪眼汪汪地问。

"一个从小就打你的人,恨起来一点也不难。但我只有在不得已想起这些事的时候才会恨你。"

"汤姆,如果我做过那种事,那我很抱歉。"他抬起头看着我,"我真的一点都不记得了,也不知道要怎么补偿你。"

"你可以先给我一大笔钱,最好是二十块的票子。"

他一脸疑惑。我说:"老爸,说着玩的。那你想让我怎么帮你?我能做什么?老爸,至少我知道一点:你就是个南方老浑球儿,可这也不由你,是天生自带的。"

"你能不能跟她谈谈,看她到底想怎样。就说只要她愿意回来,让我做什么都行。她要什么我都给。我保证。"

"如果她就是不想回来呢?"

"那我可怎么办？没有你妈在，我可怎么办呢？"

"没有她，你还是当地一等一的捕虾高手，依然拥有着这世上最美的小岛。"

"可我会失去全世界最漂亮的女人。"

"毫无疑问，可这也不是一两天工夫就能办到的事儿。她现在在哪儿？我去跟她谈谈。"

"还不是老地方，照顾纽伯利那个贱人！我就不明白了，纽伯利成天欺负她，她干吗要对那个女人这么好？"

"我完全可以理解。妈妈一直都在等待伊莎贝尔·纽伯利需要她的这天。"

"可我也需要她！"父亲哀怨道。

"老爸，这话你跟她说过吗？"

"这还用说吗？她是我老婆。"

"原来如此。我可真粗心，明摆着的事儿居然还要问。"

他又开始抹眼泪，我静静地看着，并不插手，心想也许悲伤才是亨利·温戈赎罪的证明。与此同时，我也有硬心肠的一面，觉得这家人活该以泪洗面，这是长久以来积攒的报应。

再次冷静下来，他对我说："你知道托莉莎在我小的时候离开过你爷爷吧？"

"知道。"

"我一直都不明白，男人究竟该怎么对待老婆。我一直以为是阿莫斯太软弱，托莉莎才会离开他。在我眼里，他一直也没个男子汉的样儿。我可不希望变成他那样。"

"我妈可没有离开我爸，"说着，我凑到他近前，"所以，看着你怎么对待妈，我也学会了该怎么对待妻子。我明白了男人打老婆是家常便饭，打孩子也没什么稀奇，对家人可以为所欲为，随时动粗，因为他更强壮，因为家人无力还手，无处可去。老爸，我从你身上领教了什么叫男人。为此，我想谢谢你。看着你，我更想成为你父亲阿莫斯那样的男人。我宁可软弱、温柔，善待众生。老爸，我宁愿死也不想被调教成你那副德行。"

"你觉得自己比我强。你妈就总觉得她比我强，可她自己的爸妈比乡巴佬儿还上不了台面！"

"老爸，我并不觉得自己比你强。我只是比你和善。"

"我真该去找卢克。我压根儿不该来这儿。卢克才不会说自己老爹这种坏话。"

"卢克也不会答应去找妈聊聊。"

"你还是乐意去找她？"

"对。这可是你这辈子头一个能学点东西的机会。谁能想到山里的老猩猩会为老婆要离家而哭天抹泪？即便是妈妈真的要走，你也可以从此做个好爸爸。我这辈子还有机会摊上个好老爸也不错。"

"我不乐意求人。"

"老爸，那别人也不会乐意帮你。"

"我说，你可别忘了，是我生养了你。"

我一阵大笑："感激不尽。"

第二十六章

我站在纽伯利家的露台上,望着月光下如流金梦一般的湿地。里斯·纽伯利出来应门。月光之下,他的面容也变得不同往常。他的棱角比我上次登门时柔和了许多。眼袋显出疲惫,但目光依然尖锐犀利,显现着超乎寻常的掌控力。那双眼睛依然是这具臃肿惨白躯体的威力源泉。

我开口道:"纽伯利先生,我有话需要跟我母亲聊聊。"

借着门廊的灯光与月光,他先是眯了眯眼,这才认出了我:"汤姆,你妈妈就像天使一样。多亏了她,不然我们都不知该怎么办。孩子,你母亲是个了不起的女人。我希望你知道这一点。"

"是的,先生,我一直都知道。你能否告诉她我就在楼下?"

"来,请进。"我跟着他走进安静的门厅。

"她正陪着伊莎贝尔呢,"他小声道,"你妈妈几乎从来不离她左右,连吃饭也不例外。医生说我妻子日子已经不多了。癌症已经扩散到所有……"

话语哽在喉间,他怎么也说不下去。纽伯利努力控制自己,我听到一座座大钟的金属声响,长长的针锋切割着时间的丝绸。所有的钟表都敲击了九下,我们站在阴暗中,各个房间里每一声忧郁的钟鸣都在否认钟表所言说的时辰。我在想:是不是只有在濒死之人的家中,人才会如此敏锐地感受到钟表的存在?

"要不你上楼去我书房等吧。那里更清静,你们母子俩也好说话。"

我坐在他的书房,心里纳闷儿他是不是故意选了这间屋子。可转念一想,里斯·纽伯利一辈子作恶无数,可能根本不记得他还扇过跟自己儿子打架的那个十二岁的孩子一巴掌。屋里依然排放着那些无人翻阅的乏味书籍,若干图钉在县镇地图上标记出他所拥有的产业。

母亲进了书房,小声道:"汤姆,伊莎贝尔想见见你。你来探访,她可高兴了。多贴心啊,是吧?"

我实在想不出伊莎贝尔·纽伯利有什么好高兴的,不过我母亲倒是一脸喜色:伊莎贝尔居然知道我和她住在同一个星球上。母亲牵着我的手,走上昏暗的走廊。

"就是这儿。"母亲显然忘记了,我曾帮忙往这间屋里放过一只两百磅的死海龟。

不过,看到靠在枕头堆上的她枯槁的形容,我对伊莎贝尔·纽伯利的种种积怨瞬间消散。即使毕生憎恨一个人,我也不希望对方落得这种下场。她虚弱萎靡,面色蜡黄,还烧得火烫。屋子里弥漫着一股类似麝香葡萄的死亡味道,药物、鲜花混杂着古龙水凝聚成一股劣质的酒香。

"汤姆,也就是你妈妈,"她说,"其他人都害怕看见我。"

"不是这样的,伊莎贝尔,"母亲道,"我只是尽朋友的责任罢了。你收到的慰问卡和花多得不得了呢!"

她慢吞吞说:"汤姆,以前我对你和你的家人很刻薄。我给你妈妈赔了一百个不是。"

母亲赶紧道:"伊莎贝尔,我都说了,没什么好道歉的。我一直拿你当好朋友。以前咱们都忙着照顾自己的家庭,没什么机会相处。"

"我接受你的道歉,纽伯利夫人,"我说,"你很明礼。"

"汤姆,怎么说话呢!"母亲斥道。

"谢谢你能接受。这两个礼拜,我一直躺在这儿,在反思自己的人生。自己做过的那些事,有的我自己都不理解。我简直认不出做出那种事的自己，感觉她跟我毫无关系。只可惜我死到临头才明白。"

"真是的，谁说你死到临头了？"母亲道，"要我说你能挺过去，和里斯一起享受人生航程。"

"我的航程只剩去奥格特里殡仪馆的路了。"

"别这么说，伊莎贝尔，"母亲双手掩面，"别自暴自弃，你要战斗。"

"死亡只是生命的最终阶段。莱拉，我们都要经历。老实说，感觉可不怎么舒坦。"

"纽伯利夫人，托德最近怎么样？"我问。

"托德？他还跟以前一个样，自私，娇惯。他娶了弗吉尼亚州一个姓李的为妻，对方是个好姑娘。他没事就欺负她。我生病之后，他只来看过我两回，但每个月都会来个电话，不管方不方便。"

"上周末他还来了一趟呢，"母亲对我说，"一看就知道，妈妈生病，他心都碎了。伊莎贝尔，他非常爱你。和很多男人一样，他只是不懂如何表达。"

"他表达得流利着呢，"她说，"他不想来看我。"

母亲说："你累了。跟汤姆道晚安，我也好照顾你休息。"

"亲爱的莱拉，你能帮我倒点冰水吗？"说着，她示意了一下床头柜上的水壶，"我口好渴。"

母亲道："我去去就来。"

听着楼梯上母亲的脚步声，伊莎贝尔·纽伯利突然转过那双垂死的迷离眼睛望着我，说出了那番改变我一生的话。

"汤姆，我丈夫爱上了你妈妈，而我也赞成。"

"什么？"我声音很小，整个人目瞪口呆。

"里斯需要人照顾。他自己可活不下去。"那平淡的口吻就好像在谈论天气变化。

"你妈妈对我这么好，我也对她喜欢得不得了。"

"够圆满的啊！"我说，"你就没为我爸想想？"

"你爸爸的事儿她都告诉我了。你肯定也和你妈妈一样恨他。"

"不，夫人。比起里斯·纽伯利，我喜欢我爸千百万倍。"

"他只是有意而已，这点我向你保证。你母亲大概根本不知道。"

"纽伯利夫人，你这连混账烹饪食谱都容不得的女人，居然让她上你丈夫的床？"

"说粗话可不好。"她的声音很虚弱，却透着烦躁。

"纽伯利夫人，你还好意思说我粗鲁？就你？快咽气了还给自家男人拉皮条！"

"我只是料理后事罢了。这事应该让你知道，我不想让你吓一大跳。"

"没错，我讨厌惊吓。这事儿我妈妈知道吗？"

"不知道。里斯跟我商量过。我们之间毫不避讳。"

"那你就告诉里斯，除非我死了，否则他别想和我妈结婚。这世上很多事我都能忍，但我忍不了让里斯·纽伯利当我后爸，忍不了跟托德·纽伯利做兄弟。你什么毛病？打从我出生后，你就不拿我们全家当人看。怎么，这是要终极出击？打算蔑视到死？"

门外，母亲的脚步声越来越近。纽伯利夫人在唇边竖起一根手指。母亲进了屋，为她倒了一杯冰水。

"我不在这阵子，你们聊得开心吗？"母亲问，"汤姆，我给伊莎贝尔讲了好多你的事儿。她说从来没见过像我这么为子女骄傲的母亲。这话也不假。孩子们一直都是我的全部。"

"汤姆，谢谢你来看我，"纽伯利夫人握了握我的手，"过两天一定再来啊！"

"纽伯利夫人，祝你病情尽快好转，"我客气地说，"如果有什么我能帮上忙的，请一定告诉我。晚安，夫人。"

母亲和我在书房面对面坐下,而我满脑子净想着怎么嬉皮笑脸当个浑球儿。要是母亲和里斯·纽伯利想当着他快要咽气的老婆的面定情,那是他们的事。更何况这位夫人还为自己能大度无私地撮合二人而深感得意。

"妈,她为什么不住院?"我想暂时避开那些敏感话题,"眼看着她快不行了。"

"她想和家里的历代先辈一样,在祖宅死去。伊莎贝尔想在自己的床上咽气。"

"她得了什么癌?"

"一开始是直肠癌。现在已经扩散到全身了。"

"得了吧,妈。这么绝的玩笑,怕是连上帝都开不出来。"

"你这话说得也太没人情味了,"母亲说着站起身,确保门外没人听到,"汤姆,伊莎贝尔·纽伯利跟我是十分要好的朋友,我不允许你对她无礼。她辛苦遭罪,而那些好友都离她而去,她一直为此伤心。他们每个月来上一两回,每次待上个把钟头,可她一眼就看得出,这些人巴不得赶紧走。"

"妈,更让人大跌眼镜的是,她的死对头莱拉·温戈居然会没日没夜地伺候她。"

"我常说,过去的就让它过去。我从来不记仇。可怜的里斯,可苦了他了。他伤心得不得了。"

"好得很。他难过就对了。我一直都觉得,一个人多恨里斯·纽伯利,就多有人性。"

"他一直都受到众人误解。"

"要我说人们看他倒挺准。要是他得了直肠癌,那才说明天道终有轮回,上帝自有安排。"

母亲怒不可遏:"汤姆,不准你说纽伯利家的坏话。我是认真的。如今,他们是我在科勒顿的好朋友。我知道你肯定觉着奇怪,但他们一直对我的帮助感恩戴德。帮助邻里是分内的事,我可不用别人谢我。我情愿付出，不求回报。可是，在帮助他们的这段时间，我才发现原来里斯和伊莎贝尔是那么孤单。真的。他们没有你我眼中的那种真心朋友，身边只有一群图谋金钱地位的人。当然，他们夫妇深谙世道，一眼就看得出谁是虚情假意。"

"我看也是，照镜子的时候估计都得发疯。妈，我来是因为今晚爸来我家了。"

"我知道，汤姆。我就猜到你会来。"

"他说他很抱歉，还说只要你愿意回家，让他干什么都行。"父亲那蹩脚的言辞说得我浑身别扭。

"我已经在你父亲身上浪费了太多光阴。你知道吗？我从来没爱过他，连结婚的时候也不爱。"

"他今天收到了文件。依我看他是觉得你当真要离。"

"里斯和伊莎贝尔答应让我借住拉尼尔路的房子，连房租都不收。是不是特别贴心？"

"那老爸呢，你想让我怎么跟他说？"

母亲突然站得笔直："你就告诉他，我就不该遇到他，不该跟他生孩子，摆脱他的那一天将是我这辈子最开心的日子。"

"你确定不想说得再狠点儿？"

"你凭什么反对？以前你求着我跟你爸离婚，如今这是怎么了？"

"他现在看着可怜兮兮。妈，我也没办法。每次看见他，我总觉得于心不忍。他身上总有种失败者的颓丧，永远挥之不去。感觉他甚至不像我的父亲，而是某个瘸了腿、毁了容的叔叔，每年放假我才去探望他一两次。"

"那依你看，我不应该离开他？"

"依我看，你想怎么做就怎么做，"我们四目相对，"妈妈，怎样能让你开心，你就怎么做。"

"你真这么想？"

"大概不是,但感觉这么说更合适。"

"那你会全力支持我咯?"

"我会全力支持你们俩。"

"那你愿意出庭帮我做证?"

"不,我不会为你俩任何一方出庭。"

"你这叫全力支持?"灯影之下,她一侧的面容变得十分模糊。

"妈,我这话您可听好了。我已经被这个家害得够惨了。在你们这种父母身边长大,我已经被伤得够够的。可我现在是成年人了,你们两个分道扬镳,犯不着让我满地洒血。你们两个也一把年纪了,不拽着子女也离得了婚。你俩也应该这样。"

"你小的时候他打我,这事儿你也不做证?"

"对。我就说我不记得。"

"你不记得也不奇怪,"母亲怒道,"因为每次你和卢克挨打,都是我拼了命把他拉开。"

"妈妈,我知道这种事发生过。而我只是希望你能再多保护我们这一次。一边是爸爸,一边是妈妈,我们护着谁、对付谁都不好看。"

"我用不着你。萨凡娜已经说了,只要我需要,她愿意出庭做证。她说我是她见过的最饱受虐待与剥削的女性。只要能帮我开始新生活,她愿意全力帮忙。"

"抱歉,妈妈,我不能帮你。你走了,总要有人帮老爸重新振作。"

"就像你小时候挨揍了他的揍我帮你一样。"

"妈,亨利·温戈是我爸,怎么这倒成了我的罪过?为什么你要为此埋怨我?"

"我只怨你一样:我就求你这一件事,你却不肯帮忙。就冲这一点,我会怨你一辈子。我这辈子好不容易有机会获得幸福,你却不肯帮我。"

"妈,纽伯利夫人刚才告诉我,说纽伯利先生爱上你了。"说着,我闭上了眼睛。

"她那是神志不清。最近她经常说些不着边际的胡话,但那是因为她得了癌症。每次她一说胡话,里斯和我就一笑了之,根本没人在意。"

"你想怎么做那是你的事。无论你做出何种选择,只要你幸福,我也幸福,这点我向你保证。但希望你也能向我保证:离婚归离婚,别害了爸。"

"我只想要自己应得的,那是我结婚多年付出的报偿。"

"这就是我担心的地方。妈,咱俩坐在这里聊天,我的眼睛却总是往你头上的地图看。多年前,我跟托德·纽伯利打架,你带我来这里道歉时我就见过这张图。托德告诉过我,绿色图钉标的是里斯·纽伯利所拥有的产业,而红色图钉标的则是他想收归己有的地方。最近盛传联邦政府要在科勒顿搞个大工程。地产投机商四处打探。有些人可能要大赚一笔。"

母亲冷冷道:"我没听懂你的话。"

"科勒顿地图上这么多绿图钉,看来里斯已经把县内的地买得差不多了。"

"大家都知道,他在科勒顿拥有的地最多。"她话语间带着某种怪异且不合时宜的骄傲。

"你可以告诉里斯,我家的岛还没落到他手里呢。现在就把绿图钉插在那儿也太没品了。"说着,我指了指地图,"而我也有点担心:你张口闭口要把咱家的岛送人,可它还没归到你名下呢。妈,如果岛变成了你的,那肯定是里斯·纽伯利替你偷来的。我们都知道,在这个镇子上,他绝对办得到。纽伯利身边的马屁精比乡下池塘里的蛤蟆还多,其中有一半人都是这里的法官。"

"我才不在乎那个岛。我在那里差点孤零零地送了命,以后巴不得再也不踏足半步。"

"老爸这辈子就知道仗势欺人,但愿你不要犯同样的错误。"

"我这辈子唯一的过错就是对所有人都心太软。"

"有意思。老爸也是这么说的。"

"我说的可是实话。"

我起身准备离开:"妈,不管怎么说,我觉得你做得对。他一直都配不上你。"

她没头没脑地来了一句:"原本我说不定能当上第一夫人呢。"

"什么?"

"我只是觉得,美国第一夫人该有的尊贵品质我通通具备,我本可以成为总统或者州长的贤内助。我很有待客天赋,只是无人知晓。而且,我喜欢结识举足轻重的大人物。有时候我在想,如果那天没在亚特兰大遇到你父亲,我的人生会何等精彩。"

"妈妈,对此我就不做评判了。"说着,我朝门口走去,"虽然明知你们两个可能都会为此怨恨我,但我还是会这样做。"

母亲与我亲吻告别,伤心道:"汤姆,你可真窝囊。你跟你爸一样,也是个窝囊废。多年来,我一直自欺欺人,说你最像我。你本来有那么好的前途。"

"那现在谁最像你?"

"卢克最像。只要想要,他就会争取。卢克和他妈妈一样,也是天生的斗士。"

该说的话已经说完,我起身准备离开。母亲说:"汤姆,拜托你别把今晚伊莎贝尔对你说的话告诉别人。将死之人说的话,不作数的。"

"妈,我不会说的。"我一边说,一边随她朝门口走去。

前厅走廊上,我亲吻了母亲,隔着一臂之距端详着她。她的美深深地触动了我,让身为儿子的我为她骄傲,也为她的未来担忧。

"看看!"她带我进了客厅,小声道,"这客厅里有八件博物馆级别的藏品。八件呢!"

"让人在这儿自在不起来,不是吗?"

"我有点不放心你父亲,"她突然转移话题,"我怕一旦办离婚,他会伤害我。"

"妈，他不会的。我向你保证。"

"你怎么这么肯定？"

"因为他要是再敢动你，我和卢克就要了他的命。你以后再也不用担心他了，妈妈。卢克和我已经不是小孩子了。"

可母亲并没有听进去，那双闪耀着喜悦的眼睛徐徐盘点着客厅内的所有物件。

"汤姆，你想不想猜猜是哪八件？"在母亲的问话声中，我离开了纽伯利家。

经历了一段煎熬时日，伊莎贝尔在睡梦中离开了人世。葬礼上，母亲和纽伯利的家人坐在一起。

父亲对离婚提出异议。异议的根据挺新鲜：他是天主教徒，而天主教不信离婚。但南卡罗来纳州信。开庭前一天，萨凡娜从纽约赶回，准备充当母亲的主要证人。

做证时，萨凡娜全程声泪俱下，莱拉和亨利·温戈也流下了眼泪。卡文德尔法官多年来一直是里斯·纽伯利的生意伙伴。审理过程中有悲伤，但无意外。父亲和母亲在法院的走廊上相互疏远，毫不搭理彼此。两个人已然开始形同陌路，他们的过去犹如暴露在雪中的被害童尸。离婚的审判犹如临终看护、法医验尸。三个子女就是这段不幸婚姻的象征，他们痛苦地看着父母斩断这众人眼中的孽缘婚姻。在法律对家暴男子的无情鄙夷面前，亨利·温戈的拳头与暴怒威力全无。父亲在证人席上又是哀怨又是撒谎，还试图讨好法官。本性毕露的他令我不忍直视。母亲则温婉自若，不卑不亢。但她的声音却透着做作，令人难以信服。她的话更像是说给某位窗边的秘密听众听的，而非庭上的律师或卡文德尔法官。

听完了所有证言，法官立即判决双方离婚。随后是财产分割：亨利·温戈保留捕虾船、岛上房屋及家具、储蓄账户及支票账户全数存款、所有机动车辆和农用器械以及所有流动资产。父亲无须支付一分钱赡养费，也没有义务偿还母亲搬离之后欠下的任何债务。就在母亲即将穷困潦倒之时，法官宣读了最后一条、最令人惊愕的分割协议。

他将梅尔罗斯岛判归母亲一人所有。

一年后，母亲和里斯·纽伯利举行了小规模的婚礼。南卡罗来纳州州长为他们主持婚礼。就在同一个星期，她第一次作为荣誉成员参加了科勒顿联盟的集会。

母亲再婚当日清早，父亲驾着捕虾船驶出三英里界外，一路向南驶向佛罗里达，六个月杳无音信。直到有一天，卢克收到一张从基韦斯特寄来的明信片。父亲说他捕了很多虾，并且终于找到了赚大钱的方法。他既没提母亲，也没说什么时候回来。就在父亲行至牙买加以西公海时，联邦政府官员终于宣布了他们在科勒顿县的计划。

在哥伦比亚的州长官邸举行了一场记者招待会。里斯·纽伯利和我母亲也到场参加。会上，美国原子能委员会宣布：其新一批生产厂将由马里兰州巴尔的摩的"Y.G.缪绍公司"负责设计、建造及运营，厂址则选在南卡罗来纳州科勒顿镇境内。厂区将占据整个镇境，该计划自此被称为"科勒顿河计划"。建立这些新厂的目的是生产制造核武器所需原料或为核电站的运作生产必要燃料。美国国会已经拨款八点七五亿美元启动建设。

项目委员会发言人称，他们已在美国本土三百多个地点进行了详尽考察，最终选址于此。同时，他强调：为便于工厂和必要安全区域的建造，约有三千四百户家庭必须在接下来的一年半内完成搬迁。联邦和本州各农业机构正在积极组织，为被迫搬迁的家庭提供协助。科勒顿举镇搬迁，也开创了共和史上由联邦政府占据整体社区的先例。厂区将在三年内投入运作，而美丽的科勒顿将成为世界领先的钚制造基地，制造的氢弹数量将仅次于苏联。

里斯·纽伯利站在摄像机前说："为了祖国能免受他国威胁，我愿意让出故乡的土地。"

政府大肆鼓吹，称该计划是联邦政府在梅森-迪克森线[1]以南建造的规模最大、耗资最多的工程。它将为南卡罗来纳低地区域带来数十亿美元的经济收入，并创造诸多就业机会，惠及查尔斯顿、萨凡纳一带。美国政府凭借国家征用权，征用科勒顿镇全境土地。官方强调，科勒顿是州内最贫穷、人烟最稀少的县。政府将派官员前往科勒顿镇进行土地价值评估，并以公平市价从产权人手中购入。政府已经委任特别上诉法庭，对估价方和土地所有者之间的纠纷进行裁决。同时，政府亦承诺：只要搬迁目的地在科勒顿周边二百英里范围内，该户的搬迁费用将由政府承担。

考虑到科勒顿在历史上具有一定的重要意义，政府希望尽可能保存该镇的完整性，并着手在查尔斯顿镇南部腾出四千亩空地。该镇将被命名为"新科勒顿"，并无偿为失去家园的"老"科勒顿居民提供土地。州内各家报纸开始在提及科勒顿时使用过去时态。多篇社论称赞政府决策英明，将如此大型的制造厂设在南卡罗来纳，还称颂科勒顿人甘愿牺牲、支持国防。州内政客纷纷对此计划表现出热烈的支持。那个年代充斥着令人作呕的陈词滥调与精心渲染的谎言。科勒顿镇长全力支持"科勒顿河计划"，市镇议会、镇内所有政府官员亦是如此。每次有重要公告，里斯·纽伯利都会提前向官员们透露消息。这些人都在县内投机购买了大量可用土地。

镇民大会上，当地官员与普通公民之间爆发了激烈的争论。然而可怕的政府机械早已开始运转，我们甚至无法减慢这些大家伙的步伐，只能任其在镇内四处横行。科勒顿当地居民纷纷给报社和国会议员写信抗议。然而所有手握权力的人都不会计较一个惬意的偏远小镇一时的损失，而是着眼于未来，指望着科勒顿县全力支持涌入当地的技工和科学家。只有八千二百人会失去家园，被迫迁走，而政府也答应会热心协助、慷慨支持，帮助科勒顿居民顺利过渡。没有投票，没有公决，没有私人民意调查。大家一觉醒来，发现我们的小镇已经消失得无影无踪，沉寂在记忆的

---

[1] 美国宾夕法尼亚州与马里兰州的分界线，同时也是南北战争之前美国南北方的分界线。

沙丘中。决定不可能撤销，而我们要想得到损失赔偿，就只能接受政府的基本前提——为了神圣的进步伟业，科勒顿居民必须迁移别处。

政府只召集了一次会议，向科勒顿居民解释迁移计划如何实施。酷暑八月，会议在当地高中体育馆举行。人们涌上街头，外面架起了大喇叭，方便站在场外的人收听。一位供职于原子能委员会的联邦机构官员负责发言并回答问题。此人名叫帕特里克·弗莱厄蒂，长得瘦削英俊，打扮得干净利落。此人一副深不可测、一丝不苟的模样，说起话来没有口音，毫无抑扬顿挫。在法律的疆域内，他代表着政府、科学，代表着不断涌入科勒顿县的陌生人，代表着那些扭曲的口号与残忍的言辞，字字句句粉饰着他们扼杀这个小镇的事实。

帕特里克·弗莱厄蒂可谓现代美国男性特质的完美代表。我一脸惊奇地听着他开口陈述。一个个陈词滥调被他说得色尘不染，清汤寡水，味同嚼蜡。他说话的风格就像是隐居深山，只求平淡无奇。每个动作、每个单词尽显居高临下的傲慢。他正是"管理者"的典型，每写个"i"从不忘打点，每句话都会化为空洞的图解。他整洁，温顺，缺乏同情心，在这个畸形迷幻的年代显得格外碍眼。他口中的大堆数字扫荡整个体育馆。那声音带着铜味，死气沉沉，每一个词都沾染着明亮而致命的硅尘。静默中，大家听这个人讲解我们的城镇如何被一家一家、一砖一瓦地转移。

最后，他说："我想说，科勒顿的民众想必是全美国最幸运的人。你们正手握良机，可以向全世界展示自己的爱国之心。而且各位也清楚：因为你们做出的牺牲，美国也将变得更加安全。美国需要钚，需要核潜艇，需要MIRV[1]导弹，因为美国热爱和平。钚也可以写就和平。我们知道，你们当中有很多人舍不得离开自己的家园。请大家相信，但凡参加这个项目的，没有一个人不为各位乡亲动容。实不相瞒，我自己同样也是感同身受。我们知道，你们热爱科勒顿，但你们更爱美国。而且，乡亲们，如果

---

[1] 多弹头独立重返大气层运载工具（Multiple Independently Targetable Reentry Vehicle）。

你热爱科勒顿，那不如期待一下我们为大家建设的新科勒顿。全新的消防局、法院、警察局、学校和公园。我们向各位承诺：待新科勒顿建成之时，它将成为全美利坚最美的社区之一。如果你热爱昔日的故乡，我们非常愿意出资，帮大家搬迁到更好的新科勒顿。我们来到这里，是为了让乡亲们满意。因为当国家有需要时，你们挺身而出，接纳了原子能委员会的'原子服务和平'项目。我觉得各位都应该起立，向自己鼓掌致敬。"

没有人起立。体育馆里鸦雀无声，只有帕特里克·弗莱厄蒂一个人拍巴掌。

冷场的局促中，弗莱厄蒂问是否有人有话要说。

卢克从我身边站起，在众目睽睽之下穿过体育馆，所到之处皆是一阵骚动。他的举手投足柔中带刚，眉宇间映着灵魂创伤的悲壮。站在麦克风前，他并不理会身后的一众政客，也不理会高台上端坐于贵宾之中的母亲。他小心地将几页黄纸摊在讲台上，然后开了口。

"我在亚洲打仗的时候，他们送我到日本休整。我去了那里的两座城市——广岛和长崎。我和那些有幸目睹'原子服务和平'付诸行动的人攀谈，和1945年那两颗原子弹落下时就在当地的人说话。有人给我看了一张照片：废墟中，一只饿狗正啃食一个女婴。我看到许多妇女身上可怕的伤疤。我去了广岛的一间博物馆，所见所闻让我为自己身为美国人而感到恶心。钚与和平扯不上半点关系。钚是末日启示的代号，是锡安猛兽的代号。科勒顿因它所经历的一切终将蔓延到全世界。过不了多久，他们就要把我们美丽的小镇变成毁灭宇宙的恶巢。而我至今还没听到这里有一个人说'不'。我不断问自己：'一个小镇能有多少温驯的绵羊？'我不断问自己：'那些狮子都在哪儿？在哪里沉睡？'

"自从联邦政府宣布他们要夺走我的镇子，我和所有的南方人一样，在《圣经》中寻找慰藉与力量，试图从《圣经》中找到某种信息，在危难时日中得到抚慰。我在索多玛与蛾摩拉的故事中寻找着两座邪恶之城与科勒顿的异同。老实告诉大家，我没找到任何可比之处。科勒顿随处是花园,是游艇,是周日教堂的钟声。我所认识的邪恶与科勒顿毫无瓜葛。在我看来,科勒顿唯一的罪过是养育了一群不够爱她的人,这些人为了区区三十块银币[1]便把它卖给了陌生人。于是我不断地阅读《圣经》,希望从中找到上帝的信息,在非利士人的狂怒中向我伸出援手,因为如果我不尽力去拯救这个我所挚爱的小镇,那我宁愿上帝将我变成一根盐柱,因为我没有回头。我宁愿在科勒顿当一根了无生气的盐柱,也不想成为加略人犹大,披挂着金子,沾染着故乡的鲜血,苟活于别处。"

听着卢克的话,你可以感受到镇民无声的良知正从死寂中苏醒,可以听到反叛的细流在窃窃私语的人群中涌动。团结的钟声因卢克的话语而激荡。那钟声在每一位为故乡的呐喊而动容的男女老少胸中共鸣。话语中的柔情控诉着笼罩市镇的麻木不仁。当卢克提到加略人的名字,你可以察觉到,坚定、释放、振奋的果敢正在异见之火中滋长。

"我必须从头读起,才能从《圣经》中找到所需的答案。我听到上帝用我所能理解与遵从的言语对我说话。你们很多人都相信《圣经》的字面释义。我也相信上帝之言的字面释义。我们大家都知道,《圣经》中上帝用两种方式对我们言说,而我们必须对这两种方式加以区分。《圣经》中有《启示录》,也有《预言录》。《启示录》的内容讲述的是历史事件,比如耶稣的诞生,耶稣在十字架上受难、死亡。《启示录》本身讲的也是预言,福音传道者预言最后审判[2]以及天启四骑士[3]的到来。这些事情都尚未发生,但我们知道它们一定会发生,因为一切都以天主之名记录在册。

"我就是读着上帝创世的故事才领悟到:《创世记》并非一部启示之作,而是一部预言之作。我认为它预测了未来,而非讲述过去。我们这些

---

1 《圣经·马太福音》中,犹大以三十块银币为代价将耶稣出卖。
2 根据《圣经·启示录》记载,在末日到来之时,耶稣基督将再度降临,死者立于宝座前,依照生前所为接受审判。
3 《圣经·启示录》第六章中出现的白马、红马、黑马及灰马骑士。关于四骑士所代表的意义目前尚无定论,一说其分别代表瘟疫、战争、饥荒及死亡。

在科勒顿河边长大的人，这些对当地四季风情、湿地之美烂熟于心的人，难道就真的不理解自己仍然身在天堂，还没有被逐出伊甸园吗？难道就不明白，亚当和夏娃依然在等待降生，而你我生活在天堂而不自知吗？

"大家都知道，《圣经》中耶稣常以寓言讲道。《创世记》会不会也是一个寓言？会不会是上帝用故事来提醒我们世间的危险？如果大家姑且能和我一样，相信《创世记》有可能是一部寓言，那不妨想想：当夏娃伸手触碰禁果，失去天堂并被逐出伊甸园时，上帝言说的对象会不会就是今天科勒顿的我们？究竟什么会毁掉我们理想的家园？是什么力量要将我们逐出天堂，赶到未知之地？是什么将要夺走我们熟悉、热爱并每日感谢上帝恩赐的一切？

"朋友们，街坊们，读了《创世记》，我想我找到了答案。我祈祷上帝能给我智慧，也相信他将智慧赐给了我。

"《创世记》是一部寓言，上帝想让它跨越岁月，警醒科勒顿民众，警醒世人，有一样东西可以摧毁我们所有人的天堂。

"夏娃所碰触的不是苹果，"卢克停顿了片刻，"我相信钚才是那颗禁果。"

就在我身后的看台上，黑人出纳员露西·爱默生一跃而起。她大喊着："赞成，兄弟！"

众人纷纷高呼赞同。

帕特里克·弗莱厄蒂走上台，试图从卢克手中夺过麦克风。话筒里传出卢克的声音："坐下，科学脑瓜儿。我还没说完呢。"

人群开始躁动，在阳光下失重，因言语的力量而动容。

卢克继续道："科勒顿拥有所有人渴求的一切。我相信，它值得我们为之而战斗。我甚至认为，它值得我们为之牺牲。朋友们，我是真没想到，咱们居然让一群一心要毁掉我们的小镇、拆掉我们的房子、挖开我们的祖坟的陌生人混进这里。我以为我们是南方人，是我们对故土的爱让我们有别于其他美国人。然而我又想起，正是科勒顿的南方人，正是科勒顿的居民将陌生人带到这里,并且为了钱财将科勒顿出卖。"

他转身面对着台上的母亲以及一众政客与富商。

卢克不屑地挥手道:"这些新南方人为了钱可以出卖良心和灵魂,为了钱可以投靠陌生人。他们大可以去什么'新科勒顿',可以直接下地狱。他们不是我的兄弟姐妹,也不属于我所热爱的南方。

"我只有一个提议。这也是因为走投无路,因为他们已经动手清除我从小生活的岛屿树木。请大家不要忘记我们是谁——我们的前人曾经撼动过世界,因为他们拒绝将权力交给联邦政府。我们的先辈死在牛奔河,死在安蒂特姆河,死在钱斯勒斯维尔[1]。他们出师不义,我并不想让谁当我的奴隶,但也不想做任何人的奴隶,更不会允许任何人把我从我生下来上帝便恩赐于我的土地上赶走。他们说卢克·温戈必须在一年之内卷铺盖滚出科勒顿县,不然就要接受当地法律的制裁。"

卢克顿了顿,紧接着用平静冷酷的声音道:"我向你们保证:卢克·温戈哪儿也不去。他们肯定想把我赶出这个地方。但想赶走卢克·温戈可没那么容易。

"我跟你们很多人都聊过,我也知道,大家心里都不乐意。这些人蛊惑人心,跟你说要尽爱国的义务,像谄媚的狗一样乖乖过桥到陌生的地方去。人家知道你们是南方人,认定你们没脑子,而你们要是毫不反抗,乖乖就范,那才真是没脑子。他们说这些炸弹、潜艇和导弹要拿去干掉俄国人。这体育馆里的男女老少没有一个见过俄国人。要是某个混账俄国人今晚跑来你家,说'我们要把这镇上的人全部迁到四十英里以外,拆了这里的学校和教堂,拆散你的家庭,毁了你至亲的坟墓',那你会怎么做?镇子上肯定到处都是俄国人的尸体,这一点我们心里都清楚。让我去'新科勒顿',还不如让我去俄国。我才不管什么'新科勒顿'!"

一个声音高叫道:"卢克,你说咱们怎么做!"

---

[1] 牛奔河、安蒂特姆河与钱斯勒斯维尔皆为南北战争期间重要战役发生的地点。

另一个声音道："说吧，卢克！"

卢克回应道："该怎么办我不知道，但我有几个建议——管不管用我不确定，但咱们可以试试。明天，我们递交请愿书，请求罢免镇上所有当选官员，把这些贪婪的畜生赶下台。然后通过法律，禁止所有联邦建设新项目进入本地。当然，他们会利用法律抵制，国内、州内的所有法律会一齐向我们施压。

"如果他们死不放手，那我建议科勒顿县起草法案，脱离南卡罗来纳州。有鉴于历史，没有哪个州比南卡罗来纳更明白独立的迫切性。我们要将命运掌握在自己手中，并宣布科勒顿县永远不会生产钚。如果有必要，我们就正式宣告科勒顿成为独立州，限令联邦政府三十天内叫停并终止'科勒顿河计划'，并停止驱逐当地居民。面对那些逼上门来的家伙，让我们高呼托马斯·杰斐逊《独立宣言》中的内容：'任何形式的政府一旦破坏我们的生存权、自由权和追求幸福权，人们便有权将其更换或废除，并建立新政府。'如果他们不听，那就宣布进入战争状态。打败我们虽然容易，但至少我们能带着些许尊严离开。百年之后，人们会唱着歌颂扬我们的勇气。我们将教会后人反抗的力量。

"如果联邦政府的官员执意来你家，不断地将科勒顿居民强行赶走，那我想对每一位朋友、每一位邻居说出我毕生的信念：抗争，跟他们抗争。

"如果他们找上门来，那就戴上绿袖章，让他们知道你是我们的人。绿袖章就是我们不满的宣言。礼貌地让他们离开。如果对方拒绝，那就用枪指着他们的脸。如果对方还要拒绝，那就用枪射他们的脚。

"我曾经读到，当《普通法》的概念最初在英格兰推行时，如果未经允许，连英王本人也不能擅自进入贫苦农民家的门。我代表所有的男女老少说一句：不许国王进我们的家。没人请那狗娘养的来！"

卢卡斯警长从身后逼近,给卢克戴上了手铐。他和两位警官粗暴地推着卢克往门口走去。集会就此中断。体育馆里满满登登上千人,却没有一个出声。沉默中有厌恶,有躁动,然而却远远不够。

卢克的行为被警方记录在案。他被录了指纹,并被控对联邦和州政府官员进行恐怖威胁,以及煽动危害南卡罗来纳州治安。卢克说他不再承认州政府和联邦政府的权威。鉴于科勒顿与美国政府间目前的敌对情绪,卢克把自己视为战俘。他说出自己的姓名、军衔、编号,并援引《日内瓦公约》有关战俘待遇的条款,其他问题一律拒绝回答。

《查尔斯顿新闻报》次日刊登了一篇讽刺文章,称科勒顿警长不得不打断南卡罗来纳一百多年来的首个分裂主义会议。浪潮街商铺中无人递交罢免请愿,也没有任何人佩戴绿色袖章,公然反对"科勒顿河计划"。只有一个人把卢克的话记在心里,而这个人已经被关进了一间俯瞰科勒顿河的监牢。

卢克的战争已经打响。

次日傍晚,我带着一丝不情愿陪母亲到狱中探望卢克。她挽着我的胳膊,两人一同朝镇上走去。一处处餐厅的窗子中透出暗淡的光。那些我一度以为将永远屹立的大厦如今却显得十分脆弱,易于抹杀,仿佛雪中书写的情书。街灯下停着一辆推土机,矮矬矬弓着背,于无声中诉说着科勒顿的命运。它既像昆虫,又像个日本武士,齿龈上血糊糊地沾挂着我故乡的土壤。母子俩默默地走着,我可以感觉到,这个家错综交织的柔软牵绊在我手中松解开来。道路浸润着雨的甘甜,我们可以闻到一处处花园中条条紫藤、一簇簇修剪整齐的蔷薇所燃溢的芬芳。我在想,这些花园将面临怎样的命运?不可言喻的失落令我心中隐隐作痛。之所以痛,是因为我对自己的母亲说不出半句宽慰之言。要是我够个男子汉,我会将她揽入怀中,告诉她我完全能够理解。然而,如果你面对的是汤姆·温戈,他总会想方设法让坚毅自信的男子汉所具备的美德打个折、掺些水。我的男子气概中闪耀着某种虚假，犹如一个小镇转瞬即逝的炮火，还未反抗便已然缴械。

进入监狱前，母亲捏了捏我的手说道："汤姆，这回你一定要帮帮我。我知道，你在生我的气，但我怕卢克会做傻事。我比任何人都了解他。卢克这一辈子都在寻找一个取义成仁的机会，我生怕他这回当了真。如果不马上阻止，我们很可能会失去他。"

整个屋子被隔出八个同等大小的空间，往里走便到了卢克的牢房。卢克正朝窗外的河流望去。警长把我们留在牢门外，独自离开。月光在他的发丝间翻寻，灯光与栏杆的暗影将他的脸分割开来，形成刻意的八度琴键。我注视着他，亮光沿着他脖颈和肩膀的肌肉歇落。我知道，此生再也不会见到比这更美的身躯。他的肌肉修长精致，完美对称地粘叠于骨骼之上。他的气质冰冷而实在。你可以闻到他的愤怒，或者从他紧绷的双肩看出头绪。卢克没有回头。

母亲迟疑地打了声招呼："你好，卢克。"

"嘿，妈妈。"卢克注视着闪光的河面。

"卢克，你一定很生我的气吧？"她想尽量说得轻描淡写。

"是啊，妈妈。你知道多久了？纽伯利什么时候把这个大新闻透露给你的？老爸就这么一样东西，你几时谋划着要把它偷走的？"

"那块地是我应得的，我为它流过血。"

"偷到了就是偷到了，只是别指望儿女会爱这样的你。"

"对此你无能为力，"母亲说，"岛已经没了，科勒顿也不复存在。我们都必须重新开始。"

"妈，怎么重新开始？"卢克对着河流道，"你连过去都不敢面对，怎么重新开始？如果一个人回过头，想看看自己从哪里来，是什么样的人，而眼前却只有一张'禁止入内'的警告牌，那他会变成什么样？"

母亲问："你昨晚那份讲稿是谁写的？"

"我写的。别人可想不出这种东西。"

"谢天谢地,其他人都更有理智。可稿子是谁写的?你可以告诉我。"

"妈,我长这么大,你一直都拿我当笨蛋。我总是搞不明白,可被你说得我都信了。在学校我就觉得自己笨,跟汤姆和萨凡娜在一块儿也是。我只是跟多数人的想法不一样而已,我有我的角度。别人能在一百件事上显现聪明,我可能也就四五件。有一样你说对了,《创世记》是部预言,这不是我想出来的。阿莫斯去世前在小教堂布过一次道,我就是那时候听来的。我很喜欢那篇布道文。"

母亲尖酸地问:"难不成阿莫斯把钚当成了禁果?"

"不,我把那段改了。阿莫斯觉得空调才是禁果,可这么说跟我的意图不符。"

母亲的语气略有和缓:"政府最清楚怎么做才是最好的。他们需要这个项目来加强国防。"

"妈,政府什么时候清楚过?"卢克的语气无奈而吃惊,"他们最清楚什么?我去越南的时候你就跟我这么说——一模一样的混账话。于是我跑去四处杀害农民,没别人,都是些穷苦得让人落泪的农民。我杀了他们的水牛,杀了他们的妻小——但凡是我眼前的活物,全被我杀个精光。我甚至还杀了几个士兵,虽然为数不多。我这么做都是因为我们的政府清楚怎么做才是最好的。妈,现在我站在你面前,明明确确地告诉你:政府屁都不懂。无论是什么样的政府,全部都是坏心眼儿。我自己算是想明白了。如果他们给哪个穷人吃食,那是怕他跳起来割断他们的喉咙。他们老拿俄国说事儿。你知道我怎么想吗?俄国就是一坨屎。美国也是一坨屎。我们在越南保护的那个政府是一坨屎,'北越'也是一坨屎。妈,你知道我为什么去越南打仗吗?因为如果我不去,他们就要抓我坐牢。这他妈怎么选,啊?我交税也是这个原因。如果我不交,他们就要抓我坐牢。现在我想回到生我养我的地方过日子,我那了不起的政府又要抓我坐牢。昨天,我引用《独立宣言》里的话,而我那伟大的政府还要抓我坐牢。"

"儿子，你不能违抗法律啊！"

"谁说不能？我连越共都打了，法律怎么就反抗不得？"

"卢克，你以为世界可以变成你希望的样子，"母亲的头倚在囚室的铁栏上，"你太固执，太认死理儿，太……"

"太笨吗？"他几步上前，隔着栏杆面对我们，"我知道你这么想。"

"不，卢克，那不是我想说的话。我想说你太纯粹。但这种纯粹成就的不是智慧，它只会让你执迷于无望之战。"

"在我眼里，这可不是无望之战。我只是说'不'而已。我有权说'不'。我他妈是美国人。九死一生打一场仗，就是为了能说'不'。这点权利是我争取的。我的国家跑到一个狗屁地方打了一场狗屁战争，我乖乖去了。但他们告诉我：打仗是为了保护人们选择生活方式的权利。他们说了一次又一次。当然，这些都是谎话。但我选择相信。那时我可没想到，我自己国家的政府居然会夺走我的家园。真料到还有这么一天，我就向着越共了。萨凡娜和汤姆对战争说'不'。我去打仗，就是为了让他们能有这样的选择。妈，你说得对，我是笨。对于从小学到的关于美国的一切，我都坚信不疑。没有人比我更爱这个国家。没有！但我爱的不是整个国家。我才不在乎什么爱达荷、南达科塔，我根本没去过。我的家乡就是我的国。这窗外所能看到的一切就是我的国。四十平方英里，就这么大。但我爱它，我要为它而战。"

"那你也会失去它，"母亲道，"尤斯蒂斯先生的事儿你听说了吗？他真可怜……今天有官员到基洼河畔他家农场看地，他硬是不让，好像是把你昨晚的话当真了。琼斯老头也这么干——他住的不过是辆房车。人家现在已经拿到了逮捕令，要抓他们两个。"

卢克恶狠狠道："妈，我是不会丢下这个家的。"

"你觉得自己挺了不起。卢克，你试试赖在岛上，他们会直接把你抓走，就像对尤斯蒂斯和琼斯那样。"

"我可不是可怜的尤斯蒂斯,也不是琼斯老头。"

母亲道:"你从小就懂得,应该遵守法律,做个好公民。"

"可生养我的地方已经不复存在了。你丈夫和那些混账政客串通一气,想把我的家园送人。"

"里斯可没搞什么串通,我不喜欢听你含沙射影地指责我丈夫。"

"妈,他多年来一直四处买地,把那些可怜的农夫从这里逼走。他一早就知道会这样了。过去这十年,县里的人口一直减少,都是因为他在赶人夺地。他之所以娶你,就是想得到自己买不来的那一大块地方。"

母亲把手伸进栏杆,狠狠给了卢克一耳光。

"他娶我是因为他拜倒在我脚下!"母亲怒道,"即便我自己的子女不懂欣赏,但我配得上这样的崇拜。"

"妈,你是配得上,"卢克平静道,"我从来没怀疑过。我一直相信你很了不起。你跟爸在一起一直都不快乐,我心里也不是滋味。现在你幸福了,我为你高兴,也理解你这么做一定有你的道理。现在,希望你也能明白,我要按照自己的方式解决问题。我已经仔仔细细全都考虑过了。打从他们宣布计划起,我就没琢磨别的。"

"卢克,你又能怎样?"母亲问。

"我想我可以阻止他们。"

"卢克,你真是疯了!"这还是我当晚第一次开口,"我跟警长说好了。只要你答应去州立精神病院接受两周观察,他就放你出去。要我说你应该接受。"

"汤姆,为什么?"他问。

"因为你说的都是疯话。他们的计划已经是板上钉钉的事儿了,你根本无能为力。一切已成定局,你得考虑一下如何开始新生活。"

"所有人都说这件事我无能为力。人类就喜欢像狗一样,躺地上打滚儿。"

我问:"你打算怎么办?"

"组织抗议。"月光下,他的头发像棉花一样柔软。

我说:"这样做一点好处都没有。"

"汤姆,你说得对,"说着,卢克笑了,"可那又怎样?"

"那你为什么还要做?"

"这样我才能心安理得。汤姆,你何不跟我一起干?咱俩联手,他们绝对别想轻易得手。对这里的林子和水域,没有人比你我更了解。要是咱俩认真起来,谁都只能算菜鸟。"

我怒道:"我现在有家有口了!还是说你根本没注意,咱俩的处境已经不一样了?"

"你说得对,"卢克道,"你现在的处境是不一样了。"

"你这话我听着刺耳。"

"可事实就是事实。汤姆,你知道吗?那时候你比我们都有前途。可走着走着,你却从大有可为变成了碌碌无为。你已经离一无是处不远了。男人一辈子能点头说'行'的机会就那么几个,挥霍了就没了。"

我冲他吼道:"我对你说'不行'!"

"不,老弟。你只是向别人点头而已。"

母亲说:"卢克,你根本阻止不了政府。"

卢克转头望着她,眼中闪烁着悲哀,犹如一只温驯的黑豹。

"我知道,妈妈。可我是个厉害的对手。"

第二十七章

卢克·温戈说到做到。

我不是见证人,如今只能怀着忧愁拾捡零星碎片,讲述当年。故乡小镇和我们这个家在一年间土崩瓦解。在这期间,我仔细聆听。各种似是而非的流言与含沙射影在脑海中凝结。我详细地记录下每一个毁灭的步骤。蜿蜒河畔的绮丽小镇就这样在一年间被人拆毁。科勒顿的终末之春魅力非凡,尽情绽放的杜鹃犹如少女于无望婚礼上掷撒的米粒。丰饶浸溢中,一座座花园为科勒顿披上甘熟的薄纱,呼之欲出的芬芳华盖几乎令小镇难以承载。沼禾中的青鹭矫捷机敏,悠然静立。桥边坏船处的浪花中漂着一窝水獭。河畔的朽木中窸窣躲藏着一群群白鹭。鱼鹰抓了扑腾的鳟鱼返回电线杆顶的帽形巢窝哺喂幼鸟。鼠海豚在河道中起舞。虾子成群进入溪湾产卵。

然而再也没有捕虾船队在此守候,没有一张网拦住它们的去路。数以十亿计的虾畅行无阻地朝苇浪飘荡的湿地游去。

出于安全考虑,科勒顿水域已禁止捕虾人和渔民进入。而就在当年春季,镇上开始了搬迁。

我眼看着他们对浪潮街一栋栋房屋下手。数百名工人操纵着千斤顶与滑车,利用大片斜面撼动一幢幢房屋的根基。他们利用种种狡猾神秘的物理作用,将这些房子捣鼓到河边等候的驳船上。一座座房屋被钢索固定,逆流而上朝查尔斯顿而去。我看到母亲的家宅漂浮在水流中，如同英明君主的结婚蛋糕。她和里斯·纽伯利站在自家的露台之上，朝着岸边的人们挥着手。香槟倒入精致的水晶杯，他们举杯向小镇致敬，然后将杯子扔进浑黄的河中。桥面打开，母亲和她的新房子、新丈夫如奇迹一般从整个河面扫过。白色立柱支撑的幢幢屋宇仿佛组成了一支无敌舰队，霎时间为河流注入了活力。接下来的数周内，你总能在河面上看到某幢熟悉的房屋带着五味杂陈的庄严感驶离辉煌的过往。

公路干道也被各种大型卡车挤得水泄不通。这些车子要将房屋运送至南卡罗来纳州的各个地方。某日，一幢房子从我身边一晃而过，几分钟后我才恍然意识到：原来是祖母的家宅踏上了处女航程。就在几分钟后，浸信会的尖顶便如横卧的飞弹一般从我身边经过。我用我的"美能达"照相机拍了些照片，把它们寄给萨凡娜。她以故乡小镇的毁灭为主题创作了一首长诗。透过镜头，我目睹他们将圣公会的教堂整体迁移。暮光之中，它优雅移动，仿佛飞在空中。我的镜头对准那些大汗淋漓的劳工。他们掘出一具具尸体，将其放入塑胶袋，然后打发到查尔斯顿与哥伦比亚之间州际公路边光秃秃的新建墓地。那些搬不了又卖不出去的房子会被就地拆毁，废料能卖就卖。流浪狗被持有特殊许可的猎人射杀。猫咪被抓后则送到公共码头边溺死。番茄肆意疯长而无人问津。弃屋边地里的西瓜、甜瓜只能烂在藤上。他们炸毁了校舍和法院，拆除了浪潮街的所有商铺。到九月一日，科勒顿镇已如庞贝与赫库兰尼姆古城一般消亡殆尽。

政府为其征用的土地总共支付了9896.7万美元。梅尔罗斯岛也让母亲获得了222.5万美元的偿款。

因为怕分家后亲人互生隔阂，母亲准备了四张银行本票，每张十万美元。萨凡娜和我都欣然接受，并且十分感激。萨凡娜已经摆脱桎梏，不再做一个受人鄙夷的潦倒艺术家。我们用这笔钱还清了萨利的学费贷款，还在沙利文斯岛买了房子。打从母亲与里斯·纽伯利成婚之日起，父亲就没再露过面。于是，母亲将他那张支票的金额存入一个储蓄账户，等父亲现身后再自行取走。

卢克当着母亲的面把支票烧成了灰。母亲伤心流泪,而卢克则提醒她:他是卢克·温戈,住在科勒顿河边的小子,从小母亲就告诉他,他这样的人是无法用钱收买的——无论多少钱。

进入六月,工头派一支拆迁队上梅尔罗斯岛拆除我儿时居住的房屋。拆迁队有十二个人,还有三辆卡车、两辆推土机。一名工人拎着撬棍刚到门前,林中便射出一枚子弹,打裂了他脑瓜顶两寸处的木头。步枪连连发射,横扫院落。三枚子弹打爆了三辆卡车的轮胎,工人们沿岛上的通路奔逃回镇上。

人一走,卢克便从林子里钻出,用藏在谷仓的自制燃烧弹炸毁了陌生人开来拆他房子的那三辆卡车和两辆推土机。

较量这才真正开始。

次日,拆迁队卷土重来,这次还带来了国民警卫队。警卫队先在房子周围的林中进行了搜索,确认没人了才示意拆迁人员动手。卢克躲在对岸的一棵树上,眼睁睁看着我们从小生活的房屋遭人破坏。他后来告诉我,那感觉就像看着全家人在他眼前死去。

就这样,我所生活的小镇硬生生变成了一片废墟。然而,不同于古旧文明中坚挺长存的残迹,科勒顿曾经存在的所有隐匿迹象皆已荡然无存。连小镇曾经存在的记忆也被从大地上抹去。科勒顿的踪迹已全然被隐匿。在美国农业部的赞助之下,原址处已经栽上了五针松。每天都有六千名工人开着贴有各种标志的轿车、卡车过桥涌入建筑工地。到十月一日,科勒顿县境永久关闭,除非是原子能委员会雇员,否则不得进入。民用航空局禁止飞机从机密区域上空飞过。县内四处不同工地迅速推进。

南卡罗来纳州州长宣布:科勒顿所有居民已经全部成功迁出,并安置在州内其他市镇,"科勒顿河计划"将在三年内全面运作。

我们这些科勒顿的居民就像一只只温驯的绵羊,被驱赶到新建的糟心地方,失去了所有记忆的依托。我们行走在南卡罗来纳的大地上,没有先人积聚的苦难与智慧指引我们在危难或愚钝之时该何去何从。我们随波逐流,漂流至城市边缘的无向地带。我们不是败退的部族,背井离乡,而是仿佛被层层黑色纱绢扫灭一空。我们或独自出走,或三两成群,离开了这郁郁葱葱的列岛。那里曾是我们的避风港,让我们躲过了这个时代最为不堪的破坏。科勒顿人错误地选择了继续卑微。而在美国,没有比这更加不可饶恕的罪过。

我们默默地服从。发号施令的人赞美我们无私。他们用慷慨摧毁了我们,将我们分散到陌生人之中。我们卑躬屈膝,狼狈地爬过桥,对他人丢来眼前的赞美感恩戴德,一点点用舌头将地上的残渣舔个干净。我们是美国人,我们是南方人,而且又蠢又尿,简直不可救药。温顺的人或许也有得天下的一天,但人家肯定不稀罕科勒顿。

只有一个人留了下来,倾一人之力奋起抗议。卢克把他的船卖给了一位圣奥古斯丁的捕虾人,随后便开始建构自己的行动基地,想以此牵制对方的施工进程。他策划了一次小规模的防御行动,还真惹火了缪绍公司及其员工。经历了初次胜利,卢克尝到了甜头,暴动之梦开始越做越大,行动也越来越大胆。他胆子越大,就越能成事。最初的种种胜利让他得出了一个危险的等式。

安保主任发现,在项目施工阶段的第一个月,坐落在县境西侧边缘的主要建筑工地少了四吨炸药。他怀疑这些炸药是在相当长的一段时间内被人一点点搬走的。就在主要建筑工地附近的土路停车场上,有六名建筑工人的车子被人划烂了轮胎。短短一夜之间,有十辆推土机被大火烧毁。总工程师的房车也被人炸了。四只看门狗在工地周边巡逻时遭人射杀。

林子里肯定有人,而且他身上有武器,是个危险分子。建筑工人每天早上过桥上班都觉得心里发毛。

就在这段时间,父亲又大摇大摆地出现在南卡罗来纳一处鲜为人知的港口。在基韦斯特捕虾期间,一个衣着光鲜、戴着"阿克特隆"电子表和钻石戒指的男人找上他,问他想不想大赚一笔。三天后,父亲踏上了前往牙买加的航程,到蒙特歌湾一间时髦酒吧与钻石男的同伴接头。父亲一眼就发现,这个人左手的小指上也戴着钻石,而且足有青豆那么大。亨利·温戈一辈子都在等待时机,就想认识这种富得流油却没啥品位、只知道往手上套女人首饰的有钱人。他连对方的名字都没问,只觉得就凭人家这派头,肯定信得过。

后来听父亲说:"人家有范儿,就是有范儿。"

两个牙买加人往父亲的捕虾船上装了一千五百磅顶级大麻,这事儿他知道;另外还装了十四公斤纯海洛因,这事儿他不知道。其中,一个牙买加人平时在一间度假酒店打杂,有机会就帮忙装运大麻;另一个牙买加人名叫维克多·帕拉莫尔,他为美国财政部充当线人。我父亲的案子在查尔斯顿进行审理时,帕拉莫尔也是第一位证人。当父亲在基沃岛与西布鲁克岛之间某地登岸时,大洋此岸的缉毒警基本上全来了。此行也是我父亲冒险挑战资本主义的最后一次尝试。

法庭上,父亲没有为自己辩护,也没有找代理律师。他对法官说,他知道自己犯下了大错,对于自己的所作所为,他没有任何借口,也不会找借口。父亲说他的行为令自己和家人蒙羞,理应依据法律接受全部惩罚。他被判处十年徒刑,外加罚款十万美元。

母亲用父亲那份卖岛所得的钱交了罚款。短短一年之间,我的哥哥和父亲都成了犯人。

到父亲进亚特兰大的监狱服刑时,我对此生还能见到活着的哥哥已经不抱什么希望了。

"格局大点,格局大点。"卢克一边这样告诉自己,一边潜行于夜色笼罩的县境内。偌大的科勒顿县内,只剩他这一位居民。他对自己立下誓约,在自己被抓住之前,一定要尽力一搏。

反抗开始的第一个月,有一个因素对他可谓十分有利。政府方面并不确定卢克就是林子里搞破坏的人。当然，他是主要嫌疑人，但无人眼见，所以无法指证。卢克对越共日益钦佩有加。和越共一样，他是凌晨时光的主宰，令一众薪资微薄的守卫叫苦不迭。他只在夜间出动，穿行于本属于他的乡野流离之地，躲避着河上的巡逻船只和弃路上的巡察警车。一个个星期过去，卢克行走在从小便无比熟悉的林中，深深执念于某种危险的使命感。他开始幻听，还会在枝头上看到家人的面孔。所有的幻觉（他喜欢称之为愿景）都充溢着对他行动有效、对这支单人解放军神圣战区之行的赞许。等到他开始自言自语，卢克终于开始担心了。

不过，在向本州宣战的最初几周内，一种与生俱来的可贵权利支持着他。他深谙低地隐秘之道，这些无法传授的经验保护着他。对手要捕捉的是这片土地所孕育的孩子，他早已知晓了当地大江小河毕生倾吐的秘密。他审视着这片广袤地域，誓要保护它免遭侵占。他的双脚踏遍整个县境，要么步行，要么驾小帆船。他留意往来的河上船只和桥上车辆，记录下穿越北部县境两架栈桥的运煤轨道车数量。他在萨凡纳以及佐治亚州的布伦斯威克各建了一处安全屋。每次袭击过后，他都会离开科勒顿三个星期，直到那些想抓他的人厌倦了无疾而终的追捕。海岛之上、弃井之中，房基之下，处处都藏着卢克的违禁品、武器和食物。

起初的行动只是简单的破坏，但也都极富水准。多年来，他已经形成了极好的素养，边干边钻研，技艺也日渐精进。他反思失败的教训，也总结成功的原因，为未来的行动累积经验，打磨自己的技巧，使其日渐完善。他与外界隔绝，自给自足，一心专注，因而变得十分谨慎，令人畏惧。卢克在大片沼泽附近的丛林深处用弓箭狩猎白尾鹿。在盐渍地上方的树中伺机等待时，他也为自己的定力所叹服。他感到意气风发，内心因树木、野鹿和岛屿而喜悦。狩猎时的他总是惊叹不已，仿佛回到了千年以前那片永恒洁净之域。那时，雅玛西人也是用同样的方式追踪野鹿。卢克对那些动物心怀感激，是它们令他得以果腹。他明白了为什么原始人会将鹿视为神明崇拜，并把它们的形象画在洞中的岩壁上，表达敬仰与狂喜。他从未觉得自己活得如此激切，如此真实，如此义不容辞。他总是看到愿景，但这些愿景始终都依附着坚韧的梦想。他白天睡觉，在睡梦中歌唱。在他酣睡之时，搜寻机和直升机正在四处寻找他。他的梦境绚烂神奇。一觉醒来，眼前便是星空。梦境并未消退，而是在漫天光色与血色浸染的湿壁画中保留了形状，令他欣喜不已。熊熊的革命热忱在他胸中燃烧。理想在心中滋长，如野花一般透过毛发源源生长。

在某种程度上，卢克觉得自己犹如美利坚最后一位清醒之人。每一次对自己的使命心有疑虑，他就背诵广岛与长崎的伤亡数字。他如果能阻止上千枚核武器被制造出来，就应该能拯救上亿人的生命。他开始倾听自己内心深处那个急切而坚定的声音的激昂忠告。这个声音制定了行为规则，确立了长远目标，并发起了游击行动。卢克认为这是他的良心在发声，而他也听从了这个声音。自在地跃动于无国之境，他带着某种狂喜倾听着那个声音。满怀欣喜之中，他发现，义窃之举对他而言手到擒来。他盗取物资，有时盗取快艇，还有步枪和弹药。他是这片深受眷恋却危在旦夕的土地坚定的拥护者。也难怪如此卓见能从科勒顿延伸至整个美丽的星球。

他时常踏入科勒顿离奇破败的县域，穿行于消失殆尽的街道，细数着每一片荒草丛生的土地曾经居住的人家姓名。他经过片片被啃噬成荒原的墓地，切身感受到推土机在土地上留下的道道伤痕，他的父老乡亲曾葬身于此。他走在浪潮街上，市井繁华与街坊的嘈杂已然不再。这里永远失去了咖啡浓郁而绚烂的芬芳，失去了不乏礼让的车水马龙。卢克感觉到小镇的生命力在脚下跃动，挣扎着想要跃出大地，焕然重生，带着复活的自信健康绽放。再度陷入梦境，他以为听到了镇子的哭喊声，那声音将一首悠长的哀歌娓娓道来。倾覆与失落之歌如泣如诉，呼吁着报偿，声嘶力竭地控诉着消亡的苦难。月光下，卢克前往祖母的家宅。当发现河畔的那半亩宅地已不复存在时，他简直愤怒不已。所有的地标已被全然抹去。直至找到了我们兄妹三人某年复活节刻下自己名字的那棵水栎树，他才彻底确信自己找对了地方。这片托莉莎与阿莫斯曾经生活的土地如今已长满了马唐草和野葛。卢克再度走向浮动的船坞，还被高草之中的什么东西绊了一跤。他往身后一摸，早就猜到了那是什么东西。他抬起祖父的十字架扛在肩头，并带着它回到浪潮街，带着对祖父的美好回忆从街头走到街尾，从一侧走到另一侧，以此向祖父致敬。他感到沉甸甸的十字架压在肩头，木料完好的纹理忠实地印嵌在肌肤上，给他留下印痕和痛楚，提醒他自己的使命是何等正义。

卢克背负着十字架走在街上，空气中的各种声音呼啸而来，敦促他前进——他是众人的河畔之子、低地汉子，是所有人的斗士。雀跃声中，他发誓决不让这一切发生，至死不会放弃他挚爱的小镇。卢克对自己发誓，对那些激昂的支持声发誓，对着河流和惨遭蹂躏的小镇发誓，他一定会传达自己的心声，会将新生的灵力注入这片饱受摧残的土地，他会让科勒顿像拉撒路一样，在经受抢掠的大地上再度崛起。

他高叫着："他们都会认识我！他们都会知晓我的姓名，对我肃然起敬。我要让他们把这里变回原有的模样。"

卢克停下来，声音也离他而去。他将十字架放在土路上，只觉得自由的旋律注涌全身。他在浪潮街上翩翩起舞，旋转着，大叫着，骤然停步自语："我要把达纳尔先生的男装店建在这儿，旁边是沙因先生的食品店，再往下是莎拉·波斯顿的裙装铺、比蒂·沃尔的花店和伍尔沃思的'五分一角'零售店。"

经过时，他感到大地在震颤，感觉到这些自豪的陈旧商铺挣扎着想要重获新生。他能听到全镇的男女老少都聚集在曾经伫立于此的店铺屋顶，为他加油助威。在卢克的脑海里，他按照记忆中的样子忠实重现了整条街道。当晚离去之时，他回首望去，所有的小店都亮起灯火，圣诞的装饰穿过街道。一个男孩将若干字母安放在"和风剧院"的华盖之上，卢瑟先生挥动扫帚清理店门前的空地，酒足饭饱的卢卡斯警长从"哈利餐厅"里出来，还松了松裤带，打了个嗝儿。

卢克想，自己终于成了一个真正的男人，一个在春天里崛起、热血沸腾的男子汉。

他回过头,满怀自豪地望着自己所创造的小镇。

身后突然有动静,他猛地拔枪转身。

卢克再一次听到了那个声音——那个熟悉的哨音。

他看到一个身影带着无以言说的雀跃沿河向他走来。

"水果先生"。

三月,卢克的战斗正式打响,小规模的抗争衍化为全面的游击战。他的标志性行动对自己而言意义非凡,对州政府来说则并非如此。三月十四日凌晨三点,四枚临时装配但威力巨大的炸弹炸毁了连接科勒顿北界、东界与本土的四座大桥。一个小时之后,另外两枚炸弹摧毁了两座铁路高架桥,切断了南方铁路货运列车进入县境的通路。

其中一辆列车运载着大量煤炭驶向建筑工地。高架桥被毁二十分钟之后,它在夜色中呼啸着驶离查尔斯顿。总工程师全速开上长桥,列车在空中飞了六十码,随后一头扎进利特尔河的幽水之中,撞了个粉身碎骨。工程师与三名乘务员当场毙命。此战中第一次发生了流血事件。很快,各大报章便将这场抗争称为"科勒顿独立战"。

卢克寄信给南卡罗来纳州境内的十五家报社,宣布科勒顿周围四十英里范围内(包括三十座海岛和四万七千亩陆地)没有钚生产设施。他向撞车事件中丧命的四人家属道歉,说如有可能,他宁愿赴汤蹈火,挽救这些人的生命。他以守护生命为己任,而不是摧毁和剥夺生命。与帕特里克·弗莱厄蒂宣布毁镇计划当晚卢克的慷慨陈词相比,这封信的篇幅更为简短,但异曲同工。他在信中发表声明,宣布从前的"科勒顿县"境内土地从此将成为独立州,卢克自己担任州长、高级警长和武装部队总指挥。在境内人口形成规模之前,他将是独立州唯一的公民。联邦政府已经裁定这片土地归美国人民所有,卢克对此表示赞成,但在管理方式上与之存在分歧。这个面积只有罗得岛二十分之一大的新独立州将被命名为"科勒顿"。卢克限联邦政府在三十天内中断并停止"科勒顿河计划"的建设活动，并且归还他们从科勒顿人民手中窃取的全部土地。如果联邦政府不取消建设计划，科勒顿州将正式退出联邦并宣战。所有参与项目的建筑工人将被视作侵略军，成为炮火攻击的目标。

卢克还呼吁大家加入非常规志愿军，在科勒顿边境进行巡逻，防止联邦探员偷袭入侵。他要求志愿者只身进入独立州境内，佩戴绿色臂章以便辨识，并在被掠县境内广泛设立监听站和前哨。等湿地与林中遍布站哨后，他会联络各处，众人联手展开行动。但在最初阶段，所有人都要单独行动，通过打游击切断物资输入，阻止建设工程。

这封信登上了州内报刊的头版头条。同时上报的还有卢克和我高三时高举橄榄球州冠军奖杯的照片，以及萨凡娜《捕虾人的女儿》诗集护封的照片。国民警卫队受命保护所有通往县内桥梁的安全，并立即开始修复受损的桥梁和高架桥。营地加强了安保，对卢克的逮捕令也已经签发。公开信刊登之后，我大概把南卡罗来纳州内所有的警察和执法人员见了个遍。卢克成了人们眼中危险的武装分子，甚至有人怀疑他精神失常。各大报纸纷纷刊载歇斯底里的社论。《查尔斯顿新闻报》还引用了欧内斯特·霍灵斯参议员的言论："也许这小子是疯了，但现在通往科勒顿的桥还真没剩几座了。"南卡罗来纳大学的卡帕阿尔法兄弟会分会举行了一场绿色臂章派对，为残疾儿童募捐。《哥伦比亚州报》刊登的一封读者来信将卢克称作"南卡罗来纳最后的伟人"。

卢克的公开信登三周后，一名七十岁男子在"科勒顿河计划"主建筑工地附近区域被逮捕。他叫卢修斯·塔特尔，曾是一名毛皮猎人。《查尔斯顿新闻报》报道了这一事件，但并未透露该男子被捕时佩戴绿色臂章的事实，也没提及他手持步枪抵挡二十名警官，直到弹尽粮绝才最终被捕。十名女子（全部为"女性和平抗争"成员）躺在一辆运送建筑工人前往工地的公共汽车前。她们都佩戴绿色臂章，并在被押往监狱的路上不断高呼"拒绝核武器"。

州内保守派圈内的人将卢克视作杀人犯和疯子。但还有少数人敬仰他为终极环保主义者——共和史上面对令人胆寒的怪诞核时代做出理性应对的唯一一人。一看公众对于卢克发动叛乱的看法发生了变化，联邦政府立马开始严正对待，誓要终结卢克与州政府的对抗之战。卢克打游击机敏又厉害，但也有人把他视作一个可怕的象征，认为他随时可能威胁整个"科勒顿河计划"。他成了一种危害，一个明确的公共关系难题。他摧毁了六座桥梁，充分证明了自己破坏才能背后缜密的战术意识。大批联邦调查局的探员来到科勒顿县，来自北卡罗来纳州布拉格堡的反叛乱作战特种部队也开始在岛上展开夜间搜索。卢克依据敌方派出手下的声望估算自己所剩的时间。他开始注意到，越来越多的侦察飞机从沼泽上空飞过。海岸警卫队加强了沿河的巡逻戒备。他们的加入是在以行动向他表达敬意。卢克欣赏这些被派来将他绳之以法的人员的精良素质。虽说他们以不凡的身手组织了对他的抵抗，但他也凭借自己对当地得天独厚的了解与娴熟掌控在对战中取得了先机。

我已经能从一百码开外辨认出联邦调查局的特工，而且每次都看得很准。他们的特征和东部菱背响尾蛇一样好认。这帮人都是电影、书籍看多了，以为自己的调查能耐十分了得。联邦调查局成天给自己人打鸡血，而这些特工个个信以为真。我最讨厌那些紧绷着下巴、握手使劲、动不动就模仿二流演员做派的家伙。所有联邦调查局的特工都是在同一间男装店的同一个货架拣了同样无趣的便宜西装，浑身上下最好看的也就是那块徽章了。卢克钻进科勒顿密林抵抗的第一年，我就被十几个联邦特工讯问过，一点乐趣也没有。面对那些有朝一日可能会要我亲哥性命的人，我基本没有好脸色。联邦调查局的人认为我充满敌意。碰上倒霉的日子，他们的这种评价总能让我打起精神。

差不多过了一年，卢克的案子转到了J.威廉·科文顿手上。春季某个橄榄球练习日，我正在组织新型转向进攻，好让一位四分卫发挥优势。这小子跑起来像头鹿，传球也像头鹿。刚从要塞军校毕业的鲍勃·马克斯是我刚刚聘来的线卫教练，就是他一眼瞅见了科文顿。练习已接近尾声，我们正带着队员们训练呼吸冲刺，而科文顿就坐在他那辆公家的雪佛兰车里。

"汤姆，又来了个条子。"他说。

"明年我可能考虑交点税。"说着，我走向那辆车。

看见我走过来，科文顿下了车。J.威廉是典型的探员做派。就算他脱光衣服在花田里蹦跶，你也能一眼看出这家伙是联邦调查局的特工。

"不好意思，先生，"我说，"我们不允许克利须那派印度教徒进橄榄球场派发教义。从这里往西开十五英里就是机场。"

他笑了，笑声居然发自肺腑，这点让我没想到。"我听说你挺风趣。"说着，他伸出一只手。

"才怪。你是听说我爱耍贫嘴。"

"档案里说你不愿合作。我叫J.威廉·科文顿，朋友们都叫我科夫。"

我问："那你的死对头管你叫什么？"

"科文顿。"

"幸会，科文顿，"我说，"好了，为了继续践行不合作的精神，接下来我会告诉你我所知道的一切：我不知道卢克藏在哪里，更没有他半点音讯。他没来过信，没来电话，也没来电报。我没有为他提供食物、藏身之处或者任何形式的帮助。还有，我不会以任何形式协助你的调查。"

科文顿道："汤姆，我想帮卢克免受重罚。我所了解到的一切都让我非常欣赏卢克这个人。我相信我可以与检方达成协议，通过辩诉交易为他争取三到五年的刑期。"

"撞车不是出了四条人命吗？"我问。

"显然,卢克并不知道那列火车会来。你们全家在科勒顿生活期间,夜晚从来没有火车会经过那座高架桥。我把这叫作'过失杀人'。"

"光是炸桥的刑期就不止五年。公诉方为什么愿意跟你们达成协议?"

"因为我可以让他们明白,只要达成协议,兴许就能保住南部县境所有的桥梁。"

"你为什么要告诉我这些?我又帮不了你。"

"汤姆,我仔细看过卢克的案宗。有三个人,只要他们想找,就可以找到卢克。第一个是你父亲。当然,你也知道,目前他不便出行。"

"不便出行。科文顿,我喜欢你的用词。"

"另外两个就是你和你妹妹。你妹妹写得一手好诗,我是她的忠实读者。"

"她要知道肯定乐坏了。"

"我能指望你帮忙吗?"他问。

"不能,科夫。我头回说的时候你没听。我不会以任何形式协助你的调查。"

"缪绍公司出两万五千美元赏金,要把你哥摆平。'摆平'的意思还需要我跟你解释吗?他们派来的人比你哥哥厉害多了。科勒顿县内现在就有两个得过国会荣誉勋章[1]的'绿色贝雷帽'[2]正在追杀他。或许他们明天抓不着,后天抓不着。但是,汤姆,卢克总有一天会死在别人手上。我想避免这种事情发生。我很敬佩你哥哥。汤姆,我想救他一命。但如果你不帮忙,我就没法做到。"

我说:"科文顿先生,联邦调查局来了这么多人,也就是你还没把我惹毛。但这反倒让我犯嘀咕。你干吗要进联邦调查局当特工?好端端一个人,怎么起了'J.威廉'这么个名儿?"

---

[1] 由美国政府颁发的最高军事荣誉勋章。
[2] 美国陆军特种部队称号。

"J代表的是加斯帕。但我死也不想听别人这么叫我。我老婆想了个办法:既然我所效力的机构是一个叫J.埃德加[1]的人创建的,那我就叫'J.威廉'。她觉得以后要是升了职,这也算某种潜在呼应。我加入联邦调查局是因为我的运动能力很差劲。和多数体育不咋地的小子一样,我的高中过得很惨,经常质疑自己算什么男人。我们联邦调查局的特工可从不质疑自己的男子气概。"

"加斯帕,你的回答听着很顺耳。不像你那些同事,你的话里至少能听出点人味儿。"

"我仔细研究过你的材料。如果不先建立点信任的基础,你根本不会跟我合作。"

"我可没说我信任你,加斯帕。况且我已经告诉过你,我是不会合作的。"

"我看不然。现在全世界的人都想要你哥的命,只有和你说话的这个人想救他。"

我端详着J.威廉·科文顿的脸。那张脸英俊,有感情,有风度,我一看就觉得信不过。他率直地望着我——这点我看着也不顺眼。他的目光清澈而平静。

"加斯帕,我可以帮你找到我哥哥。但我要看到白纸黑字的协定。"

"这个没问题,而且我向你保证,所有人都会开绿灯。"

"我可以答应,但我就是看你不顺眼,也信不过你。而且,你那身西装我也看不上。"

"你的裁缝好像也不咋地。"说着,他指了指我的卡其裤和运动衫。

学期结束,萨凡娜飞到查尔斯顿。我们花了数天时间置办补给,制

---

[1] 此处指美国联邦调查局第一任局长约翰·埃德加·胡佛(John Edgar Hoover, 1895—1972)。

订计划,准备远征遗失之地。夜晚,萨利、萨凡娜和我埋头研究县内的航海图。这是一张麦卡托投影法绘成的地图,比例尺1∶80 000,位置为北纬三十二度十五分。大小河流处用小字标注着各水深点的精确平均低水位。我们的手指穿过湿地、航道以及儿时熟悉的那片狭长平坦的地带。我们试着用卢克的眼光来观察当前的环境。在我看来,他肯定藏身在县境南部的萨凡纳河沼泽一带,夜间闪击搞破坏,然后在黎明之前钻回外人无法攻破的沼泽地。

萨凡娜则不以为然。她觉得卢克在科勒顿肯定有一个藏身之处,那里就是他的大本营,而且我们肯定都知道这个地方。她让我别忘了,卢克也有他的习惯,没有这么个地方,他肯定没法进行他的科勒顿解放之战。

"你肯定打不了游击。"

我还告诉萨凡娜,那些追捕卢克的人还带着猎犬在海岛上四处搜寻。找个大本营应该不成问题。

萨凡娜道:"汤姆,那他肯定在一个不为人知的地方。只有卢克自己找得到。"

"萨凡娜,但凡卢克知道的地方,他们肯定也知道。在美国随便哪个港口都买得到这种地图。这个国家别的长处没有,就是地图标得全乎。"

"真要是这样,那他们怎么还没找到卢克?"萨凡娜问。

"他藏得好呗。"我望着地图道。

萨利问:"汤姆,上大学的时候你跟我说过一个什么地方来着?你爸好像在那里钓过鱼还是什么的。"

萨凡娜和我异口同声大喊:"秧鸡岛!"

父亲小时候经常在上埃斯蒂尔河沿岸大片的湿地里猎秧鸡。满潮时,他的朋友会划着小船穿行于沼泽的禾草之中,将藏身于茂盛米草中的鸟儿赶得四下飞散。他一下弄死了十来只,随后发现沼泽之中隆起了一小丛矮树。就在他们划向这片没有标记的小岛时,水势已发生变化。他们刚刚到达小岛,便发现必须得等到下次涨潮才能划回主河道。此处距离最近的人家有十三英里。偶然间，他们却发现了一处秘密的世外之地。对于稚气的少年而言，这里俨然是一片隐秘的乐土。这片未知之地约有四分之一亩大，长着一丛蒲葵和一棵细长的橡树。无意之中，他们在无边的盐沼中发现了一座破败的孤岛。陆地上望不见，河面上也看不到。他们把秧鸡收拾干净，浸在海水里。两个孩子支起帐篷，点起篝火，用三勺熏肉油腌了洋葱，在鸡肉上裹了面，煎成巧克力一样的深棕色。他们在锅里加些水，把肉慢慢煨嫩，还从裸露的泥滩中捡来蛤蚌，一边生吃，一边等肉熟。两个少年都深信这里不曾有人涉足。他们把这里占为己有，还在橡树的树干上刻下自己的名字。潮涨离岛之前，他们把这片发现之地命名为"秧鸡岛"。

祖母离开阿莫斯搬到亚特兰大生活之后，某日，父亲从家里跑了出去。朋友们发现，原来他躲在秧鸡岛哭着想妈妈。一到春季，海鲡和鲱鱼入河产卵，父亲便会到自己的小岛待上一个星期，在星空下钓鱼、捉蟹、露营。我七岁那年，父亲第一次带着自己的三个儿女一起上岛钓鱼。当时他已经在岛上盖起了一间小木屋，用来遮风避雨。就在那一季，我利用一条活鳝鱼抓到了一条三十磅的大海鲡。我们还在河里放了刺网，用来捕捉鲱鱼。整整一个星期，我们以慢火烤制的鲡鱼排和白花花的鲱鱼籽配厚切腌肉为食。每次想到父亲那片避世之地，我眼前总会浮现各种海鲜美味，还有父亲。他大笑着驾船穿行在密布的沼泽之中，高涨的潮水将船托起，把我们送到那片与世隔绝的无谓之地。后来，帐篷被其他渔人所用，父亲才放弃了一年一度的例行之旅。没有了秘密，小岛失去了魔力，也失去了价值。接纳了其他的陌生人，秧鸡岛也就背叛了它的发现者。依照父亲的哲学，任何地方一经发现，便不可易主。他再也没上过那座岛，而他的子女也感受到了父亲切实的幻灭之痛，未再前往。

但萨凡娜和我都清楚，也许你在科勒顿过了一辈子，闲时就跑去偏僻的溪湾支流钓鱼捉蟹，但却可能从未想到，在佐治亚州格林县北境最广袤的盐沼腹地，还镶嵌着一块如蓝宝石般的心形之地。除了我和萨凡娜，知道此处的只有父亲、哥哥以及那些无意中践踏了父亲隐世圣土的陌生渔人。

我在图上某个沼泽带画了个叉，秧鸡岛可能就在那里。这种地方大概都不应称之为"岛"，可能也就是一块即将被沼泽吞没的渐消之地。

动身前往科勒顿的前夜，我给三个女儿读了睡前故事，然后掖好被子。萨利去医院值晚班，萨凡娜和我调了酒，端到前廊享用。查尔斯顿的灯光在淡雾中点缀着海港。当夜，母亲与我们共进晚餐，气氛压抑得无以复加。她埋怨父亲，埋怨我们害卢克离经叛道。她说里斯愿意聘请南卡罗来纳州最好的律师为卢克辩护。萨凡娜暗示说卢克估计不会接受这种安排，母亲气得大发雷霆。里斯·纽伯利已将用善意羞辱他人的高深本领练得炉火纯青，我母亲却毫无察觉。她哭哭啼啼地离开了我家，大家心里都堵得慌。

我们朝萨姆特堡的方向望去，萨凡娜说："依我看，无论卢克最后会怎样，最悲剧的人都是妈妈。"

"那是她活该，"我说，"是她自己不安好心。"

"你根本不知道做女人有多难，"萨凡娜说道，"以前受了那么多苦，现在妈做什么我都不会怪她。"

"那怎么她在跟前的时候你却一副恨她恨到骨子里的样子，啊，萨凡娜？为什么当着她的面你却没有半句好话，没有半点贴心的样子？"

"因为她是我母亲，任何一个女人都有可能憎恨自己的母亲，这是人之常情。我的心理分析师说解开这个心结的阶段很重要。"

"你的心理分析师！打从离开南卡罗来纳，你都找了多少医生了？"

萨凡娜很是受伤："汤姆，我在努力过正常的生活。你无权贬低我的治疗。"

"难不成在纽约人人都看心理治疗师？总该有某个穷光蛋在拉瓜迪亚

机场转机,赶不及到上东区耗五十分钟做治疗吧?"

"你才是最需要做心理治疗的一个。听听你说的那些话,听听你那邪火有多大。"

"我最受不了自己的挚爱亲人在我面前充明白人。妈是这样,你也这样。就好像这个家的女人们都害了这种病。你就没有满腹怀疑的时候?"

"有啊。汤姆,我对你就有不少疑问。我严重质疑你所做出的人生选择。我看不到你的人生有任何方向。我看不到你有任何改变和尝试的野心与渴望。你随波逐流,和妻小有些疏远,和你的工作也愈渐疏远,根本不知道自己想要什么,想去哪里。"

"萨凡娜,这说明我是美国人。没什么稀奇的。"

"训练完,你回到家,调杯酒,坐在电视前,直到自己累到或醉到睡着。你不读书,不与人交谈,只是昏昏度日。"

"我现在就在跟人交谈。正是这样我才讨厌跟人交谈。"

"汤姆,你讨厌面对自己。"说着,萨凡娜伸手捏了捏我的胳膊,"你就是在浑浑噩噩地过日子,这样下去迟早会付出代价。这才是我最担心的。"

我问她:"你为什么总要强迫身边的人承认自己不明智、不快乐?为什么所有人只能以疯狂面对你所谓的真实世界?"

"传言说有些人心理健康得不行,我还真没近距离接触过这种族类。这种人就像南美的印加人。你读过相关书籍,研究过他们的遗址,但不可能做亲身采访,了解他们如何自处。"

"萨凡娜,如果咱们不找到卢克,他会没命的。如果卢克死在他们手里,我真不知道自己会怎样。"

"那么咱们就找到他,把他带回来。"

我说:"他们撒下人马,像猎鹿一样追杀他。"

萨凡娜道:"比起卢克,我倒是更担心那帮家伙。你我都知道卢克在林子里有多大能耐。他总能想出办法。哪怕失败一次,他都不可能会撑到现在。要是当初咱们救海豚的时候被抓住,要是咱们往纽伯利家床上塞海龟没成功,要是卢克没能背着他的指挥官游出北越……卢克始终坚信自己能想出办法,而且他一直都是对的。"

"可这么做根本就是犯傻。他根本没有任何成功的机会。"

"但他确实引起了他们的注意。汤姆,你会时常想到他吗?"

"我试着不去想。我尽量不去想卢克,不去想老爸。有时,我甚至假装他们从未出现在我的生命里。"

萨凡娜笑了:"妈妈的老法子。你选择记住的才是真相。"

"我每个礼拜都给老爸写信,感觉就像交了个素未谋面的爱沙尼亚陌生笔友。他的回信写得既亲切又睿智。我怎么会有个慈父?睿智得就更别提了。我跟他几乎借由通信建立了友谊。可一想起咱们小时候,我又特别心疼和感激妈妈。对于她,我内心满是爱,可如今却又见不得她。卢克的事让她伤透了心,但我却没有一点办法。"

"你为什么那么生卢克的气?"

"因为我觉得他这是犯傻。他狂妄自大,顽固不化,只想着自己。但有些事情我想不通。我羡慕他自由自在,为自己的信念满腔怒火挺身而出,那种激情我从未见识或者感受过。我嫉妒他能凭借那奉献给单纯信仰的透彻而未知的狂喜震撼村野。萨凡娜,我之所以要阻止他,是因为在内心深处,我相信他理应与世界为敌。我是如此深信不疑,以至于他的投入与专注时时刻刻都在提醒我自己是何等懦弱屈服。我已经被磨平了棱角——贷款、分期车款、教学计划、子女,还有一个比我更有追求、更有抱负的妻子。我活在一个失去社会功能的睡房社区,每天看七点新闻,玩填字游戏。而我哥哥却嚼着生鱼,抵抗夺走了我们唯一家园的占领军。我告诉自己:我不是什么狂热分子,也不是什么破坏分子。我告诉自己,我是安善良民。我告诉自己,我有我的责任和义务。但卢克却向我证明,我不是一个有原则、有信仰、身体力行的人,我骨子里喜欢与奸人同流合污。一个通敌的政权在我的灵魂中驻扎。我已经变成了自己最讨厌的那种人——门前的草坪修得整整齐齐，从没吃过半张超速罚单。"

"我把卢克视作当代的堂吉诃德。我想把他的事迹写成一首长诗。"

"他自己肯定也这么想。可这样好像既帮不了他自己，也帮不了其他人。四个人因为他送了命。无论我怎么努力去合理化，杀人都说不过去。"

"人不是他杀的。那是个意外。"

我问："面对那些死者的妻小，这种话你说得出口？"

"汤姆，你就是太感情用事。"

"我估计那些死者的妻小肯定也是。"

"卢克不是杀人犯。"

"萨凡娜，那他是什么？"

"他是个艺术家，一个真正自由的人。这些你永远也理解不了。"

我们等待着平静之夜的到来，希望借助月光寻找方向。在查尔斯顿码头，萨利亲吻了我和萨凡娜，祝我们好运，目送我们上船驶向科勒顿。

萨利嘱咐道："把卢克平安带回来。让他知道，很多人都深爱着他，三个小姑娘也离不开她们的伯伯。"

我抱着她："我会的，萨利。也不知道这一去要多久。"

"你有一整个夏天的时间。我妈明天就过来，帮忙照顾孩子。莱拉下个月还会带她们去帕利斯岛。我会拼命工作，治病救人，多行善事。"

我发动引擎，将船开入阿什利河。萨凡娜道："萨利，为我们祈祷吧，也为卢克祈祷。"

船缓缓驶过查尔斯顿半岛尽头的海湾警卫队基地，我说："我还以为你不信上帝呢。"

萨凡娜答道："我确实不信。但我信卢克，卢克信上帝。而且，在我真正需要的时候，我一直都信上帝。"

"没事不拜神,拜神必有事。"

"算你说对了,小鬼。"萨凡娜轻快地答道,"汤姆,这多好啊!咱们又能一起冒险了,就像当初去迈阿密救白海豚一样。这回咱们肯定能找到卢克,我有预感——骨子里感觉得到。汤姆,你看看头顶上空。"

我顺着她所指的方向望向天空:"俄里翁,猎户座。"

"不对。我得教教你如何像诗人一样思考。那是卢克在低地躲藏的影像。"

"萨凡娜,你要是再拿卢克当你未来的诗歌素材,我都要呕出来了。咱们现在可不在什么诗里。这是一场长途跋涉,也是你我拯救哥哥的最后机会。"

"像奥德赛一样的惊险历程。"她又逗我。

"萨凡娜,生活有别于艺术。"说话间,船开进了查尔斯顿港。

"你错了。关于这一点,你一直都是错的。"

我驾船驶经芒特普林森[1]的市镇灯火,驶经萨姆特堡的孤单形影,驶经沙利文斯岛自家屋内的光亮,驶经灯塔以及与巴拿马货船会合的引航船低速的轰鸣。船只行驶在防浪堤之间,右舷外便是詹姆斯岛,月光浸染着海滨燕麦草的流苏,闪烁的微光点缀着堆撞的浪丘。磷光与浮游生物镶嵌的浪花分出两扇柔翼,拍打着船头。海波一掠而过,空气如乳汁般黏腻。我们渐渐驶近无风的汪洋。是夜,方圆五百里内收不到一艘小船的警报,湿地泛起分娩的生腥。船离开慵懒困倦的堰洲岛,进入大西洋星光点点的温柔眼眸。月光在水上铺展开一条明亮的貂绒长巾。

船直奔墨西哥湾流而去。往前是百慕大,向东便是非洲。我一路前行,直至南卡罗来纳的灯火彻底从身后消失。随后,我转头向南,开上了

---

[1] 南卡罗来纳州下属城市名。

驶向我出生地的航线。我暗自祈祷，祈祷自己能让哥哥免于沦为无情命运的牺牲品，祈祷我能让他学会在强权面前让步、臣服，祈祷我能让他少一点卢克的不羁，多一些汤姆的温顺。

萨凡娜和我手挽着手。船驶向科勒顿，风儿拨弄着妹妹的发丝，仿佛撩掀着面纱。我望着星空，看着罗盘，开了有两个钟头，直到看见闪烁的绿色航道标志。那就是科勒顿海湾的入口。两个闯入者来到了1944年飓风中他们所降生的那片禁水之域。

午夜刚过，潮面平均偏低，我们在肯内索岛的背风面落下船锚，等待潮水再度变化。潮水少说也要再涨两尺，船才进得了秧鸡岛。真到了涨潮之时，在船上可以分明感觉到船拉拽着锚索，越绷越紧。凌晨三点钟，我发动马达，徐徐穿行在县内鲜为人知的溪湾之中。船上嗡嗡的轰鸣似乎搅扰了四周的沉寂。一个小时后，我们才到达秧鸡岛所在的广袤盐沼地带。我探了三条小溪，都是死路。无奈之下，我只能返回河道，打起精神另觅他路。我们又试了两条延伸入大沼泽的水道，同样无果。深入沼泽，两侧的米草织起密不透风的高墙，让人辨不出前路的方向。就在我们陷入深深的绝望之时，在日出东方的满潮之际，我们开进了一条溪路。我本以为这条路之前已经走过，结果却差点一头冲上一直苦苦寻找的岛屿。

我从水中拎起马达，萨凡娜从船头跃上岸。我把马达锁好，只听萨凡娜在身后的黑暗中道："汤姆，他来过这里。老天爷，他真的来过。"

"萨凡娜，咱们得把船藏好，不能让他们从空中发现。"

萨凡娜道："卢克已经帮咱们省了不少劲儿了。"

萨凡娜就站在卢克行动基地的中心地带，头顶是风蚀的低矮橡树和茂密的蒲葵。卢克在树间张开了伪装护网，在网下支起了一个大大的防水帐篷。成箱的炸药用油布罩着，此外还有一桶桶的汽油。帐篷里有步枪、成箱的弹药以及"蓝道公司"生产的蟹肉汤罐。我们发现了一条小帆船和一条配备了八马力引擎的小舟。萨凡娜找到了三十一个加仑罐，里面盛满了淡水。

卢克重新修缮了父亲所建的钓鱼小屋。屋顶已经换新,久经腐蚀的地板也换了。他的睡袋放在角落里,房间的中央还有一套木头桌椅。半瓶"野火鸡"牌威士忌摆在桌上,旁边是一人份的餐具。盘子边上摆着一本《捕虾人的女儿》,题词写着"献给卢克"。

"卢克的文学品位一直都不错。"萨凡娜说。

我们俩迅速卸了船,把它拖进伪装护网下。黎明到来,一层层卷曲的金色箔光刺入沼泽。潮水不断上涨,抹去了小船龙骨在软泥中留下的深印。我们把自己的睡袋摆在卢克的睡袋旁。太阳已全然升起,我用露营炉煮了咖啡。

我说:"他已经有段时间没来过这儿了。"

萨凡娜问:"要是他没来这儿的话,你会去哪里找?"

"不知道。看样子肯定是这儿没错。科勒顿这种破地方不适合打游击,随随便便上个岛就跑不掉了。"

"他好像还干得有模有样的。"

"联邦调查局那个叫科文顿的特工告诉我,他们以为上礼拜能把他逮着。他们把卢克逼到镇子边上,一百多人外加六条猎犬一起出动,想把他从林子里赶出来。"

"那他是怎么脱身的?"她问。

"当时是夜里。太阳不下山,卢克连屁都不会放。科文顿觉得他们的人动作太慢。卢克大概是进了沼泽地,隐蔽着逃到河边,顺着潮水游走了。他们在河边布置了船只,但卢克避开了。"

萨凡娜说:"好样的。我最喜欢看好人化险为夷的电影了。"

"谁是好人还不一定呢。卢克察觉到他们靠得太近,就在暗地之中引爆了一管炸药,把猎犬吓坏了,那些追击者也开始发毛。"

"伤到人了吗?"

"杨树被炸成了一堆木棍,但居然没人受伤。"

我递给她一杯咖啡。萨凡娜问:"汤姆,要是卢克来了,你打算跟他说什么?既然你知道他对自己的选择深信不疑,也知道他坚信自己所做的是正义之事,也是唯一一件有意义的事,你打算怎么劝他放弃抗争?"

"我要绘声绘色地给他讲讲在他的葬礼上你和我会有多伤心,说说他素未谋面的妻子、未能养育的子女,还有他因为执迷不悟而放弃的大好人生。"

萨凡娜道:"卢克连个女朋友都没交过。你跟他讲什么老婆孩子热炕头,他就能乖乖从林子里出来?我看不见得。汤姆,对于有些人来说,这种美国中产生活简直就是判人死刑。"

"你的意思是我过的是死囚人生咯?"

"换了我就这么觉得,卢克估计也一样。听我说,我不是想伤你的感情……"

"谢天谢地,妹妹。你要真是有心的,还不一定得把我伤成啥样呢。不过,我们这些被判了中产死刑的美国佬都无趣得很,终日活得麻木不仁,没那么容易受伤。"

"哎哟,不高兴啦?"

"被别人说成是行尸走肉,我当然有权不高兴。"

"可你生活不幸福又不是我造成的。"

"萨凡娜,我看不惯的是你的居高临下。一说起人生抉择,你就一副高高在上的模样,看着就让人火大。你这是染上了'纽约病',一见有乡下人欢欢喜喜地来到曼哈顿,你就忍不住拍手祝贺。"

"不瞒你说,我认识的最有才华的南方人都去了纽约。南方总是强迫一个人放弃太多真实的自我,否则想在这里落脚都难。"

"我不想聊这个。"我说。

"可不是嘛,汤姆,这肯定碰到了你的痛处。"

"一点也不痛,"我回刺道,"我只是受不了你这么沾沾自喜。一聊起这个话题,你就开始胡说八道,而且嘴上还不饶人。"

"我怎么不饶人了?"

"你就喜欢说我浪费人生。"

"不,汤姆,我一点也不喜欢。说这话我心里也很难受。我只是希望你和卢克能拥有一切,敞开心胸,不要让他们夺去你们的灵魂,把你们变成南方佬。"

"萨凡娜,你看到那太阳了吗?"说着,我指了指湿地上空,"那是南卡罗来纳的太阳。你、我、卢克都被这日头炸成了实心的南蛮子。我不管你在纽约待了多久,但那身南方味儿你永远也洗不掉。"

"我们现在说的不是这个。我是怕南方会带走你身上所有的可贵之处,怕南方会害死卢克,因为他已经被某种致命天堂的幻象所诱惑。"

"萨凡娜,等见到卢克,拜托你千万要帮帮我,说服他跟我们一起回去。别让他的理念把你带跑了。他的想法很有说服力,简直浪漫得要死要活的。卢克是个了不起的狂热分子,浑身都他妈焕发着浪漫的理想之光,连眼神看着都不一样。更何况,反对的意见他也听不进去。你的诗情肯定爱死了他的游击斗志。"

"汤姆,我是来帮你的,帮你把卢克带回家。"

"卢克肯定会告诉你他已经在家了。"

"这话挺有道理的,不是吗?"萨凡娜一边说,一边伸手够咖啡壶。

"这是肯定的。"

"我不会再当什么纽约批评家,这点我保证。"

"而我也不会再像个乡巴佬儿一样,这点我也保证。"

我们握手言和,开始了漫长的等待。

萨凡娜和我在大盐沼的中心地带一住就是几个星期。双胞胎之间旧日脆弱纤细的纽带得以延续加固,这是世间双胞胎的谜题与骄傲。白天,我们躲藏在小屋里,靠讲了又讲的家庭往事打发时间。但凡能记起的童年往事,我们无所不提,想看看被亨利和莱拉·温戈养大的我们在进入成年生活时背负了多少伤害与勇气。河边的生活危险而充满伤害，但萨凡娜和我却又觉得它无比精彩。那段时光造就了出类拔萃却不乏乖张的孩子。这个家中滋生着疯狂、诗情、勇气与难以言喻的忠诚。我们的童年虽然艰苦但又无比有趣。纵使我们对父母有千般不满，他们的个性也使我们免落无聊乏味之流。没想到萨凡娜和我居然达成了共识：虽然自己摊上了世上最差劲的父母，但别的爹妈再好我们也不稀罕。我们在秧鸡岛上等待着卢克出现，与此同时，我想我们也开始原谅父母——他们本就如此，注定如此。谈话开始时是对残暴与背叛的追忆，结束时却是我们对亨利与莱拉那矛盾、诚挚之爱的反复宣言。终于，我们长大了，原谅了父母本非完人。

晚上，萨凡娜和我轮流把渔网撒进高涨的潮水中。我看着她撒网，看着环形的暗影大大张开，舒展为一个完美的圆。我听到幽水中沉重的溅击声，如同黑暗中有大鱼入水。成千上万的虾子在水面跳跃，我们捕来的根本吃不完。我烹制出一顿顿美味，两个人吃得无限畅快。我还钓了一条十磅的海鲈鱼，在里面塞满虾子和新鲜蟹肉，然后架在慢烧煤上。做早餐时，我用熏肉油烫了虾子，还做了红眼肉汁，然后把这两样一起浇在葛子粥上。

睡觉前，我们坐在星空下，喝着法国葡萄酒，听萨凡娜背诵她自己所写的诗歌。其中多数是咏颂低地的情诗。她的才情将语言发挥得淋漓尽致，一串串词语飘荡在湿地上方，犹如迷乱的银翼蝴蝶，吮吸着时光、星光与大西洋和风酿制的秘密琼浆。每每写到南卡罗来纳，一个个准确的名词都将权威赋予诗文，威力立竿见影。诗中的鸟不光是鸟，唐纳雀、松雀之类的名字随处可见。她将这片土地精确命名的丰富宝藏赋予诗歌。萨凡娜赞美蜂鸟鹰蛾欢快绝伦的模仿功力，对知更鸟精湛的技巧不吝溢美之词。至于捕虾网在河道中捞到的那些海洋生物，只要是你能想到的，她都叫得出名字。此外，萨凡娜还认识三十个不同种类的康乃馨和蔷薇。她对低地的了解与生俱来，难以掩盖。一切信手拈来，犹如夏日里赶海人的发丝闪闪发亮。诗中，她将一朵朵玫瑰掷入我们过往的炎涛。玫瑰撒尽，她又唤来一个个忧虑中吟唱着利刃圣歌的噩梦天使，露出苍白手腕上脆弱的青筋。与这个时代所有出色的女诗人一样，她用呐喊与创伤维系着自己不朽的艺术之美。

萨凡娜坐在黑暗之中，诵至动情之处，她泪流满面。

我搂住她："萨凡娜，那些让你难过的诗不念也罢。"

"可这样的诗才有价值。"

"你应该写写欢快的主题，为世界带来喜悦与幸福。你可以写写我。"

"我最近写的诗都是关于纽约的。"

"好一个欢快的主题。"

"你说好不当乡巴佬儿的。难道是因为我太喜欢纽约，你才这么讨厌它？"

一座座小岛上，蝉鸣声此起彼伏，相互呼应。"我自己也说不清。我在一个只有六千居民的小镇长大，在当地我都算不上最有特点的一个。喊！在咱们家我都算不上最有特点的。我可招架不住一座有八百万人口的城市。钻进纽约电话亭拨个号，电话那头的接线员个性都比我强。我不喜欢那种张牙舞爪的城市，动不动就冲我嚷嚷：'温戈，你屁都不是！'我就是上街买个熏牛肉三明治而已。萨凡娜，在纽约，不管什么东西都要撑到爆、顶破天。我什么都适应得了，除了高大上。但这并不代表我是个坏人啊！"

"可小地方的人都这么说。我怕的就是这个。你从来不是个墨守成规的人。"

"妹妹，这你就错了。你别忘了，咱们是什么家世。咱爸就是南方那老一套；咱妈更是个中极品，要么成精，要么成妖。卢克也不例外——何止啊？！他他娘的就是联邦里出来的。而我完全就是个平庸之辈。美国的南方没有观点，只有烤肉。虽然双脚死死钉在红土里，但是烤肉管够。萨凡娜，你插上了翅膀。能看着你翱翔天空也他妈是我人生一大快事。"

"可代价是什么？"

"想想如果你留在科勒顿,那代价是什么?"

"我肯定活不了。像我这样的女人会被南方扼杀。"

"所以我们才把你们这些姐们儿送去曼哈顿,省了下葬钱。"

萨凡娜宣布:"纽约组诗的第一首叫作'练习曲:谢里登广场'。"抑扬顿挫的音节被掷入暗夜。

白日里,我们隐蔽不出,萨凡娜像着魔一般书写她的日志。她把我所讲的每一段童年往事都记录下来,此时我才头一次意识到,萨凡娜记忆中的科勒顿岁月存在着一段无法填补的巨大空白。压抑是她生命中的一大主题,也是一份重担。疯狂是一种无情的意志力,毁掉她在纽约的生活质量还不够,还抹掉了过去,留下遗忘的白色噪声。日志中记录着她的生活细节。她用生硬的事实填充所有页面。这些事实是她通向过去的圆花窗。书写日志只是萨凡娜自我救赎的另一个方法。

从我大学毕业起,每年圣诞,萨凡娜都会给我寄一本她自用的那种漂亮的皮面日记本,鼓励我记录下日常生活的细节。这些漂亮的棕色本子整齐地码放在我家书桌上方的架子上,其特别之处只在于,我从未写下一篇日记,记录半点杂感。在我自己的生命之书里,不知为何,我从未打破沉默的誓言。架上满是怨念着我的本子,而它们却丝毫没有泄露我的内心世界。我颇有自我批评的天赋,而在我充满瑕疵的过往中却存在着不可饶恕的虚荣。我可以成天细数自己的种种不是,但这并不能磨灭一个事实:自省时的我永远都无法消除那份自我陶醉。我告诉自己,只有想到意趣之言、原创之思时,我才会动笔记在本子上。我可不想只是记下自己的种种失败。我希望自己言之有物,而这些空荡荡的本子正是这个男人一生传神的隐喻。一个可怕的念头总是伴随着我:有朝一日,已入暮年的我依然在等待人生真正开始。我已经开始可怜那个老头子了。

上岛后的第六夜,我们趁午夜潮水来袭时下水洗澡。两个人游入湿地,裸身浸在水里,感受着潮水在发丝间涌动。月力主宰着水的动向,波流曼妙。我俩出声嘀咕着究竟还能在这里撑多久。再等不到卢克,我们就得返回查尔斯顿补充必需品了。我俩在小屋里擦干身体,每人喝了一大杯白兰地,然后去睡觉。萨凡娜在小屋里喷了杀虫剂,我在身上抹了防虫液,然后把瓶子递给妹妹。原本完美的假期因为蚊子而打了折扣。那个礼拜,蚊子从我们这里吸走的血都够供应某个红十字会小分部了。萨凡娜得出结论:如果蚊子和虾子一样好吃,并且可以开船撒网捕捞,这个世界会更加美好。西面泛起一阵凉风,我们也进入了梦乡。

半夜醒来,我只觉有步枪的枪管抵着我的喉咙。我从睡袋里出来,一道细细的亮光晃着我的眼睛。

紧接着,我听到了卢克的笑声。

我说:"想必你就是切·格瓦拉吧。"

"卢克!"萨凡娜大叫一声。两个人在黑暗中跌跌撞撞地寻找着彼此。

月光下,两条黑影拥抱在一起。他们在木头地板上转圈儿,打得椅子总往墙上磕。

"幸好我没杀了你俩,"卢克大喊,"你们吓了我一跳。"

萨凡娜说:"卢克,幸好你没要了我们的命。"

"要我们的命?!"我说,"老天爷,你干吗要动这种念头?"

"老弟,他们会找到这儿的。已经没多少时间了。我还以为你们两个小东西早就不记得这儿了。"

萨凡娜说:"我们来劝你跟我们回去。"

卢克道:"就算是你那张巧嘴估计也够呛了,糖豆儿。"

星空之下,我们出了隐蔽处,看着卢克把他的皮艇拽进帐子。萨凡娜拿出一瓶"野火鸡",给卢克倒了一大杯。三兄妹坐在小小的门廊之上,闻着湿地吹来的清风。我们一言不发,坐了足足十分钟。每个人都在默默整理着自己的立场思路,想着如何向对方表达亲情。我想用自己的话语拯救大哥的性命,但却不知什么样的话做得到。我的舌头僵在嘴里,脑袋里尽是怒火、主张与要求,它们搅扰在一起,相互碰撞,完全失去了控制。

沉默中的序幕总是暗藏危机，电火四溅。

萨凡娜终于先开口："卢克，你气色不错。搞革命好像很适合你。"

卢克笑道："我这命革得可不咋地。在你眼前的就已经是整个革命军了。我得想办法召集点人。"

我问："卢克，你究竟想证明什么？"

"我也不知道，汤姆。大概是想证明，这世上还有一个不会乖乖就范的人。反正我就是这么开始的。我生咱妈的气，生镇子的气，生政府的气，气得要命，就这么动了手，也不知道出路在哪儿。等到炸了桥，死了人，我也彻底没了回头路。现如今，我多数时候都在躲避追捕。"

萨凡娜问："你有没有考虑过放弃？"

"没有。他们必须明白，有人在坚决反对这个计划。除了有人死去，我对自己的所作所为一点都不后悔。要是我的能力再强点就好了。"

我说："卢克，他们已经派出人手，在周围的岛上四处找你。"

"我看见了。"卢克道。

"据说这些人挺厉害。还有两个退役的'绿色贝雷帽'，这帮家伙每天在林子里就着咖啡啃童子肉，就为了抓你。"

"他们不了解地形，这会加大难度。我也想过撑上去然后弄死他们，可我跟那些人又无冤无仇。"

萨凡娜问："他们受雇来追杀你，你还跟他们无冤无仇？"

"拿钱办事，这只是他们的工作。就像从前捕虾是我的工作一样。爸妈最近怎么样？"

我说："老爸每天做牌照，以此补偿社会。老妈进邮局发现大儿子的照片上了通缉告示，觉得有点没面子。不过，她现在姓纽伯利，所以放屁有绸子挡着，连哈气都总有股鱼子酱味儿。"

"他们俩都很担心你，卢克，"萨凡娜道，"爸妈都希望你能放弃抵抗，跟我们回家。"

"开干的时候，我就已经想清楚了。我觉得这么做是对的，换作是谁都会有这种反应,这最正常不过。我只是顺其自然而已,也没觉得自己浑蛋到哪里去。你们知道吗?我偷来存在这岛上的炸药都能炸掉半个查尔斯顿了,可现在我连建筑工地都难以靠近,连工人的饭盒都炸不着。最近我尝试了三回,差点被他们逮着。一个月前,我炸了一处狗舍,里面全是狗。"

"老天爷!"我说,"不当大好人了,是吧,卢克?"

"这些狗都很危险,汤姆。他们追我的时候就带着狗。"

萨凡娜说:"所有的环保主义者都在支持你。他们不认可你的做法,但都觉得是你的抗议促使他们采取行动。"

我说:"'塞拉俱乐部'[1]和'奥杜邦学会'[2]的全体成员都佩戴绿色臂章参加会议。"

"那些都是装模作样。其实我都仔细琢磨过了。我知道,你们俩都觉得我这辈子没读过什么书。但在这种事情上,我其实非常小心。每次有大买卖跟环境杠上,赢的肯定是大买卖。这跟集会自由一样,属于美国定律。在科勒顿生产钚,肯定会有人赚得盆满钵满,这才是关键。用钚制造核武器,利润少说也有数百万。汤姆,萨凡娜,我就是接受不了核武器——打心里忍不了。那些支持制造武器的政客、将军、士兵和平民在我看来通通不是人。我不在乎别人同不同意,我就这样。我所说的是我生而为人唯一的一点意义。他们把科勒顿拱手送人,这我可以忍,真的。如果他们能提供六千份工作,让人们种番茄、养牡蛎、栽栀子花,他娘的,吃这种亏我认了。如果是建炼钢厂、化工厂,我虽然不待见,但也能适应。可如果要用钚来玷污科勒顿,对不起,恕我不奉陪。"

"大多数人都觉得你疯了,"我说,"他们把你当杀人犯,说你疯疯癫癫。"

"汤姆,我经常头疼得厉害,但也就这点毛病。"

---

1 又名"山岳协会""峰峦俱乐部"等,是美国著名的环保组织。
2 美国非营利性民间环保组织。

我说："我也经常偏头痛，可我没背四条人命。"

"那不是我的本意。火车是临时开来的。"

"可他们还是拿你当杀人犯通缉。"我说。

卢克猛灌一大口威士忌："他们在造氢弹，却说我是杀人犯。汤姆，萨凡娜，这个世界太操蛋了。"

萨凡娜说："但阻止他们制造氢弹并不是你的责任。"

卢克问："那是谁的？"

我说："你想得太简单了。"

"那就教我想高深点儿。汤姆，我现在的做法的确有点乱来，但你和其他人根本就是胡闹。"

"你这高尚的道德情操到底哪儿来的？"我问，"你参加越战，高高兴兴地执行搜寻歼灭任务，而我跟萨凡娜参加反战游行你却气得够呛。那个时候你的正义感哪儿去了？"

"当时他们说，我们是在为越南人争取自由。这主意听着不赖，我觉得没毛病。我可不知道自己卖命打仗，结果回到家，自己的房子却被他们给偷了。"

萨凡娜问："为什么你就不能用非暴力的方式抗议'科勒顿河计划'呢？"

"因为我觉得这种方法更能引起他们的注意，会更有效。我还以为，凭我这身能耐，应该可以把这帮狗娘养的畜生赶出科勒顿。结果我低估了他们，也高估了自己。本想着好歹能拖延他们的进度，结果屁用也不顶。"

"你炸了那么多座桥，可把他们拖惨了，"我说，"小子，别的我不敢说，你可让那些卡车绕了不少路。"

"你不懂，我本以为能阻止整个行动。"

"怎么阻止？"萨凡娜问。

"我都预见到了。整个过程我都设想得清清楚楚。从小到大，只要是脑子里想明白的东西，我都可以实现。出发去救白海豚之前，我把整个计划在脑子里过了上百遍。等咱们真正到了迈阿密，每一步都在我的预料之内。"

"那一趟可完全出乎我的预料，"萨凡娜说，"我简直不敢相信，自己居然一路沿滨海高速路北上，身下还藏了一条鼠海豚。"

卢克道："我以为能让那些建筑工人吓破胆，不敢踏进科勒顿半步。"

"你做到了，卢克，"我说，"他们怕你怕得要死，但这些人也要养家糊口。"

卢克笑道："我还是单打独斗更自在，自己说什么就信什么。你俩还记得小时候妈给咱念《安妮日记》吗？"

"她就不该选那本书，"我说，"在那之后的很多年，萨凡娜一直做纳粹破门而入的噩梦。"

"你记不记得，在读完那本书之后，萨凡娜拽着咱俩去见雷根斯坦夫人？"

萨凡娜说："我完全不记得那件事。"

"我也不记得，"我说，"当时我们都还小。"

"雷根斯坦夫人从德国逃到这里避难。她和亚伦·格林伯格一家一起生活。雷根斯坦夫人的家人全部死在了集中营。"

我突然想起来："雷根斯坦夫人还给我们看过她的文身。"

卢克说："汤姆，那不是文身。那串数字是进集中营时纳粹刺在她胳膊上的。"

"卢克，你想说什么？"我问。

"没想说什么。那是我第一次意识到萨凡娜的伟大之处。"

"给我好好说说，卢克，"萨凡娜搂着他道，"我就喜欢听自己的辉煌事迹。"

"你这反抗营地里有没有呕吐袋？"我问。

"听妈妈念完安妮·弗兰克的故事,萨凡娜花了三天时间,在谷仓里整出一块藏身处,在那里放了食物、水和所有必需品。她甚至还弄了一小块公告板,这样其他小朋友就能像安妮·弗兰克那样把杂志上的图片贴上去。"

"真好笑。"我说。

"是啊。但这也是一种姿态。汤姆,这很了不起。大多数欧洲人听闻犹太人的遭遇都无动于衷。但咱们八岁的妹妹却懂得居安思危,在自家谷仓里预备了躲藏的地方。但这还不是我印象最深刻的地方。"

萨凡娜听得正得意:"我肯定还有过什么英勇壮举。"

"没有,但你做了件贴心的事。你硬拉着我和汤姆陪你去拜访雷根斯坦夫人。她的英语口音很重,我老是很害怕,所以不想去。可你非要我们去不可。汤姆和我站在你身后,雷根斯坦夫人应了门。一见是我们,她说:'Guten Morgen, Kinder。'(早上好,孩子们。)她的眼镜片很厚,人却消瘦得很。萨凡娜,还记得你对她说的话吗?"

萨凡娜说:"卢克,我根本不记得那天的事。"

"你说:'雷根斯坦夫人,我们会把您藏起来。您再也不用担心纳粹会来科勒顿,因为有我两个哥哥和我在,我们会把您藏起来。我们已经在谷仓里收拾出一块舒服的地方,还会给您送吃的,送杂志。'"

"那雷根斯坦夫人有什么反应?"她问。

"她彻底崩溃了,萨凡娜。我从来没见过哭得像她那么伤心的女人。你以为是自己做了什么坏事,于是赶紧道歉。格林伯格夫人来到门前安慰雷根斯坦夫人。格林伯格夫人请我们喝了牛奶,吃了饼干,然后我们才离开。从那天开始,格林伯格夫人别提有多喜欢咱们了。"

"我就知道我是个好孩子,"萨凡娜道,"卢克,谢谢你把这个故事告诉我。"

我说:"至于你犯浑的故事,我也能讲出三四十个。"

萨凡娜指着我问:"谁让他上这儿来的?"

卢克说："反正不是我。"

"卢克，我们带来了一份提议。邪恶势力愿意跟你谈条件。"

"让我猜猜，"卢克不无伤感道，"如果我答应谈判，他们会把整个南卡罗来纳州还给我。"

"差不了太多，"我说，"他们派来一个叫科文顿的家伙。"

因为卢克的出现，这片世界又焕发了新生，隐秘之世的银色之光辉映着散发出棕榈味道的芬芳清晨。两天里，我们听卢克讲述了自己只身对抗国家的故事。出于对不公的愤怒，复仇心起的他拿起武器，潜行于落入贼人之手的故乡大地。革新未果的无力感将斗争变成了瘾癖。因为失败得太过彻底，他无法从自己发起的战争召唤中撤身。他忍不住故作英勇，却也因此第一个受害。起初，卢克以为自己之所以回到科勒顿，是因为他是我们这个小镇唯一坚持原则的人。然而，由于长久以来的孤军奋战，他开始意识到：是他的虚荣促使他小题大做，将简单的政治选择错当成荣誉之战。卢克不知该如何摆脱这种挣扎。有时候，他依然觉得自己所做的正是直觉敏锐的人都会做的事。他觉得自己没有错，但孤军作战却是他最大的罪过。

卢克的声音犹如一纸乐谱，将故事娓娓道来。他讲到自己在被夷为平地的科勒顿四处游荡，讲到他如何遇上武装警卫，如何在一场成功的突袭后到他佐治亚的两处安全屋躲藏，如何从建筑工地一点点偷炸药，以及每次下河开船都面临着怎样的危险。他学会了顺应黑暗，也学会了磨炼耐性、对付为数众多的敌人。卢克为我们讲述了他是如何长期监视科勒顿北境那四座被他炸毁的桥梁的。他简直不敢相信，对手对这些桥梁居然如此疏于把守。在桥上安装威力巨大的定时炸弹简直易如反掌。凌晨两点，炸弹一齐爆炸，卢克居然还能赶在太阳升起前回到秧鸡岛。他告诉我们，通往县内的桥梁安全因为他而大大改善，但车上那几个人的死却改变了他抗争的本质。一旦率先让敌人流血，他反抗国有地权的斗争就失去了其道德的支撑。即便是非得下狠手，他也不希望进行无谓杀戮。

"我真该打死缪绍公司那三个管理项目的总工程师。透过十字准星看着那几个人,我也想过要他们的命。可一想到他们的老婆孩子,想到他们听说自家老爸一只眼被子弹打穿得有多难受,我就放下了枪。真没听说谁能把游击打得像我这么蠢、这么菜的。我连原住民的支持都争取不来,因为这里就没什么原住民。以前盖过房子的土地上都留着他们的伤口。于是,我就炸了几辆牵引车和卡车,把几个'平克顿保安公司'的守卫吓了个半死。我唯一的胜利可能也就是还没被他们抓住。不过,你俩还真别说,他们可是使出吃奶的劲儿了。"

他没有挫败感,只是觉得进退两难。早先抵抗之时支撑他的那些象征隐喻早已丧失了新鲜与效力。孤军奋战之中,他发现自己的异见之下没有半块明哲基石。满腔热情地上了岛,却没带来坚定的信念。种种想法总是相互矛盾,不切实际,妄想连连,毫无节制。他无法强迫这个世界讲道理,又无法在这样的世界中立身。卢克努力做一个堂堂正正的人,不为利益而折腰。然而某日一觉醒来,却发现自己成了他人悬赏缉拿的目标。他打心里想不通,当得知他何以对美国政府不再抱有任何幻想时,那些美国人为什么没有上岛和他并肩作战?他自以为了解美国之魂,结果却连自己的灵魂深度都无法探知。卢克从来都不知道,原来在美国,出卖土地、出卖与生俱来的权利才是王道。从小,父母就告诉我们,南方人最看重的就是土地。南方人的可贵之处恰恰是土地,是我们对土地的敬畏之心,而这也让我们有别于其他地方的美国人。在卢克看来,自己唯一的大错是太过相信南方精神,他从来不会只说空话。

"刚出来的时候,我还当自己是最后的南方人。可最近我却觉得,我成了最后的南方浑球儿。"

萨凡娜道:"卢克,咱们家的基因库就像是尼斯湖,大家迟早都会变成猛兽冒出水面。"

我问:"你如果不再相信自己所做的事,又何苦继续在这里玩打仗的游戏呢?"

"因为不管我再怎么错,也没他们错得离谱。有我在这儿和他们作对,至少能给他们提个醒:偷人家的地盘可是会伤身伤神的。我甚至考虑过大白天去袭击建筑工棚——先杀掉武装守卫,再干掉二三十个建筑工人。这种仗我知道怎么打,只是我没这份心。"

"你要真杀了那么多人,他们就要出动海军陆战队了。"

"单独行动的时候,我没有胆量滥杀无辜。以前有强大的国家撑腰,我才对无辜的越南人下得去手。早前我才明白,除非你狠得下心残害无辜,否则你根本赢不了,什么名堂都搞不出来。"

我说:"卢克,你从来都不懂得让步。"

"让步?!我他妈在哪儿让步?他们可没说工厂要盖在县境边上,让咱们该怎么过还怎么过。人家说:'滚吧,你们这帮笨蛋,赶紧走人!'汤姆,我能理解他们为什么非得这么干。一旦那厂子里发生事故,之后两百年内,下游所有的虾子、八爪鱼、马蹄蟹都会在暗地里浑身发光。只要这帮人搞砸一次,周围五十英里范围内的海洋生物都得玩儿完,这里的整片盐沼都会变成荒漠。"

"你什么时候变得这么激进,"萨凡娜问,"是在越南的时候吗?"

卢克一听就不干了:"我才不是什么混账激进分子。但凡是激进分子,我都看不顺眼,无论他们自称自由派还是保守派。我才不在乎什么政治家,我讨厌所有玩政治和搞示威的人。"

"亲爱的,你错了,"萨凡娜道,"你可是我见过的最厉害的示威者。"

卢克提起他时常返回梅尔罗斯岛,在我家房子和谷仓原先的位置附近游荡,院子里如今已是杂草丛生。某天晚上,他就睡在我们卧室原先所在的地方。他从被弃的蜂窝中取蜜——那还是拆迁队毁了房子后撤离时留下的。卢克从母亲的花园中采了杜鹃、蔷薇和大丽花,把它们摆放在并无标记的老虎墓前。就在小岛的南方,他弯弓射箭,打死了一只挖山核桃的野猪。

第二夜，他讲到重回小镇，讲到它奇迹般拔地而起的美丽幻象。卢克怀着畏惧与惊奇说起他日益频繁的自言自语。这些孤独的沉思时刻令他感到害怕，却也令他重燃斗志、厘清思路。他讲到如何费尽千辛万苦寻找祖父母的房宅所在，如何在黑暗中被阿莫斯的十字架绊倒，又如何借着诡谲的半影月光把十字架扛回浪潮街。他讲到自己大声呼吁，号召小镇上的各家店铺愤然而起，还看到一户户人家就在他眼前反抗重生。他目睹小镇在湮灭的怒火中再次崛起，而后一转身，看到"水果先生"沿着街道朝他走来。他狂野不羁，无家可归，依旧在自己惯常出现的街角跳着那怪异疯癫的舞蹈。"水果先生"吹着哨子，在无声中利落庄严地指挥着无形的交通。而就在"水果先生"出现之时，重生的小镇却消失在噩梦与尘埃的幻影之中。

"一时间，小镇就在眼前，"卢克不无敬畏地说道，"我不知道该怎么解释。当时我真能闻到油漆和咖啡的味道，听见店主清扫人行道的声音。一切都是那么美，那么真实。"

萨凡娜捧起卢克的手亲吻道："卢克，你不必向我解释。我总会看到奇奇怪怪的东西。"

卢克驳斥道："可我没疯。这一切明明就发生在我眼前。我看见那些铺子了。橱窗上贴着优惠的招牌。我甚至能听到鞋店那只金刚鹦鹉说'早安'。所有的红绿灯都在正常工作。你们一定要相信我，这不是梦。"

萨凡娜道："我知道这不是梦。它只不过是某种惬意的幻觉。我可是这方面的专家，可以说对这东西无所不知。"

"你的意思是我疯了？萨凡娜，疯的人一直是你啊！"

"不，卢克。我只是唯一清楚这一点的人。"

"但这种感觉出自信仰。我感觉就像被上帝触碰。只要我坚守使命，他就会让我瞥见未来。"

我说："你一个人在林子里待得太久了。"

"但'水果先生'可不是什么幻象。"卢克道。

萨凡娜说:"这应该是你最奇怪的幻觉了。"

"不。他真的就在那儿。搬迁的时候,他们把'水果先生'给忘了。肯定是那些人挨家挨户拆房子,把他给吓着了。他躲进了林子里,勉强过活。我发现的时候,他还在那个街角指挥交通,整个人饿得面黄肌瘦,衣服也破破烂烂。对'水果先生'这样的人,你要怎么解释钚?怎么解释国家征用?我看到他的时候,他已经因为营养不良变得半死不活。我死拖活拽才把他从那个街角拉走并且弄上船,然后送到萨凡纳一处天主教区。他们把'水果先生'送到了米利奇维尔的州立精神病院。我说只要给他找处街角,他就能舒舒服服地待着,然而根本没人听。话说回来,只有在科勒顿长大的人才能理解'水果先生'。然而没人愿意听。伟业当前,我没法让这些人明白'水果先生'究竟有多重要。"

萨凡娜说:"和'水果先生'一样,你也需要帮助,你和他都是小镇迁移的受害者。"

"萨凡娜,看到小镇的那一刻我可清醒了。你写诗的时候,肯定也能在白纸上看到无形的诗文。我就是在黑暗的大地上看到了咱们的小镇。我说的是想象,不是精神错乱。"

萨凡娜说:"你得跟我们回去,你应该开始自己的生活。"

卢克用一双大手捂住脸。他的悲痛中透出狂野与原始。那张脸显露着狮子一般的王者之气,而他的眼神却是那样柔弱而惊恐,犹如一只小鹿。

"汤姆,你说的科文顿——那个联邦调查局的特工,你信得过他吗?"

"他想抓我的亲哥哥,我信不到哪里去。"

"他说让我坐三年牢?"卢克问。

"他说三到五年,这是他能拿到的条件。"

"也许我能跟老爸住一间牢房。"卢克说。

萨凡娜说:"他也希望你能自首。爸爸很担心你,妈妈也是。"

"没准儿五年后咱们全家还能团聚。"卢克说。

萨凡娜提议:"到时候咱们就去奥斯维辛庆祝。"

"汤姆,你去告诉科文顿,我会在查尔斯顿大桥自首,以军人的身份向国民警卫队的人投降。"

"为什么不今晚就跟我们回去?"我问,"我可以从家里给科文顿打电话。"

卢克说:"我想一个人在岛上多待两晚,跟科勒顿告个别。星期五我会在查尔斯顿大桥跟他们碰头。"

我说:"萨凡娜,涨潮了。咱们得赶紧走。"

萨凡娜不无担心道:"卢克,让我留下来陪你吧。把你一个人留在这儿我不放心。"

"妹妹,我能照顾好自己。没事的。汤姆说得对,一个小时内,你们如果不趁着涨潮上路,今晚可能就出不去了。"

卢克帮我把船拖下水。他抱住萨凡娜,让她在自己怀中痛哭了许久。

随后,卢克转向我。

在挨着他的那一刻,我立马崩溃。

"都结束了,汤姆,"卢克搂着我说,"三年后说起来,咱们都会哈哈大笑。虽然到头来落了一摊臭屎,但我们也能把它变成精彩的回忆。等我出来了,咱们买他一艘大船,好好捕些虾子,把东海岸所有的人都比下去。到时候咱们肯定出了名,在水手酒吧里无人不知,纯饮烈酒丝毫不含糊。"

萨凡娜和我上了船,卢克将我们推入浪潮之中。萨凡娜不断朝卢克飞吻,我们在如纸般纤柔的月光下离开了他。告别卢克后,我们转头驶入广袤盐沼的清秀大道,此生最后一次告别家乡。我驾船穿过狭窄的水道,同时默默地向河中祷告。祷告中蕴含着感恩。上帝尽管给了我性格怪异、伤痕累累的父母,却也赐给我最了不起的哥哥和妹妹作为抵偿。没有他们,我不可能走到今天。没有他们,我也不会选择走到今天。

在前往查尔斯顿大桥赴约的路上，卢克念及旧情，最后一次来到梅尔罗斯岛，来到科勒顿河畔我们从小生活的白色小屋的所在之处。就在他站在房子的地基之上时，一枚步枪子弹结果了他的性命。开枪的是一名受雇来科勒顿追杀他的"绿色贝雷帽"退伍士兵。星期五，卢克没有如约到科勒顿大桥向布莱森·凯莱赫上校投降。星期六，J. 威廉·科文顿来到我位于沙利文斯岛的家，把这个消息告诉了我们。

　　葬礼过后，萨凡娜和我带着卢克的遗体开船来到三英里界外，把他埋葬在大海中，让他在最爱的墨西哥湾流中长眠。当我们将沉甸甸的棺材推入水中时，萨凡娜朗诵了她写给卢克的道别诗。她将这首诗命名为"浪潮王子"。

　　诗歌念毕，我们回到了查尔斯顿，以后只能学着在没有卢克的世界里度过余生。我们还有漫长的岁月来领教崩溃的痛楚，学习在优雅中走向土崩瓦解。

尾　声

还有些话要说。

我把卢克的故事向苏珊·罗温斯坦娓娓道来，字字句句带着挣扎。好在对方是我爱的女人，每日在我耳边柔声诉说对我的爱恋。面对她，倾诉起来会轻松许多。她唤醒了我内心深处某种蛰伏许久的东西。我不仅再度感受到了激情，也重新迎来了希望。危险回忆地带的风暴警报已经解除。

整个夏天，我都在为女儿们寄送爱之歌，为妻子书写情信。我非常想念三个女儿，光是提及她们的名字，心中便隐隐作痛。但女儿们不会将我赶出她们的生活。倒是萨利，我怕是永远失去她了。一个主题反复出现在我给萨利的信中：对于她非要在这个家之外寻找爱的原因，没有人比我更清楚。是我的悲痛与怨恨让我疏离了妻子，把她变成了一个陌生人，一个侵入者。最残忍的是，我让她在这个伤心之家守了活寡。小岛男孩汤姆·温戈将所有爱他的人阻隔在外，一个人在漫长无梦的航路上消耗、漂流。我告诉萨利，她与克利夫兰医生的外遇让我明白，哥哥的死在我心中留下的那些荒凉之地依然会带来痛楚。这件事阻止我继续在自怨自艾中沉沦，让我重新燃起了斗志，挣扎着想要再一次获得认可。现在我明白，救赎的前奏往往是犹大之吻。有时，背叛本身也是一种爱的表现。我将萨利逐出了内心之地，而杰克·克利夫兰却对她敞开了心扉。尽管我打心眼儿里不乐意，但我告诉萨利，我完全能理解。她的回信中满是一个女人的伤痛与困惑。她说她需要时间。我给她时间,也愿意等她做出决定。我从来没想过这件事的决定权居然在我手中,也没想到在离开纽约之时,除了喜悦之情,我心中还有其他。

八月的最后两周,苏珊·罗温斯坦在缅因州的海滨租了一间木屋。我凝视着越发狂野而冰冷的大西洋拍打荒凉而冷酷的峭壁,对她讲述了卢克之死。我把一切都告诉了苏珊,告诉她我无法珍视任何一种没有哥哥的生活。冬日里,缅因广袤的雪原之下是一片纯净的大地。绿意盎然的夏日,我赞美哥哥的性灵,哀悼他的故去。我将自己的忠诚与悲痛化成一节节悲凉无饰的诗歌和盘托出。怀着如此冰冷的狂怒深爱着一个家,应当付出多少代价,我无法衡量。

讲到海葬卢克时,苏珊·罗温斯坦把我搂在怀里,抚弄着我的头发,为我拭干眼泪。倾听故事的她此时并不是萨凡娜的精神科医生,而是我的爱人,我的伴侣,我的挚友。两周的时光里,我们尽情欢爱,犹如毕生都在等待着投入彼此的怀抱。每一天,我们都在海边散步数里,采摘野花和黑莓,挖些蛤蜊,直到苏珊转过身来,用指甲划过我的后背,低语着:"我们回木屋做爱吧,把一切都告诉彼此。"我喜欢把一切都告诉苏珊·罗温斯坦。

在缅因州的最后一晚,我们合披一条毯子依偎在岩石上。月亮在海面上洒下一层银光,天空清朗,繁星密布。

"汤姆,你期待回到城市中去吗?"说着,她亲吻我的脸颊,"我已经厌倦了这里的清静美丽、美食佳肴和酣畅淋漓的性爱。"

我笑道:"罗温斯坦,要是咱俩在一起了,我是不是得改信犹太教?"

"当然不是。赫伯特就不信。"

"我可不介意。我们家人人都这么干。你可别忘了雷娜塔。"

"想象一下,你我以后可能也会这样,难道不好吗?这样也算是未来精彩的预演。"

我没有立即回应。妻子与孩子们的形象在黑暗中展现，如萤火虫一般生动逼真。"认识你之前，我一直都在沉睡之中，如行尸走肉一般而不自知。从现在开始，我叫你苏珊怎么样？"

"不。我喜欢听你叫我'罗温斯坦'，尤其是在我们做爱的时候。汤姆，我觉得自己又找回了美丽，我感觉棒极了。"

我顿了片刻，然后道："等回去之后，我得见见萨凡娜。"

罗温斯坦也同意："是时候了。对你们两个来说都是如此。"

"我有话要对她说。我有话要对所有人说。"

"我真怕萨利会来电话要你回去。"

"你怎么知道她会要我回去？"

罗温斯坦低语道："我可是验过货了。这会儿，我迫不及待想回到屋里跟你坦诚相见，把所知的一切都告诉你。"

"罗温斯坦，"我转过身亲吻她，"关于户外，你要学的可多了去了。"

说着，我动手去解她的衣扣。

护理员放萨凡娜进入访客室。一见是我，她面露惊讶。亲吻我的时候，她显得很不自在。但她紧紧抱了我好一阵，然后说道："他们让你进来了。"

"罗温斯坦说你今天可以出来，"我说，"你要是把帝国大厦当跳水台飞下去，她可饶不了我。"

"我尽量自制。"说着，她几乎露出一丝笑容。

我带她去了现代艺术博物馆。那里正在展出阿尔弗雷德·斯蒂格利茨[1]的摄影作品和乔治亚·奥基弗[2]的艺术作品。进馆的头一个小时，我们

---

1 阿尔弗雷德·斯蒂格利茨（1864—1946），美国现代摄影艺术家。
2 乔治亚·奥基弗（1887—1986），美国现代艺术家。

的话都很少,只是肩并肩在画廊中默默徜徉。记忆中共赴的湿地蕴藏着太多盛夏的时光与鲜血。无情的命运夺去了太多年华,兄妹两个谁也不急于提起。

萨凡娜的第一个问题令我有些措手不及。

我俩正端详着一幅纽约的街景照,她问:"雷娜塔·哈尔彭的事你已经知道了?"

"知道了。"我说。

"当时我只觉得这么做理所应当。我那时的状况不是很好。"

"那个时候你需要某种解脱。任何人都能理解——更何况是我。"

"你真理解吗?"萨凡娜的声音里带着一丝怨怒,"你留在了南方。"

"你知道南方对我来说意义何在吗?"

"不知道。"她在说谎。

"萨凡娜,南方是我的精神食粮。没办法,这就是我。"

"可它刻薄、低劣又落后。南方生活简直形同死刑。"

我转过身,背对着乔治亚·奥基弗年轻时的一张美丽照片:"萨凡娜,我明白你的感受。同样的对话我们已经进行过上千次了。"

她死死攥着我的手:"是你贱卖了自己。你能成就的又何止是做老师、当教练……"

我也回握她的手道:"萨凡娜,你听我说,我最敬重的就是'教师'这个词,没别的。能被孩子们叫作'老师',我的内心总会在欣喜中歌唱,一直如此。身为教师是我的荣幸,是我对全人类的敬意。"

萨凡娜看着我:"汤姆,那你为什么不快乐?"

"和你一样。"我说。

我们走进莫奈的展室,坐在画廊中央的长凳上端详着一幅幅描绘百合与池塘的画作。这里是萨凡娜最喜欢的地方,她经常来到这里,让自己振作精神。

"罗温斯坦很快就能让你回家了。"我说。

"我想我准备好了。"

"萨凡娜,下次你如果又想远走高飞,让我助你一臂之力。"

"或许在很长一段时间内,我还是得远离你们所有人。"

"无论你怎么做,我都爱你。但我无法想象一个没有你的世界。"

"有时我觉得,这个世界没有我会更好。"妹妹的悲伤触碰到我内心的最深处。

我握起妹妹的一只手:"自从卢克死后,咱们还没在彼此面前提过他的名字。"

她用头靠着我的肩膀,声音疲惫而恐惧:"先别提,汤姆,求你了。"

"是时候了,"我说,"我们那么爱卢克,以至于忘记了如何爱彼此。"

"在我内心里,某种东西已经破碎,"萨凡娜几乎在压抑自己,"没办法再修复了。"

"我知道什么东西可以修复它。"说着,我指向莫奈的画,一朵朵久远如梦的花朵漂浮于吉维尼小镇清澈的水面。萨凡娜抬起头,注视着曼哈顿这方她最喜爱的空间中那巨幅的油画。我说:"你的艺术可以修复它。你可以为我们的哥哥写下美丽的诗歌。只有你能把他带回到我们的身边。"

萨凡娜流下了眼泪,但我也感受到她的释然:"可他已经死了,汤姆。"

我说:"那是因为自从他死后,你再也没有写过他。用你的笔书写卢克,就像莫奈描绘花儿那样。用你的艺术让他复活,让全世界的人都爱卢克·温戈。"

那天下午晚些时候，萨利打来电话。这正是苏珊·罗温斯坦最担心的，也是我最担心的。一张口，她的声音却十分沙哑。

我问："萨利，怎么了？"

"汤姆，他跟另外两个女人也有外遇。我准备离开你，让他搬来和我们母女同住，而他却跟另外两个女人在一起鬼混。"

"关键是这家伙收藏英国摩托，"我说，"集几个海泡石烟斗无伤大雅，然而一个当大夫的开始收集摩托车，一看他就是自我感觉好过头了。"

"汤姆，跟你说实话，我真的爱过他。"

"你挑男人的眼光一直都不怎么靠谱。"

"我感觉被人利用、被人侵犯，感觉自己恶心得要命。我不知道怎么搞婚外情，以前根本没试过，可如今我却把自己玩成了傻子。"

"没事，萨利。没人知道这东西到底该怎么搞。"

"我找他当面对质，可他居然一副无赖嘴脸，说了很多难听的话。"

"要不我替你揍他一顿？"我问。

"不，当然不用。为什么这么问？"

"我倒是挺想揍他一顿的。你可以站一边儿看。"

"他说我人老珠黄，根本不可能考虑娶我。他那些女友之中，有一个才十九岁。"

"这家伙本来就没什么深度。"

"汤姆，那我们呢？以后你跟我怎么办？你的信写得那么美，可我如果是你，就绝对不会原谅这种妻子。"

"萨利，我得跟你说说罗温斯坦的事。"

我在罗温斯坦的办公室外等她出来，想着当她步下褐石楼石阶时我该说些什么样的话。她倚着街对面的街灯柱，已经看到了我。她的美总是令我动容，今天也不例外。她一步步向我走来，而她的善良却令我心碎。我正欲开口，眼泪却涌了上来。无论我用哪种方式，都无法和罗温斯坦好好道别。她看出了我的心意，叫喊着跑过街："不，不行，汤姆！这不公平。"

她把公文包丢在人行道上，伸手搂住我的脖子。公文包弹开，片片纸张飘散在人行道上，有些还飞到了车流之下。她拭去我脸上的一滴眼泪，又用嘴唇吻掉了一滴。

"你我都知道，这一天迟早会来。咱们之前说起过。汤姆，你是那种终究会回到家人身边的男人，这也正是我爱你的地方。可我还是讨厌她！可恶的萨利！都怪她先我一步爱上你！"

她的话一刀刀割在我的心上。我把头埋在她的肩膀上，哭得更厉害了。她抚摸着我的头："我得找个老老实实的犹太小伙儿。你们这些异教的家伙可真要命。"泪水未尽，罗温斯坦和我都破涕大笑。

萨凡娜坐在公寓内的一把椅子上，望着窗外的布利克街。她的头发有些褪色，身上略显浮肿苍白。我进屋时，她没有回头。头天晚上，我已经打点好行李，就放在厨房门口。我从第八大道的花店买了一盆盛放的栀子花送给她。我剪下一枝，走过去戴在妹妹的头上。

随后，我问起那些老掉牙的问题："萨凡娜，家庭生活怎么样？"

"跟广岛差不多。"她说。

"离开家人铸就的安乐窝，日子过得如何？"

"跟长崎一个样。"她依然没有回头。

"给诗取个名字吧，献给你的家人。"

"'昔日奥斯维辛'。"我还以为她会露出笑容。

"关键问题来了。"说着，我欠身嗅着她发间的花朵，"这世上你最爱哪一个？"

萨凡娜把我的脸捧到近前,流着泪低语道:"最爱我哥哥,汤姆·温戈,我的双胞胎哥哥。对不起,一切都是我不好。"

"没事的,萨凡娜。我们回到彼此身边了,以后有的是弥补的时间。"

"抱着我,汤姆,紧紧抱着我。"

离开公寓时,我将旅行包放到走廊上。艾迪·戴特雷维尔正站在那里,等着帮我搬行李。我拥抱他,亲吻他的脸颊,告诉艾迪我很少见过像他这样慷慨贴心的男人。随后,我转过身和妹妹道别。她坐在椅子上,仰头打量着我,问:"汤姆,你觉得咱们两个算是幸存者吗?"

"我肯定是。至于你,我可说不好。"

"生存……看来这就是我们这个家给你的馈赠。"

我亲吻她,拥抱她,然后朝门口走去。我拎起行李,对萨凡娜说:"是啊。但这个家给了你更了不起的东西。"

"喊!什么东西?"

"天赋。它给了你天赋。"

当晚,苏珊·罗温斯坦带我来到"世界之窗"餐厅。我们一边俯瞰城市,一边享受临别的晚餐。抵达时已是日落西山,只剩最后一丝宝石红透出地平线的云层。我们脚下是一片晶与火的静默世界。无论从什么角度,无论观察多少次,你所看到的永远是一个不一样的纽约。夜色中俯瞰曼哈顿岛,脚下便是造物主世界中美景的极致。

端着杯中的红酒,我问:"罗温斯坦,今晚你想吃什么?"

沉默中,她望了我好一阵,说道:"我打算点几样难吃的东西。与你告别的夜晚,眼看你要永远离开我,我可不想吃什么人间美味。"

"罗温斯坦,我要回南卡罗来纳去了,"说着,我紧紧握了握她的手,"那里才是我的归宿。"

"只要你愿意,任何地方都可以成为你的归宿,"罗温斯坦把脸转向城市的夜景,"你只是没有选择这里。"

"为什么我们不能像朋友一样好好道别呢?"

"因为我希望你为我留下来。我知道你爱我,而我也爱你。也许现在就是我们让彼此幸福一生的机会。"

我说:"我没有让任何人幸福一生的本事。"

"这些都是借口,你就是要离开我。"说着,她猛地抓起菜单,死死盯着菜单看,免得与我对视。

"这上面哪道菜最难吃?我就想点那个。"

我说:"听说猪屁股生肉排挺不赖。"

她把脸藏在菜单后:"今晚你少逗我。你马上就要离开我,去找别的女人了。"

"那个女人是我妻子啊!"

"你如果早就知道自己会回到萨利身边,为什么又要跟我走到今天这一步?"

"之前我并不知道。我还以为能永远跟你在一起呢。"

"为什么改主意?"

"因为我的本性显露了出来。我没有勇气放下妻子和孩子们,和你开始新生活。我不是那种人。罗温斯坦,请原谅我。我对你的渴望无以复加,可与此同时,我也惧怕生活中发生重大的改变。毕竟本性难移。"

"可是你爱我。"

"以前我并不知道一个人是否能同时爱着两个女人。"

"然而,你选择了萨利。"

"我选择忠实于自己的过去。如果能更勇敢点儿,我也许就下得了这个决心。"

"我要怎么做才能留住你?"罗温斯坦迫切地问道,"求求你告诉我。我不太懂得该如何央求,但我可以学着说,照着做。拜托你教教我。"

我闭上眼睛,握住她的双手说道:"让我生在纽约,抹掉我的过去,抹掉我所知、所爱的一切——没有萨利,没有我们的孩子,没有我对她的爱。"

罗温斯坦笑着说:"我本以为,如果能让你感觉有愧于我、应该对我负责,也许我就能把你留下来。"

"你们这些当心理医生的,一个比一个会耍心眼儿。"

"如果你跟萨利过不下去……"说着,她突然停住。

"我会像狗一样站在中央公园西大道你家楼下。说来也怪,罗温斯坦,此时此刻我爱你的程度远远超过我爱萨利的任何时候。"

"那就留在我身边吧,汤姆。"

"我得努力在废墟中创造美好,"我看着她的眼睛,"虽不知能否成功,可我必须试试看。今天下午去看萨凡娜的时候,我也是这么说的。"

"说到废墟,赫伯特今天来电话了。"说着,她摆手支开了来帮我们点菜的侍者,"他求我再给他一次机会,甚至还说他跟莫妮克也断了。"

"你不会碰巧有莫妮克的电话号码吧?"

"即便是出自你这种爱讲没品笑话的家伙之口,这话也一点都不好笑。"

"这会儿的气氛沉重得跟钛金属似的。我本想着说点轻松的。"

"我一点也不想轻松。就凭现在这副惨相,我也有权在这里顾影自怜。"

"罗温斯坦,听到赫伯特求饶我是挺痛快的。这副德行貌似挺适合他。"

"但他央求得可不怎么样。我告诉了他咱们两个的事情,他说他难以想象我为什么要和你这样的人在一起。"

"告诉那畜生我有多粗壮，"我听着有点火大，"还有我那些销魂的把戏。"

罗温斯坦心不在焉地望着窗外的城市："我告诉他你我在床上快活得很，简直是干柴烈火，吱吱冒烟。"

"吱吱冒烟……"我说，"听着好像两块纽约牛排。"

"想来可怕，我现在越来越享受伤害他了。汤姆，你把我们的事告诉萨利了吗？"

"说了。"

"也就是说，你利用了我。"

"是的，苏珊，我利用了你。但在此之前，我就已经爱上你了。"

"如果你真喜欢我……"

"不，罗温斯坦，我爱你爱得死去活来。你改变了我的生活，我感觉自己又变得完整了，有魅力了，性感了。你迫使我面对一切，却让我觉得这是在帮妹妹。"

"看来这就是故事的结局。"

"我想是的。"

"那就让我们度过完美的最后一夜。"苏珊亲吻我的手，又徐徐亲吻我的一根根手指。一阵强劲的北风吹过，高楼微微摇晃。

晚餐过后，我们又来到洛克菲勒中心的"彩虹厅"共饮香槟。我吻着她。脚下是繁华的都市，大西洋的潮水涌入哈德逊河，而我妹妹再次回到家中，在格罗夫街的公寓里安睡。我们住进了"广场酒店"，一整晚都在说话、做爱、继续说话。我们没有未来要谋划，只剩最后这八个小时。我已经做出了抉择。我选择了拒绝。

在拉瓜迪亚机场告别时，我亲吻了罗温斯坦，然后快步朝登机门走去，头也不回。听到她唤我的名字，我一转身，只听她说："汤姆，还记得我做的那个跟你在暴风雪中共舞的梦吗？"

"我永远也忘不了。"

苏珊已泪流满面。她一开口，离别又成了煎熬："教练，答应我，等你回到南卡罗来纳，做一个有我的梦，一个为罗温斯坦而做的梦。"

纽约之夏过去一年后，我独自开车前往亚特兰大，去接刚刚从联邦监狱获释的父亲。我本想给他点时间，稍作镇定，准备面对这个满目疮痍的家汹涌而愧疚的爱。面对他的归来，我们不知该如何欢迎。如今的他失去了太多的年华与精力，谁也不知道他今后的生活会是怎样。如今的父亲消瘦了许多，面色土黄，下颌的肉也耷拉了。我陪他去领取个人物品。典狱官签署了他的释放文件，还说狱里的人会想念他，要是能有更多像亨利·温戈这样的犯人就好了。

"我这辈子也就干明白这么一件事，"父亲说，"当犯人当得不赖。"

我们到体育馆看了"勇士队"[1]的比赛，当晚就住在"凯悦酒店"。次日，我们一大早出发，走支路回查尔斯顿。车子开得很慢，父子俩也好慢慢了解彼此的状况，寻找合适的言辞——保险的言辞，绞尽脑汁地避免聊错话题。

父亲看起来苍老了许多，而我也一样。我在他的脸上看到了卢克的踪影。而在小心翼翼的窥视中，他也一定从我的脸上看到了母亲的影子。看着我的脸，他心中必定隐隐作痛，然而父子俩对此都无可奈何。我们聊到体育，聊到训练。漫长、纯粹的足球、篮球、棒球赛季切割着生命中的岁月，也为这对父子带来了传递亲情之爱的唯一语言。

车子驶过萨凡纳河，我说："爸，'勇士队'第一轮才刚打了四场。"

"尼可罗[2]可得欢实起来，这样他们还有点希望。这小子要是拿出真

---

1 此处指"亚特兰大勇士"棒球队。
2 菲利普·亨利·"菲尔"·尼可罗（1939—2020），美国职业棒球大联盟投手，其职业生涯中相当长一段时期都效力于亚特兰大勇士队。

本事，大联盟没有一个人能碰得着他的蝴蝶球[1]。"他虽这么说，我却在他的话中听到了无言的呐喊。那是一个父亲心碎的声音，他笨拙地鼓起爱的勇气向子女表达。我听到了，这已经足够。

"你们队今年状态不错？"他问。

"应该能让某些人大吃一惊。爸，也许你能帮我给线卫指点一下。"

"好啊。"他说。

当我们开上沙利文斯岛自家的后院时，萨凡娜也从纽约抵达。孩子们鱼贯而出，腼腆地来到祖父近前。

"小心，姑娘们，"我说，"他可是会打人的。"

"没有……孩子们，来亲亲你们的爷爷。"那声音饱经沧桑，筋疲力尽。我很后悔自己说出那样的话。

萨利来到门口，消瘦的身形，深色的头发，肤色已经晒深，表情认真。她跑上前去，伸手搂住父亲。萨利泪如雨下，父亲抱着她转了一圈又一圈，他的脸埋在萨利的肩头。

"欢迎回家，爸爸。"萨利说。

随后，萨凡娜也从屋里跑出来。看着这对父女奔向彼此，我从内心深处体会到某种无法解释的情愫。这是一片从未被触及的内心深域，它本能地震颤着，它就来自人类的本源。我虽然叫不出名字，但我知道，如果感受得到，就一定能赋予名衔。引发这种共鸣的并非萨凡娜或父亲的眼泪。它是一种强劲激烈的内心之乐，凝聚着鲜血、狂野与认同。令我无限惶恐又畏中生爱的是亲情之美，是对血脉的畏惧，是家人不可言喻的羁绊。眼前是我肆意痛哭的父亲，是我兄妹、子女的生命之源，我们的泪水之源。泪即是水，苦咸之水。我看得到他身后的大海，闻得到海的气味，尝得到自己的眼泪。内心的深海与痛楚溢入阳光。看到我哭，孩子们也流下眼泪。是咸水、海船、鱼虾、热泪和风雨书写了这个家的故事。

---

[1] 棒球球路的一种，旨在尽量减少球在飞行过程中的旋转，使其运动轨迹无法预测。

我的双胞胎妹妹，我美丽动人、遍体鳞伤的妹妹，她那环着父亲脖子的手腕上留着道道疤痕，她的双眼毕生被幻景消磨得疲累暗淡。她借语言之力明晰视线，将噩梦与恐惧化为惊艳诗言，印刻着时代的意识，让哀痛焕发新生之美。我的妻子，她因婚嫁之约来到这个家，学会了包容这个家中的各色魔怪。因为爱我，她甘愿为之，而我却无力回应一个女人的爱，永远也无法让她感受到被爱、被需要、被渴望，而这些都是我最渴望给她的。还有我的孩子，我的三个女儿。我用一种似乎与自己鲜有关联的完美之爱呵护着她们，因为我太渴望让她们过上不同于我的生活，因为我不想让她们经历我所经历的童年，不想让她们经受我的殴打，不想让她们惧怕亲近自己的父亲。因为她们，我努力重塑自己梦寐以求的童年。因为她们，我努力改变世界。

后响，我们把啤酒冰镇箱和野餐篮装上旅行车，朝查尔斯顿的方向开去。车子到达谢姆河的捕虾船码头，停在了码头唯一一艘静止的捕虾船附近。

我指了指船问父亲："这东西你会开吗？"

"开不了，"他说，"不过很快就能上手。"

"这艘船登记在亨利·温戈船长的名下，是妈妈给你的回家礼物。"

"我不能收。"父亲道。

"你来信说想重返水上，妈也想有所表示。要我说这点子不错。"

"这船真不赖。这一季捕得多吗？"

"好手捕得都挺多。老爸，我还有一个月才开始橄榄球训练。在此之前，我可以先给你打下手，直到你雇到船员。"

"每磅我给你六分钱。"

"想得美，你个小气鬼。每磅一毛，现在的劳力涨价了。"

父亲笑了："代我谢谢你妈。"

"她希望跟你见个面。"

"别了吧……"

"爸,你有的是时间,可以慢慢考虑。不说别的,先带我们上万多河兜一圈儿吧。"

离日落还有一个小时,我们进入了查尔斯顿港的主水道。圣米迦勒教堂的钟声穿透昔日城市的微光与湿润芬芳的空气。父亲驾船从库珀河大桥硕大的铁脊下穿过。我们还经过一条白色货船。它从北查尔斯顿的码头装上货物,朝着大海驶去。大家纷纷朝货船挥手,船长鸣响汽笛向我们致意。我们的船转右舵进入万多河。潮水高涨,父亲不看海图也能轻松航行。向前又走了一里,我们来到河湾处一片广袤的湿地,四下里看不到一处房屋。

萨利走进驾驶室:"是时候了,汤姆。"

"什么时候?"父亲问。

"我们为您和萨凡娜的归来准备了惊喜。"萨利说着看了看表。

孩子们吵着:"妈妈,告诉我们吧!"

"不行,"萨利道,"不然就不是惊喜了。"

我们在温暖的浊水中游泳,从船头潜入深水。游完泳,一家人吃着篮中的食物当晚餐,喝着香槟庆祝父亲归来。萨凡娜来到父亲身边,我看着父女二人手牵手走向船头。

我本想说些总结之词,但却一句也想不出。我已经学会了倾听内心的黑暗之声,领会了些许利己之道。一路走来,此刻仍有家人平安相伴,我祈祷他们能永远平安,祈祷自己学会知足。是南方造就了我,摧毁了我。可是,主啊,恳请你让我保留我所拥有的一切。主啊,我是教师,是教练。如此而已,但已经足够。可是,那黑暗之声,主啊,那黑暗之声。当它在内心响起,我便抑制不住崇敬与惊奇之情。听到它,我便渴望将自己的梦境谱成乐曲。当那声音到来之时,我感觉到天使如蔷薇般在我眼中灼烧,心底清幽隐秘的狂喜之境诞生出细腻的颂歌。

夜间,白色的鼠海豚来到我身边,在时光的河流中歌唱。四周还有上千只海豚相伴,带来浪潮王子的美丽问候。它们唤着我们的名字:温戈,温戈,温戈……足够了。主啊,这就足够了。

"汤姆,时间到了。"说着,萨利起身亲吻我的双唇。

一家人聚在船头,一睹长日将尽的美景。

红色的巨日渐渐朝西边落下。与此同时,月亮也披着绚丽的红彩从河对面升起,如赤褐的火鸟飞出树梢。日月之间似乎在互相呼应,隔着橡木与棕榈林并肩跳起摄人心魄的光之舞。

父亲在一旁看着,我以为他又要落泪。他从监狱回到了大海,胸中跳动的依旧是那颗低地之心。孩子们尖叫着指指太阳,又转身望着升起的月亮。她们朝着落日大喊,又对着明月高呼。

父亲说:"明天肯定是捕虾的好日子。"

萨凡娜来到我身边,一只手搂着我的腰。我们俩相伴步向船尾。

"很棒的惊喜。"她说。

"我就觉得你会喜欢。"

"苏珊让我问候你。她最近在跟一个律师约会。"

"她来信告诉我了。萨凡娜,你的气色很不错。"

"我会挺过去的。"说完,她又望了望日月,"圆满。一切归原,循环往复。"

她转过身面对月亮。此时的月亮已经升得更高、更亮。她踮起脚尖,双手举在空中,用柔弱但叛逆的声音大喊:"哦,妈妈,再来一次!"

萨凡娜的这些话语本应是结语,然而并非如此。

每天晚上,当练习结束,沿着查尔斯顿的道路驾车回家时,我总会放下大众车的顶篷。天色渐晚,清新的空气中透着秋意,和风吹拂着我的发丝。海港上空星光璀璨,我从桥上望向北方,再次许下愿望:愿所有的人都能拥有原命与新生。在我身后,查尔斯顿施展它冷艳的魔力,风光无限;而在我前方,妻子和孩子们正等待着我的归来。在她们眼中,我看到了自己实实在在的生活，我的命运。然而，支撑我的却是那不为人知的隐秘人生。每当开上大桥，我总会低声呢喃一句，是祈祷，是懊悔，也是赞美。我无法解释自己为何这么做，也说不清这样做意义何在，但每晚驾车奔向我南方的家，回归南方生活之时，我总会细声低语："罗温斯坦，罗温斯坦。"

论南方、母亲与《浪潮王子》

(1985年美国书商协会年会　帕特·康罗伊演讲节选)

我母亲是地地道道的美国南方人。一次，她对我说:"南方文学用一句话就能概括：一天夜里，猪把威利吃了；听闻爸爸对妹妹做的事，妈妈也气死了。"她养育了一位南方作家，但这并不容易。我从小并非在传统意义上的南方长大。小时候，我们几乎每年都跟着海军陆战队搬家，而且总是迁往靠近海边、湿地的南方城镇。我一直都是个过客，从未在故乡待过一天。美国的军人子女从小就养成了那种源自长久疏离感的风度与谨慎。从小到大，我领略过二十个版本的南方风情，然而却从无归属。幼年时，我便开始收集各种赋予当地人归属感、地域感的故事。

在母亲眼中，父亲是个又生又愣的大老粗。她总是把父亲和自己的子女分开来。每次父亲回家，我妹妹就会嚷嚷："哥斯拉到家啦！"紧接着，七个孩子便会躲藏到当时住所的隐蔽之处。母亲城府颇深，与之相比，父亲完全不是对手，而她的子女们也是如此。我用了三十年时间才弄明白，原来自己从小是在母亲家长大，而非父亲家。和父亲一样，我也搞错了。

1984年，在创作《浪潮王子》期间，我曾前往佐治亚州的奥古斯塔，花两周时间在医院陪伴母亲。当时她正因白血病接受化疗，但病魔终究还是夺走了她的生命。母亲最喜欢的小说人物是《乱世佳人》中的郝思嘉，而她最喜欢的女演员则是扮演郝思嘉的费雯丽。从小到大，我一直觉得母亲和费雯丽一样美，而至于郝思嘉，她即便在盛年时也比不上我母亲。然而，化疗却不会对美人手下留情。

一个满月之日，我待在母亲的房间，陪伴她度过难熬的时刻。她想聊一聊《浪潮王子》。"帕特，你在新书里写了我，对吧？"她问。

我说："没有。"

"胡说。当初写《霹雳上校》的时候，你还欠点火候，写不了我。我可比你父亲厉害多了。你只是没看出来。"

"妈妈，我看出来了。但你说得对，当时我还欠点火候。"

"这次你写新书，我想让你帮个忙。别把我写得这么病恹恹的，要把我写得漂漂亮亮的。帮我找回昔日的风采。"

我跪在母亲床边，用一种自己几乎认不出的声音说："妈妈，我会把您写得美美的。您让我成为作家，我会让您摆脱这张病榻，永远在我的书页中载歌载舞。"

"你把我写死之后，"母亲笑着说，"等将来书被改编成电影，我想让梅丽尔·斯特里普来扮演我。"

母亲犹如女性文明的精致缩影，包罗万象。她性格复杂，令人抓狂，却又不可替代。我永远没有足够的功力来书写母亲。在某种程度上，《浪潮王子》也是一封献给母亲阴暗面的情书。

妈妈，您大概不会喜欢这样的形象。但无论您身在何处，您在我的笔下的确美丽动人。